LE MEILLEUR DE POIROT

Le Crime de l'Orient-Express

Mort sur le Nil

Paru dans Le Livre de Poche :

A.B.C. contre Poirot
À l'hôtel Bertram
L'Affaire Protheroe
Allô ! Hercule Poirot
Associés contre le crime
Le Bal de la victoire
Black Coffee
Cartes sur table
Le Chat et les pigeons
Le Cheval à bascule
Le Cheval pâle
Christmas Pudding
Cinq heures vingt-cinq
Cinq petits cochons
Le club du mardi continue
Le Couteau sur la nuque
Le Crime d'Halloween
Le Crime du golf
Le crime est notre affaire
La Dernière Énigme
Destination inconnue
Dix brèves rencontres
Dix petits nègres
Drame en trois actes
Les Enquêtes d'Hercule Poirot
Le Flambeau
Le Flux et le reflux
L'Heure zéro
L'Homme au complet marron
Les Indiscrétions d'Hercule Poirot
Je ne suis pas coupable
Jeux de glaces
La Maison biscornue
La Maison du péril
Le major parlait trop
Marple, Poirot, Pyne et les autres
Meurtre au Champagne
Le Meurtre de Roger Ackroyd
Meurtre en Mésopotamie
Le miroir se brisa
Miss Marple au club du mardi
Mon petit doigt m'a dit
La Mort dans les nuages
La mort n'est pas une fin
Mort sur le Nil
Mr Brown
Mr Parker Pyne
Mr Quinn en voyage
Mrs McGinty est morte
Le Mystère de Listerdale
La Mystérieuse Affaire de Styles
Le Mystérieux Mr Quinn
N. ou M. ?
Némésis
Le Noël d'Hercule Poirot
La nuit qui ne finit pas
Passager pour Francfort
Les Pendules
Pension Vanilos
La Plume empoisonnée
Poirot joue le jeu
Poirot quitte la scène
Poirot résout trois énigmes
Pourquoi pas Evans ?
Les Quatre
Rendez-vous à Bagdad
Rendez-vous avec la mort
Le Secret de Chimneys
Les Sept Cadrans
Tant que brillera le jour
Témoin à charge
Témoin indésirable
Témoin muet
Le Train bleu
Le Train de 16 h 50
Les Travaux d'Hercule
Trois souris…
La Troisième Fille
Un cadavre dans la bibliothèque
Un meurtre est-il facile ?
Un meurtre sera commis le…
Un, deux, trois…
Une autobiographie
Une mémoire d'éléphant
Une poignée de seigle
Les Vacances d'Hercule Poirot
Le Vallon

AGATHA CHRISTIE

Le Meilleur d'Hercule Poirot

Le Crime de l'Orient-Express

Mort sur le Nil

LIBRAIRIE DES CHAMPS-ÉLYSÉES

Titres originaux :

MURDER ON THE ORIENT-EXPRESS

DEATH ON THE NILE

ISBN : 978-2-253-18401-0 - 1re publication LGF

Le Crime de l'Orient-Express

TRADUIT DE L'ANGLAIS PAR JEAN-MARC MENDEL

PREMIÈRE PARTIE

LES FAITS

1

UN VOYAGEUR DE MARQUE SUR LE « TAURUS-EXPRESS »

A cinq heures du matin, en gare d'Alep, stationnait le train désigné sous le nom pompeux de « Taurus-Express ». Il comprenait un wagon-restaurant, un sleeping-car et deux autres voitures.

Devant le marchepied du sleeping-car, un jeune lieutenant français, en uniforme élégant, couvert d'un épais manteau, conversait avec un petit homme emmitouflé jusqu'aux oreilles et dont on n'apercevait que le bout du nez rouge et deux fortes moustaches relevées en croc.

Par ce froid glacial, accompagner au train un étranger d'importance n'offrait rien d'enviable, mais le lieutenant Dubosc s'acquittait de cette corvée avec une bonne grâce parfaite et prodiguait au voyageur des amabilités en un langage des plus châtiés. Le jeune officier ne savait pas au juste de quoi il s'agissait. De vagues rumeurs avaient circulé dans la garnison. Le général — son général — s'était montré pendant quelques jours d'humeur massacrante, jusqu'à l'arrivée de ce Belge qui, paraît-il, avait fait tout exprès pour cette occasion — quelle occasion !... — le voyage d'Angleterre en Syrie. Après une semaine écoulée dans une atmosphère des plus tendues, les événements s'étaient précipités : un officier avait démissionné, un personnage occupant des fonctions civiles avait été rappelé par son gouvernement. Puis les visages anxieux s'étaient rassérénés et certains règlements rigoureux s'étaient peu à peu relâchés ; enfin, le général — le général du lieutenant Dubosc — avait retrouvé sa bonne humeur.

Dubosc avait surpris quelques bribes de conversation entre son chef et l'étranger.

— Mon cher, disait le vieux général d'une voix émue, vous avez éclairci une affaire pénible et évité de graves complications ! Comment vous remercier de votre empressement à répondre à mon appel ?

A quoi l'étranger (M. Hercule Poirot, pour l'appeler par son nom) avait fait une réponse adéquate où entrait cette phrase :

— Je ne saurais oublier, mon général, qu'un jour vous m'avez sauvé la vie.

Le général, ne voulant pas être en reste de cordialité avec son interlocuteur, avait désavoué le mérite de ce lointain service. Après de nouvelles phrases imprécises où revenaient à tour de rôle les mots « France, Belgique, gloire, honneur » et autres vocables de la même famille, ils s'étaient donné l'accolade et s'étaient séparés.

En ce qui concernait le fond même de l'histoire, le lieutenant Dubosc demeurait dans une ignorance complète. La mission lui était échue d'accompagner M. Poirot au train et il s'en acquittait avec tout le zèle et le tact d'un jeune officier digne de la brillante carrière qui s'ouvrait devant lui.

— C'est aujourd'hui dimanche, dit le lieutenant Dubosc. Demain soir, lundi, vous arriverez à Stamboul.

Ce n'était pas la première fois qu'il faisait cette observation. Les mêmes propos sur le quai des gares à l'heure du départ d'un train se répètent souvent.

— En effet, acquiesça M. Poirot.

— Et vous avez l'intention d'y rester quelques jours ?

— Oui. Ne connaissant pas Stamboul, je ne voudrais pas y passer sans m'arrêter. Rien ne me presse. Je visiterai la ville en touriste.

— L'église Sainte-Sophie est une merveille, déclara le lieutenant Dubosc, qui ne l'avait jamais vue.

Un vent coupant balaya soudain le quai. Les deux hommes furent pris d'un frisson. Le lieutenant jeta un coup d'œil furtif à sa montre-bracelet. Cinq heures moins cinq… Encore cinq minutes !

S'imaginant que l'autre avait remarqué son geste, il se hâta de reprendre la conversation.

— Peu de gens voyagent à cette époque de l'année, observa-t-il en levant les yeux vers les fenêtres du sleeping-car.

— En effet.

— Espérons que le « Taurus » ne sera pas bloqué par les neiges !

— Cet accident arrive quelquefois ?

— Oui, mais il ne s'est pas encore produit cette année.

— Conservons toujours l'espoir, dit M. Poirot. Mais les renseignements atmosphériques venant d'Europe n'annoncent rien de bon.

— On prévoit d'abondantes chutes de neige dans les Balkans.

— Et de même en Allemagne.

— Alors, s'empressa de poursuivre le lieutenant Dubosc, prévoyant une nouvelle pause dans la conversation, demain soir, à sept heures quarante, vous arriverez à Constantinople.

— Oui.

Et M. Poirot ajouta :

— L'église Sainte-Sophie est très belle, m'assure-t-on.

— Il paraît qu'elle est magnifique.

Au-dessus de leurs têtes, le store d'un des compartiments du wagon-lit se releva et une jeune femme mit son visage à la vitre.

Mary Debenham n'avait guère dormi depuis son départ de Bagdad, le jeudi précédent, pas plus dans le train de Kirkuk que dans l'hôtel de Mossoul ou la nuit dernière dans le wagon. Aussi, lasse de demeurer immobile et les yeux ouverts dans la chaleur étouffante de son compartiment, elle s'était levée et regardait par la portière.

Alep. Rien de sensationnel à voir : quai interminable, mal éclairé, d'où montaient des altercations bruyantes en arabe.

Sous la portière du compartiment de la jeune femme, deux hommes s'entretenaient en français, l'un d'eux un officier français, l'autre, un petit bonhomme à longues moustaches. Elle sourit en voyant ce dernier tout emmitouflé. Il devait faire très froid dehors, voilà pourquoi le train était surchauffé. Elle essaya d'abaisser la vitre, mais elle n'y parvint pas.

Le conducteur du wagon-lit s'approcha des deux hommes et leur annonça que le train allait partir. « Monsieur ferait bien de monter. » Le petit bonhomme souleva son chapeau. Malgré ses préoccupations, Mary Debenham ne put réprimer un sourire en voyant son crâne chauve. « Comment prendre au sérieux un personnage à l'aspect aussi ridicule ! » songea-t-elle.

Le lieutenant Dubosc débitait son discours d'adieu. Il le tenait tout prêt pour le servir à la dernière minute.

Pour ne point se laisser dépasser en éloquence, Poirot répondit dans le même style cérémonieux.

— En voiture, monsieur ! insista le conducteur du wagon-lit.

Comme à regret, M. Poirot monta dans le train, et le conducteur après lui. M. Poirot agita la main et le lieutenant Dubosc répondit à ce salut. Le train, avec une formidable secousse, démarra.

— Enfin !… murmura M. Hercule Poirot.

— Brrr…, fit le lieutenant Dubosc, constatant qu'il était gelé…

— Voilà, monsieur.

D'un grand geste, le conducteur fit valoir aux yeux de Poirot le luxe de son compartiment et le superbe arrangement de ses bagages.

— La petite valise de monsieur se trouve ici.

La main se tendait de façon discrète mais significative et Poirot y glissa un pourboire.

« Merci, Monsieur. »

Le conducteur prit un air affairé.

— J'ai les billets de monsieur. Il me faudrait aussi le passeport, s'il vous plaît. Monsieur s'arrête à Stamboul ?

— Oui. D'après ce que je vois, il n'y a pas beaucoup de voyageurs dans le sleeping ?

— Non, monsieur. Seulement deux autres personnes : deux Anglais. Un colonel, retour des Indes et une jeune dame qui vient de Bagdad. Monsieur désire-t-il quelque chose ?

« Monsieur » demanda une petite bouteille d'eau minérale.

Cinq heures du matin en hiver est une heure vraiment détestable pour monter dans un train. Le jour ne paraît pas avant deux autres heures. Après une mission délicate conduite avec succès, et un sommeil écourté, Poirot, fatigué, se recroquevilla dans son coin et s'endormit.

Dès son réveil, vers neuf heures et demie, il se dirigea vers le wagon-restaurant pour avaler un café chaud.

A ce moment, il n'y avait dans le wagon-restaurant qu'une seule personne : de toute évidence, la jeune Anglaise annoncée par le conducteur. Grande, mince, brune, elle approchait de la trentaine. D'un air calme, elle prenait son déjeuner ; la manière dont elle commanda au garçon une seconde tasse de café dénotait l'usage du monde et l'habitude de voyager. Elle portait une toilette sombre et de tissu léger, qui convenait parfaitement, étant donné l'atmosphère suffocante des wagons.

M. Hercule Poirot, n'ayant rien de mieux à faire, s'amusa à la détailler, sans en laisser rien paraître.

Cette inconnue, estima-t-il, appartenait au genre de femmes qui savent se débrouiller partout et en toutes circonstances. Etait-elle jolie ? Il appréciait la régularité austère de ses traits et la pâleur délicate de son teint, ses cheveux noirs aux ondulations nettes et ses yeux gris au regard froid et impersonnel… Décidément, il lui trouvait l'air un peu trop grave pour la qualifier de « jolie femme ».

Bientôt, un autre personnage entra dans le wagon-restaurant, un homme de quarante à cinquante ans, de haute taille, au visage maigre, à la peau hâlée et aux tempes grisonnantes.

« Le colonel, retour des Indes », se dit Poirot à lui-même.

Le nouvel arrivant salua la jeune fille.

— Bonjour, mademoiselle Debenham.

— Bonjour, colonel Arbuthnot.

L'officier restait debout, une main posée sur le dossier de la chaise en face de la jeune fille.

— Je ne vous dérange pas ?

— Pas le moins du monde. Asseyez-vous.

— On n'est pas toujours disposé à bavarder au petit déjeuner.

— Non, mais tranquillisez-vous, je ne mords pas.

Le colonel s'assit.

— Garçon ! appela-t-il d'une voix autoritaire.

Il commanda des œufs et du café.

Les yeux du colonel se posèrent un instant sur Hercule Poirot, puis se détournèrent, indifférents. Poirot devina que l'Anglais songeait en lui-même : « Bah ! ce n'est qu'un simple étranger. »

Fidèles à leur tempérament, les deux Anglais se montrèrent peu loquaces. Ils échangèrent quelques brèves remarques et, au bout d'un moment, la jeune femme se leva et regagna son compartiment.

Au déjeuner, tous deux se retrouvèrent à la même table et feignirent d'ignorer la présence du troisième voyageur. Leur conversation fut cependant un peu plus animée. Le colonel parla de Punjah et posa à sa compagne plusieurs questions sur Bagdad où elle avait occupé un poste de gouvernante. Au cours de la conversation, ils se découvrirent des amis communs et peu à peu devinrent plus familiers l'un envers l'autre. Le colonel s'informa si elle allait directement en Angleterre ou si elle comptait s'arrêter à Constantinople.

— Non, je vais tout droit à Londres.

— Quel dommage de ne pas visiter Stamboul en passant !

— J'ai déjà fait le voyage il y a deux ans et j'ai passé trois jours à Stamboul.

— En ce cas, je suis heureux que vous ne vous arrêtiez point, puisque moi aussi je continue tout droit.

Il esquissa un salut et rougit légèrement.

« Notre colonel est pincé, songea Poirot. Le train est aussi dangereux que le paquebot ! »

Miss Debenham, d'un ton calme, reconnut que le voyage semblerait en effet moins long.

Hercule Poirot remarqua que le colonel accompagnait la jeune fille jusqu'à son compartiment. Un peu plus tard, le train passa devant la chaîne de montagnes du Taurus. Debout dans le corridor, Miss Debenham et l'officier anglais contemplaient le paysage farouche et magnifique. Poirot qui se trouvait non loin d'eux, entendit la jeune fille soupirer :

— Oh ! que c'est beau ! Je voudrais… je voudrais…

— Quoi donc ?

— Pouvoir regarder davantage ce spectacle !

Arbuthnot ne répondit pas. Son profil parut plus grave.

— Je souhaiterais vous voir en dehors de tout cela ! murmura-t-il.

— Chut ! Taisez-vous !

— Ah ! oui, vous avez raison.

Il lança un coup d'œil du côté de Poirot, puis continua :

— Si vous saviez à quel point je souffre de vous savoir dans cette situation de gouvernante à la merci des mères tyranniques et de leurs insupportables gamines !

— Détrompez-vous ! dit-elle avec un petit rire nerveux. La gouvernante opprimée n'est plus qu'un mythe. Je vous assure que ce sont plutôt les parents qui me craignent.

Il y eut un silence. Peut-être Arbuthnot était-il confus de son indiscrétion.

« Ces deux-là m'ont l'air de jouer la comédie », se dit Poirot.

Plus tard, il devait se souvenir de cette réflexion.

Le train entra en gare de Konya vers onze heures et demie du soir. Les deux Anglais descendirent sur le quai pour se dégourdir les jambes.

M. Poirot se contenta d'abord d'observer à travers une fenêtre le va-et-vient de la station. Au bout d'une dizaine de minutes, il pensa qu'après tout un peu d'air frais lui ferait du bien. Il se livra à divers préparatifs : s'enveloppa de son manteau et de son cache-nez et enfonça ses souliers dans des caoutchoucs. Ainsi attifé, il posa le pied avec précaution sur l'asphalte couvert de neige et marcha jusqu'à ce qu'il eût dépassé la locomotive.

Un bruit de voix attira son attention vers deux formes indistinctes, debout dans l'ombre d'un wagon de marchandises. Arbuthnot parlait :

— Mary…

La jeune fille l'interrompit.

— Pas maintenant ! Pas maintenant ! Quand l'affaire sera finie. Tout à fait terminée… Alors…

Discrètement, Poirot s'éloigna, intrigué.

Il avait eu peine à reconnaître la voix habituellement calme et autoritaire de Miss Debenham. « Voilà qui est bien curieux », se dit-il.

Le lendemain, quand il revit les deux voyageurs, il se demanda si ceux-ci s'étaient querellés. Ils se parlaient peu et la jeune fille, pâle et les yeux cernés, semblait très inquiète.

L'après-midi, à deux heures et demie, le train s'arrêta. Des têtes parurent aux portières. Un petit groupe d'hommes assemblés le long de la ligne regardaient et se montraient des flammes sous le wagon-restaurant.

Poirot, penché à la portière, questionna le conducteur du wagon-lit qui accourait. L'homme lui ayant répondu, il retira sa tête et, en se retournant il entra en collision avec Mary Debenham debout derrière lui.

— Que se passe-t-il ? demanda-t-elle. Pourquoi cet arrêt ?

— Ce n'est rien, mademoiselle. Simplement quelque chose qui a pris feu sous le wagon-restaurant. Rien de grave. C'est déjà éteint et on procède à une légère réparation. Il n'y a aucun danger.

Elle fit un petit geste brusque comme pour chasser l'idée de danger, sans importance à ses yeux.

— Oui, je comprends, mais le temps !

— Le temps ?

— Cet accident va nous occasionner du retard ?

— C'est possible, mademoiselle.

— Mais nous ne pouvons nous permettre ce luxe ! Ce train doit arriver à 6 h 55, et nous devons traverser le Bosphore pour attraper le Simplon-Orient-Express sur l'autre rive à 9 heures. S'il y a trop de retard, nous manquerons la correspondance.

— C'est possible, mademoiselle, répéta Poirot.

Il s'aperçut que les lèvres de la jeune fille, ainsi que sa main appuyée sur la barre de la fenêtre, tremblaient un peu.

— Est-ce donc si important, mademoiselle ? lui demanda-t-il.

— Oui. Il faut absolument que j'attrape ce train.

Elle quitta Poirot pour rejoindre Arbuthnot à quelques pas plus loin dans le corridor.

Elle s'était inquiétée sans raison. Dix minutes plus tard, le train reprenait sa marche. A Haydar-pasa, il n'avait déjà plus que cinq minutes de retard.

Le Bosphore était houleux et M. Poirot goûta fort peu la traversée. Sur le bateau, il fut séparé de ses compagnons de voyage.

Arrivé au pont de Galata, il se fit conduire à l'hôtel Tokatlian.

2

L'HÔTEL TOKATLIAN

A l'hôtel Tokatlian, Hercule Poirot demanda une chambre avec salle de bains. Ensuite, au bureau du concierge, il s'informa s'il était arrivé de la correspondance à son nom.

Trois lettres étaient venues pour lui, ainsi qu'un câble. A la vue de cette dépêche qu'il n'attendait pas, il leva les sourcils.

Il l'ouvrit sans se presser, comme à l'ordinaire, et lut :

Affaire Kassner progresse suivant vos prévisions. Prière revenir immédiatement.

— Voilà qui est assommant ! murmura Poirot en jetant un coup d'œil sur la pendule.

— Je dois m'en aller dès ce soir, dit-il au concierge. A quelle heure part le Simplon-Orient-Express ?

— A neuf heures, monsieur.

— Pouvez-vous me retenir une place de wagon-lit ?

— Certainement, monsieur. Rien de plus facile à cette époque de l'année. Les trains roulent à moitié vides. En première ou en seconde ?

— En première.

— Très bien, monsieur. Pour quel endroit ?

— Pour Londres.

— Bien, monsieur. Je vais vous prendre un billet pour Londres et vous retenir un sleeping dans la voiture Stamboul-Calais.

De nouveau, Poirot consulta la pendule.

— Huit heures moins dix. Ai-je le temps de dîner ?

— Mais oui, monsieur.

Le petit Belge traversa le vestibule pour se rendre au restaurant.

Comme il commandait son repas au garçon, il sentit une main se poser sur son épaule.

— Ah ! mon vieux ! Quelle heureuse rencontre ! disait une voix derrière lui.

Poirot se retourna et vit un homme trapu, d'âge moyen, qui lui souriait gaiement.

— Tiens ! Monsieur Bouc !

— Monsieur Poirot !

Belge lui aussi, M. Bouc était un des directeurs de la Compagnie internationale des Wagons-Lits et ses relations avec l'as de la police belge remontaient à plusieurs années.

— Vous voyagez loin du pays, mon cher ami ?

— Peuh… une petite affaire en Syrie.

— Ah ! Et quand repartez-vous ?

— Ce soir même !

— A la bonne heure ! Moi aussi je pars ce soir !... Je vais jusqu'à Lausanne. Vous prenez sans doute le Simplon-Orient-Express ?

— Oui. Je viens de faire retenir ma couchette. Je pensais demeurer ici quelques jours, mais je reçois à l'instant un câble me rappelant à Londres de toute urgence.

— Ah ! soupira M. Bouc. Les affaires... les affaires... Vous voilà au sommet de la gloire, à présent !

— Ma foi, j'ai remporté quelques petits succès, prononça Hercule Poirot, essayant vainement de paraître modeste.

Bouc esquissa un sourire.

— Nous nous retrouverons tout à l'heure, dit-il. Hercule Poirot mit toute son application à ne point mouiller ses moustaches dans le potage.

Ayant réussi ce tour de force, il promena son regard autour de lui en attendant le service suivant. Il n'y avait qu'une demi-douzaine de personnes dans la salle, et parmi elles deux hommes seulement éveillèrent l'attention d'Hercule Poirot.

Ces deux hommes étaient assis à une table voisine de la sienne. Le plus jeune, de toute évidence un Américain, était un charmant garçon d'une trentaine d'années. Ce n'était pas lui, mais plutôt son compagnon qui suscitait l'intérêt du petit détective.

Il paraissait âgé de soixante à soixante-cinq ans, et, à distance, offrait l'aspect bienveillant d'un philanthrope. Sa légère calvitie, son front proéminent, son sourire (qui découvrait un râtelier de dents fausses, éclatantes de blancheur), tout en lui laissait supposer un homme foncièrement bon. Seuls les petits yeux rusés démentaient ce jugement. En outre, lorsque le personnage, parlant à son jeune compagnon, lança un coup d'œil autour de la salle, son regard se posa un instant sur Poirot, un regard étrangement dur.

Il se leva.

— Réglez la note, Hector, je vous prie, dit-il d'un ton un peu rauque.

Quand Poirot rejoignit M. Bouc dans le vestibule, les deux autres quittaient l'hôtel. On apportait les bagages sous l'œil vigilant du jeune homme. Bientôt celui-ci ouvrit la porte vitrée et annonça :

— Tout est prêt, monsieur Ratchett.

Le vieillard acquiesça d'un grognement et sortit.

— Eh bien ? demanda Poirot. Que pensez-vous de ces deux-là ?

— Deux Américains, dit M. Bouc.

— Cela saute aux yeux. Je veux parler de leur aspect.

— Le jeune homme me paraît agréable.

— Et le vieux ?

— A vrai dire, mon cher, il ne me plaît pas du tout. Il m'a produit une fâcheuse impression. Et à vous ?

Hercule Poirot répondit au bout d'un instant :

— Quand il a passé devant ma table, au restaurant, il m'a semblé qu'un animal sauvage… une brute féroce, venait de me frôler.

— Ce respectable gentleman américain ?

— Oui, ce respectable gentleman américain.

— Peut-être avez-vous raison, acquiesça M. Bouc. Il y a tant de mauvaises gens sur terre !

A ce moment, la porte s'ouvrit et le concierge s'avança vers eux, l'air ennuyé.

— Je n'y comprends rien, monsieur, dit-il à Poirot, mais il n'y a plus un wagon-lit de première classe de libre dans le train.

— Comment ! s'exclama M. Bouc. A cette époque de l'année ? Il s'agit sans doute d'un groupe de journalistes ou de politiciens.

— Je ne sais pas, lui expliqua le concierge, se tournant respectueusement vers lui, mais voilà ce qu'on m'a répondu.

— Bien, bien, dit M. Bouc à Poirot. Nous allons régler cette question. Il y a toujours un wagon-lit de libre… le n° 16. Le conducteur le réserve jusqu'à la dernière minute.

Il jeta un coup d'œil à la pendule.

— Venez, il est temps.

A la gare, M. Bouc fut accueilli avec un respectueux empressement par le conducteur du wagon-lit, en uniforme marron.

— Bonsoir, monsieur. Vous avez le compartiment numéro 1.

Il appela les porteurs qui enlevèrent leurs bagages et les amenèrent devant la voiture, où une plaque métallique annonçait l'itinéraire :

CONSTANTINOPLE — TRIESTE — CALAIS

— Il paraît que c'est complet ?

— C'est incroyable, monsieur ! On jurerait, ma

parole, que tout le monde s'est donné rendez-vous pour voyager cette nuit.

— Il faudra tout de même trouver une place pour ce monsieur qui est un ami à moi. Donnez-lui le numéro 16.

— C'est pris, monsieur.

— Comment ? Le numéro 16 ?

L'employé, un homme grand, au teint blême et d'âge moyen, eut un mouvement d'épaules et dit à son chef :

— Oui, monsieur. Comme je vous l'ai dit, c'est complet... partout.

— Que se passe-t-il donc ? demanda M. Bouc. Tient-on une conférence quelque part ?

— Non, monsieur. C'est par hasard que tous ces gens voyagent cette nuit même.

M. Bouc fut très ennuyé de ce contretemps.

— A Belgrade, remarqua-t-il, on attelle la voiture venant d'Athènes et à Vincovci celle de Bucarest... Mais nous n'atteindrons Belgrade que demain soir. Que faire pour cette nuit ? N'y a-t-il pas de couchettes libres en seconde classe ?

— Si, monsieur, il m'en reste une...

— Eh bien...

— Mais une femme occupe déjà le compartiment... la femme de chambre d'une des voyageuses.

— C'est bien fâcheux, déclara M. Bouc.

— Ne vous tracassez pas davantage, mon ami, dit Poirot. Je m'accommoderai aux circonstances.

— Pas du tout, pas du tout !

M. Bouc se tourna vers le conducteur :

— Tout le monde est-il arrivé ?

— Ma foi, un voyageur manque à l'appel.

Il parlait lentement, avec hésitation.

— Allons ! dites vite !

— La couchette numéro 7, seconde classe. Le monsieur n'est pas là et le train part dans quelques minutes.

— Qui est-ce, ce monsieur ?

— Un Anglais. (L'employé consulta sa liste.)… Mr Harris.

— C'est de bon augure, déclara Poirot. J'ai lu Dickens. Mr Harris ne viendra pas.

— Portez les bagages de monsieur au numéro 7. Si Mr Harris se présente, nous lui dirons que la place était déjà louée et nous réglerons la difficulté de façon ou d'autre. Tant pis pour Mr Harris !

— Comme vous voudrez, monsieur, acquiesça le conducteur.

Puis, s'adressant au porteur, il lui indiqua où mettre les bagages de M. Poirot. Il se recula pour permettre à Poirot de monter dans le train.

— Au bout de la voiture, monsieur, lui dit-il, l'avant-dernier compartiment.

Poirot avança tant bien que mal le long du couloir, car tous les voyageurs étaient sortis de leurs compartiments.

Avec la régularité d'un mouvement d'horlogerie, il débitait poliment des « pardon, pardon… » et enfin atteignit le compartiment désigné. A l'intérieur, les bras tendus vers une valise, se trouvait le jeune Américain de l'hôtel Tokatlian.

Il fronça les sourcils à la vue de Poirot.

— Excusez-moi, mais vous devez vous tromper. Il y a sans doute erreur, dit-il en un français médiocre.

Poirot lui demanda en anglais :

— Vous êtes Mr Harris ?

— Non, je m'appelle MacQueen. Je…

A cet instant, le contrôleur du wagon-lit annonça d'une voix timide, par-dessus l'épaule de M. Poirot :

— Il ne reste pas d'autre couchette libre dans tout le train, monsieur. Je suis obligé de donner celle-ci à monsieur.

Puis il rangea les bagages de Poirot.

Avec quelque amusement, Poirot avait remarqué le ton obséquieux du conducteur. Sans doute avait-il reçu un fort pourboire pour ne point placer un second voyageur dans le compartiment. Mais les pourboires les plus mirifiques perdent leur efficacité quand un directeur de la Compagnie voyage dans le train et donne des ordres.

Le conducteur sortit du compartiment après avoir déposé les valises sur le porte-bagages.

— Voilà, monsieur. Tout est rangé, annonça-t-il. Vous avez la couchette du haut, le numéro 7. Nous partons dans une minute.

Il s'éloigna dans le couloir et Poirot pénétra dans le compartiment.

— Un oiseau rare ! déclara-t-il gaiement. Un conducteur des wagons-lits qui range vos bagages… cela ne s'est jamais vu !

Son compagnon sourit. Revenu probablement de sa déception, il jugeait préférable de se montrer philosophe.

— Le train est bondé, remarqua-t-il.

Le sifflet retentit, la locomotive poussa un long cri mélancolique, et les deux hommes sortirent dans le couloir.

Sur le quai, une voix se fit entendre :

— En voiture !

— Nous partons, dit MacQueen.

Le train ne démarrait pas encore. Le sifflet déchira l'air une seconde fois.

— Monsieur, dit soudain le jeune homme, si vous préférez la couchette inférieure, ne vous gênez pas, prenez-la.

« Ce jeune homme est vraiment sympathique », se dit Poirot.

— Non, non, protesta-t-il. Je ne voudrais pas vous en priver.

— Cela m'est tout à fait égal.

— Vous êtes vraiment trop aimable… Mais ce ne serait que pour une nuit. A Belgrade…

— Ah ! vous descendez à Belgrade ?

— Pas précisément. Voici…

Une secousse. Les deux hommes se tournèrent vers la vitre. Ils virent le long quai éclairé glisser sous leurs yeux.

L'Orient-Express commençait son voyage de trois jours à travers l'Europe.

3

POIROT REFUSE UNE AFFAIRE

Levé de bon matin, M. Hercule Poirot avait déjeuné à peu près seul au wagon-restaurant et passé la matinée à compulser ses notes sur l'affaire qui le rappelait d'urgence à Londres. Il avait à peine vu son compagnon de voyage.

Comme il arrivait légèrement en retard pour le lunch au wagon-restaurant, M. Bouc, qui l'attendait, déjà attablé, l'accueillit avec force gestes et le pria de s'asseoir à la place inoccupée en face de lui.

Poirot s'installa et constata avec plaisir que leur table était servie la première et que la chère était excellente.

Lorsqu'on en fut au délicieux fromage à la crème, M. Bouc détourna ses pensées des choses de la table. Il arrivait à ce moment du repas où l'on devient philosophe.

— Ah ! soupira-t-il. Que n'ai-je la plume de Balzac pour décrire cette scène !

— Ça, c'est une idée, dit Poirot encourageant.

— Vous trouvez ? Je crois que personne n'y a encore songé. Et pourtant… il y a là matière à un roman, mon cher. Voici réunis des gens de toutes classes, de toutes nationalités et de tous âges. Pendant trois jours, ces personnes, étrangères les unes aux autres, vont dormir et manger sous le même toit. Elles mèneront une vie commune, et au bout de ces trois jours, elles se sépareront pour ne se revoir peut-être jamais.

— A moins qu'une catastrophe…

— Ah ! non, mon ami…

— Evidemment, de votre point de vue, ce serait regrettable. Mais supposons un instant qu'un accident se produise. En ce cas, tout ce monde se trouvera uni… dans la mort.

— Encore un doigt de vin, dit M. Bouc. Vous êtes sinistre, mon cher. C'est, sans doute, l'effet de la digestion.

— J'avoue qu'en Syrie la nourriture ne convenait guère à mon estomac.

Il but lentement une gorgée de vin. Puis, se rejetant en arrière, il fit des yeux le tour du wagon. Il compta dix-sept convives, de toutes classes et de toutes nationalités, ainsi que l'avait annoncé M. Bouc. Il se mit à les observer.

A la table en face de la leur étaient assis trois hommes qui voyageaient seuls et avaient été placés là suivant le flair infaillible du maître d'hôtel : un gros Italien bronzé qui se curait les dents avec satisfaction ; vis-à-vis de lui, un Anglais réservé et correct, aux traits impassibles et dédaigneux du serviteur britannique bien stylé, et, près de celui-ci, un Américain de forte carrure, vêtu d'un complet de ton criard… probablement un représentant de commerce.

— Il faut en jeter plein la vue ! disait ce dernier d'une voix nasillarde.

L'Italien retira son cure-dent de sa bouche et le brandit en déclarant :

— Pour sûr ! C'est bien ce que j'ai toujours dit !

L'Anglais regarda par la fenêtre et toussota.

Poirot dirigea ensuite son regard vers une petite table occupée par une vieille femme, très laide, mais d'une laideur distinguée, plutôt fascinante que repoussante. Cette femme se tenait très droite. Elle portait un collier de grosses perles qui, si peu croyable que cela paraisse, étaient vraies. De ses mains chargées de bagues, elle rejeta sur ses épaules le col de son manteau de zibeline. La petite toque noire très coûteuse posée sur le côté de sa tête ne seyait guère à sa figure jaune de crapaud.

En ce moment, cette vieille dame parlait au maître d'hôtel d'un ton poli, mais hautain :

— Vous aurez la complaisance de porter dans mon compartiment une bouteille d'eau minérale et un verre d'orangeade. Veillez à ce que j'aie du poulet froid ce soir à dîner…

Respectueux, le maître d'hôtel lui répondit qu'elle pouvait y compter.

Elle inclina la tête et se leva. Son regard croisa celui de Poirot, et elle se détourna avec l'indifférence d'une grande dame.

— C'est la princesse Dragomiroff, expliqua M. Bouc

à voix basse. Une Russe. Son mari avait placé tout son argent à l'étranger avant la révolution et elle est extrêmement riche.

Poirot avait déjà entendu parler de cette personnalité cosmopolite.

— Laide comme les sept péchés capitaux, ajouta M. Bouc, mais vous avouerez qu'elle a de l'allure.

A une autre table, Mary Debenham était assise, ainsi que deux autres femmes. L'une d'elles, de trente-cinq à quarante ans et très grande, portait un corsage écossais et une jupe de tweed. Son épaisse chevelure, d'un jaune fade, formait un chignon plat et disgracieux. Une paire de lunettes ornait son profil de mouton aux traits doux et bienveillants. Elle écoutait avec attention les propos d'une femme d'âge mûr, au visage agréable et aux formes replètes, qui parlait d'une voix lente et monotone et semblait ne devoir jamais s'arrêter, même pour reprendre haleine.

— … Alors ma fille disait : « Inutile de songer à appliquer les méthodes américaines dans ce pays. Ici, les gens sont indolents par nature et manquent totalement d'énergie. » Cependant, vous seriez étonnée des résultats obtenus par notre collège, dont le personnel est composé de professeurs compétents. Pour moi, il n'y a rien au-dessus de l'instruction. Ma fille disait…

Comme le train plongeait dans un tunnel, la voix se perdit…

A la petite table suivante, le colonel Arbuthnot déjeunait… solitaire, le regard rivé sur la nuque de Mary Debenham. Ils n'étaient pas assis à la même table, alors que cela paraissait si facile. Pourquoi ?

Sans doute Mary Debenham avait-elle hésité, par prudence. Une gouvernante ne doit pas se compromettre.

Poirot continua son étude. De l'autre côté du wagon, appuyée à la cloison, il remarqua une femme vêtue de noir, à la figure large et dénuée d'expression. Une Allemande ou une Scandinave, songea Poirot… probablement une femme de chambre.

Ensuite venait un couple : penchés l'un vers l'autre, les deux jeunes gens conversaient avec animation. L'homme portait un costume de cheviotte venu directement de Londres, mais il n'était pas anglais ; la forme de sa tête et de ses épaules suffit pour renseigner Poirot sur ce point. Soudain il se tourna et Poirot put l'observer de profil. C'était un très bel homme, d'une trentaine d'années, aux fines moustaches blondes.

La jeune femme assise en face de lui devait compter vingt ans. Vêtue d'un élégant tailleur noir sur une blouse de satin blanc, un minuscule chapeau noir incliné sur le côté de la tête suivant la dernière mode, elle avait la peau très blanche, de grands yeux sombres et des cheveux d'un noir de jais. Elle fumait une cigarette au bout d'un long tube d'ambre ; sur sa main soignée aux ongles rouges, Poirot distingua une énorme émeraude montée sur platine. Il y avait beaucoup de coquetterie dans sa voix et dans son regard.

— Elle est jolie… et elle a du chic ! murmura Poirot. Sans doute le mari et la femme ?

— Oui. Lui, appartient à l'ambassade de Hongrie, je crois. Un couple bien assorti.

Il ne restait que deux autres convives : le compagnon de voyage de Poirot, MacQueen, et son patron, Mr Ratchett. Pour la seconde fois, Poirot scruta le visage peu engageant du vieillard, compara la fausse bienveillance du reste de la face avec la cruauté des yeux petits et enfoncés.

M. Bouc dut s'apercevoir d'un changement dans l'expression de son ami, car il lui demanda :

— Vous regardez votre animal sauvage ?

— Oui, répondit Poirot.

Comme on apportait le café à Poirot, M. Bouc se leva. Il avait commencé à déjeuner avant son ami et avait fini depuis un moment.

— Je retourne dans mon compartiment, lui dit-il. Venez m'y rejoindre. Nous bavarderons un peu.

— Avec plaisir.

Poirot dégusta son café et commanda un petit verre de liqueur. Le maître d'hôtel passait d'une table à l'autre sa caisse portative pour recueillir le montant des additions. La voix de la forte dame américaine se fit entendre :

— Ma fille me disait : « Prends un carnet de tickets de repas et tu seras tranquille. » Mais elle n'y connaît rien. Il faut donner dix pour cent de pourboire, et puis… leur eau minérale a un drôle de goût. On ne peut se procurer ni eau d'Evian ni eau de Vichy, c'est très désagréable.

— Ils doivent… comment dirais-je… servir l'eau du pays, expliqua la dame au profil de mouton.

— Je trouve cette pratique stupide, déclara l'Américaine en regardant d'un air dégoûté le tas de menue monnaie posée sur la table devant elle. Voyez ce que le garçon m'a rendu… des *dinars !* A quoi cela ressemble-t-il ? Ma fille me disait…

Mary Debenham recula sa chaise et s'en alla en adressant un léger salut aux deux autres dames. Le colonel Arbuthnot se leva et la suivit. Ramassant la monnaie dédaignée, l'Américaine sortit et, après elle, la dame au masque ovin. Le couple hongrois avait déjà quitté le wagon-restaurant, et il n'y restait plus que Poirot, Ratchett et MacQueen.

Ratchett glissa un mot à son compagnon, qui se leva et sortit. Ensuite lui-même se leva, mais, au lieu de suivre MacQueen, il vint s'asseoir à la table de Poirot.

— Voulez-vous avoir l'obligeance de me donner du feu ? lui demanda-t-il d'une voix douce, un peu nasillarde. Je me nomme Ratchett.

Poirot s'inclina, plongea sa main dans sa poche et tendit à l'autre une boîte d'allumettes.

— Ai-je bien le plaisir de parler à M. Hercule Poirot ?

De nouveau, Poirot s'inclina.

— On ne vous a pas trompé, monsieur. Je suis Hercule Poirot.

Avant de poursuivre, Ratchett observa longuement le détective.

— Chez nous, dit-il enfin, on va droit au but. Monsieur Poirot, je voudrais que vous travailliez pour mon compte.

Hercule Poirot leva légèrement les sourcils.

— Monsieur, pour le moment ma clientèle est limitée. Je ne m'occupe que d'un très petit nombre d'affaires criminelles.

— Je le comprends, monsieur Poirot, mais vous n'y perdrez pas, je vous le promets, dit l'autre d'une voix persuasive.

Hercule Poirot, après une minute ou deux de réflexion, lui demanda :

— Eh bien, que désirez-vous de moi, monsieur… euh… Ratchett ?

— Voici. Monsieur Poirot, je suis riche… fabuleusement riche, et tous les gens dans ma situation sont assiégés d'ennemis. J'en ai un.

— Un seul ?

— Pourquoi cette question ?

— Monsieur, quand on se trouve dans une situation qui, selon vos dires, vous crée des ennemis, généralement ceux-ci ne se réduisent pas à un seul.

Cette réponse parut soulager Ratchett. Il se hâta de poursuivre :

— Evidemment, je saisis votre point de vue. Mais un ennemi… ou plusieurs… c'est pareil ! Ce qui compte avant tout, c'est ma sécurité.

— Votre sécurité ?

— Oui. Ma vie a été menacée, monsieur Poirot. Je suis capable de me défendre.

De la poche de son veston, sa main sortit, une seconde, un petit revolver.

— On ne m'aura pas facilement. Néanmoins, on ne s'entoure jamais de trop de précautions, et vous êtes l'homme qu'il me faut, monsieur Poirot. Comme je vous l'ai déjà laissé entendre, je vous rétribuerai généreusement.

Quelques secondes durant, Poirot garda un mutisme

et une impassibilité absolus. Son interlocuteur n'aurait pu deviner ce qui se passait dans son esprit.

— Je regrette infiniment, monsieur, de ne pouvoir vous obliger.

L'autre le dévisagea un instant.

— Fixez-moi votre prix.

Poirot secoua la tête.

— Vous semblez ne pas comprendre, monsieur. J'ai admirablement réussi dans ma carrière et je possède de quoi satisfaire mes besoins et mes caprices. Je me charge seulement des affaires… que j'estime intéressantes.

— Vous vous montrez difficile. Vingt mille dollars vous tenteraient ?

— Pas le moins du monde.

— Si vous espérez davantage de moi par vos réticences, vous perdez votre temps. Je connais la valeur des choses.

— Moi aussi… monsieur Ratchett.

— Eh bien alors… qu'est-ce qui vous déplaît dans ma proposition ?

Poirot se leva.

— Puisque vous insistez, permettez-moi de vous dire que… votre tête ne me revient pas, monsieur Ratchett.

Sur ce, il quitta le wagon-restaurant.

4

UN CRI DANS LA NUIT

Le Simplon-Orient-Express arriva en gare de Belgrade à neuf heures moins le quart du soir. Il ne devait repartir qu'à neuf heures et quart ; aussi Poirot descendit-il sur le quai. Mais il n'y resta pas longtemps. Il faisait très froid et une neige épaisse tombait au-delà du quai couvert.

Poirot regagna donc son compartiment. Le conducteur, qui se réchauffait sur le quai en battant la semelle, lui annonça :

— Monsieur, vos valises ont été transportées dans le compartiment numéro 1, le compartiment de M. Bouc.

— Où est donc allé M. Bouc ?

— Dans la voiture venant d'Athènes qu'on vient d'atteler à notre train.

Poirot se mit à la recherche de son ami. M. Bouc ne voulut pas entendre ses protestations.

— Ce n'est rien ! Ce n'est rien ! Puisque vous vous

rendez directement en Angleterre, mieux vaut que vous restiez dans la voiture de Calais. Quant à moi, je me trouve très bien ici. Sauf un petit médecin grec et moi, cette voiture est vide. Ah ! mon ami, quelle nuit nous allons passer ! Voilà des années qu'on n'a vu tomber tant de neige. Espérons que nous ne serons pas bloqués. Je vous assure que cette perspective ne me réjouit pas.

A 9 h 15 précises, le train démarra. Peu après, Poirot souhaita une bonne nuit à son compatriote et suivit le long couloir pour revenir en avant, dans sa propre voiture, près du wagon-restaurant.

Déjà, les barrières se brisaient entre les voyageurs ; le colonel Arbuthnot, debout devant son compartiment, causait avec MacQueen.

MacQueen s'arrêta net de parler en voyant Poirot. Il parut très surpris.

— Tiens ? je croyais que vous nous aviez quittés. N'aviez-vous pas dit que vous descendiez à Belgrade ?

— Vous ne m'avez pas compris, répondit Poirot en souriant.

— On a enlevé vos bagages… ils ont disparu.

— Mais non ! On les a simplement transportés dans un autre compartiment.

— Ah ! bon !

MacQueen reprit son entretien avec Arbuthnot, et Poirot s'éloigna.

Avant d'arriver à son compartiment, il vit la vieille Américaine, Mrs Hubbard, en conversation avec la dame au profil de mouton, une Suédoise. Mrs Hubbard la pressait d'accepter un magazine.

— Prenez-le, je vous en prie, j'ai un tas d'autres revues à lire. Mon Dieu ! quelle affreuse température !

Elle adressa un petit salut aimable à Poirot.

— Je vous remercie infiniment, dit la Suédoise.

— Dormez bien et votre migraine disparaîtra. Demain vous n'y penserez plus.

— Ce n'est que le froid. Je vais me préparer une tasse de thé bien chaud.

— Voulez-vous de l'aspirine ? Ah ! vous en avez. Alors, bonne nuit !

Comme son interlocutrice s'éloignait, Mrs Hubbard, encline à bavarder, se tourna vers Poirot et lui dit :

— C'est une Suédoise... une sorte de missionnaire... une institutrice, à l'entendre parler. Elle est très sympathique, mais elle s'exprime très mal en anglais. Ce que je lui ai raconté au sujet de ma fille l'a beaucoup intéressée.

Bientôt Poirot, et tous ceux qui comprenaient l'anglais dans le train, connurent la fille de Mrs Hubbard. La fille et le gendre de Mrs Hubbard étaient professeurs au grand collège américain de Smyrne. Mrs Hubbard venait d'accomplir son premier voyage en Orient et racontait à qui voulait l'entendre ce qu'elle pensait des Turcs, de leur indolence et de l'état de leurs routes.

La porte du plus proche compartiment s'ouvrit, et le domestique anglais en sortit. A l'intérieur, Poirot aperçut Mr Ratchett assis sur sa couchette. A la vue de Poirot, le millionnaire changea d'expression et son visage se crispa de colère. Puis la porte se referma.

Mrs Hubbard attira Poirot un peu à l'écart.

— Cet homme me fait une peur bleue. Pas le valet

de chambre… l'autre, son maître. Il y a quelque chose de faux dans son regard. Ma fille dit toujours que mon intuition ne me trompe jamais sur les gens. Et mon opinion est faite sur cet individu. L'idée qu'il occupe le compartiment contigu au mien n'est pas rassurante du tout. La nuit dernière, j'ai entassé mes valises contre la porte de communication. Il m'a semblé entendre bouger la poignée. Je ne serais nullement surprise d'apprendre que c'est un bandit, un de ces dévaliseurs de trains dont on parle tant. Je sais bien que c'est stupide ce que je dis là, mais qu'y faire ? Cet homme m'effraie, voilà tout. Ma fille me disait que le voyage serait agréable. Eh bien non !… je tremble de me sentir en pareil voisinage. Le pire peut arriver. Comment ce charmant jeune homme peut-il être le secrétaire de ce sinistre individu ? Je me le demande.

Le colonel Arbuthnot et MacQueen arrivaient dans leur direction.

— Venez dans mon compartiment, disait MacQueen au colonel. Je voudrais connaître votre politique dans les Indes, en ce qui concerne…

Les deux hommes passèrent dans le couloir et se rendirent au compartiment de MacQueen.

Mrs Hubbard souhaita une bonne nuit à Poirot.

— Je vais me mettre tout de suite au lit et je lirai, lui dit-elle. Bonne nuit !

— Bonne nuit, madame.

Poirot rentra dans son propre compartiment contigu aussi à celui de Ratchett. Il se déshabilla, se coucha et lut pendant une demi-heure environ avant d'éteindre la lumière.

Quelques heures plus tard, il se réveilla en sursaut. Une sourde exclamation, presque un cri, tout proche, l'avait arraché au sommeil et au même instant une sonnerie retentit.

Poirot, réveillé, se dressa sur son séant et tourna le bouton du commutateur. Le train était arrêté… sans doute se trouvait-on dans une gare.

Poirot se souvint alors que Ratchett occupait le compartiment voisin du sien. Il se leva et ouvrit sa porte. A l'instant même, le conducteur du wagon-lit arrivait en toute hâte et frappait à la porte de Ratchett. Poirot laissa sa porte légèrement entrouverte, et se tint aux aguets. Le conducteur frappa une seconde fois. Au même instant retentissait un nouveau coup de sonnette et à une autre porte plus loin apparut une lumière rouge, indiquant qu'un voyageur avait appelé.

Du compartiment le plus proche de celui de Poirot, une voix s'éleva et prononça en un français très correct :

— Ce n'est rien, je me suis trompé.

— Bien, monsieur.

Le conducteur se dirigea en toute hâte vers la porte où apparaissait la lumière rouge.

Poirot, l'esprit soulagé, retourna au lit et éteignit sa lampe, non sans avoir jeté un coup d'œil à sa montre. Il était exactement une heure moins vingt-trois.

5

LE CRIME

Il ne put se rendormir. Tout d'abord, il lui manquait le mouvement berceur du train. Cette gare paraissait étrangement paisible et, par contraste, les bruits intérieurs du wagon-lit devenaient extraordinairement sonores. Il entendait Ratchett remuer à côté… le déclic du lavabo, le gargouillement du robinet, puis de la cuvette, un éclaboussement d'eau, un autre déclic et la cuvette se remettait en place. Dans le couloir passa une personne en pantoufles.

Hercule Poirot, éveillé, leva les yeux au plafond. Pourquoi ce silence absolu dans cette gare ? Poirot se sentait la gorge sèche : il avait oublié de commander son habituelle bouteille d'eau minérale. Un coup d'œil à sa montre lui apprit qu'il était une heure et quart. Il allait poser le doigt sur la sonnette et demander de quoi boire, mais il s'arrêta : une autre sonnerie venait de retentir. Le conducteur ne pouvait répondre à tous en même temps.

« Ding… ding… ding… »

Où était donc l'employé ? La personne s'impatientait et continuait d'appuyer sur le bouton. « Ding… ding… »

Soudain l'homme arriva en courant et frappa à une porte non loin de celle de Poirot.

Le détective entendit ensuite la voix déférente du conducteur, puis le caquet insistant et volubile dune femme : Mrs Hubbard !

Poirot ne put réprimer un sourire.

L'explication dura un long moment. La dame parlait sans arrêt et laissait à peine le temps au malheureux conducteur d'avancer timidement un mot. Enfin, tout parut s'arranger et Poirot entendit distinctement :

— Bonne nuit, madame.

La porte se referma.

Poirot pressa alors du doigt le bouton de sonnette.

Le conducteur se précipita, l'air contrarié et affairé.

— De l'eau minérale, s'il vous plaît.

— Bien, monsieur.

Peut-être un clignement d'œil de Poirot incita-t-il le conducteur à quelques confidences.

— La dame américaine…

— Eh bien ?

L'employé s'épongea le front.

— Elle prétend qu'un homme se cache dans son compartiment. Vous voyez cela d'ici ! Dans un espace aussi restreint, où pourrait-il se loger ? J'ai essayé de lui faire entendre raison et de lui démontrer l'impossibilité de ce qu'elle redoute. Elle continue à me soutenir qu'en se réveillant elle a vu un homme. Je lui demande comment il a pu s'en aller en laissant la porte fermée au loquet à l'intérieur ? Elle ne veut rien savoir. Comme si nous n'avions pas assez d'ennuis par ailleurs ! Cette neige…

— La neige ?

— Eh ! oui, monsieur. Monsieur n'a donc pas remarqué que le train ne marche plus ? Il est arrêté par la neige. Dieu seul sait combien de temps nous resterons ici. Je me souviens d'avoir une fois été bloqué par la neige sept jours durant.

— Où sommes-nous ?

— Entre Vincovci et Brod.

— Pas de veine ! soupira Poirot, ennuyé.

L'homme s'éloigna, puis revint avec la bouteille d'eau minérale.

— Bonsoir, monsieur.

Poirot avala un verre d'eau et se disposa à dormir.

A peine se replongeait-il dans le sommeil qu'il fut de nouveau réveillé. On eût dit qu'un objet lourd était tombé près de sa porte.

Il sauta en bas de sa couchette, ouvrit la porte et regarda. Rien. Mais à droite, un peu plus loin dans le couloir, une femme enveloppée d'un peignoir rouge s'éloignait. A l'autre extrémité, assis sur son petit tabouret, le conducteur faisait des comptes sur de grandes feuilles de papier. Tout était calme.

« Décidément j'ai les nerfs malades », songea Poirot en retournant se coucher.

Cette fois, il dormit jusqu'au matin.

Quand il rouvrit les yeux, le train ne marchait toujours pas. Poirot leva le store pour jeter un coup d'œil au-dehors. D'énormes amas de neige bloquaient la voie.

Il consulta sa montre : neuf heures passées.

A dix heures moins le quart, Poirot, frais et pimpant selon son habitude, fit son entrée dans le wagon-restaurant où retentissait un chœur de lamentations.

Toutes les barrières sociales entre les voyageurs se trouvaient à présent renversées. La commune infortune rapprochait tout le monde. Mrs Hubbard geignait plus fort que les autres.

— Ma fille me disait de me reposer tranquillement dans le train jusqu'à Paris. Pendant combien de jours allons-nous rester ici sans bouger ? Et mon bateau qui part après-demain ! Comment faire ? Je ne puis même pas télégraphier pour décommander ma cabine. Je suis furieuse rien que d'y penser !

L'Italien déclarait que des affaires importantes l'attendaient à Milan et le grand Américain au costume voyant essayait de consoler sa compatriote en lui disant que le train pouvait encore rattraper son retard.

— Ma sœur et ses enfants qui m'attendent ! gémissait la dame suédoise. Impossible de les avertir. Que vont-ils s'imaginer ? Ils croiront sûrement qu'il m'est arrivé malheur.

— Combien de temps allons-nous demeurer ici ? Quelqu'un a-t-il une idée ? s'enquit Mary Debenham.

Sa voix trahissait une certaine impatience, mais Poirot n'y retrouva aucune trace de cette inquiétude nerveuse qu'elle avait manifestée durant l'arrêt très court du « Taurus-Express ».

Mrs Hubbard se livrait de nouveau à ses jérémiades :

— Et dire qu'il n'y a personne capable de vous renseigner dans ce train ! Ces étrangers n'essaieront même pas de nous tirer de là. Ah ! en Amérique…

Arbuthnot se tourna vers Poirot et lui parla en français avec un accent britannique très prononcé :

— Vous êtes un directeur de la ligne, je crois, monsieur ? Vous pouvez nous dire…

Souriant, Poirot rectifia :

— Non, non, ce n'est pas moi. Vous me confondez avec mon ami, M. Bouc.

— Oh ! excusez-moi.

— Il n'y a pas de quoi. Cette erreur est toute naturelle. J'occupe en ce moment son ancien compartiment.

M. Bouc ne se trouvait pas dans le wagon-restaurant. Poirot promena son regard autour de lui pour voir qui d'autre manquait.

La princesse Dragomiroff était absente, ainsi que le jeune couple hongrois, Ratchett, son domestique et la femme de chambre allemande.

La Suédoise s'essuya les yeux.

— Je suis ridicule de pleurer ainsi. Quoi qu'il arrive, nous devons accepter notre sort.

Toutefois, cette résignation chrétienne était loin d'être partagée par tous les voyageurs.

— Vous en parlez à votre aise, déclara MacQueen. Ne savez-vous donc pas que nous pouvons être retenus ici pendant des jours et des jours !

— Dans quel pays sommes-nous ? demanda Mrs Hubbard, d'une voix plaintive.

Quand on lui apprit que c'était la Yougoslavie, elle répliqua :

— Oh ! encore un de ces territoires balkaniques ! Que va-t-il nous arriver ?

— Mademoiselle, vous seule montrez un peu de patience, observa Poirot à Mary Debenham.

Elle haussa légèrement les épaules.

— A quoi sert de se plaindre ?

— Vous êtes philosophe, mademoiselle.

— Cela impliquerait un certain détachement. Je suis plutôt égoïste et je m'applique à éviter toute émotion inutile.

Elle parlait plutôt pour elle-même, et son regard se portait vers la fenêtre et les amas de neige au-dehors.

— Vous avez du cran, mademoiselle. De nous tous, c'est vous qui semblez posséder le plus de force morale.

— Pour ça, non : je connais quelqu'un de bien plus fort que moi.

— Qui donc ?

Elle parut soudain prendre conscience qu'elle parlait à un étranger, à un homme avec qui, jusqu'à ce matin-là, elle avait à peine échangé une demi-douzaine de phrases.

A cette pensée, elle fit entendre un petit rire amusé, puis reprit :

— Je veux parler de cette vieille dame… Vous l'avez sans doute remarquée. Une femme très laide, mais avec un certain charme fascinateur. Il lui suffit de lever le petit doigt et de prononcer quelques mots polis pour que tout le personnel du train s'empresse autour d'elle.

— Il s'empresse également auprès de mon ami, M. Bouc, parce qu'il est un des directeurs de la Compagnie, et non à cause de son esprit dominateur.

Mary Debenham sourit.

La matinée s'avançait. Plusieurs voyageurs, parmi lesquels Poirot, demeurèrent dans le wagon-restaurant et bavardèrent, histoire de passer le temps. Poirot en apprit davantage encore sur la fille de Mrs Hubbard et connut sur le bout des doigts les habitudes quotidiennes de feu Mr Hubbard, depuis l'heure du lever — où le brave homme commençait son déjeuner par des céréales — jusqu'à celle où il se couchait, les pieds dans des chaussons de nuit tricotés par Mrs Hubbard elle-même.

Tandis que la Suédoise lui exposait en termes vagues les buts des missionnaires en Orient, M. Poirot vit avancer vers lui un employé des wagons-lits.

— Pardon, monsieur.

— Eh bien ?

— M. Bouc serait très désireux que vous veniez vous entretenir avec lui quelques minutes.

Poirot s'excusa auprès de la dame et suivit l'employé. Ce n'était pas le conducteur de son propre wagon, mais un gros blond.

Précédé de son guide, le détective longea le couloir de sa voiture et passa dans la suivante. L'homme frappa à une porte et se rangea pour le laisser entrer.

C'était un compartiment de seconde classe… choisi sans doute parce qu'il était plus spacieux. Il était déjà encombré.

M. Bouc en personne était assis au fond. En face

de lui, un petit homme brun regardait la neige par la fenêtre. Debout, et empêchant Poirot d'avancer, se tenaient le chef de train, un colosse en uniforme bleu, et le conducteur de son wagon.

— Ah ! vous voici, mon cher ami, s'exclama M. Bouc. Entrez donc. Nous avons besoin de vous.

Le petit homme brun assis près de la fenêtre recula, cédant sa place à Poirot qui se serra pour passer devant les deux autres hommes et s'installa vis-à-vis de son ami.

L'expression de M. Bouc lui parut significative. De toute évidence, il s'agissait d'une affaire grave.

— Que se passe-t-il ? demanda Poirot.

— Bien des choses. D'abord cette neige… cet arrêt… et…

Il fit une pause. Le conducteur du wagon-lit poussa un soupir.

— Eh bien… et après ?

— Un voyageur a été assassiné cette nuit, acheva M. Bouc.

— Un voyageur ? Lequel ?

— Un Américain… un nommé… (Il consulta les papiers posés devant lui.) Ratchett. C'est cela, n'est-ce pas ? Ratchett ?

— Oui, monsieur, répondit le conducteur.

Poirot observa l'employé. Il était blanc comme un linge.

— Faites asseoir cet homme, dit-il. Il va tomber en syncope.

Le chef de train recula et le conducteur s'écroula sur la banquette, enfouissant son visage entre ses mains.

— Voilà qui est sérieux, dit Poirot.

— Certes. Un meurtre constitue toujours un affreux événement. Mais cette fois les choses se compliquent. Il se peut que nous soyons retenus ici pendant des heures… voire des journées entières. En outre, dans la plupart des autres pays, des représentants de la police montent dans le train. En Yougoslavie… personne ne se dérange. Alors, vous comprenez…

— En effet, cela n'améliore pas la situation, observa Poirot.

— Elle tournera peut-être au tragique, déclara M. Bouc. Docteur Constantine, excusez-moi de ne pas vous avoir présenté encore à mon ami, Mr Poirot. Le petit homme brun et le détective échangèrent un salut.

— Suivant l'avis du docteur, le crime a été commis vers une heure du matin.

— Il serait difficile de préciser le moment, mais je crois pouvoir affirmer que la mort a eu lieu entre minuit et une heure du matin.

— Quand a-t-on vu Mr Ratchett pour la dernière fois ? demanda M. Poirot.

— A une heure moins vingt, il a parlé au conducteur, dit M. Bouc.

— C'est exact, acquiesça Poirot. Je l'ai moi-même entendu. Est-ce bien la dernière fois que Ratchett a été vu vivant ?

— Oui.

Le docteur ajouta :

— La fenêtre du compartiment de Mr Ratchett a été trouvée grande ouverte afin de laisser croire que le meurtrier s'est échappé par là. Mais alors, des traces eussent été visibles sur la neige… et il n'y en avait aucune.

— Quand le crime a-t-il été découvert ?

— Michel !

Le conducteur du wagon-lit se redressa, l'air effaré.

— Expliquez à monsieur ce qui s'est passé exactement, ordonna M. Bouc.

L'homme parla d'une voix tremblante.

— Dans la matinée, le domestique de Mr Ratchett frappa plusieurs fois à la porte de son maître, sans obtenir de réponse. Voilà une demi-heure, le maître d'hôtel du wagon-restaurant désirait savoir si ce monsieur déjeunerait. Il était onze heures.

« Je lui ouvris la porte avec ma clef. Mais la chaînette de sûreté était mise à l'intérieur et personne ne répondait. Rien ne bougeait dans le compartiment et il faisait froid… terriblement froid avec la fenêtre ouverte et la neige qui entrait. Croyant que le monsieur était peut-être malade, j'allai chercher le chef de train et nous avons dû briser la chaîne pour pénétrer dans le compartiment. Mr Ratchett était… Ah ! c'est horrible !

De nouveau, il enfouit son visage dans ses mains.

— La porte était fermée et la chaînette mise à l'intérieur, répéta Poirot. Ne s'agirait-il point d'un suicide ?

Le docteur grec fit entendre un rire sarcastique.

— Un homme se suicide-t-il en se donnant des coups de couteau en dix ou douze endroits ?

Les yeux de Poirot s'agrandirent.

— Quelle férocité !

Pour la première fois, le chef de train prit la parole :

— C'est une femme. Croyez-m'en. Seule une femme frappe de cette façon.

Le docteur Constantine fronça le sourcil.

— Si c'est une femme, elle doit posséder une force herculéenne, observa-t-il. Sans entrer dans des détails techniques, je puis vous assurer qu'un ou deux de ces coups ont été portés avec une telle violence qu'ils ont traversé d'épaisses couches de muscles.

— Visiblement, ce crime n'offre rien de scientifique dans son exécution.

— En effet, approuva le docteur Constantine. Les coups semblent avoir été portés au hasard et certains n'ont fait qu'effleurer la peau. On dirait que le meurtrier, les yeux fermés, a frappé au petit bonheur.

— C'est une femme. Les femmes sont ainsi faites. La rage décuple leurs forces, ajouta le chef de train, qui semblait parler par expérience.

— Je vais peut-être vous apprendre du nouveau, dit Poirot. Mr Ratchett m'a parlé hier et, autant que je pus comprendre, sa vie était menacée.

— Sans doute par une de ces bandes de « gangsters » américains. En ce cas, ce n'est pas une femme qui aurait tué.

Le chef de train parut contrarié de voir s'écrouler son hypothèse.

— Alors le crime a été commis par un amateur, déclara Poirot d'un ton désapprobateur.

— J'ai remarqué dans le train un grand Américain d'allures communes, habillé d'un costume voyant et qui mâche de la gomme. Vous voyez qui je veux dire ? demanda M. Bouc, poursuivant son idée.

Le conducteur à qui il avait posé la question répondit :

— Oui, monsieur, le numéro 16. Mais ce ne peut être lui. Je l'aurais vu entrer ou sortir du compartiment.

— Ce n'est pas sûr. Nous reviendrons là-dessus tout à l'heure. Reste à savoir ce que nous allons faire maintenant.

Son regard interrogateur se tourna vers Poirot. Le détective le regarda à son tour.

— Voyons, mon ami, reprit M. Bouc. Vous devinez ce que j'attends de vous. Je connais vos capacités. Prenez en main la direction de l'enquête. Ne me refusez pas ce secours. Pour nous, je veux dire pour la Compagnie internationale des Wagons-Lits, cette affaire est grave. Elle se simplifierait si nous pouvions découvrir le coupable avant que la police yougoslave s'en mêlât. Autrement, nous aurons des ennuis, des retards et des difficultés de toutes sortes. Peut-être même des innocents seront-ils accusés. Tandis que si vous découvrez la solution du mystère, nous dirons : « Un meurtre a été commis : voici l'assassin. »

— Et si j'échoue ?

— Ah ! mon cher ! (La voix de M. Bouc se fit positivement caressante.) Je connais votre renommée et j'ai entendu parler de vos méthodes ! C'est une affaire faite pour vous ! Etudier les antécédents de tous les gens, leur *bona fide*... cela demande beaucoup de temps et de soucis. Mais ne m'avez-vous pas maintes fois répété que, pour découvrir un coupable, il suffisait simplement de s'asseoir dans un fauteuil et de réfléchir ? Eh bien, mettez-vous à l'œuvre. Interrogez les voyageurs du train, examinez le cadavre, réfléchissez aux indices qui s'offriront et je réponds que vous réussirez. Faites fonctionner — comme je vous l'ai également entendu dire — les petites cellules grises de votre cerveau… et vous nous désignerez bientôt le coupable !

Penché en avant, il regardait Poirot avec affection.

— Votre confiance ne laisse pas de me toucher, mon ami, dit Poirot d'une voix émue. Comme vous le dites, le problème ne doit pas être très facile à résoudre. La nuit dernière… mais n'anticipons pas. Le fait est qu'il y a à peine une demi-heure, je songeais, avec appréhension, que nous allions passer de mortelles heures, bloqués par cette neige. Et voici que se présente une énigme des plus passionnantes…

— Alors, vous acceptez ?

— J'accepte. Vous me chargez de l'enquête ?

— Entièrement… et nous nous mettons à votre disposition.

— Tout d'abord, je désirerais un plan du wagon-lit Constantinople-Calais, avec les noms des voyageurs qui occupent les différents compartiments, leurs passeports et leurs billets de chemin de fer.

— Michel, veuillez aller chercher tout cela.

Le conducteur du wagon-lit quitta le compartiment.

— Quels sont les autres voyageurs du train ?

— Dans cette voiture, il n'y a que le docteur Constantine et moi. Dans la voiture de Bucarest, il y a un vieillard estropié d'une jambe et bien connu du conducteur. Après vient le fourgon à bagages qui ne nous intéresse pas puisque, une fois le dîner servi, hier soir, on l'a fermé à clef.

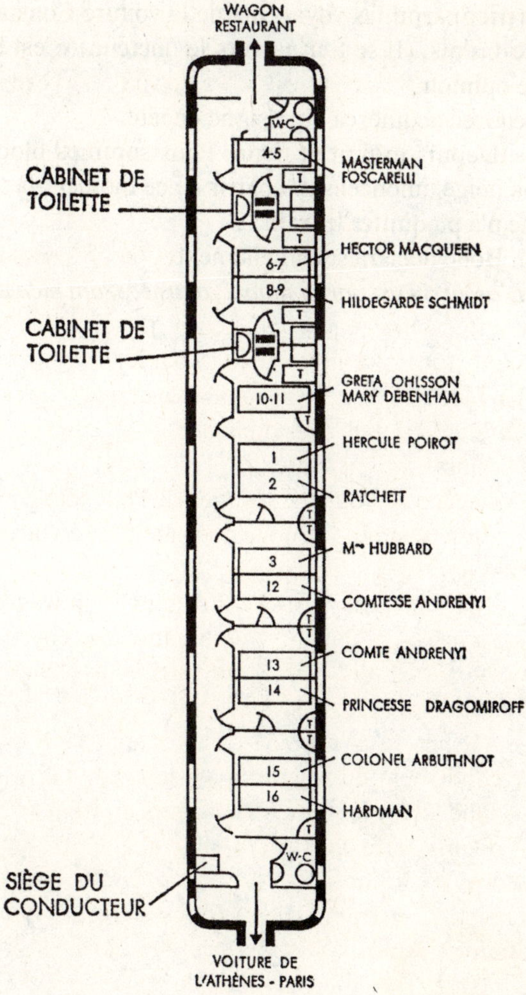
WAGON
RESTAURANT
W-C
4-5
MASTERMAN
FOSCARELLI
CABINET DE
TOILETTE
T
T
HECTOR MACQUEEN
6-7
8-9
HILDEGARDE SCHMIDT
CABINET DE
TOILETTE
T
T
GRETA OHLSSON
MARY DEBENHAM
10-11
T
HERCULE POIROT
1
2
RATCHETT
T
T
Mme HUBBARD
3
12
COMTESSE ANDRENYI
T
T
COMTE ANDRENYI
13
14
PRINCESSE DRAGOMIROFF
T
T
COLONEL ARBUTHNOT
15
16
HARDMAN
T
W-C
SIÈGE DU
CONDUCTEUR
VOITURE DE
L'ATHÈNES - PARIS

— Il semblerait donc que nous devrions chercher le meurtrier parmi les voyageurs de la voiture Constantinople-Calais. (Il se tourna vers le docteur.) C'est bien votre opinion ?

Le Grec acquiesça d'un signe de tête.

— Depuis minuit et demi, nous sommes bloqués par la neige amoncelée. A partir de ce moment-là, personne n'a pu quitter le train…

M. Bouc déclara solennellement :

« L'assassin est parmi nous... dans ce train même... »

6

UNE FEMME

— Tout d'abord, je voudrais dire un petit mot au jeune M. MacQueen. Il peut nous fournir quelques renseignements précieux.

— Certainement, dit M. Bouc. Il se tourna vers le chef de train.

— Priez M. MacQueen de venir.

Le conducteur reparut à ce moment avec un paquet de passeports et de billets de chemin de fer. M. Bouc les lui prit des mains :

— Merci, Michel. Pour l'instant, il vaudrait mieux que vous rejoigniez votre poste. Plus tard, nous vous interrogerons.

— Bien monsieur.

Michel quitta le compartiment.

— Lorsque nous aurons vu le jeune MacQueen, le docteur voudra bien peut-être m'accompagner dans le compartiment de la victime ? demanda Poirot.

— Volontiers, monsieur.

— Ensuite…

Mais le chef de train revenait, suivi de M. MacQueen. M. Bouc se leva.

— Nous sommes entassés ici, constata-t-il. Prenez ma place, monsieur MacQueen. M. Poirot restera assis devant vous…

Il se tourna vers le chef de train.

— Faites évacuer le wagon-restaurant, ordonna-t-il, et qu'on le mette à la disposition de M. Poirot. Vous y serez mieux, mon cher ami, pour conduire votre enquête.

— Oui, ce serait préférable, en effet.

MacQueen demeurait debout et regardait l'une après l'autre les personnes présentes, incapable de saisir ces rapides paroles débitées en français.

— Qu'est-ce qu'il y a ? demanda-t-il en un français laborieux. Pourquoi ?…

D'un geste énergique, Poirot lui fit signe de s'asseoir devant lui, dans un coin du compartiment.

— Pourquoi ?… répéta MacQueen.

Puis il continua dans sa propre langue :

— Que se passe-t-il dans le train ? Est-il arrivé quelque chose ?

— Parfaitement, répondit Poirot. Il s'est passé quelque chose. Préparez-vous à recevoir un choc : *Votre patron, Mr Ratchett, est mort !*

La bouche de MacQueen s'arrondit pour émettre un sifflement. Sauf la flamme légère qui passa dans son regard, il ne trahit aucun signe d'émotion ou de chagrin.

— Ils l'ont tout de même eu, cette fois, dit-il.

— Qu'entendez-vous par là, monsieur MacQueen ?

MacQueen hésita un instant.

— Selon vous, Mr Ratchett aurait été assassiné ? demanda Poirot.

— Il n'a pas été assassiné ? reprit MacQueen qui parut éprouver une violente surprise.

« Ma foi, je croyais qu'il avait été assassiné… Voulez-vous dire qu'il est mort naturellement pendant son sommeil ? Le vieux était d'une santé…

— Non, non, interrompit Poirot. Vos soupçons sont justes. Mr Ratchett a été tué… poignardé. Mais j'aimerais que vous m'expliquiez pourquoi vous étiez si sûr qu'il s'agissait d'un crime et non d'une mort naturelle.

MacQueen réfléchit quelques secondes.

— Je voudrais d'abord savoir qui vous êtes et connaître votre rôle dans cette affaire.

— Je représente la Compagnie internationale des Wagons-Lits. Je suis détective. Je m'appelle Hercule Poirot.

Si Poirot s'attendait à produire une forte impression sur le jeune homme, il en fut pour ses frais. MacQueen poursuivit simplement : « Ah ! oui ? » et attendit que Poirot continuât.

— Vous me connaissez peut-être de nom ?

— En effet, ce nom ne m'est pas tout à fait inconnu… mais je croyais qu'il appartenait à un grand couturier.

Hercule Poirot le toisa avec dédain.

— C'est inconcevable ! s'exclama-t-il.

— Qu'est-ce qui est inconcevable ?

— Rien. Revenons à nos moutons. Monsieur Mac-

Queen, je vous prie de me dire tout ce que vous savez sur la victime. Vous lui êtes parent ?

— Non. Je suis… ou plutôt j'étais… son secrétaire.

— Depuis combien de temps occupiez-vous cette situation ?

— Depuis un an.

— Donnez-moi tous les renseignements possibles.

— J'ai fait la connaissance de Mr Ratchett il y a un peu plus d'un an, lorsque j'étais en Perse.

Poirot l'interrompit.

— Que faisiez-vous dans ce pays ?

— J'étais venu de New York pour visiter une concession de pétrole. Inutile d'entrer dans les détails. L'affaire a mal tourné pour mes amis et pour moi. Mr Ratchett habitait dans notre hôtel. Il venait de renvoyer son secrétaire et m'offrit l'emploi. A bout de ressources, je fus trop heureux d'accepter cette situation largement rémunérée.

— Et depuis ?

— Nous avons beaucoup voyagé. Mr Ratchett désirait voir le monde, mais il était handicapé par son ignorance des langues étrangères. Ce genre d'existence ne me déplaisait pas.

— Donnez-moi aussi tous les renseignements possibles sur le compte de votre patron.

Le jeune homme haussa les épaules d'un air perplexe.

— Vous m'imposez là une tâche difficile.

— Quel est son nom exact ?

— Samuel Edward Ratchett.

— Etait-il américain ?

— Oui.

— De quelle partie de l'Amérique venait-il ?

— Je n'en sais rien.

— Alors, dites-moi ce que vous savez.

— Le fait est, monsieur Poirot, que je ne sais rien du tout ! Mr Ratchett ne me parlait jamais de lui-même ou de son existence en Amérique.

— En soupçonnez-vous la raison ?

— Non. J'imagine qu'il rougissait de ses débuts. Bien des hommes éprouvent cette espèce de honte.

— A-t-il de la famille ?

— Il n'y a jamais fait allusion.

— Voyons, monsieur MacQueen, vous vous êtes certainement fait une opinion personnelle sur cet homme ?

— Naturellement. Tout d'abord, je ne crois pas que Ratchett soit son véritable nom et je soupçonne qu'il a quitté l'Amérique pour échapper à quelqu'un. Il semble y avoir réussi… jusqu'à ces deux dernières semaines.

— Qu'arriva-t-il alors ?

— Il reçut des lettres de menaces.

— Les avez-vous vues ?

— Certes. Dépouiller la correspondance entrait dans mes attributions. La première lettre arriva il y a une quinzaine de jours.

— Ces lettres ont-elles été détruites ?

— Non, pas toutes. J'en conserve encore deux dans mon classeur. Voulez-vous que j'aille les prendre ?

— Je vous en prie.

MacQueen sortit du compartiment. Il revint quelques minutes plus tard et posa devant Poirot deux feuilles de papier ordinaire fort maculées.

La première lettre, sans signature, était rédigée en ces termes :

Vous pensiez nous glisser entre les mains et en êtes quitte à bon compte, mais détrompez-vous. Nous avons juré de vous avoir et nous vous aurons !

Sans autre commentaire qu'un froncement de sourcils, Poirot lut la seconde lettre :

Nous allons vous emmener en promenade, Ratchett. Et bientôt, nous aurons le dernier mot !

— Le style est un peu monotone, observa Poirot en posant la lettre. L'écriture l'est certes moins.

MacQueen le regarda fixement.

— Vous ne l'avez certainement pas remarqué, monsieur MacQueen, dit Poirot d'un ton cordial. Il faut un œil exercé pour s'en apercevoir, mais cette lettre a été composée par deux personnes ou peut-être davantage... Chacune d'elles a tracé une lettre ou un mot à la fois. En outre, on a écrit en caractères typographiques, ce qui rend plus difficile l'identification de l'écriture.

Poirot fit une pause, puis ajouta :

— Savez-vous que Mr Ratchett m'a demandé de le protéger ?

— Vous ?

L'étonnement de MacQueen indiquait nettement qu'il n'avait pas été mis au courant de cette demande.

— Oui, moi, affirma Poirot. Il paraissait fort inquiet... Quelle fut son attitude à la réception de la première lettre ?

— Il se contenta de rire sans se départir de son calme extérieur. Cependant, je sentis qu'il s'efforçait de dissimuler son trouble.

Poirot posa ensuite à MacQueen une question tout à fait inattendue :

— Monsieur MacQueen, voulez-vous me dire franchement votre opinion sur votre patron ? Vous plaisait-il ?

Hector MacQueen ne répondit qu'au bout d'un moment.

— Non, il ne me plaisait pas.

— Pourquoi ?

— Je ne pourrais en expliquer exactement la raison. Il se montrait toujours aimable.

Le jeune homme s'arrêta avant de poursuivre :

— En toute sincérité, monsieur Poirot, cet homme ne m'inspirait aucune confiance. Il me produisait l'effet d'un être cruel et dangereux. J'avoue, toutefois, n'avoir aucun motif personnel de le juger ainsi.

— Je vous remercie, monsieur MacQueen. Ah ! encore une question : quand avez-vous vu Mr Ratchett vivant pour la dernière fois ?

— Hier au soir, vers... dix heures. Je me rendis à son compartiment pour prendre quelques notes.

— Sur quel sujet ?

— Il s'agissait de poteries antiques achetées en

Perse. La livraison ne répondait pas du tout à la commande. Il s'ensuivit une longue et fastidieuse correspondance.

— C'est bien la dernière fois que vous avez vu Mr Ratchett en vie ?

— Oui.

— Savez-vous quand Mr Ratchett reçut la dernière lettre de menaces ?

— Le matin du jour où il quitta Constantinople.

— Je voudrais encore vous demander si vous étiez en bons termes avec votre patron ?

Les yeux du jeune homme clignotèrent.

— Voici le moment tragique où je devrais avoir la chair de poule… Mais non. Ratchett et moi, nous n'avions jamais eu une querelle.

— Monsieur MacQueen, voulez-vous me décliner vos noms et prénoms, et m'indiquer votre domicile en Amérique.

Hector Willard MacQueen donna son adresse permanente à New York. Poirot s'appuya en arrière sur les coussins.

— Cela suffit pour le moment, monsieur MacQueen. Je vous serai très obligé de garder pour vous la nouvelle de la mort de Mr Ratchett.

— Son domestique Masterman l'apprendra vite.

— Peut-être est-il déjà au courant. En ce cas, tâchez de lui faire tenir sa langue.

— Ce ne sera pas difficile. En vrai Anglais, il garde ce qu'il sait pour lui-même. Il professe une piètre opinion au sujet des Américains et n'en a aucune en ce qui concerne les gens d'autres nationalités.

— Merci, monsieur MacQueen.

L'Américain s'en alla.

— Eh bien ? fit M. Bouc. Vous ajoutez foi aux déclarations de ce jeune homme ?

— Il me paraît honnête et franc. Il n'a pas prétendu éprouver de l'affection envers son patron, comme il l'eût fait s'il avait eu quelque faute à se reprocher. Mr Ratchett ne lui a pas révélé qu'il avait, sans succès, essayé d'utiliser mes services ; je ne crois pas qu'il faille voir là une circonstance suspecte. Mr Ratchett était sans doute un de ces hommes qui se passent le plus possible du conseil des autres.

— Voilà donc une personne que vous déclarez innocente, observa M. Bouc en riant.

Poirot lui adressa un regard de reproche.

— Moi, je soupçonne tout le monde jusqu'à la dernière minute. Toutefois, j'admets que je ne vois nullement le discret et pondéré MacQueen perdant la tête et lardant son patron d'une douzaine de coups de poignard. Cela ne correspond pas du tout à son caractère.

— Non, dit M. Bouc, l'air pensif. Cette férocité semble presque l'œuvre d'un dément et suggérerait plutôt la haine passionnée d'un Latin… A moins que, selon l'opinion de notre ami le chef de train, le crime n'ait été commis par une femme.

7

LE CADAVRE

Suivi du docteur Constantine, Poirot passa dans la voiture voisine et se rendit au compartiment occupé par la victime. Le conducteur leur ouvrit la porte avec son passe-partout.

Les deux hommes entrèrent et Poirot demanda :

— A-t-on dérangé quelque chose ici ?

— Rien n'a été touché. J'ai même évité de retourner le corps en procédant à mon examen.

Poirot, satisfait, regarda autour de lui.

Ce qui le frappa tout d'abord, ce fut le froid intense qui pénétrait par la portière dont la glace était encore ouverte.

— Brr…, fit Poirot.

L'autre sourit :

— J'ai préféré ne pas la fermer, dit-il.

Poirot examina la fenêtre.

— Vous avez raison, docteur. Personne n'est sorti

par ici, comme voudrait le faire supposer la vitre ouverte : la neige a déjoué les plans de l'assassin.

Prenant une petite boîte dans sa poche, il souffla un peu de poudre sur le bord de la fenêtre.

— Pas d'empreintes : cela démontre qu'on les a essuyées. S'il y en avait eu, elles ne nous auraient guère avancés. Elles eussent été celles de Mr Ratchett, de son domestique ou du conducteur. De nos jours, les criminels ne commettent pas de pareilles bévues. Puisqu'il en est ainsi, ajouta-t-il, fermons cette vitre. On se croirait dans un frigorifique.

Il joignit l'acte à la parole et pour la première fois il porta son attention vers le corps allongé sur la couchette.

Ratchett gisait sur le dos. Sa veste de pyjama, souillée de taches rouges, avait été déboutonnée et écartée.

— Je voulais constater l'état des blessures, expliqua le médecin.

Poirot se pencha sur le cadavre, puis se redressa.

— Ce n'est pas joli à voir, dit-il avec une grimace de dégoût. Le meurtrier a dû se tenir là, debout, et frapper à coups redoublés. Combien de blessures y a-t-il au juste ?

— J'en ai compté douze. Une ou deux d'entre elles sont seulement des éraflures. D'autre part, trois des coups portés auraient suffi à déterminer la mort.

Quelque chose dans la voix du médecin intrigua Poirot. Le détective observa le Grec qui, les sourcils froncés, regardait le cadavre.

— Vous venez de découvrir une anomalie quelconque, n'est-ce pas ? Parlez, lui conseilla-t-il doucement. Dites-moi ce qui vous étonne.

— Je remarque ici un étrange phénomène.

— Quoi donc ?

— Regardez ces deux blessures, celle-ci et celle-là. (Il les désigna de l'index.) Elles sont profondes… la coupure a certainement touché des vaisseaux sanguins… et pourtant les bords ne sont pas béants. Elles n'ont pas saigné comme elles auraient dû le faire normalement.

— Ce qui signifie ?

— Que l'homme était déjà mort… depuis un moment… avant de recevoir ces coups… Mais c'est absurde !

— A moins, dit Poirot pensivement, que le meurtrier, imaginant son œuvre incomplète, ne soit revenu frapper ces deux coups pour plus de sûreté. Mais cette hypothèse est peu vraisemblable. Rien d'autre ?

— Si, encore un détail.

— Lequel ?

— Vous voyez cette blessure… sous le bras droit, près de l'épaule. Prenez mon crayon. Tenez… Essayez de frapper un coup pareil.

Poirot abaissa vivement la main.

— Je comprends. Avec la main droite, c'est presque impossible. Il faudrait frapper en retournant le poignet. Mais en se servant de la main gauche…

— Précisément, monsieur Poirot. Ce coup a dû être donné de la main gauche.

— Notre assassin est donc gaucher ? Non, n'est-ce pas ?… C'est plus compliqué que cela ne paraît.

— Vous avez raison, monsieur Poirot. Quelques-uns de ces autres coups ont visiblement été frappés de la main droite.

— Deux assassins, alors. L'électricité était-elle allumée ? demanda vivement le détective.

— C'est difficile à dire. Chaque matin, le conducteur coupe le courant vers dix heures.

— Voyons le commutateur, dit Poirot.

Il examina le bouton qui commandait la lampe du plafond et la lampe-liseuse à la tête du lit.

— Eh bien, conclut Poirot, tout a été éteint. Nous voici devant l'hypothèse du premier et du deuxième assassin, comme s'exprimerait l'illustre Shakespeare. Le premier assassin s'acharne sur la victime et quitte le compartiment après avoir tourné la lumière. Le second assassin se glisse dans l'obscurité, ne voit pas que la besogne a déjà été faite et frappe au moins deux coups sur le cadavre. Que pensez-vous de mon idée ?

— Magnifique ! s'exclama le médecin avec enthousiasme,

— Vous trouvez ? Me voilà rassuré. Je craignais d'avoir proféré une absurdité.

— Quelle autre explication pourrait-on fournir de ces deux dernières blessures ?

— Je me le demande. Existe-t-il d'autres indices confirmant l'intervention de deux meurtriers ?

— Je crois pouvoir l'affirmer. Quelques-uns de ces coups, comme je l'ai déjà dit, dénotent une certaine faiblesse — un manque de force ou de volonté… — tandis que celui-ci et celui-là (il indiqua les deux blessures refermées) ont exigé une grande vigueur physique.

— A votre avis, seul un homme aurait pu les porter ?

— J'en suis presque certain.

— Une femme en eût été incapable ?

— Une jeune femme très vigoureuse, disons une athlète, en aurait peut-être été capable, particulièrement sous l'influence d'une forte émotion, mais, selon moi, c'est presque impossible.

Poirot demeura silencieux.

Intrigué le médecin lui demanda :

— Vous saisissez mon point de vue ?

— A merveille, dit Poirot. Tout s'éclaire de façon éblouissante ! Le meurtrier est un homme très fort, très faible, c'est une femme, il est droitier, il est gaucher. Ah ! tout cela est du plus haut comique !

Puis, avec une brusque colère :

— Et la victime ? Que devient-elle dans tout cela ? Crie-t-elle ? Se débat-elle ? Se défend-elle ?

Il glissa sa main sous l'oreiller et exhiba le petit revolver automatique que Ratchett lui avait montré la veille.

— Entièrement chargé, constatez-le, docteur !

Ils promenèrent leurs regards autour d'eux. Les vêtements de Ratchett pendaient aux patères contre la cloison. Sur la petite table formée par le couvercle de la cuvette de toilette se trouvaient différents objets : dans un verre d'eau le dentier du mort, à côté de la bouteille d'eau minérale, un verre vide, un grand flacon et un cendrier contenant le bout d'un cigare, des fragments de papier carbonisés, et aussi deux allumettes qui avaient servi.

Le docteur saisit le verre vide et le renifla.

— Voici qui nous explique l'inertie de la victime.

— On l'a endormi ?

— Oui.

Poirot ramassa les deux bouts d'allumettes et les examina de très près.

— Avez-vous découvert un indice quelconque ? lui demanda le petit médecin.

— Ces deux allumettes présentent des formes différentes, l'une est plus plate que l'autre.

— Les plates se vendent dans le train.

Poirot fouilla les poches de Mr Ratchett, en retira une boîte d'allumettes et compara celles-ci avec les deux autres.

— L'allumette ronde a été enflammée par Mr Ratchett. Voyons s'il possède aussi des plates.

Une nouvelle recherche demeura vaine.

Les yeux de Poirot, vifs et perçants comme ceux d'un oiseau, scrutaient les coins et recoins du compartiment. Aucun détail ne pouvait lui échapper, semblait-il.

Poussant une légère exclamation, il se baissa et ramassa un objet sur le tapis : un petit carré de batiste portant, au coin, l'initiale « H » brodée.

— C'est un mouchoir de femme, dit le docteur. Le chef de train ne se trompait pas. Il y a une femme là-dessous.

— Par une coïncidence providentielle, elle laisse son mouchoir derrière elle, expliqua Poirot, tout comme dans les romans et les films policiers. Et, pour nous faciliter encore la tâche, ce mouchoir est marqué d'une initiale.

— Quelle utile indication !

— N'est-ce pas ?

Le ton de Poirot étonna le médecin. Sans lui donner le temps de poser une question, Poirot se baissa de nouveau vers le sol. Cette fois, il ramassa un cure-pipe.

— Cet objet appartient peut-être à Mr Ratchett, suggéra le médecin.

— Je n'ai pas trouvé de pipe dans ses poches, ni tabac, ni blague à tabac.

— En ce cas, ce serait encore une pièce à conviction.

— Certainement. Et elle nous arrive fort à point. Cette fois, il s'agit d'un accessoire de fumeur. Ne nous plaignons pas, en l'occurrence, de manquer de fils conducteurs. Ils abondent au contraire. A propos, où est l'arme du crime ?

— Je n'en ai vu aucune trace. L'assassin a dû l'emporter avec lui.

— Pour quelle raison ?

— Ah !

Le médecin explorait délicatement les poches du pyjama de la victime.

— Tiens, je n'avais pas remarqué ceci.

De la pochette de la veste, il retira une montre en or. Le boîtier était tout bossué et les aiguilles marquaient une heure et quart.

— Voyez ! Nous avons l'heure du crime. Mes calculs tombent juste. L'assassinat a eu lieu entre minuit et deux heures du matin, et j'avais même ajouté : vers une heure, encore qu'il soit difficile d'être précis en cette matière. Eh bien, en voilà la confirmation. Le crime a été commis à une heure et quart.

— Possible ! très possible !…

Le médecin leva sur Poirot un regard interrogateur.

— Excusez-moi, monsieur Poirot, mais je ne vous comprends pas du tout.

— Je ne me comprends pas davantage moi-même, et je ne comprends rien à l'affaire. Voilà ce qui me concerne.

Poussant un soupir, il se pencha au-dessus de la petite table et examina les débris de papier carbonisé.

— Ce qu'il me faudrait pour l'instant, dit-il, c'est un carton à chapeau d'un ancien modèle.

Le docteur Constantine ne sut que penser de cette remarque inattendue. Poirot ne lui accorda pas le temps de l'interroger. Ouvrant la porte du couloir, il appela le conducteur.

L'homme accourut.

— Combien de femmes voyagent dans ce wagon ?

Le conducteur compta sur ses doigts.

— Une, deux, trois… six, monsieur. La vieille dame américaine, la Suédoise, la jeune Anglaise, la comtesse Andrenyi et Mme la princesse Dragomiroff avec sa femme de chambre.

Poirot réfléchit un instant :

— Toutes ces personnes possèdent des cartons à chapeaux, n'est-ce pas ?

— Oui, monsieur.

— Bon. Veuillez m'apporter ici celui de la Suédoise et celui de la femme de chambre. Ces deux femmes sont nos seuls espoirs. Dites-leur qu'il s'agit de la douane… ou donnez-leur tout autre prétexte qui vous passera par la tête.

— Tout ira bien, monsieur. Pour l'instant, ni l'une ni l'autre de ces dames ne sont dans leurs compartiments.

— Alors, faites vite.

Le conducteur s'éloigna rapidement et revint avec les deux cartons à chapeaux. Poirot ouvrit celui de la femme de chambre et le repoussa. Puis il s'empara de l'autre et ne put réprimer une exclamation de joie. Enlevant les chapeaux avec précaution, il découvrit des petits rouleaux de fine toile métallique.

— Ah ! voici ce qu'il nous faut. Il y a une quinzaine d'années, tous les cartons à chapeaux étaient fabriqués de la sorte. On fixait les chapeaux avec de longues épingles qui s'accrochaient dans ce réseau de métal.

Tout en parlant, Poirot retira deux de ces dispositifs. Puis il remit les chapeaux en place et pria le conducteur de reporter les cartons où il les avait pris.

La porte refermée, Poirot se retourna vers le médecin :

— Vous saisissez, mon cher docteur ? Je ne suis pas de ceux qui se reposent entièrement sur la procédure des experts. Dans une affaire, j'étudie le côté psychologique de préférence aux empreintes digitales ou à la cendre de cigarettes. Mais, dans le cas présent, j'accepterais volontiers l'aide d'un homme de science. Les indices foisonnent dans ce compartiment, mais comment savoir s'ils ne sont point simulés ?

— Là, je ne vous suis plus, monsieur.

— Eh bien, voici un exemple. Nous mettons la main sur un mouchoir de femme. Est-ce bien une femme qui l'a perdu ? Si le criminel est un homme, il a pu se tenir ce raisonnement : « Pour faire croire qu'une femme a tué, je larderai ma victime de coups de couteau, dont quelques-uns faibles et inoffensifs, et j'abandonnerai ce mouchoir là où on ne pourra manquer de le trouver. » Première supposition. En voici une autre : une femme a-t-elle commis ce crime et laissé tomber un cure-pipe pour donner le change ? Ou devons-nous conclure que deux individus, un homme et une femme, ont agi chacun de leur côté et commis tous deux l'imprudence d'oublier un objet capable de les identifier ? Cette coïncidence me paraît invraisemblable !

— Quel rôle joue ici le carton à chapeau ?

— Ah ! nous y voilà ! Comme je vous le disais tout à l'heure, l'arrêt de la montre, le mouchoir, le cure-pipe peuvent être des indices véritables ou simulés. Jusqu'ici, je ne saurais rien affirmer. Mais je découvre une piste qui, si je ne me trompe n'est point truquée. Je veux parler de cette allumette plate. Je crois qu'on s'en est servi pour brûler un papier compromettant… peut-être une lettre dont les termes révéleraient l'identité du coupable… je vais m'efforcer de tirer cela au clair.

Il quitta le compartiment et reparut quelques instants après, portant un petit réchaud à alcool et un fer à friser.

— Je m'en sers pour mes moustaches, expliqua-t-il.

Le médecin, intéressé, vit le détective aplatir les deux morceaux de toile métallique, glisser le bout de papier carbonisé sur l'un d'eux, et appliquer l'autre morceau par-dessus. Il maintint ensuite le tout dans cette position à l'aide de sa pince et le plaça au-dessus du réchaud allumé.

— Ceci n'est qu'un pis-aller, espérons que nous obtiendrons le résultat voulu.

Le métal commença de rougir et soudain des signes apparurent sur le papier noirci… des mots se formèrent lentement en lettres de feu.

Sur ce petit fragment de papier on pouvait lire six mots et la fin d'un autre :

... enez-vous de la petite Daisy Armstrong.

— Ah ! s'exclama Poirot.

— Cela vous apprend-il quelque chose ? demanda le médecin.

Les yeux brillants, le détective posa sa pince.

— Oui. A présent, je connais le véritable nom du mort et la raison pour laquelle il ne résidait plus en Amérique.

— Comment s'appelait-il ?

— Cassetti.

— Cassetti !… Ce nom évoque en moi un souvenir. Je ne sais plus au juste… Ne s'agit-il pas d'une affaire qui s'est passée aux Etats-Unis ?

— Oui, répondit Poirot.

Poirot, peu enclin à se montrer communicatif, promena son regard autour de lui et conclut :

— Nous en reparlerons tout à l'heure. Assurons-nous d'abord si rien de ce qu'il y a à voir ne nous a échappé.

D'une main habile, il inspecta de nouveau les poches du défunt sans rien découvrir d'intéressant. Il essaya d'ouvrir la porte de communication entre les deux compartiments, mais de l'autre côté le verrou était poussé.

— Un point m'intrigue, remarqua le docteur Constantine. Si l'assassin ne s'est pas enfui par la fenêtre, si cette porte de communication était fermée au verrou de l'autre côté, et si la porte du couloir était non seulement fermée à clef mais aussi au moyen de la chaînette de sûreté, par où le meurtrier a-t-il pu sortir ?

— C'est ce que veut savoir le public lorsqu'un illusionniste est emprisonné pieds et poings liés dans une armoire.

— Vous dites ?

— Je prétends, expliqua Poirot, que si le meurtrier veut nous faire croire qu'il a sauté par la fenêtre, il s'arrangera pour que les deux autres issues paraissent impraticables. Comme pour l'illusionniste de l'armoire, il existe un truc là-dessous. A nous de le démasquer !

Il poussa le verrou de la porte de communication et expliqua ce geste :

— C'est pour le cas où l'excellente Mrs Hubbard s'aviserait de recueillir des détails inédits sur le crime pour les transmettre à sa fille.

Il jeta un dernier coup d'œil dans le compartiment.

— Il ne nous reste plus rien à faire ici, dit-il. Allons rejoindre M. Bouc.

8

L'ENLÈVEMENT DE LA PETITE ARMSTRONG

M. Bouc achevait son omelette.

— J'ai jugé plus pratique de faire servir immédiatement le déjeuner dans le wagon-restaurant. Une fois les tables débarrassées, M. Poirot pourra procéder à l'interrogatoire des voyageurs. En attendant, j'ai commandé qu'on nous apporte notre repas ici.

— Excellente idée ! s'exclama Poirot.

Aucun des trois hommes n'avait grand-faim et le repas fut vite expédié, mais ce fut seulement au moment du café que M. Bouc fit allusion au sujet qui les préoccupait.

— Eh bien ? demanda-t-il.

— Eh bien, j'ai découvert l'identité de la victime et je sais pour quelle raison cet homme a dû quitter l'Amérique.

— Qui est-ce ?

— Avez-vous entendu parler du bébé Armstrong ?

C'est cet individu qui a tué la petite Daisy Armstrong… Cassetti.

— Je me souviens à présent de ce drame horrible… bien que les détails m'échappent.

— Le colonel Armstrong était un Anglais, décoré de la Croix de Victoria. Il était américain par sa mère, la fille de Van der Halt, un millionnaire de Wall Street. Il épousa la fille de Linda Arden, la plus célèbre tragédienne américaine de l'époque, et tous deux se fixèrent en Amérique. De leur union naquit une petite fille qu'ils idolâtraient. A l'âge de trois ans, cette enfant fut enlevée par des bandits qui offrirent de la rendre contre une somme fabuleuse. Je ne m'étendrai pas sur les détails de l'affaire. Sachez seulement qu'après un versement de deux cent mille dollars, on découvrit le cadavre de l'enfant ; la mort remontait à quinze jours au moins. L'indignation publique fut à son comble. Mais le pire devait se produire. Mrs Armstrong attendait un second bébé. Bouleversée par ces événements, elle mit au monde un enfant mort-né et elle-même succomba. Fou de douleur, son mari se tua d'un coup de revolver.

— Mon Dieu, quelle lamentable tragédie ! Je m'en souviens à présent, dit M. Bouc. Mais n'a-t-on pas eu une autre mort à déplorer ?

— Si… celle d'une pauvre servante française ou suisse, je ne sais plus, que la police soupçonnait de complicité avec les bandits. On refusa d'écouter ses énergiques protestations. En fin de compte, poussée par le désespoir, la malheureuse se jeta d'une fenêtre et se tua sur le coup. Par la suite, son innocence fut démontrée de façon éclatante.

— Quelle chose horrible !…

— Six mois plus tard, Cassetti fut arrêté comme chef de la bande qui avait volé l'enfant. Les malfaiteurs avaient employé la plus sinistre des méthodes. De crainte d'être arrêtés par la police, ils avaient supprimé l'enfant, caché le cadavre, et continuaient à soutirer autant d'argent que possible avant la découverte du meurtre.

« Je puis vous affirmer ceci : Cassetti était l'assassin. Mais grâce à l'énorme fortune qu'il avait entassée et au chantage qu'il exerçait sur certaines personnalités, il fut acquitté par la suite d'une faute dans la procédure. Néanmoins, la populace l'aurait lynché s'il n'avait eu l'habileté de se déguiser et de quitter l'Amérique sous un faux nom. Depuis lors, il voyageait et vivait luxueusement de ses revenus.

— Ah ! l'immonde personnage ! proféra M. Bouc d'un air de dégoût. Ce n'est pas moi qui déplorerai sa perte.

— Moi non plus !

— Il n'était tout de même pas nécessaire de le mettre à mort dans l'Orient-Express ! L'exécuteur aurait pu choisir un autre endroit.

Poirot esquissa un sourire en soupçonnant M. Bouc de partialité en l'occurrence.

— Il reste maintenant à savoir si le meurtre a été perpétré par une bande rivale que Cassetti aurait trahie dans le passé, ou s'il s'agit d'un acte de vengeance personnelle.

Poirot répéta à M. Bouc les mots découverts par lui sur le fragment de papier carbonisé.

— Si mes présomptions sont justes, cette lettre a été brûlée par le meurtrier. Pourquoi ? Parce qu'elle contenait ce nom : Armstrong, qui donnait la clef du mystère.

— Y a-t-il d'autres membres de la famille Armstrong encore vivants ?

— Je l'ignore, malheureusement. Mais il me souvient d'avoir lu quelque part que Mr Armstrong avait une jeune sœur.

Poirot exposa ensuite ses constatations et celles du docteur Constantine. Le visage de M. Bouc s'éclaira lorsqu'il fut question de la montre arrêtée.

— Nous avons là l'heure exacte du crime.

— Oui. Ce renseignement est précieux, dit Poirot d'un ton si étrange que les deux autres le regardèrent, ahuris.

— Ne m'avez-vous pas dit que vous aviez entendu Ratchett parler au conducteur à une heure moins vingt ? lui demanda M. Bouc.

Poirot relata minutieusement les événements de la nuit.

— Eh bien, tout semblerait prouver que Cassetti… ou Ratchett, comme je continuerai à l'appeler — vivait encore à une heure moins vingt.

— Une heure moins vingt-trois, exactement.

— Autrement dit, à minuit trente-sept, Mr Ratchett était bien vivant. C'est un fait indiscutable.

Poirot se contenta de regarder pensivement devant lui.

On frappa à la porte et le maître d'hôtel entra.

— Le wagon-restaurant est libre, monsieur, annonça-t-il.

— Allons-y ! dit M. Bouc en se levant.

— Puis-je vous accompagner ? demanda Constantine.

— Certainement, cher docteur. A moins que M. Poirot n'y voie quelque inconvénient ?

— Pas le moindre.

Après un échange de politesses, aucun ne voulant passer le premier pour sortir, tous trois s'éloignèrent du compartiment.

DEUXIÈME PARTIE

L'INSTRUCTION

1

LA DÉPOSITION DE L'EMPLOYÉ DES WAGONS-LITS

Dans le wagon-restaurant, tout était prêt pour recevoir ces messieurs.

Poirot et M. Bouc s'assirent l'un à côté de l'autre et, en face d'eux, à la même table, le médecin prit place.

Devant Poirot s'étalait le plan du wagon-lit Constantinople-Calais avec les noms des voyageurs écrits à l'encre rouge ; à côté, les passeports et les billets de chemin de fer formaient un petit tas. On n'avait pas oublié l'encre, le papier, les porte-plume, et les crayons.

— Parfait ! déclara Poirot. Ouvrons sans plus tarder notre enquête. Convoquons tout d'abord le conducteur du wagon-lit. Vous connaissez sans doute la moralité de cet homme ? Peut-on se fier à ses dires ?

— Oh ! mais oui ! Pierre Michel appartient au service de la Compagnie depuis plus de quinze ans. C'est un Français... il habite près de Calais. Ce n'est peut-être pas un phénix d'intelligence, mais il est foncièrement honnête.

— Bon, dit Poirot. Faites-le venir.

Bien qu'ayant recouvré une partie de son sang-froid, Pierre Michel demeurait encore sous le coup de l'émotion.

— J'espère que monsieur n'a aucune négligence à me reprocher dans mon service ? demanda-t-il en regardant tour à tour Poirot et M. Bouc. C'est horrible, ce qui vient de se passer, mais j'ose croire que ma responsabilité n'est pas en jeu ?

Ayant calmé les craintes de l'employé, Poirot se mit à l'interroger. Il lui demanda d'abord son nom, son adresse, depuis combien de temps il travaillait à la Compagnie et depuis quand il faisait le trajet Constantinople-Calais. Poirot connaissait déjà tous ces détails, mais cet interrogatoire de pure forme permit au conducteur de se mettre à l'aise.

— Arrivons maintenant aux événements de cette nuit. A quelle heure Mr Ratchett s'est-il couché ?

— Presque tout de suite après dîner, monsieur, avant que le train quitte la gare de Belgrade. Comme la veille, il m'avait prié de préparer son lit pendant le dîner, ce que je fis.

— Quelqu'un a-t-il pénétré ensuite dans son compartiment ?

— Son valet de chambre, monsieur, et son secrétaire, le jeune Américain.

— Personne d'autre ?

— Pas que je sache, monsieur.

— Bien. C'est la dernière fois que vous l'avez vu ou entendu ?

— Non, monsieur. Vous oubliez qu'il a sonné vers une heure moins vingt… peu après l'arrêt du train.

— Que s'est-il passé exactement ?

— J'ai frappé à sa porte, mais il répondit qu'il avait sonné par erreur.

— Il répondit en anglais ou en français ?

— En français.

— Quels termes a-t-il exactement employés ?

— « Ce n'est rien. Je me suis trompé. »

— Parfait, dit Poirot. C'est bien ce que j'avais entendu. Après cela, vous êtes parti ?

— Oui, monsieur.

— Etes-vous retourné vous asseoir sur votre siège ?

— Non, monsieur, j'ai d'abord répondu à un autre voyageur qui venait de sonner.

— Bien, Michel. Je vais maintenant vous poser une question importante. Où étiez-vous à une heure et quart ?

— Moi, monsieur ? J'étais à ma place au fond du couloir.

— Vous l'affirmez ?

— Mais oui… à moins…

— A moins ?

— Ah ! en effet, je suis allé dans l'autre wagon, celui d'Athènes, voir Vivet, mon collègue. Nous avons parlé de la neige. Ce devait être peu après une heure… Je ne saurais préciser.

— Et quand êtes-vous revenu ?

— On m'a sonné, monsieur. Je crois vous l'avoir déjà dit. C'était la dame américaine. Elle avait sonné plusieurs fois.

— Oui, je me rappelle. Et après ?

— Après, monsieur ? J'ai répondu à votre coup de sonnette et vous ai apporté une bouteille d'eau minérale. Puis, environ une demi-heure après, j'ai fait le lit dans le compartiment du jeune Américain… le secrétaire de Mr Ratchett.

— Mr MacQueen se trouvait-il seul dans son compartiment quand vous y êtes entré pour préparer le lit ?

— Le colonel anglais du numéro 15 était assis avec lui. Ils parlaient ensemble.

— Que fit le colonel en quittant Mr MacQueen ?

— Il retourna dans son propre compartiment.

— Le numéro 15… c'est tout près de votre siège, n'est-ce pas ?

— Oui, monsieur, c'est le second compartiment à partir de cette extrémité du couloir.

— Son lit était-il déjà préparé ?

— Oui, monsieur, je l'avais fait pendant le dîner.

— A quelle heure cela se passait-il ?

— Je ne puis préciser Mais certainement pas plus tard que deux heures.

— Et ensuite ?

— Je demeurai assis dans mon coin jusqu'au matin.

— Vous n'êtes pas retourné dans le wagon d'Athènes ?

— Non, monsieur.

— Vous avez peut-être dormi ?

— Je ne crois pas, monsieur. L'immobilité du train m'a empêché de somnoler comme cela arrive souvent.

— N'avez-vous vu aucun voyageur aller et venir dans le couloir ?

L'employé réfléchit un instant.

— Une des dames s'est rendue à la toilette qui est à l'autre bout du couloir.

— Quelle dame ?

— Je ne puis le dire au juste, monsieur. C'était à l'extrémité opposée du couloir et cette personne me tournait le dos. Elle portait une robe de chambre rouge avec des dragons.

— C'est exact. Et après ?

— Rien d'autre ne se produisit, monsieur, jusqu'au matin.

— Vous en êtes sûr ?

— Ah ! pardon ! Vous-même, monsieur, avez ouvert votre porte et regardé au-dehors l'espace d'une seconde.

— Bien, mon ami. Je me demandais si vous vous souveniez de ce menu détail. A propos, j'ai été réveillé par ce qui m'a semblé la chute de quelque objet lourd contre ma porte. Pourriez-vous me dire d'où provenait ce bruit ?

L'homme le regarda fixement.

— Il n'y avait rien, monsieur, absolument rien.

— En ce cas, j'ai dû être le jouet d'un cauchemar, conclut Poirot négligemment.

— A moins, observa M. Bouc, que ce bruit ne se soit produit dans le compartiment voisin du vôtre.

Poirot ne releva point cette suggestion. Peut-être préférait-il s'en abstenir devant le conducteur du wagon-lit.

— Passons à un autre sujet. Supposons qu'un assassin soit monté dans le train. Aurait-il pu s'échapper une fois le crime commis ?

Pierre Michel répondit d'un signe de tête négatif.

— A-t-il pu se cacher quelque part ?

— Renoncez à cette idée, mon cher ami, lui dit M. Bouc. On a fouillé partout.

— De plus, ajouta l'employé, nul ne peut entrer dans le wagon-lit ou en sortir sans que je le voie.

— Quelle était la dernière gare ?

— Vincovci.

— Quelle heure était-il alors ?

— Normalement, le train devait quitter cette gare à 11 h 58. Mais, en raison du mauvais temps, nous avions vingt minutes de retard.

— Quelqu'un aurait-il pu venir d'un des autres wagons du train ?

— Non, monsieur. Après le dîner, la porte de séparation entre les wagons-lits et les autres voitures est fermée à clef.

— Etes-vous descendu du train à Vincovci, Michel ?

— Oui, monsieur. Comme d'habitude, je suis descendu sur le quai et je suis resté auprès du marchepied. Les autres conducteurs ont fait de même.

— Et la porte en avant… près du wagon-restaurant ?

— Elle est toujours fermée en dedans.

— Pour l'instant, elle ne l'est pas.

Le conducteur parut surpris, puis son visage s'éclaira.

— Sans doute un des voyageurs l'a ouverte pour jeter un coup d'œil sur la neige.

— Probablement, acquiesça Poirot.

L'air pensif, le détective tapota sur la table pendant un moment.

— Monsieur a-t-il quelque chose à me reprocher ? demanda le conducteur avec inquiétude.

Poirot lui adressa un sourire bienveillant.

— Vous n'avez pas eu de chance, mon ami. Ah ! encore une petite chose qui me vient à l'esprit. Vous disiez qu'un autre voyageur a sonné au moment où vous frappiez à la porte de Mr Ratchett. Moi aussi, je l'ai entendu. Qui était-ce ?

— C'était Mme la princesse Dragomiroff. Elle voulait sa femme de chambre.

— Et vous avez appelé celle-ci ?

— Oui, monsieur.

Poirot examina le plan étalé devant lui.

— Cela suffit pour l'instant, dit-il au conducteur.

— Bien, monsieur.

L'employé regarda M. Bouc.

— Ne vous alarmez pas, Michel, je ne vois aucune négligence de votre part.

Avec soulagement, Pierre Michel quitta le wagon-restaurant.

2

L'INTERROGATOIRE DU SECRÉTAIRE

Pendant une minute ou deux, Poirot demeura plongé dans ses pensées.

— Il serait bon, dit-il enfin, que nous revoyions Mr MacQueen.

— Eh bien, comment va l'enquête ? demanda celui-ci.

— Pas trop mal. Depuis notre dernière entrevue, j'ai appris l'identité de Mr Ratchett.

Hector MacQueen se pencha en avant.

— Ah ?

— Ratchett, comme vous le soupçonniez, était un faux nom. Ratchett, *alias* Cassetti, le fameux voleur d'enfants… inculpé dans le rapt et l'assassinat de la petite Daisy Armstrong.

Le visage de MacQueen exprima le plus profond étonnement.

— Le bandit ! s'exclama-t-il.

— Vous ne vous en doutiez pas, monsieur MacQueen ?

— Non, monsieur ! Si je l'avais su, je me serais coupé la main droite plutôt que de travailler pour cet individu !

— Vous semblez très impressionné par cette révélation.

— J'ai mes raisons. Mon père, en sa qualité de procureur, était chargé de l'affaire. J'eus souvent l'occasion de voir Mrs Armstrong… Une femme si jolie et si douce ! Sa douleur faisait peine à voir. Ah ! si jamais un homme méritait d'être tué, c'est bien Ratchett… Cassetti. Cet être ne méritait pas de vivre !

— Vous l'auriez vous-même supprimé sans remords ?

— Ma foi oui !…

Il s'interrompit et se mit à rougir.

— Il me semble que je m'accuse moi-même.

— Je serais plus tenté de vous soupçonner si la mort de votre patron vous affligeait de façon excessive.

— Je serais incapable d'en éprouver du regret.

Puis il ajouta :

— Si je ne suis pas trop indiscret, pourriez-vous me dire comment vous avez découvert l'identité de Cassetti ?

— Par un fragment de lettre trouvé dans son compartiment.

— Cependant… je veux dire… le vieux était vraiment bien imprudent de laisser traîner ses secrets.

— Cela dépend du point de vue où l'on se place, répliqua Poirot.

Déconcerté par cette observation, MacQueen scruta Poirot du regard.

— Mon devoir, continua Poirot, m'oblige à m'assurer des faits et gestes des personnes présentes dans le train. Je vous prie donc de ne point vous formaliser.

— Bien. Allez-y et donnez-moi l'occasion de défendre mon innocence.

— Inutile que je vous demande le numéro de votre compartiment. Je le connais pour y avoir passé une nuit avec vous, dit Poirot en souriant. C'est le compartiment de seconde classe 6 et 7 que vous occupez seul à présent.

— En effet.

— Monsieur MacQueen, voulez-vous me dire ce que vous avez fait la nuit dernière après avoir quitté le wagon-restaurant ?

— C'est très simple. Je suis retourné à mon compartiment. Je lus un peu et descendis sur le quai à Belgrade. Constatant qu'il faisait très froid, je remontai dans le train et parlai un moment avec une jeune Anglaise installée dans un compartiment voisin du mien. Ensuite, j'entrai en conversation avec l'Anglais, le colonel Arbuthnot. Je devais causer avec lui, ce me semble, quand vous êtes passé. Puis, ainsi que je vous l'ai déjà dit, je me rendis chez Mr Ratchett qui me dicta quelques notes. Je le quittai en lui souhaitant une bonne nuit. Le colonel Arbuthnot se tenait toujours debout dans le couloir. Son compartiment étant transformé en couchette pour la nuit, je lui proposai de venir s'asseoir dans le mien. Je commandai de la bière et nous discutâmes politique. D'habitude, j'évite de me lier avec les Anglais — leur raideur m'agace — mais le colonel me plaît assez.

— Pourriez-vous me dire à quelle heure il vous a quitté ?

— Très tard… Pas loin de deux heures.

— Avez-vous remarqué l'arrêt du train ?

— Certes ! Cela nous a surpris. Nous avons regardé au-dehors et vu la neige épaisse, mais nous ne soupçonnions pas les conséquences.

— Qu'arriva-t-il lorsque le colonel sortit de votre compartiment ?

— Il rejoignit le sien et j'appelai l'employé pour qu'il fasse mon lit.

— Où étiez-vous pendant qu'il le faisait ?

— Je fumais une cigarette à la porte, dans le couloir.

— Et ensuite ?

— Ensuite je me couchai et dormis jusqu'au matin.

— Etes-vous descendu du train à un moment quelconque de la soirée ?

— Arbuthnot et moi sommes descendus à… Quel est le nom de cette gare ?… A Vincovci, pour nous dégourdir les jambes. Mais il faisait un froid terrible et nous remontâmes presque aussitôt.

— Par quelle porte êtes-vous descendus sur le quai ?

— Par la porte de plate-forme, la plus proche de mon compartiment.

— Celle qui se trouve près du wagon-restaurant ?

— Oui.

— Vous rappelez-vous si elle était fermée au loquet de sûreté ?

MacQueen réfléchit avant de répondre.

— Oui, je m'en souviens, une sorte de levier de fer était rabattu. C'est cela que vous voulez dire ?

— Oui. L'avez-vous refermé une fois de retour dans le train ?

— Ma foi, non. Je suis monté le dernier et je n'ai aucune souvenance de l'avoir fait.

Poirot ajouta :

— Pendant que vous et le colonel Arbuthnot causiez dans votre compartiment, la porte du couloir était-elle ouverte ?

— Oui.

— Pourriez-vous me dire si vous avez vu quelqu'un passer dans le couloir, depuis le départ de Vincovci jusqu'au moment où vous vous êtes séparés pour la nuit ?

MacQueen fronça les sourcils.

— Il me semble que le conducteur a passé une fois, venant du côté du restaurant, et une femme a longé le couloir dans la direction opposée.

— Qui était cette femme ?

— Je ne sais pas. Je n'y ai point prêté attention. A ce moment, nous discutions assez sérieusement et je n'ai vu qu'un éclair de soie rouge filer devant la porte.

— Elle allait sans doute au lavabo ?

— Je le suppose.

— Vous l'avez vue revenir ?

— Ma foi, elle a dû passer, mais je ne l'ai pas remarquée.

— Encore une petite question. Fumez-vous la pipe, monsieur MacQueen ?

— Non, monsieur, pas la pipe.

Poirot fit une pause.

— C'est tout pour l'instant. Je voudrais maintenant voir le valet de chambre de Mr Ratchett. A propos, est-ce que d'ordinaire vous voyagiez tous les deux en wagon-lit de seconde classe ?

— Lui, oui, mais d'habitude, je prenais un wagon-lit de première... si possible communiquant avec celui de Mr Ratchett. Il mettait la plus grosse partie de ses bagages dans mon compartiment et pouvait y venir quand il lui plaisait de m'avoir sous la main. Cette fois-ci, tous les compartiments de première étaient déjà retenus, sauf le sien.

— Je comprends. Merci, monsieur MacQueen.

3

L'INTERROGATOIRE DU VALET DE CHAMBRE

A l'Américain succéda l'Anglais au visage inexpressif que Poirot avait remarqué la veille. Il restait debout. Le détective lui fit signe de s'asseoir.

— Vous êtes, me dit-on, le valet de chambre de Mr Ratchett ?

— Oui, monsieur.

— Comment vous appelez-vous ?

— Edouard Henry Masterman.

— Votre âge ?

— Trente-neuf ans.

— Votre domicile ?

— 21, Friar Street, Clerkenwell.

— Vous savez que votre maître a été assassiné ?

— Oui, monsieur. Quel crime horrible !

— Voulez-vous me dire à quelle heure vous avez vu Mr Ratchett pour la dernière fois ?

Le serviteur réfléchit.

— Il devait être neuf heures, hier soir.

— Racontez-moi ce qui s'est passé à ce moment.

— Comme à l'ordinaire, je suis allé auprès de lui pour mon service.

— Qu'aviez-vous à faire exactement ?

— Plier ou accrocher ses vêtements, mettre son dentier dans l'eau, voir s'il ne lui manquait rien pour la nuit.

— N'avez-vous rien remarqué d'anormal dans ses manières ?

— Je crois, monsieur, qu'il était tourmenté.

— Tourmenté... à quel sujet ?

— A propos d'une lettre qu'il venait de lire. Il me demanda si je l'avais moi-même déposée dans son compartiment. Je lui répondis négativement, mais il ne fit que pester et critiquer tout ce que je faisais.

— Agissait-il ainsi d'ordinaire ?

— Oh ! non, monsieur, il se mettait rarement en colère... Il fallait qu'il eût un motif sérieux pour se montrer aussi irritable.

— Votre maître usait-il parfois de narcotiques ?

Le docteur Constantine se pencha légèrement en avant.

— En voyage, toujours, monsieur. Il ne pouvait dormir autrement.

— Savez-vous quel médicament il avait coutume de prendre ?

— Je ne pourrais le dire, monsieur. Sur l'étiquette de la bouteille il y avait écrit tout simplement : *Narcotique à prendre le soir en se couchant.*

— En a-t-il absorbé hier soir ?

— Oui, monsieur. J'en ai versé dans un verre que j'ai posé sur la table de toilette.

— Il ne l'a pas bu devant vous ?

— Non, monsieur.

— Que se passa-t-il ensuite ?

— J'ai demandé si monsieur ne désirait plus rien et à quelle heure il fallait appeler monsieur le lendemain matin. Il m'a répondu de ne point le déranger avant qu'il sonne.

— Etait-ce dans ses habitudes ?

— Oui, monsieur. Le matin, en général, il sonnait et me faisait appeler par le contrôleur lorsqu'il s'apprêtait à se lever.

— Se levait-il tôt ou tard ?

— Selon son humeur, il se levait pour le petit déjeuner ou attendait l'heure du lunch.

— Vous n'avez pas été surpris de voir la matinée s'écouler sans que votre maître vous eût demandé ?

— Non, monsieur.

— Mr Ratchett avait-il des ennemis ?

— Oui, répondit l'homme d'un ton calme.

— Comment le savez-vous ?

— Je l'ai entendu parler de certaines lettres avec Mr MacQueen.

— Aimiez-vous votre maître, monsieur Masterman ?

Le visage du serviteur devint plus impénétrable que jamais.

— Votre question m'embarrasse, monsieur. Mr Ratchett était un maître très généreux.

— Mais vous n'éprouviez pour lui aucune affection ?

— J'avoue, monsieur, que je ne nourris guère de sympathie envers les Américains.

— Avez-vous été en Amérique ?

— Non, monsieur.

— Vous souvenez-vous d'avoir lu dans les journaux le vol du bébé Armstrong ?

Une légère rougeur colora les joues de Masterman.

— Certainement, monsieur. Il s'agissait d'une petite fille enlevée par des bandits, n'est-ce pas ?

— Saviez-vous que votre maître, Mr Ratchett, était le chef de ces bandits ?

— Non, monsieur. Est-ce possible ? Je ne puis le croire.

Pour la première fois, la voix du serviteur trahissait une certaine émotion.

— C'est cependant la vérité. Voulez-vous me dire maintenant ce que vous avez fait hier soir après avoir quitté le compartiment de votre maître ? Une simple formalité !

— J'ai prévenu Mr MacQueen que mon maître le demandait, puis je me suis rendu à mon propre compartiment pour lire.

— Quel est votre compartiment ?

— Le dernier de seconde classe... A côté du wagon-restaurant.

Poirot consulta son plan.

— Quelle couchette avez-vous ?

— Celle du bas, monsieur.

— Le numéro 4 ?

— Oui, monsieur.

— Y a-t-il quelqu'un avec vous dans le compartiment ?

— Oui, monsieur, un grand Italien.

— Parle-t-il anglais ?

— Un anglais plutôt bizarre, répondit Masterman d'un ton légèrement méprisant. Il a séjourné en Amérique… à Chicago… à ce que j'ai compris.

— Parliez-vous beaucoup ensemble ?

— Non, monsieur. Je préfère lire.

Poirot sourit. Il voyait la scène : le gros Italien bavard et l'Anglais correct et taciturne,

— Puis-je savoir ce que vous lisiez ?

— Pour le moment, je lis *Le Captif de l'amour*, par Mrs Arabella Richardson.

— Un roman passionnant ?

— Je trouve l'histoire très intéressante, monsieur.

— Bien. Continuons. Vous retournez à votre compartiment et vous vous plongez dans *Le Captif de l'amour*. Jusqu'à quand ?

— Vers dix heures et demie, monsieur, l'Italien désirant se coucher, le conducteur est venu faire les lits.

— Alors, vous vous êtes couché et vous avez dormi ?

— Je me mis au lit mais je ne dormis point.

— Pourquoi ?

— Je souffrais d'un mal de dents.

— Ah ! là ! là !… que ça fait mal.

— Très mal, monsieur.

— Qu'avez-vous pris pour calmer votre douleur ?

— J'ai mis un peu d'essence de girofle sur ma dent,

cela m'a un peu soulagé, mais impossible de fermer l'œil. Alors, j'ai allumé la lampe à la tête de ma couchette et j'ai repris mon livre… pour essayer d'oublier mon mal.

— N'avez-vous pas dormi de toute la nuit ?

— Si, monsieur, je me suis assoupi vers quatre heures du matin.

— Et votre compagnon ?

— L'Italien ? Oh ! il a ronflé sitôt couché.

— Il n'est pas sorti du compartiment pendant la nuit ?

— Non, monsieur.

— Et vous ?

— Moi non plus, monsieur.

— Avez-vous entendu quelque chose pendant la nuit ?

— Rien d'extraordinaire. Le train était arrêté, tout était calme.

Après un instant de réflexion, Poirot conclut :

— Je ne vois pas d'autre question à vous poser. Vous ne pouvez guère nous éclairer sur cette tragédie.

— Je le regrette infiniment, monsieur.

— Autant que vous avez pu vous en rendre compte, existait-il un dissentiment entre votre maître et Mr MacQueen ?

— Non, monsieur. Mr MacQueen est un jeune homme d'excellent caractère.

— Au service de qui étiez-vous avant de remplir votre emploi auprès de Mr Ratchett ?

— Chez Sir Thomas Tomlinson, à Grosvenor Square.

— Pourquoi l'avez-vous quitté ?

— Il partait pour l'Afrique, monsieur, et n'avait plus besoin de mes services. Mais je suis certain qu'il vous fournira de bons renseignements sur mon compte. Je suis resté chez lui pendant des années.

— Et depuis combien de temps étiez-vous au service de Mr Ratchett ?

— Un peu plus de neuf mois, monsieur.

— Merci, Masterman. Dites-moi, fumez-vous la pipe ?

— Non, monsieur, je ne fume que la cigarette.

— Merci, c'est tout ce que je désirais savoir.

Poirot le congédia d'un signe de tête.

Le valet de chambre hésita.

— Excusez-moi, monsieur, mais la vieille dame américaine est dans un état de nervosité effrayant. Elle prétend savoir ce qui s'est passé cette nuit.

— En ce cas, je voudrais la voir tout de suite, dit Poirot en souriant.

— Voulez-vous que je lui dise de venir ici ? Depuis longtemps elle réclame à cor et à cri une entrevue avec un représentant de l'autorité. Le conducteur ne parvient pas à calmer son impatience.

— Envoyez-la ici, mon ami. Nous allons recueillir sa déposition.

4

LE TÉMOIGNAGE DE LA DAME AMÉRICAINE

Madame Hubbard pénétra dans le wagon-restaurant dans un tel état de surexcitation qu'elle articula péniblement ces mots :

— Répondez-moi. Qui parmi vous représente l'autorité ? J'ai une très importante déclaration à formuler, mais je ne parlerai que devant la personne compétente. Si ces messieurs…

Son regard hésita entre les trois hommes. Poirot se pencha en avant.

— Racontez-moi tout, madame. Mais auparavant, prenez la peine de vous asseoir.

Mrs Hubbard s'affaissa lourdement sur le siège en face de Poirot.

— Voici ce que je voulais dire. Un crime a été commis dans le train, hier soir… et l'assassin se cachait dans mon compartiment.

Elle fit une pause dramatique.

— Vous en êtes bien sûre, madame ?

— Si j'en suis sûre ? Quelle idée ! Je sais ce que je dis ! Vous allez connaître tous les détails. Je venais de me mettre au lit et je m'étais endormie, quand soudain je m'éveillai. Il faisait noir, mais je sentais la présence d'un homme dans mon compartiment. La peur m'étreignait la gorge. Clouée sur place, je songeais : « Mon Dieu, on va me tuer ! » Impossible de vous décrire ma terreur. Dans les journaux, on lit tant de drames qui se passent dans ces maudits trains ! Je me disais en moi-même : « En tout cas, il n'aura pas mes bijoux. » Je les avais, en effet, cachés dans un bas et fourrés sous mon oreiller, ce qui n'est guère confortable, mais enfin… Pour en revenir à l'assassin… voyons, où en étais-je donc ?

— Vous croyiez qu'il y avait un homme dans votre compartiment.

— Ah ! oui. Alors je fermai les yeux et réfléchis à ce que je devais faire, et je me dis : « Par bonheur, ma fille ne se doute pas de ce qui m'arrive. » Bientôt je recouvrai mes esprits et je pressai le bouton d'appel. J'avais beau sonner, on ne répondait pas. Le cœur faillit me manquer. Je commençais à imaginer que des bandits avaient assassiné tout le monde dans le train arrêté en cours de route. Cette immobilité et ce silence mortels devenaient trop angoissants. Je continuai à presser le bouton. Oh ! quel soulagement j'éprouvai en entendant des pas dans le couloir. On frappe à ma porte. Je crie : « Entrez ! » et je fais de la lumière. Croyez-moi si vous le voulez, il n'y avait plus personne dans mon compartiment ! La voix de Mrs Hubbard prenait des accents tragiques.

— Que se passa-t-il ensuite, madame ?

— Je rapportai au conducteur ce qui venait de se passer et il ne voulut point me croire. Sans doute s'imaginait-il que j'avais rêvé. Je lui demandai de fouiller sous la banquette. Il me fit alors remarquer qu'un homme ne pouvait se fourrer là-dessous. L'assassin était parti, évidemment ; néanmoins, quelqu'un était venu dans mon compartiment et les paroles que me disait le conducteur pour me rassurer me rendaient folle. Je ne suis pas de ces femmes imaginatives, monsieur… je n'ai pas l'avantage de connaître votre nom.

— Poirot, madame. Je vous présente M. Bouc, un directeur de la Compagnie, et le docteur Constantine.

— Enchantée de faire votre connaissance, murmura Mrs Hubbard d'un air distrait.

Puis elle se replongea dans son récit :

— Je dois cependant vous avouer que je me suis bien trompée. Je m'étais fourré dans la tête que c'était l'homme du compartiment voisin… le malheureux assassiné. Je priai le conducteur de vérifier la porte de communication ; naturellement, elle n'était pas verrouillée. Le conducteur la ferma au verrou et lorsqu'il s'en alla, je me levai et appuyai une valise contre la porte pour plus de sûreté.

— Quelle heure était-il, madame ?

— Je ne sais pas. J'étais trop bouleversée pour m'occuper de ce détail.

— Et à présent, quelle est votre opinion ?

— L'homme qui a passé dans mon compartiment est l'assassin. Cela saute aux yeux.

— Alors, vous croyez qu'il se rendait dans le compartiment voisin ?

— Je l'ignore, je fermais les yeux de frayeur.

— Peut-être est-il sorti dans le couloir ?

— Que sais-je ? Je vous dis que je fermais les yeux.

Mrs Hubbard poussa un profond soupir.

— Dieu, que j'ai eu peur ! Si seulement ma fille savait...

— Ne pensez-vous pas, madame, que ce bruit entendu par vous venait de l'autre côté de la cloison ?... du compartiment où le meurtre a été commis ?

— Non, non, monsieur... hum ! monsieur Poirot. L'homme se trouvait chez moi... et je vous en apporte la preuve ici.

Triomphante, elle brandit son sac à main et l'ouvrit.

Elle en tira tour à tour deux grands mouchoirs propres, une paire de lunettes à monture d'écaille, un tube d'aspirine, un flacon de sels Glauber, une bonbonnière, un trousseau de clefs, une paire de ciseaux, un carnet de chèques de l'American-Express, la photographie d'un enfant à la physionomie très banale, quelques lettres, cinq colliers de fausses perles orientales et enfin un petit objet de métal... un bouton.

— Voyez-vous ce bouton ? Il ne m'appartient nullement. Je l'ai trouvé ce matin en me levant.

Comme elle le déposait sur la table, M. Bouc se pencha et poussa un cri.

— Mais ce bouton appartient à la tunique d'un conducteur des wagons-lits !

— On peut trouver à cela une explication tout à fait naturelle, observa Poirot.

Il se tourna vers l'Américaine.

— Madame, ce bouton a pu se détacher de l'uniforme du conducteur pendant qu'il fouillait votre compartiment ou lorsqu'il faisait le lit, hier soir.

— Non, non. Ecoutez-moi bien. Hier soir, avant de m'endormir, je lisais un magazine. Au moment d'éteindre la lumière, je le posai sur une petite caisse debout devant la portière. Eh bien, ce matin, je découvris ce bouton sur le magazine. J'aimerais bien connaître votre avis là-dessus.

— Madame, j'appelle ce bouton une pièce accusatrice.

La réponse parut calmer la brave dame.

— Je ne puis souffrir qu'on doute de ma parole.

— Vous venez de nous fournir une déposition très intéressante, lui dit Poirot. Puis-je à mon tour vous poser certaines questions ?

— Je vous écoute.

— Comment m'expliquerez-vous, que, effrayée par ce Mr Ratchett, vous n'ayez point songé à fermer au verrou la porte de communication entre vos deux compartiments ?

— Je l'avais fermée, répliqua aussitôt Mrs Hubbard.

— Ah ?... vraiment ?

— Oui, ou plutôt voici : j'avais prié la Suédoise — une aimable personne — de voir si la porte était verrouillée, et elle m'a répondu par l'affirmative.

— N'auriez-vous pu vous en rendre compte par vous-même ?

— Non, j'étais au lit et mon sac à éponge était suspendu à la poignée de la porte.

— A quelle heure lui avez-vous demandé ce petit service ?

— Attendez… Entre dix heures et demie et onze heures moins le quart. Elle était entrée pour savoir si j'avais de l'aspirine. Je lui ai dit de prendre mon tube dans ma valise.

— A ce moment-là, vous étiez couchée ?

— Oui.

Soudain Mrs Hubbard éclata de rire.

— La pauvre femme !… Elle était dans un état ! figurez-vous qu'elle avait ouvert, par erreur, la porte de l'autre compartiment.

— La porte de Mr Ratchett ?

— Oui. Vous savez comme il est facile de se tromper quand toutes les portes du couloir sont fermées. Il paraît que le monsieur a été mécontent et même a prononcé des paroles impolies. La pauvre demoiselle était fort ennuyée de sa méprise : « Oh ! je me suis trompée, me dit-elle. J'en suis toute honteuse ! »

— N'avez-vous pas ensuite perçu de bruit dans le compartiment de Mr Ratchett ? demanda Poirot.

— Eh bien… pas précisément.

— Qu'entendez-vous par là ?

— C'est-à-dire… qu'il ronflait.

— Ah ! il ronflait.

— Terriblement. Son ronflement m'a tenue éveillée presque toute la nuit précédente.

— Et il n'a plus ronflé après le passage, dans votre compartiment, de l'autre homme qui vous a causé une si grande frayeur ?

— Voyons, monsieur Poirot… puisqu'il était mort.

— C'est fichtre vrai ! acquiesça Poirot, dites-moi, madame Hubbard, vous rappelez-vous le vol du bébé Armstrong ?

— Sûrement, et le coupable est encore en liberté. Ah ! celui-là ! Si jamais je le tenais…

— Eh bien, madame, il est mort… la nuit dernière…

— Comment ? Est-ce possible ?

Dans son émotion, Mme Hubbard se souleva à demi sur son siège.

— Parfaitement. Ratchett était le chef de bande.

— Qui l'aurait cru ? Je vais tout de suite écrire cela à ma fille. Ne vous ai-je pas dit hier que j'avais peur de cet homme ? Avais-je raison de m'en méfier, hein ?

— Connaissez-vous la famille Armstrong, madame ?

— Non. Ces gens-là ne fréquentaient qu'un cercle restreint d'amis. Mais, au dire de tout le monde, Mrs Armstrong était une charmante personne, adorée de son mari.

— Madame Hubbard, votre déposition possède à nos yeux une grande valeur. Ayez maintenant l'obligeance de nous donner vos noms et prénoms.

— Très volontiers : Caroline Martha Hubbard.

— Tenez. Inscrivez ici votre adresse.

Mrs Hubbard se conforma au désir de Poirot, sans cesser de parler.

— Je ne puis en croire mes oreilles. Cassetti… dans ce train ! La mine de cet individu ne me disait rien qui vaille, n'est-ce pas, monsieur Poirot ?

— En effet, madame. A propos, avez-vous un peignoir rouge ?

— Voilà une drôle de question ! Ma foi, non, j'ai emporté deux robes de chambre : une rose, en flanelle très chaude, pour le bateau, et une autre en soie violette, un cadeau de ma fille. Mais pourquoi vous inquiétez-vous de la couleur de ma robe de chambre ?

— Voici, madame : une personne portant un vêtement de soie rouge a pénétré, hier soir, dans votre compartiment ou dans celui de Mr Ratchett. Ainsi que vous le disiez tout à l'heure, lorsque toutes les portes sont fermées, on commet facilement une erreur.

— Aucune robe de chambre rouge n'est entrée hier soir dans mon compartiment.

— En ce cas, c'était chez Mr Ratchett.

Mrs Hubbard pinça les lèvres en une moue dédaigneuse.

Poirot s'inclina vers elle.

— Vous avez entendu une voix de femme de l'autre côté de la cloison ?

— Comment l'avez-vous deviné ? Après tout, si vous tenez tant à le savoir… eh bien, oui, je l'ai entendue.

— Pourtant tout à l'heure, lorsque je vous ai interrogée à ce sujet, vous m'avez parlé seulement des ronflements de Mr Ratchett.

— C'est la vérité. Mr Ratchett a ronflé une partie de la nuit.

— Mais une femme a parlé. A quelle heure ?

— Je ne saurais le dire. A un certain moment, je me suis éveillée. Une femme bavardait à côté.

— Etait-ce avant ou après la frayeur que vous a causée l'intrusion d'un individu dans votre compartiment ?

— Je vous répondrai comme tout à l'heure : comment cet homme aurait-il conversé avec une femme, s'il était mort ?

— Excusez-moi. Vous devez me juger bien stupide, n'est-ce pas, madame ?

— Je crois plutôt que vous embrouillez les faits à plaisir. Mais je n'en reviens pas de ce monstre de Cassetti ! Que va dire ma fille…

Poirot parvint adroitement à faire remettre par la bavarde, dans son sac à main, les objets qu'elle en avait retirés, puis il la reconduisit à la porte.

Au dernier moment, il lui dit :

— Madame, vous avez laissé tomber votre mouchoir ! Mrs Hubbard examina le chiffon de batiste qu'il lui tendait.

— Il ne m'appartient pas, monsieur Poirot. Voici le mien.

— Pardon. Je croyais… comme il porte l'initiale « H »…

— Curieuse coïncidence, en effet, mais les miens sont marqués C.M.H. et me paraissent beaucoup plus pratiques que les colifichets coûteux achetés à Paris. A quoi sert un mouchoir pareil ?

Aucun des trois hommes ne trouvant une réponse à cette question, Mrs Hubbard sortit, l'air triomphant.

5

L'INTERROGATOIRE DE LA SUÉDOISE

M. Bouc tenait dans la main le bouton abandonné par Mrs Hubbard.

— C'est à n'y rien comprendre, déclara le directeur de la Compagnie. Pierre Michel serait-il impliqué dans cette affaire ? Qu'en pensez-vous, mon cher ami ? demanda-t-il à Poirot.

— Ce bouton tendrait à le faire supposer. Pour le moment, voyons la dame suédoise. Nous discuterons ensuite le témoignage de l'Américaine.

Il chercha dans la pile de passeports :

— Voici : Greta Ohlsson, quarante-neuf ans.

M. Bouc donna des instructions au maître d'hôtel et bientôt la dame au chignon jaunâtre et au profil de mouton entra. De ses yeux myopes, elle regarda Poirot à travers ses lunettes, mais elle paraissait très calme.

Elle comprenait et parlait le français : la conversation s'engagea dans cette langue. Poirot lui posa d'abord des questions dont il connaissait déjà les réponses : son nom, son âge et son domicile. Puis il s'enquit de sa situation.

Elle remplissait les fonctions de directrice d'hôpital dans une mission près de Stamboul. Elle possédait ses diplômes d'infirmière.

— Vous êtes sans doute, mademoiselle, au courant du drame de cette nuit ?

— Oui, monsieur. C'est épouvantable... Et la dame américaine me dit que le meurtrier se trouvait dans sa chambre avant de commettre son crime.

— Il paraît, mademoiselle, que vous êtes la dernière à avoir vu la victime de son vivant.

— Cela se peut. J'ai ouvert par méprise la porte de son compartiment. A ma profonde confusion d'ailleurs,

— Vous l'avez donc vu ?

— Oui, il lisait un livre. Après m'être excusée, j'ai refermé la porte.

— Vous a-t-il adressé la parole ?

— Il s'est mis à rire en disant quelques mots malsonnants... je n'ai pas tout à fait saisi le sens.

Poirot passa à un autre sujet.

— Que fîtes-vous ensuite, mademoiselle ?

— Je me rendis auprès de Mrs Hubbard pour la prier de me donner un cachet d'aspirine.

— Vous demanda-t-elle si la porte entre son compartiment et celui de Mr Ratchett était fermée au verrou ?

— Oui.

— L'était-elle réellement ?

— Oui, monsieur.

— Et ensuite ?

— Ensuite, je rentrai dans mon compartiment, j'avalai le cachet d'aspirine et m'étendis sur ma couchette.

— Quelle heure était-il alors ?

— Lorsque je me couchai, il était onze heures moins cinq ; j'ai regardé ma montre avant de la remonter.

— Vous êtes-vous endormie tout de suite ?

— Non. Mon mal de tête se calmait un peu, mais je demeurai longtemps éveillée.

— Le train était-il arrêté avant que vous vous endormiez ?

— Je ne crois pas. Il me semble que nous venions de quitter une gare au moment où je commençais à m'assoupir.

— Sans doute à Vincovci. Maintenant, mademoiselle, votre compartiment est-il bien celui-ci ? lui demanda Poirot, indiquant une des cases du plan.

— Oui, monsieur.

— La couchette du bas, ou celle du haut ?

— Celle du bas, le numéro 10.

— Avez-vous une autre personne avec vous ?

— Oui, une jeune Anglaise, extrêmement gentille et aimable, qui vient de Bagdad.

— Après que le train eut quitté la gare de Vincovci, s'est-elle absentée du compartiment ?

— Non, j'en suis certaine.

— Comment pouvez-vous l'affirmer puisque vous dormiez ?

— J'ai le sommeil si léger que je m'éveille au moindre bruit. Si elle était descendue de sa couchette, je me serais sûrement éveillée.

— Vous-même, vous êtes-vous éloignée du compartiment ?

— Pas avant ce matin.

— Portiez-vous un peignoir de soie rouge ?

— Non, monsieur.

— Et la jeune Anglaise qui est avec vous, Miss Debenham, de quelle couleur est sa robe de chambre ?

— C'est une sorte d'*abba* mauve pâle achetée en Orient.

Poirot lui demanda ensuite d'un ton bienveillant :

— Pourquoi entreprenez-vous ce voyage ? Vous allez en vacances ?

— Oui, je compte les passer en Suède, mais je dois m'arrêter une semaine chez ma sœur, à Lausanne.

— Voulez-vous avoir l'obligeance d'écrire le nom et l'adresse de votre sœur ?

— Avec plaisir.

Elle prit le papier et le crayon que lui tendait Poirot et écrivit.

— Connaissez-vous les Etats-Unis, mademoiselle ?

— Non. Une fois, j'ai bien failli accompagner un infirme en Amérique. Par malheur, ce projet a été annulé au dernier moment. Quel dommage ! Les Américains sont si bons et si généreux ! Ils donnent à profusion aux écoles et aux hôpitaux. En outre, ils sont si pratiques !

— Vous souvenez-vous de l'affaire Armstrong ?

— Non, de quoi s'agissait-il ?

Poirot exposa en quelques mots le rapt et la mort de l'enfant. Greta Ohlsson fut indignée, son chignon jaune pâle lui-même tressaillit.

— L'existence de tels monstres ébranle votre foi ! La pauvre mère ! Mon cœur se brise en pensant à la douleur de cette femme.

La brave Suédoise s'en alla, le visage rouge et les yeux embués de larmes.

La main de Poirot se mit à courir sur une feuille de papier.

— Qu'écrivez-vous là, cher ami ? demanda M. Bouc.

— Mon cher, j'établis une petite table des faits par ordre chronologique.

Ayant terminé, il passa le papier à M. Bouc.

9 h 15.	— *Le train quitte Belgrade.*
Vers 9 h 40.	— *Le valet de chambre sort du compartiment de Ratchett après avoir préparé un narcotique.*
10 h.	— *MacQueen quitte Ratchett.*
10 h 40.	— *Greta Ohlsson voit Ratchett (vu vivant pour la dernière fois). Il était éveillé et lisait au lit.*
Minuit 10.	— *Le train sort de la gare de Vincovci (retard).*
Minuit 30.	— *Le train est bloqué par la neige.*
Minuit 37.	— *La sonnette de Ratchett retentit. Le conducteur se présente. Ratchett répond : « Ce n'est rien. Je me suis trompé. »*
Vers 1 h 17.	— *Mrs Hubbard, se figurant qu'il y a un homme dans son compartiment, sonne le conducteur.*

M. Bouc approuva d'un signe de tête.

— Cela me paraît très clair.

— Rien ne vous chiffonne là-dedans ?

— Non, je trouve ce tableau des plus ingénieux et des plus clairs, et il semblerait que l'on pût affirmer que le crime a été commis à 1 h 15. La montre du mort arrêtée à cette heure-là et le témoignage de Mrs Hubbard le prouvent. Je parierais que le meurtrier est ce grand Italien qui vient d'Amérique… de Chicago. Souvenez-vous que l'Italien se sert de préférence d'un couteau et ne se contente pas de frapper une seule fois.

— C'est ma foi vrai.

— Sans l'ombre d'un doute, voici la solution du mystère. Cet Italien et Ratchett *alias* Cassetti font partie de la même bande. D'une manière quelconque Ratchett trahit ses complices. L'Italien retrouve sa piste et lui envoie d'abord des lettres de menaces. Enfin, il se venge de façon sanglante. L'affaire est très simple.

Poirot hocha la tête.

— Je crains qu'elle ne soit plus compliquée que vous ne le supposez, murmura-t-il.

— Quant à moi, je suis convaincu de ce que j'avance, déclara M. Bouc, de plus en plus entiché de son hypothèse.

— Souvenez-vous que dans le même compartiment se trouvait le valet de chambre de Ratchett, tenu longtemps éveillé par un mal de dents, et qui jure que l'Italien n'a pas bougé.

— Voilà le point difficile.

Poirot cligna de l'œil.

— Autrement dit, le mal de dents du serviteur de Mr Ratchett constitue une circonstance fâcheuse pour votre supposition et extrêmement heureuse pour notre ami l'Italien.

— Tout finira par s'expliquer, dit M. Bouc d'un air magnanime.

Poirot secoua de nouveau la tête et murmura :

— Non, je ne crois pas que ce soit aussi simple que cela !

6

LA DÉPOSITION DE LA PRINCESSE RUSSE

— Voyons ce que va nous répondre Pierre Michel au sujet de ce bouton, dit Poirot.

Le conducteur des wagons-lits, rappelé devant les enquêteurs, regarda les trois hommes d'un air interrogateur.

M. Bouc s'éclaircit la voix.

— Michel, dit-il, ce bouton de votre tunique a été trouvé dans le compartiment de la dame américaine. Veuillez nous expliquer cette coïncidence.

Machinalement, le conducteur porta sa main à son uniforme.

— Je n'ai perdu aucun bouton, monsieur. Il y a certainement erreur.

— Cela semble bizarre, en effet.

— Je n'y comprends rien moi-même, monsieur. L'homme paraissait étonné, mais nullement inquiet.

— Etant donné les circonstances, ajouta M. Bouc, on peut affirmer sans crainte de se tromper, que ce bouton est tombé des vêtements de l'homme qui se trouvait hier soir chez Mrs Hubbard lorsque cette personne a sonné.

— Mais, monsieur, il n'y avait personne dans le compartiment de cette dame. C'est pure imagination.

— Non, Michel. L'assassin de Mr Ratchett a passé par là et a laissé tomber ce bouton.

L'employé, saisissant nettement le sens des paroles de M. Bouc, fut en proie à une violente agitation.

— C'est faux, monsieur, c'est faux ! Vous m'accusez de meurtre. Moi ? Je suis innocent ! Pourquoi aurais-je tué ce monsieur que je ne connaissais ni d'Eve ni d'Adam.

— Où étiez-vous lorsque Mrs Hubbard a sonné ?

— Je vous le répète, dans l'autre voiture, en train de causer avec mon collègue.

— Nous allons l'envoyer chercher.

— Je vous en prie, monsieur, faites-le venir.

On appela le conducteur de la seconde voiture, qui confirma sans hésiter la déclaration de Pierre Michel et ajouta que le conducteur du wagon-lit de Bucarest se trouvait également avec eux. Tous trois s'étaient entretenus du retard causé par la neige. Ils parlaient depuis une dizaine de minutes quand Michel crut entendre un coup de sonnette. Lorsqu'il ouvrit les portes de communication entre les deux voitures, tous trois entendirent distinctement la sonnerie. Michel se précipita pour y répondre.

— Vous constatez que ce n'est pas moi le coupable, monsieur ! s'écria Michel,

— Alors, expliquez-nous la présence de ce bouton dans le compartiment de Mrs Hubbard.

— J'y renonce, monsieur. Pour moi, c'est un mystère. Il ne manque aucun bouton à mon uniforme.

Les deux autres conducteurs firent la même déclaration et ajoutèrent qu'a aucun moment de la nuit ils n'avaient pénétré dans le compartiment de Mrs Hubbard.

— Calmez-vous, Michel, dit M. Bouc, et répondez encore à une question : en vous rendant à l'appel de Mrs Hubbard, n'avez-vous pas rencontré quelqu'un dans le couloir ?

— Non, monsieur.

— N'avez-vous vu personne qui allait vers l'autre extrémité du wagon ?

— Non, monsieur.

— Bizarre…

— Pas tant que cela, mon ami, observa Poirot. Il s'agit d'une question de minutes. Mrs Hubbard se réveille et découvre la présence d'un individu dans son compartiment. Pendant une minute ou deux, paralysée par la terreur, elle ferme les yeux. L'homme se faufile alors dans le couloir. La dame sonne pour appeler le conducteur, mais celui-ci n'arrive qu'au troisième ou quatrième coup de sonnette. A mon avis, c'était plus de temps qu'il n'en fallait…

— Pour quoi faire, mon cher, pour quoi faire ? Ne perdez pas de vue que d'épais tas de neige bloquent le train et s'amoncellent de chaque côté du wagon.

— Il restait à nos mystérieux assassins deux autres

ressources : se réfugier dans un des lavabos ou disparaître dans un des compartiments.

— Mais tous étaient occupés.

— Précisément.

— Vous insinuez que l'assassin aurait simplement regagné son propre compartiment ?

— C'est cela même.

— Possible, murmura M. Bouc. Pendant les dix minutes d'absence du conducteur, le meurtrier quitte son compartiment, entre chez Ratchett, le tue, ferme la porte au verrou et met la chaînette de sûreté à l'intérieur, sort par le compartiment de Mrs Hubbard et réintègre son compartiment en toute sécurité avant l'apparition du conducteur.

— Pour moi, les faits ne se sont pas passés de façon aussi simple, mon cher. Votre ami le docteur vous dira ce qu'il en pense.

D'un geste, M. Bouc congédia les trois conducteurs.

— Il nous reste huit voyageurs à interviewer, dit Poirot. Cinq de première classe : la princesse Dragomiroff, le comte et la comtesse Andrenyi, le colonel Arbuthnot et Mr Hardman ; trois voyageurs de seconde : Miss Debenham, Antonio Foscarelli et la femme de chambre, Fräulein Schmidt.

— Qui voulez-vous voir en premier lieu… l'Italien ?

— Vous y tenez à votre Italien ! Non, commençons plutôt par le dessus du panier. Madame la princesse consentira peut-être à nous sacrifier quelques instants de son temps précieux. Voulez-vous lui transmettre ce message, Michel ?

— Oui, monsieur, dit Michel, qui s'en allait à ce moment.

— Dites-lui que nous nous rendrons dans son compartiment si cela l'ennuie de venir jusqu'ici, ajouta M. Bouc.

La princesse Dragomiroff prit la peine de se déranger et, après un léger salut, s'assit devant Poirot.

Sa petite figure de crapaud paraissait encore plus jaune que la veille. Certes, la princesse était laide, mais tout comme le crapaud, elle possédait deux yeux magnifiques. Sombres et brillants comme deux diamants noirs, ces yeux reflétaient une énergie latente et une intelligence supérieure. De sa voix grave et courtoise, elle coupa court aux excuses cérémonieuses de M. Bouc.

— Inutile de vous excuser, messieurs. Un meurtre a été commis dans ce train, il est naturel que vous interrogiez tous les voyageurs. Pour ma part, je serai heureuse de vous fournir tous les éclaircissements possibles.

— Vous êtes on ne peut plus aimable, madame, lui dit Poirot.

— Mais non, je remplis simplement mon devoir. Que désirez-vous apprendre de moi ?

— D'abord, votre nom et votre adresse, madame. Peut-être préférez-vous les écrire vous-même ?

Poirot lui tendit une feuille de papier et un crayon, mais la princesse les repoussa.

— Inscrivez-les vous-même, monsieur. Cela n'a rien de compliqué : Natalia Dragomiroff, 17, avenue Kléber, Paris.

— Vous venez de Constantinople, madame ?

— Oui, j'y suis descendue à l'ambassade d'Autriche. Ma femme de chambre m'accompagne.

— Voudriez-vous avoir l'obligeance de me donner un bref aperçu de votre emploi du temps hier soir, à partir du dîner ?

— Volontiers. Ayant prié le conducteur de préparer mon lit pour la nuit pendant que j'étais au wagon-restaurant, tout de suite après le dîner je me couchai et je lus jusqu'à onze heures. J'éteignis la lumière, mais une douleur rhumatismale me tint éveillée. Vers une heure moins le quart je fis appeler ma femme de chambre. Elle me massa et me fit la lecture à haute voix jusqu'à ce que je tombasse de sommeil. Je ne saurais préciser l'heure à laquelle elle me quitta. Il pouvait être une heure et demie, peut-être plus tard.

— Le train était donc arrêté ?

— Oui.

— Et vous n'avez rien entendu d'anormal, madame ?

— Non rien d'anormal.

— Quel est le nom de votre femme de chambre ?

— Hildegarde Schmidt.

— Est-elle depuis longtemps à votre service ?

— Quinze ans.

— Vous répondez de son honnêteté ?

— Absolument. Sa famille habite le pays de mon défunt mari, en Allemagne.

— Vous avez été en Amérique, ce me semble, madame ?

Le brusque changement de sujet fit sourciller la vieille dame.

— Oui, maintes fois.

— Au cours d'un de vos séjours là-bas, avez-vous fait la connaissance de la famille Armstrong… une famille éprouvée de façon tragique ?

— Vous parlez de mes meilleurs amis, dit la princesse frémissante d'émotion.

— Vous connaissez donc le colonel Armstrong ?

— Lui, moins, mais son épouse, Sonia Armstrong, était ma filleule. Une profonde amitié me liait à sa mère, la tragédienne Linda Arden… un vrai génie, une des plus grandes artistes du monde. Nulle ne l'égalera jamais dans le rôle de Lady Macbeth.

— Elle est morte ?

— Non, non, elle vit toujours, mais dans la solitude la plus complète. Sa santé fort délicate la tient clouée sur un sofa presque tout le temps.

— Il me semble qu'elle avait une seconde fille ?

— Oui, beaucoup plus jeune que Mrs Armstrong.

— Vit-elle encore ?

— Certainement.

— Où habite-t-elle ?

La princesse arrêta sur Poirot un regard scrutateur.

— Pourquoi me posez-vous ces questions ? Ont-elles quelque rapport avec l'affaire qui vous occupe… l'assassinat commis dans ce train ?

— Oui, madame… plus ou moins directement : l'homme qui a été tué cette nuit était le voleur et le meurtrier de l'enfant de Mrs Armstrong.

— Ah !

Les sourcils de la princesse Dragomiroff se rapprochèrent et elle se redressa davantage.

— Selon moi, ce crime est providentiel ! Excusez, je vous prie, ma franchise brutale.

— Je comprends vos sentiments, madame. Mais revenons à ma question. Vous n'y avez pas encore répondu. Où habite la seconde fille de Linda Arden, la cadette de Mrs Armstrong ?

— Je ne saurais vous le dire. J'ai perdu tout contact avec la jeune génération. Il me semble qu'après son mariage avec un Anglais voilà quelques années, elle est allée vivre en Angleterre. Je ne me souviens même plus de son nom.

Elle fit une légère pause, puis :

— Désirez-vous me demander autre chose, messieurs ?

— Encore ceci, madame… un détail tout à fait personnel : la couleur de votre robe de chambre.

Elle leva les sourcils.

— Vous avez sans doute une raison pour vous en informer. Ma robe de chambre est en satin bleu.

— Voilà tout, madame. Je vous remercie d'avoir bien voulu répondre aussi promptement à mes questions.

Elle fit un geste de sa main chargée de bagues, puis se leva. Les trois hommes l'imitèrent aussitôt.

Avant de se diriger vers la porte, elle s'adressa à Poirot :

— Excusez-moi, monsieur. Puis-je me permettre de vous demander votre nom ? Votre physionomie me semble familière.

— Hercule Poirot… pour vous servir, madame.

Après un court silence, elle prononça :

— Hercule Poirot. C'est cela même. J'y suis maintenant. C'est la main du destin.

Très droite, un peu raide dans ses mouvements, elle s'éloigna.

— Voilà une grande dame ! déclara M. Bouc. Qu'en pensez-vous, mon ami ?

Hercule Poirot, l'air songeur, hocha la tête.

— Je me demande, dit-il, ce qu'elle entendait par la main du destin ?

7

L'INTERROGATOIRE DU COMTE ET DE LA COMTESSE ANDRENYI

Le comte et la comtesse Andrenyi furent ensuite convoqués. Cependant, le comte se présenta seul dans le wagon-restaurant.

C'était, à la vérité, un bel homme, large d'épaules, mince de taille et haut de six pieds. Vêtu d'un complet de drap anglais d'une coupe impeccable, il eût pu passer pour un fils d'Albion, n'eussent été la longueur de ses moustaches et ses pommettes légèrement saillantes.

— En quoi puis-je vous être utile, messieurs ?

— Vous comprendrez, monsieur, lui dit Poirot, qu'après l'événement de cette nuit, mon devoir m'oblige à poser certaines questions à tous les voyageurs.

— Assurément. Cela va de soi. Mais je doute que ma femme et moi soyons à même de faire avancer votre enquête. Nous dormions et nous n'avons rien entendu.

— Connaissez-vous l'identité de la victime, monsieur ?

— Je crois savoir qu'il s'agit du grand Américain… Un homme à la mine antipathique qui, aux repas, prenait place à cette table.

D'un mouvement de tête il désigna la table où Ratchett et MacQueen s'étaient assis la veille.

— C'est bien lui, mais je voulais savoir si vous connaissiez son nom ?

— Pas du tout, répondit le comte avec étonnement Si vous tenez à apprendre comment il s'appelle, consultez son passeport.

— Le nom porté sur ledit passeport est Ratchett, mais c'est là un nom d'emprunt. En réalité, le défunt se nomme Cassetti, coupable d'un rapt d'enfant en Amérique.

Tout en parlant, Poirot étudiait le comte, mais celui-ci restait indifférent et observa du ton le plus naturel :

— Voilà qui devrait guider l'enquête. Quel pays extraordinaire, l'Amérique !

— Vous y avez séjourné sans doute, monsieur le comte ?

— J'ai passé une année à Washington.

— Peut-être connaissez-vous la famille Armstrong ?

— Armstrong… Armstrong… Je ne me souviens plus. On rencontre tant de monde ! Pour en revenir à l'affaire en question, quels renseignements désirez-vous de moi ?

— A quelle heure vous êtes-vous retirés pour vous reposer hier soir ?

Des yeux, Hercule Poirot parcourut le plan. Le comte et la comtesse Andrenyi occupaient les compartiments 12 et 13.

— Nous avions fait préparer un des compartiments pendant le dîner, et en quittant le wagon-restaurant, nous nous sommes assis un instant dans l'autre…

— Dans lequel ?

— Le numéro 13. Nous avons joué aux cartes. Vers onze heures, ma femme s'est couchée. Le conducteur a fait mon lit, je me suis également couché et je n'ai fait qu'un somme jusqu'au matin.

— Avez-vous remarqué l'arrêt du train ?

— Non, pas avant ce matin.

— Et votre femme ?

Le comte sourit.

— Ma femme ne s'allonge jamais dans une couchette de train sans prendre un somnifère, et hier soir elle a absorbé sa dose habituelle de trional. Je m'excuse de ne pouvoir vous apprendre rien de sensationnel.

Poirot lui tendit une feuille de papier et un porte-plume.

— Il ne s'agit que d'une simple formalité, monsieur le comte. Voulez-vous avoir l'obligeance d'inscrire ici vos noms et adresse ?

— Mieux vaut, en effet, que je m'en charge moi-même, car l'orthographe du nom de mon domaine offre certaines difficultés pour quiconque ne connaît point la langue de mon pays.

Il rendit le papier à Poirot et se leva.

— Il n'est pas nécessaire que ma femme se dérange. Elle ne pourra que vous répéter mes propres paroles.

Un éclair brilla dans les yeux de Poirot.

— Sans doute, sans doute. Néanmoins, j'aimerais dire un tout petit mot à Mme la comtesse.

— Je vous assure que c'est tout à fait inutile, trancha le comte d'une voix autoritaire.

— Oh ! ce ne sera qu'un interrogatoire de pure forme, assura Poirot, de l'air le plus conciliant ; je dois fournir un rapport complet sur l'enquête.

— Comme il vous plaira.

Le comte céda de mauvaise grâce. Il fit un petit salut et quitta le wagon-restaurant.

Poirot prit le passeport : il spécifiait le nom et les titres du comte et portait la mention : *accompagné de sa femme* ; prénoms : Eléna, Maria ; nom de jeune fille : Goldenberg. Quelque employé peu soigneux l'avait souillé d'une tache de graisse.

— Attention, prévint M. Bouc, il s'agit d'un passeport diplomatique. De la prudence, mon ami. Ces gens ne doivent point avoir affaire à ce meurtre.

— Soyez tranquille, mon vieux. Je déploierai le plus grand tact.

La ravissante comtesse Andrenyi entra dans le wagon-restaurant.

— Vous désirez me voir, messieurs ? demanda-t-elle d'un air timide.

— Oui, madame la comtesse, mais pour remplir une simple formalité.

Poirot, très galant, se leva et s'inclina en désignant à la jeune femme le siège en face de lui.

— Je désire savoir si vous avez vu ou entendu

quelque chose qui puisse éclairer le drame de la nuit dernière ?

— Rien du tout, monsieur. Je dormais.

— N'auriez-vous pas perçu du bruit dans le compartiment voisin du vôtre ? La dame américaine qui l'occupe a sonné le conducteur à maintes reprises, il paraît qu'elle a failli mourir de peur.

— Je n'ai rien entendu. J'avais pris un narcotique.

— Oui, je comprends. Je ne vous retiendrai pas plus longtemps, madame.

Puis, comme elle s'empressait de se lever :

— Encore une petite minute, madame. Les renseignements figurant sur le passeport de votre mari : votre nom de jeune fille, votre âge et ainsi de suite… sont-ils exacts ?

— Rigoureusement exacts, monsieur.

— Voulez-vous me signer cette attestation ?

D'une gracieuse écriture penchée, elle signa : *Eléna Andrenyi.*

— Accompagniez-vous votre mari en Amérique, madame ?

— Non, monsieur. (Elle sourit en rougissant légèrement.) Nous n'étions pas mariés à cette époque. Nous ne le sommes que depuis un an.

— Bien. Je vous remercie, madame. A propos, votre mari fume-t-il ?

Elle le regarda fixement.

— Oui.

— La pipe ?

— Non, monsieur. Des cigarettes et des cigares.

— Ah ! merci beaucoup, madame.

Pendant quelques secondes, elle observa Poirot de ses beaux yeux sombres en forme d'amandes, aux longs cils noirs soulignant la pâleur exquise des joues. Ses lèvres, très rouges, s'entrouvraient légèrement. Elle paraissait étonnée.

— Pourquoi cette question ?

Poirot agita la main d'un air détaché.

— Vous savez, madame, qu'un détective est l'indiscrétion même. Par exemple, peut-être consentirez-vous à me révéler la couleur de votre robe de chambre ?

Elle le regarda en éclatant de rire.

— Couleur de maïs, monsieur. Ce détail est-il vraiment important ?

— Très important, madame.

— Vous êtes donc réellement un détective ?

— Pour vous servir, madame.

— Je croyais qu'il n'y avait aucun policier dans le train pendant tout le voyage à travers la Yougoslavie… c'est-à-dire avant d'arriver en Italie.

— Je n'appartiens pas à la police yougoslave, madame. Je suis un détective international.

— Vous appartenez sans doute à la Société des Nations ?

— J'appartiens au monde entier, déclara Poirot, théâtral. Je travaille surtout à Londres. Vous parlez anglais ?

— Oui, un peu.

De nouveau, Poirot s'inclina :

— Je ne vous retiens pas davantage, madame. Comme vous le voyez, cette petite interview n'avait rien de terrible.

Elle sourit, salua et sortit.

— Quelle jolie femme ! observa M. Bouc. Mais cela n'avance guère l'enquête, soupira-t-il.

— En effet, deux personnes qui n'ont rien vu, ni rien entendu.

— Si nous appelions maintenant l'Italien ?

Poirot ne répondit pas tout de suite. Il examinait une tache de graisse sur un passeport diplomatique hongrois.

8

L'INTERROGATOIRE DU COLONEL ARBUTHNOT

Poirot se redressa brusquement et ses yeux clignotèrent sous le regard aigu de M. Bouc.

— Ah ! mon cher ami, sur mes vieux jours je deviens ce qu'on appelle un snob ! A mon avis, la première classe doit passer avant la seconde. Nous remettrons donc notre Italien à plus tard et nous allons interroger le sympathique colonel Arbuthnot.

Jugeant le français du colonel un peu sommaire, Poirot s'adressa à lui en anglais.

Il s'assura d'abord du nom, de l'âge, du domicile et de la situation militaire d'Arbuthnot, puis il lui demanda :

— Vous venez des Indes pour aller chez vous en Angleterre passer votre congé… ce que nous appelons, en français, une permission ?

Indifférent à ces détails de linguistique, le colonel répondit avec une brièveté toute britannique :

— Oui.

— Vous ne voyagez pas par bateau ?

— Non.

— Pourquoi ?

— J'ai préféré le chemin de fer pour des raisons personnelles.

— Vous venez directement des Indes ?

Le colonel répondit sèchement :

— Je me suis arrêté une nuit à Ur, en Chaldée, et trois jours à Bagdad, chez un de mes amis.

— Vous avez passé trois jours à Bagdad. La jeune Anglaise, Miss Debenham, vient également de Bagdad. Vous seriez-vous rencontrés dans cette ville ?

— Pas du tout. J'ai vu Miss Debenham pour la première fois dans le train de Kirkuk à Nissibin.

Poirot, penché en avant, prit un ton persuasif.

— Monsieur, je vous en prie, ne vous formalisez pas. Mais Miss Debenham et vous êtes les deux seuls Anglais voyageant dans ce train. Il est donc indispensable que chacun de vous me donne son opinion sur son compatriote.

— C'est inadmissible ! répliqua froidement le colonel.

— Pas tant que cela. Le crime a probablement été commis par une femme. La victime a été frappée à une douzaine de reprises. Le chef de train lui-même vient de dire : « Ce crime est l'œuvre d'une femme ! » En ce cas, mon premier devoir consiste à bien étudier les voyageuses du train Stamboul-Calais. Mais il est très difficile d'apprécier une Anglaise. Elles sont si réservées. Dans l'intérêt de la justice, veuillez donc me dire, monsieur, quel genre de personne est cette Miss Debenham. Que savez-vous sur son compte ?

— Miss Debenham est une femme de la haute société.

— Ah ! vous ne pensez donc pas qu'elle puisse être impliquée dans cette affaire ?

— Cette idée ne tient pas debout ! L'homme assassiné lui était tout à fait inconnu… Elle ne l'avait jamais vu auparavant.

— Vous l'a-t-elle dit ?

— Oui. Elle m'a tout de suite fait remarquer son aspect désagréable. Si une femme a commis le crime, ce que vous semblez avancer sans aucune preuve, Miss Debenham ne saurait être soupçonnée.

— Vous défendez chaudement sa cause, remarqua Poirot en souriant.

Le colonel lui lança un regard glacial.

— Je me demande ce que vous insinuez par là…

Poirot baissa les yeux et se mit à feuilleter les papiers placés devant lui.

— Ne nous égarons pas et revenons aux faits, reprit-il. Ce crime, nous avons tout lieu de le croire, a été perpétré cette nuit vers une heure et quart. Il est donc essentiel que nous connaissions l'emploi du temps de tous les voyageurs à cette heure-là.

— Je vous l'accorde. A une heure et quart, autant que je me souvienne, je bavardais avec le jeune Américain, le secrétaire de la victime.

— Vous vous trouviez dans son compartiment ou était-il dans le vôtre ?

— J'étais dans le sien.

— N'est-ce pas ce jeune homme répondant au nom de MacQueen ?

— Si.

— C'est un de vos amis ?

— Non. Je le voyais pour la première fois. Nous échangeâmes quelques banalités hier au soir, puis la conversation prit un tour qui nous intéressa tous deux. D'habitude, je me lie moins vite avec un Américain… Ces gens-là ne me sont guère sympathiques.

Poirot sourit intérieurement au souvenir des propos de MacQueen concernant les Anglais.

— … Toutefois, ce jeune homme me plut tout de suite. Il émit quelques idées ridicules sur les Indes. Ces Américains sont d'incorrigibles sentimentaux. J'ai passé trente années aux Indes et j'ai réfuté sans peine ses arguments. D'autre part, il m'a parlé de la question financière en Amérique, et de la politique en général. Entraînés par ces sujets d'actualité, nous ne songions plus à l'heure. Lorsque je consultai ma montre, elle marquait deux heures moins le quart.

— Et à cette heure-là vous avez interrompu votre conversation ?

— Oui.

— Que fîtes-vous ensuite ?

— Je me rendis à mon compartiment pour me coucher.

— Votre lit était-il prêt ?

— Oui.

— Votre compartiment est bien… attendez… le numéro 15… l'avant-dernier en partant du wagon-restaurant ?

— Oui.

— Où était le conducteur à ce moment-là ?

— Assis sur son siège au bout du couloir. Au moment où j'entrais dans mon compartiment, MacQueen l'a appelé.

— Pourquoi ?

— Sans doute pour qu'il lui fasse son lit.

— Colonel Arbuthnot, réfléchissez bien avant de répondre. Pendant que vous vous entreteniez avec MacQueen, quelqu'un est-il passé devant la porte dans le couloir ?

— Plusieurs personnes, il me semble, mais je n'y ai guère porté attention.

— Je veux dire durant la dernière heure de votre conversation. Vous êtes descendu à Vincovci, n'est-ce pas ?

— Oui, une minute à peine. Le froid était si intense que nous avons regagné en hâte notre voiture surchauffée. Permettez-moi de vous faire remarquer, en passant, qu'on étouffe dans ce train.

M. Bouc poussa un soupir.

— Impossible de contenter tout le monde ! Les Anglais veulent toutes les fenêtres ouvertes et les autres voyageurs s'empressent de les fermer.

Ni Poirot ni le colonel Arbuthnot n'attachèrent d'importance à cette réflexion professionnelle.

— A présent, monsieur, reportez votre esprit en arrière, à ce moment où la température rigoureuse du dehors vous obligea à remonter dans le wagon, dit Poirot d'une voix aimable. Vous vous asseyez donc et vous fumez une cigarette… ou une pipe…

Poirot fit une pause d'une seconde et le colonel lui fournit le renseignement désiré.

— Moi, la pipe. MacQueen fumait des cigarettes.

— Bien. Le train se remet en marche. Vous fumez votre pipe en discutant de politique européenne… et mondiale. Il se fait tard. Presque tous les voyageurs se sont retirés dans leurs compartiments pour la nuit. Rappelez-vous bien : quelqu'un est-il passé devant la porte ?

Le sourcil froncé, Arbuthnot essaya de rassembler ses souvenirs.

— Il est difficile de préciser. Toute mon attention était absorbée par la conversation.

— D'ordinaire, un soldat possède une certaine dose d'observation naturelle. Il voit sans regarder, pour ainsi dire.

Le colonel réfléchit encore et hocha la tête.

— Je ne me rappelle pas avoir vu quelqu'un longer le couloir, outre le conducteur. Ah !… si, pourtant !… une femme !

— Vous l'avez vue ! Etait-elle jeune… ou vieille ?

— Je ne l'ai pas vue. A ce moment-là, j'étais tourné de l'autre côté. Mais je me souviens d'un froufrou soyeux et de l'odeur d'un parfum.

— Quel genre de parfum ?

— Je ne saurais le définir exactement. Mais cette odeur très capiteuse devait se propager à grande distance. Cependant, je ne puis dire exactement quand elle est venue frapper mes narines. Attendez… Il me semble tout de même que c'est après que nous eûmes quitté Vincovci.

— Comment cela ?

— Voici : je parlais alors du fameux plan quinquennal et, par une association d'idées ce parfum me fit songer à la situation de la femme en pays soviétique. Et ce fut vers la fin de notre conversation que nous abordâmes la question de la Russie.

— Vous ne pouvez nous donner plus de précision ?

— Non. J'affirme toutefois que cela eut lieu pendant la dernière demi-heure.

— Après que le train se fut arrêté ?

— Oui. J'en suis presque certain.

— Bon. Connaissez-vous l'Amérique, colonel Arbuthnot ?

— Non. Je n'y ai jamais mis les pieds.

— Vous souvenez-vous d'un colonel anglais, nommé Armstrong ?

— Armstrong ?... Armstrong... J'ai connu deux ou trois Armstrong. Tommy Armstrong, du 60e... Selby Armstrong, qui fut tué dans la Somme...

— Je veux parler du colonel Armstrong, qui épousa une Américaine et dont l'enfant fut enlevé et assassiné.

— Ah ! je me rappelle avoir lu l'affaire dans les journaux. Il s'agit de Toby Armstrong. Je ne l'ai jamais rencontré, mais j'ai beaucoup entendu parler de lui comme d'un officier de valeur. Il était décoré de la Croix de Victoria.

— L'homme qu'on a tué cette nuit était l'assassin de l'enfant du colonel Armstrong.

— En ce cas, il a mérité son sort... Cependant, j'eusse mieux aimé le savoir pendu... ou électrocuté, suivant la coutume américaine.

— De fait, colonel Arbuthnot, vous préférez le châtiment légal à la vengeance privée ?

— La vendetta telle qu'elle est pratiquée en Corse ou par la Maffia est inadmissible de nos jours. Pensez-en ce qu'il vous plaira, pour moi, le système le plus sûr demeure encore la justice rendue par les tribunaux.

Poirot considéra le colonel.

— J'approuve votre façon de voir, colonel. Je crois que c'est tout ce que j'avais à vous demander. Avez-vous souvenance d'autres détails qui vous paraissent suspects ?

— Non, de rien. A moins que…

Il hésita.

— Continuez, je vous en prie.

— Oh ! ce n'est qu'un fait insignifiant. Voici : au moment où je regagnais mon compartiment, je remarquai que la porte voisine de la mienne… la dernière… tout au bout…

— Oui, le numéro 16.

— Exactement. La porte du numéro 16 était entrouverte et le voyageur qui occupait ce compartiment jeta un rapide coup d'œil dans le couloir, puis tira vivement sa porte. Ce qui m'a surpris, c'est ce geste furtif.

— En effet, dit Poirot.

— Il se peut que tout cela soit naturel. Mais dans le calme impressionnant des premières heures du matin, une tête qui avance et se retire brusquement dans l'entrebâillement d'une porte vous a une allure sinistre… de roman policier.

Il se leva.

— Si vous n'avez pas davantage besoin de moi…

— Je vous remercie, colonel, c'est tout.

L'officier hésita un instant. Sa première répugnance à se laisser interroger par un étranger se trouvait à présent complètement dissipée.

— A propos de Miss Debenham, ajouta-t-il d'une façon un peu gauche et rougissant légèrement, je vous déclare que c'est une personne irréprochable… une *pukka sahib.*

Il s'en alla.

— Que signifie une *pukka sahib* ? demanda le docteur Constantine.

— Cela signifie, expliqua Poirot, que le père et les frères de Miss Debenham ont fréquenté les mêmes écoles que le colonel Arbuthnot.

— Oh ! cela n'a rien à voir avec le crime, dit le docteur, désappointé.

Poirot, pianotant sur la table, se plongea dans une rêverie.

— Le colonel fume la pipe, dit-il enfin. Dans le compartiment de Mr Ratchett j'ai trouvé un cure-pipe, et Mr Ratchett ne fumait que des cigares.

— Ainsi, vous croyez…

— Jusqu'ici, c'est le seul homme qui s'avoue fumeur de pipe. De plus, il a entendu parler du colonel Armstrong, et peut-être l'a-t-il connu sans vouloir l'admettre.

— Vous supposeriez…

Poirot hocha violemment la tête.

— Non, il est impossible… tout à fait impossible qu'un honorable Anglais, d'intelligence moyenne et féru de légalité, ait frappé un ennemi de douze coups de couteau ! Vous partagez cet avis, n'est-ce pas ?

— Oui, il suffit de raisonner un peu, dit M. Bouc.

— Nous devons tenir compte de la psychologie de chaque individu. Ce crime porte une signature, et ce n'est certes pas celle du colonel Arbuthnot. Passons au suivant.

Cette fois, M. Bouc ne nomma pas l'Italien, mais il y pensa.

9

L'INTERROGATOIRE DE MR HARDMAN

Le dernier des voyageurs de première classe, Mr Hardman, était ce grand Américain rutilant qui s'était assis à table avec l'Italien et le valet de chambre.

Il portait un costume à carreaux, une chemise rose, une épingle de cravate étincelante, et mâchait quelque chose quand il entra. Sa face massive aux traits vulgaires exprimait la bonhomie.

— Bonjour, messieurs, qu'y a-t-il pour votre service ?

— Vous avez entendu parler du meurtre, monsieur... euh... Hardman ?

— Pour sûr !

D'un coup de langue adroit, il déplaça la gomme dans sa bouche.

— Notre devoir nous oblige à interroger tous les voyageurs.

— D'accord. C'est le seul moyen d'aboutir. Poirot consulta le passeport ouvert devant lui et lut :

« Cyrus Belthman Hardman, sujet américain, quarante et un ans, représentant en rubans de machines à écrire. »

— O.K. C'est bien moi.

— Vous vous rendez de Stamboul à Paris ?

— Vous l'avez dit.

— Le but de ce voyage ?

— Les affaires.

— Voyagez-vous d'habitude en première classe, monsieur Hardman ?

— Oui, monsieur. Ma maison paie mes frais de déplacement, ajouta-t-il en clignant de l'œil.

— Arrivons à présent aux événements de cette nuit. Que pouvez-vous nous apprendre à ce sujet ?

— Rien du tout.

— Quel dommage ! Peut-être nous direz-vous à quoi vous avez occupé votre temps hier soir, après le dîner ?

Pour la première fois, l'Américain réfléchit avant de répondre.

— Excusez-moi, messieurs. Apprenez-moi d'abord qui vous êtes ?

Poirot fit les présentations.

— Voici M. Bouc, un des directeurs de la Compagnie des Wagons-Lits, et le docteur Constantine, qui examina la victime.

— Et vous-même ?

— Je suis Hercule Poirot, chargé par la Compagnie de mener l'enquête.

— J'ai entendu parler de vous, dit Mr Hardman. (Puis il ajouta après quelques secondes :) Autant vous parler franchement.

— Je vous le conseille, prononça Poirot d'un ton sec.

— Si seulement je connaissais la moindre chose, je ne demanderais pas mieux que de vous le dire. Le malheur est que je ne sais rien… et, ce qui me désole, c'est que je devrais pouvoir vous renseigner.

— Je vous en prie, monsieur Hardman, arrivez au fait.

Mr Hardman donna un nouveau coup de langue à la gomme qu'il mâchait, plongea la main droite dans sa poche… et soudain tout en lui sembla se métamorphoser. Se dépouillant du rôle comique qu'il jouait, il reprenait son aspect naturel. Il dit, prononçant les nasales de façon moins déplaisante :

— Ce passeport est truqué. Voici ma véritable identité.

Poirot examina la carte que l'Américain venait de lui lancer, et M. Bouc se pencha par-dessus l'épaule de son ami pour lire :

Mr CYRUS B. HARDMAN

Agence de police privée MacNeil

NEW YORK

Poirot connaissait cette agence de détectives, une des plus fameuses des Etats-Unis.

— Maintenant, monsieur Hardman, le moment est venu de nous expliquer ce que tout cela signifie.

— Bien sûr. Voici les faits. Venu en Europe pour filer un couple d'escrocs, — rien de commun avec cette affaire-ci, — je leur mis la main au collet à Stamboul et câblai à mon chef qui m'envoya l'ordre de revenir. Je me préparais à voyager tranquillement jusqu'à New York lorsque je reçus ceci.

Il tendit une lettre à Poirot :

Cher monsieur,

J'ai appris que vous appartenez à l'agence Neil. Veuillez avoir l'obligeance de passer me voir à mon appartement à quatre heures, cet après-midi.

La lettre était signée Ratchett et portait l'en-tête de l'*Hôtel Tokatlian.*

— Eh bien ?

— Je me trouvai au rendez-vous fixé par Mr Ratchett, qui me mit au courant de la situation et me montra deux lettres.

— Croyait-il sa vie menacée ?

— Il prétendait que non, mais au fond il avait la frousse. Il me demanda de voyager jusqu'à Paris dans le même train que lui et de veiller à sa sécurité. Eh bien, messieurs, en dépit de ma surveillance, il a été assassiné. Je le déplore de tout mon cœur. Pour moi, cette affaire paraît bigrement mauvaise.

— Vous avait-il indiqué comment procéder pour le protéger ?

— Pour sûr ! Il avait tout préparé. Par malheur, il me fut impossible de prendre le compartiment voisin du sien. Il ne restait que le numéro 16 et encore j'eus toutes les peines du monde à l'obtenir. Je soupçonne le conducteur d'avoir voulu le tenir en réserve… Enfin, passons ! En examinant les lieux, je constatai qu'après tout le numéro 16 offrait une position stratégique de premier ordre. En avant du wagon-lit de Stamboul il n'y avait que le wagon-restaurant et, de ce côté, la porte du couloir, côté du restaurant, était fermée pendant la nuit. Restait la plate-forme communiquant avec les autres voitures du train… dans ce cas, mon homme devait passer devant mon compartiment.

— Vous ne connaissez pas le signalement du meurtrier éventuel ?

— Pardon, Mr Ratchett me l'avait décrit.

— Quoi ?

Les trois hommes se penchèrent vers Hardman qui poursuivit :

— C'était, me dit-il, un petit brun avec une voix douce, féminine. Du reste, Ratchett ne s'attendait pas à être attaqué la première nuit du voyage, mais la seconde ou la troisième.

— Il savait donc…, observa M. Bouc.

— Il en savait certainement plus long qu'il n'en a confié à son secrétaire, dit Poirot d'un air pensif. Vous a-t-il appris pourquoi on le menaçait ?

— Non, il se montra plutôt réticent sur ce point. A mes questions il répondit seulement que son ennemi voulait sa mort.

— Un petit homme brun… avec une voix de femme…, répéta Poirot, pensif.

Puis, regardant Hardman bien en face, il dit :

— Naturellement, vous avez identifié l'homme ?

— Quel homme ?

— Ratchett. Vous l'aviez reconnu ?

— Vous dites ?

— Ratchett n'était autre que Cassetti, le meurtrier du bébé Armstrong.

Mr Hardman fit entendre un long sifflement.

— En voilà une histoire !… Ma foi, non, je ne l'avais pas reconnu. Je me trouvais dans l'ouest de l'Amérique à cette époque. J'ai peut-être vu la photographie de Cassetti dans les journaux, mais on reconnaîtrait à peine sa propre mère sur certains clichés de presse. Ce bandit italien devait, en effet, avoir pas mal d'ennemis.

— Vous souvenez-vous, parmi les gens mêlés au procès Armstrong, d'un personnage qui répondît à ce signalement : petit, brun et la voix d'une femme ?

Hardman réfléchit un instant.

— Presque tous les membres de la famille Armstrong sont décédés. La domestique qui avait la surveillance du bébé s'est même jetée par la fenêtre.

« Cette jeune fille était une étrangère, n'est-ce pas ? Mais il ne faut pas s'en tenir à la seule affaire Armstrong. Cassetti s'était bien avant cela spécialisé dans l'enlèvement des enfants.

— Peut-être, mais nous avons des raisons pour rattacher la mort du bandit à l'affaire Armstrong.

Mr Hardman eut un regard interrogateur ; Poirot garda le silence. L'Américain hocha la tête.

— Je ne vois personne répondant à ce signalement dans l'affaire Armstrong ; mais, je vous le répète, je voyageais loin de New York à cette époque et ne suis pas complètement renseigné.

— Bien. Continuez votre déposition, monsieur Hardman.

— Il ne me reste pas grand-chose à ajouter. Je dormais pendant le jour pour veiller la nuit. Hier soir, en ce qui me concerne, tout se passa normalement. J'observai le couloir par l'entrebâillement de ma porte. Personne ne passa.

— Vous en êtes bien sûr ?

— Absolument certain. Personne n'est entré par la porte du quai ni par la voiture d'Athènes, je vous en donne ma parole.

— De votre poste d'observation, pouviez-vous voir le conducteur ?

— Pour sûr ! Son petit siège se trouve presque à hauteur de ma porte.

— A-t-il quitté sa place après l'arrêt du train à Vincovci ?

— Il a répondu à un ou deux coups de sonnette… peu après la panne de train. Ensuite, il a passé devant moi pour se rendre dans l'autre wagon et y est demeuré un quart d'heure environ. Une sonnette de nuit se mit alors à carillonner et le conducteur revint en courant. Je sortis dans le couloir pour voir ce qui arrivait. C'était seulement la dame américaine qui protestait contre je ne sais quoi. Le conducteur alla ensuite dans un autre compartiment et apporta une bouteille d'eau minérale à un voyageur. Puis il se rassit dans son coin et au bout d'un moment il se rendit à l'autre extrémité du wagon pour faire le lit de quelqu'un. Après quoi il me semble qu'il n'a pas bougé jusqu'à cinq heures ce matin.

— S'est-il endormi ?

— Je ne puis vous le dire.

Poirot ramassa machinalement sur la table la carte officielle du détective de l'agence Neil.

— Veuillez, je vous prie, contresigner ce carton, monsieur Hardman.

— Il n'y a sans doute personne qui soit susceptible de confirmer votre identité, monsieur Hardman ?

— Dans ce train ? Non, pas précisément. A moins que le jeune MacQueen ne me reconnaisse. Je l'ai souvent vu dans le bureau de son père à New York, mais je doute qu'il m'ait spécialement remarqué parmi les nombreux autres détectives. Non, monsieur Poirot, il faudra attendre que la neige nous permette de continuer notre voyage pour câbler à New York. Mais vous pouvez être tranquille. Je ne vous ai pas trompé. Au revoir, messieurs. Monsieur Poirot, enchanté d'avoir fait votre connaissance !

Poirot lui offrit une cigarette.

— Peut-être préférez-vous la pipe ?

— Non, je ne fume pas la pipe.

Il prit une cigarette et sortit à grands pas. Les trois hommes s'entre-regardèrent.

— Vous le croyez sincère ? demanda le docteur Constantine.

— Oui, je connais ce genre d'individus. De plus, il sera facile de vérifier son identité.

— En tout cas, il nous a fourni un renseignement intéressant, dit M. Bouc.

— Certes.

— Un petit homme brun, à la voix féminine, ajouta M. Bouc méditatif.

— Hélas ! ce signalement ne se rapporte à aucune des personnes présentes dans ce train, observa Poirot.

10

L'INTERROGATOIRE DE L'ITALIEN

— Et maintenant, déclara Poirot avec un sourire malicieux, nous allons réjouir le cœur de M. Bouc en appelant ici l'Italien.

Antonio Foscarelli entra dans le wagon-restaurant d'un pas souple et alerte. Son visage de pur Latin au teint hâlé par le soleil exprimait la satisfaction.

Il parlait couramment le français avec un très léger accent.

— Vous vous appelez Antonio Foscarelli ?

— Oui, monsieur.

— Vous êtes, à ce que je vois, naturalisé Américain ?

— Oui, monsieur, pour la commodité de mes affaires.

— Vous êtes représentant des automobiles Ford ?

— Oui, alors vous comprenez…

Suivit un exposé très circonstancié, au terme duquel les trois hommes apprirent en détail les méthodes de travail de Foscarelli, ses voyages, sa situation financière, son opinion sur les Etats-Unis et les différents pays européens. Il n'était pas besoin de lui arracher les renseignements. Les mots jaillissaient de ses lèvres comme d'une source.

Sa figure rayonnait ; il s'épongeait le front avec un mouchoir.

— Comme vous voyez, je traite d'énormes affaires. Je suis moderne, moi, et je m'y entends pour la vente.

— Ainsi vous faites la navette entre l'Amérique et l'Europe depuis une dizaine d'années ?

— Oui, monsieur. Je me souviens du jour où pour la première fois je pris le paquebot… pour aller aux Etats-Unis. C'est si loin !… Ma mère, ma petite sœur…

Poirot coupa court à ces souvenirs familiaux.

— Durant vos séjours en Amérique, avez-vous rencontré l'homme qui a été tué cette nuit ?

— Jamais. Oh ! je connais cette sorte de type… l'air respectable, toujours tiré à quatre épingles, mais tout cela n'est que de la surface. D'après mon expérience, sans le connaître, je tiens cet individu-là pour une canaille. Je vous donne mon opinion pour ce qu'elle vaut.

— Elle est tout à fait juste, dit Poirot sèchement. Ratchett était Cassetti, le ravisseur d'enfants.

— Je le savais bien ! Je suis devenu de première force pour lire le caractère des gens d'après leur physionomie. Dans le commerce, c'est une qualité indispensable. Parlez-moi de l'Amérique ! C'est là seulement qu'on sait dresser un bon vendeur.

— Vous souvenez-vous de l'affaire Armstrong ?

— Euh… pas très bien. Il s'agissait d'un enfant… d'une petite fille, n'est-ce pas ?

— Oui, un crime horrible.

L'Italien semblait être la première personne à ne pas partager cette sévérité d'appréciation.

— Oh ! ma foi, ces événements arrivent couramment dans de grands pays civilisés tels que l'Amérique…

Poirot l'interrompit.

— Avez-vous jamais rencontré un membre quelconque de la famille Armstrong ?

— Non, je ne crois pas. Mais je vois tant de clients. Tenez, je vais vous donner quelques chiffres. L'année dernière seulement, j'ai vendu…

— Monsieur, je vous en prie, ne nous égarons pas.

La main de l'Italien se leva dans un geste d'excuse.

— Mille pardons, monsieur.

— Veuillez me dire ce que vous avez fait hier après dîner.

— Volontiers. Je m'attardai ici le plus longtemps possible à bavarder avec l'Américain assis à ma table, un représentant en rubans de machines à écrire. Ensuite, j'allai dans mon compartiment. Il était vide. Le misérable John Bull, qui l'occupe avec moi, s'était rendu auprès de son maître. Enfin, il revint avec sa figure d'empaillé. Impossible de lui arracher d'autres paroles que oui ou non. Quelle race antipathique, ces Anglais ! Assis dans un coin, raide comme la justice, il lisait, quand le conducteur vint préparer nos lits.

— Les numéros 4 et 5, dit Poirot.

— C'est cela même… le dernier compartiment. Je

montai dans ma couchette, celle du dessus, et je fumai en lisant. Mon Anglais souffrant, paraît-il, d'une rage de dents, employa un calmant qui sentait très fort. Il se coucha et se mit à gémir. Peu après, je m'endormis, mais chaque fois que je m'éveillais, je l'entendais se plaindre.

— Savez-vous s'il est sorti du compartiment au cours de la nuit ?

— Je ne crois pas. Je m'en serais aperçu. La lumière du couloir vous éveille automatiquement en vous faisant songer à une visite de la douane.

— Vous a-t-il parlé de son maître ? A-t-il montré quelque animosité contre lui ?

— Je vous ai déjà dit qu'il ne parlait pas plus qu'une carpe.

— Vous fumez, avez-vous dit… la pipe, la cigarette ou le cigare ?

— Des cigarettes seulement.

Poirot lui en offrit une qu'il accepta.

— Avez-vous déjà été à Chicago ? demanda M. Bouc.

— Oh ! oui… une ville superbe… mais je connais davantage New York, Washington, Detroit. Et vous, avez-vous été en Amérique ? Non ? Je vous conseille d'y aller. Vous…

Poirot avança une feuille de papier à l'Italien.

— Veuillez inscrire vos noms et résidence habituelle au bas de ce papier.

L'Italien écrivit avec de grands paraphes, puis il se leva, toujours aussi souriant.

— Est-ce tout ? Vous n'avez plus besoin de moi ? Au

revoir, messieurs. J'espère que la neige ne nous retiendra pas ici trop longtemps. On m'attend à Milan… je risque de perdre cette affaire…

Il disparut.

Poirot regarda M. Bouc.

— Cet homme a longtemps vécu en Amérique, dit celui-ci. Les Italiens sont de fieffés menteurs et ils jouent facilement du couteau. Je déteste les Italiens.

— Cela se voit, observa Poirot en souriant. Toutefois, permettez-moi de vous faire remarquer que nous ne possédons pas la moindre preuve accusatrice contre cet Italien-là.

— Alors, que faites-vous de la psychologie des races ? L'Italien ne frappe-t-il pas son ennemi à coups de poignard ?

— Evidemment… mais surtout dans la violence d'une querelle, répliqua Poirot. Or, ce crime me semble avoir été préparé de longue date et avec maintes précautions. Pour moi, il ne s'agit point ici d'un meurtre commis par un… Latin. J'y découvre les traces d'une froide préméditation… d'un esprit anglo-saxon.

Il prit les derniers passeports et ajouta :

— Voyons à présent Miss Mary Debenham.

11

L'INTERROGATOIRE DE MISS DEBENHAM

Vêtue d'un tailleur noir agrémenté d'un gilet de soie grise, les ondulations de sa sombre chevelure aussi régulières et nettes que ses mouvements, Mary Debenham entra.

Elle s'assit devant Poirot.

— Vous êtes bien Miss Mary Hermione Debenham, âgée de vingt-six ans, n'est-ce pas ?

— Oui.

— Anglaise ?

— Oui.

— Mademoiselle, voulez-vous avoir l'obligeance d'inscrire votre nom et votre adresse en Angleterre sur cette feuille de papier ?

Elle le fit aussitôt d'une écriture énergique et claire.

— A présent, mademoiselle, veuillez me dire ce que vous savez du crime de cette nuit.

— Je suis incapable de vous apprendre quoi que ce soit. Je me suis couchée et j'ai dormi aussitôt.

— Ce meurtre commis dans le train vous cause-t-il quelque chagrin ?

A cette question inattendue, la jeune fille eut dans ses yeux gris un regard étonné.

— Je ne saisis pas bien ce que vous me demandez.

— C'est pourtant bien simple, mademoiselle. Je répète : ce meurtre commis dans le train vous a-t-il attristée ?

— Je n'ai pas encore considéré l'événement de ce point de vue. De fait, je puis dire qu'il ne me touche pas le moins du monde.

— Un assassinat… pour vous se réduit à un fait divers.

— Evidemment. Il est désagréable de voyager dans un train où un meurtre a été commis, dit Mary Debenham d'une voix calme.

— Vous êtes bien anglo-saxonne, mademoiselle. D'une indifférence à toute épreuve.

Elle esquissa un sourire.

— Je ne juge point indispensable d'éclater en sanglots pour démontrer ma sensibilité. Ne meurt-il pas des gens tous les jours ?

— La mort est chose commune, le meurtre est un peu plus rare.

— J'en conviens.

— Vous ne connaissiez pas l'homme qui a été assassiné ?

— Je l'ai vu hier, pour la première fois au déjeuner.

— Et quelle impression vous a-t-il faite ?

— Je l'ai à peine remarqué.

— Ne vous a-t-il pas produit l'effet d'un honnête homme ?

Elle haussa légèrement les épaules.

— Je ne l'ai pas suffisamment observé pour être à même d'émettre sur lui la moindre opinion.

Poirot dévisagea la jeune fille.

— Mademoiselle, vous ne semblez pas, à ce que je vois, approuver la façon dont je conduis mon interrogatoire. Vous pensez sans doute qu'un Anglais s'y prendrait autrement, irait droit au but, poserait sèchement des questions nécessaires et s'en tiendrait au fait. Moi, j'use de petits détours. J'étudie le témoin et, après m'être formé un jugement sur lui, je l'interroge en conséquence. Tenez : il y a une minute, j'avais devant moi un personnage très loquace qui prétendait développer ses idées sur divers sujets. A celui-là, j'ai demandé de répondre « oui » ou « non » à mes questions. Vous lui succédez. Aussitôt je vois que j'ai affaire à une personne calme et ordonnée qui répond brièvement à mes interrogations. Alors — voyez un peu la perversité de l'humaine nature — je m'applique à vous faire exprimer vos émotions, vos pensées. Cette méthode vous déplaît ?

— Si vous désirez mon opinion franche, je vois dans votre façon d'agir une perte de temps. De savoir si oui ou non j'estimais Mr Ratchett ne hâtera pas d'une seconde la solution du mystère.

— Savez-vous qui était réellement Ratchett, mademoiselle ?

— Mrs Hubbard l'a raconté à qui voulait l'entendre.

— Et que dites-vous de l'affaire Armstrong ?

— Je trouve ce crime odieux.

Poirot regarda la jeune fille d'un air songeur.

— Vous venez de Bagdad, il me semble, Miss Debenham ?

— Oui.

— Vous allez à Londres ?

— Oui.

— Que faisiez-vous à Bagdad ?

— J'étais gouvernante de deux enfants.

— Reprendrez-vous votre situation après vos vacances ?

— Il est probable que non.

— Pourquoi ?

— Bagdad est trop loin. J'essaierai de trouver une place acceptable à Londres.

— Je pensais que vous alliez vous marier.

Miss Debenham ne répondit pas. Elle regarda Poirot bien en face, d'un air qui semblait dire : « Vous êtes un impertinent. »

— Que pensez-vous de la dame avec qui vous partagez votre compartiment, Miss Ohlsson ?

— C'est une excellente personne, très simple.

— De quelle couleur est sa robe de chambre ?

Mary Debenham parut interloquée.

— Elle porte un peignoir en lainage marron.

— Ah ! J'espère que vous ne me taxez pas d'indiscrétion si j'ai remarqué à Stamboul la couleur de votre robe de chambre, mauve pâle, n'est-ce pas ?

— Oui.

— Avez-vous une autre robe de chambre, mademoiselle, de couleur rouge vif ?

— Non, celle-là n'est pas à moi.

Poirot se pencha en avant ; ses yeux semblaient ceux d'un chat.

— A qui donc ?

La jeune fille recula, effarée.

— Je l'ignore. Où voulez-vous en venir ?

— Au lieu de répondre : « Non, je ne possède pas de robe de chambre de cette couleur », vous venez de me dire : « Celle-là n'est pas à moi... », autrement dit : elle appartient à quelqu'un d'autre ?

— C'est la vérité.

— A une autre voyageuse ?

— Oui.

— A qui ?

— Je viens de vous répondre que je n'en sais rien. Je me réveillai ce matin avec l'impression que le train était resté depuis longtemps immobile. J'ouvris la porte et regardai dans le couloir lorsque je vis à l'autre bout une personne portant une robe de chambre rouge.

— Et vous ne savez pas qui c'était ? Avait-elle les cheveux blonds, noirs ou gris ?

— Je ne sais. Elle avait une coiffure de nuit et je ne l'ai aperçue que de dos.

— Etait-elle grande ou petite ?

— Plutôt mince et élancée ; toutefois, il m'est difficile de rien affirmer. La robe de chambre était garnie de dragons brodés.

— Oui ! oui ! c'est bien cela !

Poirot demeura un instant silencieux, puis il murmura :

— Je n'y comprends plus rien. Tout s'embrouille !

Relevant la tête, il dit à Miss Debenham :

— Je ne vous retiens pas plus longtemps, mademoiselle.

— Ah !

Elle parut étonnée, mais se leva promptement. Au moment de franchir la porte, elle revint sur ses pas.

— La demoiselle suédoise... Miss Ohlsson... paraît fort ennuyée. Vous lui avez dit qu'elle était la dernière personne ayant vu la victime vivante et elle s'imagine que vous la soupçonnez. Me permettez-vous de la rassurer ?... La pauvre femme ne ferait pas de mal à une mouche, ajouta-t-elle en souriant.

— A quelle heure est-elle allée chercher de l'aspirine chez Mrs Hubbard ?

— Peu après dix heures et demie.

— Combien de temps demeura-t-elle absente ?

— Cinq minutes environ.

— A-t-elle encore quitté le compartiment au cours de la nuit ?

— Non.

Poirot se tourna vers le docteur.

— Ratchett aurait-il pu être tué si tôt ?

Le docteur secoua la tête négativement.

— En ce cas, tranquillisez votre amie, mademoiselle.

— Merci.

Miss Debenham sourit encore et ajouta :

— Cette malheureuse créature ressemble à une brebis apeurée. Elle s'effraie d'un rien et ne cesse de gémir.

Miss Debenham sortit.

12

L'INTERROGATOIRE DE LA FEMME DE CHAMBRE ALLEMANDE

— Mon vieux, dit M. Bouc à son ami, cette fois, je ne vous comprends pas. A quoi rime tout cela ?

— Je cherchais à découvrir un défaut…

— Un défaut ?

— Oui… dans l'armure de cette jeune fille. J'essayais d'ébranler son sang-froid. Je ne sais si j'ai réussi. Mais elle était loin de s'attendre aux questions que je lui ai posées.

— Vous la soupçonnez ? demanda M. Bouc. Pourquoi ? Elle me semble charmante… incapable d'être mêlée à un crime pareil.

— Tel est également mon avis, dit le docteur Constantine. Une personne aussi froide et aussi maîtresse de ses nerfs, au lieu de tuer un homme, le poursuivrait devant les tribunaux.

Poirot soupira.

— Il faudrait tout d'abord éloigner de vous l'idée

tenace que ce crime a été commis sous l'effet d'une colère subite. Quant à Miss Debenham, j'ai deux raisons de la suspecter. La première, c'est que j'ai surpris une conversation entre elle et le colonel Arbuthnot.

Il leur répéta les phrases étranges entendues par lui après le départ d'Alep.

— Cette coïncidence est pour le moins bizarre et exige des explications, déclara M. Bouc. Tout laisserait supposer qu'ils sont complices… elle et le colonel.

— Précisément, mais les faits ne le confirment pas du tout. En effet, si ces gens-là étaient complices, on s'attendrait à ce que chacun d'eux prouvât l'alibi de l'autre. Or, qu'arrive-t-il ? L'alibi de Miss Debenham est défendu par la Suédoise qu'elle n'avait jamais vue et celui du colonel est soutenu par MacQueen, le secrétaire de la victime. Cette solution serait vraiment trop simple !

— Vous annonciez deux raisons…, lui rappela M. Bouc.

— Oui, mais l'autre n'est qu'une raison psychologique. Ce crime a certainement été conçu et préparé par un cerveau intelligent, lucide et calme. Miss Debeham possède ces qualités.

— Vous faites fausse route, je crois. Cette jeune Anglaise n'a rien d'une meurtrière.

— Passons au dernier nom de notre liste, dit Poirot, Hildegarde Schmidt, femme de chambre.

Le maître d'hôtel alla quérir Hildegarde Schmidt qui entra dans le wagon-restaurant et attendit dans une attitude respectueuse.

Poirot l'invita à s'asseoir.

Les mains jointes sur les genoux, elle paraissait placide et éminemment honnête, sinon très intelligente. La façon d'opérer de Poirot envers Hildegarde Schmidt différa totalement de celle qu'il avait employée à l'égard de Mary Debenham.

Aimable et jovial, il s'efforça de la mettre à l'aise. Ayant obtenu qu'elle écrivît son nom et son adresse, il la questionna sans l'effaroucher et en employant sa langue.

— Nous désirons connaître des détails sur l'événement de cette nuit. Evidemment, nous ne vous demandons pas de nous renseigner sur le crime en lui-même, mais il se peut que vous ayez entendu ou vu certaines choses qui n'offrent aucun intérêt à vos yeux et qui, pour nous, présentent une grande importance. Comprenez-vous ?

Elle n'en avait pas l'air. Sa figure large et bonasse conserva son expression hébétée lorsqu'elle répondit :

— Je ne sais rien du tout, monsieur.

— Voyons, vous vous souvenez que votre maîtresse vous a fait appeler cette nuit ?

— Ah ! pour ça oui, monsieur.

— Vers quelle heure ?

— Ah ! je ne sais pas. Je dormais quand l'employé est venu m'appeler.

— Vous appelle-t-on parfois ainsi la nuit ?

— Assez souvent. Mme la princesse a fréquemment besoin de mes services la nuit. Elle dort très peu.

— Donc, dès qu'on vous a envoyé chercher, vous vous êtes levée. Avez-vous passé une robe de chambre ?

— Non, monsieur. Je me suis habillée. Je n'oserais me présenter en robe de chambre devant Son Altesse.

— Pourtant, elle est très jolie, votre robe de chambre… en soie rouge, n'est-ce pas ?

— Excusez-moi, monsieur, elle est en flanelle bleu foncé.

— Ah ! bien ! Continuez, je vous prie. Pardonnez-moi cette petite plaisanterie. Vous êtes donc allée chez Mme la princesse. Qu'avez-vous fait une fois là ?

— Je la massai, monsieur, puis je lus à haute voix. Je suis piètre lectrice, mais Son Altesse estime que cela n'en vaut que mieux : elle s'endort plus vite. Se sentant gagnée par le sommeil, elle me congédia.

— Savez-vous quelle heure il était ?

— Je n'en ai aucune idée, monsieur.

— Combien de temps êtes-vous restée auprès de la princesse ?

— Une demi-heure environ, monsieur.

— Et ensuite ?

— Comme la princesse avait froid, malgré le chauffage, j'allai prendre une couverture parmi les bagages dans mon compartiment et je revins l'en couvrir. Elle me souhaita une bonne nuit. Je lui servis un peu d'eau minérale, fermai la lumière et m'en allai.

— Et puis ?

— C'est tout, monsieur. Je me remis au lit et m'endormis.

— N'avez-vous rencontré personne dans le couloir ?

— Non, monsieur, personne.

— Vous n'auriez point, par hasard, aperçu une dame portant un peignoir rouge avec des dragons brodés dessus ?

L'Allemande roula de gros yeux.

— Ma foi non, monsieur. Il n'y avait personne dans le couloir, sauf l'employé ; tout le monde dormait.

— Vous avez vu le conducteur ?

— Oui, monsieur.

— Que faisait-il ?

— Il sortait d'un des compartiments, monsieur.

— Duquel ? demanda M. Bouc, brusquement.

Hildegarde Schmidt parut effrayée et Poirot lança un coup d'œil chargé de reproches à son ami.

— Evidemment, dit-il, le conducteur va répondre aux coups de sonnette des voyageurs. Vous souvenez-vous de quel compartiment il venait ?

— Vers le milieu du wagon, il me semble, monsieur. A deux ou trois portes de celui de Mme la princesse.

— Ah ! je vous en prie, rappelez-vous bien tous les détails de ce qui se passa.

— Il m'a bousculée, monsieur. A cet instant, je portais la couverture à la princesse.

— Il sortait d'un compartiment et vous bouscula ? Dans quelle direction allait-il ?

— Il venait de mon côté, monsieur. Il m'adressa quelques mots d'excuse et continua son chemin vers le wagon-restaurant. A ce moment, on entendit une sonnerie, mais je ne crois pas qu'il y ait répondu.

Elle fit une pause pour réfléchir.

— Je ne comprends pas comment il se fait…

Poirot prit un ton conciliant.

— S'il lui fallait courir chaque fois qu'on le sonne, il n'y suffirait pas ! Ce pauvre conducteur a été tellement dérangé cette nuit… vous éveiller, répondre à ces coups de sonnette…

— Ce n'était pas celui-là qui m'a éveillée, monsieur. C'était un autre.

— Ah ! bah ! Un autre ? L'aviez-vous déjà vu ?

— Non, monsieur.

— Croyez-vous pouvoir le reconnaître ?

— Il me semble que oui, monsieur.

Poirot murmura quelques mots à l'oreille de M. Bouc. Celui-ci se leva et alla à la porte pour donner un ordre.

Poirot continua l'interrogatoire sur le même ton cordial.

— Avez-vous été en Amérique, Frau Schmidt ?

— Jamais, monsieur. Ce doit être un beau pays.

— On vous a sans doute appris que l'homme assassiné cette nuit était coupable d'avoir tué un enfant ?

— Oui, monsieur, je le sais. C'est un crime affreux… abominable. Le Bon Dieu ne devrait pas permettre de telles infamies. On ne voit pas de gens aussi cruels dans mon pays.

Des larmes jaillirent des yeux de cette Allemande au cœur sensible.

— En effet, ce crime est horrible, appuya Poirot d'une voix grave.

Il tira de sa poche un petit chiffon de batiste et le lui tendit.

— Ce mouchoir est-il à vous, Frau Hildegarde Schmidt ?

La femme l'examina en silence. Au bout d'une minute, elle leva la tête, le visage légèrement empourpré.

— Non, monsieur. Ce mouchoir ne m'appartient pas.

— Il est marqué d'un « H ». C'est pourquoi je pensais qu'il était à vous.

— Ah ! monsieur, ce joli mouchoir ne peut appartenir qu'à une personne riche. Il est brodé à la main, et on a dû l'acheter à Paris.

— Alors, vous ne savez pas qui est sa propriétaire ?

— Moi ? Pas du tout, monsieur.

Des trois hommes présents, seul Poirot saisit la légère hésitation d'Hildegarde Schmidt.

M. Bouc glissa quelques mots à l'oreille de Poirot.

— Les trois conducteurs des wagons-lits vont venir, annonça le détective à Frau Schmidt. Je vous prierai de me dire lequel vous avez vu cette nuit au moment où vous portiez une couverture à la princesse.

Les trois employés entrèrent, Pierre Michel en tête, puis le grand blond du sleeping Athènes-Paris et le gros gaillard de la voiture de Bucarest.

Hildegarde Schmidt les regarda tour à tour, puis hocha la tête.

— Non, monsieur. Je ne reconnais pas l'homme que j'ai vu cette nuit.

— Pourtant, ce sont les seuls conducteurs du train ! Voyons, rassemblez vos souvenirs. Vous faites certainement erreur.

— Je vous jure, monsieur, que ce n'est aucun d'eux. Tous trois sont grands et forts, alors que l'autre était un petit brun, avec un bout de moustache. Lorsqu'il s'excusa, je remarquai nettement sa voix douce, une voix de femme. Je m'en souviens parfaitement, monsieur.

13

RÉSUMÉ DE L'ENQUÊTE

— Un petit homme brun à la voix de femme, répéta M. Bouc.

Les trois conducteurs et Hildegarde Schmidt venaient de quitter le wagon-restaurant.

M. Bouc fit un geste de découragement.

— Je n'y comprends rien… Rien de rien ! Cet ennemi dont parlait Ratchett se trouvait donc dans le train ? Où est-il passé ? S'est-il évanoui en fumée ? J'y perds la tête ! Voyons, mon ami, parlez, dites quelque chose ! Montrez-nous que l'impossible peut devenir possible.

— Voilà une excellente phrase, dit Poirot. L'impossible ne peut se produire, donc l'impossible doit devenir possible, malgré les apparences.

— Alors, expliquez-moi vite ce qui s'est passé cette nuit dans le train.

— Je ne suis pas un sorcier, mon cher. Vous me

voyez aussi perplexe que vous-même. Cette affaire avance de façon bizarre.

— Elle n'avance pas du tout. Nous piétinons sur place.

— Comment ? Ne possédons-nous pas les dépositions des voyageurs ?

— Elles ne nous apportent rien d'utile.

— Je ne partage pas votre avis.

— J'exagère peut-être. L'Américain Hardman et la femme de chambre allemande ont enrichi nos connaissances, allez-vous dire ? Eh bien, moi je prétends qu'ils ont encore compliqué l'affaire.

— Non, non et non !

— Alors, parlez, supplia M. Bouc. Nous écoutons l'Oracle !

— Ne vous ai-je pas dit, voilà un instant, que j'étais moi-même très perplexe ? Mais, du moins, nous pouvons tabler sur des faits, les examiner et les classer avec ordre et méthode.

— Je vous en prie, continuez, implora le docteur Constantine.

Poirot s'éclaircit la gorge et rangea les papiers étalés devant lui sur la table.

— Revoyons les faits comme ils se présentent en ce moment. Tout d'abord, la victime, Ratchett, alias Cassetti, frappée de douze coups de couteau, meurt cette nuit. Voilà un fait tangible.

— Je vous l'accorde, mon ami, acquiesça M. Bouc avec une certaine ironie.

Sans se démonter pour si peu, Hercule Poirot reprit :

— Je négligerai certains détails que le docteur

Constantine et moi avons remarqués et sur lesquels nous reviendrons en temps voulu. La seconde question par ordre d'importance est, selon moi, l'heure du crime.

— Nous la connaissons, affirma M. Bouc. Tout s'accorde à démontrer que le crime a été commis ce matin à une heure et quart.

— Pardon. Ne précipitons rien. Il y a, je le reconnais, plusieurs choses qui viennent corroborer votre assertion.

— Ah ! vous l'admettez tout de même !

Sans tenir compte de cette interruption, Poirot continua :

— Trois hypothèses s'offrent à nous :

« 1° Le crime a été commis, comme nous le supposons, à une heure et quart. Cela est confirmé par la déposition de Mrs Hubbard, par celle d'Hildegarde Schmidt et enfin par le témoignage du docteur Constantine ;

« 2° Le crime a été commis plus tard et les aiguilles de la montre ont été déplacées intentionnellement ;

« 3° Le crime a été commis plus tôt et l'heure modifiée à la montre comme dans l'hypothèse n° 2, dans le dessein d'embrouiller l'enquête.

« Si nous admettons la première hypothèse comme la plus vraisemblable, nous devons accepter les conséquences qui en découlent. Si le meurtre a été perpétré à une heure et quart, l'assassin n'a pu quitter le train. Alors, où se trouve-t-il ? Et *qui* est-il ?

« Examinons sérieusement les faits. L'existence de l'individu petit et brun, à la voix féminine, nous est une première fois révélée par Hardman. Celui-ci prétend que Ratchett lui a parlé de cet homme en lui demandant protection. Mais devons-nous ajouter foi à ce que dit Hardman ? Est-il réellement un détective d'une importante agence de police new-yorkaise ?

« A mon sens, ce qui rend cette affaire des plus passionnantes est l'absence des facilités que procure d'ordinaire la police. Dans l'impossibilité où nous sommes de vérifier l'identité d'aucun des voyageurs, force nous est de déployer à tout instant notre perspicacité et notre jugement. Tout d'abord je me dis : Hardman voyage avec un faux passeport… ce qui le rend suspect. Dès que la police entrera en jeu, elle enverra un câble pour s'assurer si les explications de Hardman sur son identité sont véridiques.

— Ainsi vous le déchargez de tout soupçon ?

— Nullement. Un détective américain peut avoir ses raisons pour tuer Ratchett. Je veux dire que nous pouvons admettre comme probablement vrai le fait que Ratchett ait engagé Hardman pour le protéger. Le portrait que donne Hildegarde Schmidt de l'homme en uniforme de conducteur des wagons-lits correspond au signalement fourni par Ratchett à Hardman. La découverte du bouton par Mrs Hubbard dans son compartiment vient confirmer ces deux dépositions. Et, je ne sais si vous l'avez remarqué, il existe d'autres témoignages à l'appui de ces déclarations.

— Lesquels ?

— Celui du colonel Arbuthnot et d'Hector MacQueen. Tous deux ont affirmé que le conducteur avait passé devant leur compartiment. Ils n'attachent aucune importance à ce détail. Or, remarquez, messieurs, que suivant la déposition du conducteur Pierre Michel lui-même, en aucune des circonstances où il a quitté son siège il ne s'est rendu à un compartiment de l'autre extrémité de la voiture où se trouvaient Arbuthnot et MacQueen.

« L'histoire du petit homme brun, à la voix de femme et vêtu d'un uniforme des wagons-lits repose donc, directement ou indirectement, sur le témoignage de quatre personnes.

— Pardon, un léger détail me chiffonne, observa le docteur Constantine. Si le récit d'Hildegarde Schmidt est exact, comment expliquer que le conducteur n'ait pas vu cette personne lorsqu'il vint répondre au coup de sonnette de Mrs Hubbard ?

— Rien de plus facile. Quand il arriva pour répondre à Mrs Hubbard, la femme de chambre se trouvait déjà auprès de sa maîtresse, et lorsqu'elle retourna vers son propre compartiment, le conducteur était chez Mrs Hubbard.

M. Bouc attendait impatiemment le moment de soumettre à Poirot une question difficile.

— J'admire votre façon prudente de procéder point par point, mais vous ne touchez pas encore au but ! Puisque nous sommes tous d'accord sur l'existence du personnage, j'aimerais à savoir où il est passé ?

Poirot secoua la tête énergiquement.

— Vous mettez la charrue avant les bœufs, mon cher ! Avant de demander où est cet homme, je me pose cette autre question : « Cet homme existe-t-il ? » Si cet individu n'était qu'une invention, comme il serait aisé de le faire disparaître ! Toutefois, j'essaie d'établir qu'il existe en chair et en os.

— Et y étant parvenu, vous cherchez à savoir où il se dissimule à présent ?

— Mon cher, de deux choses l'une : ou il est dans le train, au fond d'une cachette si ingénieuse que nous ne réussirons pas à le dénicher, ou bien il possède une double personnalité : l'assassin redouté de Mr Ratchett est un voyageur si bien déguisé que… Ratchett lui-même ne la pas reconnu.

— Ça, c'est une idée ! s'exclama M. Bouc, le visage radieux.

Mais bientôt ses traits s'assombrirent.

— J'y découvre malheureusement un point faible.

— La taille du quidam, se hâta de dire Poirot. C'est là votre objection, n'est-ce pas ? A part le domestique de Mr Ratchett, les autres voyageurs sont plutôt grands et forts : l'Italien, le colonel Arbuthnot, Hector MacQueen, le comte Andrenyi. Et souvenez-vous de la « voix de femme » ; il s'agit peut-être d'une femme déguisée en homme. Vêtue d'habits masculins, une grande femme paraît petite.

— Ratchett l'aurait su…

— Qui vous dit qu'il l'ignorait ? Si cette femme s'était déjà habillée en homme pour atteindre plus facilement son but, Ratchett, craignant qu'elle n'usât du même stratagème, avait prévenu Hardman qu'un homme devait attenter à ses jours, sans omettre de spécifier « un homme avec une voix de femme ».

— C'est encore possible, dit M. Bouc. Toutefois…

— Ecoutez, mon ami, je vais vous révéler à présent certaines constatations bizarres relevées par le docteur Constantine.

Et il lui fit part des conclusions auxquelles la nature des blessures de la victime les avait amenés, lui et le docteur. M. Bouc émit un grognement d'incrédulité.

— Oh ! je vous comprends, cette fois, s'écria Poirot avec commisération. La tête vous tourne, n'est-ce pas ?

— Votre imagination vous travaille trop, mon cher Poirot.

— Evidemment. Mon hypothèse paraît absurde… irréelle ! Et pourtant, mon ami, les faits sont là.

— C'est de la pure fantaisie.

— N'est-ce pas ? Parfois, je suis tenté de me dire que je complique à souhait les choses les plus simples… Cependant…

— Deux assassins dans l'Orient-Express ! gémit M. Bouc.

Il en aurait pleuré d'indignation.

— Maintenant, pénétrons davantage dans le domaine de la fantaisie, dit Poirot gaiement. La nuit dernière, deux mystérieux personnages voyagent dans ce train : le conducteur répondant au signalement fourni par Mr Hardman et qui a été vu par Hildegarde Schmidt, le colonel Arbuthnot et Mr MacQueen ; puis une femme grande et mince, vêtue d'une robe de chambre rouge et qui a été vue par Pierre Michel, Miss Debenham, Mr MacQueen, et moi-même… et, si j'ose m'exprimer ainsi, sentie par le colonel Arbuthnot ! Qui était cette femme ? Celle-là aussi a disparu comme par enchantement, aucune des voyageuses ne se reconnaît la propriétaire de ce vêtement rouge. Ne formait-elle qu'une seule et même personne avec le faux conducteur du wagon-lit ? Où sont passés ces deux personnages ? Et, accessoirement, où se trouvent à l'heure actuelle l'uniforme des wagons-lits et le peignoir rouge ?

— Ah ! voilà enfin quelque chose de sensé ! s'écria M. Bouc en se levant. Fouillons les bagages de tous les voyageurs.

Poirot quitta également son siège.

— Je vais vous faire une prédiction.

— Vous savez où se cachent ces vêtements ?

— J'en ai une vague idée.

— Nous vous écoutons.

— Vous découvrirez le peignoir rouge dans les bagages d'un homme et l'uniforme des wagons-lits dans la valise d'Hildegarde Schmidt.

— Hildegarde Schmidt ? Vous croyez donc…

— Non, ce n'est pas ce que vous supposez. Suivez-moi bien. Si Hildegarde Schmidt est coupable, l'uniforme se découvrira peut-être dans ses bagages, mais si elle est innocente, il y sera certainement.

— Mais, voyons…

M. Bouc s'interrompit.

— Quels sont ces cris ? ajouta-t-il. On dirait quelqu'un qu'on égorge.

Une femme poussait des cris perçants dans le couloir. La porte du wagon-restaurant s'ouvrit toute grande et Mrs Hubbard entra en trombe. Elle hurlait :

— Quelle horreur ! C'est affreux ! Un grand couteau dans mon sac à éponge… dans mon sac à éponge ! Un grand couteau… couvert de sang !

Et, tombant en avant, elle s'évanouit sur l'épaule de M. Bouc.

14

L'ARME DU CRIME

Avec plus d'énergie que de galanterie, M. Bouc déposa la dame évanouie dans le fauteuil, la tête appuyée sur la table. Le docteur Constantine appela un des serveurs qui arriva en courant.

— Soutenez-la, et dès qu'elle reprendra connaissance, faites-lui avaler un doigt de cognac, recommanda le médecin.

Et il courut rejoindre ses deux compagnons. Une vieille dame « qui tombait dans les pommes » le passionnait moins que la recherche de l'assassin.

Quoi qu'il en fût, sa méthode s'avéra d'une efficacité remarquable. Au bout de quelques minutes, Mrs Hubbard revenait à elle et buvait à petites gorgées un verre de cognac que le serveur approchait de ses lèvres. Bientôt la dame recouvrait l'usage de la parole.

— Je ne saurais vous décrire ma frayeur. Personne dans ce train ne peut se rendre compte de ma sensibilité. J'ai toujours été très nerveuse. La vue du sang… Oh ! rien que d'y penser, je me trouve mal.

Le serveur lui offrit de nouveau le verre.

— Encore un peu, madame ?

— Vous me le conseillez ? De ma vie je n'ai bu de vin ni de liqueur. Toute ma famille appartient à une ligue antialcoolique. Toutefois, comme il s'agit ici d'un médicament…

Elle but encore un bon petit coup.

Pendant ce temps, Poirot et M. Bouc, suivis de très près par le docteur Constantine, se précipitaient vers le compartiment de Mrs Hubbard.

Tous les voyageurs du train semblaient s'être donné rendez-vous devant la porte. Le conducteur, les traits tirés par la fatigue, les repoussait doucement.

— Il n'y a rien à voir, dit-il, et il répéta cette phrase en plusieurs langues.

— Laissez-moi passer, je vous prie.

Se frayant un chemin entre les voyageurs, le ventripotent M. Bouc, suivi de ses deux compagnons, pénétra dans le compartiment.

— Ah ! je suis heureux de vous voir arriver, monsieur, dit le conducteur avec un soupir de soulagement. Tout le monde voulait entrer. La dame américaine poussait de tels cris que je la croyais entre les griffes d'un assassin. Je me suis précipité et elle était là, seule, qui hurlait comme une démente. Elle voulait vous voir ; elle s'est sauvée en criant à tue-tête qu'elle avait trouvé un couteau.

Avec un geste de la main, il ajouta :

— Il est là, monsieur. Je n'y ai pas touché.

A la poignée de la porte donnant accès au compartiment voisin était suspendu un sac en tissu caoutchouté à carreaux blancs et noirs. Juste au-dessous, à même le parquet, à l'endroit où Mrs Hubbard l'avait laissé échapper de sa main, on voyait un poignard à lame droite et effilée… un article de bazar, imitation de dague orientale, au manche damasquiné. Des taches rougeâtres en maculaient la lame.

Poirot le ramassa.

— Il n'y a pas d'erreur possible. Voici bien l'arme du crime. Qu'en pensez-vous, docteur ?

Le docteur Constantine examina le poignard sans oser y toucher.

— Inutile de prendre tant de précautions, docteur. On n'y découvrira pas d'autres empreintes digitales que celles de Mrs Hubbard.

Après un moment, le docteur déclara :

— Cette arme a pu produire n'importe laquelle des blessures relevées sur le cadavre.

— Je vous en supplie, ne dites pas cela.

Le docteur parut étonné.

— Nous ne constatons déjà que trop de coïncidences dans cette affaire. Deux personnes ont décidé de tuer Mr Ratchett hier soir. Il serait vraiment surprenant qu'elles eussent choisi des armes identiques.

— Quant à cela, la coïncidence n'est pas aussi étrange qu'on pourrait le croire. Ces simili dagues orientales sont expédiées par milliers aux bazars de Constantinople.

— Vous me rassurez un peu… rien qu'un peu.

Poirot observa longuement la porte devant lui,

puis, enlevant le sac à éponge, il saisit la poignée. La porte ne bougea pas. A trente centimètres au-dessus de la poignée se trouvait le verrou fermé. Il le tira et tenta encore d'ouvrir. La porte ne remua pas davantage.

— Nous avons poussé le verrou de l'autre côté, vous en souvenez-vous ? dit le docteur.

— En effet, fit Poirot d'un air distrait.

Le sourcil froncé, il semblait penser à autre chose.

— Cela corrobore vos premières constatations, annonça M. Bouc. L'homme s'enfuit par ce compartiment. En refermant la porte, il pose la main sur ce sac à éponge. Il lui vient à l'esprit d'y fourrer son arme sanglante. Ignorant qu'il a éveillé Mrs Hubbard, il sort par l'autre porte dans le couloir.

— Oui, c'est bien ainsi que les choses ont dû se passer.

Cependant Poirot gardait un air perplexe.

— Qu'y a-t-il ? lui demanda M. Bouc. Vous ne paraissez pas convaincu.

Poirot lui lança un rapide coup d'œil.

— Rien ne vous choque ici ? Non, bien sûr… c'est un mince détail.

Le conducteur avança la tête dans le couloir.

— Voici la dame américaine qui revient.

Le docteur Constantine parut un peu embarrassé. Il avait traité Mrs Hubbard de façon plutôt cavalière. Pourtant elle ne lui adressa aucun reproche. Son énergie mentale se concentrait sur un autre sujet.

— Je vais tout de suite vous dire que je ne reste pas une minute de plus dans ce compartiment ! déclara-t-elle. Vous m'offririez un million de dollars que je n'y dormirais pas cette nuit.

— Voyons, madame…

— Je sais d'avance ce que vous allez me raconter, mais je vous préviens que je ne vous écouterai pas. Je préférerais passer la nuit dans le couloir.

Elle se mit à pleurer.

— Ah ! si ma fille me voyait en ce moment, si elle…

Poirot l'interrompit d'une voix ferme.

— Vous interprétez mal nos intentions, madame. Votre désir est des plus légitimes. On va donner des ordres pour que vos bagages soient immédiatement transportés dans un autre compartiment.

— Ah ! tant mieux ! Quel soulagement ! Mais le wagon est complet… à moins qu'un de ces messieurs…

Mrs Hubbard abaissa son mouchoir.

M. Bouc intervint.

— Vous allez changer de voiture, madame. On va transporter vos bagages dans le wagon-lit qui a été accroché à la gare de Belgrade.

— Ah ! je vous remercie infiniment, monsieur. Déjà je suis d'une nervosité extraordinaire ! Sentir la présence d'un cadavre de l'autre côté de la cloison… il y a de quoi perdre la tête.

Elle frissonna violemment.

— Michel ! ordonna M. Bouc, veuillez transporter ces bagages dans un compartiment libre du wagon d'Athènes-Paris.

— Bien, monsieur… le même que celui-ci… le numéro 3 ?

— Non, s'interposa Poirot avant que son ami pût répondre. Mieux vaudrait donner à Madame un numéro différent… le numéro 12, par exemple.

— Entendu, monsieur.

Le conducteur saisit les bagages. Mrs Hubbard se tourna vers Poirot et se confondit en remerciements.

— J'apprécie fort votre bienveillance et votre délicatesse. Soyez-en certain, monsieur.

— Ce n'est rien, madame. Nous vous accompagnons pour voir si vous êtes confortablement installée.

Escortée par les trois messieurs, elle gagna son nouveau gîte et promena autour d'elle un regard satisfait.

— C'est parfait !

— N'est-ce pas, madame ? Ce compartiment est d'ailleurs identique à celui que vous venez de quitter.

— Oui… sauf qu'il est tourné en sens inverse. Mais dans ces trains, cela n'a aucune importance. J'ai dit à ma fille : « Je veux une place face à la locomotive », et elle m'a objecté : « Voyons, maman, à quoi bon te tracasser ? Quand tu te couches, la voiture va dans une direction et à ton réveil elle marche dans l'autre. » Et c'est la stricte vérité. En effet, la nuit dernière, quand nous sommes entrés à Belgrade, j'étais assise dans le sens de la marche et en sortant de la gare je me retrouvai assise dans le sens inverse.

— Cette fois, vous voilà satisfaite, madame ?

— Pas entièrement. Nous sommes là bloqués par la neige et personne ne s'occupe de nous en sortir. Et dire que mon bateau part après-demain.

— Nous sommes tous logés à la même enseigne, fit observer M. Bouc.

— Je n'en doute pas. Mais je suis la seule à avoir reçu cette nuit la visite d'un assassin.

— Ce que je n'arrive pas encore à m'expliquer, madame, dit Poirot, c'est la façon dont cet homme a pu pénétrer dans votre compartiment si la porte de communication était verrouillée comme vous l'affirmez. Etes-vous bien certaine que la porte était verrouillée ?

— Oh ! oui. D'ailleurs, la demoiselle suédoise a essayé devant moi de l'ouvrir.

— Reconstituons la scène si vous le voulez bien. Vous êtes couchée ; de votre lit, vous ne pouvez voir le verrou.

— Non, à cause de mon sac à éponge. Mon Dieu, il faudra que j'en achète un autre. La seule vue de ce sac me donne la chair de poule.

Poirot prit le sac et le suspendit à la porte de communication entre le compartiment de Mrs Hubbard et le compartiment voisin.

— En effet, remarqua-t-il, le verrou est placé au-dessous de la poignée et se trouve masqué par le sac. De votre lit, vous ne pouviez vous rendre compte si le verrou était mis.

— C'est ce que j'essaie de vous faire comprendre !

— La demoiselle suédoise, debout entre vous et cette porte, mania la poignée et vous assura que la porte était verrouillée.

— C'est exact.

— Elle a pu se tromper, madame. Ce verrou n'est en somme qu'un loquet ; il est nécessaire de le mettre dans la position « fermé », si l'on tient à empêcher le voyageur du compartiment contigu d'entrer. Il est possible que Miss Ohlsson ait manœuvré la poignée, mais le verrou étant poussé dans l'autre compartiment, elle aura cru que de votre côté il l'était également.

— Ce serait vraiment stupide de sa part.

— Madame, la bonté et l'intelligence ne vont pas toujours de pair.

— Evidemment.

— A propos, en vous rendant à Smyrne, avez-vous suivi le même itinéraire qu'au retour ?

— Non, j'ai pris le bateau jusqu'à Stamboul où un ami de ma fille, Mr Johnson, un homme charmant — je voudrais bien que vous le connaissiez — vint à ma rencontre et me fit visiter la ville, qui m'a bien déçue, entre parenthèses. Quant aux mosquées, où il fallait fourrer ses souliers dans des espèces de sandales… Où en étais-je donc ?

— Vous parliez de Mr Johnson.

— Ah ! oui ! Il me conduisit ensuite à un bateau des Messageries françaises en partance pour Smyrne, où mon gendre m'attendait au quai. Que va-t-il dire quand je lui raconterai tout cela dans ma prochaine lettre ? Ma fille prétendait que j'aurais moins d'ennuis en voyageant par chemin de fer. Comment pourrais-je décommander ma cabine sur le paquebot ? Oh ! c'est affreux !

Une fois de plus, Mrs Hubbard était prête à fondre en larmes.

Poirot, qui commençait à s'impatienter, saisit ce moment pour lui dire :

— Après cette violente émotion, madame, il faut vous remonter un peu. On va commander au serveur du restaurant de vous apporter du thé et des biscuits.

— Le thé ne me dit pas grand-chose, gémit la brave dame. C'est une habitude anglaise.

— Du café, si vous préférez. Vous avez besoin d'un stimulant.

— Ce cognac m'a un peu tourné la tête. Je boirais volontiers une tasse de café.

— Tout d'abord, voulez-vous me permettre de jeter un coup d'œil dans vos valises… pour la forme ?

— Pourquoi ?

— Nous devons fouiller les bagages de tous les voyageurs. Sans vouloir vous rappeler un fait désagréable… votre sac à éponge…

— Grand Dieu ! vous avez raison. Je ne tiens nullement à faire une autre découverte comme celle-là.

Mrs Hubbard ne voyageait qu'avec un minimum de bagages : un carton à chapeau, une petite valise et un sac de voyage bien bourré.

Cette visite n'eût guère demandé plus de deux minutes si Mme Hubbard n'avait insisté pour qu'on admirât les photographies de « ma fille » et de deux gamins plutôt laids :

— Les enfants de ma fille. N'est-ce pas qu'ils sont mignons ?

15

LES BAGAGES DES VOYAGEURS

Ayant proféré quelques compliments mensongers, et assuré Mrs Hubbard qu'il allait lui faire apporter du café, Poirot prit congé et sortit en compagnie de ses deux amis.

— Nous voici bredouilles, remarqua M. Bouc. Où allons-nous fouiller à présent ?

— A mon avis, le plus simple serait de procéder par ordre en suivant le couloir… Commençons par le numéro 16… L'aimable Mr Hardman.

Mr Hardman, en train de fumer un cigare, les reçut avec la meilleure grâce du monde.

— Entrez, je vous en prie, messieurs… du moins si vous pouvez tenir tous trois dans un espace aussi restreint.

M. Bouc expliqua le but de leur visite et le détective new-yorkais approuva cette initiative.

— Parfait. Je me demande pourquoi vous ne l'avez pas fait plus tôt. Voici mes clefs, messieurs, et si vous désirez fouiller mes poches, ne vous gênez pas. Voulez-vous que je descende mes valises ?

— Le conducteur s'en chargera. Michel !

Le contenu des valises de Mr Hardman fut rapidement passé en revue. Peut-être s'y trouvait-il une quantité trop considérable de liqueurs…

Mr Hardman cligna de l'œil.

— La douane visite rarement les bagages aux frontières… du moins si on ne fait que traverser le pays. Jusqu'ici je n'ai eu aucun ennui.

— Mais à la frontière française ?

— Avant d'arriver en France, je verserai ce qui restera de ces bouteilles dans un flacon étiqueté : *Lotion capillaire.*

— Vous n'êtes point partisan de la prohibition, monsieur Hardman, observa M. Bouc en riant.

— Ma foi, j'aurais tort de dire que la prohibition m'ait empêché de boire. Vous connaissez ce qu'on appelle en Amérique le « speakeasy » ou cabaret clandestin.

— Non, je voudrais bien aller en Amérique, dit Poirot.

— On vous y apprendrait quelques méthodes un peu modernes. L'Europe a besoin de s'éveiller, elle dort à moitié.

— Certes, j'admire l'Amérique, le pays du progrès, mais j'avoue préférer mes compatriotes aux femmes américaines. La jeune fille belge ou française surpasse en charme et en finesse celle des autres nations.

Hardman se tourna un instant vers la fenêtre pour contempler la neige.

Il clignota des yeux.

— Cette neige vous éblouit, remarqua-t-il. Vraiment, je commence à en avoir plein le dos de cette panne et de ce crime ! Que faire pour tuer le temps ? J'aimerais inventer une occupation quelconque.

— Voilà bien l'esprit remuant de l'Amérique, prononça Poirot avec un sourire.

Le conducteur replaça les valises et ils s'en allèrent dans le compartiment suivant. Le colonel Arbuthnot, assis dans un coin, fumait sa pipe en lisant une revue.

Poirot lui exposa le motif de leur visite. Le colonel ne souleva aucune difficulté : il avait deux grands sacs de voyage en cuir où tout était rangé avec un ordre tout militaire.

— Le reste de mon attirail me suit par bateau, expliqua-t-il.

En moins de trois minutes, l'inspection fut terminée. Poirot remarqua un paquet de cure-pipes.

— Vous employez toujours cette même marque ?

— Autant que possible.

— Ah !

Ces cure-pipes étaient identiques à celui que Poirot avait ramassé dans le compartiment de Ratchett.

Le docteur Constantine en fit la remarque lorsqu'ils se retrouvèrent dans le couloir.

— Tout de même, dit Poirot, je ne puis croire à la culpabilité de cet homme.

Le compartiment voisin était celui de la princesse Dragomiroff. Dès qu'ils frappèrent à la porte, la vieille dame répondit de sa voix grave et bien timbrée :

— Entrez !

M. Bouc, plein de déférence, prit la parole et expliqua ce qu'ils désiraient.

— Je n'y vois pas d'inconvénient, messieurs. Les clefs sont entre les mains de ma femme de chambre qui va vous aider.

— Confiez-vous habituellement vos clefs à votre femme de chambre, madame ? demanda Poirot.

— Oui, monsieur.

— Et si à l'une des frontières les douaniers demandaient à visiter vos bagages au milieu de la nuit ?

La vieille dame haussa les épaules :

— C'est peu probable. Mais si le fait se produisait, le conducteur irait prendre les clefs chez ma femme de chambre.

— Vous avez une confiance absolue en cette femme ?

— Je vous répète encore que je ne prends à mon service que des gens sur qui je puis compter.

— Il vaut souvent mieux, en effet, employer une personne simple et honnête qu'une femme de chambre mieux stylée… par exemple, quelque jolie Parisienne.

Les yeux noirs et perspicaces de la princesse Dragomiroff se fixèrent sur les yeux du détective.

— Qu'insinuez-vous par là, monsieur Poirot ?

— Rien, madame, rien du tout.

— Si, si ! Vous pensez que je devrais avoir à mon service une élégante Parisienne ?

— Cela semblerait peut-être plus naturel, madame.

— Hildegarde m'est entièrement dévouée, et le dévouement ne s'achète pas, monsieur Poirot, déclara la princesse en appuyant sur les mots.

L'Allemande apporta le trousseau de clefs. Sa maîtresse lui ordonna, dans sa langue maternelle, d'ouvrir les valises et d'aider ces messieurs dans leurs recherches. Pendant ce temps, debout dans le couloir, elle regarda méditativement la neige. Poirot s'approcha d'elle, laissant à M. Bouc le soin de fouiller les bagages.

— Eh bien, monsieur Poirot, vous ne vous inquiétez donc pas du contenu de mes valises ?

— Oh ! madame, ce n'est là qu'une formalité.

— Est-ce bien sûr ?

— Oui, du moins en ce qui vous concerne.

— Pourtant j'ai bien connu Sonia Armstrong et je l'affectionnais beaucoup. Vous pensez sûrement que je n'aurais pas voulu souiller mes mains en tuant cet ignoble Cassetti ? Sans doute avez-vous raison.

Elle garda le silence un instant, puis elle reprit :

— Savez-vous comment j'aurais aimé traiter ce monstre ? J'aurais voulu réunir tous mes domestiques et leur donner l'ordre de le rouer de coups jusqu'à ce que mort s'ensuive et de jeter son cadavre à la voirie. Voilà comment les choses se passaient en Russie dans ma jeunesse, monsieur.

Poirot l'écoutait attentivement sans proférer une parole.

Brusquement la princesse se tourna vers lui.

— Vous ne dites rien, monsieur Poirot ! A quoi songez-vous donc ?

Il la regarda bien en face.

— Je songe, madame, que votre force réside plutôt dans votre volonté que dans vos bras.

Elle abaissa les yeux vers ses bras minces, gainés de longues manches noires et terminés par des mains jaunes pareilles à des serres d'oiseau.

— C'est vrai… je ne possède aucune force physique. Je ne sais si je dois m'en féliciter…

Brusquement, elle réintégra son compartiment, où sa femme de chambre remettait tout en ordre.

La princesse coupa court aux excuses de M. Bouc.

— Inutile, monsieur. Un crime a été commis, certaines mesures doivent nécessairement être prises.

Elle les salua et ils s'éloignèrent.

Les portes des deux compartiments suivants se trouvaient fermées. M. Bouc se gratta la tête.

— Diable ! c'est fâcheux ! Ces jeunes Hongrois voyagent avec des passeports diplomatiques et leurs bagages sont exempts de toute visite douanière.

— Il s'agit ici d'un assassinat, observa Poirot.

— Je le sais, mon ami. Mais il faut à tout prix éviter les complications…

— Ne vous tracassez pas. Le comte et la comtesse se montreront tout aussi raisonnables que la princesse Dragomiroff.

— La princesse est une grande dame. Ceux-ci appartiennent au même rang social, mais le comte n'a pas l'air commode. Avez-vous vu comme il s'est comporté quand vous avez insisté pour interroger sa femme ? Cette fois, il va nous envoyer promener. Si nous les laissions tranquilles ? Après tout, ces gens-là n'ont sans doute rien à voir avec le crime ? Pourquoi m'attirer des ennuis inutilement ?

— Je ne partage pas votre avis, dit Poirot. Je suis

certain que le comte ne suscitera pas de difficultés. Essayons.

Sans laisser à M. Bouc le temps de protester, Poirot frappa à la porte n° 13.

— Entrez ! répondit une voix de l'intérieur.

Assis près de la porte, le comte lisait un journal. La comtesse, pelotonnée dans un coin opposé, un oreiller derrière la tête, sembla s'arracher du sommeil.

— Pardon, monsieur le comte, dit Poirot, excusez notre intrusion. Nous procédons à la visite de tous les bagages des voyageurs… M. Bouc me fait remarquer que, muni d'un passeport diplomatique, vous pouvez refuser de vous soumettre à cette formalité.

Le comte réfléchit un moment.

— Je vous remercie. Toutefois, je ne tiens nullement à profiter de cette faveur, et je désire qu'on inspecte mes bagages comme ceux des autres voyageurs.

Il se tourna vers sa femme.

— J'espère, Eléna, que vous n'y voyez aucun inconvénient ?

— Aucun, répondit la comtesse sans hésiter.

M. Bouc effectua un examen rapide et superficiel dans le second compartiment tandis que Poirot semblait dissimuler son embarras par des remarques de ce genre :

— Madame, l'étiquette de cette valise est encore humide.

Il montrait à la comtesse une mallette en maroquin bleu, avec des initiales surmontées d'une couronne.

La comtesse ne releva point cette observation. Toute cette affaire, c'était visible, l'horripilait.

Immobile dans son coin, elle regardait la neige à travers la vitre.

Poirot termina son inspection en ouvrant le petit placard au-dessus du lavabo et d'un coup d'œil en vérifia le contenu : une éponge, un pot de crème, de la poudre et un flacon dont l'étiquette annonçait : *trional.*

Après un échange de remerciements et des excuses, M. Bouc et M. Poirot se retirèrent.

Le compartiment de Mrs Hubbard, le compartiment où gisait le cadavre de la victime et le compartiment de M. Poirot venaient ensuite.

Puis ce fut le tour des secondes classes.

Le premier compartiment des secondes était occupé par Mary Debenham, plongée dans la lecture d'un livre, et Greta Ohlsson, qui, profondément endormie, se réveilla en sursaut à l'entrée des enquêteurs.

Poirot répéta son explication. La Suédoise parut très agitée, alors que Mary Debenham conservait son calme.

— Si vous me le permettez, dit Poirot en s'adressant à la Suédoise, commençons d'abord par vos bagages. Ensuite, vous serez bien aimable d'aller auprès de la dame américaine. Vous la trouverez dans la seconde voiture. Elle est tellement bouleversée par sa tragique découverte que nous l'avons fait changer de compartiment. Je lui ai fait porter du café, mais je crois que votre compagnie lui sera plus salutaire.

La brave femme, n'écoutant que son bon cœur, courut aussitôt vers l'Américaine. Du reste, sa valise n'étant point fermée à clef, sa présence n'était nullement nécessaire.

Son maigre bagage fut vite passé en revue. Evidemment, elle n'avait pas encore remarqué la disparition du morceau de toile métallique dans son carton à chapeau.

Miss Debenham avait posé son livre et observait Poirot. Quand il l'en pria, elle lui remit ses clefs et, comme il ouvrait une des valises, elle lui dit :

— Monsieur Poirot, pourquoi avez-vous éloigné cette femme ?

— Pour qu'elle aille soigner cette pauvre Américaine, mademoiselle.

— Un excellent prétexte… mais ce n'est qu'un prétexte.

— Je ne saisis pas, mademoiselle.

— Mais si, vous me comprenez parfaitement.

Elle sourit.

— Vous vouliez me voir seule, n'est-ce pas ?

— Vous me prêtez des intentions mademoiselle…

— Que vous avez déjà en tête. Ne soutenez pas le contraire.

— Mademoiselle, un proverbe français dit…

— « Qui s'excuse s'accuse. » C'est bien ce que vous alliez dire ? Avec un brin d'observation et de bon sens, j'ai deviné que vous me soupçonniez de savoir quelque chose sur ce crime… cet assassinat d'un homme que je ne connais ni d'Eve ni d'Adam.

— Vous vous faites des idées, mademoiselle…

— Non, non, je sais ce que je dis. Et il me semble qu'au lieu de gaspiller votre temps, vous feriez mieux d'arriver tout droit au fait.

— Ah ! vous préférez qu'on vous parle sans ambages ! Eh bien, je suis votre conseil et vous prie de m'expliquer le sens de certaines paroles que j'ai entendues par surprise au cours du voyage. A la gare de Konya, j'étais descendu pour me dégourdir les jambes, lorsque votre voix et celle du colonel me parvinrent dans la nuit. Vous disiez : « Pas maintenant. Plus tard, quand tout ceci sera terminé et loin derrière nous. » Que signifiaient ces propos, mademoiselle ?

Elle répondit d'un ton très calme :

— Vous imaginez-vous qu'il s'agissait d'un... meurtre ?

— Je vous le demande, mademoiselle.

Elle soupira et s'absorba un instant dans ses pensées.

— Excusez-moi, monsieur, dit-elle enfin, mais je ne puis vous donner le sens de cette phrase. Je vous affirme sur l'honneur que j'ai vu ce Mr Ratchett pour la première fois dans le train.

— Alors, vous refusez de me donner une explication ?

— Si vous le prenez ainsi : oui, je refuse. Ces paroles avaient trait à... à un devoir que j'avais entrepris.

— Et ce devoir est rempli à présent ?

— Comment cela ?

— Oui ou non, est-il rempli ?

— Qu'est-ce qui vous porte à le croire ?

— Mademoiselle, permettez-moi de vous rappeler un petit incident. Avant d'arriver à Stamboul, le train a subi un léger retard, et vous, d'ordinaire si calme et si raisonnable, vous avez perdu votre sang-froid en l'occurrence.

— Je ne voulais pour rien au monde manquer la correspondance.

— C'est votre explication, mais comme je vous l'ai fait remarquer, l'Orient-Express part tous les jours de Stamboul, et eussiez-vous même manqué la correspondance, votre retard n'eût été que de vingt-quatre heures.

Miss Debenham témoigna quelque impatience.

— Vous ne semblez pas vous rendre compte que des amis peuvent vous attendre à Londres et qu'un jour de retard bouleverse tous vos projets et vous cause d'innombrables ennuis.

— Ah ! vous vous inquiétiez parce que des amis vous attendaient à Londres ! Vous ne vouliez pas les décevoir ?

— Evidemment !

— C'est pour le moins curieux.

— Que voyez-vous là de curieux ?

— Le train, à présent, a également du retard… un retard considérable… et, circonstance aggravante, impossible de prévenir vos amis par câble. Pourtant, cette fois vous acceptez le contretemps avec un flegme admirable.

Mary Debenham rougit et se mordit la lèvre.

— Vous ne répondez pas, mademoiselle ?

— J'ignorais que vous attendiez une réponse.

— Expliquez-moi ce changement d'attitude, mademoiselle.

— Ne croyez-vous pas que vous faites bien des histoires à propos de rien, monsieur Poirot ?

— Cela provient sans doute d'une déformation professionnelle. Nous autres, détectives, nous voulons que les gens placés dans des circonstances critiques réagissent toujours de la même façon. Nous ne tenons pas suffisamment compte des sautes d'humeur.

Mary Debenham jugea préférable de ne rien dire.

— Connaissez-vous bien le colonel Arbuthnot, mademoiselle ?

Poirot s'imagina que ce changement de conversation ne déplaisait point à la jeune fille.

— Je l'ai rencontré pour la première fois au cours de ce voyage.

— Savez-vous s'il connaissait déjà Ratchett ?

Elle secoua négativement la tête.

— Je suis certaine que non.

— Pourtant, mademoiselle, nous avons trouvé un cure-pipe dans le compartiment de la victime, et, parmi les voyageurs, le colonel est le seul à fumer la pipe.

Il l'observait attentivement, mais elle ne trahit ni surprise ni émotion et se contenta de dire :

— C'est absurde ! Le colonel Arbuthnot est le dernier homme au monde capable de commettre un pareil crime !

Poirot partageait à tel point cet avis qu'il allait le dire, mais il se ravisa.

— Permettez-moi de vous rappeler, mademoiselle, que vous connaissez seulement depuis peu le colonel.

Elle haussa les épaules.

— Oui, mais je sais suffisamment à quoi m'en tenir sur son compte.

Poirot demanda d'une voix douce :

— Alors, mademoiselle, vous persistez à refuser l'explication de cette phrase : « Quand tout ceci sera terminé » ?

Elle répondit d'un ton glacial :

— Je n'ai plus rien à dire.

— Qu'à cela ne tienne. Je le découvrirai bien seul.

Il salua et quitta le compartiment, en refermant la porte derrière lui.

— Etait-ce bien prudent, mon cher ami ? lui demanda M. Bouc. Vous avez mis cette péronnelle sur ses gardes et, par là même, le colonel.

— Mon cher, pour attraper un lapin vous faites entrer un furet dans le terrier ; si le lapin s'y trouve, il s'enfuit. Voilà ma tactique.

Ils pénétrèrent ensuite dans le compartiment d'Hildegarde Schmidt.

La femme de chambre les reçut avec déférence, mais sans la moindre émotion.

Poirot jeta un rapide coup d'œil au contenu de la mallette ouverte sur la banquette, puis il fit signe au contrôleur de descendre la grande valise du porte-bagages.

— Vos clefs, mademoiselle, s'il vous plaît ?

— Elle n'est pas fermée à clef, monsieur.

Poirot libéra les moraillons et souleva le couvercle.

— Ah ! vous souvenez-vous de ce que j'avais prédit, mon ami ? dit-il à M. Bouc. Regardez plutôt.

Sur le dessus de la valise s'étalait, plié en hâte, un uniforme d'employé des wagons-lits.

— *Ach !* s'écria l'Allemande, cela ne m'appartient pas ! Ce n'est pas moi qui l'ai fourré là-dedans ! Je n'ai pas ouvert cette valise depuis notre départ de Stamboul ! Je vous le jure, messieurs ! Vous pouvez me croire !...

Le visage bouleversé, elle regardait les visiteurs.

Poirot lui prit doucement le bras et la rassura.

— Nous vous croyons sur parole. Ne vous inquiétez pas. Aussi sûr que vous êtes un excellent cordon-bleu, ce n'est pas vous qui avez rangé cet uniforme dans cette valise. Vous faites très bien la cuisine, n'est-ce pas ?

Prise au dépourvu, la femme répondit :

— Oui, mes patronnes m'ont toujours complimentée. Je...

Mais, l'air effaré, elle s'arrêta soudain, la bouche ouverte.

— C'est très bien, dit Poirot. Calmez-vous. Je vais vous expliquer moi-même ce qui s'est passé. Cet individu, le même que vous avez croisé, vêtu de l'uniforme des wagons-lits, sortait du compartiment de la victime et comptait n'être remarqué de personne. Qu'avait-il à faire ? Se débarrasser de son uniforme qui dès lors était pour lui un danger.

Poirot jeta un coup d'œil au docteur Constantine et à M. Bouc qui l'écoutaient attentivement.

— Mais il neige. Et la neige dérange tous ses plans. Où cacher ces vêtements ? En passant devant une porte ouverte, il voit qu'il n'y a personne à l'intérieur du compartiment... C'est sans doute celui de la femme qu'il a rencontrée dans le couloir. Il s'y glisse, enlève son uniforme sous lequel il est habillé et le fourre en hâte dans la valise placée sur le porte-bagages.

— Et ensuite ? demanda M. Bouc.

— A nous de le deviner, dit Poirot.

Il déplia la tunique : il y manquait un bouton, le troisième. Poirot plongea sa main dans la poche et en retira un de ces passe-partout employés par les conducteurs pour ouvrir les compartiments.

— Voici comment l'assassin a pu ouvrir les portes fermées, observa M. Bouc. Les questions que vous avez posées à Mrs Hubbard étaient inutiles… Cette clef en main, notre homme a pu s'introduire sans difficulté chez Mr Ratchett en supposant que la chaîne de sûreté n'était pas accrochée. Après tout, s'il était assez malin pour se procurer un uniforme des wagons-lits, pourquoi pas également un passe-partout ?

— En effet, pourquoi pas ?

— Nous aurions dû nous en douter. Rafraîchissez-vous un peu la mémoire. Michel ne nous a-t-il pas dit que lorsqu'il vint répondre au coup de sonnette de Mrs Hubbard la porte donnant sur le couloir était fermée au verrou ?

— Oui, monsieur, confirma le conducteur ; voilà pourquoi je croyais que la dame avait rêvé.

— Le mystère commence à s'éclaircir, continua M. Bouc. Le meurtrier avait certainement l'intention de refermer la porte de communication, mais il a pu m'entendre remuer dans le lit et il a pris peur.

— Il ne nous reste plus qu'à trouver le peignoir rouge, observa Poirot.

— Oui, et les deux derniers compartiments sont occupés par des hommes.

— Nous les fouillerons tout de même.

— D'autant plus que je me souviens nettement de ce que vous avez dit.

Hector MacQueen se prêta volontiers à la visite de ses bagages.

— Je ne demande pas mieux, dit-il avec un amer sourire. J'en ai assez d'être tenu pour le plus suspect parmi les voyageurs ! Si le hasard vous fait découvrir un testament par lequel le vieux me lègue tout son argent, mon affaire est claire, hein ?

M. Bouc le considéra d'un œil soupçonneux.

— Je plaisante, poursuivit MacQueen. Il ne m'a sûrement pas laissé un radis. Ma connaissance de trois langues étrangères, le français, l'allemand et l'italien, lui était précieuse, voilà tout ! Lorsqu'on ne sait parler que le bon américain, on est bien embarrassé hors de son pays.

Il s'exprimait plus nerveusement que de coutume. Malgré ses efforts pour paraître naturel, on sentait que cette inquisition lui était odieuse.

— Rien ! déclara enfin Poirot, pas même un legs compromettant.

MacQueen soupira d'aise.

— Me voilà rassuré cette fois ! dit-il joyeusement. Vous venez de m'enlever un rude poids !

Dans le dernier compartiment, l'inspection des bagages du grand Italien et du domestique n'amena aucune découverte.

Les trois enquêteurs, debout à l'extrémité du wagon, s'entre-regardaient.

— Et maintenant ? demanda M. Bouc.

— Retournons au wagon-restaurant, suggéra Poirot. Nous avons interrogé les voyageurs, examiné les bagages ; il ne nous reste plus à présent qu'à faire travailler nos méninges.

Il fourra sa main dans sa poche, prit son étui à cigarettes, le trouva vide.

— Je vous rejoins dans un instant, dit-il. Je vais chercher des cigarettes. Cette affaire devient inextricable. Qui diantre portait le peignoir rouge ? Où se trouve-t-il ? Quelque chose m'échappe. Le criminel a tout embrouillé à plaisir. Mais nous allons reprendre la discussion sur ce que nous savons jusqu'ici. Excusez-moi un moment.

D'un pas rapide, il se rendit à son propre compartiment. Il prit une de ses valises qui contenait sa provision de cigarettes.

Il la posa à terre et l'ouvrit.

Il resta un moment immobilisé par la surprise.

Soigneusement plié sur le dessus de la valise, il voyait un peignoir de soie rouge orné de dragons brodés.

— Et voilà ! murmura Poirot. On me lance un défi ! Eh bien, je l'accepte !

TROISIÈME PARTIE

HERCULE POIROT S'ASSEOIT ET RÉFLÉCHIT

1

LEQUEL…
OU LESQUELS ?

M. Bouc et le docteur Constantine conversaient ensemble lorsque Poirot les rejoignit dans le wagon-restaurant. M. Bouc paraissait très abattu.

— Le voilà ! s'écria-t-il en apercevant Poirot.

Puis il ajouta, une fois son ami assis :

— Si vous retrouvez le coupable, mon cher, je croirai aux miracles.

— Cette affaire vous tourmente à ce point ?

— Oui. D'autant qu'on ne sait plus par quel bout la prendre.

— Je suis bien de cet avis, approuva le médecin. A dire vrai, monsieur Poirot, je ne vois pas du tout ce que nous allons faire maintenant.

Poirot alluma une de ses minuscules cigarettes et répondit, l'air rêveur :

— Pour moi, voici où réside l'intérêt de notre affaire. Privés de tous moyens d'investigation habituels, nous ne pouvons contrôler les déclarations des voyageurs. Ayons recours à notre propre intelligence.

— Tout cela est très joli, objecta M. Bouc. Encore faudrait-il posséder quelques données exactes qui nous serviraient de point de départ.

— N'avons-nous pas le témoignage des voyageurs et celui de nos yeux ?

— L'interrogatoire des voyageurs ne nous a pas appris grand-chose.

— Pardon, il nous a renseignés sur plusieurs points.

— Ah ! bah ? Je ne m'en suis guère aperçu.

— Vous n'avez sans doute pas écouté attentivement.

— Eh bien, éclairez ma lanterne.

— Prenons le premier témoignage recueilli : celui du jeune MacQueen. A mon sens, il a laissé échapper une phrase très significative.

— Au sujet des lettres de menaces ?

— Non, mais il nous a révélé que Mr Ratchett voyageait beaucoup et se trouvait gêné par son ignorance des langues étrangères. MacQueen a même ajouté qu'il lui servait d'interprète plutôt que de secrétaire.

Poirot observa le visage de ses deux auditeurs.

— Quoi ? Vous ne saisissez pas encore ? Oh ! c'est impardonnable... Il est allé jusqu'à dire qu'on éprouvait mille ennuis hors de son pays lorsqu'on ne connaissait que le bon américain.

— Et après ?... s'exclama M. Bouc, toujours perplexe.

— Ah ! il faut donc encore vous mettre les points sur les « i » ! Eh bien, voici : Mr Ratchett ne parlait pas le français. Cependant, quand le conducteur est venu, appelé par son coup de sonnette, une voix a répondu en français qu'on avait fait erreur. En outre, cette voix s'est exprimée dans un français très usuel, non pas celui qu'emploient les gens qui n'ont que des notions rudimentaires de cette langue : « Ce n'est rien. Je me suis trompé. »

— Mais oui ! s'écria le docteur Constantine. Nous aurions dû nous en apercevoir ! Je conçois maintenant votre répugnance à admettre l'heure indiquée par la montre comme étant celle du crime. A une heure moins vingt-trois minutes, Ratchett était déjà mort…

— Et son meurtrier répondait à sa place…, acheva M. Bouc.

— N'anticipons pas, dit Poirot ; toutefois, nous pouvons affirmer sans crainte qu'à une heure moins vingt-trois quelqu'un d'autre que Ratchett se trouvait dans le compartiment et que ce quelqu'un était français ou parlait très couramment le français.

— Vous ne péchez point par manque de prudence, mon vieux.

— Qui va lentement va sûrement. Rien ne me prouve de façon formelle que Ratchett était mort à cette minute-là.

— Vous avez tout de même été réveillé par un cri ?

— Oui, c'est exact.

— Cette nouvelle découverte ne nous avance guère, déclara M. Bouc sentencieusement. Vous avez entendu du bruit dans le compartiment voisin. A ce moment, il ne s'agissait pas de Ratchett, mais plutôt de l'assassin qui lavait ses mains tachées de sang, remettait de l'ordre autour de lui et brûlait la lettre compromettante. Puis, le calme revenu dans le wagon, le meurtrier mit la chaînette à la porte extérieure de Ratchett, ouvrit la porte communiquant avec le compartiment de Mrs Hubbard et se sauva par là. En somme c'est bien ce que nous pensions… avec cette différence que Ratchett a été tué une demi-heure plus tôt et les aiguilles de la montre mises sur une heure et quart pour préparer un alibi.

— Un alibi sans valeur, observa Poirot. Les aiguilles de la montre marquent 1 h 15… heure précise à laquelle le meurtrier a quitté le théâtre du crime.

— C'est ma foi vrai, acquiesça M. Bouc, un peu décontenancé. Que vous indique cette montre arrêtée à 1 h 15 ?

— Si les aiguilles ont été dérangées — je dis *si* — l'heure à laquelle on les a arrêtées doit signifier quelque chose. En ce cas, on serait tout naturellement porté à suspecter tous ceux qui fourniraient un alibi à l'heure indiquée, savoir 1 h 15.

— Ce raisonnement me paraît péremptoire, opina le docteur.

— Il convient également d'établir l'heure où l'assassin pénétra dans le compartiment. A quel moment eut-il l'occasion d'y entrer ? A moins d'accuser le vrai conducteur de complicité, le faux conducteur n'a pu s'introduire dans le wagon que pendant l'arrêt du train à Vincovci. Après le départ du train de cette station, le conducteur, assis à sa place habituelle, surveillait tout le couloir. Alors qu'aucun des voyageurs n'eût prêté attention à un employé des wagons-lits, le conducteur, lui, aurait nécessairement remarqué la présence de cet intrus. Or, pendant l'arrêt du train à Vincovci, le conducteur était descendu sur le quai : l'autre avait donc la voie libre.

— Et d'après vos premières conjectures, le coupable ne peut être qu'un des voyageurs. Lequel ?

Poirot esquissa un sourire.

— J'ai pris des notes. Si vous voulez bien les consulter, elles rafraîchiront vos souvenirs.

Le docteur et M. Bouc examinèrent ensemble une liste où chaque voyageur figurait dans l'ordre où avait eu lieu son interrogatoire :

Hector Macqueen........... Citoyen américain. Couchette N° 16. Première classe.
Mobile .... Pouvant provenir de ses rapports avec la victime.
Alibi................................. De minuit à 2 heures du matin. (De minuit à 1 h 30, alibi confirmé par le colonel Arbuthnot, et de 1 h 15 à 2 heures, par le conducteur.)
Témoignage accusateur .. Aucun.
Circonstances suspectes.. Aucune.

Pierre Michel .... Employé. Citoyen français.
Mobile .... Aucun.
Alibi .... De minuit à 2 heures du matin : vu par H.P. dans le couloir au moment où une voix se faisait entendre

	du compartiment de Ratchett, à 12 h 37. De 1 heure du matin à 1 h 16, alibi certifié par les deux autres conducteurs.
Témoignage accusateur ..	Aucun.
Circonstances suspectes..	L'uniforme des wagons-lits découvert dans les bagages de Hildegarde Schmidt plaide en faveur de cet homme, car on s'en est servi en vue de jeter le soupçon sur lui.
EDWARD MASTERMAN........	Sujet anglais. Couchette N° 4. Seconde classe.
Mobile	Pouvant provenir de ses rapports avec la victime dont il était le valet de chambre.
Alibi	De minuit à 2 heures du matin, alibi confirmé par Antonio Foscarelli.
Témoignage accusateur .. *Circonstances suspectes*..	Parmi les voyageurs, il est seul de la taille voulue pour porter l'uniforme des wagons-lits trouvé dans les bagages de la femme de chambre. D'autre part, il est peu probable qu'il parle couramment le français.

MRS HUBBARD................. Citoyenne américaine Couchette N° 3. Première classe.
Mobile .... Aucun.
Alibi................................ De minuit à 2 heures du matin : aucun.

Témoignage accusateur .. Aucun.
Circonstances suspectes.. Aucune.

Observations :

L'histoire de l'homme dans son compartiment est confirmée par le témoignage de Hardman et celui de la femme Schmidt.

GRETA OHLSSON............... Nationalité suédoise. Couchette N° 10. Seconde classe.
Mobile .... Aucun.
Alibi................................ De minuit à 2 heures du matin : alibi ratifié par Mary Debenham.

Nota :

Dernière personne qui ait vu Ratchett en vie.

PRINCESSE DRAGOMIROFF .... Naturalisée Française. Couchette N° 14. Première classe.
Mobile .... Intimement liée avec la famille Armstrong, elle est la marraine de Sonia Armstrong.

Alibi................................ De minuit à 2 heures du matin : alibi certifié par le conducteur et la femme de chambre.
Témoignage accusateur .. Aucun.
Circonstances suspectes.. Aucune.

COMTE ANDRENYI .... Nationalité hongroise. Passeport diplomatique. Couchette N° 13. Première classe.
Mobile .... Aucun.
Alibi................................ De minuit à 2 heures du matin : alibi confirmé par le conducteur, sauf entre 1 heure et 1 heure 15.

COMTESSE ANDRENYI .... Comme ci-dessus. Couchette N° 12.
Mobile .... Aucun.
Alibi................................ De minuit à deux heures du matin : a pris du trional et a dormi. Certifié par son mari. Flacon de trional dans son placard.

COLONEL ARBUTHNOT .... Nationalité anglaise. Couchette N° 15. Première classe.
Mobile .... Aucun.
Alibi................................ De minuit à 2 heures du matin : a parlé avec MacQueen jusqu'à 1 h 30. Rentra dans son compartiment et ne le quitta plus

	(certifié par MacQueen et le conducteur).
Témoignage accusateur ..	Aucun.
Circonstances suspectes..	Cure-pipe.
CYRUS HARDMAN	Citoyen américain. Couchette N° 16. Première classe.
Mobile	Pas de mobile connu.
Alibi	De minuit à 2 heures du matin : n'a pas quitté son compartiment (confirmé par MacQueen et le conducteur).
Témoignage accusateur ..	Aucun.
Circonstances suspectes..	Aucune.
ANTONIO FOSCARELLI	Citoyen américain (origine italienne). Couchette N° 5. Seconde classe.
Mobile	Pas de mobile connu.
Alibi	De minuit à 2 heures du matin : alibi confirmé par Edward Masterman.
Témoignage accusateur ..	Aucun.
Circonstances suspectes..	Aucune, sinon que l'arme choisie par l'assassin pourrait convenir à son tempérament. (Voir M. Bouc).
MARY DEBENHAM	Nationalité anglaise. Couchette N° 11. Seconde classe.
Mobile	Aucun.

Alibi................................	De minuit à 2 heures du matin : alibi confirmé par Greta Ohlsson.
Témoignage accusateur..	Aucun.
Circonstances suspectes..	Conversation surprise par H. P. et que Miss Debenham se refuse à expliquer.
HILDEGARDE SCHMIDT	Nationalité allemande. Couchette N° 8. Seconde classe.
Mobile	Aucun.
Alibi................................	De minuit à 2 heures du matin : alibi confirmé par le conducteur et la princesse Dragomiroff. Elle alla se coucher. Vers 0 h 38, fut réveillée par le conducteur et se rendit auprès de la princesse Dragomiroff.

REMARQUES. — *La déposition des voyageurs corrobore l'attestation du conducteur sur ce point que nul n'a pénétré dans le compartiment de Mr Ratchett ou n'en est sorti entre minuit et 1 heure (heure à laquelle le conducteur est allé dans la voiture suivante) et de 1 h 15 à 2 heures.*

— Ce document, expliqua Poirot, n'est qu'un simple résumé de l'interrogatoire, disposé de cette façon pour plus de compréhension.

M. Bouc le lui rendit en faisant une grimace :

— Heuh… Ce n'est guère éblouissant.

— Peut-être estimez-vous ce questionnaire plus à votre goût ?

Avec un léger sourire, Poirot tendit une autre feuille de papier.

2

DIX QUESTIONS

Cette feuille portait comme en-tête :

EXPLICATIONS NÉCESSAIRES

1° *A qui appartient le mouchoir marqué d'un « H » ?*
2° *Qui a laissé tomber le cure-pipe ? Le colonel Arbuthnot ?*
3° *Qui portait le peignoir rouge ?*
4° *Qui était l'homme ou la femme déguisé en employé des wagons-lits ?*
5° *Pourquoi les aiguilles de la montre marquaient-elles 1 h 15 ?*
6° *Le crime a-t-il été commis à cette heure-là ?*
7° *Ou plus tôt ?*
8° *Ou plus tard ?*
9° *Pouvons-nous certifier que Ratchett a été frappé par plus d'une personne ?*

10° *Quelle autre explication donner à ses nombreuses blessures ?*

— Eh bien, amusons-nous à résoudre ces rébus, dit M. Bouc, enchanté de ce petit questionnaire. Commençons par le mouchoir. Procédons avec ordre et méthode.

— A la bonne heure ! déclara Poirot, l'air satisfait.

M. Bouc poursuivit d'un ton dogmatique :

L'initiale H se rapporte à trois personnes : Mrs Hubbard, Miss Debenham, qui a pour second prénom Hermione, et la femme de chambre, Hildegarde Schmidt.

— Eh bien ! laquelle des trois ?

— Il est difficile de se prononcer. Cependant, j'opterais pour Miss Debenham. Nous ignorons si on ne l'appelle pas par son second prénom ; de plus, elle est déjà sujette à caution. Cette conversation que vous avez surprise et qu'elle refuse d'expliquer me paraît louche.

— Moi, je penche pour l'Américaine, annonça le docteur Constantine. C'est un mouchoir de luxe et les Yankees, tout le monde le sait, ne regardent pas à la dépense.

— Ainsi, tous deux vous écartez la femme de chambre ? demanda Poirot.

— Oui, elle-même a affirmé que ce mouchoir devait appartenir à une dame fort riche.

— Examinons la seconde question : Qui a laissé tomber le cure-pipe ? Le colonel Arbuthnot ou quelqu'un d'autre ?

— Ça, c'est plus compliqué, dit M. Bouc. Un Anglais ne tue pas un ennemi à coups de couteau. J'abonde dans votre sens sur ce point et j'incline à croire qu'une autre personne a abandonné le cure-pipe dans le compartiment de la victime pour faire suspecter l'officier anglais.

— Comme vous l'avez déjà dit, monsieur Poirot, intervint le docteur, deux négligences, c'est trop. La perte du mouchoir a été involontaire, aussi personne ne veut admettre la propriété de ce carré de batiste, tandis que celle du cure-pipe a été feinte, et le colonel Arbuthnot reconnaît franchement qu'il fume la pipe et emploie ce genre de cure-pipe.

— Vous raisonnez à merveille, approuva Poirot,

— Question numéro 3. Qui portait le peignoir rouge ? poursuivit M. Bouc. Je n'en ai pas la moindre idée. Et vous, docteur Constantine ?

— Moi non plus.

— Donc, ici, avouons-nous battus. Espérons que la question suivante aura plus de succès. Qui était l'homme ou la femme déguisé en employé des wagons-lits ? Eliminons d'abord ceux que leur haute taille met hors de cause : Hardman, le colonel Arbuthnot, Foscarelli, le comte Andrenyi et Hector MacQueen, Mrs Hubbard, Hildegarde Schmidt et Greta Ohlsson ne possèdent pas la sveltesse voulue. Il nous reste le valet de chambre, Miss Debenham, la princesse Dragomiroff et la comtesse Andrenyi… Tous quatre ont fourni un alibi valable ! Greta Ohlsson, d'une part, et Antonio Foscarelli, de l'autre, ont juré que Miss Debenham et le valet de chambre n'ont pas quitté leur compartiment.

Hildegarde Schmidt affirme que la princesse était dans le sien et le comte Andrenyi nous a dit que sa femme, après avoir pris un somnifère, s'est endormie. Il semble donc qu'aucune des personnes présentes dans le train n'a commis ce crime… ce qui est absurde !

— Comme disait notre vieil ami Euclide, murmura Poirot.

— Le coupable est sûrement l'une de ces quatre dernières personnes, trancha le docteur. A moins que l'assassin, venu du dehors, n'ait trouvé une cachette… mais nous avons déjà démontré l'invraisemblance de cette hypothèse.

M. Bouc passa à la cinquième question de la liste :

— Pourquoi les aiguilles de la montre marquaient-elles 1 h 15 ? J'y vois deux explications : ou bien le meurtrier a avancé les aiguilles de la montre sur cette heure-là pour se créer un alibi et n'a ensuite pas pu quitter le compartiment en temps voulu parce qu'il a entendu quelque bruit, ou bien… Une seconde !… Il me vient une idée…

Les deux autres attendirent respectueusement que M. Bouc mît sa pensée au point.

— Je la tiens ! s'écria-t-il enfin. Ce n'est pas le meurtrier déguisé en conducteur qui a manipulé la montre ! Mais le personnage appelé par nous le deuxième assassin… le gaucher… en d'autres termes, la femme au peignoir rouge. Elle arrive trop tard et déplace les aiguilles de la montre pour établir son alibi.

— Bravo ! s'écria le docteur Constantine. Voilà qui est bien imaginé.

— En un mot, conclut Poirot, elle frappe Ratchett

dans l'obscurité sans se douter qu'il est déjà mort ; elle soupçonne que l'homme a une montre dans la poche de son pyjama, elle la prend, à l'aveugle, déplace les aiguilles et cogne violemment la montre pour en briser le ressort.

M. Bouc l'observa froidement.

— Auriez-vous une meilleure solution à nous proposer, mon cher ?

— Pour le moment… non. Toutefois, il me semble que ni l'un ni l'autre de vous deux n'avez remarqué un détail de la plus haute importance relatif à cette montre.

— S'agit-il de la réponse à la question numéro 6 ? s'enquit le docteur. A cette question : le meurtre a-t-il été commis à 1 h 15, heure indiquée par la montre ? — je réponds : *Non.*

— Moi de même, appuya M. Bouc. Etait-ce plus tôt ? Je dis : *Oui.* Et vous, docteur ?

Le docteur Constantine acquiesça d'un signe de tête, et ajouta :

— Cependant, monsieur Bouc, on pourrait aussi bien répondre par l'affirmative à la question suivante : le meurtre a-t-il été commis plus tard ? Sans doute M. Poirot partage-t-il cet avis, encore qu'il ne veuille pas se compromettre. Le premier assassin est venu avant 1 h 15 et le deuxième après 1 h 15. Il serait intéressant de savoir lequel des voyageurs est gaucher.

— Je n'ai pas complètement négligé cette particularité, observa Poirot. Vous avez pu remarquer que j'ai prié chacun des voyageurs d'apposer sa signature et d'inscrire son adresse. L'expérience n'a pas été concluante parce que nombre de sujets font certains actes de la main droite et d'autres de la main gauche ; par exemple, quelques-uns écrivent de la main droite et jouent au tennis de la main gauche. Néanmoins, toutes les personnes convoquées ont pris la plume de la main droite, à l'exception de la princesse Dragomiroff qui, elle, a refusé d'écrire.

— Impossible d'accuser la princesse, dit M. Bouc.

— Je doute qu'elle soit de force à porter un coup de la main gauche, observa le docteur Constantine. Les coups, certains du moins, ont été infligés avec une violence inouïe.

— … Au-dessus de la force féminine.

— Peut-être pas… mais du moins au-dessus des forces d'une vieille femme. Or la princesse Dragomiroff semble faible et de santé délicate.

— N'oublions pas l'influence du moral sur le physique, rappela Poirot. La princesse Dragomiroff est douée d'une personnalité et d'une volonté étonnantes. Pour l'instant, passons à un autre sujet.

— Aux questions 9 et 10 : Pouvons-nous certifier que Ratchett a été frappé par plus d'une personne, et quelle autre origine donner à ses nombreuses blessures ? En tant que médecin, je prétends qu'il y a eu au moins deux assassins. Il serait fou de supposer qu'un homme eût appliqué des coups tantôt faibles et tantôt violents de la main droite, puis de la main gauche, et, après un répit d'une demi-heure, eût infligé de nouvelles blessures à un cadavre !

— En effet, dit Poirot. Selon vous, l'intervention d'un second meurtrier semble plus vraisemblable ?

— Trouvez-moi, je vous prie, une meilleure hypothèse.

— Je ne cesse d'y penser, soupira Poirot en se renversant dans son fauteuil.

— A présent, ajouta-t-il en se frappant le front, c'est là qu'il faut chercher. Nous avons tout étudié, et classé avec ordre et méthode les faits recueillis. Les voyageurs sont venus ici l'un après l'autre et ont répondu à nos questions. Nous savons tout ce que nous pouvons apprendre… *du dehors*.

Il adressa un sourire affectueux à M. Bouc.

— Mon cher ami, vous m'avez souvent plaisanté sur ce procédé qui consiste à s'asseoir et à réfléchir pour faire sortir la vérité du puits… Eh bien, je vais en ce moment mettre cette théorie en pratique, et vous allez tous deux m'imiter. Fermons les yeux et concentrons nos pensées…

« Ratchett a été tué par un ou plusieurs des voyageurs. Lequel… ou lesquels ?

3

QUELQUES DÉTAILS SUGGESTIFS

Un bon quart d'heure s'écoula dans un complet silence.

M. Bouc et le docteur Constantine s'efforcèrent de se conformer aux instructions de Poirot. A travers un dédale de témoignages contradictoires, ils essayèrent de discerner la vraie piste.

Voici à peu près le cours des pensées de M. Bouc :

« Evidemment, il faut réfléchir. Jusqu'ici, je ne fais guère autre chose… Poirot suspecte la jeune Anglaise d'être mêlée à ce meurtre. Pour ma part, je n'y crois nullement… Il paraît impossible d'accuser l'Italien… Regrettable. Le domestique anglais n'avait probablement aucune raison de mentir en certifiant que l'autre n'a pas quitté le compartiment. Tout cela est fort ennuyeux. Je me demande quand le train pourra repartir. On doit songer à nous envoyer du secours. Les indigènes de ce pays ne se pressent guère… et la police yougoslave va faire des embarras au sujet de ce crime. Ce n'est pas tous les jours qu'une telle aubaine lui arrive… »

Et le cerveau de M. Bouc s'égarait dans ces sentiers rebattus des centaines de fois.

Le docteur Constantine songeait :

« Quel drôle de corps, ce petit détective belge ! Un génie ou un détraqué ? Découvrira-t-il la solution du mystère ? Impossible ! Quant à moi, je ne m'y reconnais plus… Peut-être que tous ces gens ont menti… Voilà qui ne va pas éclairer notre lanterne. Je ne m'explique pas toutes ces blessures sur le cadavre… Un bandit américain tue avec son revolver… L'Amérique… ce pays du progrès… J'aimerais à le visiter. En rentrant chez moi, il faut que je voie Démétrius Zagone. Il a voyagé en Amérique et il a des idées modernes… Je me demande ce que fait Zia en ce moment. Si jamais ma femme apprend que… »

Et ainsi de suite…

Hercule Poirot ne bougeait pas : il semblait dormir.

Soudain, après un quart d'heure d'immobilité complète, il remua lentement les sourcils, exhala un léger soupir, et murmura entre ses dents :

— Pourquoi pas ? S'il en est ainsi, tout s'explique.

Il ouvrit les yeux — des yeux verts comme ceux d'un chat — et dit à ses deux compagnons :

— J'ai réfléchi. Et vous ?

Perdus dans leurs rêveries, les deux autres sursautèrent.

— Moi aussi, répondit M. Bouc, quelque peu embarrassé. Malheureusement, je n'aboutis à rien.

Dépister le coupable, cela vous regarde ; c'est votre métier et non le mien, mon bon ami.

— Et moi aussi, j'ai concentré mes pensées sur cet assassinat, déclara le docteur sans sourciller. Je suis arrivé à plusieurs conclusions dont aucune ne me satisfait.

Poirot hocha la tête d'un air qui semblait vouloir dire : « Je m'y attendais. »

Il se redressa sur son siège, bomba la poitrine, caressa sa moustache et s'exprima comme un conférencier dans une salle de réunion.

— Mes amis, j'ai repassé une à une dans mon esprit les dépositions des voyageurs et j'y trouve une explication, encore confuse, mais qui répond assez nettement à la situation telle que nous la connaissons. Avant d'affirmer que cette solution est la bonne, il me reste à opérer certaines constatations.

« Tout d'abord, permettez-moi d'exposer devant vous quelques remarques dignes, je crois, de considération.

« A cette même place, lors de notre dernier déjeuner dans le wagon-restaurant, M. Bouc me fit observer que des personnes de toutes conditions et de toutes nationalités se trouvaient réunies dans le train : phénomène plutôt rare à cette époque de l'année où l'Orient-Express roule ordinairement presque vide. Par surcroît, un des voyageurs inscrits ne se présenta pas au départ. J'attire également votre attention sur d'autres détails : la position du sac à éponge de Mrs Hubbard, le nom de la mère de Mrs Armstrong, la façon de travailler du détective Hardman, le prénom de la princesse Dragomiroff, la tache de graisse sur le passeport hongrois et la déposition de MacQueen au sujet du papier carbonisé ramassé dans le compartiment de Ratchett. Il prétend que c'est Ratchett lui-même qui a brûlé ce papier.

Les deux hommes dévisageaient Poirot sans rien comprendre.

— Voyons, reprit le détective, tout cela ne vous dit rien ?

— Rien du tout, répondit franchement M. Bouc.

— Et à vous, monsieur le docteur ?

— Je ne vois pas où vous voulez en venir.

M. Bouc, se rabattant sur l'objet tangible cité par son ami, fouilla dans le paquet de passeports et en tira celui du comte et de la comtesse Andrenyi. Il l'ouvrit.

— C'est bien de cette tache-là qu'il s'agit ?

— Oui : elle est encore toute fraîche et remarquez où elle se trouve placée.

— Au début du nom de la comtesse… plus exactement sur la première lettre du prénom. J'avoue toutefois que je ne saisis pas encore…

— Vous allez comprendre. Revenons au mouchoir trouvé sur le lieu du crime. Comme nous l'avons dit tout à l'heure, trois voyageuses ont la lettre « H » pour initiale : Mrs Hubbard, Miss Hermione Debenham et Hildegarde Schmidt, la femme de chambre de la princesse Dragomiroff. Examinons maintenant ce mouchoir sous un autre aspect. Ce mouchoir très fin, délicatement brodé à la main, est un objet de luxe très coûteux acheté probablement à Paris. Laquelle des voyageuses, sans tenir compte de l'initiale, serait susceptible de se payer des mouchoirs aussi chers ? Pas Mrs Hubbard, cette brave femme aux toilettes sans prétention ; ni Miss Debenham : cette catégorie d'Anglaises se sert de jolis mouchoirs de toile fine et non de ces ridicules petits carrés de batiste qui valent jusqu'à deux cents francs ; quant à la femme de chambre, c'est au-dessus de ses moyens. Mais dans le train il reste deux autres femmes à qui ce mouchoir pourrait appartenir. Examinons si la lettre H se rattache à l'une d'elles. Prenons d'abord la princesse Dragomiroff…

— Dont le prénom est Natalia, objecta M. Bouc d'un ton sarcastique.

— Précisément. La princesse étant hors de cause, voyons le cas de la comtesse Andrenyi. Là, ce qui nous frappe…

— Dites plutôt ce qui *vous* frappe…

— Si vous voulez. Ce qui me frappe donc, c'est que sur son passeport le prénom est maquillé par une tache de graisse. On pourrait croire à un simple accident. Mais remarquez ce prénom : Eléna. L'H majuscule a pu être transformé en un E et couvrir l'e minuscule qui suit… Une tache de graisse faite à l'endroit propice dissimule cette transformation.

— Héléna ! s'exclama M. Bouc. Ça, c'est une idée !

— Bien sûr. Je cherche ensuite une confirmation, même infime, à mes soupçons et je la découvre séance tenante. Une des étiquettes collées sur la mallette de la comtesse est légèrement humide et se trouve actuellement placée précisément sur la première initiale de son nom. Cette étiquette a été décollée et replacée à un endroit différent.

— Vous commencez à me convaincre, dit M. Bouc. Mais la comtesse Andrenyi…

— A présent, messieurs, considérons l'affaire sous un angle nouveau. Comment ce crime devait-il se présenter aux yeux de la police ? Ne perdons pas de vue que la neige a bouleversé tous les plans de l'assassin. Imaginons un instant qu'il n'ait pas neigé et que le train ait poursuivi normalement sa course. Qu'arrivait-il ?

« Le meurtre eût probablement été découvert à la frontière italienne. Les voyageurs fournissent les mêmes témoignages à la police : Mr MacQueen produit les lettres de menaces, Mr Hardman débite son histoire, Mrs Hubbard ne manque pas de dire qu'un homme a traversé son compartiment ; le bouton est découvert. J'imagine toutefois que deux détails eussent été différents : l'homme se fût introduit dans le compartiment de Mrs Hubbard un peu avant une heure… et l'on eût ramassé l'uniforme des wagons-lits dans un des cabinets de toilette.

— Vous dites ?

— Je dis que le meurtre était conçu pour faire croire à un assassin venu du dehors qui, son crime commis, se serait enfui ; on aurait supposé qu'il était descendu à Brod, où le train devait arriver à 0 h 58. Quelqu'un ayant croisé un conducteur inconnu dans le couloir, l'uniforme placé en évidence eût dénoncé clairement la tactique du criminel. De cette façon, nul soupçon ne pesait sur les voyageurs. Voilà comment l'affaire devait se présenter aux yeux du bon public.

« Mais la panne du train bouleverse toutes les prévisions. C'est sans doute la raison qui obligea l'homme à demeurer si longtemps à côté de sa victime. Abandonnant enfin tout espoir de voir le convoi reprendre sa marche, il songe à modifier son plan, car désormais on saura que l'assassin n'a pas quitté le wagon.

— Bon, je comprends tout cela, dit M. Bouc, mais que fait le mouchoir dans cette affaire ?

— J'y reviens par une voie détournée. Tout d'abord, sachez que les lettres de menaces n'étaient qu'un piège tendu à la police. Elles auraient aussi bien pu être copiées dans n'importe quel roman policier. Nous devons nous poser cette question : « Ces lettres ont-elles intimidé Ratchett ? » Il semblerait que non. D'après ses instructions données à Hardman, il craignait un ennemi personnel dont il connaissait parfaitement l'identité, du moins si nous croyons à la sincérité de Hardman. Mais Ratchett reçut certainement une lettre d'un caractère tout différent… celle qui avait trait au bébé Armstrong et dont nous avons trouvé un fragment dans son compartiment. Elle était destinée à lui signifier le motif pour lequel sa vie était menacée, s'il ne l'avait déjà deviné. Cette lettre ne devait pas tomber entre les mains de la police ; aussi le meurtrier s'empressa-t-il de la détruire. Voilà le second obstacle à la réussite de son plan : le premier était la neige et le second, notre reconstitution de ce billet carbonisé.

« La précaution prise par l'assassin de brûler ce papier signifie qu'un des voyageurs est si intimement lié à la famille Armstrong que la découverte du billet suffisait à diriger sur lui les soupçons.

« Arrivons maintenant aux deux autres pièces à conviction, sans tenir compte du cure-pipe, dont nous avons déjà suffisamment parlé. D'abord le mouchoir. Cet objet compromet les voyageurs portant l'initiale H, et a dû tomber par mégarde sur le lieu du crime.

— Très juste, déclara le docteur Constantine, et cette personne, s'apercevant de la perte de son mouchoir, s'empresse de maquiller son prénom.

— Vous allez vite en besogne, mon cher docteur. J'aurais garde de conclure aussi rapidement.

— Existe-t-il une autre conclusion ?

— Certes. Admettons, par exemple, que vous veniez de commettre un crime et que vous cherchiez à jeter les soupçons sur quelqu'un d'autre. Vous savez qu'il y a dans le train une femme, amie intime de la famille Armstrong… Supposons qu'alors vous laissiez choir près de la victime un mouchoir appartenant à cette femme… On l'interrogera, on parlera de ses relations avec la famille Armstrong… et voilà… Il y aura un mobile et une pièce accusatrice.

— En ce cas, observa le médecin, la personne désignée, étant innocente, n'essaierait pas de dissimuler son identité.

— Vraiment ? Vous croyez cela ? Mon ami, je connais la nature humaine. Devant la subite menace de se voir accusée de meurtre, la femme la plus innocente perd la tête et se livre aux actes les plus absurdes. La tache de graisse sur le passeport et le déplacement des étiquettes ne prouvent donc nullement la culpabilité de la comtesse Andrenyi, mais démontrent que la comtesse tient, pour une raison personnelle, à dissimuler en partie son identité.

— Quel peut être le lien qui l'unit à la famille Armstrong ? Elle n'a jamais été en Amérique.

— Elle prétend. Elle parle mal l'anglais et exagère son apparence orientale. Néanmoins, je me fais fort de découvrir de qui elle est la fille. La mère de Mrs Armstrong était Linda Arden, une célèbre tragédienne... admirable dans ses créations des pièces de Shakespeare. Rappelez-vous, dans *Comme il vous plaira*, la forêt d'Arden et Rosalinde. C'est ce qui lui inspira son nom de théâtre : Linda Arden, patronyme sous lequel elle connut la gloire dans le monde entier. Son vrai nom pouvait être aussi bien Goldenberg... Ses ancêtres provenaient peut-être de l'Europe centrale et la fameuse actrice avait sans doute dans les veines un peu de sang israélite. La population américaine est formée de tant de nationalités diverses ! Messieurs, la jeune sœur de Mrs Armstrong, encore adolescente à l'époque du drame, est Héléna Goldenberg, la fille cadette de Linda Arden, qui épousa le comte Andrenyi, attaché d'ambassade, pendant le séjour de celui-ci à Washington.

— La princesse Dragomiroff nous a pourtant dit qu'elle avait épousé un Anglais ?

— Oui, un Anglais dont elle ne se souvient même pas du nom. C'est invraisemblable ! La princesse Dragomiroff a pour l'artiste Linda Arden une profonde amitié, elle devient même la marraine d'une de ses filles... et elle oublierait aussi vite le nom de mariage de l'autre enfant ? Hypothèse invraisemblable ! Je crois pouvoir affirmer que la princesse a menti. Elle sait qu'Héléna voyage dans ce train et elle l'a vue. Aussitôt qu'elle apprend l'identité de Ratchett, elle songe qu'Héléna sera soupçonnée. Lorsque nous lui posons quelques questions au sujet de la jeune sœur de Mrs Armstrong, elle y répond évasivement, ne se souvient pas très bien, mais sait seulement qu'Héléna a épousé un Anglais… déclaration aussi éloignée que possible de la vérité.

A ce moment, un des serveurs du restaurant entra et, s'approchant du groupe, s'adressa à M. Bouc :

— Faut-il servir le dîner, monsieur ? Voilà un moment déjà qu'il est prêt.

M. Bouc interrogea Poirot du regard :

— Certainement, dit le détective, qu'on serve le dîner.

L'employé s'éloigna. Bientôt sa cloche retentit dans le couloir et il éleva la voix :

— Premier service. Le dîner est servi !

4

LA TACHE DE GRAISSE SUR UN PASSEPORT HONGROIS

Poirot dîna à la même table que M. Bouc et le médecin grec.

Les voyageurs réunis dans le wagon-restaurant observaient un morne silence. La loquace Mrs Hubbard elle-même semblait peu encline au bavardage. Elle murmura en s'asseyant :

— Je ne me sens pas le courage de manger.

Cependant, elle goûta de tous les plats qui lui furent présentés, encouragée en cela par la brave Suédoise, qui prenait d'elle un soin tout spécial.

Avant le début du repas, Poirot avait tiré par la manche le maître d'hôtel et lui avait glissé quelques mots à l'oreille. Le docteur Constantine devina l'objet des instructions discrètes du petit Belge en constatant que le comte et la comtesse Andrenyi se trouvaient toujours servis après les autres et qu'à la fin du dîner ils durent attendre leur addition, en sorte qu'ils furent les derniers à quitter le wagon-restaurant.

Quand enfin ils se levèrent et se dirigèrent vers la porte, Poirot les suivit.

— Pardon, madame, vous laissez tomber votre mouchoir.

Il lui tendit le carré de batiste au monogramme brodé.

Elle le prit, l'examina, puis le rendit.

— Vous vous trompez, monsieur, ce mouchoir n'est pas à moi.

— Vous en êtes certaine ?

— Absolument certaine, monsieur.

— Pourtant, madame, il porte votre initiale, la lettre H.

Le comte fit un geste d'impatience. Poirot n'y prêta aucune attention. Il ne quittait pas des yeux le visage de la comtesse.

Soutenant tranquillement le regard du détective, la comtesse Andrenyi répliqua :

— Pas du tout, mes initiales sont E.A.

— Excusez-moi, madame. Vous vous nommez Héléna — et non Eléna… Héléna Goldenberg, la fille cadette de Linda Arden, Héléna Goldenberg, la sœur de Mrs Armstrong.

Un silence mortel s'ensuivit. Le comte et la comtesse avaient pâli. Au bout d'une minute, Poirot leur dit d'un ton plus aimable :

— Inutile de nier. C'est bien la vérité, n'est-ce pas, madame ?

Le comte bondit, furieux.

— Monsieur, de quel droit ?…

La comtesse l'interrompit, portant sa petite main vers la bouche de son mari.

— Je vous en prie, Rudolph, laissez-moi parler. A quoi sert de nier ? Mieux vaudrait nous asseoir et en finir avec cette histoire.

La voix de la comtesse se transforma soudain ; elle conservait encore sa riche tonalité orientale, mais devenait plus nette et plus incisive. Pour la première fois, la comtesse Andrenyi parlait comme une Américaine.

Le comte gardait le silence. Il obéit à l'invitation de sa femme, et tous deux s'assirent en face de Poirot.

— Monsieur, je suis en effet Héléna Goldenberg, la jeune sœur de Mrs Armstrong.

— Ce n'est pourtant pas ce que vous m'avez dit ce matin, madame.

— Non.

— En résumé, votre déposition et celle de votre mari ne forment qu'un tissu de mensonges.

— Monsieur ! s'exclama le comte.

— Gardez votre sang-froid, Rudolph. M. Poirot ne ménage pas ses paroles mais ce qu'il dit est exact.

— Je me félicite de ce que vous reconnaissiez les faits avec cette franchise. Je vous prie maintenant de me donner vos raisons pour avoir ainsi modifié l'orthographe de votre prénom sur votre passeport.

— Cette affaire ne concerne que moi, intervint le comte.

Héléna dit avec calme :

— Monsieur Poirot, vous connaissez parfaitement ma raison… nos raisons d'agir ainsi. L'homme qu'on a tué cette nuit est l'assassin de ma petite nièce… ma sœur et mon beau-frère sont morts de chagrin à cause de lui. Il m'a enlevé trois personnes qui m'étaient on ne peut plus chères au monde.

Sa voix vibrait de passion. Elle était véritablement la fille de l'illustre tragédienne qui avait ému jusqu'aux larmes les publics les plus divers.

Elle poursuivit d'un ton plus calme :

— De tous les voyageurs, je possédais sans nul doute le meilleur motif pour tuer cet individu.

— Et vous ne l'avez pas tué, madame ?

— Je vous le jure, monsieur Poirot, et mon mari peut le jurer avec moi. Malgré tout mon désir, je n'ai pas levé la main sur cet homme.

— Messieurs, je vous donne ma parole d'honneur que cette nuit ma femme n'a pas quitté son compartiment, déclara le comte. Comme je vous l'ai déjà dit, elle absorba une petite dose de somnifère et s'endormit presque aussitôt. Elle est entièrement innocente de ce crime.

Poirot considéra l'un après l'autre le comte et la comtesse Andrenyi.

— Je vous le jure sur mon honneur ! répéta le comte.

Poirot hocha la tête.

— Vous n'avez pourtant pas craint de maquiller le prénom sur le passeport.

— Monsieur Poirot, s'écria le comte, songez à ma situation. Pouvais-je supporter l'idée de voir ma femme traînée devant les tribunaux pour une affaire de meurtre ? Je la savais innocente, mais, vu sa parenté avec la famille Armstrong, elle eût été immédiatement suspectée. On l'aurait interrogée… et, qui sait? peut-être arrêtée. Puisque la malchance avait voulu que nous voyagions dans le même train que Ratchett, quelle autre décision pouvais-je prendre? Je l'avoue, monsieur, je vous ai menti… Mais je le répète en toute vérité: ma femme n'a pas quitté son compartiment de toute la nuit dernière!

Son ton de sincérité n'admettait point de contradiction.

— Je ne mets pas en doute votre parole, monsieur, lui dit Poirot. Vous descendez, je le sais, d'une noble et ancienne famille. Il serait très fâcheux pour vous de voir votre femme mêlée à une affaire policière, je vous l'accorde. Mais comment expliquer la présence du mouchoir de votre femme dans le compartiment de la victime?

— Encore une fois, je vous l'assure, monsieur, ce mouchoir n'est pas à moi.

— Malgré l'initiale H?

— Oui, monsieur. J'ai des mouchoirs ressemblant à celui-là, mais je n'en possède aucun exactement de ce modèle. Je perds l'espoir de vous convaincre, mais je ne me lasserai pas de répéter: ce mouchoir ne m'appartient pas.

— Il a pu être placé là par le coupable pour vous faire soupçonner.

La comtesse ébaucha un sourire:

— Vous voulez à tout prix m'arracher un aveu. Eh bien, non, monsieur Poirot, pour la troisième fois, ce mouchoir n'est pas à moi.

— S'il n'est pas à vous, pour quelle raison avez-vous truqué votre passeport ?

Cette fois, le comte répondit :

— Ayant entendu dire qu'un mouchoir avait été trouvé dans le compartiment de Ratchett portant l'initiale H, nous avons discuté ce point avant notre interrogatoire. Je fis entrevoir à Héléna que si on découvrait que son prénom commençait par un H, elle serait immédiatement harcelée par toutes sortes de questions alors qu'il était si simple de transformer Héléna en Eléna.

— Monsieur le comte, vous avez le tempérament d'un criminel d'envergure, observa Poirot d'un ton sec. Vous possédez une grande ingéniosité naturelle et, pour dérouter la police, une conscience à l'abri de tous scrupules.

— Oh ! non ! non ! monsieur Poirot, c'est à cause de moi seulement qu'il a recouru à de tels procédés ! J'avais peur… terriblement peur, expliqua la comtesse. L'idée qu'on pouvait réveiller de nouveau tout ce passé m'affolait… En outre, je redoutais d'être incriminée et jetée en prison. Monsieur Poirot ! ne comprenez-vous pas mes angoisses ?

Elle plaidait de sa voix riche et nuancée, la voix de la fille de Linda Arden, la tragédienne admirable.

Poirot la considéra d'un air grave.

— Si vous voulez que je vous croie, madame — et remarquez bien que je ne me refuse pas à le faire — il faut absolument que vous secondiez mes efforts.

— Que je seconde vos efforts ?

— Oui, le mobile du crime réside dans le passé, dans ce drame qui anéantit votre famille et attrista votre enfance. Parlez-moi de cette époque, que j'y découvre un lien entre les deux affaires.

— Que vous dire ? Tous les témoins sont morts, tous morts : Robert, Sonia… et ma petite Daisy chérie. Elle était si mignonne, avec ses jolies boucles ! Nous raffolions tous d'elle !

— Il y eut une autre victime, madame. Nous pourrions la qualifier de victime indirecte.

— Oui, cette malheureuse Suzanne ! Je l'avais oubliée. La police la harcela de questions. La justice était convaincue qu'elle avait renseigné les assassins… En tout cas, ce fut bien involontairement. Elle avait, paraît-il, bavardé et donné des détails sur les promenades de Daisy. La pauvre fille a perdu la tête, elle s'imaginait qu'on la rendait responsable de la mort de l'enfant. C'est horrible !

Toute frémissante d'émotion, elle cacha son visage entre ses mains.

— De quelle nationalité était cette jeune fille ?

— Elle était française.

— Son nom de famille ?

— C'est stupide, je ne m'en souviens plus… Nous l'appelions tous Suzanne. Une jolie fille toujours souriante, très dévouée à la petite Daisy.

— Elle remplissait les fonctions de bonne d'enfant, n'est-ce pas ?

— Oui.

— Et qui était la nurse ?

— Une infirmière des hôpitaux, du nom de Stingelberg. Elle soignait Daisy et ma sœur avec beaucoup de dévouement.

— Madame, je vous prie de bien réfléchir avant de me répondre. Avez-vous vu dans ce train des personnes de connaissance ?

Elle le regarda bien en face.

— Moi ? Non, personne.

— Et la princesse Dragomiroff ?

— Elle ? Je la connais, bien sûr. Je pensais que vous vouliez dire… une personne de l'époque du drame.

— Oui, madame, c'est bien ce que je vous demande. Réfléchissez bien. Les années passent et les gens peuvent transformer leur physionomie.

Héléna s'absorba un instant dans ses pensées, puis elle dit :

— Non… personne.

— Vous-même, en ce temps-là, vous étiez une très jeune fille. Aviez-vous quelqu'un pour surveiller vos études et s'occuper de vous ?

— Oh ! oui. J'avais une espèce de gouvernante qui servait en même temps de secrétaire à Sonia… une femme aux cheveux rouges.

— Comment s'appelait-elle ?

— Miss Freebody.

— Jeune ou vieille ?

— Je la trouvais très vieille, mais elle ne devait pas dépasser trente-cinq ans.

— Qu'y avait-il encore dans la maison ?

— Seulement des domestiques.

— Et vous êtes certaine, madame, absolument certaine de n'avoir reconnu personne dans le train ?

— Personne, monsieur, je n'ai reconnu personne !

5

LE PRÉNOM DE LA PRINCESSE DRAGOMIROFF

Lorsque le comte et sa femme eurent quitté le wagon-restaurant, Poirot se tourna vers ses deux compagnons :

— Qu'en dites-vous ? Henri ? Nous avançons.

— Voilà du beau travail, lui répondit chaleureusement M. Bouc. Quant à moi, je n'aurais jamais songé à suspecter le comte et la comtesse Andrenyi. Leur innocence me paraissait indiscutable et pourtant c'est elle qui a commis le crime ! C'est lamentable ! J'espère qu'on ne la condamnera pas à mort. Elle a des circonstances atténuantes… quelques années de prison… et ce sera tout.

— Vous la croyez réellement coupable ?

— Bien sûr. Vous en doutez ? Je pensais que vos manières rassurantes n'avaient pour but que de calmer ses inquiétudes jusqu'au moment où nous serons délivrés de cette neige et où la police officielle prendra l'affaire en main.

— Vous ne croyez pas à la parole du comte ? N'a-t-il pourtant pas juré sur l'honneur que sa femme était innocente ?

— Mon cher, il ne pouvait agir autrement. Il adore sa femme et veut à tout prix la sauver. Il ment… mais il ment en grand seigneur, voilà tout.

— Et moi, je m'imaginais qu'il disait la vérité !

— Perdez cette illusion. Voyons ! le mouchoir ne confirme-t-il pas mes présomptions ?

— Ne précipitons pas les choses. En ce qui concerne ce mouchoir, deux hypothèses se présentent.

— Tout de même…

M. Bouc s'interrompit. La porte venait de s'ouvrir et la princesse Dragomiroff entra dans le wagon-restaurant. Elle vint droit vers les trois hommes qui se levèrent aussitôt.

Sans prêter attention aux deux autres, elle s'adressa à Poirot.

— Monsieur, je crois que vous avez un mouchoir à moi.

Poirot jeta à ses compagnons un regard triomphant.

— Est-ce celui-ci, madame ?

Il montra le petit carré de batiste.

— Oui, c'est cela même. Voici mon initiale dans ce coin.

— Pourtant, madame, s'écria M. Bouc, cette lettre est un H et, si je ne me trompe, votre prénom est… Natalia.

Elle le dévisagea froidement.

— C'est exact, monsieur. Mes mouchoirs sont toujours marqués en caractères russes : un N s'écrit H en russe.

M. Bouc en demeura un instant abasourdi. Cette vieille dame indomptable avait décidément le don de le mettre mal à l'aise. Il murmura :

— Mais… ce matin vous ne nous avez pas dit que ce mouchoir vous appartenait.

— Me l'avez-vous demandé ? répondit la princesse d'un ton sec.

— Veuillez prendre un siège, madame, dit Poirot. Elle poussa un soupir.

— Puisque vous y tenez !

Elle s'assit.

— Messieurs, ne discutons pas à perte de vue. Vous allez à présent me demander comment il se fait que mon mouchoir se trouvait auprès de l'homme assassiné ? Je vous répondrai donc que je n'en sais rien moi-même.

— Vraiment ?

— Je vous l'affirme.

— Excusez-moi, madame, mais jusqu'à quel point pouvons-nous ajouter foi à vos paroles ?

Poirot parlait à voix lente. La princesse eut un air dédaigneux.

— Est-ce parce que j'ai omis de vous dire qu'Héléna Andrenyi était la sœur de Mrs Armstrong ?

— De fait, vous nous avez trompés sciemment.

— Certes, et je le referais encore s'il le fallait. Sa mère était mon amie. Messieurs, je crois en la fidélité qu'on doit à ses amis, sa famille et sa caste.

— N'estimez-vous pas de votre devoir d'aider la justice ?

— Dans cette affaire, je considère que la justice — du moins la vraie justice — a été remplie.

Poirot se pencha vers elle.

— Comprenez la pénible situation où vous me placez, madame. Dois-je vous croire au sujet de ce mouchoir ? Ou essayez-vous simplement de défendre la fille de votre amie ?

— Oh ! je devine votre pensée, dit-elle. Il vous sera facile de vérifier ce que j'avance. Je vous donnerai l'adresse de la maison de Paris où je fais faire mes mouchoirs. Vous lui montrerez celui-là et elle vous confirmera que je le lui ai commandé voilà un an. Ce mouchoir est bien à moi.

Elle se leva.

— Désirez-vous me poser d'autres questions ?

— Votre femme de chambre a-t-elle reconnu ce mouchoir quand je le lui ai montré, ce matin ?

— Sans doute. Elle l'a vu et n'a rien dit. Cela prouve sa loyauté envers moi.

Avec une légère inclination de tête, elle s'en alla.

— Voilà l'explication, murmura Poirot. J'avais bien remarqué une légère hésitation chez la femme de chambre quand je lui ai demandé si elle connaissait la propriétaire de ce mouchoir. Elle ne savait au juste si elle devait répondre oui ou non. Comment juxtaposer ces faits autour de mon idée principale ? Ma foi, tout m'a l'air de s'arranger assez bien.

— Ah ! s'écria M. Bouc, quelle vieille femme terrible !

— Aurait-elle pu tuer Ratchett ? demanda Poirot au médecin.

Celui-ci hocha la tête.

— Certains coups… ceux, par exemple, qui ont pénétré dans la masse musculaire, n'auraient jamais pu être frappés par une personne physiquement aussi faible.

— Mais les autres coups ?

— Les moins violents, oui.

— Je songe à l'incident de ce matin, quand je dis à la princesse que sa force résidait plutôt dans sa volonté que dans son bras. Je lui tendais là un piège. Je voulais savoir si elle regarderait son bras droit ou son bras gauche. Elle les considéra tous deux, mais laissa échapper une étrange réflexion : « Non, je n'ai guère de force dans les bras ; je ne sais si je dois m'en féliciter ou le déplorer. » Cette curieuse remarque vint confirmer mon opinion personnelle sur le crime.

— Cela ne nous apprend rien au sujet des coups frappés de la main gauche.

— Non. A propos, avez-vous remarqué que la pochette de veston où le comte Andrenyi met son mouchoir se trouve à droite ?

M. Bouc hocha la tête. L'esprit occupé par les surprenantes révélations fournies par la dernière demi-heure de l'enquête, il murmura :

— Des mensonges… toujours des mensonges… je demeure confondu devant le nombre de mensonges que nous avons entendus depuis ce matin !

— Il nous en reste encore d'autres à découvrir, riposta Poirot d'un ton guilleret.

— Vous croyez, mon cher ami.

— Le contraire me décevrait.

— Une telle duplicité m'effraie, alors qu'elle semble vous égayer, constata M. Bouc avec reproche.

— J'en tire un énorme avantage. Lorsque je place celui qui a menti devant la vérité, il avoue son mensonge, souvent par pure surprise. Pour produire cet effet, il suffit de deviner juste. C'est le seul moyen que nous possédions de mener à bien cette enquête. Je prends une à une les dépositions des voyageurs et je me dis : si un tel ment, sur quel point fait-il une entorse à la vérité et pour quelle raison ? Cette tactique nous a bien réussi en ce qui concerne la comtesse Andrenyi. Essayons-la sur d'autres.

— Et si votre supposition est fausse, mon cher ami ?

— Du coup, la personne est dégagée de tout soupçon.

— Ah ! vous procédez par élimination ?

— Précisément.

— Qui va maintenant se faire prendre à nos filets ?

— Nous allons mettre à l'épreuve le colonel Arbuthnot.

6

DEUXIÈME INTERROGATOIRE DU COLONEL ARBUTHNOT

Le colonel, visiblement ennuyé de se voir appelé à nouveau dans le wagon-restaurant, entra.

— Eh bien ? demanda-t-il sèchement.

Il s'assit.

— Excusez-moi de vous déranger une seconde fois, lui dit Poirot, mais il reste certains points sur lesquels vous pourrez nous éclairer.

— Vous croyez ? Moi pas.

— Commençons par ce cure-pipe.

— Eh bien ?

— C'est un des vôtres ?

— Je n'en sais rien. Je n'y inscris pas mon matricule.

— Colonel Arbuthnot, sachez que vous êtes le seul voyageur du train Stamboul-Calais qui fume la pipe.

— En ce cas, ce cure-pipe m'appartient probablement.

— Savez-vous où il a été ramassé ?

— Je n'en ai pas la moindre idée.

— Près du lit de la victime.

Le colonel leva les sourcils.

— Pourriez-vous nous expliquer la présence de cet objet à pareil endroit ?

— Si vous insinuez que je l'ai moi-même laissé choir dans le compartiment de Ratchett, j'aime mieux vous dire tout de suite que vous vous trompez.

— Etes-vous allé à un moment quelconque dans ce compartiment ?

— Je n'ai jamais adressé la parole à cet individu.

— Vous ne lui avez jamais parlé et vous ne l'avez pas tué ?

Les sourcils du colonel se levèrent plus haut encore.

— Si je l'avais assassiné, je ne m'empresserais pas de vous l'apprendre… Mais je ne l'ai pas assassiné.

— Peuh… après tout, cela n'a aucune importance.

— Plaît-il ?

— Je répète que cela n'a aucune importance.

— Oh !

Arbuthnot, interloqué et mal à l'aise, regardait Poirot.

— Parce que, continua le détective, le cure-pipe figure à l'arrière-plan de mes préoccupations. Je pourrais vous citer neuf autres excellentes raisons de sa présence auprès du cadavre.

Arbuthnot ouvrit de grands yeux.

— En réalité, je vous ai fait appeler pour vous parler d'un sujet tout différent, poursuivit Poirot. Miss Debenham vous a peut-être dit que j'ai surpris des bribes de conversation entre elle et vous à la gare de Konya ?

Le colonel ne répondit point.

— Elle vous disait textuellement : « Pas maintenant. Quand tout cela sera terminé et loin derrière nous. » Savez-vous à quoi se rapportaient ces paroles ?

— Monsieur Poirot, je refuse de répondre à cette question.

— Pourquoi ?

— Je préfère que vous vous adressiez à Miss Debenham elle-même.

— Je l'ai déjà fait.

— Et elle a refusé de s'expliquer ?

— Oui.

— En ce cas, j'estime que mon silence se justifie amplement à vos yeux.

— Vous ne voulez pas violer le secret d'une femme ?

— Interprétez-le comme il vous plaira.

— Miss Debenham m'a révélé que cet entretien avait un caractère tout à fait personnel.

— Cette déclaration ne vous satisfait pas ?

— Non, parce que Miss Debenham est très suspecte.

— Vous plaisantez ?

— Pas le moins du monde.

— Quelle preuve avez-vous contre elle ?

— N'a-t-elle pas été dame de compagnie et gouvernante chez les Armstrong à l'époque de l'enlèvement de la petite Daisy Armstrong ?

Il y eut une minute de silence.

Poirot hocha doucement la tête.

— Vous voyez, colonel, nous en savons plus long que vous ne le supposez. Si Miss Debenham est innocente, pourquoi nous a-t-elle caché ce fait ? Pourquoi m'a-t-elle affirmé qu'elle n'avait jamais été en Amérique ?

Le colonel s'éclaircit la voix.

— Vous vous trompez, peut-être ?

— Non, je suis sûr de ce que j'avance. Pourquoi Miss Debenham m'a-t-elle menti ?

Le colonel haussa les épaules.

— Demandez-le-lui. Pour moi, je crois que vous faites fausse route.

Poirot éleva la voix et appela un des serveurs.

— Priez la dame anglaise du numéro 11 de bien vouloir venir ici.

— Bien, monsieur.

L'employé s'éloigna. Les quatre hommes demeurèrent assis sans mot dire. Le visage rude et impassible du colonel Arbuthnot semblait taillé dans le bois.

Le serveur revint bientôt.

— La dame arrive tout de suite, monsieur.

— Merci.

Une minute ou deux plus tard, Mary Debenham entrait dans le wagon-restaurant.

7

L'IDENTITÉ DE MARY DEBENHAM

Mary Debenham apparut, la tête rejetée en arrière d'un air de défi. Ses cheveux noirs découvrant son front, la fierté de son masque, tout dans son aspect altier rappelait la figure de proue d'un navire fendant vaillamment les flots d'une mer démontée. En ce moment-là, elle était d'une beauté impressionnante.

Ses yeux se posèrent d'abord sur Arbuthnot.

Puis elle dit à Poirot :

— Vous désirez me voir ?

— Mademoiselle, je voudrais savoir pour quel motif vous m'avez menti ce matin ?

— Moi ? Je vous ai menti ? Je ne sais ce que vous voulez dire !

— Vous m'avez caché le fait qu'à l'époque du drame qui frappa les Armstrong, vous viviez au sein de cette famille. Vous m'avez affirmé que vous n'aviez jamais été en Amérique.

Il la vit sur le point de fléchir, mais elle se ressaisit :

— Oui, c'est vrai.

— Non, mademoiselle, c'est faux.

— Vous ne me comprenez pas. Je dis que c'est vrai que je vous ai menti.

— Ah ! vous l'admettez ?

Ses lèvres esquissèrent un sourire.

— Certainement, puisque vous m'avez démasquée.

— Enfin, cette fois vous êtes franche, mademoiselle !

— Je suis bien obligée de l'être !

— Voulez-vous me permettre de vous demander les raisons de vos… réticences ?

— Il me semble qu'elles sautent aux yeux, monsieur Poirot.

— Pas aux miens, mademoiselle.

D'une voix calme, un peu dure, elle ajouta :

— Je dois gagner ma vie.

— Eh bien ?

Elle regarda Poirot bien en face.

— Vous ignorez donc la difficulté qu'éprouve une jeune fille à se procurer un emploi et à le conserver ? Vous imaginez-vous qu'une dame de la société anglaise confiera ses filles à une gouvernante dont le nom aura été mêlé à une histoire de meurtre et dont peut-être les photographies auront été reproduites dans les journaux ?

— Pourquoi pas… si cette gouvernante n'est point coupable ?

— Il ne s'agit pas de culpabilité… mais de publicité ! Jusqu'ici, monsieur Poirot, j'ai assez bien réussi dans la vie. J'ai trouvé des situations agréables et bien rétribuées. Je n'allais pas risquer mon avenir, surtout sans nul résultat appréciable pour vous.

— Permettez-moi de vous dire, mademoiselle, que je suis le meilleur juge en la matière.

Elle haussa les épaules.

— Vous auriez, par exemple, pu m'aider à identifier les voyageurs.

— De quelle façon ?

— Il est inadmissible, mademoiselle, que vous n'ayez point reconnu la comtesse Andrenyi, la jeune sœur de Mrs Armstrong, votre élève de New York.

— La comtesse Andrenyi ? Non ! Si extraordinaire que cela paraisse, je ne l'aurais pas reconnue. Voilà trois ans, elle n'était encore qu'une fillette. La comtesse, il est vrai, me rappelait une figure de connaissance... mais je n'arrivais pas à y fixer un nom. A présent, elle a un type oriental si prononcé que je n'aurais jamais deviné en la comtesse Andrenyi ma petite écolière américaine. Du reste, je ne l'ai regardée qu'incidemment au wagon-restaurant, et j'ai plutôt remarqué sa toilette que son visage, ajouta-t-elle en souriant.

Puis elle poussa un soupir et conclut :

— J'avais assez de mes propres préoccupations.

— Alors, vous ne me révélerez pas votre secret, mademoiselle ? demanda Poirot d'une voix persuasive.

— Je ne le puis... Non, c'est impossible...

Et soudain, sans le moindre avertissement, elle éclata en sanglots et cacha sa tête entre ses bras.

Le colonel se leva et, l'air gauche, vint se placer à côté d'elle.

— Je... écoutez-moi..., balbutia-t-il.

Il s'arrêta et se retourna furieux contre Poirot :

— Je vais vous briser les os, espèce de brute ! hurla-t-il, hors de lui.

— Monsieur ! protesta M. Bouc.

Arbuthnot se retourna vers la jeune fille.

— Mary… pour l'amour de Dieu…

Elle se redressa :

— Ce n'est rien. Me voilà remise. Monsieur Poirot, vous n'avez plus besoin de moi ? Sinon, vous viendrez me chercher. Oh ! que je suis ridicule de m'être ainsi laissée aller !

Elle sortit précipitamment. Avant de la suivre, Arbuthnot se retourna une dernière fois vers Poirot.

— Miss Debenham n'a rien à voir dans cette histoire… rien du tout, vous m'entendez ! Si vous la tourmentez encore, vous aurez affaire à moi.

Il s'en alla à grandes enjambées.

— J'adore voir un Anglais sortir de ses gonds. Une fois déchaînés, ces gens-là sont on ne peut plus comiques. Plus ils ressentent d'émotion, moins ils conservent de sang-froid et de mesure.

Pour l'instant, M. Bouc, ravi d'admiration pour son ami, ne s'intéressait que médiocrement aux réactions émotives des Anglais.

— Mon cher, vous êtes épatant, vous possédez un don de divination formidable !

— C'est inouï comme vous savez lire dans le passé des gens, dit Constantine avec enthousiasme.

— Oh ! cette fois, je ne mérite guère de compliments. La comtesse Andrenyi m'avait pour ainsi dire mis au courant.

— Comment ? Pas possible ?

— Rappelez-vous : je l'ai interrogée sur sa gouvernante ou la dame de compagnie de sa sœur. Je m'étais dit, en effet, que si Mary Debenham entrait pour une part dans le drame, elle devait avoir rempli une de ces fonctions dans la famille Armstrong.

— Oui, mais la comtesse Andrenyi nous a donné le signalement d'une personne tout à fait différente.

— C'est exact… une grande femme, d'âge mur, à la chevelure rouge… en réalité, tout le contraire de Miss Debenham. Mais invitée à fournir à l'improviste le nom de cette personne, elle se laissa prendre par une inconsciente association d'idées. Elle cita le nom d'une certaine Miss Freebody, vous en souvenez-vous ?

— Oui. Et alors ?

— Eh bien, vous le savez sans doute, il existe à Londres une maison qui, jusqu'à ces dernières années, a conservé l'enseigne : *Debenham et Freebody.* Le nom de Debenham lui trottant par la tête, la comtesse s'est aussitôt raccrochée au premier nom qui s'offrit à elle et Freebody se présenta naturellement à son esprit.

— Encore un mensonge ! Dans quelle intention ?

— Toujours par sentiment de loyauté. Dans l'espoir d'embrouiller encore les cartes.

— Ma foi, déclara M. Bouc, tous les voyageurs de ce train sont-ils donc des menteurs ?

— Nous n'allons pas tarder à le savoir, lui répondit Poirot.

8

DE SURPRISES EN SURPRISES

— A présent, rien ne peut m'étonner, annonça M. Bouc. Rien ! Si on devait m'apprendre que tous les voyageurs de ce train faisaient partie de la maison Armstrong, je n'en éprouverais aucune surprise.

— Voilà une profonde réflexion, mon ami. Désirez-vous connaître à présent ce que votre bête noire, l'Italien, va nous présenter pour sa défense ?

— Vous songez à nous exposer une de ces mirifiques trouvailles dont vous possédez le secret ?

— Vous devinez juste !

— Que de complications dans la genèse de ce crime !

— Mais non, docteur, tout y est très naturel.

— Si vous trouvez cela naturel…

Les mots manquaient à M. Bouc pour exprimer sa pensée et il leva comiquement les bras en un signe de désespoir.

Poirot avait déjà envoyé chercher Antonio Foscarelli.

Le grand Italien arriva, l'air inquiet.

— Que me voulez-vous ? Je n'ai rien à vous dire… rien… absolument rien !

Et il assena un coup de poing sur la table.

— Mais si, vous avez quelque chose à nous dire, objecta Poirot d'un ton décidé. La vérité !

— La vérité ?

Il lança un coup d'œil embarrassé vers Poirot. Toute son assurance et sa verve lui faisaient faux bond.

— Il est très possible que je la connaisse déjà. Mais nous tiendrons compte de votre spontanéité à tout avouer.

— Vous parlez comme les policiers américains. Avouez ! Voilà tout ce qu'ils savent dire : Avouez !

— Tiens ! vous avez donc l'expérience de la police de New York ?

— Non ! non ! Jamais ! Elle n'a rien trouvé à me reprocher, mais ce n'est pas faute d'avoir cherché !

— Vos démêlés avec la police remontent à l'époque du drame qui frappa la famille Armstrong, n'est-ce pas ? Vous étiez le chauffeur de la maison ? dit Poirot.

Le détective vrillait ses yeux dans les yeux de l'Italien. L'énorme gaillard se dégonfla comme un ballon sous l'effet d'une piqûre d'épingle.

— Puisque vous savez tout… pourquoi m'interroger ?

— Pourquoi m'avez-vous menti, ce matin ?

— Pour des raisons personnelles. Je n'ai aucune confiance dans la police yougoslave. Ces gens-là détestent les Italiens et ils m'auraient tout de suite accusé.

— Peut-être pas à tort ?

— Non, non ! Je n'ai rien à voir avec le crime de cette nuit. Je n'ai pas quitté mon compartiment une seconde. L'Anglais à la figure longue comme un jour sans pain vous le confirmera. Ce n'est pas moi qui ai tué Ratchett… Cet infâme pourceau… Vous ne possédez aucune preuve contre moi…

Poirot griffonna quelques mots sur une feuille de papier. Il releva les yeux et prononça tranquillement :

— C'est bien. Vous pouvez vous retirer.

Foscarelli hésita, l'air perplexe.

— Comprenez bien que ce n'est pas moi… que je ne pouvais être mêlé à…

— Je vous ai dit de vous en aller.

— C'est un coup monté ! Vous cherchez à me perdre ! Tout cela pour cette fripouille qui aurait dû passer sur la chaise électrique ! Pourquoi l'a-t-on laissé s'enfuir ? Si c'eût été moi… on ne m'aurait pas raté !

— Mais il ne s'agissait pas de vous… Cet enlèvement d'enfant ne vous concernait nullement.

— Hein ? Que dites-vous ? Cette petite Daisy était la joie de la maison ! Elle m'appelait Tonio, montait dans la voiture et voulait à toute force tenir le volant avec ses petites mains ! Tout le monde l'adorait ! Ah ! la petite chérie !

Sa voix s'adoucissait et des larmes brillaient dans ses yeux. Brusquement, il fit demi-tour et sortit.

— Pietro ! appela Poirot.

Le maître d'hôtel arriva en courant.

— Allez chercher le numéro 10… la dame suédoise.

— Bien, monsieur.

— Encore ! s'exclama M. Bouc. Ah ! non, c'en est de trop, mon cher !

— Il faut aller jusqu'au bout, dussions-nous en fin de compte découvrir que tous les voyageurs ont un mobile pour tuer Ratchett. Après quoi, nous identifierons définitivement le coupable.

— La tête me tourne, gémit M. Bouc, accablé.

Greta Ohlsson fut introduite avec égards par le maître d'hôtel.

Fondant en larmes, elle se laissa tomber sur le siège en face de Poirot et sanglota dans un vaste mouchoir.

— Mademoiselle, ne vous alarmez pas, je vous en supplie, calmez-vous.

Poirot lui tapota doucement l'épaule.

— Nous ne vous demandons qu'un brin de sincérité. Vous étiez la nurse de la petite Daisy Armstrong ?

— Oui… c'est vrai, gémit la pauvre fille. C'était un ange… un ange descendu du ciel !… Son petit cœur débordait de bonté et de tendresse… Et dire qu'elle nous a été volée par ce monstre… il l'a tuée… Et la pauvre mère… et l'autre enfant… qui n'a même pas vécu ! Vous ne sauriez comprendre ! Non, il est impossible que vous vous rendiez compte. Si vous aviez comme moi assisté à tout ce drame… ce matin, j'aurais dû vous apprendre la vérité en ce qui me concerne… mais j'avais tellement peur ! Et en même temps je me réjouissais tant à la pensée de la mort du bandit ! Je songeais qu'enfin il ne torturerait plus d'autres enfants…

« Ah ! je ne puis continuer… les paroles me manquent…

Elle sanglotait convulsivement.

Poirot lui tapota encore l'épaule :

— Là, là, je comprends… Je comprends vos sentiments… Votre interrogatoire est terminé. Il suffit que vous ayez reconnu ce que je sais déjà. Oui, oui, je vous comprends, ma chère demoiselle !

Incapable de rien ajouter à travers ses sanglots, Greta Ohlsson se leva et gagna la porte à tâtons, comme une aveugle. En sortant, elle se heurta contre un homme qui entrait.

C'était Masterman, le valet de chambre.

Il alla droit vers Poirot et s'exprima d'une voix entièrement dénuée d'émotion :

— J'espère ne pas vous déranger, monsieur, mais j'ai cru bon de venir tout de suite vous apprendre la vérité. Pendant la guerre, je fus l'ordonnance du colonel Armstrong qui, ensuite, me prit comme valet de chambre à New York. Je m'excuse de vous avoir caché ce détail. Je pense, monsieur, que vous ne soupçonnez pas Tonio d'avoir commis le crime de cette nuit. Le pauvre ne ferait pas de mal à une mouche. Et je jure qu'il n'a pas quitté le compartiment de toute la nuit. Il n'a donc pu tuer Ratchett. Tonio est italien, certes, mais il n'a rien de commun avec ces bandits dont on parle dans les romans.

Il fit une pause.

Poirot le regarda longuement :

— C'est tout ce que vous avez à dire ?

— C'est tout, monsieur.

Il y eut un silence. Comme Poirot n'ajoutait rien, Masterman salua et quitta le wagon-restaurant d'une allure aussi discrète qu'il y était entré.

— Voilà qui est plus prodigieux qu'un roman policier, déclara le docteur Constantine.

— Je partage votre avis, appuya M. Bouc. Sur les douze voyageurs de ce wagon, neuf sont convaincus d'avoir été mêlés, à un titre quelconque, à l'affaire Armstrong. Qu'allons-nous apprendre maintenant ? Ou plutôt qui allons-nous démasquer ?

— En réponse à votre question, voici notre confrère américain, Mr Hardman, lui dit Poirot.

— Vient-il, lui aussi, faire des aveux ?

Avant que Poirot ait pu répondre à son ami, l'Américain atteignait la table et, en s'asseyant, prononça d'une voix nasillarde :

— Que se passe-t-il donc dans ce train ? Ne diraiton pas un asile d'aliénés ?

Poirot cligna des yeux :

— Etes-vous bien sûr, monsieur Hardman, de n'avoir pas été jardinier chez Armstrong ?

— Ils n'avaient pas de jardin.

— Ou bien maître d'hôtel ?...

— Je n'ai pas les belles manières que comporte cet emploi. Non, à aucun titre je n'ai habité la maison Armstrong... mais je commence à croire que je constitue une exception dans ce train. Dites-moi, pouvez-vous m'expliquer ce phénomène ?

— C'est curieux, en effet, acquiesça Poirot avec un sourire.

— Dites plutôt que c'est inconcevable ! déclara M. Bouc.

— Possédez-vous sur l'assassinat de Ratchett une opinion personnelle ?

— Non, monsieur. J'avoue n'y rien comprendre et je me perds en conjectures. Il va de soi que ces gens-là ne peuvent être tous incriminés, mais je serais bien embarrassé de nommer le coupable dans la bande. Comment diable vous y êtes-vous pris pour découvrir le pot aux roses ? Voilà ce qui m'intrigue.

— J'ai tout simplement réfléchi.

— Laissez-moi vous dire que vous êtes un malin. Oui… un rude malin ! Je suis prêt à le proclamer devant le monde entier !

Mr Hardman se pencha en arrière et regarda Poirot avec admiration :

— Excusez-moi, mais personne ne s'en douterait en vous voyant. Je vous tire mon chapeau, monsieur Poirot.

— Vous êtes trop aimable, monsieur Hardman.

— Pas du tout. Je m'incline devant votre supériorité.

— Ce problème n'est pas entièrement résolu, dit Poirot. Nous ne tenons pas encore le nom du meurtrier de Ratchett.

— Néanmoins, tant de finesse de votre part me dépasse. Sans parler de moi-même, il y a encore deux personnes sur lesquelles vous n'avez rien deviné jusqu'ici : la vieille dame américaine et la femme de chambre. Sans doute les tenez-vous hors de tout soupçon ?

— A moins que nous ne puissions les comprendre dans notre collection en qualité de… lingère et cuisinière de la famille Armstrong.

— Rien au monde ne peut me surprendre désormais ! s'exclama Mr Hardman, résigné. Il me semble que je vis parmi des fous.

— Ah ! mon cher Poirot, vous poussez le jeu un peu trop loin, objecta M. Bouc.

Poirot se tourna vers lui :

— Vous n'y comprenez rien ? Voyons, dites-moi un peu, savez-vous qui a tué Ratchett ?

— Et vous ? riposta M. Bouc.

— Oui, dit Poirot. Je le sais depuis un moment déjà. C'est si simple que cela saute aux yeux. Je m'étonne que vous ne le voyiez pas. Et vous, monsieur Hardman ?

Le détective hocha la tête :

— Ma foi, non, je ne puis dire qui est l'assassin.

Après quelques secondes de silence, Poirot se tourna vers Mr Hardman :

— Voudriez-vous avoir l'obligeance de réunir ici tous les voyageurs, monsieur Hardman ? Deux solutions se présentent à mon esprit et je voudrais les exposer devant tout le monde.

9

POIROT EXPOSE SES DEUX SOLUTIONS

Les voyageurs se rassemblèrent dans le wagon-restaurant et prirent place autour des tables. Tous les visages exprimaient l'attente et l'appréhension. La Suédoise continuait à pleurer et Mrs Hubbard à la consoler.

— Allons, un peu de courage ! Tout va s'arranger. Ne vous laissez pas aller à vos nerfs. Si parmi nous il y a un assassin, on sait bien que ce n'est pas vous. Il faudrait être dément pour vous accuser d'un pareil crime ! Là… Asseyez-vous près de moi et tranquillisez-vous.

Poirot se leva.

L'employé des wagons-lits qui se tenait près de la porte demanda :

— Vous me permettez de rester, monsieur ?

— Certainement, Michel.

Poirot commença :

— Mesdames et messieurs, je m'exprimerai en anglais, puisque vous connaissez tous plus ou moins cette langue. Nous sommes ici pour rechercher la vérité sur l'assassinat de Samuel Edward Ratchett, *alias* Cassetti. Deux solutions possibles s'offrent à nous. Je vais les exposer devant vous et je prierai ensuite M. Bouc et le docteur Constantine, ici présents, de déterminer laquelle de ces deux solutions est la vraie.

« Vous connaissez tous les faits. Mr Ratchett a été, ce matin, trouvé assassiné à coups de couteau. Nous savons qu'il vivait encore à 0 h 37 la nuit dernière, puisqu'à cette heure il parla au conducteur à travers la porte. Sur cette montre brisée découverte dans la poche du pyjama de la victime, les aiguilles marquaient 1 h 15. Le docteur Constantine, qui examina le cadavre, situe la mort entre minuit et deux heures du matin. A minuit et demi, ainsi que vous le savez tous, le train est bloqué par la neige. Donc, après cette heure, il est impossible à quiconque de quitter le train.

« Mr Hardman, membre d'une agence de détectives de New York (plusieurs têtes se tournèrent vers Mr Hardman) nous certifie que personne n'aurait pu passer devant son compartiment, le n° 16, sans être aperçu par lui. Force nous est de conclure que le meurtrier se cache parmi les voyageurs de la voiture Stamboul-Calais.

« Telle était du moins notre hypothèse.

— Comment ? balbutia M. Bouc, interloqué.

— Toutefois, je vais vous en soumettre une autre tout à fait simple. Mr Ratchett, menacé par un de ses ennemis, donne à Mr Hardman le signalement de cet individu et lui dit que l'attentat, s'il doit avoir lieu, se produira probablement durant la seconde nuit du voyage.

« Je vous ferai observer, mesdames et messieurs, que Mr Ratchett en savait peut-être plus long qu'il n'en a révélé. Or, à Vincovci, le colonel Arbuthnot et Mr MacQueen, descendus un instant sur le quai, ont laissé la porte ouverte. Un individu, ayant endossé sur ses vêtements un uniforme de la Compagnie des Wagons-Lits et muni d'un passe-partout de conducteur, monte dans le compartiment de Mr Ratchett profondément endormi sous l'influence d'un narcotique. L'assassin le frappe à plusieurs reprises avec une grande violence et quitte le compartiment par la porte communiquant avec celui de Mrs Hubbard.

— C'est bien cela, approuva l'Américaine.

— En passant, l'homme glisse le couteau dont il s'est servi dans le sac à éponge de Mrs Hubbard et, sans s'en apercevoir, il perd un bouton de sa tunique. Il se faufile hors du compartiment et longe le couloir. En hâte, il se débarrasse de son uniforme dans un compartiment vide et le fourre dans une valise.

« Quelques minutes plus tard, avant que le train se remette en marche, il descend, toujours par la porte voisine du wagon-restaurant.

Les assistants l'écoutaient, attentifs, en proie à des émotions diverses.

— Et que dites-vous de la montre ? demanda Mr Hardman.

— Tout s'explique parfaitement : Mr Ratchett a oublié de retarder sa montre marquant toujours l'heure orientale, en avance d'une heure sur celle de l'Europe centrale. Mr Ratchett a été assassiné à minuit et quart, et non à une heure et quart.

— Votre raisonnement ne tient pas ! s'écria M. Bouc. A une heure moins vingt-trois, quelqu'un a parlé dans le compartiment de Ratchett : c'était lui ou son meurtrier.

— Pas nécessairement. Une troisième personne est peut-être entrée pour parler à Ratchett et l'a trouvé mort. Elle a sonné pour prévenir le conducteur, puis a compris la situation et, craignant d'être incriminée, elle a répondu en laissant croire qu'elle était Ratchett.

— C'est possible, acquiesça M. Bouc.

Poirot observait Mrs Hubbard :

— Qu'alliez-vous dire, madame ?

— Je ne sais plus. Croyez-vous que moi aussi j'ai oublié de retarder ma montre ?

— Non, madame. Vous avez sans doute entendu l'homme passer, mais inconsciemment… et plus tard, en proie à un cauchemar, vous avez cru qu'il y avait un homme dans votre compartiment. Vous vous êtes réveillée en sursaut et avez sonné.

— C'est encore possible, admit Mrs Hubbard.

La princesse Dragomiroff observait Poirot :

— Monsieur, comment expliquez-vous le témoignage de ma femme de chambre ?

— Cela paraît très simple, madame. Votre femme de chambre reconnaît comme étant le vôtre le mouchoir que je lui présente, mais elle s'efforce de détourner les soupçons de votre personne. Elle a rencontré l'homme, mais bien plus tôt, quand le train stationnait encore en gare de Vincovci. Elle prétend l'avoir vu plus tard, toujours avec la vague idée de vous fournir un solide alibi.

La princesse inclina gracieusement la tête :

— Vous prévoyez tout, monsieur. Je vous admire...

Un silence suivit.

Puis tout le monde sursauta : le docteur Constantine assenait sur la table un violent coup de poing.

— Non, non et non ! Vos explications ne me satisfont nullement ! Elles pèchent en une douzaine de points. Le crime n'a pas été commis de cette façon... Vous le savez aussi bien que moi, monsieur Poirot.

Le détective lança un coup d'œil au médecin.

— Je vois bien qu'il me faudra revenir à ma première hypothèse. Mais n'abandonnez pas celle-ci trop vite. Peut-être l'adopterez-vous tout à l'heure.

Poirot se retourna vers son auditoire.

— Il existe, du crime, une autre explication aussi plausible. Voici comment j'y suis parvenu.

« Après avoir recueilli toutes vos dépositions, je m'assis et fermai les yeux afin de mieux réfléchir. Certains points me paraissaient dignes d'attention, je les énumérai à mes deux collègues. J'en avais déjà élucidé quelques-uns, entre autres la présence d'une tache de graisse sur un passeport... Mais plusieurs demeuraient obscurs. Le plus important est la remarque que me fit M. Bouc au déjeuner, le lendemain de notre départ de Stamboul, à savoir que les voyageurs réunis dans ce train sont de nationalités et de classes sociales étrangement variées.

« Le fait me parut assez bizarre et je me demandai s'il devait se reproduire fréquemment. Je me dis que oui... mais seulement aux Etats-Unis. Dans une famille américaine, on pourrait trouver à la fois un chauffeur italien, une gouvernante anglaise, une nurse suédoise, une femme de chambre française, et ainsi de suite… Cela me conduisit à attribuer à chacun une fonction dans le drame de la famille Armstrong, tout comme un metteur en scène distribue les rôles de son scénario. J'obtins un résultat fort intéressant.

« J'examinai alors séparément la déposition de chaque personne et j'arrivai à de curieuses constatations. Prenons d'abord l'interrogatoire de Mr MacQueen. La première entrevue se passa sans incident, mais la seconde fois que je le questionnai, il fit une remarque pour le moins étrange. Comme je lui apprenais la découverte d'un billet ayant trait à l'affaire Armstrong, il me dit : " Pourtant… " Puis, après une hésitation : " Je veux dire que le vieux avait tort de laisser traîner ce papier. "

« Je compris tout de suite qu'il s'était ravisé. Supposons qu'il eût achevé sa phrase : " Pourtant, ce papier a été brûlé ! " En ce cas, MacQueen avouait connaître l'existence de ce billet et sa destruction… en d'autres termes, il était ou le meurtrier ou le complice de celui-ci. Et d'un !

« Ensuite, le valet de chambre. Il affirmait que son maître avait coutume de prendre un narcotique lorsqu'il passait la nuit dans le train. Version assez vraisemblable, mais croyez-vous que Ratchett cherchait tant que cela à dormir la nuit dernière ? Le revolver placé sous son oreiller démontre le contraire. Ratchett voulait se tenir sur ses gardes. Si on lui a administré un narcotique, c'est à son insu. Qui est-ce, sinon MacQueen ou le valet de chambre ?

« Venons-en au témoignage de Hardman. Je crois tout ce qu'il a dit concernant sa propre identité, mais en ce qui regarde la méthode employée par lui pour veiller sur la sécurité de Mr Ratchett, sa version ne tient pas debout. La seule manière efficace de protéger la vie de Ratchett était de passer la nuit dans son compartiment ou de se placer à un endroit d'où il pouvait surveiller sa porte. L'unique déduction qui ressort de sa déposition, c'est que personne en dehors des voyageurs déjà dans le wagon, ne pouvait avoir tué Ratchett, ce qui limitait le cercle des investigations à la voiture Stamboul-Calais. Ce détail me parut plutôt bizarre, et je songeai à ne point le négliger par la suite.

« Vous devez tous savoir maintenant que j'ai surpris des bribes d'une conversation entre Miss Debenham et le colonel Arbuthnot. Fait à retenir : le colonel l'appelait Mary et semblait être en rapports assez intimes avec elle. Cependant, le colonel affirmait avoir fait la connaissance de Miss Debenham dans le train. Mais je sais à quoi m'en tenir sur la mentalité d'un Anglais comme lui : même si le colonel avait reçu le coup de foudre, il eût procédé lentement et avec tout le décorum d'usage. J'en conclus que le colonel Arbuthnot et Miss Debenham se connaissaient de longue date et cherchaient à se faire passer pour étrangers l'un à l'autre.

« Passons maintenant à Mrs Hubbard. Cette dame prétend que, de sa couchette, elle ne peut voir si la porte de communication est verrouillée ou non : elle prie Miss Ohlsson de s'en assurer pour elle. Parfait, si elle avait occupé les compartiments numéros 2, 12,

14, etc.. Dans les numéros pairs, le verrou se trouve juste au-dessous de la poignée de la porte, mais dans les numéros impairs, comme le numéro 3 qu'occupait Mrs Hubbard, le verrou, placé au-dessus de la poignée, ne pouvait être masqué par le sac à éponge. J'arrive donc à cette déduction que Mrs Hubbard inventa cet incident de toutes pièces.

« Maintenant, laissez-moi vous dire un mot à propos de l'heure. La montre fut découverte… dans la poche du pyjama de Ratchett, endroit plutôt singulier, étant donné qu'à la tête du lit se trouve un crochet porte-montre. Dès lors, je fus convaincu qu'on avait déposé avec intention la montre de Ratchett dans sa poche après avoir déplacé les aiguilles. Le crime n'a donc pas été commis à une heure et quart.

« A-t-il été perpétré plus tôt, à une heure moins vingt-trois minutes pour préciser ? M. Bouc serait porté à le croire et donne comme explication le cri qui m'a réveillé à cette heure-là. Mais Ratchett, sous l'influence d'un narcotique, ne pouvait crier. Sans quoi il aurait été également capable de se défendre ; or on n'a constaté aucune trace de lutte.

« Je me souvins qu'à deux reprises MacQueen m'avait signalé que Ratchett ne parlait pas du tout le français : je compris alors que ce qui s'était passé à une heure moins vingt-trois minutes n'était qu'une comédie destinée à me donner le change. N'importe qui pouvait déceler le maquillage de la montre… d'un usage courant dans les romans policiers. On s'imaginait donc que je ne manquerais pas de voir clair sur ce point. Fier de ma perspicacité, j'aurais affirmé que Ratchett ignorant le français, la voix entendue à une heure moins vingt-trois minutes ne pouvait être la sienne et qu'il était déjà mort. Or, je suis convaincu qu'à une heure moins vingt-trois, Ratchett était encore plongé dans son sommeil artificiel.

« Toutefois, la farce faillit réussir. J'ouvris ma porte, je regardai dans le couloir et j'entendis distinctement la phrase prononcée en excellent français. Si je ne suis pas assez futé pour en deviner le sens, on me l'expliquera. MacQueen, au besoin, viendra me dire : " Excusez-moi, monsieur Poirot, ce n'est sûrement pas Mr Ratchett qui a parlé. Il ignore absolument le français. "

« Quand donc a eu lieu le crime ? Et qui est l'assassin ?

« Selon moi — et je n'avance ici qu'une opinion personnelle —, le crime a été commis vers deux heures, heure extrême indiquée par le docteur Constantine.

« Qui a tué Ratchett ?...

Poirot fit une pause et considéra ses auditeurs. Il n'aurait pu se plaindre de leur manque d'attention. Tous les regards étaient braqués sur lui. Pendant un moment, le silence fut absolu.

Poirot continua d'une voix lente :

— Je fus surpris de la difficulté que j'éprouvais à rejeter l'entière culpabilité sur l'un quelconque des voyageurs, alors que, bizarre coïncidence, l'alibi de chacun se trouvait confirmé par le personnage qui, à mon avis, paraissait le moins qualifié. Ainsi, Mr MacQueen et le colonel Arbuthnot ont, l'un pour l'autre, fourni de solides témoignages... Or, ces deux hommes me semblaient peu faits pour lier conversation entre eux au cours d'un voyage. De même, le valet de chambre anglais et l'Italien, la demoiselle suédoise et la jeune Anglaise.

« Soudain, une grande clarté se fit en moi. Tous étaient coupables. Que tant de gens, mêlés au drame de la famille Armstrong, voyagent dans le même train, ne pouvait être l'effet du hasard. Tout cela avait été concerté longtemps à l'avance. Je me remémorai une remarque du colonel au sujet de la sentence prononcée par un jury. Un jury se compose de douze membres… et Ratchett avait été frappé de douze coups. Cette fois, la réunion de personnages de tous rangs et de toutes nationalités dans le Stamboul-Calais, à une saison où ce train habituellement est presque vide, s'expliquait.

« Si Ratchett avait échappé à la justice américaine, sa culpabilité ne faisait pas l'ombre d'un doute. J'imagine alors un jury de douze membres qui le condamnent à mort et se voient obligés de se transformer en exécuteurs pour appliquer leur sentence. Sous cet angle, tout le mystère s'éclaircit.

« Un rôle nettement déterminé est assigné à chacun des voyageurs. Tout est prévu dans le moindre détail et sans risque aucun. Si le soupçon pèse sur l'un des membres de cette association de justiciers, les autres l'innocentent par leur témoignage et embrouillent les recherches. D'autre part, la prétendue surveillance de Hardman empêche que l'on accuse injustement quiconque du dehors.

« Cette solution met admirablement en lumière

tous les épisodes du drame. La nature des blessures infligées par douze personnes différentes; les lettres de menaces écrites simplement pour établir un témoignage — Ratchett en avait reçu de réelles que MacQueen avait détruites et auxquelles il avait substitué les autres —, l'histoire Hardman, chargé par Ratchett de le protéger..., un mensonge d'un bout à l'autre; le signalement "petit homme brun à la voix de femme", ingénieuse invention puisqu'elle possède le mérite d'innocenter le conducteur de ce train et qu'elle pourrait s'appliquer aussi bien à un homme qu'à une femme.

« L'idée de frapper à coups de couteau surprend tout d'abord, mais, à la réflexion, aucune autre arme ne convenait mieux en l'occurrence. Tous, forts et faibles, peuvent se servir d'un poignard et l'arme blanche est silencieuse. Je m'abuse peut-être, mais voici comment j'imagine la scène: chacun pénètre à son tour dans le compartiment obscur de Ratchett, en traversant le compartiment de Mrs Hubbard, et frappe! Aucun ne reconnaîtrait la blessure qu'il a faite et nul ne saurait dire qui a donné le coup mortel.

« La dernière lettre, que Ratchett découvre probablement sur son oreiller, a été brûlée avec soin. Rien ne révélant le rapport entre la famille Armstrong et l'homme assassiné, il n'existe pas de raison de suspecter aucun des voyageurs. On pourrait croire à un meurtrier venu du dehors et le "petit homme brun à la voix de femme" aurait, en effet, été aperçu descendant du train à Brod par un ou plusieurs voyageurs du Stamboul-Calais.

« Je ne vois pas exactement ce qui arriva quand les

conspirateurs découvrirent que l'arrêt du train rendait impraticable cette deuxième partie de leur programme. Je suppose qu'ils tinrent rapidement conseil, et décidèrent d'agir à tout prix. Cette fois les soupçons pèseraient immanquablement sur un ou plusieurs d'entre eux, mais cette éventualité était déjà prévue et on y avait remédié. Il restait à dérouter davantage encore les enquêteurs. Dans ce dessein deux simulacres de "pièces à conviction" sont abandonnés sur le lieu du crime... l'un incriminant le colonel Arbuthnot qui possédait un alibi irrécusable et dont les relations avec la famille Armstrong étaient difficiles à établir. L'autre, le mouchoir, accusant la princesse Dragomiroff : étant donné son rang social, sa faiblesse physique et son témoignage soutenu à la fois par sa femme de chambre et le conducteur, on la considère comme hors de cause. Comme pour compliquer à plaisir la comédie, une femme en peignoir rouge passe sur la scène, et afin que je connaisse l'existence de cette femme, on frappe à ma porte. Je me lève pour jeter un coup d'œil au-dehors, je vois le peignoir disparaître au fond du couloir. Trois autres témoins, judicieusement choisis, l'ont vu également : le conducteur, Miss Debenham et MacQueen. Le plaisantin qui a eu l'idée de fourrer ce peignoir dans ma valise, pendant que je poursuivais l'interrogatoire, me paraît doué d'un réel sens de l'humour. J'ignore d'où vient ce vêtement, mais je soupçonne qu'il appartient à la comtesse Andrenyi : ses bagages ne renfermaient, en effet, qu'un élégant déshabillé de lingerie tout garni de dentelles et qui ne pouvait guère remplacer le peignoir.

« Ayant appris que la lettre soigneusement brûlée avait en partie échappé à une destruction complète et que le mot Armstrong avait pu être lu, MacQueen s'empressa de communiquer aux autres ce renseignement. Désormais, la comtesse Andrenyi se tient sur ses gardes et c'est à ce moment que le comte songe à maquiller son passeport.

« L'un après l'autre, tous les voyageurs nient avoir connu la famille Armstrong. Sachant que je ne possède aucun moyen d'investigation immédiat, ils se figurent que je ne suivrai cette piste que si l'un d'eux éveille mes soupçons.

« Autre point à éclaircir : si mon hypothèse est juste — et je crois ne pas me tromper —, le conducteur du wagon-lit entre dans le complot. Mais, en ce cas, cela nous donne treize inculpés au lieu de douze. Contrairement à la formule habituelle : “Parmi cette foule, il s'agit de découvrir le coupable”, je me trouve placé devant un groupe de treize personnes dont une, une seule, est innocente.

« J'arrive à cette conclusion pour le moins bizarre : la personne qui n'a point participé au crime est précisément celle qui paraît la plus suspecte, à savoir la comtesse Andrenyi. Lorsque le comte jura sur l'honneur que sa femme n'avait pas quitté son compartiment de toute la nuit, il le fit avec un tel accent de franchise que je ne pus douter de sa parole. Je compris alors que le comte avait, pour ainsi dire, pris la place de sa femme.

« Pierre Michel était donc complice. Pour quelle raison cet honnête employé, depuis tant d'années au service de la Compagnie, trempait-il dans ce crime ? Il me semblait impossible de découvrir un lien quelconque entre ce Français et la famille Armstrong. Tout à coup je me souvins que la bonne d'enfants était une Française… Et si c'était la propre fille de Pierre Michel ? Tout s'expliquerait… même l'endroit choisi pour commettre le crime.

« Y a-t-il d'autres personnes dont les relations avec la famille Armstrong demeurent incertaines ? J'inscris le colonel Arbuthnot comme un ami du colonel Armstrong… probablement ont-ils fait la guerre ensemble.

« Quant à la femme de chambre Hildegarde Schmidt, je devinai sa situation chez les Armstrong. Peut-être suis-je un peu gourmand, mais je flairai en elle une bonne cuisinière. Je lui ai tendu un piège et elle s'y est laissé prendre. “Je sais que vous êtes un excellent cordon-bleu”, dis-je. Elle me répondit : “C'est vrai, mes patronnes m'ont toujours fait ce compliment.” A part moi, je songeai qu'en tant que femme de chambre, elle n'avait guère l'occasion de déployer ses talents culinaires.

« Ensuite vient Hardman. Selon toute apparence, il se classe tout à fait en dehors de la maison des Armstrong, et je l'imaginai dans la situation du fiancé de la jeune Française. Je fis devant lui allusion au charme des étrangères et aussitôt j'obtins la réaction désirée. Ses yeux s'embuent de larmes, il prétexte que la blancheur de la neige l'éblouit.

« Reste Mrs Hubbard, à qui fut confié le rôle principal dans le drame. Occupant le compartiment qui communique avec celui de Ratchett, elle offre, plus que tout autre, prise aux soupçons et elle ne peut alléguer aucun alibi. Pour jouer aussi parfaitement le personnage un peu ridicule de la femme américaine en adoration devant ses enfants, il faut être une grande comédienne. Une telle artiste existait dans la famille Armstrong : la mère de Mrs Armstrong, Linda Arden, l'artiste fameuse.

Poirot s'arrêta.

Alors, d'une voix merveilleuse de timbre et nuancée avec art, d'une voix qui ne ressemblait en rien à celle qu'on avait entendue au cours de la journée, Mrs Hubbard avoua :

— Que voulez-vous ? Il me semble toujours jouer la comédie !

Et elle continua d'un air rêveur :

— Cette erreur stupide au sujet du sac à éponge démontre une fois de plus qu'on doit répéter son rôle jusqu'à la dernière minute. Nous avons fait une répétition générale dans le train en venant… Sans doute occupais-je un compartiment pair, et je n'ai pas songé, ensuite, à vérifier la place des verrous.

Elle changea légèrement de position et regarda Poirot bien en face.

— Monsieur Poirot, je vous admire. Toutes vos déductions sont exactes. Vous ne sauriez imaginer ce que fut la tragédie… en ce jour terrible… à New York. J'étais folle de désespoir… les domestiques étaient frappés de douleur… Le colonel Arbuthnot, l'ami intime de John Armstrong, se trouvait présent, bouleversé d'horreur et de colère.

— Armstrong m'a sauvé la vie pendant la guerre, déclara le colonel.

— Ce jour-là, dans notre indignation, dans notre chagrin, dans notre fureur — peut-être avions-nous perdu la tête, qu'en sais-je ? — nous décidâmes… le meurtrier ayant échappé au châtiment… de lui infliger nous-mêmes la peine suprême qu'il méritait. Nous étions douze… ou plutôt onze, le père de Suzanne habitant en France. Tout d'abord, nous voulions tirer au sort pour savoir qui exécuterait la sentence, mais, en fin de compte, nous nous rangeâmes à l'avis d'Antonio, le chauffeur ; Mary et Hector MacQueen ordonnèrent les détails de la mise en scène.

« La préparation de notre complot prit un temps considérable. Il nous fallut d'abord retrouver l'assassin, qui se cachait sous le nom de Ratchett. Hardman s'en chargea. Ensuite, Masterman et Hector réussirent à s'engager à son service. Le colonel Arbuthnot exigeant que le nombre douze fût respecté, nous confiâmes notre dessein au père de Suzanne. L'idée de venger sa fille unique qui s'était suicidée l'incita à se ranger à nos côtés. Le colonel Arbuthnot répugnait à l'idée de frapper le coupable à coups de couteau, mais il comprit que cette méthode aplanissait bien des difficultés.

« Hector nous apprit que Ratchett comptait tôt ou tard se rendre à Paris par l'Orient-Express. Pierre Michel travaillant sur ce parcours, la chance nous favorisait et, de cette façon, le crime ne serait pas imputé à un innocent du dehors.

« Nous dûmes naturellement en parler au mari de ma fille, qui insista pour nous accompagner. Hector s'arrangea pour que Ratchett se décidât à voyager le jour où Michel serait de service. Notre intention était de louer tout le wagon-lit du train Stamboul-Calais ; malheureusement, un des compartiments était réservé à un directeur de la Compagnie. Quant à Harris, il n'existait pas ; il eût été dangereux de prendre un étranger dans le compartiment d'Hector. Et, à la dernière minute, vous-même vous êtes présenté…

Elle fit une pause.

— A présent, monsieur Poirot, reprit-elle, vous connaissez toute l'histoire. Qu'allez-vous décider ? Si vous devez faire un rapport officiel, ne pourriez-vous me rendre uniquement responsable ? J'aurais volontiers frappé moi-même ce monstre de douze coups ! Non seulement il a tué ma fille et la petite Daisy, et cet autre bébé qui aurait pu vivre, mais avant de nous enlever notre chère mignonne, il avait assassiné d'autres enfants et rien ne dit que, dans l'avenir, il n'eût pas récidivé. La société, sinon la légalité l'avait condamné, nous n'avons fait qu'exécuter la sentence. Je demande à répondre seule de cet acte… Pourquoi entraîner après moi tous ces braves cœurs : ce pauvre Michel… Mary et le colonel Arbuthnot ?… Ils s'aiment…

La voix de la tragédienne emplissait l'espace étroit du wagon… cette voix riche, profonde, pathétique, qui avait fait vibrer d'émotion tant d'auditoires enfiévrés.

Poirot interrogea son ami du regard.

— En tant que directeur de la Compagnie, quelle est votre opinion, monsieur Bouc ?

M. Bouc s'éclaircit la voix.

— Selon moi, mon cher ami, votre première supposition est la bonne… sans aucun doute. Quand la police yougoslave se présentera, nous lui remettrons un rapport rédigé dans ce sens. Etes-vous de cet avis, docteur ?

— Certainement. En ce qui concerne les constatations médicales, il me semble que… que j'ai fait une ou deux suggestions fantaisistes.

— Après cet exposé de mon point de vue personnel, j'ai l'honneur, mesdames et messieurs, de me dessaisir de cette affaire, acheva Poirot.

Mort sur le Nil

TRADUIT DE L'ANGLAIS PAR ELISE CHAMPON ET ROBERT NOBRET

A Sybil Burnett,
qui elle aussi adore vagabonder de par le monde.

1

— Tiens donc, mais c'est Linnet Ridgeway !

— Hé oui, c'est bien elle ! s'émut Mr Burnaby, l'aubergiste des *Three Crowns.*

Du coude, il écarta son compagnon.

Bouche bée et les yeux ronds, les deux hommes s'en mettaient plein la vue.

Une immense Rolls-Royce rouge vif venait de piler devant le bureau de poste local.

Nue tête, vêtue d'une robe qui avait l'air toute simple — mais qui en *avait l'air* seulement —, une fille avait sauté de la voiture. Une fille blonde comme les blés, au visage régulier, à la silhouette parfaite… une fille qui ne semblait pas du genre à se laisser marcher sur les pieds… une fille comme on n'en voyait guère à Malton-under-Wode.

D'un pas de grenadier, elle s'engouffra dans le bureau de poste.

— C'est bien elle, répéta Mr Burnaby. (Puis plus bas, avec une nuance de respect :) Des millions, qu'elle possède… Et à ce qu'il paraît qu'elle va claquer des mille et des cents à refaire la baraque. Ce sera des piscines en veux-tu en voilà, des jardins à l'italienne, une salle de bal… et la moitié du manoir qu'on va démolir et reconstruire !

— Tout ça, ça va apporter de l'argent à la commune, commenta son compère.

C'était un petit homme chétif, qui ne payait pas de mine. Il avait le ton geignard et rancunier.

— Sûr que c'est une aubaine pour Malton-under-Wode, reconnut Mr Burnaby. Une aubaine ou je ne m'y connais pas.

Il se frotta les mains.

— Ça va relancer l'activité, ajouta-t-il avec emphase.

— Oui, et nous changer de sir George ! fit l'autre.

— Lui, c'est les chevaux qui l'ont mis sur la paille, compatit Mr Burnaby. Il n'a jamais eu de veine.

— Il en a tiré combien, du domaine ?

— Soixante mille livres au bas mot, d'après ce que je me suis laissé dire.

Le gringalet siffla entre ses dents.

Quant à Mr Burnaby, il poursuivit sur un ton triomphant :

— Et à ce qui paraît que quand tout sera terminé, elle en aura dépensé soixante mille de plus !

— Fichtre ! Ça lui vient d'où, tout cet argent ?

— D'Amérique, à ce qu'on raconte. Sa mère était la fille unique d'un de ces types cousus de milliards. On se croirait au cinéma, pas vrai ?

La jeune femme sortit du bureau de poste et remonta dans sa voiture.

Le gringalet suivit la Rolls des yeux.

— Je trouve pas ça normal, qu'elle ait une telle allure ! L'argent plus la beauté, c'est trop pour une seule bonne femme. Quand une fille est riche à ce point-là, elle devrait pas avoir le droit d'être belle plante par-dessus le marché. Et elle *est* belle plante. Cette fille-là, elle a tout. Y a pas de justice.

*

Extrait des potins mondains du *Daily Blague* :

Parmi les soupeurs de Chez ma Tante, *j'ai noté la présence de la belle Linnet Ridgeway. Elle était en compagnie de l'Honorable Joanna Southwood, de lord Windlesham et de Mr Toby Price. Miss Ridgeway, comme chacun sait, est la fille de Melhuish Ridgeway, qui a épousé Anna Hartz. Elle vient d'hériter de son grand-père, Leopold Hartz, une fortune colossale. La ravissante Linnet est la coqueluche du moment et le bruit court que ses fiançailles seraient prochainement annoncées. Ce qu'il y a de sûr, c'est que lord Windlesham semble* very much in love.

*

— Ma chérie, je crois que ce sera tout simplement *sublime* ! s'écria Joanna Southwood.

Elle était à Wode Hall, dans la chambre à coucher de Linnet Ridgeway.

Par la fenêtre, au-delà des jardins, on apercevait les bois qui dessinaient des ombres bleues sur la campagne.

— C'est assez réussi, non ? dit Linnet.

Elle s'accouda sur l'appui de la fenêtre. Elle respirait l'enthousiasme, la joie de vivre, le dynamisme. A côté d'elle, Joanna Southwood paraissait presque un peu terne. Grande et mince, c'était une jeune femme de vingt-sept ans, au long visage intelligent, et aux sourcils bizarrement épilés.

— Et tu as fait tout ça en si peu de temps ! Tu as eu une armée d'architectes ou quoi ?

— J'en ai eu trois.

— A quoi ressemble un architecte ? Je crois bien que je n'en ai jamais vu.

— Ils ont été très bien. Mais ils manquent parfois de sens pratique.

— Tu as dû les remettre au pas en vitesse, ma chérie. Plus *pratique* que toi, ça n'existe pas.

Joanna cueillit un collier de perles sur la coiffeuse.

— Ce sont des vraies, non ?

— Bien sûr !

— « Bien sûr » pour toi, ma chérie. Mais ce ne serait pas le cas pour tout le monde. Des perles de culture, oui, ou même du bazar du coin ! Elles sont *renversantes*, et si merveilleusement assorties... Elles doivent valoir une *fortune !*

— Tu trouves ça de mauvais goût ?

— Non, pas du tout ! C'est une merveille. Il vaut combien, ce collier ?

— Environ cinquante mille livres.

— Le genre de somme qui fait rêver ! Tu n'as pas peur qu'on te le vole ?

— Non, il ne me quitte jamais ; et de toute façon, il est assuré.

— Prête-le-moi jusqu'au dîner, tu veux bien, ma chérie ? Ça me ferait tellement plaisir.

Linnet se mit à rire.

— Bien sûr, si ça t'amuse.

— Tu sais, Linnet, je t'envie. C'est bien simple, tu as *tout.* A vingt ans, te voilà indépendante, tu as tout l'argent que tu veux, tu es belle, tu es en parfaite santé… Et tu as de la cervelle à revendre par-dessus le marché. Tu les auras quand, tes vingt et un ans ?

— En juin prochain. Je donnerai une réception monstre à Londres pour fêter ma majorité.

— Et ensuite tu vas épouser Charles Windlesham ? Ces horribles échotiers en frémissent de la plume. Il faut dire qu'il est en adoration.

Linnet haussa les épaules.

— Je n'en sais rien. Je ne tiens pas à épouser qui que ce soit pour l'instant.

— Chérie, comme tu as raison ! Ce n'est jamais tout à fait la même chose après, n'est-ce pas ?

Le téléphone sonna. Linnet alla répondre.

— Allô ? Allô ?

C'était le maître d'hôtel.

— Mlle de Bellefort est en ligne, miss. Dois-je vous la passer ?

— Bellefort ? Oh bien sûr, oui, passez-la-moi.

Il y eut un déclic.

— Allô ? miss Ridgeway ? fit une voix douce et animée, légèrement essoufflée. *Linnet ?*

— *Jackie, ma chérie !* Cela fait des *siècles* que tu ne m'as pas donné de tes nouvelles !

— Je sais. C'est affreux Linnet, je meurs d'envie de te voir.

— Chérie, pourquoi ne viens-tu pas ici ? C'est mon nouveau jouet. J'adorerais te le montrer.

— C'est bien ce que je comptais faire.

— Alors, saute dans un train ou dans une voiture !

— Entendu. J'ai un cabriolet complètement déglingué. Je l'ai payé quinze livres, et il y a des jours où il roule très bien. Mais il a aussi ses humeurs. Si je ne suis pas arrivée à l'heure du thé, tu sauras qu'il aura fait un caprice. A tout à l'heure, ma chérie.

Linnet raccrocha et revint vers Joanna.

— C'était Jacqueline de Bellefort, ma plus vieille amie. Nous étions ensemble dans un pensionnat religieux à Paris. Elle n'a pas eu de chance. Son père était un comte français et sa mère une Américaine, une Sudiste. Son père a levé le pied avec une autre femme, et sa mère a tout perdu dans le krach de Wall Street. Jackie est restée sans le sou. Je ne sais pas comment elle s'est débrouillée ces deux dernières années.

Joanna faisait briller ses ongles rouge sang avec le polissoir de son amie. Elle prit du recul et pencha la tête pour juger de l'effet.

— Chérie… tu ne trouves pas ça assommant ? Moi, quand mes amies ont des ennuis, je les laisse tomber *illico.* Ça peut paraître cruel, mais ça évite tellement de complications par la suite. Elles veulent tout le temps t'emprunter de l'argent, ou alors elles ouvrent une boutique de mode et tu es obligée de leur acheter des robes à hurler. Ou encore, elles se mettent à peindre des abat-jour ou à fabriquer des foulards en batik.

— Alors, si demain je perds tout mon argent, tu me laisseras tomber ?

— Oui, ma chérie. Tu ne pourras pas dire que je ne t'ai pas prévenue. Je n'aime que les gens qui réussissent. D'ailleurs, c'est vrai de presque tout le monde, sauf qu'il n'en est pas beaucoup qui soient prêts à l'admettre. Ils te diront que, décidément, il n'est plus possible de fréquenter Mary, ou Emily, ou Pamela. « Ses malheurs l'ont rendue si *amère*, si bizarre, la pauvre chérie ! »

— Ce que tu peux être brutale, Joanna !

— Je suis une arriviste forcenée, comme tout le monde.

— *Moi*, je ne suis pas comme ça.

— Pour une raison évidente. Pas besoin de se montrer ignoble quand des fondés de pouvoir américains — beaux gosses et dans la force de l'âge, ce qui ne gâte rien — vous versent une confortable pension tous les trois mois.

— Et tu te trompes à propos de Jackie, dit Linnet. Ce n'est pas une sangsue. Je lui ai offert de l'aider mais elle a refusé. Elle est fière comme pas deux.

— Alors pourquoi est-elle si pressée de venir ? Je te parie qu'elle veut quelque chose. On va bien voir.

— Elle avait l'air un peu survoltée, reconnut Linnet. Elle prend tout tellement à cœur. Un jour, elle a donné un coup de couteau à quelqu'un !

— Chérie, mais c'est fascinant !

— Un type était en train d'agacer un chien. Jackie

a essayé de l'en empêcher. Il n'a rien voulu savoir. Elle l'a empoigné pour le secouer, mais il était beaucoup plus fort qu'elle, si bien qu'elle a fini par sortir son couteau de poche et par le lui planter Dieu sait où. Ils se sont battus comme des chiffonniers.

— Je m'en doute. Quelle horreur !

La femme de chambre de Linnet entra. Elle murmura quelques mots d'excuse, sortit une robe de la penderie et l'emporta.

— Qu'arrive-t-il à Mary ? demanda Joanna. Elle a pleuré ?

— La pauvre petite ! Je t'ai dit qu'elle devait épouser un homme qui travaille en Egypte. Comme elle ne savait pas grand-chose sur son compte, j'ai voulu prendre des renseignements. Et on a découvert qu'il avait déjà une femme… et trois enfants !

— Quelle quantité d'ennemis tu dois te faire, Linnet !

— Des ennemis ? fit Linnet, ahurie.

Joanna hocha la tête et prit une cigarette.

— Eh oui, des ennemis, mon ange ! Tu es d'une efficacité dévastatrice. Et tu possèdes l'art insupportable de faire toujours ce qu'il convient de faire… et au bon moment par-dessus le marché !

Linnet éclata de rire.

— Qu'est-ce que tu me racontes ? Je n'ai pas un ennemi sur terre.

*

Assis sous un cèdre, lord Windlesham admirait

les gracieuses proportions de Wode Hall. Rien n'en gâchait l'antique beauté. Nouveaux bâtiments et annexes étaient hors de vue derrière la maison. C'était un spectacle à la fois paisible et enchanteur, tout baigné par le soleil d'automne. Cependant, ce qui se dessinait devant ses yeux cessait progressivement d'être Wode Hall. A la place, il voyait une demeure élisabéthaine plus impressionnante, un parc immense, une toile de fond plus austère… Charltonbury, le domaine de ses ancêtres. Et au premier plan, une femme aux cheveux d'or, à l'expression vive et confiante… Il voyait Linnet, en maîtresse de Charltonbury !

Il se sentait plein d'espoir. Cette fin de non-recevoir n'avait rien de définitif. Elle avait besoin d'un temps de réflexion. Bah ! il pouvait se permettre d'attendre un peu. Comme tout s'arrangeait bien ! Il était certes souhaitable qu'il fasse un mariage d'argent, mais pas au point d'en négliger ses sentiments. Or il aimait Linnet. Même sans dot, il l'aurait préférée à l'une des filles les plus riches d'Angleterre. Il se trouvait simplement que, par bonheur, elle était *aussi* une des filles les plus riches d'Angleterre.

Dans sa tête, il échafaudait de mirifiques plans d'avenir : redorer son blason, restaurer l'aile ouest, et plus besoin de louer les chasses d'Ecosse à des parvenus…

Charles Windlesham rêvassait au soleil.

*

Il était 4 heures de l'après-midi quand un cabriolet

bringuebalant s'arrêta devant la maison dans un crissement de gravier. Une jeune fille en jaillit, petite et svelte sous sa tignasse noire. Elle escalada le perron en trois bonds et fit sonner la cloche à toute volée.

Quelques instants plus tard, elle était introduite dans le grand salon par un maître d'hôtel aux airs d'ecclésiastique qui annonça avec l'intonation sépulcrale de rigueur :

— Mlle de Bellefort.

— Linnet !

— Jackie !

Un peu à l'écart, Windlesham regardait non sans bienveillance cette créature impétueuse se jeter dans les bras de Linnet.

— Lord Windlesham… Mlle de Bellefort, ma meilleure amie.

« Charmante, pensa-t-il. Pas vraiment jolie, mais très séduisante avec ses boucles noires et ses yeux immenses. »

Il murmura quelques riens polis et s'esquiva afin de laisser les deux amies ensemble.

Jacqueline attaqua bille en tête — dans le style dont Linnet se souvenait si bien.

— Windlesham ? Windlesham ? C'est l'homme avec lequel tous les journaux te marient ? Alors c'est vrai, Linnet ? Tu vas sauter le pas ?

— Peut-être, murmura Linnet.

— Chérie, comme je suis contente ! Il a l'air adorable.

— Oh, pas si vite ! Je n'ai encore rien décidé.

— Evidemment ! Les reines choisissent toujours le prince consort après mûres délibérations.

— Ne sois pas stupide, Jackie.

— Mais tu *es* une reine, Linnet ! Tu l'as toujours été. *Sa Majesté la Reine Linnet ! Linnet la blonde !* Et moi je suis la confidente de la reine ! Sa fidèle dame d'honneur.

— Tu en dis des bêtises, Jackie chérie ! Où étais-tu durant tout ce temps ? Tu avais disparu. Tu ne m'as jamais écrit.

— Je déteste écrire. Où j'étais ? Aux trois quarts noyée, chérie. Dans le BOULOT. Boulot sinistre avec des femmes sinistres.

— Jackie, je voudrais que tu…

— … que j'accepte les libéralités de la reine ? Eh bien, pour être franche, c'est pour ça que je suis ici. Pas pour t'emprunter de l'argent. Je n'en suis pas encore là ! Mais j'ai une immense faveur à te demander.

— Je t'écoute.

— Si tu dois épouser ce Windlesham, tu comprendras peut-être.

Linnet sembla un instant perplexe, puis son visage s'éclaira :

— Jackie, tu ne veux pas dire que… ?

— Oui, ma chérie. *Je suis fiancée !*

— C'est donc ça ! Je te trouvais particulièrement rayonnante. Tu l'es toujours, bien sûr, mais aujourd'hui plus encore que d'habitude.

— Je me sens rayonner, comme tu dis.

— Qui est-ce ? Raconte !

— Il s'appelle Simon Doyle. Il est grand, et fort, et incroyablement gamin et naïf, et absolument irrésistible... Il est fauché comme les blés — pas un sou. C'est ce qu'il est convenu d'appeler un « hobereau » — mais un hobereau ruiné, fils cadet et tout le tremblement. Sa famille est originaire du Devon. Il adore la campagne et les choses de la campagne. Depuis cinq ans, il étouffe dans un bureau de la City. Mais on vient de licencier du monde et il se trouve au chômage. Linnet, si je ne l'épouse pas, j'en *mourrai.* J'en *mourrai* ! J'en *mourrai !*

— Ne sois pas ridicule !

— J'en mourrai, te dis-je. Je suis folle de lui. Il est fou de moi. Nous ne pouvons pas vivre l'un sans l'autre.

— Tu m'as l'air mordue, chérie.

— Je sais. C'est épouvantable, non ? Amour, quand tu nous tiens...

Elle se tut. Ses immenses yeux noirs prirent une expression tragique. Elle frissonna un peu.

— Ça... ça fait peur, quelquefois ! Simon et moi sommes faits l'un pour l'autre. Je n'aimerai jamais personne d'autre. Et tu *dois* nous aider, Linnet. Quand j'ai appris que tu avais acheté ce manoir, ça m'a donné une idée. Ecoute, tu vas avoir besoin d'un régisseur, peut-être même de deux. Je voudrais que tu donnes la place à Simon.

— Oh ! s'exclama Linnet, saisie.

Jacqueline se hâta de poursuivre :

— Il connaît ce travail sur le bout des doigts. Il sait ce qu'est un domaine, c'est là qu'il a grandi. Il a aussi l'expérience des affaires. Oh, Linnet ! Tu vas lui donner ce travail, n'est-ce pas ? pour l'amour de moi ! S'il ne se montre pas à la hauteur, tu le flanqueras dehors. Mais il réussira. Nous pourrons vivre dans un cottage, et je te verrai souvent, et il fera une merveille de ton parc, et…

Elle se leva.

— Dis que tu acceptes, Linnet. Dis-le. Ma divine Linnet ! Ma Linnet aux cheveux d'or ! Ma seule et unique Linnet ! Dis que tu acceptes !

— Jackie…

— Tu acceptes ?

Linnet éclata de rire.

— Idiote chérie ! Amène-moi ce garçon, que je voie de quoi il a l'air, et nous en reparlerons ensuite.

Jackie se précipita et couvrit son amie de baisers.

— *Linnet chérie…* tu es une véritable amie ! J'en étais sûre. Tu ne m'aurais jamais laissée tomber. Tu es la plus chic fille au monde. Je te quitte. Au revoir.

— Mais, Jackie, tu vas *rester.*

— Moi ? Pas question ! Je rentre à Londres et je reviens demain avec Simon, histoire de mettre tout ça au point. Tu vas l'adorer. C'est un *chou.*

— Tu ne veux pas prendre au moins une tasse de thé ?

— Pas le temps. Je suis trop survoltée. Il faut que je coure tout raconter à Simon. Je sais, je suis piquée, chérie, mais je n'y peux rien. Le mariage me guérira sans doute… Ça semble avoir un effet lénifiant sur pas mal de gens.

Arrivée à la porte, elle s'arrêta un instant et revint

en courant poser un rapide et dernier baiser sur la joue de son amie.

— Linnet chérie, des comme toi, on n'en fait plus.

*

M. Gaston Blondin, patron de *Chez ma Tante*, le bistrot qui faisait courir le Tout-Londres, n'était pas homme à accorder inconsidérément ses faveurs. Les riches, les beaux, les célèbres et les bien-nés pouvaient attendre en vain un privilège ou une attention particulière. En de rares occasions cependant, M. Blondin condescendait à accueillir courtoisement l'un d'eux, à l'accompagner à une table bien placée et à échanger avec lui quelques remarques pertinentes.

Ce soir-là, M. Blondin avait usé à trois reprises de cette prérogative seigneuriale : pour une duchesse, pour un pair du royaume, amateur de chevaux de courses et pour un bout d'homme à la mine assez grotesque et à l'invraisemblable moustache noire dont personne n'aurait été imaginer que la seule présence pouvait en quoi que ce soit rehausser l'éclat des lieux.

Quoi qu'il en soit, M. Blondin le traitait avec une écœurante flagornerie. Bien qu'on expliquât depuis une demi-heure aux clients qu'aucune table n'était disponible, il s'en était mystérieusement découvert une dans un endroit particulièrement bien placé.

M. Blondin y conduisit son client avec un empressement évident.

— Mais bien sûr, pour *vous*, il y a *toujours* une

table, monsieur Poirot. Que ne donnerais-je pour que vous nous fassiez cet honneur plus souvent !

Hercule Poirot sourit : il se remémorait des circonstances pas si lointaines où un cadavre, un serveur, M. Blondin et une très jolie femme avaient chacun joué leur rôle.

— Vous êtes trop aimable, monsieur Blondin.

— Vous êtes seul, monsieur Poirot ?

— Seul.

— En ce cas, Jules va composer pour vous un balthazar intime qui sera un poème… un vrai poème. Les femmes — si charmantes soient-elles — ont un vilain défaut : elles vous détournent l'esprit de la nourriture. Vous allez apprécier votre repas, monsieur Poirot, je vous le promets. Quant au vin…

Une discussion technique s'ensuivit à laquelle Jules, le maître d'hôtel, prêta son concours.

Avant de s'éloigner, M. Blondin s'attarda un instant, baissa la voix et demanda sur le ton de la confidence :

— Vous êtes sur de grosses affaires ?

Poirot secoua la tête.

— Je mène, hélas, une existence oisive, répondit-il. J'ai un peu mis de côté dans le temps, ce qui me donne les moyens de dormir sur mes lauriers.

— Comme je vous envie !

— Non, non, vous auriez tort. Je vous assure que ce n'est pas aussi amusant qu'il y paraît. (Il poussa un soupir.) On dit parfois que l'homme a été obligé d'inventer le travail pour éviter de penser, et c'est bien vrai.

— Mais on peut faire tant de choses ! On peut voyager !

— Oui, on peut voyager... Jusqu'ici, je ne m'en suis pas privé. Cet hiver, j'irai sans doute en Egypte. Le climat est merveilleux à cette saison, paraît-il. On échappe ainsi au brouillard, à la grisaille, à la monotonie de cette sempiternelle pluie.

— Ah ! l'Egypte..., soupira M. Blondin.

— On peut faire tout le trajet en train, maintenant, et éviter ainsi la mer, mis à part la Manche, bien entendu.

— Ah ! La mer... elle ne vous réussit pas ?

Poirot secoua la tête et frissonna quelque peu.

— Moi non plus, compatit M. Blondin. C'est drôle, cet effet qu'elle a sur l'estomac.

— Mais seulement sur certains ! Il y a des gens que le roulis ne gêne en rien. Ils adorent même ça.

— Encore une injustice du Bon Dieu, gémit M. Blondin.

Il secoua tristement la tête et, ruminant ces pensées impies, se retira.

Des serveurs au pied léger et à la main adroite s'affairèrent à la table de Poirot. Toasts, beurre, seau à glace, ils apportaient tous les à-côtés d'un repas de qualité.

L'orchestre nègre éclata dans un délire de sons étranges et discordants. Londres dansait.

Hercule Poirot regardait le spectacle et enregistrait ses impressions dans son cerveau clair et bien ordonné.

Quel ennui, quelle fatigue sur la plupart de ces visages ! Quelques hommes au solide embonpoint paraissaient s'amuser cependant, tandis qu'une morne endurance se lisait sur le visage de leurs partenaires. La grosse dondon en rouge avait l'air radieux. Sans doute la graisse offrait-elle des compensations… un piment… une sorte d'appétit de vivre inconnu de ces gens aux formes un peu plus à la mode.

Des représentants de la jeune génération évoluaient çà et là — certains le regard vide, d'autres l'air de s'ennuyer, d'autres encore carrément malheureux. Quelle absurdité que de vouloir faire de la jeunesse l'âge du bonheur ! La jeunesse… l'âge de toutes les vulnérabilités.

Le regard de Poirot s'adoucit en se posant sur un couple. Un couple particulièrement bien assorti — l'homme, grand et bien découplé, la femme, svelte et délicate. Deux corps qui se mouvaient au rythme du bonheur. Bonheur d'être là, d'y être en cet instant, d'y être l'un à l'autre.

La musique cessa brusquement. On battit des mains et elle reprit. Après un second bis, le couple rejoignit sa table, non loin de Poirot. La jeune fille avait le visage en feu et elle riait. Comme elle s'asseyait en levant les yeux vers son compagnon, Poirot put la détailler tout à son aise.

Outre le rire, il y avait quelque chose d'autre dans ses yeux. Hercule Poirot secoua la tête, d'un air de doute. « Elle l'aime trop, cette petite, songea-t-il. C'est dangereux. Oui, c'est dangereux. »

Un mot soudain retint son attention : « Egypte ».

Leurs voix lui parvenaient clairement. Celle de la fille, jeune, fraîche, sûre d'elle, avec juste une pointe d'accent étranger dans la prononciation du « r » — et celle de l'homme, basse, agréable, celle d'un Anglais bien élevé.

— Je ne vends pas la peau de l'ours, Simon. Je te l'ai dit, Linnet ne nous laissera pas tomber.

— Mais si *moi*, je la laisse tomber ?

— Ce serait idiot. C'est le travail rêvé pour toi.

— En fait, je le crois aussi… tout comme je crois être à la hauteur. Et j'ai bien l'intention de faire de mon mieux… parce que je t'aime.

La jeune fille eut un petit rire — un rire de pur bonheur.

— Nous attendrons trois mois, histoire d'être sûrs que tu ne te feras pas flanquer dehors… et puis alors…

— Alors je te doterai de tous mes biens terrestres… J'ai bien pigé, non ?

— Et, comme je me tue à te le dire, nous irons passer notre lune de miel en Egypte. Au diable l'avarice ! Toute ma vie j'ai rêvé d'aller en Egypte. Le Nil, les pyramides, le sable…

— Nous irons ensemble, Jackie. Ensemble…, dit l'homme d'une voix presque indistincte. Ce ne sera pas merveilleux ?

— Je me pose des questions… Est-ce que ce sera aussi merveilleux pour toi que pour moi ? Est-ce que tu m'aimes vraiment… autant que je t'aime ?

Sa voix s'était faite soudain plus aiguë. Ses yeux s'étaient dilatés, comme sous l'effet de la terreur.

La réponse fusa, tranchante :

— Ne sois pas ridicule, tu veux ?

— Je me pose des questions…, répéta-t-elle.

Puis elle haussa les épaules :

— Allons danser.

« L'une qui aime… et l'autre qui se laisser aimer, murmura Poirot dans son coin. Oui, moi aussi, je me pose des questions. »

*

— Et si c'était un type odieux ? demanda Joanna.

— Oh, sûrement pas ! Je me fie au goût de Jackie !

— On dit que l'amour est aveugle, murmura Joanna.

Agacée, Linnet changea de sujet.

— Il faut que j'aille voir Mr Pierce à propos de ces plans.

— Quels plans ?

— Il s'agit de quelques horribles vieux cottages insalubres. Je vais les faire démolir et reloger les occupants.

— Ce que tu peux être salubre et humanitaire, quand tu t'y mets !

— Ils auraient de toute façon été obligés de déménager. Leurs fenêtres donnent juste sur ma nouvelle piscine.

— Et ces gens sont d'accord pour s'en aller ?

— La plupart sont enchantés. Sauf un ou deux qui se montrent plutôt obtus… c'est d'ailleurs assommant. Ils ne se rendent pas compte qu'ils auront des conditions de vie bien meilleures.

— Mais je suppose que tu vas leur imposer ta loi ?

— Ma chère Joanna, c'est tout à leur avantage.

— Oui, ma chérie, j'en suis sûre. Avantage forcé… comme les travaux du même nom.

Linnet fronça les sourcils. Et Joanna se mit à rire.

— Allons, tu es un tyran, avoue-le. Un tyran bienfaiteur, si tu veux, mais un tyran.

— Je ne suis pas le moins du monde un tyran !

— Mais tu aimes bien n'en faire qu'à ta tête.

— Pas spécialement.

— Linnet Ridgeway, regarde-moi en face et dis-moi s'il est arrivé *une seule fois* que tu n'aies pas fait exactement ce que tu voulais ?

— Mais des tas de fois !

— Oh ! oui, « des tas de fois », mais pas d'exemple concret. Et tu auras beau te creuser la cervelle, tu n'en trouveras pas un seul, ma chérie. La marche triomphale de Linnet Ridgeway dans son carrosse doré…

— Tu penses que je suis égoïste ? s'insurgea Linnet.

— Non, simplement… irrésistible. C'est l'effet combiné du charme et de l'argent. Tout plie devant toi. Ce que tu ne peux acheter avec de l'argent, tu l'achètes avec un sourire. Résultat : Linnet Ridgeway, la Fille qui a Tout.

— C'est ridicule, Joanna.

— Ma foi, est-ce que tu n'as pas tout ?

— Si, peut-être… mais dit comme ça, ça a quelque chose de dégoûtant.

— Mais bien sûr que c'est dégoûtant, chérie ! Petit à petit, tu vas devenir blasée, tu vas t'ennuyer… En attendant, profite de ta marche triomphale dans ton carrosse doré. Je me demande seulement ce qui se passera le jour où tu voudras emprunter une rue marquée « sens interdit ».

— Ne sois pas stupide, Joanna ! Ah, Charles ! lança Linnet à lord Windlesham qui arrivait. Joanna est en train de me dire les pires méchancetés.

— Pure malveillance de ma part, pure malveillance, ma chérie, murmura Joanna en se levant.

Elle les quitta sans un mot d'excuse. Elle avait vu une lueur briller dans l'œil de Windlesham.

Celui-ci resta silencieux un moment. Puis il alla droit au but :

— Linnet, vous avez pris une décision ?

— Est-ce que je suis cruelle ? répondit lentement Linnet. Il me semble pourtant bien que si je ne suis pas sûre de moi, je devrais dire « non ».

— Ne le dites pas, l'interrompit-il. Prenez votre temps, tout le temps que vous voudrez. Mais je suis convaincu que nous serions heureux ensemble.

— Vous comprenez, reprit Linnet d'un ton d'excuse et presque enfantin, je m'amuse tellement… (Elle balaya l'air de la main :) Surtout avec tout ça. Je voulais faire de Wode Hall la maison de campagne de mes rêves, et je crois que je n'ai pas commis trop d'erreurs, qu'en pensez-vous ?

— C'est magnifique. Magnifiquement conçu. Tout est parfait. Vous êtes très douée, Linnet.

Il s'interrompit un instant avant de poursuivre :

— Mais vous aimez aussi Charltonbury, n'est-ce pas ? Bien sûr, le château a besoin d'être modernisé, mais vous faites si bien ce genre de choses. Vous adorez ça.

— Oh, oui ! Charltonbury est sublime !

Elle avait répondu tout de suite avec enthousiasme, mais elle avait ressenti un froid soudain. Une note discordante avait retenti qui troublait la parfaite harmonie de son existence. Sur l'instant, elle n'y prêta pas attention, mais plus tard, lorsque Windlesham fut parti, elle s'efforça de sonder les recoins de son âme.

Charltonbury. Oui, c'était cela... Elle n'avait pas apprécié la mention de Charltonbury. Mais pourquoi ? Charltonbury, ce n'était pas rien. Les ancêtres de Windlesham le possédaient depuis l'époque d'Elisabeth Ire. Devenir la châtelaine de Charltonbury, c'était s'élever au premier rang de la société. Et Windlesham était un des plus beaux partis d'Angleterre.

Evidemment, comment aurait-il pris Wode au sérieux ? Il ne pouvait être question de le comparer à Charltonbury.

Oui, mais Wode était à *elle* ! Elle l'avait choisi, acheté, reconstruit. Pour lui, elle avait dépensé sans compter. C'était sa propriété — son royaume.

Quoi qu'il en soit, tout cela ne compterait plus si elle épousait Windlesham : que feraient-ils de deux résidences de campagne ? Et des deux, c'était Wode Hall qui serait sacrifié.

Elle, Linnet Ridgeway, n'existerait plus. Elle serait la comtesse de Windlesham, qui aurait apporté une belle dot à Charltonbury et à son maître. Elle ne serait plus reine, mais princesse consort.

« Je suis ridicule », se dit-elle.

Curieux cependant à quel point l'idée d'abandonner Wode Hall lui faisait horreur.

Et n'y avait-il pas encore autre chose qui la poursuivait ?

Oui, la voix de Jackie, l'étrange ton tremblé sur lequel elle avait dit : « Si je ne l'épouse pas, j'en *mourrai* ! J'en *mourrai* ! J'en *mourrai* ! »

Elle était si affirmative, si grave... Est-ce qu'elle, Linnet, éprouvait de pareils sentiments envers Windlesham ? Certainement pas. Peut-être ne les éprouverait-elle jamais pour personne. Cela devait pourtant être merveilleux d'éprouver ça...

Le bruit d'un moteur de voiture lui parvint par la fenêtre ouverte.

Elle se secoua. C'était sans doute Jackie et son fiancé. Il fallait qu'elle aille à leur rencontre.

Elle était sur le perron quand Jacqueline et Simon Doyle mirent pied à terre.

— Linnet ! s'écria Jackie en s'élançant vers elle. Je te présente Simon ! Simon... voici Linnet. La fille la plus merveilleuse du monde.

Simon était un grand gaillard aux larges épaules, aux yeux bleu foncé, aux cheveux noirs et bouclés, au menton carré et au sourire juvénile, ouvert, séduisant...

Linnet lui tendit la main. Celle de Simon était ferme et chaude... Et la façon dont il la regarda, avec une sincère admiration, lui plut.

Jackie lui avait dit qu'elle était merveilleuse, et visiblement il la trouvait merveilleuse...

Une douce griserie l'envahit.

— Comme je suis heureuse ! s'exclama-t-elle.

Entrez, Simon que je puisse souhaiter la bienvenue à mon nouveau régisseur comme il convient.

Et tout en lui montrant le chemin, elle se dit :

« Je suis terriblement… terriblement heureuse. Le fiancé de Jackie me plaît… il me plaît énormément… »

Elle eut un soudain pincement au cœur : « Quelle veinarde, cette Jackie… »

*

Renversé dans son fauteuil d'osier, Tim Allerton contemplait la mer en bâillant. Il jeta un rapide coup d'œil de côté à sa mère.

Mrs Allerton était une belle femme d'une cinquantaine d'années, aux cheveux de neige. Le pli sévère qui marquait sa bouche chaque fois qu'elle regardait son fils ne faisait que masquer une tendresse profonde. Même les plus parfaits étrangers ne s'y trompaient pas, et Tim lui non plus n'en ignorait rien. Il demanda :

— Vous aimez vraiment Majorque, mère ?

— Bof…, réfléchit-elle. C'est… c'est bon marché.

— Et froid, ajouta Tim avec un léger frisson.

C'était un jeune homme grand et mince, aux cheveux noirs et à la poitrine étroite. Sa bouche exprimait la douceur, ses yeux étaient tristes et son menton un peu mou. Il avait de longues mains fines.

Menacé de tuberculose quelques années auparavant, il n'avait jamais été de constitution robuste. Il était censé « écrire », mais parmi ses amis, il était entendu que toute question relative à sa production littéraire était à bannir.

— A quoi penses-tu, Tim ? demanda Mrs Allerton, toujours sur le qui-vive.

Ses grands yeux noirs et brillants avaient une expression soupçonneuse.

Tim Allerton lui sourit.

— Je pensais à l'Egypte.

— A l'Egypte ? répéta Mrs Allerton, dubitative.

— De la vraie chaleur. Du sable doré où paresser. Le Nil… J'aimerais beaucoup remonter le Nil. Pas vous ?

— Oh ! *j'adorerais* ça, répondit-elle. Mais l'Egypte est très chère, mon petit. Ce n'est pas une destination pour les gens qui sont obligés de compter.

Tim se mit à rire. Il se leva et s'étira. Soudain, il s'anima et déclara avec vivacité :

— Je me charge des frais ! Oui, ma chère mère, j'ai boursicoté. Et le résultat est très satisfaisant. Je l'ai appris ce matin.

— Ce matin ? Tu n'as eu qu'une lettre et c'était…

Elle s'arrêta et se mordit la lèvre.

Tim semblait balancer entre l'amusement et l'irritation. L'amusement l'emporta.

— C'était une lettre de Joanna ! Très juste, mère. Vous êtes la reine des détectives ! A côté de vous, Hercule Poirot n'aurait qu'à bien se tenir !

Mrs Allerton eut l'air plutôt fâchée.

— J'ai aperçu l'écriture par hasard…

— … et ce n'était pas l'écriture d'un agent de change ? Très juste. En réalité, j'ai appris la nouvelle hier. Pauvre Joanna ! Son écriture est assez reconnaissable. On dirait des arabesques dessinées par une araignée en état d'ébriété.

— Que raconte-t-elle ? Rien de neuf ?

Mrs Allerton s'efforçait de paraître indifférente. L'amitié qui liait son fils à sa cousine, Joanna Southwood, l'avait toujours agacée. Non pas, comme elle se le répétait, qu'il y ait « quelque chose » entre eux. Tim n'avait jamais manifesté de sentiment amoureux envers Joanna, pas plus qu'elle envers lui. Leur complicité reposait sur un goût partagé pour les potins et sur de nombreuses relations communes. Tous les deux, ils aimaient les gens et parler des gens. Et Joanna avait un humour caustique très amusant.

Ce n'était donc pas parce qu'elle craignait que Tim ne tombe amoureux de Joanna qu'elle se raidissait toujours en sa présence, ou quand arrivaient ses lettres.

Non, il s'agissait d'autre chose, d'un sentiment difficile à définir. Une jalousie inconsciente, peut-être, devant le plaisir qu'ils prenaient en la compagnie l'un de l'autre. Tim et sa mère s'entendaient si bien qu'elle était toujours surprise de le voir s'intéresser à une autre femme. Elle se rendait bien compte aussi que sa présence dressait une barrière entre ces deux membres de la jeune génération. Il était souvent arrivé qu'en la voyant, alors qu'ils étaient plongés dans une conversation animée, ils se soient mis à parler avec hésitation, à se faire un devoir de l'inclure à tout prix dans leurs propos. Non, décidément, Mrs Allerton n'aimait pas Joanna Southwood. Elle la trouvait hypocrite, maniérée et on ne peut plus superficielle. Et elle avait beau faire, elle ne parvenait guère à dissimuler ses sentiments.

En réponse à sa question, Tim sortit la lettre de sa poche et la parcourut. Une longue lettre, remarqua sa mère.

— Elle ne raconte pas grand-chose, dit-il. Les Devenish divorcent. Le vieux Monty s'est fait arrêter pour ivresse au volant. Windlesham est parti pour le Canada. Il semble avoir très mal pris que Linnet Ridgeway le laisse tomber. Elle est décidée à épouser son régisseur.

— C'est incroyable ! Est-ce que c'est un individu atroce ?

— Mais non, pas du tout. C'est un Doyle, les Doyle du Devonshire. Sans le sou, bien sûr… et en fait, il était fiancé à l'une des meilleures amies de Linnet. Ça, c'est quand même un peu énorme.

— Je ne trouve pas ça bien du tout ! remarqua Mrs Allerton qui en avait rougi.

Tim lui jeta un regard plein d'affection.

— Je sais, mère. Vous désapprouvez qu'on chipe les conjoints des autres et autres crasses du même genre.

— De mon temps, nous avions des principes. Et c'était très bien ainsi. Aujourd'hui les jeunes gens ont l'air de penser qu'ils peuvent faire tout ce qui leur passe par la tête.

Tim sourit.

— Ils ne se contentent pas de le penser. Ils le font. Voir Linnet Ridgeway.

— Eh bien, je trouve ça abominable !

Tim lui adressa un clin d'œil.

— Allons, remettez-vous, vieille réactionnaire ! Au fond, je suis peut-être de votre avis. De toute façon, moi, je ne me suis encore jamais approprié la femme ou la fiancée de qui que ce soit.

— Je suis sûre que tu ne ferais jamais une chose pareille, dit Mrs Allerton qui ajouta avec énergie : je t'ai élevé convenablement !

— Le mérite vous en revient donc, et pas à moi !

Il lui adressa un sourire taquin et plia la lettre qu'il remit dans sa poche.

« Il me montre presque toutes ses lettres, se laissa aller à songer Mrs Allerton. Mais celles de Joanna, il ne m'en lit que des bribes. »

Elle chassa bien loin cette pensée mesquine et prit le parti, comme toujours, de se comporter en personne de bon ton.

— Joanna va bien ? Elle s'amuse ?

— Couci-couça. Elle projette d'ouvrir un salon de thé dans Mayfair.

— Elle se prétend toujours au bord de la ruine, grinça Mrs Allerton avec un brin de malveillance, mais on la voit partout et elle porte des vêtements qui valent une fortune. Elle est toujours à la pointe de la mode.

— Ma foi, dit Tim, c'est probablement parce qu'elle ne les paye pas… Non, mère, je ne veux pas dire par là les horreurs que votre esprit édouardien vous suggère. Je veux dire littéralement qu'elle ne règle pas ses factures.

Mrs Allerton soupira.

— Je n'ai jamais compris comment les gens s'arrangent pour faire ça sans problèmes !

— C'est un don, répondit Tim. Si vous avez des

goûts extravagants et aucun sens de l'argent, n'importe qui vous accordera toujours un crédit illimité.

— Oui, mais vous finirez devant le tribunal pour banqueroute, comme ce pauvre sir George Wode.

— Vous avez toujours eu un faible pour ce vieux maquignon. Sans doute parce qu'il vous a comparée à une rose, en 1879, lors d'un bal.

— En 1879, je n'étais pas née ! s'emporta Mrs Allerton. Sir George a de charmantes manières et je ne te permets pas de le traiter de maquignon.

— Quelqu'un de bien informé m'en a raconté de drôles à son sujet.

— Joanna et toi, vous dites n'importe quoi sur les gens ; tout vous est bon, à condition que ce soit suffisamment méchant.

Tim haussa les sourcils.

— Ma chère mère, vous vous emportez ! J'ignorais que le vieux Wode vous tenait tant à cœur.

— Tu ne peux pas comprendre à quel point ça a été dur pour lui de vendre Wode Hall. Il y tenait comme à la prunelle de ses yeux.

Tim ravala la réplique qu'il avait sur le bout de la langue. Après tout, de quel droit s'érigerait-il en juge ? Au lieu de quoi, il dit, songeur :

— Là, je pense que vous n'avez pas tort. Linnet lui a offert de venir voir les transformations, et il l'a envoyée sur les roses.

— Cela va de soi ! Elle aurait dû savoir que ce n'était pas une chose à faire.

— Je crois qu'il la déteste… Chaque fois qu'il l'aperçoit, il se met à grommeler des imprécations entre ses dents. Il ne lui pardonne pas de lui avoir donné tant d'argent pour sa propriété de famille mangée aux mites.

— Et tu ne peux pas comprendre ça ? s'exclama Mrs Allerton.

— Franchement, non. Pourquoi vivre dans le passé ? S'accrocher à ce qui n'existe plus ?

— Et que proposes-tu à la place ?

Tim haussa les épaules.

— Les émotions, peut-être. La nouveauté. La joie de ne jamais savoir de quoi demain sera fait. Le plaisir de gagner de l'argent grâce à son astuce et à son intelligence plutôt que d'hériter bêtement d'un bout de terrain inutile.

— Un coup de bourse réussi, par exemple !

— Pourquoi pas ? répliqua Tim en riant.

— Et que penses-tu du même coup de bourse *raté ?*

— Là, ma chère mère, vous manquez de tact. Aujourd'hui, en tout cas, vous tombez mal... Alors, que dites-vous de mon projet égyptien ?

— Ma foi...

Il l'interrompit avec un sourire.

— Marché conclu. Nous avons toujours eu envie d'aller en Egypte, tous les deux.

— Quelle date proposes-tu ?

— Oh ! le mois prochain. Janvier est le meilleur moment pour aller là-bas. Ainsi, nous pourrons profiter de la charmante clientèle de cet hôtel quelques semaines de plus.

— Tim ! s'écria Mrs Allerton d'un ton de reproche. (Puis elle ajouta d'un air coupable :) J'ai promis à

Mrs Cole que tu l'accompagnerais au poste de police. Elle ne comprend pas un mot d'espagnol.

Tim fit la grimace.

— Pour sa bague ? Le rubis rouge sang de la mère Pot-de-colle ? Elle persiste à penser qu'on le lui a volé ? J'irai si vous y tenez, mais c'est du temps perdu. Ça ne servira qu'à causer des ennuis à une malheureuse femme de chambre. Je l'ai vu à son doigt quand elle s'est baignée ce jour-là. Elle a dû le perdre dans l'eau sans s'en apercevoir.

— Elle affirme qu'elle l'avait enlevé et laissé sur sa coiffeuse.

— Eh bien, elle se trompe ! Je l'ai vu comme je vous vois. Cette femme est cinglée. D'ailleurs, il faut être cinglée pour plonger dans la mer en plein mois de décembre en prétendant que l'eau est bonne sous prétexte que le soleil brille par hasard à ce moment-là. De toute façon, les grosses femmes ne devraient pas avoir le droit de se baigner. Elles sont répugnantes en maillot de bain.

— Si je comprends bien, je dois renoncer à me baigner, murmura Mrs Allerton.

Tim éclata de rire.

— Vous ? Mais vous pouvez en remontrer à la plupart des greluchonnes du coin.

Mrs Allerton soupira.

— Je regrette qu'il n'y ait pas plus de jeunesse pour toi, ici.

— Moi pas. Nous nous suffisons, vous et moi. Nous n'avons pas besoin d'autres distractions.

— Si Joanna était là, tu serais ravi.

— Pas du tout, répliqua Tim avec une énergie inattendue. Vous avez tout faux. Joanna m'amuse mais, au fond, elle me déplaît assez, et quand elle se pend à mes basques, ça m'horripile. Heureusement qu'elle n'est pas là. Si je devais ne jamais la revoir, je n'en ferais pas une maladie.

» Il n'y a qu'une femme au monde pour laquelle j'éprouve réellement du respect et de l'admiration, ajouta-t-il à mi-voix, et je crois que vous savez très bien, Mrs Allerton, de qui je parle.

Gênée, Mrs Allerton rougit.

— Les femmes vraiment bien sont rares, conclut Tim gravement. Et il se trouve que vous êtes de celles-là.

*

Dans le salon de l'appartement qui donnait sur Central Park, à New York, Mrs Robson s'exclama :

— Est-ce que ce n'est pas divin ? Quelle chance tu as, Cornelia !

Cornelia Robson vira au rouge pivoine. C'était une grande fille gauche au regard de chien fidèle.

— Oh ! ce sera merveilleux, bredouilla-t-elle.

La vieille miss Van Schuyler approuva d'un signe de tête ce comportement en tous points convenable pour des parentes pauvres.

— J'ai toujours rêvé de faire un voyage en Europe, soupira Cornelia, mais je n'aurais jamais imaginé que ce serait possible un jour.

— Miss Bowers m'accompagnera comme d'habitude, bien sûr, dit miss Van Schuyler, mais elle est d'une compagnie limitée… très limitée. Et il y a un tas de petites choses que Cornelia pourra faire pour moi.

— Je ne demande que ça, cousine Marie, répondit Cornelia avec conviction.

— Bien, bien, dans ce cas, c'est entendu. Cours vite voir miss Bowers, mon petit. C'est l'heure de mon lait de poule.

Dès que Cornelia eut quitté la pièce, sa mère s'écria :

— Ma chère Marie, je te suis si reconnaissante ! Tu sais, je crois que Cornelia souffre beaucoup de ne pas avoir de succès dans le monde. Elle se sent humiliée. Si seulement j'avais les moyens de l'emmener en voyage… mais tu connais ma situation depuis la mort de Ned…

— Je suis très contente de l'emmener, coupa miss Van Schuyler. Cornelia a toujours été une fille gentille et débrouillarde, disposée à rendre service, et pas aussi égoïste que la plupart des jeunes gens d'aujourd'hui.

Mrs Robson se leva et déposa un baiser sur les joues parcheminées de sa riche parente.

— Je te suis infiniment reconnaissante.

Dans l'escalier, elle croisa une grande femme à l'air énergique qui apportait un verre plein d'un liquide jaunâtre et mousseux.

— Eh bien, miss Bowers, on se prépare à partir pour l'Europe ?

— Ma foi, oui, Mrs Robson.

— C'est un merveilleux voyage !

— Ma foi, oui, je pense que ce sera très agréable.

— Mais vous avez déjà été à l'étranger ?

— Oh oui, Mrs Robson ! Je suis allée à Paris avec miss Van Schuyler l'automne dernier. Mais je n'ai jamais été en Egypte.

— J'espère... que vous n'aurez pas... d'ennuis, murmura Mrs Robson avec hésitation et en baissant la voix.

Mrs Bowers répondit toutefois de son ton habituel :

— Oh, *non*, Mrs Robson ; je ferai bien attention à *ça*. J'ai toujours l'œil.

C'est le visage néanmoins quelque peu assombri que Mrs Robson se remit lentement à descendre l'escalier.

*

Dans son bureau de Manhattan, Mr Andrew Pennington était en train d'ouvrir son courrier personnel. Soudain son poing se serra et s'abattit sur la table avec violence. Son visage était devenu cramoisi et deux grosses veines saillaient sur son front. Il appuya sur un bouton et une sémillante secrétaire apparut aussitôt.

— Dites à Mr Rockford de venir.

— Bien, Mr Pennington.

Sterndale Rockford, l'associé de Pennington, arriva quelques instants plus tard. Les deux hommes se ressemblaient assez : tous deux grands et secs, ils avaient le cheveu poivre et sel, le visage rasé de près et l'air intelligent.

— Qu'est-ce qui se passe, Pennington ?

Celui-ci s'arracha à la lettre qu'il était en train de relire.

— Linnet s'est mariée !

— *Quoi ?*

— Tu as bien entendu, Linnet Ridgeway s'est *mariée.*

— Comment ? Quand ? Pourquoi n'en avons-nous rien su ?

Pennington regarda le calendrier posé devant lui.

— Elle n'était pas encore mariée quand elle a écrit cette lettre, mais ça doit être fait à l'heure qu'il est… Le 4 au matin. Aujourd'hui.

Rockford se laissa tomber dans un fauteuil.

— Bigre ! Sans prévenir. Sans rien… Qui est le type ?

Pennington reprit la lettre :

— Doyle. Simon Doyle.

— Quel genre est-ce ? Tu le connais ?

— Non. Elle n'en dit pas grand-chose… (Il parcourut les lignes à l'écriture droite et claire.) J'ai l'impression que cette affaire cache je ne sais quelle manigance… mais peu importe. Elle est mariée, voilà l'essentiel.

Leurs regards se rencontrèrent. Rockford hocha la tête.

— Il va falloir réfléchir, dit-il.

— Qu'est-ce qu'on va faire ?

— Je te le demande.

Ils restèrent un moment silencieux.

— Tu as une idée ? reprit Rockford.

— Le *Normandie* lève l'ancre aujourd'hui, répondit Pennington avec lenteur. L'un de nous deux a encore le temps d'embarquer.

— Tu as perdu la tête ! Où veux-tu en venir ?

— Les juristes anglais…

Pennington s'arrêta.

— Quoi, les juristes anglais ? Tu ne veux quand même pas traverser l'Atlantique pour avoir une prise de bec avec eux. Tu es cinglé !

— Je ne propose ni à toi ni à moi d'aller en Angleterre.

— Alors, quelle est l'idée mirobolante ? Pennington tapota la lettre posée sur son bureau.

— Linnet part pour l'Egypte en voyage de noces. Elle pense y séjourner un mois au bas mot…

— L'Egypte, hein ?

Rockford réfléchit, puis croisa le regard de Pennington.

— L'Egypte, répéta-t-il. C'est *ça* l'idée ?

— Oui, une rencontre de pur hasard. Au cours d'un voyage… Linnet et son mari… une atmosphère de lune de miel… On peut tenter le coup.

— Linnet n'est pas stupide, objecta Rockford, sceptique. Mais après tout…

— Après tout, il doit y avoir des moyens de… de biaiser, conclut Pennington.

Leurs regards se rencontrèrent de nouveau. Rockford hocha la tête.

— Très bien, mon vieux.

Pennington consulta la pendule.

— Il va falloir se grouiller — quel que soit celui qui part.

— C'est toi ! répliqua Rockford aussitôt. Tu emportes toujours le morceau avec Linnet. « Oncle Andrew »… Avec toi, c'est dans la poche.

Le visage de Pennington se durcit.

— J'espère que j'arriverai à décrocher la timbale.

— Il *faut* que tu la décroches, riposta son associé. La situation est critique...

*

— Envoyez-moi Mr James, je vous prie, dit William Carmichael au jeune clerc maigre et chétif qui passait la tête par la porte, le regard interrogateur.

James Fanthorp entra. Son oncle leva les yeux et grogna :

— Humph ! Te voilà !

— Vous m'avez fait demander ?

— Jette un coup d'œil là-dessus.

Le jeune homme s'assit et tira le dossier vers lui. Son oncle l'observait.

— Alors ?

La réponse ne se fit pas attendre.

— Cela me paraît louche.

L'aîné des associés de Carmichael, Grant & Carmichael notaires, poussa de nouveau son fameux grognement.

James Fanthorp relut la lettre qui venait d'arriver d'Egypte par avion.

Cela paraît le comble de la perversité que d'écrire une lettre d'affaires par un jour pareil. Nous venons de passer une semaine au Mena House, *à Gizeh, et nous avons fait une excursion au Fayoum. Après-demain, nous remonterons le Nil en bateau jusqu'à Louxor, Assouan et peut-être Khartoum. Ce matin, en allant retirer les billets chez Cook, devinez sur qui je suis tombée ! Sur mon homme d'affaires américain, Andrew Pennington. Je crois que vous l'avez rencontré il y a deux ans, quand il est venu en Angleterre. J'ignorais qu'il était en Egypte et il ne savait pas que j'y étais ! Ni que j'étais mariée. Il a dû croiser la lettre où je lui annonçais mon mariage. Il va lui aussi remonter le Nil, sur le même bateau que nous. Quelle coïncidence, non ? Merci infiniment de tout ce que vous avez fait pour moi. Je...*

Comme le jeune homme s'apprêtait à tourner la page, Me Carmichael lui reprit la lettre.

— C'est tout, dit-il. Le reste n'a aucune importance. Alors, qu'en penses-tu ?

Le neveu réfléchit un instant avant de répondre.

— Eh bien, je pense... qu'il ne s'agit pas d'une coïncidence...

Approbateur, l'autre hocha la tête.

— Cela te plairait, un voyage en Egypte ?

— Vous croyez que ce serait judicieux ?

— Je crois qu'il n'y a pas de temps à perdre, oui.

— Mais pourquoi moi ?

— Fais travailler tes méninges, mon garçon, fais travailler tes méninges. Linnet Ridgeway ne t'a jamais vu. Pennington non plus. En prenant l'avion, tu arriveras peut-être à temps.

— Je... ça ne me plaît pas du tout.

— Possible. N'empêche que tu le feras quand même.

— C'est... indispensable ?

— A mon avis, répondit Me Carmichael, c'est vital !

*

Mrs Otterbourne réajusta son turban de cotonnade indigène et décréta, exaspérée :

— Je ne vois vraiment pas pourquoi nous n'irions pas en Egypte. J'en ai par-dessus la tête de Jérusalem.

Comme sa fille ne relevait pas, elle ajouta :

— Tu pourrais au moins répondre quand on te parle !

Rosalie Otterbourne regardait une photo dans le journal. Dessous, on pouvait lire :

Mrs Simon Doyle, la célèbre beauté, plus connue avant son mariage sous le nom de miss Linnet Ridgeway. Mr et Mrs Doyle passent leurs vacances en Egypte.

— Tu aimerais aller en Egypte, maman ? demanda Rosalie.

— Oui ! aboya Mrs Otterbourne. Je trouve qu'on nous traite ici de façon par trop cavalière. Ma seule présence vaut toutes les publicités du monde — cela devrait se traduire par une substantielle remise sur facture. Mais lorsque j'y ai fait allusion, ils m'ont répondu de façon très impertinente ! Je ne me suis pas privée de leur dire ma façon de penser.

La jeune fille soupira.

— Ici ou ailleurs… tous les endroits se valent… autant partir tout de suite.

— Sans compter que ce matin même, poursuivit Mrs Otterbourne, le directeur a eu l'audace de me demander de quitter l'hôtel d'ici deux jours sous prétexte que les chambres étaient toutes réservées depuis longtemps.

— Alors nous sommes obligées de vider les lieux ?

— Pas du tout ! Je suis prête à me battre pour défendre mes droits !

— Dans ce cas, nous pouvons aussi bien aller en Egypte. Ça revient au même, murmura Rosalie.

— Ce n'est certainement pas une question de vie ou de mort, reconnut Mrs Otterbourne.

Ce en quoi elle se trompait. Car c'était exactement ça : une question de vie ou de mort.

2

— Ça, c'est Hercule Poirot, le détective, dit Mrs Allerton.

Mère et fils étaient installés dans des fauteuils de rotin laqué rouge vif sur la terrasse de l'hôtel *Cataract,* à Assouan. Ils suivaient des yeux deux silhouettes qui s'éloignaient : celle d'un homme court sur pattes, vêtu d'un costume de soie blanche, et celle d'une grande fille mince.

Tim Allerton se redressa avec une vivacité inhabituelle.

— Ce drôle de petit bonhomme-là ? s'étonna-t-il.

— Oui, ce drôle de petit bonhomme-là !

— Que diable fait-il ici ?

Sa mère éclata de rire.

— Mon chéri, on dirait que le sujet te fascine ! Pourquoi les hommes aiment-ils tellement le crime ? Moi, je déteste les romans policiers, et je n'en lis jamais. Mais je ne crois pas que M. Poirot soit venu ici avec une idée derrière la tête. Il a gagné pas mal d'argent et maintenant il s'offre du bon temps, j'imagine.

— En tout cas, il n'a d'yeux que pour la plus jolie fille du coin.

Mrs Allerton pencha la tête pour ne pas perdre de vue le dos de M. Poirot et de sa compagne. Celle-ci le dépassait d'une bonne demi-tête. Sa démarche était souple et gracieuse.

— Elle n'est pas mal, dit Mrs Allerton en jetant un coup d'œil de côté à son fils.

A son grand amusement, celui-ci mordit aussitôt à l'hameçon.

— Elle est mieux que ça. Dommage qu'elle ait l'air tellement bougon et grincheux.

— Ce n'est peut-être qu'un masque.

— Ça doit être une enquiquineuse. Mais ça ne l'empêche pas d'être agréable à regarder.

L'objet de ces commentaires cheminait au côté de Poirot. Rosalie Otterbourne jouait avec son ombrelle fermée et son expression était bien telle que Tim l'avait décrite : à la fois bougon et grincheuse. Elle avait les sourcils froncés et sa bouche écarlate formait une courbe tombante.

Ils tournèrent à gauche après avoir franchi le portail de l'hôtel et s'engagèrent dans l'ombreuse fraîcheur du jardin public.

D'humeur sereine, Poirot devisait avec bonhomie.

Il portait un panama et il tenait à la main un chasse-mouches tarabiscoté au manche en simili ambre.

— Tout cela m'enchante, déclarait-il. Les rochers

noirs de l'île Eléphantine, le soleil, les felouques sur le fleuve… Oui, il fait bon vivre.

Il s'arrêta puis ajouta :

— Vous ne trouvez pas, mademoiselle ?

— Ça n'est sans doute pas mal, grommela Rosalie Otterbourne. Mais je trouve Assouan sinistre. L'hôtel est à moitié vide et la moyenne d'âge y est de cent ans…

Elle s'interrompit et se mordit la lèvre.

Les yeux de Poirot pétillèrent de malice.

— C'est vrai, oui, j'ai déjà un pied dans la tombe.

— Je… je ne pensais pas à vous. Je suis désolée. Je suis horriblement grossière.

— Pas du tout. Il est tout à fait naturel d'avoir envie de fréquenter des gens de son âge. Oh ! à propos, il y a quand même *un* jeune homme à l'hôtel.

— Celui qui est toujours dans le giron de sa mère ? Elle, elle me plaît, mais lui, il est épouvantable ! Il a l'air d'une prétention !

— Et moi, suis-je prétentieux ?

— Non, je ne crois pas.

Manifestement, la question ne l'intéressait pas, mais Poirot ne sembla pas s'en formaliser. Il se contenta de signaler, avec une tranquille satisfaction :

— Mes meilleurs amis me trouvent archi-prétentieux.

— Bof ! c'est sans doute que vous avez des raisons de parader, répliqua-t-elle d'un ton évasif. Mais, voyez-vous, le crime ne m'intéresse pas le moins du monde.

— Je suis heureux d'apprendre que vous n'avez pas de secret honteux à cacher, déclara gravement Poirot.

Rosalie lui lança un rapide regard interrogateur qui lui retira pour un instant son masque de mauvaise humeur. Poirot ne parut pas s'en apercevoir et poursuivit :

— Je n'ai pas vu Madame votre mère au déjeuner aujourd'hui. J'espère qu'elle n'est pas souffrante ?

— Cet endroit ne lui réussit pas, décréta Rosalie. Je serai contente quand on s'en ira.

— D'ici là, nous sommes compagnons de route, n'est-ce pas ? Nous faisons tous les deux l'excursion jusqu'à Ouadi Halfa et la deuxième cataracte ?

— Oui.

Ils quittèrent les ombrages du jardin pour la portion de route poussiéreuse qui longeait le fleuve. Cinq marchands de colliers, deux vendeurs de cartes postales, trois vendeurs de scarabées en plâtre, deux jeunes âniers et un détachement de marmaille famélique et glapissante les encerclèrent aussitôt.

— Collier, monsieur ? Joli, monsieur. Pas cher…

— Tu veux un scarabée, madame ? Regarde… grande reine… Beaucoup chance…

— Regarde, monsieur… Vrai lapis. Très bon. Pas cher…

— Promenade avec l'âne, monsieur ? Très bon âne, monsieur. Whisky-soda il s'appelle, monsieur.

— Tu veux aller carrière de granit, monsieur ? Celui-là, très bon âne. L'autre, pas bon âne, toujours tomber !

— Tu veux cartes postales ? Très jolies… Pas chères…

— Madame, regarde, lapis, ivoire, dix piastres seulement !

— Ce chasse-mouches, très bon, de l'ambre…

— Tu veux promenade en bateau, monsieur ? Très bon bateau, monsieur…

— Tu retournes à l'hôtel, madame ? Celui-là, âne première classe…

Hercule Poirot faisait de vagues gestes pour se débarrasser de cette nuée de mouches humaines. Rosalie, elle, doublait le pas pour tenter de se dégager, comme une somnambule.

— Mieux vaut faire semblant d'être sourd et aveugle, marmonnait-elle.

La marmaille famélique courait à côté d'eux en gémissant :

— Bakchich ? Bakchich ? Hip ! hip ! hip ! Hourra !… Très bon… Très joli…

Leurs guenilles multicolores tourbillonnaient au gré de leurs gesticulations. Les mouches se posaient en grappes sur leurs paupières. Ils se montrèrent les plus obstinés. Les autres avaient rebroussé chemin, prêts à lancer l'attaque sur le prochain arrivant.

Poirot et Rosalie essuyaient maintenant le feu roulant des offres des boutiquiers. Là, les accents étaient charmeurs, insidieux.

« Vous venir dans ma boutique aujourd'hui, monsieur ? » « Vous vouloir ce crocodile en ivoire ? » « Vous n'avoir pas encore visité ma boutique, monsieur ? Je vous montre très belles choses… »

Ils pénétrèrent dans la cinquième échoppe — but

de cette promenade — où Rosalie déposa quelques rouleaux de pellicule.

En ressortant, ils regagnèrent le fleuve.

Un bateau à vapeur venait juste d'accoster, Poirot et Rosalie observèrent les passagers avec intérêt.

— Il y en a, un monde ! remarqua Rosalie.

Tim Allerton, qui arrivait à ce moment-là, s'approcha d'eux. Il était légèrement essoufflé, comme s'il avait marché très vite.

— Un tas de gens abominables comme d'habitude, je suppose, remarqua-t-il au bout d'un certain temps en indiquant les passagers.

— Ils sont généralement assez abominables, c'est vrai, reconnut Rosalie.

Tous trois arboraient cet air de supériorité que prennent envers les nouveaux venus ceux qui se trouvent déjà sur place depuis la veille.

— Ça, par exemple ! s'écria soudain Tim d'une voix vibrante. Que je sois pendu si ce n'est pas Linnet Ridgeway, là-bas !

Si la nouvelle laissa Poirot de marbre, elle éveilla l'intérêt de Rosalie. Elle tendit le cou et, toute trace de maussaderie envolée, demanda :

— Où ça ? C'est cette femme là-bas, en blanc ?

— Oui, avec un homme assez grand. Ils descendent à quai maintenant. C'est le nouveau mari, j'imagine. Son nom m'échappe pour l'instant.

— Doyle, dit Rosalie. Simon Doyle. C'était dans tous les journaux. Elle roule sur l'or, non ?

— Ce n'est que la fille la plus riche d'Angleterre, répondit gaiement Tim.

Ils restèrent tous trois à regarder en silence débarquer les passagers. Poirot détaillait avec intérêt celle qui avait fait l'objet des remarques de ses compagnons.

— Elle est très belle, murmura-t-il.

— Il y a des gens qui ont tout, dit Rosalie avec un accent d'amertume.

Une bizarre expression d'envie était apparue sur son visage tandis qu'elle regardait la jeune femme avancer sur la passerelle.

Linnet était habillée aussi parfaitement que si elle devait se produire en vedette dans un spectacle de music-hall. Elle avait également l'assurance d'une star. Où qu'elle aille, elle avait l'habitude d'être regardée, admirée, d'occuper le centre du plateau.

Elle était à la fois consciente et inconsciente des regards fixés sur elle : ces hommages faisaient partie de son existence.

Elle descendit sur le quai en jouant son rôle, même si elle le jouait sans y penser : celui de la belle et riche mariée pendant sa lune de miel. Elle se tourna avec un petit sourire et une remarque vers l'homme qui marchait à son côté. Il lui répondit, et le son de sa voix parut intéresser Hercule Poirot. Les yeux brillants, il fronça les sourcils.

Le couple passa près de lui. Il entendit Simon Doyle dire :

— Nous arriverons bien à trouver le temps, ma chérie. Nous pouvons rester une semaine ou deux ici, si tu t'y plais.

Le visage animé, il la regardait avec adoration — et non sans une certaine humilité.

Pensif, Poirot l'examinait. Ces épaules larges, ce teint hâlé, ces yeux bleu foncé, ce sourire ouvert et juvénile…

— Fichu veinard, commenta Tim après leur passage. Se dénicher une héritière qui ne louche pas et qui n'a pas les pieds plats, imaginez-vous ça !

— Ils ont l'air terriblement heureux, dit Rosalie avec une pointe d'envie. Ce n'est pas juste, ajouta-t-elle soudain, mais si bas que Tim ne comprit pas ce qu'elle disait.

Poirot, cependant, avait entendu. Abandonnant son expression perplexe, il lui jeta un rapide coup d'œil.

— Il faut que je file faire quelques courses pour ma mère, déclara Tim.

Il souleva son chapeau et s'éloigna.

Poirot et Rosalie reprirent lentement le chemin de l'hôtel en écartant du geste les ânes et les nouvelles mains tendues.

— Ainsi, ce n'est pas juste, mademoiselle ? murmura Poirot.

La jeune fille rougit de colère.

— Je ne vois pas de quoi vous parlez.

— Je ne fais que répéter ce que vous venez de marmonner.

Rosalie Otterbourne haussa les épaules.

— Ça fait beaucoup pour une seule personne. L'argent, l'allure, la beauté, et…

— Et l'amour, n'est-ce pas ? L'amour ? Mais, qui sait, on l'a peut-être épousée pour son argent ?

— Vous n'avez pas remarqué comme il la regarde ?

— Oh si, mademoiselle. J'ai vu tout ce qu'il y avait

à voir, et même quelque chose que vous, vous n'avez pas vu.

— Quoi donc ?

— J'ai vu, reprit lentement Poirot, des cernes sous les yeux d'une femme. J'ai vu une main serrer si fort une ombrelle que les jointures de ses doigts en étaient toutes blanches.

Rosalie le regardait, les yeux ronds.

— Que voulez-vous dire ?

— Je veux dire que tout ce qui brille n'est pas or. Je veux dire que bien que cette femme soit riche, belle, et aimée, il y a quelque chose qui ne va pas. Et je sais encore autre chose.

— Oui ?

— Je sais que quelque part, un jour, j'ai entendu cette voix, la voix de Mr Doyle, et je donnerais cher pour me rappeler où, répondit Poirot, les sourcils froncés.

Mais Rosalie ne l'écoutait plus. Elle s'était arrêtée net. De la pointe de son ombrelle, elle traçait des dessins dans le sable.

Brusquement, elle éclata :

— Je suis odieuse ! Odieuse ! Abominable des pieds à la tête. Je voudrais lui arracher ses vêtements et piétiner son joli visage arrogant. Je me conduis comme une tigresse jalouse, mais je n'y peux rien. Elle a tellement de succès, elle a tellement d'allure, elle est tellement sûre d'elle.

Un peu surpris par cette explosion, Poirot la prit par le bras et la secoua gentiment.

— Bien ! Rien que d'avoir dit ça, vous allez vous sentir beaucoup mieux.

— Je la hais ! Je n'ai jamais haï quelqu'un comme ça, dès le premier regard !

— Formidable !

Rosalie le dévisagea, perplexe. Puis elle fit une grimace et se mit à rire.

— Encore mieux ! dit Poirot en riant lui aussi.

Ils entrèrent à l'hôtel en devisant amicalement.

— Il faut que j'aille retrouver ma mère, dit Rosalie en arrivant dans le hall sombre et frais.

Poirot le traversa pour ressortir sur la terrasse qui surplombait le Nil. Les tables étaient déjà prêtes pour le thé mais il était encore trop tôt. Il resta un instant en contemplation devant le fleuve, puis alla faire un tour dans le jardin.

Des joueurs de tennis échangeaient des balles en plein soleil. Il s'arrêta un instant pour les regarder, puis s'engagea dans une allée en escalier qui descendait vers le fleuve. C'est là qu'il aperçut, assise sur un banc face au Nil, la jeune fille de *Chez ma Tante*. Il la reconnut aussitôt. Son visage, tel qu'il l'avait vu ce soir-là, était resté gravé dans sa mémoire. Mais maintenant, il était bien différent : plus pâle, plus maigre, avec des rides qui trahissaient l'épuisement et une profonde détresse.

Poirot resta un peu en retrait. Elle ne l'avait pas vu et il en profita pour l'observer. Nerveuse, elle tapotait le sol du pied. Dans son regard noir où couvait une flamme, s'exprimait une sorte de bizarre souffrance triomphante. Elle suivait des yeux les voiles blanches des bateaux qui croisaient sur le Nil.

Un visage… Une voix… Il se les rappelait tous

deux. Le visage de cette fille et la voix qu'il avait entendue un peu plus tôt, la voix du jeune marié…

Tandis qu'il la dévisageait sans qu'elle en eût conscience, se nouait déjà la scène suivante du drame.

On entendit des voix. La jeune fille sauta sur ses pieds. Linnet Doyle et son mari descendaient l'escalier. La voix de Linnet était confiante et joyeuse. Elle n'avait plus l'air aussi tendue. Linnet était heureuse.

La jeune fille fit un pas vers eux. Le couple se figea.

— Bonsoir, Linnet, dit Jacqueline de Bellefort. Ainsi, te voilà ! Décidément, nous ne cessons de tomber l'une sur l'autre. Bonsoir, Simon, comment vas-tu ?

Avec un petit cri, Linnet Doyle s'était rencognée contre le rocher. Le beau visage de Simon Doyle s'était convulsé de rage. Il s'avança comme s'il voulait frapper la fragile jeune fille.

D'un rapide mouvement de tête, elle lui signala la présence d'un étranger. Simon se retourna et, apercevant Poirot, prit un ton embarrassé.

— Bonsoir, Jacqueline, bafouilla-t-il. Je… je n'espérais pas te voir ici.

La déclaration était on ne peut moins convaincante.

La jeune fille leur sourit de toutes ses dents.

— Pour une surprise, c'est une surprise, n'est-ce pas ?

Puis, sur un petit salut, elle s'éloigna.

Poirot prit discrètement la direction opposée. Il n'en entendit pas moins Linnet Doyle qui disait :

— Simon ! Pour l'amour du ciel, Simon, que pouvons-nous faire ?

3

Le dîner avait pris fin. Une lumière douce éclairait la terrasse de l'hôtel. La plupart des clients s'y étaient installés à de petites tables.

Simon et Linnet Doyle apparurent, accompagnés d'un élégant individu aux cheveux gris, au visage intelligent et d'allure très américaine. Comme le trio hésitait sur le seuil, Tim Allerton se leva et alla les rejoindre.

— Vous ne vous souvenez sans doute pas de moi, dit-il à Linnet, mais je suis le cousin de Joanna Southwood.

— Bien sûr, suis-je bête ! Vous êtes Tim Allerton ! Voici mon mari, poursuivit-elle d'une voix qui frémissait un peu — orgueil ? gêne ? —, et mon homme d'affaires américain, Mr Pennington.

— Il faut que vous voyiez ma mère, dit Tim.

Un instant plus tard, ils étaient tous attablés ensemble. Tim et Pennington entouraient Linnet, assise dans un angle, et se disputaient son attention. Mrs Allerton bavardait avec Simon Doyle.

La porte à tambour tourna. Soudain tendue, la jeune femme s'apaisa en voyant le petit homme qui en sortait et traversait la terrasse.

— Vous n'êtes pas la seule célébrité présente, ma chère, dit Mrs Allerton. Ce drôle de petit bonhomme n'est autre que Hercule Poirot.

Elle n'avait lancé cela qu'afin de meubler un silence gênant, mais Linnet parut frappée par cette information.

— Hercule Poirot ? Oui ! bien sûr… J'ai entendu parler de lui…

Elle s'absorba un instant dans ses pensées, ce qui ne manqua pas de décontenancer ses deux compagnons.

Poirot était parvenu au bout de la terrasse lorsqu'il s'entendit interpeller :

— Asseyez-vous avec nous, monsieur Poirot. Quelle nuit délicieuse !

Il obtempéra.

— Mais oui, madame, très belle, en effet.

Il sourit poliment à Mrs Otterbourne. Elle était ridicule avec ses drapés en linon noir et son turban. Elle poursuivit, de sa voix geignarde et haut perchée :

— Nous avons des tas de célébrités, non ? J'espère qu'on publiera un entrefilet dans les journaux : beautés en vogue, écrivains célèbres…

Elle s'interrompit avec un petit rire de fausse modestie.

La jeune fille renfrognée assise en face de Poirot tressaillit et se renfrogna davantage.

— Vous avez actuellement un roman en chantier, madame ?

Mrs Otterbourne eut le même petit rire faussement modeste.

— Je suis d'une paresse ! Il est impératif que je m'y mette. Mes lecteurs s'impatientent... et mon éditeur, le pauvre ! Ce ne sont que relances à chaque courrier ! Et jusqu'à des télégrammes !

De nouveau, Poirot sentit que la jeune fille s'agitait dans l'obscurité.

— Je ne vous cacherai pas, monsieur Poirot, que si je suis ici, c'est en partie pour la couleur locale. *Neige sur le désert*, voilà le titre de mon prochain roman. Puissant, suggestif ! La neige, sur le désert, fond aux premiers souffles enflammés de la passion.

Rosalie se leva, murmura une phrase incompréhensible et s'éloigna dans l'ombre du jardin.

— Il faut du solide, continua Mrs Otterbourne en secouant énergiquement son turban. De la nourriture solide, rien que de l'important. Voilà ce que sont mes livres. Je suis bannie par les libraires ? Peu importe. Je dis la vérité. Le sexe... Ah ! monsieur Poirot, pourquoi les gens ont-ils si peur du sexe ? C'est le pivot de l'univers ! Vous avez lu mes livres ?

— Hélas, madame ! Voyez-vous, je ne lis pas beaucoup de romans. Mon travail...

— Il faut que je vous offre un exemplaire de *Sous le figuier*. Il est très significatif. C'est brutal, mais c'est *vrai !*

— C'est trop aimable à vous, madame. Je le lirai avec plaisir.

Mrs Otterbourne garda le silence un instant. Elle tripotait le collier de perles qui lui faisait trois fois le tour du cou et jetait de droite et de gauche des regards qui se voulaient furtifs.

— Et si… Je vais faire un saut jusqu'à ma chambre et vous le chercher.

— Je vous en prie, madame, ne vous dérangez pas. Plus tard…

— Mais non ! Au contraire ! (Elle se leva.) J'aimerais vous montrer…

— Qu'est-ce qu'il y a maman ?

Rosalie avait réapparu comme par enchantement.

— Rien du tout, ma chérie. J'allais juste monter chercher un livre pour M. Poirot.

— *Sous le figuier* ? Je m'en occupe.

— Tu ne sais pas où il est, ma chérie, je vais le faire.

— Mais si, je le sais.

La jeune fille retraversa la terrasse et s'engouffra dans l'hôtel.

— Laissez-moi vous féliciter, dit Poirot avec une courbette. Vous avez une fille charmante.

— Rosalie ? Oui, oui… elle est ravissante. Mais elle est si *dure*, monsieur Poirot. Elle n'a aucune indulgence pour la maladie. Elle pense toujours avoir raison. Elle s'imagine qu'elle en sait plus que moi sur ma propre santé…

Poirot fit signe à un serveur qui passait.

— Une liqueur, madame ? Une chartreuse ? Une crème de menthe ?…

Mrs Otterbourne secoua vigoureusement la tête.

— Non, non ! Je suis pratiquement abstinente. Vous avez dû le remarquer. Je ne bois que de l'eau… ou à la rigueur de la citronnade. Je ne supporte pas le goût de l'alcool.

— Dans ce cas, puis-je vous commander un citron pressé ?

Il commanda un citron pressé et une bénédictine.

La porte à tambour livra passage à Rosalie qui vint vers eux, un livre à la main.

— Le voilà, dit-elle d'une voix inexpressive — extraordinairement inexpressive.

— M. Poirot vient de demander un citron pressé pour moi, dit sa mère.

— Et vous, mademoiselle, que prendrez-vous ?

— Rien…

Soudain consciente de la brutalité de sa réponse, elle ajouta :

— Rien. Merci.

Poirot prit le livre que Mrs Otterbourne lui tendait. Il avait encore sa jaquette d'origine, joyeux bariolage où figurait une femme à la coiffure sophistiquée et aux ongles écarlates, assise sur une peau de tigre dans le traditionnel costume d'Eve. Au-dessus de sa tête, un arbre aux feuilles de chêne croulait sous le poids d'énormes pommes aux couleurs improbables.

L'ouvrage était intitulé *Sous le figuier*, par Salomé Otterbourne. A l'intérieur, une notice enthousiaste de l'éditeur soulignait le merveilleux courage et le réalisme de cette étude de la vie amoureuse d'une femme moderne. « Audacieuse, non-conventionnelle, réaliste », tels étaient les adjectifs dont il était fait usage.

— Très honoré, madame, murmura Poirot avec une courbette de plus.

En relevant la tête, il croisa le regard de la fille de l'auteur. Stupéfait et peiné par la douleur qu'il y lisait, il fit un mouvement involontaire.

Les consommations arrivèrent, créant une heureuse diversion.

Poirot leva galamment son verre.

— A votre santé, madame… mademoiselle…

— C'est tellement rafraîchissant, murmura Mrs Otterbourne en sirotant son citron pressé. C'est… c'est exquis.

Le silence se fit. Ils restèrent en contemplation devant les rochers noirs qui brillaient en bas. Affleurant les eaux du Nil, ils avaient au clair de lune quelque chose de fantastique. On aurait dit d'énormes monstres préhistoriques à demi-engloutis. Une brise légère se leva soudainement et retomba de manière aussi soudaine. On éprouvait une sensation de calme… d'expectative.

Hercule Poirot revint à la terrasse et à ses occupants. Etait-ce une illusion de sa part, ou régnait-il ici le même calme fait d'attente ? Comme au théâtre, quand on guette l'entrée en scène de l'actrice principale…

Juste à ce moment-là, la porte à tambour tourna de nouveau. Cette fois, on aurait dit qu'elle le faisait avec une certaine emphase. Tout le monde cessa de parler et regarda dans sa direction.

Une jeune femme apparut, mince et brune, vêtue d'une robe du soir bordeaux. Elle s'arrêta un instant puis se dirigea d'un pas décidé vers une table libre. Il n'y avait rien de prétentieux ni d'extravagant dans son allure, et pourtant, elle donnait l'impression de faire une entrée en scène.

— Ma parole ! dit Mrs Otterbourne en secouant sa tête enturbannée. En voilà une qui n'a pas l'air de se prendre pour n'importe qui !

Poirot ne répondit pas. Il la regardait. Là où elle s'était assise, la jeune fille faisait ostensiblement face à Linnet Doyle. Poirot vit celle-ci se pencher, dire quelque chose, puis se lever et changer de place. Maintenant, elle tournait le dos à la nouvelle venue.

Songeur, Poirot hocha la tête.

Cinq minutes plus tard, la jeune fille alla s'installer à l'autre bout de la terrasse. Fumant et souriant paisiblement, elle était l'image même de la satisfaction. Mais, comme par hasard, son regard rêveur ne quittait pas la femme de Simon Doyle.

Au bout d'un quart d'heure, Linnet Doyle se leva brusquement et rentra dans l'hôtel, suivie presque aussitôt de son mari.

Jacqueline de Bellefort, toujours souriante, tourna son siège face au fleuve. Elle alluma une cigarette et se perdit dans la contemplation du Nil. Elle n'avait pas cessé de sourire.

4

— Monsieur Poirot ?

Poirot était resté seul sur la terrasse, après que tout le monde fut rentré. Perdu dans ses pensées, il avait les yeux fixés sur les rochers noirs et brillants quand il revint sur terre à l'appel de son nom.

La voix était cultivée, sûre d'elle, une voix charmante, chargée peut-être d'un soupçon d'arrogance.

Poirot se leva vivement et rencontra le regard impérieux de Linnet Doyle. Elle portait un châle de velours pourpre sur une robe de satin blanc. On ne pouvait imaginer femme plus adorable et plus majestueuse.

— Vous êtes monsieur Hercule Poirot ? demanda-t-elle.

Mais ce n'était pas vraiment une question.

— Pour vous servir, madame.

— Vous savez peut-être qui je suis ?

— Oui, madame. J'ai entendu parler de vous. Je sais exactement qui vous êtes.

Linnet hocha la tête. Elle ne s'attendait pas à autre

chose. Elle poursuivit, à sa manière autoritaire et charmante.

— Voulez-vous venir avec moi dans la salle de jeu, monsieur Poirot ? Il *faut* que je vous parle.

— Mais certainement, madame.

Elle lui montra le chemin. Poirot la suivit. Elle le fit entrer dans la salle de jeu déserte et lui fit signe de fermer la porte. Puis elle se laissa tomber dans un fauteuil. Poirot s'installa en face d'elle, de l'autre côté de la table.

Elle alla droit au but. Sans hésiter. Les mots lui venaient facilement.

— J'ai beaucoup entendu parler de vous, monsieur Poirot, et je sais que vous êtes un homme très intelligent. Il se trouve que j'ai un urgent besoin d'aide et tout me laisse à penser que vous êtes l'homme qu'il me faut.

Poirot inclina la tête.

— Vous êtes très aimable, madame, mais voyez-vous, je suis en vacances et, quand je suis en vacances, je n'accepte aucune affaire.

— Cela devrait pouvoir s'arranger, dit Linnet.

C'était dit sans intention blessante, mais avec l'assurance tranquille d'une jeune femme qui avait toujours réussi à faire tourner les choses à sa convenance.

— Monsieur Poirot, je suis victime d'une intolérable persécution, poursuivit Linnet. Cette persécution doit cesser ! Je voulais aller me plaindre à la police mais mon… mon mari a l'air de penser que la police se montrerait impuissante.

— Pourriez-vous être… un peu plus explicite ? murmura poliment Poirot.

— Oh oui, volontiers. L'affaire est très simple.

Elle se montra en effet des plus explicite — sans hésitation et sans trouble. Linnet avait l'esprit clair et précis. Elle ne s'interrompit qu'une fois afin de présenter les faits de la manière la plus concise possible.

— Avant que je ne le rencontre, mon mari était fiancé à Mlle de Bellefort. C'était une amie à moi. Mon mari a rompu ses fiançailles avec elle — ils n'étaient pas faits l'un pour l'autre. Elle l'a fort mal pris. J'en suis désolée... mais on ne peut rien contre ce genre de choses. Elle a proféré contre moi certaines... ma foi, certaines menaces auxquelles je n'ai pas prêté attention, et qu'elle n'a pas mises à exécution, je me dois de le reconnaître. En revanche, elle a adopté une attitude extraordinaire : elle nous suit partout où nous allons.

Poirot haussa les sourcils.

— Ah !... C'est assez original, comme vengeance.

— Très original, en effet... et résolument grotesque. Mais c'est aussi très contrariant.

Elle se mordit la lèvre.

— Oui, je m'en doute, acquiesça Poirot. Si je comprends bien, vous êtes en voyage de noces.

— Oui. La première fois, c'est arrivé à Venise. Elle était descendue au *Danielli*, comme nous. J'ai cru à une coïncidence. C'était gênant, sans plus. Puis, nous l'avons retrouvée à Brindisi, sur le bateau. Nous nous sommes imaginés qu'elle se rendait en Palestine. Nous l'avions donc laissée, pensions-nous, sur le bateau. Mais... mais quand nous sommes arrivés à Gizeh, elle était là... elle nous attendait.

Poirot hocha la tête.

— Et maintenant ?

— Nous avons remonté le Nil en bateau. Je m'attendais presque à la rencontrer à bord. Lorsque j'ai constaté qu'elle n'y était pas, j'ai cru qu'elle avait cessé ses… enfantillages. Mais à notre arrivée ici… elle… elle était là… à nous attendre.

Poirot l'observait avec attention. Elle était toujours aussi maîtresse d'elle-même, mais les articulations de sa main — celle qui agrippait la table — étaient blanches.

— Et vous redoutez que cette situation ne se prolonge…

— Oui. (Elle s'arrêta puis reprit :) Bien sûr, cette histoire est complètement stupide. Jacqueline se rend ridicule. Je suis surprise qu'elle n'ait pas plus de fierté, de dignité…

Poirot fit un petit geste.

— Il est des moments, madame, où l'on jette fierté et dignité aux orties. D'autres sentiments les supplantent.

— Oui, c'est possible, répondit Linnet avec agacement. Mais que diable espère-t-elle *tirer* de tout ça ?

— Il n'est pas forcément question d'en tirer quelque chose, madame.

Il avait dû toucher un point sensible. Linnet rougit.

— Vous avez raison, répliqua-t-elle vivement. Peu importe le motif. Il faut que cela cesse, voilà le point crucial.

— Et que proposez-vous pour obtenir ce résultat, madame ?

— Eh bien… il va de soi que mon mari et moi ne

pouvons continuer à être importunés ainsi ! Il doit exister un moyen légal de s'opposer à pareil traitement !

Pour la première fois, elle s'était emportée. Poirot la regarda, pensif.

— Vous a-t-elle menacés en public ? Insultés ? Agressés physiquement ?

— Non.

— Dans ce cas, madame, pour être franc, je ne vois pas ce que vous pouvez faire. Si c'est le bon plaisir d'une jeune femme de voyager dans certains endroits, et que ces endroits se trouvent être justement ceux où vous voyagez vous-mêmes, eh bien quoi ? L'air appartient à tout le monde ! S'est-elle jamais immiscée dans votre vie privée ? Toutes ces rencontres ont lieu en public, non ?

— Vous voulez dire que je ne peux rien faire ? demanda Linnet, incrédule.

— Rien du tout, pour autant que je sache, répondit Poirot, placide. Mlle de Bellefort est dans son droit.

— Mais… mais c'est à devenir fou ! Il est *intolérable* qu'on me fasse supporter pareil traitement !

— Vous avez toute ma sympathie, madame, dit Poirot d'un ton sec, d'autant plus qu'il ne doit pas vous arriver souvent d'avoir à supporter quoi que ce soit, j'imagine.

Linnet fronça les sourcils.

— Il *doit* y avoir un moyen d'arrêter ça, murmura-t-elle.

Poirot haussa les épaules.

— Vous pouvez toujours partir, aller ailleurs, suggéra-t-il.

— Elle nous suivra !

— C'est bien possible, en effet.

— C'est absurde ! Pourquoi devrais-je… devrions-nous… fuir ? Comme si… comme si…

Elle s'interrompit.

— Exactement, madame. Comme si… ! Tout est là, n'est-ce pas ?

Linnet releva la tête et le regarda fixement.

— Qu'entendez-vous par là ?

Poirot changea de ton. Il se pencha vers elle.

— Madame, lui dit-il avec une merveilleuse douceur et une infinie gentillesse, pourquoi en faites-vous si grand cas ?

— Pourquoi ? Mais je vous répète que c'est à devenir fou ! C'est exaspérant au dernier degré ! Je vous l'ai dit, pourquoi !

Poirot secoua la tête.

— Pas vraiment…

— Qu'entendez-vous par là ? demanda de nouveau Linnet.

Poirot se radossa, croisa les bras et dit d'un ton détaché, impersonnel :

— Ecoutez, madame. Je vais vous raconter une petite histoire. Un jour, il y a un mois ou deux, je dînais dans un restaurant à Londres. Deux personnes occupaient la table voisine, un homme et une jeune fille. Ils semblaient très heureux, très épris l'un de l'autre. Ils parlaient d'avenir avec confiance. Je n'ai pas pour habitude de prêter l'oreille à ce qui ne m'est pas destiné mais, visiblement, ils se souciaient comme d'une guigne qu'on les entende ou pas. L'homme me tournait le dos, mais je voyais le visage de la fille. Il avait une expression de ferveur intense. Elle était amoureuse — cœur, corps et âme —, elle n'était pas de celles qui aiment à la légère et papillonnent de-ci, de-là. Avec elle, c'était clairement à la vie à la mort. Ils étaient fiancés, ces deux-là. Et ils faisaient le projet d'aller passer leur lune de miel en Egypte.

Il s'arrêta.

— Eh bien ? lança Linnet d'un ton dur.

— C'était il y a un mois ou deux, reprit Poirot. Mais le visage de la fille, je ne l'ai pas oublié. Je savais que je le reconnaîtrais si je le revoyais. Je me rappelle aussi la voix de l'homme. Et je pense que vous devinez, madame, quand j'ai revu l'une et entendu l'autre à nouveau. Ici, en Egypte. L'homme est en voyage de noces, oui, mais en voyage de noces avec une autre femme.

— Et alors quoi ? répliqua aussitôt Linnet. Je vous ai déjà relaté les faits.

— Les faits, oui.

— Eh bien, quoi d'autre ?

— La fille du restaurant avait parlé d'une amie qui, affirmait-elle, ne la laisserait pas tomber. Cette amie, je pense que c'était vous, madame.

— Oui. Je ne vous ai pas caché que nous étions amies, dit Linnet en rougissant.

— Et elle avait confiance en vous ?

— Oui.

Linnet hésita un moment en se mordillant la lèvre, puis, comme Poirot ne paraissait pas disposé à parler, elle éclata :

— Evidemment, tout ça est très dommage ! Mais ce sont des choses qui arrivent, monsieur Poirot.

— Oh oui, cela arrive, madame… Vous appartenez à la religion anglicane, je suppose ? demanda-t-il après un instant de silence.

— Oui, répondit Linnet, plutôt désarçonnée.

— Alors, vous avez dû, au culte, entendre lire tout haut des passages de la Bible. Vous avez dû entendre parler du Roi David, de l'homme riche qui possédait de nombreux troupeaux, et du pauvre qui n'avait qu'une brebis, et apprendre que le riche s'empara de la brebis du pauvre… Ce sont des choses qui arrivent, madame.

Linnet se redressa, ses yeux lançaient des éclairs.

— Je vois où vous voulez en venir, monsieur Poirot ! Vous pensez, pour parler vulgairement, que j'ai volé le fiancé de mon amie. D'un point de vue sentimental — c'est-à-dire à la manière dont les gens de votre génération envisagent les choses — c'est peut-être exact. Mais la réalité pure et dure est bien différente. Je ne nie pas que Jackie ait passionnément aimé Simon, mais je n'ai pas l'impression que vous ayez tenu compte du fait qu'il pouvait ne pas nourrir pour elle la même passion. Elle lui plaisait beaucoup, mais je pense qu'avant même de me rencontrer, il commençait à s'apercevoir qu'il commettait une erreur. Regardons les choses en face, monsieur Poirot : Simon découvre que c'est moi qu'il aime, et non Jackie. Que doit-il faire ? Se conduire en noble héros, épouser une femme qui ne lui est plus rien, et briser ainsi trois vies ? Car il est douteux que, dans ces circonstances, il ait pu faire le bonheur de Jackie. S'ils avaient été mariés lorsqu'il m'a rencontrée, son devoir aurait peut-être été de lui rester fidèle — bien que je n'en sois pas sûre. Dans un couple, si l'un est malheureux, l'autre souffre aussi. Mais des fiançailles ne sont pas indestructibles. Si l'on a fait fausse route, il vaut certainement mieux regarder la vérité en face avant qu'il ne soit trop tard. Je reconnais que cela a dû être dur pour Jackie, et j'en suis désolée, mais c'est ainsi. C'était inévitable.

— Je me le demande.

— Que voulez-vous dire ?

— Tout ce que vous me racontez est très sensé, très logique, mais il y a une chose que cela n'explique pas.

— Laquelle ?

— Votre propre attitude, madame. Vous aviez deux façons de réagir à la poursuite dont vous êtes victime. Cela pouvait vous causer de l'ennui, oui, mais cela pouvait aussi éveiller en vous de la pitié envers une amie si profondément blessée qu'elle en oublie toutes les convenances. Mais ce n'est pas ainsi que vous réagissez. Pour vous, cette persécution est *intolérable.* Et pourquoi ? A mon avis, il ne peut y avoir qu'une raison à cela : vous vous sentez coupable.

Linnet sauta sur ses pieds.

— Comment osez-vous ? Vraiment, monsieur Poirot, vous allez trop loin !

— Mais bien sûr que j'ose, madame. Je vais être franc avec vous. Bien que vous vous efforciez de vous masquer la réalité, je *prétends* que vous avez, en toute connaissance de cause, manœuvré pour vous approprier le fiancé de votre amie. Je vous concède que vous avez été séduite au premier coup d'œil. Je vous concède que vous avez commencé par hésiter, consciente d'avoir le *choix* — soit de vous refréner, soit de vous laisser aller. Mais je *prétends* encore que c'est *vous* qui avez pris l'initiative, et non Mr Doyle. Vous êtes belle, madame, vous êtes riche, vous êtes habile, intelligente, et vous avez du charme. Vous étiez libre de faire ou non agir ce charme. Vous possédiez tout ce que la vie peut offrir, madame. Mais celle de votre amie dépendait d'un seul être. Vous le saviez mais, malgré vos hésitations, vous n'avez pas retenu votre main. Au contraire, vous l'avez tendue et, comme l'homme riche de la Bible, vous avez pris la brebis du pauvre.

Il y eut un silence. Faisant un effort pour se maîtriser, Linnet dit d'une voix glaciale :

— Tout ceci est en dehors de la question.

— Non, ce n'est pas en dehors de la question. Je vous explique pourquoi les apparitions inattendues de Mlle de Bellefort vous bouleversent tant. Même si elle fait preuve d'un certain manque de dignité, vous êtes convaincue que le droit est de son côté.

— C'est faux !

Poirot haussa les épaules.

— Vous n'êtes pas honnête avec vous-même.

— Bien sûr que si !

— Pour autant que je sache, madame, dit moins durement Poirot, vous avez eu jusqu'ici une vie heureuse, et vous vous êtes montrée généreuse et bienveillante envers autrui.

— Je m'y suis efforcée, répondit Linnet.

Toute trace de colère disparue, elle avait dit ça avec simplicité, presque avec tristesse.

— C'est pourquoi le sentiment d'avoir délibérément blessé quelqu'un vous touche à ce point, et pourquoi vous répugnez tant à l'admettre. Pardonnez-moi si je vous ai offensée, mais l'aspect psychologique d'une affaire est toujours primordial.

— Eh bien, murmura Linnet, supposons même que vous ayez raison — ce que je ne suis pas prête à admettre —, qu'y pourrait-on changer ? On ne refait pas le passé — il faut s'en arranger tel qu'il est.

Poirot hocha la tête.

— Vous raisonnez juste. Non, on ne peut pas revenir sur le passé ; oui, on doit s'arranger de ce que la vie vous apporte. Et parfois, madame, c'est bien la seule solution que l'on ait : accepter les conséquences de ses actes.

— Alors, vous pensez que je ne peux rien faire, ce qui s'appelle *rien* ? demanda Linnet, incrédule.

— Vous devez vous armer de courage, madame, voilà ce que je pense.

— Vous ne pourriez pas… parler à Jackie… à Mlle de Bellefort ? La raisonner ?

— Si, je pourrais le faire. Je le ferai si vous le désirez. Mais n'en attendez pas grand-chose. Mlle de Bellefort est en proie à une idée fixe et rien ne l'en détournera.

— Mais il doit quand même bien y avoir *quelque chose* que nous pourrions faire pour nous sortir delà ?

— Vous pourriez, bien sûr, rentrer en Angleterre et vous terrer chez vous.

— Même comme ça, Jacqueline est capable de s'installer dans le village et de se trouver sur mon passage à chaque fois que je mettrai le nez dehors.

— Sans aucun doute.

— Et puis, je ne pense que Simon approuverait notre fuite, ajouta Linnet, pensive.

— Comment prend-il tout ça ?

— Il est furieux… tout bonnement furieux.

Poirot hocha la tête, songeur.

— Vous… vous lui parlerez ? implora Linnet.

— Bon, je lui parlerai. Mais, à mon avis, je n'arriverai à rien.

— Jackie est incroyable ! explosa Linnet. On ne peut jamais prévoir ce qu'elle va faire !

— Vous avez parlé de menaces, tout à l'heure. Pourriez-vous me dire de quoi elle vous avait menacée ?

Linnet haussa les épaules.

— Elle a menacé de… eh bien… de nous tuer tous les deux. Jackie a un comportement très latin, parfois.

— Je vois, fit Poirot d'un ton grave.

— Vous agirez pour mon compte ? demanda Linnet d'un ton suppliant.

— Non, madame, répondit fermement Poirot. Je n'accepte pas de mission de votre part. Je ferai ce que je pourrai dans l'intérêt de mes semblables. Ça, oui. Il y a là une situation difficile et dangereuse. Je ferai mon possible pour la clarifier… mais je ne suis pas très optimiste quant à mes chances de succès.

— Mais vous n'agirez pas pour *moi ?*

— Non, madame, répéta Hercule Poirot.

5

Hercule Poirot était presque certain que Jacqueline de Bellefort n'était pas rentrée se coucher et qu'elle devait être quelque part dans les environs de l'hôtel. Il la trouva assise sur un des bancs de la corniche surplombant le Nil.

Le menton dans les mains, elle ne tourna pas la tête en l'entendant approcher.

— Mademoiselle de Bellefort ? Me permettrez-vous de bavarder un instant avec vous ?

Jacqueline tourna la tête et fit un vague sourire.

— Certainement, répondit-elle. Vous êtes monsieur Hercule Poirot, n'est-ce pas ? Laissez-moi deviner : vous m'êtes envoyé par Mrs Doyle qui vous a promis de gros honoraires si vous réussissiez dans votre mission.

Poirot prit place sur le banc à côté d'elle.

— Votre supposition est partiellement exacte, dit-il en souriant. Je viens de quitter Mrs Doyle, mais je n'ai accepté aucun honoraire de sa part et, à proprement parler, je n'agis pas en son nom.

— Ah ! fit Jacqueline en l'examinant avec attention. Alors qu'est-ce que vous faites là ?

Hercule Poirot répondit par une autre question :

— M'aviez-vous déjà vu auparavant, mademoiselle ?

Elle secoua la tête.

— Non, je ne crois pas.

— Et pourtant, moi, je vous ai vue. J'avais la table voisine, *Chez ma Tante.* Vous étiez là avec Mr Simon Doyle.

Une expression étrange se posa comme un masque sur son visage.

— Je me rappelle cette soirée, dit-elle.

— Beaucoup d'eau a coulé sous les ponts depuis.

— Comme vous dites, beaucoup.

Sa voix, dure, recouvrait un amer désespoir.

— Mademoiselle, je vous parle en ami. Enterrez vos morts !

Elle sursauta.

— Que voulez-vous dire ?

— Oubliez le passé ! Tournez-vous vers l'avenir ! Ce qui est fait est fait. L'amertume n'y changera rien.

— Je suis certaine que cela conviendrait admirablement à cette chère Linnet.

— Ce n'est pas à elle que je pense en ce moment. Je pense à *vous*. Vous avez souffert, oui, mais ce que vous faites maintenant ne peut que prolonger votre souffrance.

Elle secoua la tête.

— Vous vous trompez. Par moments, je m'amuse presque.

— Ça, mademoiselle, c'est le pire de tout.

Elle lui jeta un bref regard.

— Vous n'êtes pas bête, dit-elle. Je crois même que vous essayez d'être gentil, ajouta-t-elle lentement.

— Rentrez chez vous, mademoiselle. Vous êtes jeune, vous êtes intelligente. Vous avez votre vie devant vous.

Jacqueline secoua très lentement la tête.

— Vous ne comprenez pas… ou vous ne voulez pas comprendre. Ma vie, c'est Simon.

— On s'imagine ça quand on est jeune. Mais l'amour n'est pas tout, mademoiselle, dit doucement Poirot.

Elle continua de secouer la tête.

— Vous ne comprenez pas. Naturellement, vous connaissez toute l'histoire ? Vous avez parlé à Linnet ? Et vous étiez au restaurant ce soir-là… Nous nous aimions, Simon et moi.

— Je sais que vous l'aimiez.

Elle saisit aussitôt le sous-entendu. Elle répéta avec force :

— *Nous nous aimions.* Et j'adorais Linnet. J'avais confiance en elle. C'était ma meilleure amie. Linnet a toujours pu s'offrir tout ce qu'elle voulait. Elle ne s'est jamais rien refusé. Dès qu'elle a vu Simon, elle l'a voulu… et elle l'a pris.

— Et il s'est laissé… acheter ?

Jacqueline se rebiffa quelque peu.

— Non, ce n'est pas tout à fait ça, sinon, je ne serais pas ici en ce moment… Vous laissez entendre que Simon ne mérite pas d'être aimé… S'il avait épousé

Linnet pour son argent, ce serait vrai. Mais il ne l'a pas épousée pour son argent. C'est plus compliqué que ça. On peut être *fasciné*, monsieur Poirot. Et l'argent fait partie de cette fascination. Linnet avait une espèce d'aura, vous savez. Elle était reine en son royaume, princesse héritière jusqu'au bout des ongles. Comme au théâtre. Elle avait le monde à ses pieds ; un des plus riches pairs d'Angleterre, un des plus courtisés voulait en faire sa femme. Et à la place, elle s'abaissa jusqu'à l'obscur Simon Doyle… Et vous vous étonnez que cela lui soit monté à la tête ?… Regardez la lune, là-haut. Vous la voyez clairement, n'est-ce pas ? Elle est bien là ? Mais que le soleil vienne à briller, vous ne la verriez plus du tout. Eh bien, c'est un peu ce qui est arrivé. J'étais la lune… Quand le soleil est apparu, Simon a été ébloui. Il ne me voyait plus. Il ne voyait que le soleil… que Linnet.

Elle se tut un instant avant de poursuivre :

— Il a été fasciné, je vous l'ai dit. Elle lui a tourné la tête. Et puis il y a son autorité — l'habitude qu'elle a de commander. Elle est si sûre d'elle-même qu'elle communique cette assurance aux autres. Simon est faible, peut-être, mais c'est un homme simple. Il m'aurait aimée, moi, et moi seule, si Linnet n'était apparue et ne l'avait enlevé dans son carrosse d'or. Et je sais, je sais très bien qu'il ne serait jamais tombé amoureux d'elle si elle ne l'avait pas voulu.

— C'est ce que vous pensez, oui.

— Je le *sais*. Il m'aimait… Et il m'aimera toujours.

— Même maintenant ? demanda Poirot.

Une réplique lui vint aux lèvres aussitôt, mais elle la

retint. Elle regarda Poirot et son visage se colora d'un rouge profond. Puis elle détourna les yeux et baissa la tête.

— Oui, je sais, dit-elle d'une voix étouffée. Il me hait pour l'instant. Oui, il me hait… Mais qu'il fasse bien attention !

D'un geste vif, elle fouilla dans le réticule de soie posé sur le banc. Puis elle tendit la main, paume ouverte. Un minuscule revolver à crosse de nacre y luisait, ravissant jouet.

— Exquise babiole, n'est-ce pas ? Il a l'air trop inoffensif pour être vrai, mais il est vrai. Une seule de ces balles peut tuer. Et je tire très bien.

Elle eut un sourire lointain.

— Quand j'étais gamine et que ma mère m'a emmenée vivre en Caroline du Sud, mon grand-père m'a appris à tirer. Il était de la vieille école qui faisait confiance au revolver, en particulier quand son honneur était en jeu. Mon père aussi s'était battu plusieurs fois en duel quand il était jeune. Et c'était une fine lame. Un jour, il a tué un homme. A cause d'une femme. Autrement dit, monsieur Poirot, dit-elle en le regardant droit dans les yeux, j'ai du sang chaud dans les veines. J'ai acheté cet objet dès que j'ai compris ce qui se passait. Je voulais tuer l'un des deux, mais je n'arrivais pas à décider lequel. Les deux, cela n'aurait pas été satisfaisant. Si j'avais été sûre d'effrayer Linnet… ! Mais elle a du cran. Elle ne connaît pas la peur physique. Alors j'ai décidé que j'allais… attendre ! Attendre s'est mis à me séduire un peu plus chaque fois que j'y repensais. Après tout, j'avais tout le temps. Pourquoi me presser ? C'était plus amusant d'attendre, de voir venir, de vivre de fantasmes. Et puis une idée m'est passée par la tête... l'idée de les suivre. Aussi loin qu'ils aillent, ils m'y trouveraient, *moi* ! Et ça a marché. J'ai réussi à embêter sérieusement Linnet. Rien n'aurait pu l'embêter autant. Ça lui met les nerfs à vif. C'est alors que j'ai commencé à jouir de la situation. Et elle ne peut rien faire. Je suis toujours aimable et polie. Ils ne peuvent pas me reprocher un seul mot déplacé. Et ça leur empoisonne tout, absolument tout !

Elle éclata d'un rire argentin. Poirot l'attrapa par le bras.

— Vous allez me faire le plaisir de vous tenir tranquille. Tranquille, je vous dis.

— Ah oui ? fit-elle en le regardant avec un sourire de défi.

— Mademoiselle, je vous en conjure, cessez ce que vous êtes en train de faire.

— Vous voulez que je laisse cette chère Linnet en paix ?

— Ça va beaucoup plus loin que ça. N'ouvrez pas votre âme au mal.

Elle le regarda, un peu ahurie.

— Parce que, poursuivit Poirot d'un ton grave, si vous continuez, le mal prendra possession de vous. Oui, sans aucun doute il viendra... Il vous submergera. Et il vous sera bientôt impossible de l'en chasser.

Elle leva sur lui un regard vacillant.

— Je... je ne sais pas... (Puis elle s'écria, catégorique :) Vous ne pourrez pas m'empêcher de continuer !

— Non, je ne peux pas vous en empêcher, dit Poirot avec tristesse.

— Même si je voulais la tuer… vous ne pourriez pas m'en empêcher.

— Non… pas si vous étiez prête à en payer le prix.

Jacqueline de Bellefort éclata de rire.

— Oh ! Je n'ai pas peur de la mort ! Après tout, quelle raison ai-je encore de vivre ? Vous réprouvez sans doute que l'on tue une personne qui vous a blessée à mort, qui vous a pris tout ce que vous possédiez au monde ?

— Oui, mademoiselle, je considère le meurtre comme un délit impardonnable, répondit Poirot d'un ton ferme.

Jacqueline recommença à rire.

— Alors vous devez approuver ma vengeance actuelle. Car, voyez-vous, aussi longtemps qu'elle durera, je n'utiliserai pas ce revolver… Mais parfois j'ai peur, oui, j'ai peur… de voir rouge tout à coup, d'avoir envie de lui faire du mal, de lui enfoncer un couteau dans le corps, de poser mon joli petit revolver sur sa tempe et puis de presser sur la détente… *Oh !*

Poirot sursauta.

— Que se passe-t-il, mademoiselle ?

Elle tourna la tête et plongea le regard dans l'obscurité.

— Quelqu'un !… Il y avait quelqu'un là-bas… Il est parti, maintenant.

Poirot regarda autour de lui. L'endroit paraissait désert.

— Je crois que nous sommes seuls, mademoiselle,

dit-il en se levant. De toute façon, j'ai dit tout ce que j'avais à dire. Je vous souhaite une bonne nuit.

Jacqueline se leva à son tour et adopta un ton presque suppliant :

— Vous comprenez, n'est-ce pas… que je ne peux pas faire ce que vous me demandez ?

Poirot secoua la tête.

— Non, car vous devez en être capable. Le moment du choix vient toujours. Pour votre amie Linnet aussi, il fut un temps où elle aurait pu reculer. Elle l'a laissé passer. Quiconque agit de cette façon est condamné à poursuivre son entreprise, il ne lui est pas offert de seconde chance.

— Pas de seconde chance…, répéta Jacqueline de Bellefort.

Elle resta un moment à remâcher ses pensées puis leva les yeux d'un air de défi.

— Bonne nuit, monsieur Poirot !

Il secoua la tête tristement et la suivit sur le chemin de l'hôtel.

6

Le lendemain matin, Simon Doyle aborda Hercule Poirot au moment où ce dernier quittait l'hôtel.

— Bonjour, monsieur Poirot.

— Bonjour, Mr Doyle.

— Vous allez en ville ? Me permettez-vous de vous accompagner ?

— J'en serai enchanté.

Ils marchèrent côte à côte, franchirent le portail de l'hôtel et pénétrèrent dans l'ombre fraîche des jardins. Simon ôta sa pipe de sa bouche.

— J'ai cru comprendre, monsieur Poirot, que ma femme avait eu une conversation avec vous hier soir ?

— C'est exact.

Simon Doyle semblait gêné. Il appartenait à cette catégorie d'hommes d'action qui ont du mal à traduire leurs pensées en mots et à s'exprimer clairement.

— Je suis heureux que vous lui ayez fait comprendre une chose : c'est que nous sommes plus ou moins impuissants dans cette affaire.

— Il est évident que vous n'avez aucun recours légal.

— Exact. Linnet n'a pas l'air de s'en rendre compte. (Il eut un vague sourire.) Elle a été élevée avec l'idée qu'on peut s'adresser à la police pour n'importe quel ennui.

— Ce serait trop beau ! dit Poirot.

Il y eut un silence. Puis Simon reprit, rougissant au fur et à mesure qu'il parlait :

— C'est… c'est une honte de la persécuter comme ça ! Elle n'a rien fait ! Si quelqu'un pense que je me suis conduit en goujat, grand bien lui fasse. C'est sans doute vrai. Mais je ne veux pas qu'on mette ça sur le dos de Linnet. Elle n'y est pour rien.

Poirot inclina gravement la tête mais resta muet.

— Avez-vous… euh… avez-vous parlé à Jackie… à Mlle de Bellefort ?

— Oui, je lui ai parlé.

— Et vous avez pu la ramener à la raison ?

— Hélas, non.

— Ne comprend-elle pas qu'elle se ridiculise ? s'emporta Simon. Qu'aucune femme convenable ne se comporterait comme elle le fait ? N'a-t-elle aucune fierté, aucun respect d'elle-même ?

Poirot haussa les épaules.

— Elle n'a conscience que d'avoir été… offensée.

— C'est entendu, mais bon sang ! Une fille normale ne se conduit pas comme ça. Je reconnais que j'ai tous les torts. Que je l'ai traitée comme il n'est pas permis et tout ce qu'on voudra. Je comprendrais qu'elle m'ait assez vu et ne veuille plus jamais me revoir. Mais me suivre partout… c'est *indécent* ! Elle se donne en spectacle ! Et que diable espère-t-elle obtenir ?

— Sa revanche, peut-être ?

— C'est idiot ! Franchement, je comprendrais mieux qu'elle donne dans le mélodrame… qu'elle me tire dessus, par exemple !

— Ça lui ressemblerait plus, vous pensez ?

— Ma foi, oui. Elle a le sang chaud… et elle n'est plus maîtresse d'elle-même. Rien de ce qu'elle pourrait faire dans un moment de rage ne me surprendrait de sa part. Mais cet espionnage…

Il secoua la tête.

— C'est plus subtil… oui ! C'est intelligent ! remarqua Poirot.

Doyle le foudroya du regard.

— Vous ne vous rendez pas compte ! Ça met les nerfs de Linnet à vif.

— Et les vôtres ?

Simon parut surpris.

— Les miens ? Oh, moi ? Je lui tordrais volontiers le cou, à ce petit démon.

— Vous n'éprouvez plus rien pour elle ?

— Mon cher monsieur Poirot, comment dire ça ?… C'est comme la lune quand le soleil se lève. Vous ne la voyez plus. Eh bien, quand j'ai rencontré Linnet, Jackie n'a plus existé pour moi.

— Tiens, c'est drôle ça ! marmonna Poirot.

— Pardon ?

— Votre comparaison m'intéresse, c'est tout.

Rougissant de nouveau, Simon reprit :

— J'imagine que Jackie vous a raconté que j'avais

épousé Linnet pour son argent ? Bon Dieu, il n'y a pas un mot de vrai là-dedans ! Je n'aurais jamais épousé une femme pour son argent ! Ce que Jackie ne comprend pas, c'est qu'un type ait du mal à supporter qu'on tienne à lui comme… comme elle tenait à moi.

— Ah ? fit Poirot en lui lançant un regard perçant.

Simon s'enferra :

— Cela paraît mufle de dire ça… mais Jackie m'aimait trop !

— *L'une qui aime et l'autre qui se laisse aimer*, murmura Poirot.

— Hein ? Vous dites ? Vous savez, un homme tolère mal qu'une femme l'aime plus qu'il ne l'aime. Il ne veut pas se sentir *possédé* corps et âme, poursuivit-il en s'échauffant. « Cet homme est à *moi* ! Il *m'appartient...* » Je ne peux pas supporter cette attitude possessive. Aucun homme ne peut supporter ça. Ça donne envie de s'en aller, de se libérer. On veut *posséder* sa femme et non *être possédé* par elle.

Simon s'arrêta et, d'une main qui tremblait un peu, alluma une cigarette.

— Et c'est ce que vous éprouviez avec Mlle Jacqueline ? demanda Poirot.

— Hein ? Euh… oui… eh bien, en fait, oui. Elle ne s'en rendait pas compte, évidemment. Et ce n'est pas le genre de chose que j'aurais pu lui dire. Mais je *commençais* à en avoir assez. C'est alors que j'ai rencontré Linnet et elle a tout balayé. Je n'avais jamais vu femme aussi adorable. C'était stupéfiant. Tout le monde se prosternait à ses pieds et c'était moi, pauvre misérable, qu'elle choisissait.

Il avait dit ça avec un émerveillement de petit garçon naïf.

— Je comprends, dit Poirot, pensif. Oui, je comprends.

— Pourquoi Jackie ne réagit-elle pas en homme ? demanda Simon avec rancœur.

— Eh bien, voyez-vous, Mr Doyle, le problème, c'est qu'elle n'a *rien* d'un homme.

— Non, ça va de soi, mais je voulais dire en bonne joueuse. Après tout, quand le vin est tiré, il faut le boire. Tout est ma faute, je le reconnais. Mais c'est comme ça. Une femme que l'on n'aime plus, ce serait de la folie furieuse que de l'épouser. Et maintenant que je vois la véritable personnalité de Jackie et jusqu'où elle est capable d'aller, j'ai l'impression de l'avoir échappé belle.

— Jusqu'où elle est capable d'aller…, répéta Poirot, pensif. Avez-vous une idée, Mr Doyle, de ce que cela représente ?

Simon le regarda, plutôt surpris.

— Non. Du moins… qu'entendez-vous par là ?

— Savez-vous qu'elle a un revolver sur elle ?

Simon fronça les sourcils puis secoua la tête.

— Je ne pense pas qu'elle s'en servira… enfin plus maintenant. Elle aurait pu le faire plus tôt, mais le moment est passé. A présent, elle se décharge de sa rancune sur nous deux.

Poirot haussa les épaules.

— Peut-être bien, dit-il, sceptique.

— Mais c'est pour Linnet que je me fais du souci, crut bon d'ajouter Simon.

— Je le conçois, en effet, dit Poirot.

— Je n'ai pas vraiment peur que Jackie nous joue un mélodrame et se mette à tirer. Mais cette filature, cet espionnage incessant poussent Linnet à bout. Je vais vous expliquer le plan que j'ai échafaudé, et peut-être pourrez-vous m'aider à le mettre au point. Pour commencer j'ai clamé assez fort pour que tout le monde l'entende que nous allions rester ici une dizaine de jours. Mais le *Karnak* quitte Shellal demain pour Ouadi Halfa. Je me propose de réserver deux places sous un nom d'emprunt. Et demain, nous partirons en excursion pour Philae. La femme de chambre de Linnet se chargera des bagages. Nous rejoindrons le *Karnak* à Shellal. Quand Jackie s'apercevra que nous ne sommes pas rentrés, il sera trop tard, nous serons déjà en route. Elle en conclura que nous lui avons échappé et que nous sommes retournés au Caire. D'ailleurs, je peux même soudoyer le concierge pour qu'il le lui dise. Et une enquête à l'agence de voyages ne donnera rien puisque nos noms ne figureront nulle part. Alors, qu'en pensez-vous ?

— C'est bien conçu, oui. Mais, si elle attendait ici votre retour ?

— Nous pouvons ne pas revenir. Nous irions jusqu'à Khartoum et de là, peut-être au Kenya par avion. Elle ne peut tout de même pas nous suivre dans le monde entier !

— Non. Ne serait-ce que pour des raisons pécuniaires. Elle n'a pas beaucoup d'argent, si j'ai bien compris ?

Simon regarda Poirot avec admiration.

— Alors là, bravo ! Je n'y avais pas pensé. Jackie est pauvre comme Job.

— Et pourtant, elle s'est débrouillée pour vous suivre jusqu'ici ?

— Oh ! Elle touche un petit revenu, bien sûr. Quelque chose comme deux cents livres par an, je crois. J'imagine… oui, elle a dû réaliser son capital pour mener son train actuel.

— Donc, le jour viendra où elle aura épuisé ses ressources et se retrouvera sans le sou ?

— Oui…

Simon eut l'air embarrassé. L'idée paraissait le mettre mal à l'aise. Poirot l'observait attentivement.

— Non, remarqua-t-il, ce n'est pas une idée bien agréable…

— Alors, là, je n'y peux rien ! s'écria Simon, furieux. Que pensez-vous de mon plan ? ajouta-t-il.

— Cela peut marcher, oui. Mais évidemment, c'est une *dérobade*…

Simon rougit.

— Vous voulez dire que nous prenons la fuite ? Oui… c'est vrai… Mais Linnet…

— Peut-être est-ce en effet la meilleure solution. Mais n'oubliez pas que Mlle de Bellefort est loin d'être stupide.

— Un jour, dit Simon d'un air sombre, il faudra que nous ayons une explication. Son attitude n'est pas raisonnable.

— « Raisonnable ! » Vous avez de ces mots ! s'écria Poirot.

— Je ne vois pas pourquoi les femmes ne pourraient pas se conduire en êtres rationnels, déclara Simon, imperturbable.

— Elles le font assez souvent, répliqua Poirot, grinçant. C'est encore plus inquiétant. Je serai aussi sur le *Karnak*, ajouta-t-il. Cela fait partie de mon itinéraire.

— Oh !

Simon eut un moment d'hésitation, puis il dit, cherchant ses mots :

— Ce n'est pas… ce n'est pas… euh… à cause de nous ? Je veux dire, je n'aimerais pas avoir à penser…

Poirot le désabusa aussitôt :

— Pas du tout. Mon programme, je l'avais déjà préparé à Londres. Je m'y prends toujours très à l'avance.

— Vous ne voyagez pas au gré de votre fantaisie ? Ce serait beaucoup plus agréable, non ?

— Peut-être. Mais pour réussir dans la vie, il est essentiel de prévoir le moindre détail à l'avance.

— C'est ainsi que s'y prennent les assassins les plus habiles j'imagine, dit Simon en riant.

— Oui. Et pourtant, le meurtre le plus brillant que je me rappelle, un des plus difficiles qu'il m'ait été donné de résoudre, a été commis sous l'impulsion du moment.

— Il faudra que vous nous racontiez quelques-unes de vos enquêtes quand nous serons à bord du *Karnak*, dit Simon avec une curiosité enfantine.

— Ah, non ! Je ne vais pas me mettre à parler boutique, comme on dit.

— Mais votre boutique est passionnante. C'est en tout cas l'avis de Mrs Allerton. Elle attend avec impatience l'occasion de vous poser un tas de questions.

— Mrs Allerton ? Cette charmante femme aux cheveux blancs, qui a un fils si dévoué ?

— Oui. Elle sera aussi sur le *Karnak.*

— Sait-elle que vous…

— Bien sûr que non, déclara Simon avec force. Personne ne le sait. J'ai pour principe de ne jamais me fier à qui que ce soit.

— Admirable principe… que j'ai adopté moi aussi. A propos, le dernier membre de votre trio, l'homme aux cheveux grisonnants…

— Pennington ?

— Oui. Il voyage avec vous ?

— Vous trouvez cela incongru pour une lune de miel ? Mr Pennington est l'homme d'affaires américain de Linnet. Nous sommes tombés sur lui par hasard, au Caire, répondit Simon d'un air mécontent.

— Ah, vraiment ! Me permettrez-vous une question ? Votre femme est majeure ?

Simon parut amusé.

— Elle n'a pas encore tout à fait vingt et un ans, mais elle n'avait besoin de la permission de personne pour m'épouser. Mr Pennington en est tombé des nues. Il avait quitté New York à bord du *Carmanic*, deux jours avant l'arrivée de la lettre dans laquelle Linnet lui annonçait son mariage. Il n'était au courant de rien.

— Le *Carmanic*, murmura Poirot.

— Il n'en est pas revenu quand nous l'avons croisé dans le hall du *Shepheard's*, au Caire.

— Quelle coïncidence, en effet !

— Après ça, nous avons découvert que nous faisions la même croisière sur le Nil, alors nous avons continué ensemble. Honnêtement, il était difficile d'agir autrement. Cela a d'ailleurs été… une sorte de soulagement. (Il eut de nouveau l'air embarrassé.) Vous comprenez, Linnet vivait dans une tension permanente, elle s'attendait à voir surgir Jackie n'importe où, n'importe quand. Quand nous étions seuls, tous les deux, nous ressassions sans cesse nos problèmes. Andrew Pennington nous a aidés en ce sens que nous avons été obligés de parler d'autre chose.

— Votre femme s'est-elle confiée à Mr Pennington ?

— Non ! répliqua Simon d'un ton agressif. Cela ne regarde que nous ! De plus, quand nous avons commencé cette croisière sur le Nil, nous pensions avoir vu la fin de cette histoire.

Poirot secoua la tête.

— Oh ! non, vous n'en avez pas vu la fin. Et vous n'êtes pas près de la voir. J'en suis sûr.

— Vous n'êtes pas très réconfortant, monsieur Poirot.

Poirot le regarda un peu irrité. « Cet Anglo-Saxon ne prend rien au sérieux, songeait-il. Pour lui, tout est un jeu. Il ne sera jamais adulte. »

Linnet Doyle, Jacqueline de Bellefort, elles, prenaient toutes les deux l'affaire au sérieux. Mais chez Simon, on ne trouvait rien qu'impatience masculine et contrariété.

— Me permettrez-vous encore une question indiscrète ? demanda Poirot. Est-ce vous qui avez eu l'idée de passer votre lune de miel en Egypte ?

Simon rougit.

— Non, bien sûr que non. En réalité, j'aurais préféré aller ailleurs, n'importe où, mais Linnet ne voulait pas en démordre. Et alors…

Il s'interrompit, hésitant.

— Bien entendu, dit gravement Poirot.

Il prit bonne note du fait que, lorsque Linnet ne voulait pas démordre de quelque chose, cette chose était tenue de se produire.

« J'ai entendu trois versions différentes de l'affaire, se dit-il. Celle de Linnet Doyle, celle de Jacqueline de Bellefort, et celle de Simon Doyle. Laquelle est la plus proche de la vérité ? »

7

Le lendemain matin vers 11 heures, Simon et Linnet Doyle partirent pour leur excursion à Philae. Du balcon de l'hôtel, Jacqueline de Bellefort les regarda embarquer sur leur pittoresque voilier. Ce qu'elle ne vit pas c'est le départ, devant l'hôtel, de la voiture chargée de bagages dans laquelle était assise une domestique à l'air réservé. La voiture tourna à droite, en direction de Shellal.

Il restait deux heures avant le déjeuner. Poirot décida d'aller se promener sur l'île Eléphantine qui se trouvait juste en face de l'hôtel.

Il descendit jusqu'à l'embarcadère. Deux hommes prenaient pied sur un des bateaux de l'hôtel et il se joignit à eux. Les deux hommes ne se connaissaient manifestement pas. Le plus jeune était arrivé la veille par le train. Grand, le cheveu brun, le visage mince et le menton énergique, il portait un pantalon de flanelle grise crasseux, et un chandail à col roulé particulièrement peu adapté au climat. L'autre, rondouillard et entre deux âges, ne tarda pas à entrer en conversation avec Poirot — comme ce dernier, il parlait couramment un… mauvais anglais. Loin de prendre part au débat, le jeune homme leur jeta un regard noir puis, leur tournant carrément le dos, se mit à admirer l'adresse avec laquelle le batelier nubien dirigeait le bateau du pied tout en manœuvrant la voile de la main. Tout était calme. Ils glissaient doucement sur l'eau le long des gros rochers noirs et une brise légère leur éventait le visage. Ils atteignirent très vite l'Eléphantine et, sitôt à terre, Poirot se dirigea droit sur le musée flanqué de son intarissable compagnon. Ce dernier tendit sa carte de visite à Poirot avec une courbette. Elle portait la mention : *Signor Guido Richetti, Archeologo.*

Pour ne pas être en reste, Poirot lui rendit sa courbette et lui tendit sa propre carte de visite. Ces formalités accomplies, ils pénétrèrent tous les deux dans le musée. L'Italien déversait un torrent d'érudition. Ils parlaient à présent en français.

Le jeune homme au pantalon de flanelle erra un moment dans le musée en bâillant puis s'échappa à l'air libre.

Poirot et le signor Richetti finirent par sortir le rejoindre. L'Italien voulait à tout prix jeter un coup d'œil aux ruines, mais Poirot, ayant aperçu une ombrelle verte familière au bord du fleuve, fila dans cette direction.

Mrs Allerton était assise sur un gros rocher, un carnet de croquis à portée de la main et un livre sur les genoux.

Poirot souleva poliment son chapeau, et Mrs Allerton engagea aussitôt la conversation.

— Bonjour, monsieur Poirot. J'imagine qu'il n'y a aucun moyen de se débarrasser de cette affreuse marmaille.

Elle était entourée de petites silhouettes noires, souriantes et gesticulantes, qui tendaient des mains implorantes en zézayant, pleines d'espoir : « Bakchich ! Bakchich ! »

— Je pensais qu'ils se lasseraient de moi, gémit Mrs Allerton. Cela fait plus de deux heures qu'ils m'observent et le cercle se resserre de plus en plus. De temps à autre, je crie « Imchi », je brandis mon ombrelle, et ils se dispersent un instant. Et puis ils reviennent, et ils me regardent, et ils m'épient… et ils ont les yeux crottés, tout comme le nez, et au fond, je crois que je n'aime pas vraiment les enfants… à moins qu'ils soient plus ou moins lavés et qu'ils aient des rudiments de bonnes manières.

Elle eut un rire sans joie.

Courtois, Poirot s'efforça de dissiper la bande, mais sans succès. Ils disparaissaient et réapparaissaient, se rapprochaient de nouveau…

— Si on pouvait être tranquille en Egypte, ce pays me plairait davantage, commenta Mrs Allerton. Mais on n'y est jamais seul nulle part. Il y a toujours quelqu'un pour vous harceler, vous demander de l'argent ou vous proposer des ânes, des colliers, ou une excursion dans un village indigène, ou une chasse au canard.

— C'est le grand inconvénient de ce pays, c'est vrai, dit Poirot.

Il étala soigneusement son mouchoir sur le rocher et s'assit avec précaution.

— Votre fils ne vous accompagne pas, ce matin ?

— Non, il avait quelques lettres à poster avant notre départ. Nous faisons l'excursion de la deuxième cataracte, vous savez.

— Moi aussi.

— Vous m'en voyez ravie. Il faut que je vous dise que je suis aux anges de vous avoir rencontré. Quand nous étions à Majorque, une certaine Mrs Cole nous a raconté des choses extraordinaires sur votre compte. Elle venait de perdre une bague avec un rubis en se baignant, et elle n'arrêtait pas de se lamenter que vous ne soyez pas là pour la lui retrouver.

— Diable ! Je ne suis pas scaphandrier !

Ils se mirent à rire.

— De ma fenêtre, poursuivit Mrs Allerton, je vous ai vu vous promener en compagnie de Simon Doyle, ce matin. Que pensez-vous de lui ? Il nous intéresse tous beaucoup.

— Ah ! Vraiment ?

— Oui. Son mariage avec Linnet Ridgeway a jeté la stupeur. Elle devait épouser lord Windlesham et, tout à trac, la voilà qui se fiance avec cet homme dont personne n'a jamais entendu parler.

— Vous la connaissez bien, madame ?

— Non, mais une de mes cousines, Joanna Southwood, est une de ses meilleures amies.

— Ah ! oui, j'ai souvent vu son nom dans les journaux. Miss Joanna Southwood est une jeune personne dont on parle beaucoup.

— Ça, elle sait très bien faire sa publicité.

— Vous ne l'aimez guère ?

— Je suis trop mauvaise langue, répondit Mrs Allerton d'un air contrit. Que voulez-vous, je suis vieux jeu. Je ne l'aime pas beaucoup, mais Tim et elle sont les meilleurs amis du monde.

— Je vois, dit Poirot.

Mrs Allerton lui lança un bref regard et changea de sujet.

— Les jeunes gens sont rares, ici. La jolie jeune fille brune, avec son épouvantable mère, la dame au turban, doit être à peu près la seule. J'ai remarqué que vous avez beaucoup parlé avec elle… Elle m'intéresse, cette enfant.

— Et pourquoi cela, madame ?

— Elle me fait de la peine. On peut souffrir terriblement quand on est jeune et sensible. Et je crois qu'elle souffre.

— Oui, elle n'est pas heureuse, cette pauvre petite.

— Tim et moi, nous l'avons surnommée « La Boudeuse ». J'ai essayé une ou deux fois de lui parler, mais elle m'a envoyée promener. Quoi qu'il en soit, elle fait aussi cette excursion sur le Nil, alors nous finirons bien par nous lier d'amitié, non ?

— C'est une éventualité à ne pas écarter, madame.

— Moi, je suis très sociable. Les gens m'intéressent énormément. Les gens de toute sorte… Tim prétend que cette fille aux cheveux noirs — je crois qu'elle s'appelle Bellefort — était fiancée à Simon Doyle. Ça doit être plutôt gênant pour eux de se retrouver comme ça ?

— Gênant est le moins qu'on puisse dire, oui, reconnut Poirot.

— C'est peut-être ridicule, mais elle me fait presque peur. On sent en elle tant de… de violence…

Poirot hocha doucement la tête.

— Vous n'avez pas tort, madame. Une grande force d'émotion, c'est toujours un peu effrayant.

— Les gens vous intéressent-ils aussi, monsieur Poirot ? Ou réservez-vous votre attention aux criminels en puissance ?

— C'est une catégorie qui n'exclut pas grand monde, madame.

Mrs Allerton eut l'air plutôt surprise.

— Vous le pensez vraiment ?

— A condition que le motif soit là, ajouta Poirot.

— Qui sera différent pour chacun ?

— Bien entendu.

Mrs Allerton hésita, un petit sourire aux lèvres.

— Même moi, peut-être ?

— Les mères, madame, sont particulièrement impitoyables quand leurs enfants sont en danger.

— C'est vrai… oui, vous avez tout à fait raison, répondit-elle gravement.

Après un instant de silence, elle reprit en souriant :

— J'essaie d'imaginer ce qui pourrait pousser au crime chacun des clients de l'hôtel. C'est très amusant. Simon Doyle, par exemple…

— Son crime serait très simple ; il irait droit au but. Sans s'embarrasser de subtilités.

— Il serait donc très facilement détecté ?

— Oui. Ce n'est pas le genre de tueur astucieux.

— Et Linnet ?

— Elle se conduirait comme la reine d'*Alice au Pays des Merveilles* : « Qu'on lui coupe la tête ! »

— Bien sûr ! Le droit divin du monarque ! Avec un petit côté vigne de Naboth, comme dans la Bible. Et cette redoutable Jacqueline de Bellefort, pourrait-elle commettre un meurtre ?

Poirot hésita un instant puis répondit :

— Oui, je pense qu'elle le pourrait.

— Mais vous n'en êtes pas certain ?

— Non. Elle m'intrigue, cette petite.

— Je ne vois pas Mr Pennington en assassin, et vous ? Il a l'air si boucané, si recuit… comme s'il n'avait pas de sang dans les veines.

— Mais il doit avoir un très fort instinct de conservation.

— Oui, sans doute. Et cette pauvre Mrs Otterbourne avec son turban ?

— Il y a toujours la vanité, madame.

— Comme motif de meurtre ? demanda Mrs Allerton, sceptique.

— Les motifs d'un meurtre sont parfois dérisoires, madame.

— Et quels sont les plus fréquents, monsieur Poirot ?

— Le plus fréquent… c'est l'argent… C'est-à-dire le profit sous toutes ses formes. Puis vient la vengeance, et ensuite l'amour, la peur, la haine, la bienfaisance…

— Monsieur Poirot !

— Mais si, madame. J'ai vu un cas où — appelons-le A — s'est vu éliminer par B dans le seul but d'aider C. Les assassinats politiques n'ont souvent pas d'autre mobile. On élimine quelqu'un parce que l'on considère qu'il représente un danger pour la société. On oublie que la vie et la mort sont l'affaire du Bon Dieu.

— Je suis heureuse de vous l'entendre dire. Quoi qu'il en soit, c'est Dieu qui choisit en fin de compte son instrument.

— Cette façon de penser recèle un danger, madame.

Mrs Allerton adopta un ton plus léger :

— Eh bien, monsieur Poirot, après cette conversation, je m'étonne qu'il y ait encore des gens en vie ! Il est temps de rentrer, ajouta-t-elle en se levant. Nous devons partir tout de suite après le déjeuner.

Ils atteignirent l'embarcadère au moment où le jeune homme au chandail à col roulé reprenait sa place sur le bateau. L'Italien s'y trouvait déjà. Quand le Nubien eut largué les amarres, Poirot adressa poliment une remarque à l'inconnu :

— Il y a des choses magnifiques à voir en Egypte, vous ne trouvez pas ?

Le jeune homme fumait une pipe nauséabonde. Il se l'ôta de la bouche et répliqua avec brièveté, avec énergie, et avec un accent qui surprenait par sa distinction :

— Elles me rendent malade.

Mrs Allerton mit son pince-nez et l'examina avec intérêt.

— Tiens ? Et pourquoi ça ? demanda Poirot.

— Prenez les pyramides par exemple. Ce sont

d'énormes blocs de maçonnerie inutiles, élevés pour satisfaire l'égoïsme d'un roi despotique et bouffi d'orgueil. Pensez à ces milliers d'hommes qui ont sué et peiné pour les construire et qui en sont morts. Cela me rend malade de penser aux souffrances et aux tortures qu'elles représentent.

— Alors, dit gaiement Mrs Allerton, vous préféreriez qu'il n'y ait ni pyramides, ni Parthénon, ni magnifiques tombeaux, ni temples, pour la satisfaction de savoir que les gens ont tous fait trois repas par jour et sont morts dans leur lit ?

Le jeune homme dirigea sur elle son regard mauvais.

— Je pense que les êtres humains ont plus d'importance que les pierres.

— Mais ils ne sont pas aussi durables, remarqua Poirot.

— Je préfère regarder un travailleur bien nourri plutôt que n'importe quelle prétendue œuvre d'art. C'est l'avenir qui compte, pas le passé !

C'en était trop pour le signor Richetti qui se lança dans un discours passionné, assez difficile à suivre.

Le jeune homme répliqua en expliquant à chacun ce qu'il pensait au juste du système capitaliste. Ses paroles étaient chargées de venin.

Lorsque sa tirade prit fin, ils étaient parvenus au débarcadère de l'hôtel.

— Eh bien, eh bien..., murmura gaiement Mrs Allerton en mettant pied à terre.

Le jeune homme la regarda d'un œil torve.

Dans le hall de l'hôtel, Poirot rencontra Jacqueline

de Bellefort. Elle était en tenue d'équitation. Elle lui fit un petit salut ironique.

— Je vais me promener à dos d'âne, déclara-t-elle. Me conseillez-vous les villages indigènes, monsieur Poirot ?

— C'est là que vous allez aujourd'hui, mademoiselle ? Eh bien, ils sont très pittoresques — mais ne dépensez pas trop d'argent dans l'artisanat local.

— Qui est importé d'Europe ? On ne me trompe pas si facilement !

Avec un petit salut, elle sortit dans le soleil éclatant. Poirot acheva ses bagages. Tâche aisée, car ses affaires étaient toujours rangées selon un ordre méticuleux. Puis, il descendit déjeuner dans la salle à manger.

Après le repas, le car de l'hôtel emmena les voyageurs pour la deuxième cataracte jusqu'à la gare où ils devaient prendre l'express quotidien du Caire à Shellal — un trajet d'une dizaine de minutes.

Il y avait là les Allerton, Poirot, le jeune homme en pantalon de flanelle crasseux et l'Italien. Mrs Otterbourne et sa fille, qui étaient parties en excursion à Philae et au barrage, devaient rejoindre le bateau à Shellal.

Le train du Caire via Louxor avait environ vingt minutes de retard. Il finit cependant par arriver et on eut droit alors aux habituelles scènes d'affolement. Les porteurs indigènes qui descendaient les valises se heurtaient à ceux qui les montaient. Quelque peu essoufflé, Poirot se retrouva enfin dans un compartiment avec une partie de ses bagages, plus ceux des Allerton et plus d'autres encore dont il ignorait totalement l'origine. Tim et sa mère avaient échoué ailleurs avec un reliquat de valises hétéroclites.

Le compartiment de Poirot était occupé par une vieille demoiselle — visage ridé, col-cravate amidonné, diamants à la douzaine et expression de mépris reptilien pour l'humanité en général. Elle gratifia Poirot d'un regard aussi noir qu'aristocratique et disparut derrière les pages d'un magazine américain.

Une jeune femme d'une trentaine d'années était assise en face d'elle. Grande, un peu mollassonne, elle avait de bons yeux marron de chien fidèle, le cheveu un tantinet hirsute et semblait manifester le désir quasi maladif de se rendre utile. De temps à autre, la vieille dame regardait par-dessus son magazine et lui lançait un ordre. « Cornelia, ramasse les couvertures. » « Quand nous arriverons, surveille ma valise. A aucun prix ne laisse quelqu'un la toucher. » « N'oublie pas mon coupe-papier. »

Le trajet fut bref. Dix minutes après, ils s'arrêtaient sur la jetée où les attendait le *Karnak*. Les Otterbourne étaient déjà à bord.

Le *Karnak* était plus petit que le *Papyrus* et que le *Lotus,* les vapeurs de la première cataracte, trop gros pour passer les écluses du barrage d'Assouan. Les passagers furent conduits à leur cabine. Le bateau n'étant pas plein, la plupart étaient logés sur le pont-promenade. Toute la partie avant du pont était occupée par un salon vitré où les passagers pouvaient s'installer pour admirer le fleuve. Sur le pont inférieur se trouvaient un fumoir et un petit salon et, plus bas encore, la salle à manger. S'étant assuré que ses affaires étaient bien dans sa cabine, Poirot retourna sur le pont pour assister aux manœuvres de départ. Il rejoignit Rosalie Otterbourne, appuyée au bastingage.

— Nous voici en route pour la Nubie. Cela vous fait plaisir, mademoiselle ?

La jeune fille poussa un profond soupir.

— Oui, j'ai l'impression de tout quitter, de partir enfin loin de tout, fit-elle avec un grand geste de la main.

Il y avait de la sauvagerie dans ce plan d'eau qui s'étendait devant eux, dans ces escarpements de rochers dénudés qui semblaient l'enclore, dans ces vestiges de maisons englouties par la montée des eaux consécutive à l'endiguement du fleuve. Le paysage tout entier respirait la mélancolie et dégageait une manière de charme quasi maléfique.

— Loin de tout le monde..., murmura Rosalie.

— A l'exception de vos proches, mademoiselle.

Elle haussa les épaules.

— Il y a quelque chose dans ce pays qui me rend... méchante. Qui fait remonter à la surface tout ce qui bout à l'intérieur. La vie est si injuste...

— Je me le demande. Il ne faut pas se fier aux apparences.

— Regardez ma mère, dit-elle entre ses dents, et regardez les autres... Pour la mienne, il n'y a qu'un seul dieu, le Sexe, et Salomé Otterbourne est son Prophète ! (Elle s'arrêta.) Je n'aurais pas dû dire ça, je suppose.

— A moi, vous pouvez. J'ai l'habitude d'en entendre de toutes les couleurs. Si, comme vous le prétendez, vous bouillez à l'intérieur — telle la confiture sur le feu — eh bien, laissez remonter l'écume à la surface et après on pourra la recueillir à la cuillère, comme ceci…

Il fit le geste de jeter quelque chose dans le Nil.

— Et hop ! C'est parti !

— Quel homme extraordinaire vous faites ! s'écria Rosalie.

Un sourire éclaira son visage maussade. Mais soudain, elle se raidit et s'exclama :

— Bon sang ! mais c'est Mrs Doyle et son mari ! Jamais je n'aurais cru qu'ils faisaient eux aussi cette excursion.

Linnet venait de sortir d'une cabine située vers le milieu du pont. Simon l'escortait. Poirot fut surpris de la voir aussi rayonnante, si pleine d'assurance. Son bonheur avait quelque chose de provocant. Simon aussi était transfiguré. Il souriait d'une oreille à l'autre, de l'air d'un gamin hilare.

— C'est magnifique, déclara-t-il en s'accoudant à son tour au bastingage. J'attends beaucoup de cette excursion, pas vous, Linnet ? C'est — comment dire ? — tellement moins touristique, tellement moins rebattu… J'ai l'impression que nous allons enfin pénétrer au cœur de l'Egypte.

— Oui, répondit vivement Linnet. C'est tellement plus… sauvage, d'une certaine façon.

Elle lui glissa la main sous le bras. Il la serra contre lui.

— Nous sommes enfin libres, Lin, murmura-t-il.

Le bateau s'éloignait de la jetée. Ils étaient en route

pour les sept jours de voyage que durait l'aller-retour à la deuxième cataracte.

Un petit rire argentin fusa derrière eux. Linnet pivota sur ses talons.

Jacqueline de Bellefort se dressait sur le pont de toute sa petite taille. Elle paraissait s'amuser beaucoup.

— Linnet, ça par exemple ! Si je m'attendais à te rencontrer ici ! Je croyais vous avoir entendu dire que vous comptiez rester dix jours à Assouan. Pour une surprise, tu m'avoueras… !

— Tu… tu n'es…, bégaya Linnet. (Elle se força à sourire.) Je… je ne m'attendais pas non plus à te voir.

— Non ?

Jacqueline se dirigea vers l'autre bastingage. Linnet serra de toutes ses forces le bras de son mari.

— Simon… Simon…

La bonne humeur de Doyle s'était envolée. Il avait l'air furibond. Ses poings se serraient en dépit des efforts qu'il faisait pour se dominer.

Ils s'éloignèrent un peu tous deux. Sans tourner la tête, Poirot saisit quelques bribes de phrases :

« Rentrer… impossible… nous pourrions… » Et puis, un peu plus fort la voix de Doyle, désespérée mais menaçante :

— Nous ne pouvons pas passer notre vie à fuir, Lin. Il faut en finir une bonne fois pour toutes.

On était quelques heures plus tard. Le jour déclinait. Debout dans le salon vitré, Poirot regardait droit devant. Le *Karnak* traversait un étroit défilé. Les falaises plongeaient à pic dans le fleuve rapide et profond qui bouillonnait entre elles. Ils avaient atteint la Nubie.

Poirot entendit un pas et Linnet surgit soudain près de lui. Elle avait les mains crispées. Il ne l'avait encore jamais vue dans cet état. Elle avait l'air d'une enfant abasourdie.

— Monsieur Poirot, dit-elle, j'ai peur… j'ai peur de tout. Je ne me suis jamais sentie comme ça. Tous ces rochers sauvages, ce paysage désolé, cette obscurité… Où allons-nous ? Que va-t-il se passer ? J'ai peur, je vous dis que j'ai peur. Tout le monde me hait. C'est la première fois que je ressens ça. J'ai toujours été gentille, j'ai toujours fait ce que j'ai pu pour les autres, et on me hait, un tas de gens me haïssent. A part Simon, je suis entourée d'ennemis… Penser qu'il y a des gens qui vous haïssent, c'est une sensation horrible…

— En voilà des idées, madame !

— Ce sont sans doute… les nerfs. J'ai l'impression que… que le danger rôde autour de moi.

Elle jeta un rapide coup d'œil derrière elle.

— Comment tout cela va-t-il se terminer ? fit-elle brusquement. Nous sommes prisonniers, ici. Pris au piège ! Il n'y a pas d'issue. Nous sommes obligés de continuer… je… je ne sais plus où j'en suis.

Elle se laissa tomber sur un siège. Poirot l'observa avec gravité. Son regard n'était pas dénué de compassion.

— Comment, mais comment a-t-elle pu apprendre que nous serions sur ce bateau ? reprit-elle.

— Elle a de la cervelle, vous le savez bien, répondit Poirot en secouant la tête.

— J'ai le sentiment que je ne lui échapperai jamais.

— Vous auriez pu vous organiser autrement. Je suis d'ailleurs surpris que vous ne l'ayez pas fait. Après tout, madame, l'argent n'est pas un obstacle pour vous. Pourquoi n'avez-vous pas loué votre propre *dahabieh* ?

— Si nous avions su… mais nous ne savons rien de tout ça. Et ç'aurait été difficile… Oh ! Vous ne comprenez rien à mes difficultés ! s'écria-t-elle avec une soudaine irritation. Je dois faire attention, avec Simon… Il est… Il est ridiculement sensible à… à l'argent. Au fait que j'en ai trop. Il voulait m'emmener dans un coin perdu en Espagne… il… il voulait payer lui-même toutes les dépenses de notre voyage de noces. Comme si cela avait de l'importance ! Les hommes sont stupides ! Il faudra bien qu'il s'habitue à… à vivre confortablement. Un *dahabieh*, c'est une idée qui l'aurait mis hors de lui, c'est… c'est le genre de choses qu'il considère comme une dépense inutile. Il faudra que je fasse son éducation… petit à petit.

Elle regarda Poirot et, fâchée, se mordit la lèvre comme si elle regrettait de s'être laissée entraîner à parler trop librement de ses difficultés.

Elle se leva.

— Je dois aller me changer. Désolée, monsieur Poirot. J'ai bien peur de vous avoir débité un tas de sottises.

8

Mrs Allerton, d'une élégance discrète dans sa robe de dentelle noire, descendit jusqu'au pont inférieur pour se rendre à la salle à manger. Son fils la rattrapa à la porte.

— Désolé, mère. J'avais peur d'être très en retard.

— Où sont nos places ?

La salle était garnie de petites tables. Mrs Allerton attendit que le steward, qui plaçait d'autres gens, ait le temps de s'occuper d'eux.

— A propos, reprit-elle, j'ai invité le petit Hercule Poirot à notre table.

— Oh non, mère ! Vous n'avez pas fait ça !

Tim paraissait réellement mécontent.

Sa mère le regarda avec étonnement. D'habitude, Tim était si accommodant !

— Cela t'ennuie, mon chéri ?

— Et comment ! C'est un prétentiard de première.

— Oh non, Tim ! Je ne suis pas d'accord avec toi.

— De toute façon, qu'avons-nous besoin de nous

embarrasser d'un étranger ? Cloîtrés comme nous le sommes sur ce bateau, ça va être une corvée de tous les instants. Nous allons l'avoir sur le dos matin, midi et soir.

— Je suis désolée, mon chéri, dit Mrs Allerton, très ennuyée. J'étais persuadée que cela t'amuserait. Après tout, il doit avoir connu bien des aventures. Toi qui adores les romans policiers…

Tim grogna.

— Je préférerais que vous ayez moins d'idées mirobolantes, mère. Mais j'imagine qu'on ne peut plus échapper à celle-là, maintenant ?

— Franchement, Tim, je ne vois pas comment…

— Oh ! bon, il va bien falloir s'accommoder de la situation.

Le steward vint les chercher et les installa à une table. Mrs Allerton paraissait perplexe. Tim était d'ordinaire si facile à vivre ! Cet éclat ne lui ressemblait pas. Il n'avait jamais fait montre du dégoût, de la méfiance habituels des Britanniques envers les étrangers. Tim était, au contraire, cosmopolite. Enfin… Elle soupira. Les hommes sont si difficiles à comprendre. Même le plus proche et le plus chéri d'entre eux peut avoir des réactions inattendues.

Ils étaient à peine assis qu'Hercule Poirot entra, d'un pas rapide et silencieux. Il s'arrêta près d'eux, la main sur le dossier d'une chaise.

— Puis-je, madame, profiter de votre aimable invitation ?

— Bien sûr. Asseyez-vous, monsieur Poirot.

— Vous êtes trop aimable.

Gênée, Mrs Allerton remarqua que Poirot jetait un rapide regard à Tim, et que celui-ci n'était pas parvenu à dissimuler son expression de mauvaise humeur.

Elle se fit un devoir de détendre l'atmosphère. Tandis qu'ils prenaient leur potage, elle examina la liste des passagers qui avait été posée à côté de son assiette.

— Tâchons d'identifier tout le monde, propo-sa-t-elle gaiement. Cela m'amuse toujours !

Elle se mit à lire :

— Mrs Allerton et Mr T. Allerton. Ça, c'est simple. Mlle de Bellefort. Ils l'ont mise à la même table que les Otterbourne, à ce que je vois. Je me demande ce que ça va donner avec Rosalie… Qui vient ensuite ? Le Dr Bessner. Le Dr Bessner ? Qui connaît le Dr Bessner ?

Elle arrêta son regard sur une table où quatre hommes étaient assis.

— Ce doit être le bibendum à moustache et au crâne rasé. Un Allemand, j'imagine. Son potage a l'air de lui plaire énormément !

Des bruits de succion parvenaient jusqu'à eux.

— Miss Bowers ? continua Mrs Allerton. Pouvons-nous deviner qui est miss Bowers ? Il y a trois ou quatre femmes qui… non, laissons-la de côté pour l'instant. Mr et Mrs Doyle. Bien sûr, les célébrités de la croisière. Elle est vraiment très belle et sa robe est une perfection.

Tim se retourna pour la voir. Linnet, son mari et Andrew Pennington occupaient une table d'angle. Linnet portait une robe blanche et un collier de perles.

— Plutôt quelconque et rudimentaire, cette robe,

grommela Tim. Juste un coupon de tissu avec une espèce de ficelle au milieu.

— Bien sûr, mon chéri ! Description typiquement masculine d'un modèle à 80 guinées !

— Je ne comprendrai jamais pourquoi les femmes dépensent tant d'argent pour s'habiller. Ça me paraît absurde.

Mrs Allerton poursuivit son enquête sur les passagers.

— Mr Fanthorp doit être un des quatre hommes à cette table-là. Le jeune homme si ostensiblement calme et qui ne dit jamais un mot. Assez beau visage, réfléchi et intelligent…

— Il est intelligent, oui, reconnut Poirot. Il ne dit rien, mais il écoute avec attention et il observe. Oui, il fait bon usage de ses yeux. Ce n'est pas le genre de garçon qu'on s'attend à rencontrer voyageant pour son plaisir dans cette partie du globe. Je me demande ce qu'il fait ici.

— Mr Ferguson, lut Mrs Allerton. Je parie que c'est notre ami, l'anti-capitaliste. Mrs Otterbourne et miss Otterbourne. Nous savons tout d'elles. Mr Pennington ? Alias oncle Andrew. A mon avis, c'est un bel homme…

— Voyons, mère ! dit Tim.

— Je le trouve même très bel homme, dans le genre sec, continua Mrs Allerton. La mâchoire plutôt brutale… Ce doit être un de ces hommes dont on parle dans les journaux et qui opèrent à Wall Street. Je suis sûre qu'il est extrêmement riche. Le suivant… M. Hercule Poirot, dont les talents sont malheureusement gaspillés pour l'instant. Tim, ne pourrais-tu pas concocter un joli petit crime pour M. Poirot ?

Sa plaisanterie bien intentionnée ne fit que ranimer le mécontentement de son fils. Il lui lança un regard mauvais. Mrs Allerton se dépêcha de continuer.

— Mr Richetti. Notre archéologue italien. Puis miss Robson, et pour finir, miss Van Schuyler. La dernière ne pose pas de problème. C'est cette vieille Américaine si laide qui a l'air décidée à n'adresser la parole qu'à ceux qui répondent exactement à ses normes. Elle est étonnante, non ? Une authentique pièce de musée… Les deux femmes qui l'accompagnent doivent donc être miss Bowers et miss Robson — une secrétaire, sans doute, la maigre au pince-nez, et une parente pauvre, la jeune femme à l'air pathétique qui, bien qu'elle soit traitée comme une esclave, a l'air heureuse de faire ce voyage. Je pense que Robson, c'est la secrétaire, et Bowers la parente pauvre.

— Faux, mère ! lança Tim qui avait retrouvé sa bonne humeur.

— Comment le sais-tu ?

— Parce que j'étais dans le petit salon, avant le déjeuner, et la vieille peau a dit à la femme qui l'accompagnait : « Où est miss Bowers ? Va la chercher tout de suite, Cornelia ! », et Cornelia est partie en trottinant comme un toutou bien dressé.

— Il faudra que je parle à miss Van Schuyler, dit Mrs Allerton d'un air rêveur.

Tim sourit.

— Elle vous enverra promener, mère.

— Pas du tout. Je préparerai minutieusement le

terrain. Je m'assiérai à côté d'elle et, au cours de la conversation, à voix basse — mais de tête — et avec mon accent le plus distingué, je lui citerai tous les gens titrés que je peux me rappeler. Une allusion en passant à ton petit cousin, le duc de Glasgow, pourrait bien faire l'affaire.

— Vous n'avez aucun scrupule, mère !

Les faits et gestes d'après le dîner ne manquèrent pas d'avoir un côté amusant pour qui s'intéresse à la nature humaine. Le jeune socialiste — c'était bien en effet, Mr Ferguson —, se retira dans le fumoir en fusillant du regard tous les passagers installés dans le salon vitré, sur le pont supérieur. Miss Van Schuyler se dirigea droit vers la meilleure table, à l'abri des courants d'air, où Mrs Otterbourne était déjà assise.

— Vous m'excuserez, j'en suis sûre, mais je pense avoir laissé mon tricot ici.

Sous son regard hypnotique, le turban se leva et abandonna la place. Mrs Van Schuyler s'installa avec sa suite. Mrs Otterbourne s'assit à proximité et hasarda quelques remarques qui furent reçues avec une politesse si glaciale qu'elle y renonça. Miss Van Schuyler trôna enfin dans un splendide isolement. Les Doyle étaient installés avec les Allerton. Le Dr Bessner avait choisi la compagnie tranquille de Mr Fanthorp. Jacqueline de Bellefort était seule avec un livre. Rosalie Otterbourne ne tenait pas en place. Mrs Allerton lui adressa la parole une ou deux fois et essaya de l'attirer dans son groupe, mais la jeune fille l'accueillit de la plus mauvaise grâce.

M. Hercule Poirot passa sa soirée à écouter Mrs Otterbourne discourir sur sa mission d'écrivain.

Comme il retournait à sa cabine, il aperçut Jacqueline de Bellefort. Accoudée au bastingage, elle tourna la tête et il fut frappé par son expression de profonde douleur. Plus aucune trace d'insouciance, de défi malicieux, de sombre et farouche triomphe.

— Bonne nuit, mademoiselle.

— Bonne nuit, monsieur Poirot. (Elle hésita, puis :) Vous avez été surpris de me trouver ici ?

— Pas tant surpris que désolé… tout à fait désolé…, répondit-il avec gravité.

— Désolé… pour moi, vous voulez dire ?

— C'est en effet ce que je voulais dire. Vous avez choisi la voie dangereuse… Comme nous avons embarqué sur ce bateau pour faire un voyage, vous avez embarqué pour faire votre propre voyage… un voyage sur une rivière rapide, au milieu de dangereux rochers, dirigé vers qui sait quels catastrophiques courants…

— Pourquoi dites-vous cela ?

— Parce que c'est vrai. Vous avez largué les amarres qui assuraient votre sécurité. Même si vous le vouliez, je doute que vous puissiez maintenant renverser la vapeur.

— C'est juste…, dit-elle très lentement.

Elle rejeta la tête en arrière.

— Oh ! Et puis il faut bien suivre son étoile, où qu'elle vous mène.

— Prenez garde, mademoiselle, que ce ne soit pas une fausse étoile…

Elle se mit à rire et à imiter les criaillements de perroquet des petits âniers :

— Ça pas bonne étoile, m'sieur ! Cette étoile, tomber…

Poirot allait sombrer dans le sommeil quand il fut réveillé par des murmures à deux voix. Il reconnut celle de Doyle qui répétait ce qu'il avait déjà dit lorsque le bateau avait quitté Shellal :

— Il faut en finir, maintenant…

« Oui, songea Poirot, il va bien falloir en finir. »

Ce qui n'était pas fait pour le rendre heureux.

9

Le bateau arriva de bonne heure le lendemain à Ez-Zebua. Radieuse, coiffée d'une capeline, Cornelia Robson fut une des premières à descendre. Snober les gens n'était pas son genre. Dotée d'un heureux caractère, elle était encline à aimer ses semblables.

L'apparition d'Hercule Poirot en complet blanc, chemise rose, cravate noire extra-large à nœud carré et casque colonial blanc ne provoqua pas chez elle les réactions qui auraient été celles de l'aristocratique miss Van Schuyler.

Comme ils remontaient ensemble une allée bordée de sphinx, elle répondit avec empressement à sa banale entrée en matière :

— Vos compagnes de voyage ne viennent pas visiter le temple ?

— Voyez-vous, cousine Marie — je veux dire miss Van Schuyler — n'est pas très matinale. Il lui faut faire très, très attention à sa santé. Ce qui fait qu'elle a besoin de la présence de miss Bowers, son infirmière.

Et elle dit aussi que ce temple n'est pas un des plus intéressants. Mais elle m'a très gentiment permis d'y aller.

— C'est très généreux de sa part, ironisa Poirot.

Peu soupçonneuse, la candide Cornelia acquiesça.

— Oh ! Elle est très gentille. C'est merveilleux de sa part de m'offrir ce voyage. J'ai beaucoup de chance. Je n'en croyais pas mes oreilles quand elle a proposé à ma mère de m'emmener.

— Et il vous plaît, ce voyage ?

— Oh ! C'est magnifique ! J'ai déjà vu l'Italie, Venise, Padoue, Pise… et puis le Caire… sauf qu'au Caire, cousine Marie était un peu souffrante et je n'ai guère pu sortir ; et maintenant cette croisière extraordinaire jusqu'à Ouadi Halfa…

— Vous avez une nature heureuse, mademoiselle, dit Poirot en souriant.

Songeurs, ses yeux allèrent se poser sur Rosalie qui, maussade, marchait seule devant eux.

— Elle est ravissante, n'est-ce pas ? dit Cornelia qui avait suivi son regard. Seulement un peu dédaigneuse. Elle est très anglaise, évidemment. Mais elle n'est pas aussi merveilleuse que Mrs Doyle ! Mrs Doyle est la femme la plus jolie, la plus élégante que j'aie jamais vue. Et son mari baise le sol sous ses pas, non ? Cette femme aux cheveux blancs est très distinguée, n'est-ce pas ? C'est la cousine d'un duc, je crois. Elle en parlait hier soir, juste à côté de nous. Mais elle n'est pas titrée, n'est-ce pas ?

Elle babilla ainsi jusqu'au moment où leur guide les arrêta pour entonner :

— Ce temple a été ainsi dédié au dieu égyptien Amon et au dieu-soleil Rë-Harakhte, symbolisé par une tête de faucon…

Il continua à débiter son texte sur un ton monocorde. L'éléphantesque Dr Bessner, son Baedeker à la main, marmonnait pour lui-même en allemand. Il préférait l'écrit à l'oral.

Tim Allerton ne s'était pas joint au groupe. Sa mère s'efforçait de briser la glace avec le discret Mr Fanthorp. Andrew Pennington, qui tenait Linnet Doyle par le bras, semblait fasciné par les mesures chiffrées que le guide récitait.

— Vingt-deux mètres de hauteur ? J'ai l'impression qu'il en fait un peu moins. Un grand bonhomme, ce Ramsès. Un Egyptien qui en voulait.

— Un grand homme d'affaires, oncle Andrew.

Andrew Pennington la regarda d'un œil approbateur :

— Vous êtes en forme ce matin, Linnet. Je me faisais du souci pour vous, ces jours-ci. Vous aviez les traits tirés.

Ils regagnèrent tous le bateau en bavardant. Une fois de plus, le *Karnak* reprit sa route.

Le paysage était moins aride, maintenant. On voyait des palmiers, des cultures…

Ce changement de décor parut soulager les passagers d'une sensation secrète d'oppression. Tim Allerton avait surmonté sa crise de mauvaise humeur. Rosalie paraissait moins maussade. Linnet aussi avait l'air détendue.

— Ce n'est pas très délicat de parler affaires à une jeune mariée pendant sa lune de miel, lui dit gentiment Pennington, mais il y a un ou deux détails que…

— Bien sûr, oncle Andrew ! (Linnet redevint aussitôt femme pratique.) Mon mariage change sans doute un peu la situation.

— Exact. Un de ces jours, il faudra que vous me signiez quelques papiers.

— Pourquoi pas tout de suite ?

Pennington regarda autour de lui. La plupart des passagers étaient sur le pont, dans l'espace situé entre le salon et les cabines. Il n'y avait dans le salon quasi désert que Mr Ferguson attablé avec une bière et qui sifflotait, les jambes allongées devant lui dans son pantalon de flanelle sale, M. Hercule Poirot, qui lui tournait le dos ; et miss Van Schuyler qui, assise à l'écart, lisait un livre sur l'Egypte.

— Très bien, dit Andrew Pennington.

Il sortit du salon. Linnet et Simon se sourirent d'un lent sourire qui prit quelques instants à s'épanouir.

— Heureuse, ma chérie ? demanda Simon.

— Très heureuse… C'est curieux, je ne me sens plus du tout inquiète ou mal à l'aise.

— Tu es merveilleuse, dit Simon d'un ton de profonde conviction.

Pennington revint avec une liasse de documents noircis d'une écriture serrée.

— Miséricorde ! s'écria Linnet. Il faut que je signe tout ça ?

— Ce n'est pas drôle pour vous, je sais, mais je

voudrais mettre vos affaires en ordre. Avant tout, il y a le bail de votre immeuble de la Cinquième Avenue… puis vos concessions dans l'Ouest…

Il continua de parler, tout en triant et en faisant bruisser les papiers.

Simon bâilla.

La porte donnant sur le pont s'ouvrit sur Mr Fanthorp. Il regarda autour de lui puis alla se poster à côté de Poirot qui contemplait l'eau bleue et le sable doré.

— … signez ici, conclut Pennington en posant un papier devant elle et en lui désignant l'endroit.

Linnet prit la feuille et la parcourut, la retourna pour lire la première page, la retourna de nouveau puis, prenant le stylo que Pennington avait mis à sa disposition, signa : *Linnet Doyle.*

Pennington rangea le document et lui en présenta un autre.

Fanthorp se rapprochait insensiblement d'eux. Il regardait par la fenêtre quelque chose qui paraissait beaucoup l'intéresser.

— Ceci est un simple transfert, disait Pennington. Vous n'avez pas besoin de le lire.

Linnet y jeta cependant un bref coup d'œil. Pennington lui présenta un troisième document. Elle le lut de bout en bout.

— Ils sont tout ce qu'il y a de réguliers, dit Andrew Pennington. Rien de particulier. Ce n'est que pure phraséologie légale.

Simon bâilla de nouveau.

— Ma chérie, tu ne vas tout de même pas tout lire ? Tu y seras encore à l'heure du déjeuner !

— Je lis toujours tout, répondit Linnet. C'est mon père qui m'a appris ça. Il peut toujours s'être glissé une erreur.

Pennington eut un rire plutôt sec.

— Vous êtes d'une conscience admirable, Linnet.

— Elle est plus consciencieuse que je ne le serai jamais, dit Simon en riant aussi. Je n'ai jamais lu un document juridique de ma vie ! Je signe là où on me dit de signer, sur la petite ligne en pointillé, un point c'est tout.

— C'est d'une terrible négligence ! déclara Linnet d'un ton de reproche.

— Je n'ai pas un cerveau d'homme d'affaires, répondit Simon gaiement. Je ne lis jamais rien. On me demande de signer ? Je signe. C'est le plus simple !

Andrew Pennington l'observait, pensif.

— C'est un peu risqué parfois, vous ne croyez pas, Doyle ? dit-il d'un ton ironique en se caressant la lèvre supérieure.

— Absurde ! répliqua Simon. Je ne fais pas partie de ces gens qui sont convaincus que le monde entier essaye de les enfoncer. Je suis confiant de nature, et ça paye, vous savez ! On a rarement cherché à m'avoir.

Soudain, à la surprise générale, le silencieux Mr Fanthorp se tourna vers eux et s'adressa à Linnet :

— Je ne voudrais pas me mêler de ce qui ne me regarde pas, mais laissez-moi vous dire combien j'admire votre sérieux. Les femmes que je rencontre dans ma profession… euh… je suis notaire… en sont lamentablement dépourvues. Ne jamais signer un document qu'on n'a pas lu, voilà qui est remarquable, tout à fait remarquable !

Il les salua d'une courbette. Puis, le visage un peu rouge, il se remit à contempler les berges du Nil.

Linnet hésita.

— Oh… euh… merci, dit-elle en réprimant un début de fou rire.

Ce jeune homme était d'un solennel !

Andrew Pennington paraissait sérieusement contrarié. Quant à Simon Doyle, il balançait entre l'amusement et l'agacement.

Les oreilles de Mr Fanthorp, vues de dos, étaient d'un rouge éclatant.

— Continuons, je vous prie, dit Linnet en souriant à Pennington.

Mais ce dernier était manifestement irrité.

— Je pense qu'il vaut mieux remettre à une autre fois, déclara-t-il. Comme… euh… comme l'a dit votre mari, si vous devez tout lire, nous serons encore ici à l'heure du déjeuner. Il serait dommage de se priver de cette vue. De toute façon, seuls les deux premiers documents étaient urgents… Nous nous remettrons au travail plus tard.

— Alors, sortons, proposa Linnet. Il fait terriblement chaud ici.

Ils gravirent tous trois les portes battantes.

Hercule Poirot tourna la tête. Il posa un regard songeur sur le dos de Mr Fanthorp ; puis il contempla Mr Ferguson, allongé de tout son long et qui sifflotait toujours, les yeux au plafond.

Finalement, il jeta un œil sur miss Van Schuyler,

assise toute droite dans son coin. Elle foudroyait Mr Ferguson d'un œil noir.

La porte à bâbord battit et Cornelia entra d'un pas précipité.

— Tu en as mis un temps ! glapit la vieille dame. Où étais-tu passée ?

— Excusez-moi, cousine Marie. La laine n'était pas là où vous me l'aviez dit. Elle était dans une autre valise…

— Ma chère enfant, c'est sans espoir, tu ne trouves jamais rien ! Je sais que tu fais de ton mieux, mon petit, mais tâche d'être un peu plus maligne, un peu plus vive ! C'est uniquement une question de *concentration.*

— Je suis désolée, cousine Marie. Je sais que je suis stupide.

— Quand on veut, on peut, mon petit, même si l'on n'est pas doué au départ. Je t'offre un voyage, et j'attends un minimum d'attention en retour.

Cornelia rougit.

— Je suis navrée, cousine Marie.

— Et où est miss Bowers ? L'heure de mes gouttes est passée depuis dix minutes. Va tout de suite la chercher. Le docteur a dit que c'était très important de…

Mais à cet instant précis, miss Bowers entra avec son médicament dans un petit verre.

— Vos gouttes, miss Van Schuyler.

— J'aurais dû les prendre à 11 heures, répliqua la vieille dame d'un ton cassant. S'il y a une chose que je déteste, c'est bien le manque de ponctualité.

— Il est très exactement 11 heures moins une demi-minute, dit miss Bowers en consultant sa montre.

— Il est 11 h 10 à ma montre !

— Vous verrez que c'est la mienne qui va juste. Elle n'a jamais varié d'une seconde, déclara miss Bowers, imperturbable.

Miss Van Schuyler avala le contenu du verre.

— Je me sens de plus en plus mal, dit-elle.

— Vous m'en voyez désolée, miss Van Schuyler.

Miss Bowers n'avait pas l'air le moins du monde désolée. Elle semblait complètement indifférente. De toute évidence, sa réponse avait été machinale.

— On étouffe, ici ! Installez-moi une chaise longue sur le pont, miss Bowers. Cornelia, apporte-moi mon tricot. Et tâche de ne pas le laisser tomber ! Ensuite, tu m'aideras à dévider mon écheveau.

La procession s'ébranla.

Mr Ferguson soupira, étira ses jambes et lança à la cantonade :

— Bon sang ! Je tordrais volontiers le cou de cette vieille chèvre !

— C'est le genre que vous détestez, hein ? demanda Poirot avec intérêt.

— Que je déteste ? Le mot est faible. Qu'est-ce que cette bonne femme a jamais fait pour quelqu'un ou pour quelque chose ? Elle n'a jamais travaillé, jamais levé le petit doigt. Elle s'est engraissée sur le dos des autres. C'est un parasite, un vulgaire parasite ! D'ailleurs, il y a un certain nombre de gens sur ce bateau dont le monde pourrait se passer.

— Vraiment ?

— Oui. Cette fille, par exemple, qui était là, juste maintenant, à signer des transferts d'actions et à faire de l'esbrouffe ! Des centaines, des milliers de travailleurs triment comme des esclaves pour une bouchée de pain afin qu'elle ait des bas de soie et tout un tas de babioles inutiles. C'est une des femmes les plus riches d'Angleterre, à ce qu'on m'a dit, et elle n'a jamais trimé pour ça.

— Qui vous a dit qu'elle était une des femmes les plus riches d'Angleterre ?

Mr Ferguson lui lança un regard agressif.

— Quelqu'un avec qui vous ne voudriez pas être vu ! Quelqu'un qui travaille de ses mains et qui n'en a pas honte ! Pas un de vos bons à rien de dandys à la noix.

Il regardait d'un œil désapprobateur la chemise rose et le nœud carré de Poirot.

— Moi, je travaille avec ma cervelle, et je n'en ai pas honte, contre-attaqua Poirot.

Mr Ferguson émit un grognement.

— Il faudrait les fusiller, tous autant qu'ils sont ! déclara-t-il.

— Mon cher garçon, quel goût vous avez pour la violence !

— Que peut-on obtenir sans elle, pouvez-vous me le dire ? Il faut d'abord détruire pour pouvoir reconstruire.

— C'est certainement plus facile, plus bruyant, et beaucoup plus spectaculaire.

— Vous *fabriquez* quoi pour gagner votre vie ? Rien du tout, je parie. Vous êtes sans doute un de ces petits bourgeois moyens qui jouent les intermédiaires.

— Je ne suis pas un « petit bourgeois moyen »

comme vous dites bizarrement. Je suis un être supérieur, déclara Poirot avec un rien d'arrogance.

— Qu'est-ce que vous *fabriquez ?*

— Je suis détective, dit Poirot de l'air modeste dont on déclare : « Je suis roi. »

— Bonté divine ! s'écria le jeune homme, sérieusement abasourdi. Vous voulez dire que cette fille se trimballe avec un flic ? Elle prend soin de sa précieuse petite personne à ce point-là ?

— Je n'ai aucun rapport avec Mr et Mrs Doyle, dit Poirot sèchement. Je suis en vacances.

— Alors on s'offre un petit congé !

— Et vous ? Vous n'y êtes pas, vous, en vacances ?

— En vacances ! (Mr Ferguson émit un nouveau grognement.) J'étudie la situation générale, ajouta-t-il, énigmatique.

— Très intéressant, murmura Poirot en se dirigeant vers la porte.

Miss Van Schuyler était installée au meilleur endroit du pont. Cornelia était à genoux devant elle, les bras tendus entourés d'un écheveau de laine grise. Miss Bowers, piquée sur une chaise et raide comme la justice, lisait le *Saturday Evening Post.*

Poirot se dirigeait en flânant vers tribord. En contournant la poupe, il faillit se heurter à une femme qui leva vers lui un visage surpris — un visage piquant, très latin. Vêtue d'une petite robe noire, elle venait de bavarder avec un solide gaillard en uniforme, un mécanicien du bord, à en juger par son aspect. Ils avaient tous les deux la même expression coupable et inquiète. Poirot se demanda de quoi ils avaient bien pu parler.

Il continua sa promenade en revenant par bâbord. La porte d'une cabine s'ouvrit, lui précipitant presque Mrs Otterbourne dans les bras. Elle portait un déshabillé de satin écarlate.

— Je suis désolée, cher monsieur Poirot, absolument désolée ! Ça bouge… ça bouge tellement, vous comprenez ? Je n'ai jamais eu le pied marin. Si seulement ce bateau voulait bien se tenir tranquille… (Elle s'accrocha à son bras.) Je ne peux pas supporter ce roulis… Je n'ai jamais aimé les voyages en bateau. Et on me laisse seule, des heures et des heures. Ma fille… ma fille n'a pas de cœur… elle ne comprend pas sa pauvre vieille mère qui a tout fait pour elle… (Mrs Otterbourne se mit à pleurer.) J'ai travaillé pour elle comme une esclave… Je me suis usée jusqu'à l'os… jusqu'à l'os… Une grande amoureuse… voilà ce que j'aurais pu être… une grande amoureuse… mais j'ai tout sacrifié… tout ! Et tout le monde s'en fiche ! Mais je vais le leur dire à tous… je vais de ce pas leur dire… combien elle me néglige et m'a toujours négligée… à quel point elle est dure et sans cœur… comment elle m'a obligée à faire ce voyage… ennuyeux à mourir… Je vais aller de ce pas le leur dire…

Elle se lança en avant. Poirot la retint gentiment.

— Je vais vous envoyer votre fille, madame. Retournez dans votre cabine, c'est préférable.

— Non. Je veux dire à tout le monde, à tout le monde sur ce bateau…

— C'est trop dangereux, madame. Cette portion du Nil est très mauvaise. Vous pourriez passer par-dessus bord.

Mrs Otterbourne lui lança un regard dubitatif.

— Vous pensez ? Vous le pensez vraiment ?

— Je le pense vraiment.

Il finit par la convaincre. Mrs Otterbourne vacilla, chancela, et rentra dans sa cabine.

Poirot dilata ses narines à une ou deux reprises. Puis il hocha la tête et alla trouver Rosalie qui était assise entre Mrs Allerton et Tim.

— Votre mère vous demande, mademoiselle.

Rosalie était en train de rire, presque heureuse. Aussitôt assombrie, elle lança à Poirot un rapide coup d'œil soupçonneux et s'éloigna d'un pas vif.

— Je n'arrive pas à comprendre cette petite, dit Mrs Allerton. Elle est tellement changeante. Un jour elle est aimable, et le lendemain elle vous envoie promener.

— Mal élevée comme il n'est pas permis, grommela Tim. Et un caractère de cochon.

Mrs Allerton secoua la tête.

— Non, je ne crois pas. A mon avis, elle est malheureuse.

Tim haussa les épaules.

— Bof ! des problèmes, nous en avons tous ! décréta-t-il, très sec.

Un signal retentit.

— Le déjeuner ! s'écria Mrs Allerton, ravie. Je meurs de faim !

Ce soir-là, Poirot remarqua que Mrs Allerton bavardait avec miss Van Schuyler. Quand il passa devant elle, elle lui fit un clin d'œil. Elle était en train de dire :

— Au château de Calfries, bien entendu… ce cher duc…

Libérée de son service, Cornelia se trouvait sur le pont. Le monumental Dr Bessner lui faisait un cours d'égyptologie tiré de son Baedeker. Cornelia l'écoutait, fascinée.

Accoudé au bastingage, Tim Allerton pérorait :

— Quoi qu'il en soit, ce monde est pourri…

— Ce n'est pas juste, répondait Rosalie Otterbourne, il y a des gens qui ont tout…

Poirot soupira. Il était bien content de n'être plus jeune.

10

Le lundi matin, sur le pont du *Karnak*, chacun exprimait son ravissement à sa manière. Le bateau était à quai et, à quelques centaines de mètres de là, le soleil levant illuminait un temple immense taillé dans le roc. Quatre colosses de pierre, sculptés dans la falaise et face au soleil levant, contemplaient le Nil pour l'éternité.

— Oh, monsieur Poirot ! s'exclama Cornelia Robson, qui se lança dans un discours décousu. Est-ce que ce n'est pas merveilleux ? Je veux dire qu'ils sont si grands, si paisibles… et à les regarder on se sent si petit… presque comme un insecte… et on se dit que plus rien n'a vraiment d'importance, vous ne trouvez pas ?

— Très… euh… impressionnant, murmura Mr Fanthorp, qui se trouvait à côté d'elle.

— C'est grandiose, n'est-ce pas ? déclara Simon Doyle qui allait et venait. Vous savez, monsieur Poirot, je ne cours pas après les temples, les points de vue et tout ça, mais un endroit comme ça, c'est saisissant, si vous voyez ce que je veux dire. Ces bons vieux pharaons devaient être des types formidables !

Les autres s'étaient éloignés. Simon Doyle baissa la voix :

— Je suis ravi d'avoir entrepris ce voyage. Les choses… se sont remises en place. Aussi étonnant que cela puisse paraître, c'est comme ça. Linnet a retrouvé son équilibre. Elle dit que c'est parce qu'elle fait enfin *face* à la situation.

— C'est très probable, en effet, répondit Poirot.

— Elle dit que lorsqu'elle a vu Jackie à bord, elle a été effondrée… et puis que, tout à coup, ça n'a plus eu aucune importance. Nous avons décidé de ne plus essayer de l'éviter. Nous la rencontrerons sur son propre terrain et nous lui montrerons que son comportement grotesque ne nous gêne pas le moins du monde. Cela ne se fait pas, c'est tout. Elle est persuadée de nous avoir désarçonnés, eh bien maintenant, désarçonnés, nous ne le sommes plus du tout. Il faut qu'elle le comprenne.

— Oui, dit Poirot, pensif.

— C'est formidable, non ?

— Oh oui, bien sûr.

Linnet apparut. Elle portait une robe légère, dans les tons abricot les plus doux. Elle souriait. Elle salua Poirot sans enthousiasme, d'un petit signe de tête, et entraîna son mari à l'écart.

Amusé, Poirot comprit que son attitude critique ne lui avait pas gagné les faveurs de Linnet. Elle avait l'habitude qu'on l'admire sans condition, quoi qu'elle fasse. Hercule Poirot avait failli à ce principe.

Mrs Allerton le rejoignit et murmura :

— Quelle différence chez cette fille ! Elle avait l'air malheureux et soucieux à Assouan. Aujourd'hui elle paraît si heureuse qu'on la croirait presque envoûtée.

Avant que Poirot n'ait pu répondre, on les appela. Le guide officiel les rassembla et tout le monde débarqua pour la visite d'Abou Simbel.

Poirot se retrouva cheminer à côté d'Andrew Pennington.

— C'est votre premier séjour en Egypte, n'est-ce pas ? lui demanda-t-il.

— Non, j'y suis venu en 1923. C'est-à-dire que j'ai fait un séjour au Caire, à l'époque. Mais je n'avais jamais remonté le Nil.

— Vous êtes arrivé sur le *Carmanic*, je crois… Du moins c'est ce que Mrs Doyle m'a dit.

Pennington lui lança un regard perçant.

— Oui, c'est exact, reconnut-il.

— Je me demandais si vous aviez rencontré des amis à moi qui étaient également à bord… les Rushington Smith.

— Je ne me rappelle personne de ce nom. Mais le bateau était bondé, et nous avons eu un temps épouvantable. De nombreux passagers ne sont jamais sortis de leur cabine et, de toute façon, le voyage est si court qu'on n'a pas le temps de savoir qui est à bord et qui n'y est pas.

— Oui, c'est juste. Quelle surprise ç'a dû être que de tomber sur Mrs Doyle et son époux ! Vous ne saviez pas qu'elle était mariée ?

— Non. Mrs Doyle m'avait écrit et sa lettre m'a

suivi, mais je ne l'ai reçue que quelques jours après notre rencontre inopinée au Caire.

— Vous la connaissez depuis longtemps, si je ne me trompe ?

— C'est un fait, monsieur Poirot. Je l'ai connue haute comme ça, répondit-il avec un geste à l'appui. Son père et moi étions des amis de toujours. Un homme remarquable, Melhuish Ridgeway… et qui a magnifiquement réussi.

— Il a laissé une grosse fortune à sa fille, paraît-il… Oh, pardon, ce n'est peut-être pas très délicat de dire ça.

Andrew Pennington parut amusé.

— Bah ! tout le monde le sait. Oui, Linnet est une femme riche.

— Cependant, le récent krach de la bourse a dû affecter tous les portefeuilles, même les plus sains ?

Pennington prit son temps pour répondre.

— C'est vrai, jusqu'à un certain point, dit-il enfin. La situation est très incertaine en ce moment.

— Cependant, j'ai l'impression que Mrs Doyle a le génie des affaires.

— C'est sûr. Oui, c'est sûr, Linnet est dotée d'un fabuleux sens pratique.

Ils étaient arrivés. Le guide commença son exposé sur le temple construit par Ramsès le Grand. Les quatre colosses, deux de chaque côté de l'entrée, figurant Ramsès lui-même, toisaient de tout leur haut les petits groupes de touristes disséminés çà et là.

Dédaignant les enseignements du guide, le signor Richetti examinait, à la base des colosses, les reliefs représentant des captifs nègres et syriens. A pénétrer dans le temple obscur, les touristes éprouvèrent un sentiment de paix. On attira leur attention sur des fresques dont les couleurs avaient traversé les âges, mais ils commençaient à se séparer par petits groupes.

Lisant à haute voix son Baedeker allemand, le gros Dr Bessner ne s'arrêtait que de temps à autre pour traduire quelque chose à l'intention de Cornelia qui l'escortait docilement. Mais cela ne devait pas durer. Miss Van Schuyler, qui venait d'apparaître au bras de la flegmatique miss Bowers, commanda :

— Cornelia, viens ici !

Et la leçon prit fin.

Le Dr Bessner la suivit des yeux, à travers ses verres épais, en souriant aux anges.

— Une charmante demoiselle, déclara-t-il à Poirot. Et l'air sous-alimentée comme la plupart des jeunes filles elle n'a pas ! Non, des courbes elle a où il faut. Et puis avec une grande intelligence elle écoute ; un plaisir c'est de l'instruire.

Cornelia avait pour destin soit d'être malmenée, soit d'être éduquée, pensa Poirot. De toute façon, elle écoutait toujours, elle ne parlait jamais.

Cornelia ainsi rappelée à l'ordre, miss Bowers se trouvait libérée pour un moment. Debout au milieu du temple, elle promenait autour d'elle son regard froid, dépourvu de curiosité. Ses réactions aux merveilles du passé étaient des plus sommaires.

— Le guide dit que l'un de ces dieux s'appelle Mut. On aura tout vu !

Dans l'obscurité du sanctuaire trônaient pour l'éternité quatre divinités dont l'isolement augmentait étrangement la majesté.

Linnet était là, devant elles, le bras passé dans celui de son mari, le visage levé vers lui — un visage typique de la civilisation moderne, curieux, intelligent, indifférent au passé.

— Viens, sortons d'ici, dit soudain Simon. Je n'aime pas ces quatre types-là… surtout celui qui a cet invraisemblable gibus.

— C'est Amon, je suppose. Et celui-là, c'est Ramsès. Pourquoi ne les aimes-tu pas ? Moi, je les trouve très impressionnants.

— Bigrement trop impressionnants. Ils ont quelque chose d'inquiétant. Allons dehors, au soleil !

Linnet céda en riant.

Ils sortirent du temple dans le soleil et le sable chaud et doré. Linnet se remit à rire. A leurs pieds, horribles à voir, comme si elles avaient été tranchées, s'alignaient les têtes d'une demi-douzaine de petits Nubiens. Ils roulaient des yeux et balançaient la tête de droite à gauche en scandant une nouvelle litanie :

— Hip ! hip ! hip ! hourra ! Très bon, très joli. Merci beaucoup.

— Mais c'est incroyable ! Comment font-ils ça ? Ils se sont vraiment enterrés jusqu'au cou ?

Simon leur lança de la menue monnaie.

— Très bon, très joli, très cher, dit-il en les imitant.

Les deux gamins responsables du « spectacle » ramassèrent soigneusement les pièces.

Linnet et Simon continuèrent leur chemin. Ils n'avaient aucune envie de remonter à bord et ils en avaient assez des visites touristiques. Ils s'assirent, le dos à la falaise, et se laissèrent rôtir au soleil. « Comme c'est délicieux, le soleil, songea Linnet. C'est si chaud, si rassurant… Comme c'est délicieux d'être heureux… Comme c'est délicieux d'être moi — moi… moi… Linnet… »

Ses yeux se fermèrent. Elle dormait à moitié, flottant dans sa rêverie comme dans un nuage de sable.

Simon avait les yeux ouverts. Lui aussi était satisfait. « Quel idiot j'ai été de m'inquiéter le premier soir… Il n'y avait pas de raison… Tout va bien… Finalement, on peut se fier à Jackie… »

Il y eut un cri… des gens accouraient, agitant les bras, hurlant…

Simon les regarda d'abord bêtement. Puis il sauta sur ses pieds et tira Linnet après lui.

Il était temps. Un énorme rocher qui dégringolait la falaise vint s'écraser près d'eux. Si Linnet n'avait pas bougé, elle aurait été réduite en bouillie.

Livides, ils se cramponnèrent l'un à l'autre. Hercule Poirot et Tim Allerton arrivèrent en courant.

— Ma parole, madame, il était moins une !

Machinalement, ils levèrent tous quatre les yeux vers le sommet de la falaise. On ne voyait rien de particulier. Mais un sentier longeait la crête. Poirot se souvenait d'y avoir vu déambuler des indigènes quand ils avaient débarqué.

Il regarda les deux époux. Linnet était encore sous le choc. Simon, lui, écumait de rage.

— Que le diable l'emporte ! s'écria-t-il.

Après un rapide coup d'œil à Tim Allerton, il reprit le contrôle de lui-même.

— Mince, alors ! fit Tim, vous l'avez échappé belle ! C'est un cinglé qui vous a balancé ce truc, ou il s'est détaché tout seul ?

Linnet était très pâle.

— Je pense… ça doit être un fou qui a fait ça, articula-t-elle avec peine.

— Vous auriez pu être écrabouillée. Vous n'auriez pas quelqu'un qui vous voudrait du mal, par hasard ?

La gorge sèche, Linnet ne sut quoi répondre à cette aimable plaisanterie.

— Retournez au bateau, madame, intervint Poirot. Vous avez besoin d'un remontant.

Ils partirent à grands pas, Simon toujours bouillant de rage, Tim s'efforçant de plaisanter afin de distraire Linnet du danger auquel elle venait d'échapper, Poirot avec gravité.

Et soudain, au moment même où ils atteignaient la passerelle, Simon s'arrêta net. Le plus complet ahurissement se lisait sur son visage.

Jacqueline de Bellefort était juste en train de descendre du bateau. Habillée d'une robe en vichy bleu, elle avait l'air d'une adolescente, ce matin-là.

— Bon sang ! marmonna Simon. C'était donc bien un accident !

Toute colère disparut de son visage. L'indescriptible soulagement qu'il éprouvait était si visible que Jacqueline en fut frappée.

— Bonjour ! dit-elle. Je crois que je suis un peu en retard !

Elle leur fit un petit signe de tête et se dirigea vers le temple. Simon serra le bras de Poirot. Les deux autres avaient continué de l'avant.

— Mon Dieu, quel soulagement… Je pensais… J'avais cru…

Poirot hocha la tête.

— Oui, oui, je sais ce que vous pensiez, dit-il.

Mais il avait toujours l'air grave et préoccupé. Il se retourna et nota ce qu'il était advenu des autres membres de leur groupe. Miss Van Schuyler revenait au bras de miss Bowers. Un peu plus loin, Mrs Allerton regardait en riant la rangée de têtes des petits Nubiens. Mrs Otterbourne lui tenait compagnie. Les autres n'étaient pas en vue.

Songeur, Poirot remonta à bord derrière Simon.

11

— Madame, qu'entendiez-vous lorsque vous disiez que Mrs Doyle était si heureuse qu'elle avait l'air envoûtée ?

Mrs Allerton parut un peu surprise. En compagnie de Poirot, elle gravissait péniblement la colline rocheuse qui surplombe la deuxième cataracte. Les autres grimpaient à dos de chameau, mais Poirot estimait que les mouvements du chameau rappelaient trop ceux d'un bateau. Quant à Mrs Allerton, elle tenait à conserver sa dignité.

Ils étaient arrivés à Ouadi Halfa la veille au soir. Et au matin, deux canots automobiles avaient déposé tout le groupe à la deuxième cataracte, à l'exception du signor Richetti qui avait tenu à aller de son côté à Semna, site isolé qui, d'après lui, était d'un intérêt capital. C'était la porte de la Nubie à l'époque d'Amenemhat III, et on pouvait y voir une stèle rappelant que les habitants du « pays des Noirs » avaient à s'acquitter de droits de douane pour entrer en Egypte.

On avait tout essayé pour décourager cet exemple d'individualisme, mais en vain. Inébranlable, le signor Richetti avait balayé toutes les objections, à savoir : (1) que cette excursion n'en valait pas la peine, (2) qu'elle était infaisable, vu l'impossibilité de trouver un véhicule là-bas, (3) qu'aucun chauffeur n'accepterait de faire le voyage, (4) que louer une voiture lui coûterait les yeux de la tête. S'étant moqué du (1), ayant exprimé son scepticisme à propos du (2), parié de trouver lui-même une voiture pour contrer le (3) et marchandé dans un arabe parfait le (4), le signor Richetti était enfin parti. Discrètement, de crainte qu'il ne vienne à l'idée d'autres touristes de s'écarter des chemins tracés à l'avance.

— Envoûtée ?

La tête de côté, Mrs Allerton réfléchissait à sa réponse.

— En réalité, je voulais dire qu'elle avait l'air d'éprouver cette espèce d'exaltation heureuse qui précède les désastres. Vous voyez… quelque chose comme « C'est trop beau pour être vrai ».

Elle développa son idée. Poirot l'écoutait attentivement.

— Merci, madame. Je comprends, maintenant. C'est étrange que vous ayez dit cela hier, juste avant que Mrs Doyle n'échappe de justesse à la mort.

Mrs Allerton frissonna.

— Elle l'a échappé belle, oui. Vous croyez qu'un de ces petits miséreux ait pu lui envoyer ce rocher pour s'amuser ? C'est le genre de chose que tous les gosses du monde sont capables de faire — sans même penser à mal.

Poirot haussa les épaules.

— C'est possible, madame.

Il changea de sujet, parla de Majorque et posa différentes questions pratiques à propos d'un éventuel séjour.

Mrs Allerton s'était prise d'affection pour Poirot, en partie, peut-être, par esprit de contradiction. Elle sentait bien que Tim s'efforçait de refroidir son amitié pour celui qu'il considérait comme un « prétentiard de première ». Mais elle ne considérait pas Poirot comme un prétentiard. C'était sans doute la manière un peu exotique qu'il avait de s'habiller qui éveillait des préjugés chez son fils. Elle, au contraire, trouvait en lui un compagnon intelligent et stimulant. Compatissant, aussi. Elle s'était prise à lui confier l'aversion qu'elle éprouvait pour Joanna Southwood. Ça l'avait soulagée d'en parler. Après tout, qu'y avait-il de mal à ça ? Il ne connaissait pas Joanna et ne la rencontrerait sans doute jamais. Pourquoi ne pas se délivrer du poids constant de cette jalousie ?

Au même moment, Tim et Rosalie Otterbourne étaient en train de parler d'elle. Plaisantant à moitié, Tim s'était plaint de son sort : il avait une mauvaise santé — pas assez mauvaise pour le rendre intéressant mais pas assez bonne pour lui permettre de mener l'existence qu'il aurait voulu —, peu d'argent, pas de métier fascinant.

— … Une vie tiède et monotone, avait-il conclu, mécontent.

— Vous possédez quelque chose qu'un tas de gens vous envieraient, avait répondu Rosalie.

— Et quoi donc ?

— Votre mère.

Tim fut à la fois surpris et ravi.

— Ma mère ? Oh oui, bien sûr, elle est exceptionnelle. C'est gentil à vous de l'avoir remarqué.

— Je la trouve merveilleuse ! Elle est adorable — si calme, si équilibrée, comme si rien ne pouvait la troubler, et de plus... De plus, elle est toujours prête à voir le bon côté des choses ...

Rosalie en bégayait. Tim éprouva soudain pour elle un sentiment chaleureux.

Il aurait voulu lui retourner le compliment mais — hélas ! — Mrs Otterbourne représentait pour lui la plus grande catastrophe qu'on puisse rêver sur terre. Il se sentit gêné de ne rien trouver d'aimable à lui répondre.

Miss Van Schuyler était restée dans le canot. Elle ne pouvait prendre le risque de faire cette ascension ni à dos de chameau ni sur ses jambes. D'un ton cassant, elle avait dit :

— Je suis au regret d'avoir à vous demander de rester avec moi, miss Bowers. Je comptais sur Cornelia, mais les jeunes filles sont tellement égoïstes ! Elle s'est sauvée sans un mot. Et qui plus est, je l'ai vue qui parlait à ce Ferguson, ce jeune homme déplaisant et mal élevé. Cornelia me déçoit énormément. Elle n'a pas le moindre sens des convenances.

— Cela ne fait rien, miss Van Schuyler, répondit miss Bowers avec son prosaïsme habituel. Il fait trop chaud pour grimper là-haut, et ces selles de chameau ne me disent rien qui vaille. Il y a toutes les chances pour qu'elles soient pleines de puces.

Elle ajusta ses lunettes, plissa les paupières pour mieux voir le groupe qui descendait la colline, et remarqua :

— Miss Robson n'est plus avec le jeune homme. Elle est avec le Dr Bessner.

Miss Van Schuyler émit un grognement. Depuis qu'elle avait découvert que le Dr Bessner dirigeait une grande clinique en Tchécoslovaquie et qu'il avait une réputation de médecin à la mode bien établie en Europe, elle était disposée à se montrer aimable avec lui. D'autant plus qu'elle pouvait avoir besoin de ses services d'ici la fin de la croisière.

Quand les excursionnistes remontèrent à bord du *Karnak*, Linnet poussa un cri de surprise :

— Un télégramme pour moi ! (Elle l'ôta du tableau d'affichage et l'ouvrit.) Hein ?… Je ne comprends pas… *pommes de terre*, *betteraves*... Simon, qu'est-ce que cela signifie ?

Simon regardait par-dessus son épaule quand il entendit une voix furibonde :

— Je vous demande bien pardon, mais ce télégramme m'est destiné !

Le signor Richetti l'arracha des mains de Linnet et s'éloigna après l'avoir gratifiée d'un regard meurtrier.

Linnet resta une seconde interdite, puis elle examina l'enveloppe.

— Oh, Simon ! Je suis stupide ! C'est Richetti, pas Ridgeway… de toute façon, je ne m'appelle plus Ridgeway. Il faut que je lui fasse des excuses.

Elle alla rejoindre l'archéologue à l'arrière du bateau.

— Je suis désolée, signor Richetti. Vous comprenez, je m'appelais Ridgeway avant de me marier, et comme je ne suis pas mariée depuis longtemps…

Elle se tut et lui sourit, l'invitant à sourire lui-aussi de ce faux-pas de jeune épousée. Mais Richetti ne trouvait visiblement pas cela drôle du tout. La Reine Victoria elle-même, à ses pires moments de mécontentement, n'aurait pas pu avoir l'air plus revêche.

— Il faut lire les noms avec attention. La légèreté est impardonnable dans ce domaine.

Linnet se mordit la lèvre et s'empourpra. Elle n'avait pas l'habitude de voir ses excuses accueillies de cette façon. Elle fit demi-tour et, ayant rejoint Simon, déclara avec irritation :

— Ces Italiens sont insupportables !

— Oublions tout ça, ma chérie. Allons voir ce crocodile en ivoire qui t'a tant plu.

Ils descendirent tous deux à terre. Poirot les regardait s'éloigner le long du quai quand il entendit à côté de lui une respiration sifflante. C'était Jacqueline de Bellefort, les mains crispées sur la rambarde. Son expression le stupéfia. Il n'y avait plus rien en elle de gai ni de malicieux. Elle paraissait dévorée par un feu intérieur.

— Ils s'en fichent pas mal, maintenant, dit-elle d'une voix sourde et précipitée. Ils sont hors de portée. Je ne parviens plus à les atteindre… Ils se fichent bien que je sois là ou non… Je n'y parviens plus… Je ne parviens plus à les faire souffrir…

Ses mains tremblaient.

— Mademoiselle…

Elle l'interrompit.

— Oh ! c'est trop tard maintenant. Trop tard pour les conseils ! Vous aviez raison. Je n'aurais pas dû venir. Je n'aurais pas dû faire ce voyage. Comment avez-vous dit ? Un voyage de l'âme ? Mais je ne peux plus retourner en arrière. Je suis obligée de continuer. Et je continuerai. Ils ne doivent pas être heureux ensemble. Non, ils ne le seront pas. Je le tuerai plutôt.

Elle s'éloigna brusquement. Poirot la suivait des yeux lorsqu'une main se posa sur son épaule.

— Votre petite amie paraît bien énervée, monsieur Poirot !

Poirot se retourna et se trouva nez à nez avec une vieille connaissance.

— Colonel Race !

L'homme, grand et bronzé, sourit.

— Quelle surprise, hein ?

Hercule Poirot et le colonel Race s'étaient rencontrés à Londres, l'année précédente, au cours d'un dîner très étrange — dîner qui s'était achevé par la mort de leur hôte, homme non moins étrange.

Poirot savait que Race était quelqu'un qui allait et venait, sans prévenir. On le rencontrait d'ordinaire dans les avant-postes de l'Empire, là où sévissaient des troubles.

— Alors vous êtes à Ouadi Halfa ? remarqua-t-il, songeur.

— Je suis ici, sur ce bateau.

— Ce qui veut dire ?

— Que je fais le voyage de retour jusqu'à Shellal avec vous.

Hercule Poirot haussa les sourcils.

— C'est très intéressant. Si nous allions boire quelque chose ?

Ils gagnèrent le salon vitré, presque vide à cette heure-là. Poirot commanda un whisky pour le colonel et une double orangeade archi-sucrée pour lui.

— Ainsi, vous faites le voyage de retour avec nous, dit Poirot. Vous n'iriez pas plus vite sur le bateau régulier qui circule de jour comme de nuit ?

Le colonel Race sourit, approbateur.

— Vous avez tapé dans le mille, comme d'habitude, monsieur Poirot.

— Alors, il s'agit des passagers ?

— De l'un des passagers.

— Allons bon ! Lequel ? Je me le demande..., fit Poirot en interrogeant le plafond.

— Malheureusement, je n'en sais rien moi-même, répondit Race à regret.

Poirot parut intéressé.

— Je n'ai pas de raison de faire des mystères avec vous. De nombreux troubles ont éclaté çà et là. Nous ne cherchons pas les hommes qui sont ouvertement à la tête des émeutiers. Nous cherchons ceux qui mettent la main à la pâte. Il y en avait trois. L'un est mort. L'autre est sous les verrous. Je veux le troisième — un homme qui a cinq ou six meurtres commis de sang-froid à son actif. C'est le mercenaire le plus intelligent qui ait jamais existé. Il est sur le bateau. Je le sais grâce au passage d'une lettre qui nous est tombée dans les mains. Décodé, il signifiait: « X sera à bord du *Karnak* du 7 au 13. » On ne disait pas sous quel nom X voyagerait.

— Avez-vous un signalement de cet individu ?

— Non. Il est d'ascendance américaine, irlandaise et française. Un melting-pot à lui tout seul ou je ne m'y connais pas. Nous n'en sommes pas plus avancés pour autant. Et vous, vous n'auriez pas une idée ?

— Une idée… c'est bien beau, dit Poirot, songeur.

Ils se comprenaient si bien que Race n'insista pas. Il savait que Poirot n'avançait jamais rien dont il ne soit certain.

Poirot se frotta le nez.

— Il se passe sur ce bateau des choses qui m'inquiètent beaucoup, dit-il d'un air malheureux.

Race l'interrogea du regard.

— Imaginez, continua Poirot, une personne A qui a porté un préjudice grave à une personne B. B veut se venger. B la menace.

— A et B sont à bord ?

Poirot hocha la tête.

— Précisément.

— Et je suppose que B est une femme ?

— Exactement.

Race alluma une cigarette.

— A votre place, je ne m'inquiéterais pas. Les gens qui clament à tous les vents ce qu'ils vont faire ne le font en général pas.

— Surtout les femmes, direz-vous. Oui, c'est vrai.

Mais Poirot n'en avait pas l'air plus heureux pour autant.

— Il y a autre chose ? demanda Race.

— Oui, il y a autre chose. Hier, la personne A a échappé de justesse à la mort, le genre de mort qui peut facilement passer pour un *accident*.

— Manigancé par B ?

— Non, c'est bien là le problème. B ne peut rien avoir à faire avec ça.

— Dans ce cas, c'était sans doute bel et bien un accident.

— Possible… mais je n'aime pas ce genre d'accident.

— Vous êtes sûr et certain que B ne peut pas y avoir mis la main ?

— Sûr et certain.

— Bah ! Les coïncidences, ça existe. Qui est cet A, à propos ? Un individu particulièrement exécrable ?

— Au contraire, c'est une jeune femme charmante, riche et belle.

Race sourit.

— On jurerait un roman de gare !

— Peut-être. Mais je ne suis pas tranquille, mon bon ami. Si j'ai raison, et après tout, vous savez que j'ai l'habitude d'avoir raison (Race sourit dans sa moustache), il y a de quoi être gravement inquiet. Et maintenant, voilà que vous venez m'ajouter une nouvelle complication. Vous m'annoncez qu'il y a un tueur à bord du *Karnak*.

— Sa cible habituelle n'est pas les charmantes jeunes femmes.

Mécontent, Poirot secoua la tête.

— J'ai peur, mon ami. J'ai peur… Aujourd'hui, j'ai

conseillé à cette femme, Mme Doyle, de ne pas rentrer à bord de ce bateau et d'aller plutôt à Khartoum avec son mari. Je prie le ciel que nous arrivions à Shellal sans catastrophe !

— Ne prenez-vous pas cette affaire un peu trop au tragique ?

— J'ai peur…, répéta-t-il simplement. Oui, moi, Hercule Poirot, j'ai peur…

12

C'était le lendemain soir — et il faisait encore très chaud. Le *Karnak* était revenu jeter l'ancre à Abou Simbel afin de permettre une seconde visite du temple, à la lumière artificielle, cette fois. La différence était considérable et Cornelia Robson faisait part de son émerveillement à Mr Ferguson, qui l'accompagnait.

— C'est fou ce qu'on voit mieux ! s'exclamait-elle. Regardez… tous ces ennemis qui ont eu la tête tranchée par le roi, ils ont l'air de se détacher carrément des fresques ! Et là, il y a une espèce de petit palais mignon comme tout que je n'avais même pas remarqué avant ! Si seulement le Dr Bessner était là, il m'expliquerait de quoi il s'agit !…

— Que vous puissiez supporter ce vieil imbécile, ça me dépasse, grommela Ferguson, la mine sombre.

— Voyons ! c'est l'homme le plus gentil que j'aie jamais rencontré !

— Ce vieux raseur pontifiant !

— Vous ne devriez pas parler comme ça.

Il l'attrapa soudain par le bras au moment où ils se retrouvaient dehors, au clair de lune.

— Pourquoi supportez-vous de vous laisser importuner par des bonshommes vieux et gras… et persécuter par une méchante vieille sorcière ?

— Voyons ! Mr Ferguson !

— N'avez-vous donc aucun courage ? Ne savez-vous pas que vous valez autant que cette toupie ?

— Mais bien sûr que non ! s'écria Cornelia avec une sincère conviction.

— Vous n'êtes pas aussi riche — c'est tout ce que vous voulez dire.

— Non, ce n'est pas ça. Cousine Marie est très cultivée et…

— Cultivée ! (Le jeune homme lui lâcha le bras aussi brusquement qu'il s'en était emparé.) Ce mot me donne la nausée !

Cornelia le dévisagea non sans inquiétude.

— Cela ne lui plaît pas que vous me parliez, n'est-ce pas ? demanda-t-il.

Cornelia rougit, embarrassée.

— Pourquoi ? Parce qu'elle pense que je lui suis socialement inférieur ! Peuh ! Cela ne vous fait pas voir rouge ?

— Si seulement vous preniez les choses moins à cœur, bredouilla Cornelia.

— Vous ne comprenez pas — et pourtant vous êtes américaine — que tous les hommes naissent libres et égaux ?

— Certainement pas, répliqua Cornelia avec une assurance tranquille.

— Ma pauvre petite, cela fait partie de votre Constitution !

— Cousine Marie dit que les gens qui font de la politique ne sont pas des gentlemen. Bien sûr que les hommes ne sont pas égaux ! Cela n'a aucun sens. Moi, par exemple, je sais que je suis très quelconque, et j'en souffre parfois, mais je le surmonte. J'aurais aimé naître élégante et belle comme Mrs Doyle, mais ce n'est pas le cas, alors ça ne vaut pas la peine de se ronger pour ça.

— Mrs Doyle ! s'écria Ferguson avec un profond mépris. C'est exactement le genre de femme qu'il faudrait fusiller pour l'exemple !

Cornelia le considéra avec un certain effroi.

— Ça doit venir de votre digestion, dit-elle gentiment. J'ai une très bonne marque de pepsine que cousine Marie a utilisé une fois. Vous voulez l'essayer ?

— Vous êtes impossible ! s'exclama Ferguson.

Il s'éloigna à grands pas et Cornelia se dirigea vers le bateau. Comme elle s'engageait sur la passerelle, il la rattrapa encore une fois.

— Vous êtes la plus gentille personne qui soit ici, déclara-t-il. Tâchez de ne pas l'oublier.

Rose de plaisir, Cornelia gagna le salon vitré où miss Van Schuyler conversait avec le Dr Bessner — conversation fascinante qui portait sur certains de ses patients de sang royal.

— J'espère que je n'ai pas été absente trop longtemps, cousine Marie, dit Cornelia d'un air coupable.

— On ne peut pas dire que tu te sois dépêchée,

répondit sèchement celle-ci après un coup d'œil à sa montre. Et qu'est-ce que tu as fait de mon châle mauve ?

Cornelia regarda autour d'elle.

— Voulez-vous que j'aille voir s'il est dans votre cabine, cousine Marie ?

— Il ne peut pas y être ! Il était ici après le dîner et je n'ai pas bougé depuis. Je l'avais posé sur cette chaise.

Cornelia chercha autour d'elle, sans aucune méthode.

— Je ne le vois nulle part, cousine Marie.

— C'est absurde ! Regarde partout !

Elle lui avait parlé comme à un chien, et Cornelia lui obéit comme un chien. Le discret Mr Fanthorp, assis à une table voisine, se leva pour l'aider. Mais le châle resta introuvable.

Il avait fait une chaleur si suffocante toute la journée que la plupart des passagers s'étaient retirés dans leur cabine aussitôt après la visite du temple. Les Doyle jouaient au bridge avec Pennington et Race dans un coin. La seule autre personne encore présente était Hercule Poirot, qui bâillait à s'en décrocher la mâchoire à une petite table, près de la porte.

Miss Van Schuyler, faisant royalement route vers son lit, escortée par Cornelia et miss Bowers, s'arrêta près de lui. Poirot se leva poliment, étouffant un bâillement colossal.

— Je viens de comprendre à l'instant qui vous êtes, monsieur Poirot, dit miss Van Schuyler. J'ai entendu parler de vous par mon vieil ami Rufus Van Aldin. Il faudra un de ces jours que vous me racontiez quelques-unes de vos affaires. C'est entendu, n'est-ce pas ?

Les yeux papillotant de sommeil, Poirot s'inclina de façon exagérée. Avec un signe de tête courtois mais condescendant, miss Van Schuyler poursuivit son chemin.

Poirot bâilla encore une fois. Il se sentait engourdi, abruti de sommeil et pouvait à peine tenir les yeux ouverts. Il jeta un regard aux bridgeurs, absorbés dans leur jeu, puis au jeune Fanthorp, plongé dans sa lecture. A part eux, il n'y avait plus personne dans le salon.

Poirot sortit sur le pont. Il faillit se heurter à Jacqueline de Bellefort, qui arrivait précipitamment.

— Pardon, mademoiselle !

— Vous avez l'air d'avoir sommeil, monsieur Poirot !

— Oui, reconnut-il franchement. Je meurs de sommeil. Il a fait tellement lourd et étouffant, aujourd'hui !

— C'est vrai, dit-elle, songeuse. C'est par des journées comme ça que tout d'un coup… bing ! il faut que ça craque. Quand on n'en peut plus…

Elle parlait d'une voix basse et ardente, les yeux fixés non sur Poirot, mais au loin, sur la berge. Elle avait les doigts blancs à force d'être crispés.

Elle se détendit soudain :

— Bonne nuit, monsieur Poirot.

— Bonne nuit, mademoiselle.

Elle croisa un instant son regard. En y repensant le lendemain, il en arriva à la conclusion qu'il y avait eu un appel, dans ce regard-là. Il devait se le rappeler, plus tard.

Il se dirigea vers sa cabine tandis qu'elle prenait le chemin du salon.

Après avoir satisfait à tous les besoins et caprices de miss Van Schuyler, Cornelia prit sa broderie et retourna au salon. Elle n'avait pas du tout sommeil. Bien au contraire, elle se sentait parfaitement éveillée, quelque peu survoltée, même.

Les bridgeurs jouaient toujours. Mr Fanthorp lisait tranquillement dans son fauteuil. Cornelia s'assit et sortit son ouvrage.

La porte s'ouvrit soudain et Jacqueline de Bellefort entra. Elle s'arrêta sur le seuil, le menton relevé. Puis elle pressa sur un bouton d'appel et, d'un pas nonchalant, vint s'asseoir à côté de Cornelia.

— Vous êtes redescendue à terre ? lui demanda-t-elle.

— Oui. Je trouve l'endroit fascinant, au clair de lune !

Jacqueline hocha la tête.

— C'est vrai, la nuit est belle… Une nuit rêvée pour une lune de miel.

Elle tourna son regard vers la table de bridge et posa un instant les yeux sur Linnet Doyle.

En réponse à son coup de sonnette, le garçon arriva. Jacqueline commanda un double gin. En l'entendant faire, Simon jeta un coup d'œil de son côté. Une ride soucieuse vint lui barrer le front.

— Eh bien, Simon, nous attendons ton annonce ! dit sa femme.

Jacqueline se mit à fredonner un air de jazz. Elle leva le verre qu'on lui avait apporté. « Au crime ! » proclama-t-elle avant de le vider d'un trait. Sur quoi elle en commanda un autre.

Simon la regarda de nouveau. Il jouait de plus en plus distraitement. Son partenaire, Pennington, le rappela à l'ordre.

Jacqueline se remit à fredonner, doucement d'abord, puis d'une voix de rogomme :

— *C'était son mec et il l'a plaquée...*

— Excusez-moi, dit Simon à Pennington. J'ai eu tort de ne pas suivre. Ça leur donne la partie.

Linnet se leva.

— Je suis fatiguée, dit-elle. Je vais me coucher.

— Il se fait tard, en effet, déclara le colonel Race.

— Bon, eh bien je vous suis, fit Pennington.

— Tu viens, Simon ?

— Pas tout de suite, répondit-il lentement. Je vais prendre un dernier verre…

Linnet hocha la tête et sortit. Race la suivit. Pennington finit son verre et sortit aussi.

Cornelia commença à ranger son ouvrage.

— Oh, je vous en prie, ne partez pas miss Robson, dit Jacqueline. J'ai envie de profiter de cette nuit. Ne m'abandonnez pas.

Cornelia se rassit.

— Il faut que les femmes se soutiennent entre elles, dit Jacqueline.

Elle rejeta la tête en arrière et se mit à rire d'un rire sans joie. On lui apporta sa seconde consommation.

— Prenez quelque chose, offrit-elle à Cornelia.

— Non, merci beaucoup ! répondit celle-ci.

Jacqueline se balançait sur sa chaise. Elle chantonnait, de plus en plus poissarde : « *C'était son mec et il l'a plaquée...* »

Mr Fanthorp tourna une page de *L'Europe vue de l'intérieur.* Simon s'empara d'un magazine.

— Je crois vraiment que je vais aller me coucher, dit Cornelia. Il est très tard...

— Vous ne pouvez pas aller vous coucher maintenant ! décréta Jacqueline. Je vous l'in-ter-dis ! Parlez-moi plutôt de vous.

— Mon Dieu... Je ne sais pas... Il n'y a pas grand-chose à raconter, balbutia Cornelia. J'ai vécu à la maison et je n'ai jamais beaucoup bougé. C'est mon premier grand voyage. Je profite au maximum de chaque instant.

— Vous avez une heureuse nature ! s'esclaffa Jacqueline. Dieu, que j'aimerais être à votre place !

— Vraiment ? Mais je crois... je suis sûre...

Cornelia était troublée. Sans aucun doute, Mlle de Bellefort avait trop bu. Ce n'était pas une nouveauté pour elle. Elle avait vu assez d'ivrognes pendant la prohibition. Mais il n'y avait pas que ça. Jacqueline de Bellefort lui parlait, la regardait, et pourtant il lui semblait qu'elle s'adressait à quelqu'un d'autre.

Il n'y avait que deux personnes encore présentes : Mr Fanthorp et Mr Doyle. Mr Fanthorp paraissait absorbé dans sa lecture. Mr Doyle avait l'air bizarre... il avait un regard attentif... un drôle de regard.

— Parlez-moi de vous, répéta Jacqueline.

Docile comme toujours, Cornelia s'efforça de faire de son mieux. Elle parla avec peine, anonnant un peu, s'évertuant à fournir une foule de petits détails inutiles sur sa vie quotidienne. Elle n'avait pas l'habitude d'être celle qui raconte. Toute sa vie, elle n'avait fait qu'écouter. Et pourtant, Mlle de Bellefort avait vraiment l'air de vouloir tout savoir. Quand Cornelia s'arrêta, elle se dépêcha de l'encourager :

— Continuez, racontez-moi encore quelque chose.

Cornelia continua donc (« Ma mère est très fragile... Certains jours, elle ne mange que des céréales... »), douloureusement consciente que ce qu'elle disait n'avait pas l'ombre d'un intérêt, et cependant flattée par celui que la jeune fille paraissait lui porter. Mais l'intéressait-elle vraiment ? N'était-elle pas en train d'écouter autre chose ou peut-être, de *guetter* autre chose ? Elle regardait Cornelia, oui, mais n'y avait-il pas encore *quelqu'un d'autre* dans cette pièce ?

— ... Et, bien sûr, nous avons d'excellents cours de dessin. L'hiver dernier, j'ai suivi des cours de...

(Quelle heure était-il ? Très tard, certainement. Elle n'en finissait pas de discourir. Si seulement il pouvait se passer quelque chose...)

Aussitôt, comme en réponse à son vœu, quelque chose se passa. Sauf que, sur l'instant, cela parut très normal.

Jacqueline tourna la tête vers Simon Doyle.

— Sonne, Simon. Je voudrais encore un verre.

Simon Doyle leva les yeux de son magazine.

— Les stewards sont allés se coucher, répondit-il sur le ton le plus naturel du monde. Il est plus de minuit.

— Je te dis que je veux un autre verre.

— Tu as assez bu, Jackie, dit Simon.

— Ça te regarde ?

Simon haussa les épaules.

— Ma foi, non.

Elle l'observa un instant et demanda :

— Que se passe-t-il, Simon ? Tu as peur ?

Simon ne répondit pas. Il reprit ostensiblement son magazine.

— Mon Dieu… il est si tard que ça ? murmura Cornelia. Il faut que je…

Elle se mit à fouiller dans ses affaires, fit tomber son dé à coudre…

— Ne partez pas ! J'ai besoin d'une femme ici pour me soutenir, dit Jacqueline en recommençant à rire. Vous savez de quoi il a peur, Simon ? Il a peur que je me mette à raconter moi aussi l'histoire de *ma* vie !

— Oh, vraiment ?

Cornelia était la proie d'émotions contradictoires. Elle se sentait profondément gênée mais en même temps très agréablement émoustillée. Simon avait l'air hors de lui.

— Oui, c'est une histoire très triste, poursuivit Jackie d'une voix douce et ironique. Il m'a salement plaquée, n'est-ce pas, Simon ?

— Va te coucher, Jackie. Tu es ivre ! répliqua brutalement Simon.

— Si ce que je dis te gêne, mon cher Simon, tu peux déguerpir !

Simon la dévisagea. Le magazine tremblait un peu dans sa main, mais sa voix ne faiblit pas.

— Je reste, dit-il.

— Je dois vraiment… il est si tard…, balbutia Cornelia pour la troisième fois.

— Vous ne partirez pas, dit Jacqueline en la maintenant sur son fauteuil. Vous resterez là et vous écouterez ce que j'ai à dire !

— Jackie ! intervint vivement Simon, tu te rends ridicule. Pour l'amour du ciel, va te coucher !

Jacqueline se redressa soudain sur son siège. Les mots lui jaillirent des lèvres en un long flot chuinté :

— Tu ne veux pas de scène, n'est-ce pas ? Ça te fiche la frousse. Tu es bien un Anglais, tiens ! De la tenue avant toute chose. Tu voudrais que je me conduise avec décence, n'est-ce pas ? Mais décente ou pas, ça m'est bien égal. Tu ferais mieux de filer d'ici en vitesse parce que je sens que je vais vider mon sac !

James Fanthorp ferma soigneusement son livre, bâilla, jeta un coup d'œil à sa montre, se leva et sortit d'un pas léger. Démonstration de flegme typiquement britannique mais pas le moins du monde convaincante.

Jacqueline se tourna vers Simon et lui lança un regard noir.

— Pauvre cloche, dit-elle d'une voix pâteuse, tu croyais pouvoir me traiter comme ça et t'en tirer à bon compte ?

Simon Doyle ouvrit la bouche et la referma. Il resta

assis sans bouger comme s'il espérait qu'elle finirait par se fatiguer s'il s'abstenait de la provoquer.

Jackie avait la voix pâteuse. Cornelia, qui n'avait jamais vu personne laver son linge sale en public, l'écoutait, fascinée.

— Je t'avais prévenu que je te tuerais plutôt que de te laisser à une autre femme. Tu ne m'as pas crue ? *Eh bien tu as eu tort !* Je ne faisais… qu'attendre ! Tu es mon mec. Tu entends ? Tu m'appartiens !

Simon se taisait. Jacqueline fouilla un instant dans son sac. Elle se pencha…

— Je t'avais dit que je te tuerais, et c'est bien ce que je vais faire ! cria-t-elle en brandissant un objet brillant. Je vais t'abattre comme un chien ! Comme le chien répugnant que tu es !

En fin de compte, Simon se décida à bouger. Il bondit, mais à ce moment précis, elle pressa sur la détente.

Simon se recroquevilla, s'effondra en travers d'un fauteuil… Cornelia poussa un hurlement et se rua vers la porte. James Fanthorp était accoudé à la rambarde. Elle l'appela :

— Mr Fanthorp… Mr Fanthorp…

Il accourut. Elle s'accrocha à lui et balbutia, hagarde :

— Elle l'a tué… Oh ! elle l'a tué…

Simon gisait toujours en travers du fauteuil où il était affalé. Jacqueline était comme tétanisée. Son corps était agité de soubresauts spasmodiques et ses yeux dilatés d'effroi fixaient la tache écarlate qui s'élargissait sur le pantalon de Simon, juste sous le genou, là où il appuyait son mouchoir.

— Je ne voulais pas..., bégaya-t-elle, oh, mon Dieu, je ne voulais pas vraiment...

Ses doigts crispés se relâchèrent et le revolver tomba sur le sol avec fracas. Du pied, elle l'envoya promener. Il disparut sous une banquette.

— Fanthorp, pour l'amour du ciel, murmura Simon d'une voix mourante, on vient... Dites que tout va bien... que c'est un accident... n'importe quoi... Il ne faut pas qu'il y ait de scandale.

Fanthorp fit signe qu'il avait compris et alla à la porte où était apparu le visage effrayé d'un garçon de cabine nubien.

— Tout va bien, tout va bien, dit Fanthorp. Ce n'était qu'une plaisanterie.

D'abord sceptique, intrigué, le Nubien parut enfin rassuré. Un large sourire lui découvrit les dents. Il hocha la tête et s'en alla.

— Voilà, dit Fanthorp en revenant. Je ne crois pas que quelqu'un d'autre ait entendu, cela n'a pas fait plus de bruit qu'un bouchon qui saute. Maintenant il faudrait...

Il s'arrêta, surpris. Jacqueline venait soudain d'éclater en sanglots hystériques.

— Seigneur ! je voudrais être morte... Je vais me tuer... Mais qu'est-ce que j'ai fait... qu'est-ce que j'ai fait ?

Cornelia se précipita vers elle.

— Chut, calmez-vous je vous en prie, chut...

Le front en sueur, le visage crispé de douleur, Simon les adjura :

— Emmenez-la. Je vous en conjure, emmenez-la

d'ici ! Ramenez-la dans sa cabine, Fanthorp. Ecoutez, miss Robson, allez chercher votre infirmière. (Son regard suppliant allait de l'un à l'autre.) Ne la laissez pas seule. Assurez-vous qu'elle est en sécurité, que l'infirmière veille sur elle. Ensuite, amenez-moi le vieux Bessner. Mais, pour l'amour du ciel, que ma femme n'en sache rien !

James Fanthorp hocha la tête. Ce jeune homme tranquille se révélait efficace et plein de sang-froid dans les moments critiques.

Aidé de Cornelia, il entraîna la jeune femme, en pleurs et qui se débattait, jusqu'à sa cabine. Là, ce fut pire encore. Jacqueline luttait de toutes ses forces pour se libérer ; ses sanglots redoublèrent.

— Je vais me jeter à l'eau… je vais me noyer dans le fleuve… je ne suis pas faite pour vivre… oh, Simon, Simon !

— Courez chercher miss Bowers, dit Fanthorp à Cornelia. Je reste ici en attendant.

Sitôt Cornelia partie, Jacqueline s'accrocha à Fanthorp.

— Sa jambe… elle saigne… elle est brisée… il va saigner à mort. Il faut que j'aille près de lui. Oh, Simon, Simon… comment ai-je pu ?

Sa voix grimpait.

— Allons, allons, calmez-vous, l'exhorta Fanthorp. Tout ira bien.

Elle recommença à se débattre.

— Laissez-moi partir ! Laissez-moi me jeter pardessus bord…. Laissez-moi en finir !

Fanthorp l'attrapa par les épaules et la ramena sur son lit.

— Vous allez rester ici. Ne faites donc pas tant d'histoires. Reprenez-vous. Tout va bien, je vous dis.

A son grand soulagement, la jeune fille reprit un peu le contrôle d'elle-même. Il n'en fut pas moins très heureux de voir apparaître, avec Cornelia, la professionnelle miss Bowers, affublée d'un hideux kimono.

— Voyons ! voyons ! dit miss Bowers d'un ton brusque. Qu'est-ce qui se passe ici ?

Sans avoir l'air ni surprise ni troublée, elle prit la situation en main.

Trop heureux, Fanthorp abandonna la jeune fille entre ses mains expertes et courut jusqu'à la cabine qu'occupait le Dr Bessner. Il frappa à la porte et entra sans attendre.

— Dr Bessner ?

Un ronflement sonore s'arrêta net et une voix saisie demanda :

— Hein ? Qu'est-ce que c'est ?

Fanthorp réussit à trouver la lumière. Le médecin le regarda en clignant des yeux comme avec des mines de gros hibou.

— C'est Doyle. On lui a tiré dessus. C'est Mlle de Bellefort qui a fait le coup. Il est dans le salon. Vous pouvez venir ?

Malgré sa corpulence, le médecin réagit promptement. Tout en enfilant ses pantoufles et sa robe de chambre, il posa quelques questions précises, s'empara de sa trousse d'urgence et emboîta le pas à Fanthorp.

Simon s'était débrouillé pour ouvrir une fenêtre. La tête appuyée au chambranle, il respirait l'air frais de la nuit. Il était mortellement pâle.

Le Dr Bessner s'approcha de lui.

— Ach ! so… Voyons ça…

Un mouchoir trempé de sang traînait par terre et, sur le tapis, on remarquait une grande tache sombre.

Le médecin ponctua son auscultation de grognements et d'exclamations teutonnes.

— Ach ! ce n'est pas beau… L'os est fracturé… Et grosse perte de sang. Herr Fanthorp, Mr Doyle marcher ne peut pas, aidez-moi à transporter lui dans ma cabine. Ach ! Oui… comme ça…

Au moment où ils le soulevaient, Cornelia parut sur le pas de la porte. Le médecin émit un grognement de satisfaction.

— Ach, c'est vous ? Parfait. Avec nous venez. D'assistance j'ai besoin et plus utile que votre ami vous me serez. Déjà tout blanc il est.

Fanthorp fit un pâle sourire.

— Voulez-vous que j'aille chercher miss Bowers ? demanda-t-il.

— Très bien vous vous en sortirez, jeune demoiselle, dit Bessner à Cornelia. Vous évanouir ou faire l'idiote vous n'allez pas, hein ?

— Je ferai tout ce que vous me direz de faire, répondit Cornelia avec empressement.

Bessner hocha la tête d'un air satisfait.

Le cortège s'ébranla sur le pont.

Les dix minutes suivantes furent consacrées à la

chirurgie, ce qui ne fut pas du goût de Mr Fanthorp. Il se sentait secrètement humilié par l'attitude courageuse de Cornelia.

— Bon, c'est de mieux ce que je peux faire, déclara enfin le Dr Bessner. Héroïque vous avez été, mon ami ! ajouta-t-il en tapotant l'épaule de Simon avec approbation. (Il lui releva sa manche et sortit une seringue.) Ach, et maintenant, je vais administrer vous quelque chose pour dormir. Et votre femme ? qu'est-ce qu'on fait votre femme ?

— Inutile qu'elle l'apprenne avant demain matin, répondit Simon d'une voix faible. Je… Vous ne devez pas blâmer Jackie… Tout est ma faute… Je l'ai traitée de façon ignoble… pauvre gosse… elle ne savait pas ce qu'elle faisait…

Le Dr Bessner hocha la tête.

— Ach ! Oui, oui… Je comprends…

— C'est ma faute, répéta Simon. Il faudrait que quelqu'un reste près d'elle, dit-il en regardant Cornelia. Elle pourrait… se faire du mal.

Le Dr Bessner fit son injection.

— Ne vous en faites pas, Mr Doyle, dit Cornelia, avec un calme tout professionnel. Miss Bowers va passer la nuit près d'elle.

Avec une expression de reconnaissance, Simon se détendit et ferma les yeux. Il les rouvrit soudain.

— Fanthorp ?

— Oui, Doyle.

— Le revolver… il ne faut pas le laisser traîner… les boys vont le trouver demain matin…

— Vous avez raison. Je vais le chercher tout de suite.

Il s'éclipsa. Et il arpentait le pont quand miss Bowers apparut à la porte de la cabine de Jacqueline.

— Tout ira bien maintenant, dit-elle. Je lui ai fait une injection de morphine.

— Mais vous allez quand même rester près d'elle ?

— Oh, bien sûr ! D'autant plus que la morphine a un effet excitant sur certaines personnes. Je vais y passer la nuit.

Fanthorp se rendit au salon.

Moins de trois minutes plus tard, on frappait chez le Dr Bessner.

— Dr Bessner ?

Celui-ci apparut à la porte.

— Oui ?

Fanthorp l'attira sur le pont.

— Je suis embêté… Je ne trouve pas ce revolver…

— Quoi ?

— Le revolver. Il était tombé des mains de la fille et elle l'avait poussé du pied sous une banquette. Eh bien, il n'y est plus, sous cette banquette.

Ils échangèrent un regard.

— Ach so ! Mais l'avoir pris qui peut ?

Fanthorp haussa les épaules.

— Ach, bizarre ça, dit Bessner. Mais ce qu'on peut faire, je ne vois pas.

Perplexes et vaguement inquiets, les deux hommes se séparèrent.

13

Hercule Poirot venait de se raser et s'essuyait le visage quand un coup rapide fut frappé à sa porte — sur quoi le colonel Race entra sans plus de cérémonie et referma derrière lui.

— Votre instinct ne vous avait pas trompé, dit-il. C'est arrivé.

Poirot se redressa.

— Qu'est-ce qui est arrivé ? demanda-t-il vivement.

— Linnet Doyle. Elle est morte… tuée d'une balle dans la tête pendant la nuit.

Poirot resta silencieux un moment. Deux souvenirs lui remontaient à la mémoire, particulièrement vivaces : une fille dans un jardin à Assouan qui lui disait d'une voix rauque et un peu haletante : « J'aimerais poser mon joli petit revolver sur sa tempe et puis presser sur la détente… » et, encore plus récemment, cette même voix lui disait : « C'est par des journées comme ça que tout d'un coup… bing ! il faut que ça craque ! Quand on n'en peut plus… » — et cet étrange appel qu'il avait lu dans ses yeux. Qu'est-ce qui lui avait pris de ne pas y répondre ? L'envie de dormir l'avait rendu aveugle, sourd, stupide…

— Comme j'ai une vague fonction officielle, reprit Race, on m'a donné carte blanche. Le bateau devait lever l'ancre dans une demi-heure, mais le départ sera retardé jusqu'à ce que j'en donne l'ordre. Bien entendu, il est possible que l'assassin soit venu de l'extérieur.

Poirot secoua la tête.

— Je suis d'accord avec vous, acquiesça Race. On peut sans risque écarter cette hypothèse. Eh bien, mon vieux, à vous l'honneur ! Vous êtes la vedette, oui ou non ?

Avec des gestes rapides et précis, Poirot avait fini sa toilette.

— Je suis à votre disposition, dit-il.

Ils sortirent tous deux sur le pont.

— Bessner ne va pas tarder, dit Race. J'ai envoyé un steward le chercher.

Il y avait à bord quatre cabines de luxe avec salle de bains. Deux à bâbord : celles du Dr Bessner et d'Andrew Pennington ; deux à tribord, occupées, la première par miss Van Schuyler et la seconde, sa voisine, par Linnet Doyle. Le cabinet de toilette de son mari était contigu.

Un steward, le visage blême, se tenait devant la porte de Linnet Doyle. Il l'ouvrit pour laisser entrer Race et Poirot. Le Dr Bessner était penché sur le lit. Il leva les yeux et poussa un grognement en les voyant.

— Quels renseignements pouvez-vous déjà nous fournir, docteur ?

Bessner frotta son menton râpeux d'un air songeur.

— Ach ! Une balle elle a reçu… à bout portant. Regardez, là juste au-dessus de l'oreille… C'est par là qu'elle est entrée. Un tout petit calibre… je dirais un 22. Le revolver tout près de la tête il a été tenu, vous voyez, il y a marque noire ici, la peau a été brûlée.

De nouveau, Poirot pensa avec un sentiment de malaise à ce qu'il avait entendu à Assouan.

— Elle dormait. Lutte, il n'y a pas eu, poursuivit Bessner. L'assassin dans l'obscurité s'est faufilé et alors qu'elle était couchée… il l'a tuée.

— Ah, ça non, alors ! s'écria Poirot, son sens de la psychologie profondément choqué. Jacqueline de Bellefort se faufilant dans l'obscurité, revolver au poing… non, elle ne « colle » pas, cette image.

Bessner le regarda à travers ses verres épais.

— Ce qui s'est passé, c'est pourtant bien, affirma-t-il.

— Oui, oui. Vous m'avez mal compris. Je ne voulais pas vous contredire.

Bessner poussa un grognement de satisfaction.

Poirot s'approcha de lui. Linnet Doyle était allongée sur le côté. Son attitude était naturelle, paisible. Mais au-dessus de l'oreille, on voyait un tout petit trou, auréolé de sang séché.

Poirot secoua tristement la tête.

Puis son regard tomba sur le mur blanc qui lui faisait face et il s'arrêta une seconde de respirer. Un grand J majuscule un peu tremblé tracé au brun-rouge, en maculait la surface.

Poirot se pencha sur le cadavre de la jeune femme

et, avec précaution, lui souleva la main droite. Elle avait un doigt également taché de brun-rouge.

— Nom de nom de nom de nom ! s'exclama-t-il.

— Hein ? Qu'est-ce qu'il y a ? demanda Bessner en levant les yeux. Ach ! *Ça*...

— Le diable m'emporte, dit Race. Qu'est-ce que vous en déduisez, Poirot ?

Poirot se balança un instant sur la pointe des pieds.

— Vous voulez savoir ce que j'en déduis ? Eh bien, c'est enfantin, non ? Mrs Doyle est en train de mourir ; elle veut dénoncer son assassin, alors elle trempe son doigt dans son propre sang et elle écrit l'initiale du nom de son meurtrier. Oh, oui ! C'est d'une simplicité… hallucinante.

— Ach, mais…

Race fit taire le Dr Bessner d'un geste péremptoire.

— Alors c'est ça qui vous frappe ? demanda-t-il.

— Oui, oui. Comme je le disais, c'est d'une simplicité hallucinante. On connaît ça, non ? Ç'a été fait si souvent dans les romans policiers ! C'est même considéré maintenant comme un peu vieux jeu.

— Ce qui laisserait supposer que notre assassin est un brin… vieux jeu lui aussi.

— C'est de l'enfantillage pur et simple, conclut Poirot.

— Mais ça a été fait dans un but précis, insista Race.

— Evidemment, répondit Poirot, l'air grave.

— Et J, cela signifie qui au juste ?

— Jacqueline de Bellefort, répondit Poirot sans hésiter. Une jeune personne qui m'a déclaré la semaine dernière qu'elle n'aimerait rien mieux que de… (Il s'arrêta, puis reprit en la citant :) « poser mon joli petit revolver sur sa tempe et puis presser sur la détente. »

— *Gott im Himmel !* s'écria Bessner.

Il y eut un moment de silence. Puis Race soupira :

— Ce qui est exactement ce qui s'est passé ici ?

Bessner hocha la tête.

— Ach oui. Revolver de très petit calibre c'était. Comme j'ai dit probablement un 22. Mais, bien entendu, extraire la balle il faudra pour être certain.

Race hocha la tête.

— Et l'heure du décès ? demanda-t-il.

Bessner se frotta de nouveau le menton. Ce qui produisit un crissement de papier de verre.

— Avec précision je ne peux dire. 8 heures il est maintenant… Etant donné température cette nuit, je dirais qu'elle est certainement morte depuis six heures, mais sans doute pas depuis plus de huit.

— Ce qui nous situe entre minuit et 2 heures du matin.

— Ach ! C'est ça.

Il y eut un silence. Race regarda autour de lui.

— Et son mari ? Je suppose qu'il dort dans la cabine voisine ?

— Pour le moment, dans la mienne il dort, répondit Bessner.

Devant l'air surpris des deux autres, Bessner hocha plusieurs fois la tête.

— Ach, je vois que vous ne savez rien ! On a tiré sur Mr Doyle hier soir, dans le salon.

— Tiré ? Mais qui a tiré ?

— Cette jeune femme, Jacqueline de Bellefort.

— Il est gravement blessé ? demanda vivement Race.

— Oui, l'os est fracturé. Soigné comme j'ai pu je l'ai, mais nécessaire il serait de radiographier sa fracture dès que possible et de lui donner un traitement approprié — ce qui n'est pas possible sur ce bateau.

— Jacqueline de Bellefort..., murmura Poirot.

Son regard se porta de nouveau sur le J tracé sur le mur.

— Si nous ne pouvons rien faire de plus ici, gronda Race, descendons au fumoir. La direction l'a mis à notre disposition. Il me semble urgent de faire le point sur tout ce qui s'est passé cette nuit.

Ils quittèrent la cabine. Race verrouilla la porte et empocha la clef.

— Nous pourrons revenir plus tard, dit-il. Mais la première chose à faire, c'est d'essayer d'y voir clair dans la suite des événements.

Ils descendirent sur le pont inférieur où le commissaire de bord les attendait sur le seuil du fumoir. Bouleversé par cette histoire, le malheureux était terriblement inquiet et ne demandait qu'à confier l'affaire au colonel Race.

— Etant donné vos fonctions officielles, monsieur, je ne peux pas mieux faire que de m'en remettre à vous. J'ai ordre de rester à votre disposition pour... euh... l'autre affaire. Si vous acceptez de vous en charger, je veillerai à ce que tout soit fait selon vos désirs.

— Bravo ! Pour commencer, je voudrais que cette pièce nous soit réservée, à M. Poirot et à moi-même, pendant toute la durée de l'enquête.

— Très bien, monsieur.

— Ce sera tout pour l'instant. Retournez à vos occupations. Je sais où vous trouver en cas de besoin.

Le commissaire de bord s'éclipsa, l'air quelque peu soulagé.

— Asseyez-vous, Bessner, dit Race, et racontez-nous tout ce qui s'est passé hier soir.

Poirot et lui écoutèrent en silence le médecin leur en faire le récit de sa voix de basse profonde.

— C'est clair, déclara Race lorsqu'il eut terminé. La fille a piqué une crise, aggravée par un verre ou deux, et a finalement tiré à l'aveuglette sur le bonhomme avec un 22. Puis elle est allée chez Linnet Doyle et lui a également tiré dessus.

Bessner secoua la tête.

— Non, non, je ne pense pas. Pas possible. D'abord, son initiale sur le mur elle n'aurait jamais inscrit ; stupide ç'aurait été, *nicht war ?*

— Si elle était aussi folle de jalousie qu'elle le paraît, elle en aurait été bien capable, fit remarquer Race. Elle aurait pu vouloir… ma foi, signer son crime, pour ainsi dire.

— Non, non, fit Poirot. Je ne crois pas qu'elle se serait conduite si… grossièrement.

— Dans ce cas, il n'y a qu'une explication à ce J. Il a été mis là par quelqu'un d'autre pour faire tomber les soupçons sur elle.

— Oui, dit Bessner. Mais l'assassin pas de chance n'a parce que, voyez-vous, non seulement peu probable il est que la jeune Fräulein ait commis ce meurtre, mais, à mon avis, *impossible* c'est également.

— Comment cela ?

Bessner leur fit part de l'état hystérique dans lequel s'était trouvée Jackie et des circonstances qui avaient amené miss Bowers à la prendre en charge.

— Et je pense… ach ! je suis sûr que avec elle toute la nuit miss Bowers est restée.

— S'il en est ainsi, cela va nous simplifier grandement les choses, dit Race.

— Qui a découvert le crime ? demanda Poirot.

— La femme de chambre de Mrs Doyle, Louise Bourget. Elle est entrée pour réveiller sa maîtresse, comme d'habitude, l'a trouvée morte, est ressortie en coup de vent et s'est évanouie dans les bras du steward. Celui-ci s'est rué chez le commissaire de bord, lequel s'est précipité chez moi à son tour. Et moi, j'ai fait chercher Bessner et je suis venu vous voir ensuite.

Poirot acquiesça.

— Il serait grand temps de prévenir Doyle, déclara Race. Vous dites qu'il dort encore ?

— Oui, dans ma cabine. J'ai administré lui puissant somnifère hier soir.

— Bon, dit Race en s'adressant à Poirot, je crois que nous n'avons plus besoin du docteur, hein ? Merci, docteur…

Bessner se leva.

— Ach ! mon petit déjeuner. Ensuite j'irai voir dans ma cabine si Mr Doyle prêt à se réveiller.

Bessner sortit. Poirot et Race se regardèrent.

— Et maintenant, Poirot ? A vous de jouer. J'attends vos ordres. Dites-moi ce qu'il convient de faire.

Poirot se fendit d'une courbette.

— Eh bien, mon tout bon, nous allons porter l'affaire devant notre chambre d'accusation personnelle. En premier lieu, je pense que nous devons vérifier les événements de la nuit. Autrement dit, nous devons interroger Fanthorp et miss Robson, qui ont été les témoins directs. La disparition du revolver est un élément de toute première importance.

Race sonna et chargea le steward d'un message.

Poirot poussa un soupir.

— C'est mauvais tout ça, murmura-t-il. Très mauvais.

— Vous avez une idée ? demanda Race avec curiosité.

— Mes idées se contredisent. Elles sont dans le désordre — elles ne sont pas classées. Il y a, voyez-vous, ce fait essentiel que la fille haïssait Linnet Doyle et voulait la tuer.

— Vous l'en croyez capable ?

— Oui… Je pense, répondit Poirot d'un ton qui n'en demeurait pas moins incertain.

— Mais pas de cette façon-là ? C'est ce qui vous préoccupe, n'est-ce pas ? Pas en se faufilant dans le noir et en la tuant dans son sommeil. C'est ce sang-froid qui ne vous paraît pas sonner juste.

— En un sens, oui.

— Vous pensez que cette Jacqueline de Bellefort, n'est pas capable d'un meurtre prémédité et commis de sang-froid ?

— Je n'en suis pas sûr, voyez-vous, répondit Poirot en réfléchissant. Elle a l'intelligence nécessaire, oui.

Mais je doute que, dans la réalité, elle puisse passer à l'*acte*...

— Oui, je vois..., dit Race. D'autant plus que dans la réalité, selon Bessner, il lui aurait été impossible de le faire.

— Si c'est vrai, cela nous déblayera singulièrement le terrain. Espérons-le. (Poirot s'arrêta et ajouta simplement :) J'en serais heureux ; j'ai beaucoup de sympathie pour cette petite.

La porte s'ouvrit. Fanthorp et Cornelia apparurent, suivis du Dr Bessner.

— C'est épouvantable ! balbutia Cornelia. Cette pauvre Mrs Doyle ! Dire qu'elle était si charmante !... Il faut être un monstre pour avoir voulu lui faire du mal. Et ce pauvre Mr Doyle ! Il va devenir fou quand il le saura. Hier soir, il était déjà si inquiet à l'idée qu'elle pourrait être mise au courant de son accident.

— C'est précisément ce que nous voudrions que vous nous racontiez, miss Robson, dit Race. Nous voulons savoir très précisément ce qui s'est passé la nuit dernière.

Cornelia commença son récit de manière un peu confuse, mais Poirot arrangea les choses en lui posant quelques questions.

— Ah, oui ! Je comprends... Après le bridge, Mrs Doyle a regagné sa cabine. Mais a-t-elle vraiment regagné sa cabine ? Je me le demande.

— Si, confirma Race. Je l'ai vue moi-même. Et je lui ai souhaité bonne nuit devant sa porte.

— A quelle heure ? demanda Poirot.

— Miséricorde ! Je n'en sais plus rien, répondit Cornelia.

— Il était 11 h 20, dit Race.

— Bien. Donc, à 11 h 20, Mme Doyle était vivante et en bonne santé. Et à ce moment-là, qui y avait-il encore dans le salon ?

— Il y avait Doyle, répondit Fanthorp, Mlle de Bellefort, miss Robson et moi.

— C'est ça, acquiesça Cornelia. Mr Pennington avait fini son verre et était allé se coucher.

— Combien de temps après ?

— Oh, deux ou trois minutes.

— Avant 11 heures et demie, alors ?

— Oh, oui !

— Restait donc dans le salon, vous, miss Robson, Mlle de Bellefort, Mr Doyle et Mr Fanthorp. Que faisiez-vous les uns et les autres ?

— Mr Fanthorp lisait un livre, moi je faisais de la broderie et Mlle de Bellefort était… elle était…

Fanthorp vola à son secours :

— Elle buvait comme un trou.

— C'est vrai, dit Cornelia. Elle me posait un tas de questions sur ma vie, elle n'arrêtait pas de me parler, mais j'avais l'impression que ses propos s'adressaient plutôt à Mr Doyle. Il avait l'air exaspéré, mais il ne disait rien. Il pensait sans doute que s'il restait tranquille dans son coin, elle finirait par se calmer.

— Mais elle ne s'est pas calmée ?

Cornelia secoua la tête.

— J'ai essayé une ou deux fois de partir, mais elle

m'a obligée à rester et je me sentais de plus en plus mal à l'aise. Et alors Mr Fanthorp s'est levé et il est sorti…

— Ça devenait plutôt gênant, expliqua Fanthorp. J'ai voulu m'éclipser discrètement. Mlle de Bellefort cherchait visiblement à provoquer un esclandre.

— Et alors elle a sorti son revolver, reprit Cornelia, et Mr Doyle a bondi pour essayer de le lui arracher, mais le coup est parti et lui a traversé la jambe ; et alors elle s'est mise à hurler et à sangloter… j'étais morte de peur et j'ai couru après Mr Fanthorp, et il est revenu avec moi, et Mr Doyle a dit qu'il ne fallait pas faire d'histoire, et un des boys nubiens a entendu le coup de feu et il est venu, mais Mr Fanthorp lui a dit que tout allait bien ; et alors nous avons ramené Jacqueline dans sa cabine et Mr Fanthorp est resté avec elle pendant que j'allais chercher miss Bowers.

Cornelia s'arrêta, hors d'haleine.

— Quelle heure était-il ? demanda Race.

— Miséricorde ! Je n'en sais rien, dit encore une fois Cornelia.

Mais Fanthorp fournit la précision souhaitée.

— Il devait être à peu près minuit 20. En tout cas, il était minuit et demi quand j'ai enfin pu regagner ma cabine.

— Bon, maintenant je voudrais m'assurer d'un point ou deux, dit Poirot. Après que Mrs Doyle a quitté le salon, l'un de vous quatre est-il sorti ?

— Non.

— Vous êtes sûr et certain que Mlle de Bellefort ne s'est absentée à aucun moment ?

— Absolument, répondit Fanthorp. Ni Doyle, ni Mlle de Bellefort, ni miss Robson, ni moi-même ne sommes sortis du salon.

— Bon ! Donc le fait est établi que Mlle de Bellefort n'a matériellement pas pu tuer Mrs Doyle avant, disons… minuit 20. Maintenant, miss Robson, vous êtes allée chercher miss Bowers. Mlle de Bellefort est-elle restée seule dans sa cabine pendant ce temps-là ?

— Non, Mr Fanthorp était près d'elle.

— Bon. Jusqu'ici, Mlle de Bellefort a un alibi parfait. Avant d'interroger miss Bowers, je voudrais avoir encore votre opinion sur autre chose. Vous dites que M. Doyle tenait beaucoup à ce qu'on ne laisse pas seule Mlle de Bellefort. Pensez-vous qu'il avait peur qu'elle ne commette encore un acte irréfléchi ?

— C'est mon avis, dit Fanthorp.

— Il avait vraiment peur qu'elle s'en prenne à Mrs Doyle ?

— Non, répondit Fanthorp. Je ne crois pas que c'est à ça qu'il pensait. Il avait plutôt peur que… qu'elle n'essaie de… se faire du mal.

— Qu'elle se suicide ?

— Oui. Vous savez, elle paraissait complètement dégrisée, et effondrée de ce qu'elle avait fait. Elle n'arrêtait pas de se faire des reproches et de dire qu'elle voulait mourir.

— Je crois, intervint timidement Cornelia, qu'il était très inquiet à son sujet. Il a été très… gentil. Il a dit que tout était sa faute, qu'il s'était mal conduit avec elle. Il… il était vraiment très gentil.

Hercule Poirot hocha la tête, pensif.

— Ce satané revolver, maintenant, poursuivit-il. Qu'est-il devenu ?

— Elle l'a laissé tomber par terre, dit Cornelia.

— Et ensuite ?

Fanthorp expliqua qu'il était revenu le chercher mais ne l'avait pas trouvé.

— Ah, ah ! dit Poirot. Nous y voilà. Soyons très précis, je vous en prie. Racontez-moi par le menu ce qui s'est passé.

— Mlle de Bellefort l'a laissé tomber. Puis elle l'a écarté du pied.

— Comme si elle le détestait, ajouta Cornelia. Je comprends très bien ce qu'elle ressentait.

— Et vous dites qu'il a glissé sous une banquette. Bien. Maintenant, faites très attention. Mlle de Bellefort n'a-t-elle pas ramassé son revolver avant de quitter le salon ?…

Fanthorp et Cornelia étaient catégoriques sur ce point.

— A la bonne heure. Je cherche à ce que tout soit bien précis, vous comprenez. Donc, lorsque Mlle de Bellefort quitte le salon, le revolver est sous la banquette, et puisque Mlle de Bellefort n'est jamais restée seule — Mr Fanthorp, miss Robson et miss Bowers s'étant relayés auprès d'elle, elle n'a pas eu l'occasion de venir le récupérer ensuite. Quelle heure était-il, M. Fanthorp, quand vous êtes revenu le chercher ?

— Un peu moins de minuit et demi, je pense.

— Et combien de temps s'est-il écoulé entre le moment où le Dr Bessner et vous avez transporté

Mr Doyle et celui où vous êtes revenu chercher le revolver ?

— Peut-être cinq minutes, peut-être un peu plus.

— Ce qui revient à dire que, pendant ces cinq minutes, quelqu'un est allé ramasser ce revolver... qui était hors de vue sous la banquette. Et ce quelqu'un n'est *pas* Mlle de Bellefort. Qui est-ce ? Il y a de fortes chances pour que cette personne soit l'assassin de Mrs Doyle. De même, nous sommes en droit de supposer que cette personne a vu ou entendu une bonne part des événements qui venaient de se dérouler.

— Je ne comprends pas comment vous en arrivez à cette conclusion, maugréa Fanthorp.

— Parce que vous nous avez dit que le revolver était hors de vue sous la banquette. Il est donc peu probable qu'il ait été découvert *par hasard.* Il a été pris par quelqu'un qui savait le trouver là. Donc, ce quelqu'un avait dû assister à la scène.

— Mais, objecta Fanthorp, je n'ai vu personne sur le pont quand je suis sorti juste avant le coup de feu.

— Vous êtes sorti par la porte de tribord ?

— Oui, du côté où se trouve ma cabine.

— De sorte que si quelqu'un, à bâbord, regardait par la fenêtre, vous ne l'auriez pas vu ?

— Non, reconnut Fanthorp.

— A part le boy nubien, quelqu'un d'autre a-t-il entendu le coup de feu ?

— Pas que je sache. Toutes les fenêtres étaient fermées, poursuivit-il. Les portes aussi. Miss Van Schuyler avait senti un courant d'air dans la soirée.

A l'extérieur, cela n'a pas dû faire plus de bruit qu'un bouchon qui saute.

— A ma connaissance, intervint Race, personne n'a entendu le second coup de feu, celui qui a tué Mrs Doyle.

— Nous en parlerons après, dit Poirot. Pour l'instant, occupons-nous encore de Mlle de Bellefort. Il faut que nous interrogions miss Bowers. Mais d'abord, avant que vous ne partiez (il arrêta du geste Fanthorp et Cornelia), j'ai quelques petits renseignements à vous demander sur vous-mêmes. Ainsi, je n'aurai plus besoin de vous rappeler ensuite. Commençons par vous, monsieur. Votre nom ?

— James Lechdale Fanthorp.

— Votre adresse ?

— Glasmore House, Market Donnington, Northamptonshire.

— Votre profession ?

— Notaire.

— Et pour quelle raison vous trouvez-vous ici ?

Il y eut un silence. Pour la première fois, l'impassible Mr Fanthorp parut décontenancé.

— Voyage d'agrément, marmonna-t-il enfin.

— Ah ! dit Poirot. Alors vous êtes en vacances ?

— Euh… oui.

— Très bien. Pouvez-vous, Mr Fanthorp, me faire un bref compte rendu de vos faits et gestes après les événements dont nous venons de parler.

— Je suis allé droit au pieu.

— Et il était… ?

— Juste passé minuit et demi.

— Vous occupez bien la cabine n° 22 à tribord, celle qui est la plus proche du salon ?

— Oui.

— Je vais vous poser encore une question. Avez-vous entendu quelque chose, quoi que ce soit, après avoir regagné votre cabine ?

Fanthorp réfléchit.

— Je me suis couché tout de suite. Il me semble avoir entendu une sorte de plouf ! juste au moment où je m'endormais. Mais c'est tout.

— Vous avez entendu une sorte de plouf ? Tout près ?

Fanthorp secoua la tête.

— Franchement, je ne sais pas. Je dormais à moitié.

— Quelle heure pouvait-il être ?

— Environ 1 heure, mais je ne peux rien affirmer.

— Merci, Mr Fanthorp. Ce sera tout.

Poirot se tourna vers Cornelia.

— Et maintenant, à vous, mademoiselle. Votre nom ?

— Cornelia Ruth Robson. Et mon adresse : The Red House, Bellefield, Connecticut.

— Qu'est-ce qui vous amène en Egypte ?

— Cousine Marie — miss Van Schuyler — m'a offert de l'accompagner.

— Aviez-vous déjà rencontré Mrs Doyle avant ce voyage ?

— Non, jamais.

— Qu'avez-vous fait la nuit dernière ?

— Je suis allée me coucher tout de suite après avoir aidé le Dr Bessner à soigner la jambe de Mr Doyle.

— Votre cabine… ?

— C'est le n° 43, à bâbord, juste à côté de celle de Mlle de Bellefort.

— Et avez-vous entendu quelque chose ?

Cornelia secoua la tête.

— Absolument rien.

— Pas de plouf ?

— Non, c'était exclu. De mon côté, le bateau touche le quai.

Poirot hocha la tête.

— Merci, miss Robson. Maintenant, peut-être serez-vous assez aimable pour demander à miss Bowers de venir ?

Fanthorp et Cornelia quittèrent la pièce.

— C'est clair et net, décréta Race. A moins que nos trois témoins ne mentent, Jacqueline de Bellefort n'a pas pu récupérer son revolver. Mais quelqu'un s'est arrangé pour le faire. Quelqu'un qui a vu ou entendu la scène, quelqu'un qui a poussé la crétinerie jusqu'à tracer un J sur le mur.

On frappa à la porte et miss Bowers entra. Elle s'assit, calme et l'allure efficace, comme à l'accoutumée. Elle déclina ses nom, adresse, et qualité et ajouta : « Ça va faire plus de deux ans que je soigne miss Van Schuyler. »

— Miss Van Schuyler est en très mauvaise santé ?

— Oh non, je n'irai pas jusque-là, répondit miss Bowers. Seulement, elle n'est plus très jeune et elle s'inquiète pour un oui pour un non, alors ça la rassure d'avoir une infirmière sous la main. Elle aime qu'on s'occupe d'elle et elle est disposée à payer pour ça.

Poirot hocha la tête avec sympathie.

— Si j'ai bien compris, demanda-t-il, miss Robson est venue vous chercher cette nuit ?

— Ma foi, oui, c'est ça.

— Voudriez-vous m'expliquer ce qui s'est passé au juste ?

— Ma foi, miss Robson m'a donné un bref aperçu de la situation et je l'ai suivie. J'ai trouvé Mlle de Bellefort très agitée, dans un état quasi hystérique.

— A-t-elle proféré des menaces contre Mrs Doyle ?

— Non, absolument pas. Elle était en pleine crise d'auto-accusation morbide. Elle avait beaucoup bu, je dois dire, et c'était la réaction. J'ai cru bon de ne pas la laisser seule. Je lui ai fait une injection de morphine et je suis restée à son chevet.

— Maintenant, miss Bowers, je voudrais que vous répondiez à ceci : Mlle de Bellefort a-t-elle quitté sa cabine à un moment quelconque ?

— Non.

— Et vous-même ?

— Je n'ai pas bougé jusqu'au matin.

— Vous en êtes sûre ?

— Sûre et certaine.

— Merci, miss Bowers.

L'infirmière sortit. Les deux hommes se regardèrent.

Jacqueline de Bellefort était définitivement hors de cause. Alors qui, dans ces conditions, avait assassiné Linnet Doyle ?

14

— Résumons-nous, dit Race. Quelqu'un est parti avec le revolver. Ce n'est pas Jacqueline de Bellefort. Quelqu'un en savait assez pour penser que c'est à elle que le crime serait attribué. Mais ce quelqu'un n'avait pas prévu qu'une infirmière allait lui administrer de la morphine et passer la nuit près d'elle. Et encore autre chose : quelqu'un avait déjà essayé de tuer Linnet Doyle en faisant basculer un rocher du haut d'une falaise ; ce quelqu'un n'était *pas* Jacqueline de Bellefort. Qui était-ce ?

— Il serait plus simple de dire qui cela n'est pas, répondit Poirot. Mr Doyle, Mrs Allerton, Mr Allerton, miss Van Schuyler et miss Bowers sont à exclure. Ils étaient sous mes yeux à ce moment-là.

— Hum… Cela nous laisse encore pas mal de choix. Et quel peut être le mobile ?

— Je compte beaucoup sur Mr Doyle pour nous l'apprendre. Plusieurs incidents se sont produits…

La porte s'ouvrit et Jacqueline de Bellefort entra. Elle était très pâle et vacillait un peu sur ses jambes.

— Ce n'est pas moi ! dit-elle d'une voix d'enfant effrayée. Ce n'est pas moi ! Oh ! je vous en prie, croyez-moi. Tout le monde va m'accuser, mais je ne l'ai pas tuée ! Je ne l'ai pas tuée ! C'est… épouvantable. Je donnerais n'importe quoi pour que ça ne soit pas arrivé. J'aurais pu tuer Simon, hier soir, je crois que j'étais devenue folle. Mais ce n'est pas moi qui ai…

Elle s'assit et fondit en larmes.

— Allons, allons, dit Poirot en lui tapotant l'épaule. Nous savons que vous n'avez pas tué Mrs Doyle. Nous en avons la preuve, oui, la preuve, mon petit. Ce n'est pas vous.

Jackie se redressa subitement, la main serrée sur son mouchoir trempé de larmes.

— Mais qui l'a fait ?

— C'est la question que nous nous posons, dit Poirot. Vous pouvez peut-être nous aider à y répondre, ma chère petite ?

Jacqueline secoua la tête.

— Je ne sais pas… Je n'arrive pas à… Non je n'en ai pas la moindre idée, dit-elle en réfléchissant désespérément. Non, je ne vois personne qui pouvait souhaiter sa mort… A part moi, balbutia-t-elle.

— Excusez-moi une minute, je viens de penser à quelque chose, dit Race en sortant précipitamment.

Assise, tête baissée, Jacqueline de Bellefort se tordait nerveusement les doigts.

— La mort, c'est horrible… horrible ! s'écria-t-elle soudain. Rien que d'y penser, ça me fait horreur !

— Oui, acquiesça Poirot. Ce n'est pas agréable de se dire, n'est-ce pas, que maintenant, en ce moment même, quelqu'un se réjouit d'avoir mené son plan à bien.

— Arrêtez ! Arrêtez ! s'écria Jackie. C'est épouvantable, la manière dont vous dites ça !

Poirot haussa les épaules.

— C'est la vérité.

— Je… J'ai souhaité sa mort, dit Jackie à voix basse, *et elle est morte*… Et le pire… c'est qu'elle est morte… exactement comme je l'avais dit.

— Oui, mademoiselle. Elle a été tuée d'une balle dans la tête.

— Alors, j'avais raison, l'autre soir, à l'hôtel *Cataract.* Quelqu'un nous écoutait bien !

— Ah ! fit Poirot en hochant la tête. Je me demandais si vous vous en souviendriez. Ce serait quand même une coïncidence trop extraordinaire que Mrs Doyle ait eu exactement la mort que vous aviez décrite.

Jackie frissonna.

— Cet homme, ce soir-là, qui cela pouvait-il être ?

Poirot resta silencieux un instant.

— Vous êtes sûre qu'il s'agissait d'un homme ? demanda-t-il, d'un tout autre ton.

Jackie le regarda, surprise.

— Oui, évidemment ! Du moins…

— Du moins ?

Le front plissé, les yeux mi-clos, elle s'efforçait de se souvenir.

— En tout cas, sur le moment, j'ai cru que c'était un homme.

— Et maintenant, vous n'en êtes plus sûre ?

— Non, répondit-elle lentement. Je tenais pour acquis que c'était un homme, mais en vérité, je n'ai vu qu'une silhouette… une ombre…

Elle se tut, et puis, comme Poirot ne disait rien, elle ajouta :

— Vous croyez que c'était une femme ? Mais aucune de celles qui sont sur ce bateau n'aurait pu vouloir tuer Linnet !

Poirot se contenta de dodeliner de la tête.

Sur ce, la porte s'ouvrit et Bessner apparut.

— Monsieur Poirot, venir pouvez-vous ? Vous parler Mr Doyle voudrait.

Jackie bondit. Elle attrapa Bessner par le bras.

— Comment est-il ? Est-ce qu'il… va bien ?

— Pas bien du tout ! gronda Bessner d'un ton de reproche. Il a une fracture, vous comprenez ?

— Mais il ne va pas mourir ? s'écria Jackie.

— Ach ! qui parle de mourir ? A la civilisation nous allons le ramener et là nous aurons radiographie et traitement adéquat.

— Oh ! fit la jeune fille en s'effondrant sur une chaise, les mains crispées.

Poirot sortait du fumoir avec le médecin quand Race les rejoignit. Ils montèrent ensemble sur le pont promenade pour se rendre chez Bessner.

Calé par des coussins et des oreillers, Simon Doyle était allongé, la jambe protégée par un arceau de fortune. Le choc s'étant ajouté à la souffrance, il était mortellement pâle. Mais par-dessus tout, il avait l'air ahuri — l'air ahuri d'un enfant malade.

— Entrez, je vous en prie, marmonna-t-il. Le docteur m'a dit… au sujet de Linnet… Je n'arrive pas encore à le croire. Je ne peux pas croire que ce soit vrai.

— Je comprends, dit Race. C'est un rude coup.

— Vous savez, balbutia Simon, ce n'est pas Jackie. Je suis certain que Jackie n'a pas fait ça ! Tout joue contre elle, je sais, mais elle n'y est *pour rien.* Elle… elle était un peu saoule hier soir, et très surexcitée, c'est pourquoi elle s'en est prise à moi. Mais elle n'aurait pas… elle n'aurait pas commis un *meurtre* ! Pas un meurtre de sang-froid…

— Cessez de vous tourmenter, Mr Doyle, dit Poirot gentiment. Qui que ce soit qui ait tué votre femme, ce n'est pas Mlle de Bellefort.

Simon le regarda, sceptique :

— Vous jouez franc-jeu, au moins ?

— Mais puisque ce n'est pas Mlle de Bellefort, poursuivit Poirot, avez-vous une idée de qui cela peut être ?

Simon secoua la tête, l'air de plus en plus ahuri.

— C'est loufoque… c'est impossible ! A part Jackie, personne ne pouvait vouloir la faire disparaître.

— Réfléchissez, Mr Doyle. Elle n'avait pas d'ennemis ? Personne n'avait de grief contre elle ?

Simon fit le même geste d'incompréhension désespérée.

— Ça paraît complètement dément. Il y a bien Windlesham, évidemment. Linnet l'a plus ou moins laissé tomber pour m'épouser. Mais je ne vois pas un type qui a avalé un parapluie comme Windlesham en train de commettre un meurtre — et puis, de toute façon, il est au bout du monde. Je peux en dire autant de sir George Wode. Il en veut à Linnet à cause de la maison — il n'aime pas la façon dont elle l'a arrangée. Mais il est à Londres, à des milliers de kilomètres d'ici, et commettre un meurtre pour un motif pareil, ça ne tient pas debout.

— Ecoutez, Mr Doyle, dit Poirot d'un ton grave. Le jour où nous sommes montés à bord du *Karnak*, j'ai été impressionné par une petite conversation que j'ai eue avec madame votre épouse. Elle était très inquiète, très agitée. Elle m'a dit, notez bien cela, que *tout le monde* la haïssait. Elle m'a dit qu'elle avait peur, qu'elle se sentait en danger, comme si *tous ceux* qui l'entouraient n'étaient que des ennemis.

— La présence de Jackie à bord l'avait inquiétée. Tout comme moi, dit Simon.

— C'est vrai, mais cela ne suffit pas à expliquer le sens de ses paroles. Elle exagérait sans doute en se disant entourée d'ennemis, mais quoi qu'il en soit, elle ne pensait pas à une seule personne.

— Vous avez peut-être raison, reconnut Simon, mais je crois que je peux l'expliquer. Elle était inquiète à cause d'un nom qu'elle avait vu sur la liste des passagers.

— Un nom sur la liste des passagers ? Quel nom ?

— Elle ne me l'a pas vraiment dit. Pour être franc, je ne l'écoutais pas très attentivement. Je ruminais l'attitude de Jacqueline. Autant que je m'en souvienne, Linnet a fait allusion à la pratique qui consiste à ruiner des gens dans les affaires et à la gêne qu'elle éprouvait en rencontrant quelqu'un qui nourrissait des griefs contre sa famille. Je ne connais pas très bien l'histoire de cette famille, je crois que sa mère était fille de milliardaire. Son père ne jouissait que d'une honnête aisance, mais après son mariage, il s'est mis à jouer en bourse. A la suite de quoi, évidemment, quelques personnes en ont pris pour leur grade. Vous savez, abondance de biens un jour, au ruisseau le lendemain. Bref, j'en ai conclu qu'il y avait à bord quelqu'un qui avait eu affaire au père de Linnet et avait dû encaisser un sale coup. Je me souviens qu'elle m'a dit : « C'est affreux d'être haïe par des gens qui ne vous connaissent même pas. »

— Oui, dit Poirot, songeur. Cela pourrait expliquer ses propos. Pour la première fois de sa vie, son héritage lui était un fardeau. Etes-vous certain, Mr Doyle, qu'elle n'a pas mentionné le nom de cet homme ?

Simon secoua tristement la tête.

— Je n'ai pas fait très attention. Elle m'a simplement dit : « Oh ! plus personne aujourd'hui ne se soucie de ce qui est arrivé à son père. La vie passe trop vite pour qu'on s'y attarde. » Quelque chose d'approchant.

— Ach ! j'ai une idée, intervint Bessner. Il y a un jeune homme à bord qui sérieux grief semble avoir…

— Vous pensez à Ferguson ? demanda Poirot.

— Oui, une fois ou deux il a critiqué Mrs Doyle. Je moi-même l'ai entendu.

— Comment savoir ? demanda Simon.

— Le colonel Race et moi devons interroger tous les passagers, répliqua Poirot. Tant que nous n'aurons pas leurs témoignages, nous serons mal avisés de faire des théories. Il y a la femme de chambre, par exemple. Nous devrions commencer par elle. Nous ferions peut-être aussi bien de l'interroger ici. La présence de Mr Doyle pourrait nous être utile.

— Oui, c'est une bonne idée, dit Simon.

— Etait-elle au service de Mrs Doyle depuis longtemps ?

— Depuis quelques mois seulement.

— Quelques mois seulement ! s'exclama Poirot.

— Pourquoi ? Vous ne pensez pas… ?

— Votre femme avait-elle emporté des bijoux de valeur ?

— Son collier de perles, répondit Simon. Elle m'a dit un jour qu'il valait quarante ou cinquante mille livres. Mon Dieu ! fit-il en frissonnant, vous croyez que ces fichues perles… ?

— Le vol est un motif plausible, dit Poirot. Quand même, cela paraît peu probable… Bon, nous verrons. Appelons d'abord la femme de chambre.

Louise Bourget était la petite brune piquante, de type latin, que Poirot avait remarquée quelques jours auparavant.

Elle avait à présent perdu toute sa vivacité. Elle avait pleuré et semblait avoir peur. Cependant, elle avait une expression rusée qui ne disposa pas les deux hommes en sa faveur.

— Vous êtes Louise Bourget ?

— Oui, monsieur.

— Quand avez-vous vu Mrs Doyle pour la dernière fois ?

— Hier soir, monsieur, dans sa cabine. Je l'ai aidée à se déshabiller.

— Quelle heure était-il ?

— Un peu plus de 11 heures, monsieur, mais je ne sais pas au juste. J'ai déshabillé Madame, je l'ai mise au lit et je suis partie.

— Combien de temps cela vous a-t-il pris ?

— Dix minutes, monsieur. Madame était fatiguée. Elle m'a demandé d'éteindre la lumière en partant.

— Après l'avoir quittée, qu'avez-vous fait ?

— Je suis rentrée dans ma cabine, monsieur, sur le pont inférieur.

— Avez-vous vu ou entendu quoi que ce soit qui puisse nous aider ?

— Comment aurais-je pu, monsieur ?

— Ce n'est pas à nous, c'est à vous de nous le dire, mademoiselle, répliqua Hercule Poirot.

Elle lui jeta un regard en coin.

— Mais, monsieur, j'étais loin… qu'aurais-je pu voir ou entendre ? Ma cabine est sur le pont inférieur. Et de l'autre côté du bateau, en plus. Il était rigoureusement impossible que j'entende quoi que ce soit. Evidemment, si je n'avais pas réussi à m'endormir, si j'étais remontée, alors là, peut-être, j'aurais pu voir l'assassin, ce monstre, entrer dans la cabine de Madame ou en sortir, mais comme ça…

Elle tendit des mains implorantes vers Simon.

— Monsieur, je vous en supplie… vous voyez ce qui m'arrive ? Qu'est-ce que je peux dire, moi ?

— Ne vous frappez pas, mon petit, répondit Simon. Personne ne vous soupçonne d'avoir vu ou entendu quoi que ce soit. Tout ira bien. Je ne vous laisserai pas tomber. On ne vous accuse de rien.

— Monsieur est très bon, murmura Louise en baissant modestement les yeux.

— Nous retiendrons donc que vous n'avez rien vu et rien entendu ? dit Race, agacé.

— Oui, comme je viens de vous le dire, monsieur.

— Et vous ne connaissez personne qui aurait eu des griefs contre votre maîtresse ?

A la surprise générale, Louise hocha vigoureusement la tête.

— Oh si ! Ça, je le sais. A cette question, je peux répondre oui, et catégoriquement !

— Vous pensez à Mlle de Bellefort ? dit Poirot.

— Oui, elle, ça va de soi. Mais ce n'est pas d'elle que je parlais. Il y a quelqu'un d'autre sur ce bateau qui détestait Madame, qui était furieux de la façon dont Madame l'avait offensé.

— Seigneur ! s'exclama Simon. Qu'est-ce que c'est que cette histoire ?

Louise poursuivit, hochant toujours la tête avec la même vigueur :

— Oui, oui, oui, c'est comme je vous le dis : cela concerne l'ancienne femme de chambre de Madame, celle que j'ai remplacée. Il y avait un homme sur le bateau, un mécanicien, qui voulait l'épouser. Et Mary — c'était son nom — était d'accord. Mais Mrs Doyle a fait faire une enquête et a découvert que Fleetwood avait déjà une femme, une femme de couleur, vous comprenez, une femme de ce pays. Elle était retournée dans sa famille, mais ils étaient toujours mariés, vous comprenez. Alors Madame a raconté tout ça à Mary, et Mary a été très malheureuse, elle n'a plus voulu revoir Fleetwood. Et ce Fleetwood a été furieux. Et quand il a appris que Mrs Doyle s'appelait auparavant miss Linnet Ridgeway, il m'a dit qu'il avait envie de lui tordre le cou. Avec son intervention, elle lui avait gâché sa vie.

Louise s'arrêta, triomphante.

— C'est intéressant, commenta Race.

— Etiez-vous au courant de ça ? demanda Poirot à Simon.

— Non, pas du tout ! répondit celui-ci avec sincérité. Et je ne pense pas que Linnet ait su que cet homme était à bord. Elle avait probablement tout oublié de l'incident.

Il se tourna vivement vers la femme de chambre.

— En aviez-vous parlé à Mrs Doyle ?

— Non, monsieur, bien sûr que non.

— Savez-vous quelque chose à propos du collier de perles de votre maîtresse ? demanda Poirot.

— Son collier de perles ? répéta Louise en écarquillant les yeux. Elle le portait hier soir.

— Vous l'avez vu quand elle s'est couchée ?

— Oui, monsieur.

— Où l'a-t-elle posé ?

— Sur la table de chevet, comme d'habitude.

— C'est là que vous l'avez vu pour la dernière fois ?

— Oui, monsieur.

— L'avez-vous vu ce matin ?

La jeune femme sursauta.

— Mon Dieu ! Je n'ai même pas regardé. Je me suis approchée du lit, et j'ai vu… j'ai vu Madame. Alors j'ai crié, je suis sortie en courant et je me suis évanouie.

Hercule Poirot hocha la tête.

— Vous n'avez pas regardé. Mais moi j'ai des yeux pour voir, et j'ai vu que, ce matin, il n'y avait pas de collier de perles sur la table à côté de son lit.

15

Hercule Poirot ne s'était pas trompé. Il n'y avait pas de collier de perles sur la table de nuit de Linnet Doyle.

Louise Bourget avait été chargée de fouiller ses affaires. Selon elle, tout était en ordre. Seul le collier de perles avait disparu.

Le steward qui les attendait devant la porte de la cabine les informa que leur petit déjeuner était servi dans le fumoir. Race s'arrêta un instant sur le pont et regarda par-dessus le bastingage.

— Tiens ! Tiens ! Je vois que vous avez une idée, mon bon ami.

— Oui. Elle m'a frappé quand Fanthorp a parlé de ce plouf ! qu'il avait entendu. Il est bien possible qu'après le meurtre, le meurtrier ait jeté le revolver par-dessus bord.

— Vous croyez vraiment cela possible, mon bon ami ? demanda Poirot en réfléchissant.

Race haussa les épaules.

— C'est une hypothèse. Après tout, ce revolver

n'est pas dans la cabine. C'est la première chose que j'ai cherchée.

— N'empêche, répliqua Poirot, qu'il est invraisemblable qu'on l'ait jeté à l'eau.

— Alors, où est-il ? demanda Race.

— S'il n'est pas dans la cabine de Mrs Doyle, répondit Poirot, en toute logique, il n'y a qu'un autre endroit où il puisse se trouver.

— Où ça ?

— Dans la cabine de Mlle de Bellefort.

— Oui… je vois, dit Race, songeur. (Il s'interrompit brusquement.) Elle n'est pas dans sa cabine pour l'instant. Voulez-vous qu'on aille y jeter un œil ?

Poirot secoua la tête.

— Non, mon bon ami, pas de précipitation. Il n'y est peut-être pas encore.

— Et si on fouillait immédiatement tout le bateau ?

— Ce serait dévoiler notre jeu. Nous devons agir avec une grande prudence. Notre position est très délicate pour l'instant. Allons discuter de cela en mangeant.

Ils se rendirent au fumoir.

— Bon, dit Race en se servant une tasse de café, nous avons deux pistes : celle de la disparition du collier, et celle de ce Fleetwood. En ce qui concerne le collier, cela a tout l'air d'un vol, mais… je me demande si vous serez d'accord avec moi…

— Selon vous, le voleur aurait choisi un drôle de moment ? suggéra Poirot.

— Exactement ! Voler les perles dans de pareilles circonstances, c'était aller au devant d'une fouille générale. Comment le voleur pouvait-il espérer s'échapper avec son butin ?

— Il aurait pu descendre à terre et le fourguer à bas prix.

— La compagnie a toujours un homme de garde sur la berge.

— Alors ce n'est pas faisable. Aurait-on commis le meurtre pour détourner l'attention du vol ? Non, cela ne tient pas debout. Bon, supposons que Mrs Doyle se soit réveillée et qu'elle ait surpris le voleur en pleine action ?

— Et alors il la tue ? Mais on a tiré sur elle pendant son sommeil.

— Bon, ça n'a pas de sens non plus. Vous savez, j'ai ma petite idée à propos de ce collier et… pourtant non… c'est impossible. Parce que si j'avais raison, le collier n'aurait pas disparu. Mais dites-moi, Race, que pensez-vous de la femme de chambre ?

— Je me demande si elle n'en sait pas plus long qu'elle ne veut bien le dire, répondit Race, pensif.

— Ah ! vous aussi, vous avez eu cette impression ?

— Cette fille ne me plaît pas outre mesure.

Poirot acquiesça bien volontiers.

— Moi non plus. Je ne lui ferais pas confiance.

— Vous pensez qu'elle a quelque chose à voir avec le meurtre ?

— Non, je n'irais pas jusque-là.

— Avec le vol du collier, alors ?

— Cela paraît plus probable. Elle n'était au service de Mrs Doyle que depuis peu de temps. Elle pourrait appartenir à une bande spécialisée dans le vol de bijoux. Dans ces cas-là, on a souvent affaire à des femmes de chambre aux excellentes références. Hélas ! nous ne sommes pas en mesure de nous renseigner là-dessus. Et de toute façon, cette explication ne me satisfait pas… Ces perles… Ah, bigre ! ma petite idée *devrait* être la bonne ! Et cependant, personne ne serait assez stupide pour…

Il s'interrompit.

— Et ce type, ce Fleetwood ? fit Race.

— Il faut que nous l'interrogions. Qui sait ? C'est peut-être là que se trouve la solution. Si Louise Bourget a dit vrai, il avait une bonne raison de vouloir se venger. Il a pu entendre la scène entre Jacqueline et Mr Doyle, foncer ensuite dans le salon et s'emparer du revolver. Oui, c'est tout à fait possible. Et même cette lettre J tracée avec du sang, ça aussi ça cadrerait avec un naturel assez grossier.

— En somme, il correspond trait pour trait à l'individu que nous recherchons ?

— Oui, seulement voilà…, marmonna Poirot en se frottant le nez, je reconnais que j'ai une faiblesse. On dit de moi que j'aime compliquer les choses. Eh bien, cette solution me paraît en effet trop simple, trop facile… Je n'ai pas l'impression que cela se soit passé ainsi. Mais peut-être n'est-ce là que pur préjugé de ma part.

— Pour en avoir le cœur net, faisons venir ce type.

Race sonna et donna un ordre au steward. Puis il demanda à Poirot :

— Envisagez-vous d'autres… possibilités ?

— Une quantité, mon bon ami. Par exemple, l'homme d'affaires américain.

— Pennington ?

— Oui, Pennington. J'ai assisté à une petite scène curieuse, l'autre jour… (Il raconta à Race ce qui s'était passé.) C'est révélateur : Mrs Doyle déclare qu'elle veut tout lire avant de signer, alors Pennington préfère remettre la séance à plus tard. Là-dessus, le mari fait une remarque d'importance.

— Laquelle ?

— Il déclare, de l'air de ne pas y toucher : « Je ne lis jamais rien. Je signe là où on me dit de signer. » Vous comprenez ce que cela signifie ? Pennington l'a compris, lui. Je l'ai lu dans ses yeux. Il a regardé Doyle comme si une idée absolument nouvelle venait de lui traverser l'esprit. Imaginez, mon bon ami, qu'on vous ait confié la gestion des biens d'une fille de milliardaire. Vous vous servez peut-être de son argent pour spéculer. Je sais, vous me direz que c'est ce qu'on lit classiquement dans les romans policiers… mais on lit ça aussi dans les journaux. Cela arrive parfois, mon bon ami, oui, cela *arrive* parfois pour de bon.

— Je ne le conteste pas, grommela Race.

— Votre cliente n'est pas encore majeure. Vous pensez avoir le temps de vous faire pas mal d'argent grâce à de folles spéculations. Et brusquement… elle se marie ! Du jour au lendemain, le pouvoir passe de vos mains dans les siennes. C'est le désastre ! Mais il vous reste une chance. Elle est en voyage de noces. Elle n'aura sans doute pas la tête aux affaires. Vous pourrez glisser parmi les autres un banal papier qu'elle signera sans le lire… Mais, Linnet Doyle n'est pas de celles-là. Lune de miel ou pas, c'est une femme d'affaires. Et puis son mari fait une remarque, et une idée nouvelle germe dans le cerveau de cet homme aux abois qui cherche à éviter la ruine. Si Linnet Doyle disparaissait, sa fortune reviendrait à son mari — avec lequel il serait facile de s'entendre ; ce ne serait qu'une marionnette entre les mains d'un homme aussi astucieux qu'Andrew Pennington… Mon cher colonel, je vous garantis que j'ai *vu* cette pensée passer par la tête de Pennington : « Si seulement c'était à Doyle que je pouvais avoir affaire… » C'était ça qu'il avait dans la tête à ce moment-là, et pas autre chose.

— Ça n'a rien d'impossible, décréta Race, mais vous n'avez pas de preuves.

— Hélas, non !

— Il y a aussi ce jeune Ferguson. Il tient des propos plutôt acerbes. Je ne les prends pas pour argent comptant, mais il pourrait bien être celui dont le père a été ruiné par le vieux Ridgeway ! C'est un peu tiré par les cheveux mais ce n'est pas impossible. Les gens remâchent parfois longtemps de vieux griefs… Et puis, il y a mon bonhomme !

— Oui, il y a « votre bonhomme », comme vous dites.

— C'est un tueur, nous le savons. Mais d'un autre côté, je ne vois pas comment il aurait pu se heurter à Linnet Doyle. Ils n'évoluaient pas dans les mêmes sphères.

— A moins que, par le plus grand des hasards, elle n'ait découvert sa véritable identité, remarqua lentement Poirot.

— Possible, mais peu probable.

On frappa à la porte.

— Ah ! Voici notre candidat à la bigamie !

Fleetwood était un solide gaillard à la mine farouche. Il entra en leur jetant des regards soupçonneux.

Poirot reconnut en lui l'homme qu'il avait surpris avec Louise Bourget.

— Vous vouliez me voir ? demanda-t-il, méfiant.

— C'est exact, répondit Race. Vous savez sans doute qu'un meurtre a été commis sur ce bateau la nuit dernière ?

Fleetwood hocha la tête.

— Est-il vrai que vous aviez des raisons d'en vouloir à la femme qui a été tuée ?

Un éclair d'inquiétude passa dans le regard de Fleetwood.

— Qui vous a raconté ça ?

— Vous estimiez que Mrs Doyle s'était interposée entre une jeune femme et vous.

— Je sais qui vous a dit ça — c'est cette garce de Française ! Elle ment comme elle respire, celle-là.

— Mais il se trouve pourtant que cette histoire-là est vraie.

— Il n'y a rien de vrai là-dedans.

— Vous dites ça alors que vous ne savez même pas de quelle histoire il s'agit.

Le coup porta. L'homme rougit et avala sa salive.

— Est-il exact, oui ou non, que vous deviez épouser une certaine Mary et qu'elle a rompu en apprenant que vous étiez déjà marié ?

— Ça ne la regardait pas !

— Vous voulez dire que cela ne regardait pas Mrs Doyle ? Eh bien, vous savez, la bigamie c'est toujours la bigamie.

— Ça n'a rien à voir avec ça. Je me suis marié ici un beau jour avec une fille du pays. Ça n'a pas collé. Elle est retournée dans sa famille. Ça fait plus de six ans que je ne l'ai pas vue.

— N'empêche que vous l'aviez épousée.

L'homme ne répondit pas. Race continua :

— Mrs Doyle, ou plutôt miss Ridgeway, à l'époque, avait découvert tout ça ?

— Oui, et qu'elle l'emporte pas au paradis ! Qui est-ce qui lui avait demandé de fourrer son nez là-dedans ? Mary, je l'aurais rendue heureuse, j'aurais tout fait pour elle. Et sans sa touche-à-tout de patronne, elle n'aurait jamais rien su de l'autre. Oui, je le reconnais, j'*avais* un grief contre cette bonne femme, et j'ai été écœuré quand je l'ai vue sur ce bateau, toute emperlousée et couverte de diamants, et traitant tout le monde de haut, sans penser un instant qu'elle avait brisé la vie d'un homme ! J'étais écœuré ça, oui, mais si vous me prenez pour un vulgaire assassin, si vous croyez que je suis allé lui tirer dessus, eh bien vous vous fichez le doigt dans l'œil ! Je ne l'ai jamais touchée. Et ça je vous le jure sur tout ce que vous voudrez.

Il se tut. La sueur inondait son visage.

— Où étiez-vous la nuit dernière entre minuit et 2 heures du matin ?

— Je dormais sur ma couchette. Mon compagnon de cabine pourra vous le dire.

— Nous verrons cela, dit Race. Ce sera tout, ajouta-t-il en le libérant d'un petit signe de tête.

— Eh bien ? demanda Poirot, quand la porte se fut refermée sur Fleetwood.

Race haussa les épaules.

— Son histoire tient debout. Il est inquiet, bien sûr, mais il y a de quoi. Nous vérifierons son alibi, bien que je me doute que ce ne sera pas concluant. Son compagnon devait dormir et notre homme a pu entrer et sortir de la cabine comme il le voulait. Notre seule chance serait que quelqu'un d'autre l'ait éventuellement vu.

— Oui, il faudra chercher de ce côté-là.

— Le plus urgent, je crois, c'est de découvrir si quelqu'un n'aurait pas entendu quelque chose qui nous renseignerait sur l'heure du crime, dit Race. Bessner la situe entre minuit et 2 heures. Espérons qu'un des passagers aura entendu le coup de feu — même s'il n'a pas compris de quoi il s'agissait. Pour ma part, je n'ai rien entendu de ce genre. Et vous ?

Poirot secoua la tête.

— Moi, je dormais comme une souche ! Je n'ai rien entendu, rien de rien. Je dormais si fort que je croirais presque avoir été drogué.

— Dommage, remarqua étourdiment Race. Espérons que nous aurons plus de chance avec les passagers dont les cabines sont à tribord. Fanthorp, c'est déjà fait... Viennent ensuite les Allerton. J'envoie un steward les chercher.

Mrs Allerton entra d'un pas vif. Vêtue d'une robe de soie à rayures grises, elle avait l'air bouleversée.

— C'est trop affreux, dit-elle en prenant la chaise que lui avançait Poirot. Je peux à peine le croire. Morte… cette créature adorable, qui possédait tout ce dont on peut rêver dans la vie… Je n'arrive vraiment pas à le croire.

— Je comprends ce que vous ressentez, dit Poirot avec sympathie.

— Je suis heureuse que *vous* soyez là, déclara Mrs Allerton avec simplicité. Vous allez trouver qui a fait le coup. Je suis tellement contente que ce ne soit pas cette pauvre fille à l'air si pathétique.

— Vous pensez à Mlle de Bellefort ? Qui vous a dit que ce n'était pas elle ?

— Cornelia Robson, répondit Mrs Allerton avec un petit sourire. Avec cette histoire, elle ne se tient plus. C'est probablement la seule chose intéressante qui lui soit jamais arrivée. Mais elle est si gentille qu'elle a honte d'en tirer du plaisir. Elle trouve que c'est monstrueux de sa part.

Mrs Allerton regarda Poirot et ajouta :

— Mais je ne devrais pas me laisser aller à bavarder comme ça. Vous voulez m'interroger, sans doute.

— S'il vous plaît. A quelle heure vous êtes-vous couchée, madame ?

— Un peu après 10 heures et demie.

— Vous vous êtes endormie tout de suite ?

— Oui. Je tombais de sommeil.

— Avez-vous entendu quelque chose — n'importe quoi — pendant la nuit ?

Mrs Allerton fronça les sourcils.

— Oui, je crois que j'ai entendu un plouf ! et puis

quelqu'un courir… — à moins que ce ne soit dans l'ordre inverse. C'est plutôt flou. Il m'est vaguement venu à l'idée que quelqu'un avait dû tomber par-dessus bord — une espèce de rêve, quoi. Je me suis réveillée et j'ai tendu l'oreille, mais tout était calme.

— Savez-vous quelle heure il était ?

— Non, je suis navrée. Mais il me semble que c'était peu après m'être endormie. Vers 1 heure, par là.

— Hélas ! madame, ce n'est pas très précis.

— Oui, je sais. Mais j'aurais beau me torturer l'esprit, je n'en arriverais pas pour autant à avoir les idées claires sur la question.

— Et c'est tout ce que vous pouvez nous dire, madame ?

— Croyez bien que je le regrette.

— Connaissiez-vous Mrs Doyle avant ce voyage ?

— Non, mais Tim l'avait rencontrée. Et j'avais beaucoup entendu parler d'elle par Joanna Southwood, une de mes cousines. Cependant, je n'avais jamais eu l'occasion de lui parler avant Assouan.

— Encore une question, madame, si vous voulez bien me pardonner de vous la poser.

— J'adore les questions indiscrètes, répondit Mrs Allerton avec un petit sourire.

— Voilà. Est-ce que vous, ou votre famille, avez eu à subir des dommages financiers à cause des spéculations du père de Mrs Doyle, Melhuish Ridgeway ?

Mrs Allerton eut l'air franchement stupéfaite.

— Oh non ! Les finances familiales n'ont jamais souffert que de la baisse progressive des valeurs… vous le savez très bien : la plupart des revenus sont beaucoup moins élevés qu'avant. Mais notre situation n'a jamais rien eu de tragique. Mon mari n'a laissé que très peu d'argent, mais je n'y ai pas touché, je l'ai encore. Il rapporte moins qu'autrefois, c'est tout.

— Merci, madame. Peut-être pourriez-vous nous envoyer votre fils, à présent ?

— L'épreuve est finie ? demanda Tim quand sa mère l'eut rejoint. A mon tour, maintenant. Quelle sorte de questions t'ont-ils posées ?

— Ils voulaient seulement savoir si j'avais entendu du bruit la nuit dernière. Malheureusement, je n'ai rien entendu du tout. Je ne comprends d'ailleurs pas pourquoi. Après tout, il n'y a qu'une cabine entre celle de Linnet et la mienne. J'aurais dû entendre le coup de feu. Vas-y, Tim. Ils t'attendent…

Poirot posa les mêmes questions à Tim Allerton.

— Je suis allé me coucher de bonne heure, répondit-il, vers 10 heures et demie, par là. J'ai lu un peu, et j'ai éteint juste après 11 heures.

— Avez-vous entendu quelque chose après cela ?

— Oui, j'ai entendu une voix d'homme dire « bonne nuit », pas très loin de chez moi.

— C'était moi qui souhaitais une bonne nuit à Mrs Doyle, précisa Race.

— Ensuite, je me suis endormi. Puis, plus tard, j'ai entendu une espèce de remue-ménage et quelqu'un appeler Fanthorp, si je me souviens bien.

— C'était miss Robson qui sortait du salon.

— Oui, sans doute. Et puis j'ai entendu toutes sortes de voix. Et puis quelqu'un s'est mis à courir sur le pont. Et puis il y a eu un plouf ! Et ensuite j'ai entendu le vieux Bessner qui grondait de sa voix de basse profonde : « Attention » et « Pas trop vite ! »

— Vous avez entendu un plouf ?

— Oui, quelque chose comme ça.

— Vous êtes sûr qu'il ne s'agissait pas d'un *coup de feu ?*

— Bah ! cela se pourrait… J'ai entendu également un bruit de bouchon qui saute. C'était peut-être ça le coup de feu. J'ai dû imaginer le plouf ! en associant l'idée du bouchon avec un liquide qu'on verse dans un verre… Je sais que j'avais vaguement dans l'idée qu'on faisait la fête quelque part et je n'avais qu'une envie : qu'ils aillent tous au lit et arrêtent de brailler.

— Rien d'autre après ?

Tim haussa les épaules.

— Après ça… le trou noir.

— Vous n'avez rien entendu de plus ?

— Strictement rien.

— Merci, Mr Allerton.

Tim se leva et quitta la cabine.

16

Penché sur le plan du pont promenade du *Karnak*, Race réfléchissait à voix haute :

— Fanthorp, le jeune Allerton, Mrs Allerton. Puis une cabine vide… celle de Simon Doyle. Voyons, qui est de l'autre côté de la cabine de Mrs Doyle ? La vieille fille américaine. Si quelqu'un a pu entendre quelque chose, c'est bien elle. Et si elle est levée, nous devrions la faire venir.

Miss Van Schuyler entra. Elle avait l'air encore plus vieille et plus jaune que d'habitude. Ses petits yeux noirs avaient une expression venimeuse.

Race se leva et la salua.

— Nous sommes navrés de vous déranger, miss Van Schuyler. C'est très aimable à vous… Je vous en prie, asseyez-vous.

— Je m'indigne que l'on me mêle à cette histoire. Cela me déplaît souverainement, déclara-t-elle d'un ton tranchant. J'entends n'être associée en rien à cette… euh… très désagréable affaire.

— Bien sûr… bien sûr ! Je disais justement à l'instant à M. Poirot que plus vite nous prendrions votre déposition, plus vite vous seriez débarrassée de nous.

Miss Van Schuyler regarda Poirot avec quelque chose qui ressemblait à de l'approbation.

— Je suis heureuse que vous compreniez mon point de vue. Je n'ai pas pour habitude de participer à des faits divers.

— Voilà pourquoi, mademoiselle, nous souhaitons vous libérer le plus rapidement possible de ce désagrément, déclara Poirot avec douceur. Vous êtes allée vous coucher à quelle heure, hier soir ?

— 10 heures est mon horaire habituel. Mais hier soir il était plus tard car, sans aucune considération pour moi, Cornelia Robson m'a fait attendre.

— Parfait, mademoiselle. Voyons, qu'avez-vous entendu après vous être retirée ?

— J'ai le sommeil très léger, déclara miss Van Schuyler.

— De mieux en mieux ! C'est une grande chance pour nous.

— J'ai été réveillée par cette jeune femme si vulgaire, la femme de chambre de Mrs Doyle, qui disait : « *Bonne nuit, madame* » d'une voix que je ne pourrais qualifier que d'inutilement retentissante.

— Et ensuite ?

— Je me suis rendormie. Puis je me suis de nouveau réveillée avec l'impression que quelqu'un se trouvait dans ma cabine, mais en réalité c'était dans la cabine à côté.

— Celle de Mrs Doyle ?

— Oui. Ensuite, j'ai entendu quelqu'un sur le pont et puis un plouf!

— Vous ne savez pas l'heure qu'il était?

— Je peux vous le dire à la minute près. Il était 1 h 10.

— Vous êtes sûre de ça?

— Oui. J'ai regardé ma pendulette de chevet.

— Vous n'avez pas entendu un coup de feu?

— Non, rien qui y fasse penser de près ou de loin.

— Mais il est possible que ce soit ce coup de feu qui vous ait réveillée?

Miss Van Schuyler réfléchit, sa tête de crapaud penchée sur le côté.

— C'est possible, admit-elle à contrecœur.

— Vous n'avez aucune idée de ce qui a pu causer le plouf! que vous avez entendu?

— Mais si. Je le sais très bien.

Le colonel Race se redressa, aux aguets.

— Vous le savez?

— Evidemment. J'étais irritée par tout ce remue-ménage. Je me suis levée et j'ai ouvert ma porte. Miss Otterbourne était penchée sur la rambarde. Elle venait de jeter quelque chose à l'eau.

— Miss Otterbourne?

Race ne cachait pas sa stupeur.

— Oui.

— Vous êtes sûre et certaine que c'était miss Otterbourne?

— J'ai vu son visage, distinctement.

— Et elle, elle ne vous a pas vue?

— Je ne pense pas.

Poirot se pencha vers elle.

— Et quelle expression avait-elle, mademoiselle ?

— Elle avait l'air bouleversée.

Race et Poirot échangèrent un coup d'œil.

— Et ensuite ? la pressa Race.

— Miss Otterbourne est partie vers l'arrière du bateau et je suis retournée me coucher.

On frappa à la porte et le commissaire de bord entra, un paquet dégoulinant à la main.

— Nous l'avons trouvé, colonel !

Race prit le paquet et défit soigneusement, couche après couche, le velours trempé. Il en tomba un mouchoir vaguement taché de rose, qui enveloppait un petit revolver à crosse de nacre.

Race jeta en coin à Poirot un coup d'œil triomphant.

— J'avais raison, vous voyez. On l'avait jeté pardessus bord !

Il lui montra le revolver, sur sa paume ouverte :

— Alors, monsieur Poirot ? Est-ce bien celui que vous avez vu cette nuit-là à l'hôtel *Cataract* ?

Poirot l'examina avec soin.

— Oui, acquiesça-t-il avec le plus grand calme, c'est bien celui-ci. Avec ses ciselures et les initiales J.B. C'est un bijou de luxe, très féminin, mais qui n'en est pas moins une arme meurtrière.

— Calibre 22, murmura Race. (Il sortit le chargeur.) Il manque deux balles. Il n'y a plus guère de doute.

Miss Van Schuyler toussota avec insistance.

— Et mon châle ?

— Votre châle, mademoiselle ?

— Oui, c'est mon châle de velours que vous avez là.

Race ramassa le tissu trempé.

— C'est à vous, miss Van Schuyler ?

— Evidemment que c'est à moi ! s'écria la vieille fille d'un ton cassant. Je l'ai égaré hier soir. J'ai demandé à tout le monde si on ne l'avait pas aperçu quelque part.

Du regard, Poirot interrogea Race qui lui fit un signe d'assentiment.

— Quel est le dernier endroit où vous l'avez vu, miss Van Schuyler ?

— Je l'avais au salon, hier soir. Au moment d'aller me coucher, je ne l'ai plus trouvé nulle part.

— Vous comprenez à quoi il a servi ? demanda Race.

Race l'étala en montrant du doigt des traces de brûlure et plusieurs petits trous :

— L'assassin l'a enroulé autour du revolver afin d'étouffer le bruit du coup de feu.

— Quelle audace ! s'écria miss Van Schuyler dont les joues fripées avaient rosi.

— Miss Van Schuyler, reprit Race, j'aimerais que vous nous parliez de vos relations antérieures avec Mrs Doyle.

— Il n'y a pas eu de relations antérieures.

— Mais vous en aviez entendu parler ?

— Je savais qui c'était, évidemment.

— Vos familles n'étaient pas non plus en relation ?

— Ma famille, colonel Race, s'est toujours enorgueillie d'être un cercle fermé. Ma chère mère n'aurait jamais eu l'idée de recevoir un membre de la famille Hartz qui, à part sa fortune, ne comptait pour rien.

— C'est tout ce que vous pouvez nous dire, miss Van Schuyler ?

— Je n'ai rien à ajouter. Linnet Ridgeway a été élevée en Angleterre et je ne l'avais jamais vue avant de mettre les pieds sur ce bateau.

Elle se leva. Poirot lui ouvrit la porte, et elle sortit, majestueuse.

Les deux hommes échangèrent un regard.

— C'est sa version, dit Race. Et elle n'en démordra pas. Son histoire est peut-être vraie, je ne sais pas. Mais… Rosalie Otterbourne ! Si je m'attendais à ça !

Perplexe, Poirot secoua la tête. Soudain, il frappa du poing sur la table.

— Mais ça ne tient pas debout ! s'écria-t-il. Nom de nom de nom de nom ! Ça ne tient pas debout !

Race le dévisagea.

— Que voulez-vous dire au juste ?

— Je veux dire que, jusqu'à un certain point, tout est clair. Quelqu'un voulait tuer Linnet Doyle. Ce quelqu'un est témoin, hier soir de la scène du salon. Ce quelqu'un s'y faufile et récupère le revolver, le revolver de Jacqueline de Bellefort, ne l'oubliez pas. Ce quelqu'un tue Linnet Doyle avec le revolver et trace un J sur le mur… C'est clair, non ? Tout désigne Jacqueline de Bellefort comme meurtrière. Et là, que fait l'assassin ? Abandonne-t-il sur place le revolver — le revolver compromettant —, le revolver de Jacqueline de Bellefort, afin que chacun puisse le trouver ? Non. Il ou elle jette ce revolver ; cette précieuse preuve accablante, par-dessus bord. Pourquoi, mon bon ami. Pourquoi ?

Race secoua la tête.

— C'est bizarre.

— C'est plus que bizarre… c'est impossible !

— Ce n'est pas impossible, puisque c'est arrivé !

— Vous m'avez mal compris. Ce que je voulais dire, c'est que l'enchaînement des événements est impossible. Il y a quelque chose qui cloche.

17

Le colonel Race regarda son compagnon d'un air intrigué. Il avait de bonnes raisons de respecter l'intelligence d'Hercule Poirot. Mais là, les méandres de son raisonnement lui faisaient perdre pied. Toutefois, il ne lui posa pas de questions. Il posait rarement des questions. Il se borna à poursuivre :

— Qu'allons-nous faire maintenant ? Interroger la petite Otterbourne ?

— Oui, cela nous avancera toujours un peu.

Rosalie Otterbourne entra de mauvaise grâce. Elle ne paraissait ni nerveuse ni effrayée — plutôt maussade et mal disposée.

— Bon, eh bien qu'est-ce qu'il y a ?

Race se fit leur porte-parole :

— Nous enquêtons sur la mort de Mrs Doyle. Pourriez-vous nous dire ce que vous avez fait hier soir ?

Rosalie réfléchit un instant.

— Ma mère et moi sommes allées nous coucher de bonne heure, avant 11 heures. Nous n'avons rien entendu de particulier sauf un peu d'agitation du côté de la cabine du Dr Bessner. Le tout sur fond de grondement de voix de ce vieil Allemand. Jusqu'à ce matin, je n'ai eu évidemment aucune idée de ce qui avait bien pu se passer.

— Vous n'avez pas entendu de coup de feu ?

— Non.

— Avez-vous quitté votre cabine à un moment quelconque la nuit dernière ?

— Non.

— Vous en êtes bien sûre ?

Rosalie le foudroya du regard.

— Que voulez-vous dire ? Naturellement, j'en suis sûre !

— Vous ne seriez pas, par exemple, sortie sur le pont à tribord pour jeter quelque chose à l'eau ?

Le rouge lui monta au visage.

— Y a-t-il un règlement qui interdise de jeter des objets par-dessus bord ?

— Non, bien sûr que non ! Alors, c'est ce que vous avez fait ?

— Non, je ne l'ai pas fait. Je n'ai pas quitté ma cabine, je vous l'ai déjà dit.

— Alors, si quelqu'un prétend vous avoir vue…

Elle l'interrompit.

— Qui prétend m'avoir vue ?

— Miss Van Schuyler.

— Miss Van Schuyler ?

Elle paraissait sincèrement stupéfaite.

— Oui. Miss Van Schuyler affirme qu'elle a ouvert

la porte de sa cabine et vous a vue jeter quelque chose dans l'eau.

— Ça, comme mensonge, on ne fait pas mieux ! décréta Rosalie. (Puis soudain, comme frappée par une idée, elle demanda :) Quelle heure était-il ?

Ce fut Poirot qui répondit :

— 1 h 10, mademoiselle.

Pensive, elle hocha la tête.

— Est-ce qu'elle a vu autre chose ?

Poirot la regarda avec curiosité. Il se tapotait le menton.

— Vu, non, répondit-il, mais entendu, oui.

— Elle a entendu quoi ?

— Quelqu'un remuer dans la cabine de Mrs Doyle.

— Je vois, marmonna Rosalie.

Elle était pâle, maintenant. Mortellement pâle.

— Vous persistez à dire, mademoiselle, que vous n'avez rien jeté par-dessus bord dans le courant de la nuit ?

— Pourquoi diable m'amuserais-je à jeter des choses par-dessus bord en plein milieu de la nuit ?

— Il pourrait y avoir une raison à ça… une raison innocente.

— Innocente ? gronda la jeune fille.

— C'est ce que j'ai dit. Voyez-vous, mademoiselle, quelque chose a bien été jeté à l'eau cette nuit — quelque chose qui n'a rien d'innocent.

Race lui présenta sans mot dire le paquet de velours taché et l'ouvrit pour lui en montrer le contenu.

Rosalie eut un mouvement de recul.

— Est-ce que c'est... avec ça... qu'elle a été tuée?

— Oui, mademoiselle.

— Et vous pensez... que c'est moi qui ai fait ça? Mais c'est absurde! Pourquoi diable aurais-je voulu tuer Linnet Doyle? Je ne la connaissais même pas!

Elle éclata de rire et se leva d'un air de dédain.

— Tout ça ne tient pas debout! C'est grotesque!

— N'oubliez pas, miss Otterbourne, que miss Van Schuyler est prête à jurer qu'elle vous a parfaitement reconnue au clair de lune.

Rosalie recommença à rire.

— Cette vieille chipie? Elle est probablement à moitié aveugle! Ce n'est pas moi qu'elle a vue!... Je peux m'en aller, maintenant?

Race hocha la tête et Rosalie sortit. Les deux hommes se regardèrent. Race alluma une cigarette.

— Eh bien voilà. Contradiction absolue.

— Qui doit-on croire?

— J'ai dans l'idée qu'aucune des deux n'a été tout à fait franche.

— C'est ce qu'il y a de plus pénible dans notre métier, dit Race, découragé. Tellement de gens dissimulent la vérité pour des raisons dérisoires! Alors, et maintenant? Nous continuons l'interrogatoire des passagers?

— A mon avis, oui. Il faut toujours procéder avec ordre et méthode.

Race acquiesça.

Mrs Otterbourne, enveloppée dans des voiles de batik, succéda à sa fille. Elle confirma qu'elles s'étaient couchées toutes deux avant 11 heures. Elle n'avait rien entendu de particulier pendant la nuit. Elle ne pouvait pas dire si Rosalie avait ou non, quitté la cabine. Quant au crime, elle ne demandait qu'à en disserter.

— Le crime passionnel ! s'exclama-t-elle. Le meurtre… un instinct primitif. Si intimement lié à l'instinct sexuel ! Cette fille, cette Jacqueline, avec ses origines à moitié latines, son tempérament passionné, obéissant aux pulsions les plus profondes de son être, se faufilant dans l'ombre, un revolver à la main…

— Mais Jacqueline de Bellefort n'a pas tué Mrs Doyle. Nous en sommes certains. Nous en avons la preuve, dit Poirot.

— Alors, c'est son mari ! déclara Mrs Otterbourne après avoir encaissé le coup. Le goût du sang et l'instinct sexuel… c'est un crime sexuel ! Il y a mille et un exemples fameux.

— Mr Doyle avait une jambe fracturée et était dans l'incapacité de bouger, lui expliqua le colonel Race. Il a passé la nuit chez le Dr Bessner.

Encore plus déçue, Mrs Otterbourne se creusa désespérément la tête.

— Bien sûr ! s'écria-t-elle. Suis-je bête ! Miss Bowers !

— Miss Bowers ?

— Oui. Cela va de soi ! Psychologiquement, c'est évident. La vierge frustrée qui enrage à la vue de ces deux jeunes êtres passionnément épris l'un de l'autre. Bien sûr, c'est elle ! C'est exactement le genre : sans attrait sexuel, foncièrement respectable. Dans mon livre, *La Vigne stérile*…

Race intervint avec tact :

— Vos suggestions nous ont été très utiles, Mrs Otterbourne. Mais nous devons nous remettre au travail. Merci infiniment.

Galant, il la raccompagna jusqu'à la porte et revint en s'épongeant le front.

— Quel poison ! Seigneur Dieu ! Pourquoi personne n'a-t-il songé à la tuer, *elle* ?

— Cela peut encore arriver, dit Poirot pour le consoler.

— Au moins, cela aurait un sens ! Bon, qui nous reste-t-il ? Pennington… gardons-le plutôt pour la fin. Richetti, Ferguson…

Le signor Richetti se montra aussi volubile qu'agité.

— Quelle horreur ! Quelle infamie ! Une femme si jeune et si belle… c'est un crime vraiment inhumain, s'écria-t-il en agitant les mains de façon expressive.

Il répondit aux questions sans hésiter : il s'était couché tôt, très tôt. Immédiatement après le dîner, en fait. Il avait lu un moment un opuscule passionnant publié depuis peu : *Prähistorische Forschung in Kleinasien*, qui jetait un éclairage entièrement nouveau sur les poteries des contreforts de l'Anatolie.

Il avait éteint peu avant 11 heures. Non, il n'avait pas entendu de coup de feu. Ni de bruit de bouchon qui saute. La seule chose qu'il avait entendue, mais plus tard, au milieu de la nuit, c'était un plouf ! un grand plouf ! tout près de son hublot.

— Votre cabine se trouve à tribord sur le pont inférieur, n'est-ce pas ?

— Oui, oui, c'est exact. Et j'ai entendu ce grand

plouf ! répéta-t-il en montrant du geste l'ampleur du plouf ! en question.

— Pourriez-vous m'indiquer l'heure approximative ?

Le signor Richetti réfléchit :

— Ça a dû se passer une, deux, trois ou quatre heures après que je me suis endormi. Deux heures, peut-être.

— 1 h 10, par exemple ?

— Cela se pourrait, oui. Ah ! mais quel horrible crime… tellement inhumain… une femme si séduisante…

Exit le signor Richetti, gesticulant toujours.

Race regarda Poirot. Lequel Poirot plissa le front de façon expressive, puis haussa les épaules.

Ils s'attaquèrent à Mr Ferguson.

Ferguson se montra très mal disposé. Il se vautra avec insolence dans son fauteuil.

— Vous en faites, des histoires ! ricana-t-il. Ça n'en vaut vraiment pas la peine. Le monde est rempli de femmes inutiles.

— Pourriez-vous nous donner le compte rendu de votre emploi du temps hier soir, Mr Ferguson ? demanda froidement Race.

— Je ne vois pas pourquoi, mais ça m'est égal. J'ai traînaillé à droite à gauche. J'ai accompagné miss Robson à terre. Quand elle est remontée à bord, j'ai continué à traînailler tout seul un moment. Je suis rentré vers minuit.

— Votre cabine se trouve bien sur le pont inférieur, à tribord ?

— Oui ! Avec les rupins.

— Avez-vous entendu un coup de feu ? Il aurait pu sonner comme un bouchon qui saute.

Ferguson réfléchit.

— Oui, je crois avoir entendu quelque chose comme un bouchon… Je ne me rappelle pas quand… avant de m'endormir. Mais il y avait encore un tas de monde à ce moment-là ; ça faisait du tapage, ça courait au-dessus, sur le pont.

— C'était probablement le coup de feu tiré par miss de Bellefort. Vous n'en avez pas entendu un autre ?

Ferguson secoua la tête.

— Ni un plouf ?

— Un plouf ! Oui, il me semble que j'ai entendu un plouf ! mais il y avait un tel vacarme que je n'en suis pas certain.

— Avez-vous quitté votre cabine pendant la nuit ?

— Non, dit Ferguson en souriant. Pas de chance, je n'ai pas participé à la bonne action.

— Allons, allons, Mr Ferguson, ne soyez pas puéril !

— Pourquoi est-ce que je ne dirais pas ce que je pense ? répondit le jeune homme, furieux. Je crois en la violence.

— Mais vous ne passez pas aux actes ? murmura Poirot. Je me le demande.

Il se pencha vers lui.

— C'est ce type, ce Fleetwood, n'est-ce pas, qui vous a appris que Linnet Doyle était une des femmes les plus riches d'Angleterre ?

— Qu'est-ce que Fleetwood vient faire là-dedans ?

— Fleetwood, mon ami, avait un excellent motif pour tuer Linnet Doyle. Un grief personnel contre elle.

Ferguson bondit comme un diable de sa boîte.

— Alors, c'est ça votre sale boulot, hein ? Vous voulez mettre le meurtre sur le dos d'un pauvre type comme Fleetwood qui n'a même pas de quoi payer un avocat pour le défendre. Mais je vous préviens, si vous essayez de lui faire porter le chapeau, vous aurez affaire à moi.

— Et qui êtes-vous au juste ? lui demanda Poirot, suave.

Le sang monta au visage de Ferguson.

— De toute façon, je ne suis pas du genre à laisser choir mes amis, répondit-il d'un ton bourru.

— Bien, Mr Ferguson, ce sera tout pour l'instant, dit Race.

La porte refermée sur Ferguson, il s'autorisa une remarque inattendue :

— Plutôt sympathique, ce gosse.

— Vous ne pensez pas qu'il s'agit de l'homme que *vous*, vous recherchez ?

— J'ai du mal à le croire. Et pourtant, mon zèbre est bel et bien à bord. Le renseignement était très précis. Oh, et puis, un problème à la fois. Tentons notre chance avec Pennington.

18

Andrew Pennington fit étalage de tout le chagrin et de toute la stupeur convenables. Vêtu comme toujours avec recherche, il avait opté pour la cravate noire. Son long visage glabre exprimait le plus profond désarroi.

— Messieurs, déclara-t-il avec accablement, c'est pour moi un coup terrible. Notre petite Linnet… je me rappelle l'adorable bout de chou que c'était… et comme Melhuish Ridgeway en était fier ! Enfin !… à quoi bon remuer les souvenirs. Dites-moi ce que je peux faire, c'est tout ce que je demande.

— Pour commencer, Mr Pennington, avez-vous entendu quelque chose la nuit dernière ?

— C'est beaucoup dire. J'ai la cabine voisine de la 40 du Dr Bessner — la 41, et j'ai eu l'oreille attirée par une certaine agitation aux environs de minuit. Naturellement, je ne savais pas à ce moment-là de quoi il s'agissait.

— Vous n'avez rien entendu d'autre ? Pas de coup de feu ?

Andrew Pennington secoua la tête.

— Non, rien dans ce genre-là.

— Et vous êtes allé vous coucher à quelle heure ?

— Un peu après 11 heures, il me semble.

Il se pencha vers eux.

— Je ne vous apprendrai sans doute rien en vous parlant des rumeurs qui courent sur le bateau. Cette fille à moitié française, Jacqueline de Bellefort… elle a quelque chose de louche. Linnet ne m'a rien dit, mais je ne suis ni sourd ni aveugle. Il y a eu Dieu sait quand une histoire entre Simon et elle, j'en mettrais ma tête à couper. « Cherchez la femme ! », voilà un excellent précepte, et je ne pense pas que vous ayez à chercher bien loin.

— A votre avis, c'est donc Jacqueline de Bellefort qui aurait tué Mrs Doyle ? demanda Poirot.

— Ça m'en a tout l'air. Mais la seule chose que je puisse jurer, c'est que je ne *sais* absolument rien.

— Hélas ! *nous*, nous savons quelque chose.

— Hein ? sursauta Pennington.

— Nous savons qu'il est rigoureusement impossible que Mlle de Bellefort ait tué Mrs Doyle.

Poirot exposa les faits avec précision. Pennington demeura sceptique.

— Je reconnais que ça a l'air de se tenir… Mais cette infirmière, je suis prêt à parier qu'elle n'est pas restée éveillée toute la nuit. Elle a dû piquer un somme et la fille en aura profité pour s'éclipser et revenir en douce.

— C'est peu vraisemblable, Mr Pennington. On lui avait administré un sédatif puissant, ne l'oubliez pas. De toute façon, les infirmières ont le sommeil léger et se réveillent généralement dès que leur patient bouge.

— Tout cela me paraît quand même louche, insista Pennington.

— Vous devez me croire sur parole, Mr Pennington, répliqua Race avec une fermeté courtoise. Nous avons envisagé toutes les possibilités. La conclusion ne laisse pas place au doute : Jacqueline de Bellefort n'a pas tué Mrs Doyle. Nous sommes obligés de chercher ailleurs, et c'est là que vous pouvez nous aider.

— Moi ? sursauta de nouveau Pennington.

— Oui. Vous étiez un intime de Mrs Doyle. Vous connaissez sans aucun doute sa vie mieux que son mari. Vous devez savoir, par exemple, si quelqu'un nourrissait des griefs à son égard. Si quelqu'un avait des raisons de désirer sa mort.

Pennington passa sa langue sur ses lèvres sèches.

— Je n'en ai aucune idée, je vous assure. Linnet a été élevée en Angleterre. Et je ne connais guère son entourage.

— Et pourtant, dit Poirot d'un air songeur, quelqu'un sur ce bateau avait intérêt à la faire disparaître. Elle avait déjà frôlé la mort, vous vous en souvenez, lorsque ce rocher s'est écrasé à côté d'elle ?... Ah ! mais vous n'étiez pas là, peut-être bien ?

— Non. J'étais à l'intérieur du temple à ce moment-là. Je ne l'ai appris qu'en sortant. Elle l'avait échappé belle ! Mais c'était sans doute un accident, non ?

Poirot haussa les épaules.

— C'est ce qu'on a cru sur le moment. Maintenant… on se pose des questions.

— Oui, oui… évidemment.

Pennington s'épongea le visage avec un fin mouchoir de soie.

— Mr Doyle a fait allusion à la présence à bord de quelqu'un qui aurait eu des griefs, non pas à son égard, mais à l'égard de sa famille, intervint le colonel Race. Savez-vous de qui il pourrait s'agir ?

Pennington eut l'air sincèrement étonné.

— Je n'en ai pas la moindre idée.

— Elle ne vous en a jamais parlé ?

— Non.

— Vous étiez un intime de son père. Vous souvenez-vous d'opérations quelconques qui auraient pu acculer un de ses adversaires à la ruine ?

Pennington fit un geste d'impuissance.

— Je ne vois rien de spécial. De telles opérations étaient fréquentes, mais je n'ai pas souvenir que quelqu'un l'ait jamais menacé.

— Bref, Mr Pennington, vous ne pouvez pas nous aider ?

— J'en ai bien l'impression. Croyez que je le regrette, messieurs.

Race échangea un regard avec Poirot.

— Et moi donc ! dit-il. Nous comptions un peu sur vous.

Il se leva pour lui signifier que l'entretien était terminé.

— Dès que Mr Doyle ira mieux, reprit Pennington, il voudra sans doute que je m'occupe de ses affaires.

Excusez-moi, colonel, mais quelles dispositions avez-vous prises ?

— Nous allons faire route jusqu'à Shellal, où nous arriverons demain dans la matinée.

— Et le corps ?

— On le déposera dans une des chambres froides.

Pennington les salua et sortit.

Race et Poirot échangèrent de nouveau un regard.

— Mr Pennington, dit Race en allumant une cigarette, n'était pas du tout à son aise.

Poirot hocha la tête.

— Il était troublé au point de faire un mensonge stupide : il *n'était pas* dans le temple d'Abou Simbel quand le rocher est tombé. Moi qui vous parle, je peux le jurer. J'en venais justement.

— Mensonge très stupide, en effet, commenta Race. Et très révélateur.

— Tout à fait. Mais, jusqu'a plus ample informé, dit-il en souriant, nous le manœuvrerons avec des gants de velours, c'est ça ?

— C'est exactement ça, approuva Race.

— Mon bon ami, nous nous comprenons à merveille.

Il y eut un léger grincement, des vibrations sous leurs pieds. Le *Karnak* levait l'ancre, il retournait à Shellal.

— Le collier de perles, dit Race. C'est ce que nous devons tirer au clair à présent.

— Vous avez un plan ?

— Oui, répondit-il en consultant sa montre. Le déjeuner va être servi dans une demi-heure. Je propose d'annoncer à la fin du repas que les perles ont été volées, que je demande à chacun de rester dans la salle à manger pendant qu'on fouille le bateau.

— Bonne idée, approuva Poirot. Celui qui les a volées les a encore en sa possession. Ainsi, sans avertissement, nous ne risquons pas qu'il les jette pardessus bord dans un instant de panique.

Race posa devant lui quelques feuilles de papier. D'un ton d'excuse, il murmura :

— J'aimerais d'abord pondre un bref résumé des faits. Cela évite à l'esprit de divaguer.

— Vous avez raison. De l'ordre et de la méthode, il n'y a que ça de vrai, répondit Poirot.

Race passa quelques minutes à écrire, de son écriture petite et nette. Finalement, il poussa le résultat de son travail vers Poirot :

— Des objections ?

Poirot se mit à lire :

MEURTRE DE MRS LINNET DOYLE

Mrs Doyle a été vue pour la dernière fois en vie par sa femme de chambre, Louise Bourget. Heure : 23 h 30 (env.)

De 23 h 30 à minuit 20, ont un alibi : Cornelia Robson, James Fanthorp, Simon Doyle, Jacqueline de Bellefort — *personne d'autre* —, mais le crime a presque sûrement été commis *après*, car il est pratiquement certain que le revolver utilisé était celui de Jacqueline de Bellefort et qu'il se trouvait alors dans son sac à main. Que ce soit son revolver qui ait été utilisé ne sera *rigoureusement* certain qu'après l'examen post mortem et les rapports d'expertises concernant la balle — mais peut déjà être considéré comme hautement probable.

Enchaînement vraisemblable des faits: X (l'assassin) est témoin de la scène entre Jacqueline et Simon Doyle dans le salon vitré et remarque que le revolver a glissé sous la banquette. Une fois le salon vide, X ramasse le revolver, avec l'idée que Jacqueline sera ainsi accusée du meurtre qu'il projette. Si cette théorie est juste, certaines personnes sont automatiquement lavées de tout soupçon :

Cornelia Robson, puisqu'elle n'a pas eu l'occasion de prendre le revolver avant que James Fanthorp ne retourne le chercher.

Miss Bowers : idem.

Dr Bessner : idem.

N.B. : Fanthorp n'est pas définitivement hors de cause. Il a pu empocher le revolver et déclarer qu'il ne l'avait pas trouvé.

N'importe qui d'autre a pu prendre le revolver au cours de ces dix minutes.

Mobiles possibles du meurtre :

Andrew Pennington : ceci au cas où il se serait rendu coupable de pratiques frauduleuses. Certains indices permettent de le penser, mais ce n'est pas suffisant pour l'accuser. Si c'est lui qui a fait basculer le rocher, c'est un homme qui sait risquer le tout pour le tout. De toute évidence, ce meurtre n'était pas prémédité, sauf dans son *principe.* La scène d'hier soir, avec le coup de feu, créait l'occasion rêvée.

Objections à la culpabilité de Pennington : *pourquoi aurait-il jeté le revolver par-dessus bord alors qu'il constituait une preuve accablante contre Jacqueline de Bellefort ?*

Fleetwood. Mobile : la vengeance. Fleetwood considère que Linnet Doyle lui a porté préjudice. Il a pu surprendre la scène et remarquer l'emplacement du revolver. Il a pu l'utiliser parce que c'est une arme commode, sans penser à compromettre Jacqueline. Cela expliquerait qu'il l'ait jeté par-dessus bord. *Mais dans ce cas, pourquoi tracer un J sur le mur ?*

N.B. Le mouchoir bon marché qui enveloppait le revolver a plus de chances d'appartenir à Fleetwood qu'à un des passagers fortunés.

Rosalie Otterbourne : doit-on ajouter foi au témoignage de miss Van Schuyler ou aux dénégations de Rosalie ? On a bien jeté quelque chose à l'eau vers cette heure-là, et ce quelque chose était, selon toute vraisemblance, le revolver empaqueté dans l'écharpe de velours.

Remarques : Rosalie a-t-elle un mobile ? Elle pouvait trouver Linnet Doyle antipathique, et même la jalouser, mais cela paraît un motif de meurtre bien léger. Une accusation contre elle ne serait convaincante que si nous lui découvrions un mobile valable. Jusqu'ici nous n'avons connaissance d'aucun lien entre Linnet Doyle et elle.

Miss Van Schuyler : le châle de velours qui enveloppait le revolver appartient à miss Van Schuyler. D'après son témoignage, c'est au salon qu'elle l'a égaré. Elle a remarqué sa disparition dans la soirée mais les recherches sont restées vaines.

Comment X est-il entré en possession du châle ? L'a-t-il subtilisé plus tôt dans la soirée ? Et si oui, pourquoi ? Personne ne pouvait savoir à l'avance qu'il éclaterait une scène entre Jacqueline et Simon. X a-t-il trouvé le châle quand il est venu ramasser le revolver sous la banquette ? Mais dans ce cas, pourquoi ne l'aurait-on pas trouvé quand on l'a cherché ? Miss Van Schuyler ne l'aurait-elle jamais perdu ? Autrement dit, miss Van Schuyler a-t-elle assassiné Linnet Doyle ? Mentait-elle délibérément en accusant Rosalie Otterbourne ? Si elle l'a tuée, quel était son mobile ?

Autres possibilités :

Le vol comme mobile : possible puisque les perles ont disparu et que Linnet Doyle les portait hier soir.

Quelqu'un ayant un grief à l'encontre de la famille Ridgeway : possible, mais de nouveau pas de preuves.

Nous savons qu'il y a à bord un homme redoutable, un tueur. Ici, nous avons un tueur et un mort. Pourrait-il y avoir un lien entre les deux ? Il faudrait démontrer que Linnet Doyle en savait trop long sur le compte de cet individu.

Conclusion : nous pouvons partager les personnes qui sont à bord en deux groupes ; celles qui ont un mobile ou à l'encontre desquelles nous possédons des témoignages, et celles qui, jusqu'ici, sont au-dessus de tout soupçon.

Groupe I	*Groupe II*
Andrew Pennington	Mrs Allerton
Fleetwood	Tim Allerton

Rosalie Otterbourne
Miss Van Schuyler
Louise Bourget (Vol ?)
Ferguson (Politique ?)

Cornelia Robson
Miss Bowers
Dr Bessner
Signor Richetti
Mrs Otterbourne
James Fanthorp

Poirot rendit les papiers à Race.

— Tout ça est parfaitement juste, parfaitement exact.

— Vous êtes d'accord avec moi ?

— Oui.

— Et qu'avez-vous à ajouter ?

Poirot se redressa d'un air important :

— Moi, je me pose une question et une seule : *Pourquoi* a-t-on jeté le revolver par-dessus bord ?

— C'est tout ?

— Pour l'instant, oui. Tant que je n'aurai pas une réponse satisfaisante à cette question, rien n'aura de sens. C'est… ce *doit être* notre point de départ. Vous remarquerez, mon bon ami, que, dans votre résumé, vous n'essayez pas d'éclaircir ce point.

Race haussa les épaules.

— L'assassin a été pris de panique.

Poirot secoua la tête, perplexe. Il ramassa l'écharpe trempée et l'étala devant lui sur la table. Du doigt, il suivit le contour des brûlures et des trous.

— Dites-moi, mon bon ami, demanda-t-il soudain, vous êtes beaucoup plus versé que moi dans les armes à feu. Est-ce que ce… chiffon, enroulé autour d'un revolver, en étoufferait sensiblement le bruit ?

— Non. Pas comme un silencieux, par exemple.

Poirot hocha la tête.

— Alors, poursuivit-il, un homme — en tout cas un homme qui a l'habitude de manipuler des armes à feu — doit le savoir. Mais une femme… une femme ne le saurait pas.

Race le regarda avec curiosité.

— Sans doute pas, non.

— C'est une idée qu'elle aurait pu trouver dans un roman policier. Les détails n'y sont pas toujours très exacts.

— De toute façon, dit Race en donnant une chiquenaude à la crosse de nacre du revolver, ce joujou ne doit pas faire beaucoup de bruit. Pan ! et c'est tout. Avec du vacarme autour, dix contre un qu'il passerait inaperçu.

— Oui, c'est bien ce que je pensais.

Poirot prit le mouchoir et l'examina.

— Un mouchoir d'homme, mais pas celui d'un gentleman. Il vient sans doute de chez ce *cher* Woolworth… Un mouchoir de quatre sous.

— Du genre qui pourrait appartenir à Fleetwood.

— Oui. Andrew Pennington, en revanche, utilise de très jolis mouchoirs de soie.

— Ferguson ? suggéra Race.

— Peut-être bien. Par provocation. Mais dans ce cas, ce serait plutôt un bandana…

— On s'en est servi comme d'un gant, je suppose, pour ne pas laisser d'empreintes. « La piste du Mouchoir Rougissant », ajouta Race, facétieux.

— Hé, oui. Une couleur très jeune fille, non ?

Poirot reposa le mouchoir et examina à nouveau les traces de poudre sur l'écharpe.

— Quand même, c'est bizarre…, murmura-t-il.

— Quoi donc ?

— Cette malheureuse Mrs Doyle, dit doucement Poirot. Etendue là, si paisible… avec ce petit trou dans la tête. Vous vous rappelez de quoi elle avait l'air ?

Race le regarda, intrigué.

— Bon sang, dit-il, j'ai le sentiment que vous essayez de me faire comprendre quelque chose. Mais je n'ai pas la moindre idée de ce que ça peut bien être.

19

On entendit frapper à la porte.

— Entrez ! cria Race. Un steward apparut.

— Je vous demande pardon, monsieur, dit-il à Poirot. Mr Doyle voudrait vous voir.

— J'arrive, déclara Poirot en se levant.

Il monta l'escalier qui menait au pont promenade et gagna la cabine du Dr Bessner.

Appuyé sur des coussins, le visage rouge de fièvre, Simon avait l'air gêné.

— Ah, monsieur Poirot ! Je vous remercie d'être venu. Ecoutez, je voudrais vous demander quelque chose…

Simon devint plus rouge encore.

— Il s'agit… il s'agit de Jackie. Je voudrais la voir. Pensez-vous… verriez-vous une objection… Verrait-elle une objection, à votre avis, si vous lui demandiez de venir ici ? J'ai beaucoup réfléchi… Cette pauvre gosse… ce n'est qu'une gosse, après tout… je me suis horriblement mal conduit avec elle et…

Il se tut. Poirot le regarda avec intérêt.

— Vous désirez voir Mlle Jacqueline ? Je vais vous la chercher.

— Merci ! C'est extrêmement gentil de votre part.

Poirot trouva Jacqueline de Bellefort pelotonnée dans un coin du salon vitré. Elle avait un livre ouvert sur les genoux mais elle ne lisait pas.

— Voulez-vous venir avec moi, mademoiselle ? dit Poirot. Mr Doyle voudrait vous voir.

Elle sursauta, rougit, puis pâlit. Elle paraissait ahurie.

— Simon ? Il veut me voir... *moi* ?

Sa surprise était émouvante.

— Acceptez-vous de venir, mademoiselle ?

— Je... Oui, bien sûr...

Elle le suivit, docile, comme une enfant — une enfant stupéfaite — jusqu'à la cabine du Dr Bessner.

— C'est ici, mademoiselle.

Tremblante, elle entra derrière lui, s'arrêta... et resta là, muette, abasourdie, les yeux fixés sur Simon.

— Bonjour, Jackie ! dit-il, embarrassé lui aussi. C'est gentil d'être venue. Je voulais te dire... enfin... ce que je veux dire, c'est que...

Elle l'interrompit. Et elle déversa un flot de paroles, d'une traite, avec un accent de désespoir :

— Simon, je n'ai pas tué Linnet. Tu sais que je n'ai pas fait ça ! Je... j'étais comme folle hier soir. Oh ! Pourras-tu jamais me pardonner ?

— Bien sûr, répondit Simon avec plus d'aisance, maintenant. Tout va bien. Tout va très bien. C'est ça, ce que je voulais te dire. J'ai pensé que tu étais peut-être un peu inquiète.

— *Inquiète ? Un peu ?* Oh, Simon !

— C'est pour ça que j'ai voulu te faire venir. Tout va bien, tu vois, ma vieille ? Tu étais un peu énervée hier soir… un rien pompette. C'est bien naturel.

— Oh, Simon, j'aurais pu te tuer !

— Pas toi. Et pas avec un pauvre petit joujou comme ça.

— Et ta jambe ? Tu ne marcheras peut-être jamais plus ?

— Ecoute, Jackie, cesse de pleurnicher. Dès que nous aurons débarqué à Assouan, on me fera une radiographie, on extraira cette petite balle de rien du tout, et tout ira comme sur des roulettes.

Jackie avala convulsivement sa salive à deux reprises, puis se jeta en avant et tomba à genoux au chevet de Simon où elle se mit à sangloter, le visage enfoui dans les mains. Gêné, Simon lui tapota la tête. Il rencontra le regard de Poirot, et celui-ci, avec un soupir, sortit à contrecœur.

En partant, il entendit des murmures entrecoupés :

— Comment ai-je pu être aussi ignoble ? Oh ! Simon… je regrette tellement, tellement…

Dehors, Cornelia Robson était accoudée au bastingage. Elle tourna la tête :

— Ah, c'est vous monsieur Poirot ! Dans un sens, cela paraît affreux qu'il fasse si beau aujourd'hui !

Poirot regarda le ciel.

— Lorsque le soleil brille, on ne voit plus la lune, répondit-il. Mais quand le soleil disparaît… ah ! quand le soleil disparaît…

Cornelia en resta bouche bée.

— Je vous demande pardon ?

— Je disais, mademoiselle, que lorsque le soleil aura disparu, nous verrons la lune. C'est l'évidence même, non ?

— Je… euh… oui… oui, bien sûr.

Elle le regardait, plutôt dubitative. Poirot se mit à rire.

— Je dis des bêtises. N'y faites pas attention.

Il prit à petits pas la direction de la poupe. En passant devant la cabine suivante, il s'arrêta. Des éclats de voix lui parvinrent.

— Tu es d'une ingratitude… Après tout ce que j'ai fait pour toi… Tu n'as aucune considération pour ta pauvre mère… Tu ne te rends pas compte de tout ce que j'ai souffert et dont je souffre encore…

Les lèvres serrées, Poirot leva la main et frappa.

— Miss Rosalie est là ?

Rosalie apparut. Poirot eut un choc en la voyant. Elle avait les yeux cernés et des rides aux coins des lèvres.

— Qu'est-ce qu'il y a ? maugréa-t-elle. Qu'est-ce que vous voulez ?

— Avoir le plaisir de bavarder quelques instants avec vous, mademoiselle. Venez-vous ?

Elle prit une expression encore plus maussade et lui lança un coup d'œil méfiant.

— En quel honneur ?

— Faites-moi cette faveur, mademoiselle.

— Oh ! et puis après tout…

Elle sortit sur le pont et referma la porte derrière elle.

— Eh bien ?

Poirot la prit gentiment par le bras et l'entraîna sur le pont, toujours vers la poupe. Ils passèrent devant les salles de bains et tournèrent le coin. Ils avaient le pont arrière pour eux tout seuls. Le Nil, paisible, coulait derrière eux.

Poirot s'accouda à la rambarde. Rosalie resta plantée à côté de lui, raide comme un piquet.

— Eh bien ? répéta-t-elle du même ton désagréable.

— Je pourrais vous poser certaines questions, mademoiselle, répondit Poirot en choisissant ses mots, mais je ne pense pas un instant que vous consentiriez à y répondre.

— Alors à quoi bon perdre votre temps à me traîner jusqu'ici ?

Poirot passa lentement le doigt sur la rambarde de bois.

— Vous êtes habituée, mademoiselle, à porter seule votre fardeau… Mais vous ne pourrez pas continuer ainsi bien longtemps. La tension se fait trop grande. Pour vous, mademoiselle, la tension est déjà devenue trop grande.

— Je ne comprends pas de quoi vous parlez, dit Rosalie.

— Je parle de faits, mademoiselle, de simples faits dans toute leur laideur. Appelons un chat un chat et disons-le en peu de mots : votre mère boit, mademoiselle.

Rosalie ne répondit pas. Elle ouvrit la bouche, puis la referma. Elle semblait désarçonnée, pour une fois.

— Ne dites rien, mademoiselle. C'est moi qui parlerai. Je me suis intéressé, à Assouan, aux relations qui existent entre vous. J'ai tout de suite compris que, en dépit de vos remarques délibérément irrespectueuses, vous vous acharniez en réalité à protéger votre mère. De quoi ? Je n'ai pas mis longtemps à le découvrir. Je l'avais découvert bien avant de la rencontrer, un matin, dans un état d'ébriété incontestable. De plus, je voyais bien qu'elle devait boire en secret, par accès, ce qui fait partie des cas de loin les plus difficiles. Vous faisiez vaillamment face à la situation. Cependant, elle connaissait toutes les ruses de l'alcoolique. Elle était parvenue à se constituer une réserve secrète d'alcool et je ne serais pas surpris que vous ne l'ayez découverte qu'hier. Si bien que la nuit dernière, dès que votre mère s'est enfin écroulée dans un sommeil de brute, vous avez fait main basse sur le contenu de sa cache, vous êtes allée de l'autre côté du bateau — le vôtre donnant sur le quai — et vous avez tout jeté dans le Nil.

Il s'arrêta.

— J'ai raison, non ?

— Oui... oui, vous avez mille fois raison, répondit Rosalie avec une fièvre soudaine. J'ai sans doute été stupide de ne pas l'avouer tout de suite ! Mais je ne voulais pas que tout le monde le sache. Ça aurait fait le tour du bateau. Et puis ça paraissait tellement... tellement idiot... qu'on me...

— Tellement idiot qu'on vous soupçonne d'avoir commis un crime ?

Rosalie acquiesça. Puis elle se laissa aller de nouveau :

— Je me suis donné tant de mal pour... pour que

personne ne sache… Ce n'est pas vraiment sa faute. Elle a cédé au découragement. Ses livres ne se vendaient plus. Les gens sont fatigués de cet érotisme de pacotille… et ça l'a blessée, ça l'a blessée profondément. Alors elle s'est mise à… à boire. Il m'a fallu du temps pour comprendre pourquoi elle était si bizarre. Ensuite, quand j'ai compris, j'ai essayé de… de la sevrer. Elle allait mieux un moment, et elle rechutait et s'en prenait à tout le monde, cherchait des poux dans la tête de tout le monde. C'était épouvantable, dit-elle en frissonnant. Je devais toujours être sur le qui-vive — prête à plier bagages avec elle…

» Et puis elle s'est mise à me détester. Elle… m'agresse constamment, maintenant. Je crois même qu'elle me hait, parfois.

— Pauvre petite, murmura Poirot.

— Ne me plaignez pas ! s'écria Rosalie avec véhémence. Ne soyez pas gentil avec moi ! Ça rend les choses encore plus difficiles. Je suis fatiguée, ajouta-t-elle avec un soupir à fendre le cœur, fatiguée à me coucher par terre et à me laisser mourir.

— Je sais, dit Poirot.

— Les gens me trouvent odieuse. Prétentieuse, contrariante, revêche ! Je n'y peux rien. J'ai oublié ce que c'est que d'être aimable.

— C'est ce que je vous ai dit : vous avez porté ce fardeau seule trop longtemps.

— C'est un soulagement…, dit-elle lentement. Un soulagement d'en parler. Vous avez toujours été très gentil avec moi, monsieur Poirot. Et j'ai bien peur d'avoir été souvent très impolie avec vous.

— La politesse n'est pas de mise entre amis.

Soudain, sa méfiance lui revint.

— Vous allez… vous allez le dire à tout le monde ? Vous y serez sans doute obligé, à cause de ces fichues bouteilles que j'ai jetées à l'eau ?

— Non, non, ce ne sera pas nécessaire. Dites-moi seulement ce que j'ai besoin de savoir. Quelle heure était-il ? 1 h 10 ?

— A peu près, je pense. Je ne m'en souviens pas exactement.

— Et maintenant, dites-moi, mademoiselle : miss Van Schuyler *vous* a vue. L'avez-vous vue, *elle* ?

— Non, répondit Rosalie.

— Elle dit vous avoir vue de la porte de sa cabine.

— Je ne crois pas que j'aurais pu la remarquer. J'ai regardé le pont, à droite et à gauche, et le fleuve, un point c'est tout.

— Et vous n'avez vu personne, absolument personne d'autre sur le pont ?

Rosalie prit son temps, beaucoup de temps pour répondre. Le front plissé, elle avait l'air de réfléchir intensément.

— Non, dit-elle enfin, catégorique. Je n'ai vu personne.

Poirot hocha lentement la tête. Mais son regard était grave.

20

Seuls, ou par deux, les passagers pénétraient dans la salle à manger avec des mines de circonstance comme si, à s'attabler avec trop d'entrain, ils craignaient d'afficher une déplorable insensibilité. Et c'était avec des airs d'excuse qu'ils s'asseyaient, l'un après l'autre, à leur place réservée.

Tim Allerton arriva quelques minutes après sa mère. Il paraissait d'humeur massacrante.

— Je donnerais cher pour ne pas être embarqué dans ce maudit voyage ! maugréa-t-il.

Mrs Allerton secoua tristement la tête.

— Oh ! et moi donc, mon cher petit ! Une si jolie fille ! Quel gâchis ! Penser qu'on a pu la tuer de sang-froid… Je trouve ça épouvantable. Et l'autre… la pauvre enfant !

— Jacqueline ?

— Oui. Elle me fend le cœur ! Elle a l'air si malheureux !

— Ça lui apprendra à ne pas semer son artillerie

miniature n'importe où ! déclara Tim froidement en prenant du beurre.

— Elle n'a sans doute pas eu l'éducation qui convenait.

— Oh, bon sang ! mère, laissez tomber de temps en temps votre côté maternel.

— Tu es d'une humeur massacrante, Tim.

— Exact. On le serait à moins.

— Tout cela est très triste, mais je ne vois pas en quoi cela peut te mettre hors de toi.

— Vous envisagez toujours les choses d'un point de vue romanesque, répliqua Tim, acerbe. Vous ne comprenez donc pas que ce n'est pas une plaisanterie que d'être mêlé à un meurtre ?

Mrs Allerton eut l'air un peu surprise.

— Mais voyons…

— Nous y voilà ! Il n'y a pas de « mais voyons » qui tienne ! Tout le monde est suspect sur ce fichu rafiot — vous et moi autant que les autres.

— Théoriquement, oui, sans doute. Mais en réalité, c'est ridicule, objecta Mrs Allerton.

— Rien n'est ridicule quand il s'agit d'un meurtre. Vous, ma chère maman, vous avez beau respirer la vertu et l'honnêteté, croyez bien que ces déplaisants messieurs de la police de Shellal ou d'Assouan ne vous jugeront pas sur la mine.

— D'ici là, on connaîtra peut-être la vérité.

— Par quel miracle ?

— Parce que M. Poirot l'aura découverte.

— Ce vieux charlatan ? Il ne découvrira rien du tout. Il n'est que parlotte et moustache au vent !

— Ma foi, Tim, tout ce que tu dis est sans doute vrai mais même si c'est le cas, nous sommes bien obligés d'en passer par là, alors autant se faire une raison et prendre les choses du bon côté.

Mais son fils était toujours aussi sombre.

— Sans compter cette satanée histoire de la disparition des perles.

— Les perles de Linnet ?

— Oui. Il paraît que quelqu'un les a fauchées.

— C'est sans doute pour cela qu'on l'a tuée, alors.

— Pourquoi ? Vous mélangez deux choses qui n'ont rien à voir ensemble.

— Qui t'a dit que le collier avait disparu ?

— Ferguson. Il le tient de son copain mécanicien, qui le tenait lui-même de la femme de chambre.

— Elles étaient ravissantes, ces perles.

Poirot apparut. Il s'inclina devant Mrs Allerton et s'assit.

— Je suis un peu en retard, dit-il.

— J'imagine que vous étiez très occupé, répliqua Mrs Allerton.

— Oui, très occupé.

Il fit signe au garçon et commanda une nouvelle bouteille de vin.

— Nous avons des goûts très éclectiques, nota Mrs Allerton. Vous ne buvez que du vin, Tim du whisky-soda et moi j'ai essayé toutes les marques d'eau minérale.

— Tiens ! murmura Poirot en la regardant avec attention. C'est une idée, ça…

Puis, agacé, il secoua les épaules comme pour chasser l'idée soudaine qui l'avait distrait, et se mit à bavarder à bâtons rompus.

— Mr Doyle est gravement blessé ? demanda Mrs Allerton.

— Oui, c'est assez sérieux. Le Dr Bessner a hâte que nous arrivions à Assouan pour qu'on radiographie sa jambe et qu'on extraie la balle. Mais il garde l'espoir qu'il ne s'ensuivra aucune boiterie définitive.

— Pauvre Simon, s'apitoya Mrs Allerton. Hier encore il était si heureux, il avait tout ce qu'on peut désirer. Et aujourd'hui, sa femme a été tuée, et lui est au lit, impotent. J'espère pourtant…

— Qu'espérez-vous, madame ? demanda Poirot.

— J'espère qu'il n'en veut pas trop à cette pauvre enfant.

— Mlle Jacqueline ? Au contraire, il s'inquiète beaucoup pour elle.

Il se tourna vers Tim.

— Nous avons là, voyez-vous, un joli petit problème de psychologie. Tant que Mlle Jacqueline les a poursuivis d'étape en étape, il n'a pas décoléré. Mais maintenant qu'elle lui a bel et bien tiré dessus et qu'elle l'a grièvement blessé — au point qu'il risque d'en claudiquer pour le restant de son existence — toute sa hargne semble s'être envolée. Pouvez-vous comprendre ça ?

— Oui, répondit Tim, pensif. Je crois que je peux. Dans le premier cas, il avait l'impression d'être un imbécile…

Poirot hocha la tête.

— C'est juste. Il en souffrait dans sa dignité de mâle.

— Mais maintenant, d'un certain point de vue, l'imbécile c'est elle. Tout le monde lui tombe sur le dos, alors…

— Alors, il peut se montrer magnanime et pardonner, conclut Mrs Allerton. Quels enfants ils font, ces hommes !

— Idée totalement fausse que les femmes se plaisent à rabâcher, murmura Tim.

Poirot sourit.

— Dites-moi, lui demanda-t-il, la cousine de Mrs Doyle, miss Joanna Southwood, lui ressemble-t-elle ?

— Vous faites erreur, monsieur Poirot. Joanna est notre cousine à nous et elle était l'amie de Linnet Doyle.

— Ah, pardon, j'ai confondu. C'est une jeune personne très à la mode. Elle m'intéresse beaucoup, depuis quelque temps.

— Pourquoi ? demanda Tim d'un ton cassant.

Poirot se leva à demi pour saluer Jacqueline de Bellefort qui venait d'entrer et passait près d'eux. Elle avait les joues en feu, les yeux brillants et le souffle un peu irrégulier. Poirot se rassit et, paraissant avoir oublié la question de Tim, il murmura, d'un ton vague :

— Je me demande si toutes les jeunes femmes qui possèdent des bijoux de valeur sont aussi négligentes que l'était Mrs Doyle…

— C'est donc vrai que ses perles ont été volées ? demanda Mrs Allerton.

— Qui vous l'a appris, madame ?

— Ferguson, répondit Tim, prenant les devants.

— C'est tout à fait exact, confirma Poirot, l'air grave.

— J'imagine que cela va encore nous amener un tas de désagréments, remarqua Mrs Allerton avec inquiétude. C'est ce que prétend Tim, en tout cas.

Celui-ci fronça les sourcils. Poirot se tourna vers lui :

— Ah bon ? Vous en avez peut-être déjà fait l'expérience ? Vous vous êtes déjà trouvé dans une maison où un vol avait eu lieu ?

— Non, jamais, répondit Tim.

— Mais si, mon chéri, tu étais chez les Portarington quand on a volé les diamants de cette horrible femme.

— Vous comprenez toujours tout de travers, mère. J'étais là quand on a découvert que les diamants qui s'enroulaient autour de ses triples mentons étaient faux. La substitution avait sans doute eu lieu plusieurs mois auparavant. En réalité, un tas de gens pensent qu'elle était elle-même derrière tout ça.

— C'est Joanna qui le dit, probablement.

— Joanna n'était pas là.

— Mais elle les connaissait très bien. Et c'est tout à fait son genre, des insinuations pareilles.

— Vous en avez toujours après Joanna, mère.

Poirot se hâta de changer de sujet. Il projetait un gros achat dans une boutique d'Assouan. Un très joli tissu pourpre et or, chez un marchand indien. Naturellement il faudrait payer la douane, mais…

— … ils m'ont expliqué qu'ils peuvent me l'expédier. Et que le coût de l'expédition ne serait pas trop élevé. Qu'en pensez-vous ? Vous croyez qu'il arrivera à bon port ?

Mrs Allerton répondit qu'à sa connaissance, beaucoup de gens se faisaient envoyer leurs achats directement en Angleterre et que tout était toujours bien arrivé.

— Bon. Dans ce cas, c'est ce que je vais faire. En revanche, quelle histoire, à l'étranger, quand on reçoit un paquet d'Angleterre ! Cela ne vous est jamais arrivé ? Vous n'avez jamais reçu de paquet au cours de vos voyages ?

— Non, je ne crois pas, n'est-ce pas, Tim ? Tu reçois des livres quelquefois, mais évidemment, on n'a jamais d'ennui avec ça.

— Ah oui. Les livres, c'est différent…

On avait servi le dessert. Tout à coup, sans prévenir, le colonel Race se leva, et entama son petit discours.

Il évoqua rapidement les circonstances du crime et annonça le vol des perles. On allait procéder à une fouille complète du bateau et il serait très reconnaissant si tous les passagers voulaient bien ne pas quitter la salle à manger jusqu'à ce que ce soit terminé. A la suite de quoi, s'ils n'y voyaient pas d'inconvénient — et il était persuadé qu'ils n'en verraient pas —, ils seraient très aimables de se soumettre eux-mêmes à la fouille.

Poirot se faufila jusqu'à lui. Un brouhaha de voix incrédules et indignées s'éleva autour d'eux. Juste au moment où Race allait quitter les lieux, Poirot le rattrapa et lui chuchota quelques mots à l'oreille. Race l'écouta, acquiesça et appela un steward à qui il dit aussi quelques mots. Puis il sortit sur le pont avec Poirot et referma la porte derrière lui.

Ils s'arrêtèrent près du bastingage. Race alluma une cigarette.

— C'est une bonne idée, que vous avez eue là. Nous allons vite voir s'il en sort quelque chose. Je leur donne trois minutes.

La porte de la salle à manger s'ouvrit, et le steward qui avait reçu la consigne apparut.

— Vous aviez raison, monsieur, dit-il à Race. Il y a une dame qui veut vous parler tout de suite, de toute urgence.

— Ah ! fit Race, l'ait très satisfait. Qui est-ce ?

— Miss Bowers, monsieur, l'infirmière.

Race parut légèrement surpris.

— Conduisez-la au fumoir, dit-il. Ne laissez sortir personne d'autre.

— Bien monsieur. Mon collègue y veillera.

Il regagna la salle à manger tandis que Poirot et Race se rendaient au fumoir.

— Bowers, hein ? marmonna Race.

Ils étaient à peine installés que le steward arriva avec miss Bowers. Il la fit entrer et se retira en refermant la porte.

— Eh bien, miss Bowers, dit Race. Que se passe-t-il ?

Miss Bowers était comme à son habitude, calme et maîtresse d'elle-même. Elle ne manifestait pas la moindre émotion.

— Vous m'excuserez, colonel Race, mais étant donné les circonstances, j'ai pensé qu'il valait mieux que je vous parle tout de suite… (elle ouvrit son sac noir)… et que je vous restitue ceci.

Elle avait sorti un collier de perles qu'elle déposa sur la table.

21

Si miss Bowers avait été du genre à aimer faire sensation, elle aurait été royalement récompensée de son acte.

Le visage du colonel Race exprimait l'étonnement le plus profond tandis qu'il prenait le collier en main.

— Voilà qui est tout à fait extraordinaire. Auriez-vous l'amabilité de nous donner quelques explications, miss Bowers ?

— Bien sûr. Je suis venue pour ça, répondit-elle en se carrant confortablement dans un fauteuil. Il m'a été assez difficile de décider comment agir pour le mieux. La famille serait évidemment hostile à toute espèce de scandale et elle a confiance en ma discrétion, mais les circonstances sont tellement exceptionnelles que ça ne me laisse guère le choix. Bien entendu, quand vous n'aurez rien trouvé dans les cabines, vous allez fouiller les passagers. Si on trouvait les perles en ma possession, la situation serait très embarrassante, et la vérité serait connue de toute façon.

— Et quelle est exactement cette vérité ? C'est vous qui avez pris les perles dans la cabine de Mrs Doyle ?

— Oh non, colonel Race, bien sûr que non. C'est miss Van Schuyler.

— Miss Van Schuyler ?

— Oui. Elle ne peut pas s'en empêcher, elle prend... euh... des choses. Surtout des bijoux. C'est pour cette raison que je ne la quitte pas d'une semelle. Pas à cause de sa santé, mais à cause de cette petite particularité. Je suis toujours sur le qui-vive et, par bonheur, nous n'avons pas encore eu d'ennuis depuis que je m'occupe d'elle. Il suffit d'ouvrir l'œil. Et puis elle cache toujours ce qu'elle prend au même endroit — roulé dans une paire de bas —, ce qui simplifie les choses. Je vérifie tous les matins. Bien sûr, j'ai le sommeil très léger et je dors toujours dans une pièce voisine de la sienne ou, si nous sommes à l'hôtel, avec la porte de communication ouverte, ce qui fait que je l'entends bouger. Alors, je la rattrape et je la persuade de retourner se coucher. Evidemment, c'est plus difficile sur un bateau. Mais il est rare qu'elle fasse cela la nuit. Elle ramasse plutôt ce qu'elle voit traîner. Mais, bien entendu, les perles l'ont toujours fascinée.

Miss Bowers se tut.

— Comment avez-vous découvert qu'elle les avait prises ? lui demanda Race.

— Je les ai trouvées dans ses bas, ce matin. Je savais à qui elles appartenaient, cela va de soi. Je les avais souvent remarquées. J'ai voulu les remettre à leur place, espérant que Mrs Doyle n'avait pas encore découvert leur disparition. Mais un steward était à sa porte. Il m'a mise au courant du meurtre et m'a dit que personne n'avait le droit d'entrer. Comme vous voyez, j'étais bien embarrassée. Mais j'espérais toujours pouvoir les remettre en place avant qu'on ne remarque leur absence. Croyez-moi, j'ai passé une matinée très désagréable à me demander ce que je devais faire. La famille Van Schuyler est *très* fermée et pointilleuse, comprenez-vous. Cela ne ferait pas du tout ses affaires si on parlait de ça dans les journaux. Mais ce ne sera pas nécessaire, n'est-ce pas ?

— Tout dépendra des circonstances, répondit Race, prudent. Mais nous ferons de notre mieux, soyez-en sûre. Qu'en dit miss Van Schuyler ?

— Oh ! Elle niera tout, évidemment. C'est ce qu'elle fait toujours. Elle déclarera que quelqu'un les a cachées là par méchanceté. Elle ne reconnaît jamais avoir pris quoi que ce soit. Voilà pourquoi, quand on la rattrape à temps, elle retourne se coucher, docile comme un agneau. Elle se contente de prétendre qu'elle est sortie admirer le clair de lune, ou quelque chose dans ce goût-là.

— Miss Robson connaît-elle cette… euh… faiblesse ?

— Non, elle l'ignore. Sa mère est au courant, mais miss Robson est une fille au cœur simple, et sa mère a jugé préférable qu'elle n'en sache rien. Et puis, je suis de taille à mater miss Van Schuyler, ajouta la compétente miss Bowers.

— Nous vous remercions, mademoiselle, d'être venue aussi rapidement, déclara Poirot.

— J'espère avoir agi pour le mieux, dit-elle en se levant.

— Soyez-en sûre.

— Vous comprenez, avec un meurtre par-dessus le marché…

Le colonel Race l'interrompit, la voix grave :

— Miss Bowers, je vais vous poser une question et il est essentiel que vous nous disiez la vérité. Miss Van Schuyler est un peu dérangée, au point d'être kleptomane. Est-elle également atteinte de manie homicide ?

— Oh, grands dieux non ! répondit sans hésiter miss Bowers. Absolument pas. Vous pouvez m'en croire. Elle ne ferait pas de mal à une mouche.

Elle avait dit cela avec une telle assurance qu'il n'y avait rien à ajouter. Poirot lui posa quand même une petite question :

— Miss Van Schuyler souffre-t-elle de surdité ?

— En effet, monsieur Poirot. Cela ne se remarque pas quand on lui parle. Mais très souvent, elle ne vous entend pas entrer dans sa chambre. Des choses comme ça.

— Pensez-vous qu'elle aurait pu entendre quelqu'un bouger dans la cabine de Mrs Doyle, qui est juste à côté de la sienne ?

— Non… non absolument pas. D'autant que sa couchette est située de l'autre côté de la cabine, pas même contre la cloison de séparation. Non, à mon avis, elle n'aurait rien entendu.

— Merci, miss Bowers.

— Pouvez-vous retourner dans la salle à manger et attendre avec les autres ? lui demanda Race.

Il lui ouvrit la porte, la regarda descendre l'escalier et entrer dans la salle à manger. Il referma alors la porte et revint vers Poirot. Celui-ci s'était emparé du collier.

— Eh bien, fit Race, la mine sombre, elle ne s'est pas fait attendre, la réaction. Cette infirmière est une femme astucieuse, à la tête froide, très capable de nous cacher bien des choses pour peu qu'elle y trouve son intérêt. Et miss Marie Van Schuyler ? A mon sens, on ne peut pas l'éliminer de la liste des suspects. Vous savez, elle *pourrait* avoir tué afin de s'approprier le collier. Nous ne pouvons pas nous contenter là de la parole de l'infirmière. Elle ne pense qu'à protéger la famille.

Poirot acquiesça. Très occupé à faire glisser les perles dans ses doigts, il les examinait de près.

— A mon avis, dit-il, nous pouvons considérer que le témoignage de la vieille demoiselle est en partie vrai. Elle a vraiment regardé dehors et elle a vraiment vu Rosalie Otterbourne. Mais je ne pense pas qu'elle ait entendu quoi que ce soit venant de la cabine de Linnet Doyle. Je crois plutôt qu'elle regardait par sa porte histoire de s'assurer qu'elle pouvait aller chiper les perles.

— Rosalie Otterbourne était bien là, alors ?

— Oui. Elle jetait la réserve secrète d'alcool de sa mère par-dessus bord.

— C'était donc ça ! C'est dur pour une gosse.

— Oui. La vie n'a pas été très drôle pour cette pauvre fille.

— Bon. Je suis heureux que ce point ait été éclairci. Elle n'a rien vu ni entendu ?

— Je le lui ai demandé. Après avoir réfléchi une bonne vingtaine de secondes, elle ma répondu qu'elle n'avait vu personne.

— Ah ! fit Race, l'esprit aussitôt en éveil.

— Oui, c'est assez significatif.

— Si Linnet Doyle a été tuée vers 1 h 10 du matin, dit Race en réfléchissant, ou à n'importe quel moment après que le silence se fut fait à bord, il me paraît bien étrange que personne n'ait entendu le coup de feu. Je vous accorde qu'un petit revolver comme ça ne doit pas faire beaucoup de bruit, mais quand même, dans un silence de mort, un bruit quel qu'il soit, même un léger pan ! ne passe pas inaperçu. Mais je commence à y voir plus clair. La cabine précédant celle de Mrs Doyle est vide puisque son mari est dans celle du Dr Bessner, et la suivante est occupée par miss Van Schuyler, qui est sourde. Il ne reste que…

Il se tut et regarda Poirot qui l'encouragea d'un signe de tête.

— … que la cabine contiguë, mais qui donne de l'autre côté du bateau. Autrement dit : Pennington. Décidément, on en revient toujours à Pennington.

— Nous allons bientôt revenir à lui… nos gants de velours en moins. Ah ! je m'en réjouis d'avance !

— En attendant, nous allons poursuivre la fouille du bateau. La disparition des perles est un bon prétexte, même si elles ont été retrouvées. Ce n'est pas miss Bowers qui va aller le crier sur les toits.

— Ah, ces perles ! dit Poirot en les levant encore une fois à la lumière.

Il les effleura du bout de la langue et essaya même

d'en mordre une avec précaution. Puis, avec un soupir, il jeta le collier sur la table.

— Eh bien, mon bon ami, nous voilà avec une nouvelle complication. Je ne suis pas expert en perles fines, mais j'en ai vu beaucoup dans ma vie et je suis quasiment certain de ce que j'avance. Ces perles ne sont qu'une habile imitation.

22

Le colonel Race émit quelques jurons.

— Cette maudite affaire devient de plus en plus compliquée, dit-il en prenant les perles en main. Vous ne vous trompez pas, j'espère ? Personnellement, elles m'ont l'air parfaites.

— C'est une excellente imitation, en effet.

— Où cela nous mène-t-il ? Linnet Doyle n'en aurait-elle pas fait faire une copie qu'elle aurait emportée sur le bateau, par sécurité ? Beaucoup de femmes font ça.

— Si c'était le cas, son mari l'aurait su.

— Elle ne lui en avait peut-être pas parlé ?

Poirot secoua la tête, sceptique.

— Non, ça ne s'est pas passé comme ça. Alors que nous étions à bord, le premier soir, j'ai admiré leur merveilleux éclat. Je suis sûr que celles que Mrs Doyle portait à ce moment-là étaient vraies.

— Dans ce cas, nous avons deux possibilités. Ou bien miss Van Schuyler a subtilisé le faux collier alors que le vrai avait déjà été volé par quelqu'un d'autre. Ou bien cette histoire de kleptomanie a été montée de toutes pièces. Dans ce cas, ou bien miss Bowers est une voleuse qui s'est empressée d'inventer cette fable et nous a restitué une copie afin d'écarter les soupçons. Ou alors, sous couvert d'une famille américaine très fermée, nous avons affaire à un gang de voleurs organisés.

— Oui, murmura Poirot, c'est difficile à dire. Mais je vous ferai remarquer une chose : fabriquer une copie exacte du collier, du fermoir, etc., assez bonne pour tromper Mrs Doyle représente une performance de haute technicité. L'auteur de cette copie a dû avoir la possibilité d'étudier de près l'original.

— Bon, dit Race en se levant, inutile de spéculer plus avant. Reprenons le travail. Il faut retrouver les vraies perles. Sans pour autant cesser d'ouvrir l'œil.

Ils commencèrent par les cabines du pont inférieur. Celle du signor Richetti renfermait divers ouvrages d'archéologie dans des langues improbables, tout un assortiment de vêtements, des lotions capillaires aux parfums prononcés et deux lettres — l'une provenait d'une expédition archéologique en Syrie, l'autre d'une sœur à Rome. Tous ses mouchoirs étaient en soie de couleur.

Ils continuèrent par la cabine de Ferguson.

Ils y trouvèrent un échantillonnage de littérature communiste, un bon nombre d'instantanés, l'*Erewhon* de Samuel Butler et une édition bon marché du *Journal* de Pepys. Il avait peu d'effets personnels. Ses vêtements étaient pour la plupart sales et déchirés. En revanche, ses sous-vêtements étaient d'excellente qualité. Ses mouchoirs de lin avaient dû coûter cher.

— Intéressant contraste, murmura Poirot.

— C'est bizarre qu'il n'y ait rigoureusement ni lettres ni papiers personnels, nota Race.

— Oui. Cela donne à penser. Drôle de personnage, ce jeune Mr Ferguson.

Songeur, Poirot examinait une bague gravée qu'il remit à sa place, dans un tiroir.

Ils se dirigèrent ensuite vers la cabine occupée par Louise Bourget. Celle-ci déjeunait en principe après les passagers, mais Race lui avait fait demander de rejoindre les passagers dans la salle à manger. Un steward vint à leur rencontre.

— Excusez-moi, dit-il, je n'ai trouvé cette personne nulle part. Je n'ai aucune idée de l'endroit où elle peut être.

Race jeta un coup d'œil à l'intérieur de la cabine. Elle était vide.

Ils montèrent sur le pont promenade et commencèrent à tribord. La première cabine était celle de James Fanthorp.

Elle était rangée avec un soin méticuleux. Mr Fanthorp avait peu de bagages, mais tout ce qu'il possédait était de bonne qualité.

— Pas de lettres, remarqua Poirot, songeur. Notre Mr Fanthorp est prudent, il détruit sa correspondance.

Ils passèrent à côté, dans la cabine de Tim Allerton.

On y trouvait des témoignages de l'esprit catholique anglican : un ravissant triptyque et un rosaire à gros grains de bois sculpté. A part ses vêtements personnels, il y avait aussi un manuscrit en cours, noirci d'annotations et de corrections, et une bonne quantité de livres, récemment parus pour la plupart. Il y avait aussi un tas de lettres jetées en vrac dans un tiroir. Poirot, qui n'avait jamais éprouvé le moindre scrupule à lire la correspondance d'autrui, y jeta un rapide coup d'œil. Il nota qu'il ne s'y trouvait aucune lettre de Joanna Southwood. Il saisit un tube de seccotine et le tripota d'un air absent.

— Au suivant, dit-il.

— Pas de mouchoir de chez Woolworth, constata Race en remettant en place le contenu d'un tiroir.

Ils passèrent dans la cabine de Mrs Allerton. Elle était dans un ordre parfait. Un léger parfum démodé de lavande flottait dans l'air. La fouille fut vite terminée.

— Une femme bien, celle-là, déclara Race en sortant.

La cabine voisine avait servi de dressing-room à Simon Doyle. Les objets de première nécessité — pyjama, brosse à dents, etc. — avaient été transportés dans la cabine du Dr Bessner, mais l'essentiel de ses bagages était encore là : deux grosses valises en cuir, un sac de voyage et quelques vêtements accrochés dans la penderie.

— Il faut chercher très soigneusement, mon bon ami, dit Poirot. Car il se pourrait bien que le voleur ait caché les perles ici.

— Cela vous paraît vraisemblable ?

— Mais oui, bien sûr ! Réfléchissez ! Le voleur — ou la voleuse — sait que tôt ou tard on fouillera le bateau et que par conséquent, il serait peu judicieux de cacher les perles dans sa propre cabine. Les lieux publics présentent d'autres inconvénients. Mais cette cabine-ci est celle d'un homme qui se trouve dans l'incapacité physique d'y avoir mis les pieds, si bien que si nous y retrouvons le collier, nous n'en serons pas plus avancés.

Pourtant, si méticuleuse qu'ait été leur fouille, ils ne trouvèrent aucune trace du collier disparu.

— Zut ! murmura Poirot.

Et une fois de plus ils ressortirent sur le pont.

Après l'enlèvement du corps, la cabine de Linnet Doyle avait été fermée à double tour, mais Race en possédait la clef. Il l'ouvrit et ils y entrèrent tous les deux.

Mis à part la disparition du corps, tout était encore comme on l'avait trouvé le matin.

— Poirot, dit Race, pour l'amour du ciel, s'il y a quelque chose à trouver ici, allez-y, trouvez-le ! Si quelqu'un le peut, c'est bien vous. Je le sais.

— Cette fois, vous ne pensez pas aux perles, mon bon ami ?

— Non. Je pense au meurtre. Quelque chose m'a échappé ce matin.

Avec calme et dextérité, Poirot entreprit ses recherches. Il s'agenouilla et étudia le sol, centimètre par centimètre. Il examina le lit. Il fouilla la penderie et les tiroirs de la commode. Il fouilla la malle à vêtements et les deux luxueuses valises. Il ouvrit le nécessaire de toilette garni d'or fin. Pour terminer, il tourna son attention vers le lavabo. Il s'y trouvait diverses crèmes, poudres, lotions pour le visage. Mais la seule chose qui parut intéresser Poirot, ce fut le vernis à ongles, deux petits flacons étiquetés Nailex. Il alla les déposer sur la coiffeuse. Celui qui portait l'étiquette *Nailex Rose* ne contenait plus qu'une ou deux gouttes d'un liquide rouge vif. L'autre, de la même taille mais dénommé *Nailex Cardinal*, était presque plein. Poirot déboucha d'abord le vide, puis le plein et les renifla délicatement.

Une odeur de poire blette se répandit dans la pièce. Poirot les referma avec une légère grimace.

— Vous tenez quelque chose ? demanda Race.

— « On ne prend pas les mouches avec du vinaigre », lui répondit Poirot, ravi de pouvoir placer une citation en français. (Puis il soupira :) Ah ! mon bon ami, nous n'avons pas de chance. L'assassin a manqué de complaisance. Il n'a abandonné pour nous ni bouton de manchette, ni mégot, ni cendre de cigare… et, si c'est une femme, ni mouchoir, ni bâton de rouge à lèvres, ni épingle à cheveux.

— Seulement un flacon de vernis à ongles ?

Poirot haussa les épaules.

— Il faudra que j'interroge la femme de chambre. Il y a là quelque chose… oui… d'un peu curieux.

— Où diable cette fille a-t-elle pu passer ? Je me le demande.

Ils refermèrent la cabine à double tour et se rendirent chez miss Van Schuyler.

Là aussi se trouvaient tous les accessoires de la fortune : coûteux nécessaire de toilette, bagages luxueux, ainsi que quelques lettres et papiers personnels parfaitement en ordre.

La suivante était la cabine double occupée par Poirot. Derrière elle, venait celle de Race.

— Il ne l'a tout de même pas caché dans une de ces deux-là, dit le colonel.

— Pourquoi pas ? objecta Poirot. Un jour, j'ai enquêté à propos d'un meurtre commis dans l'Orient-Express. Il y avait un problème avec un kimono écarlate. Il avait disparu, et pourtant, il devait être dans le train. Eh bien, où croyez-vous que je l'ai retrouvé ? Dans ma propre valise, fermée à clef ! Non mais ! Vous vous rendez compte de cette insolence ?

— Bon, allons voir si quelqu'un s'est permis de nous traiter, vous ou moi, avec insolence, cette fois-ci.

Mais le voleur de perles ne s'était montré insolent ni avec l'un ni avec l'autre.

Contournant la poupe, ils fouillèrent la cabine de miss Bowers mais n'y découvrirent rien de suspect. Ses mouchoirs étaient en lin, avec une initiale.

Venait ensuite la cabine des Otterbourne. Là non plus, leur fouille minutieuse ne donna aucun résultat.

La cabine suivante était celle du Dr Bessner. Simon Doyle était étendu, le plateau de nourriture à laquelle il n'avait pas touchée à côté de lui…

— Je n'ai pas faim pour deux sous, dit-il d'un air d'excuse.

Il paraissait fiévreux et beaucoup plus mal en point que dans la matinée. Poirot comprit pourquoi Bessner tenait à ce qu'il entre au plus vite à l'hôpital. Il expliqua à Simon ce que Race et lui étaient en train de faire et Simon les approuva. Il fut stupéfait d'apprendre que le collier avait été restitué par miss Bowers mais qu'il s'agissait seulement d'une copie.

— Vous êtes certain, Mr Doyle que votre femme ne possédait pas une copie du collier qu'elle aurait emportée à la place du vrai ? demanda Poirot.

— Absolument certain. Linnet adorait ces perles et elle les portait partout. Elle les avait assurées contre tous les risques possibles et imaginables, ce qui la rendait sans doute un peu négligente.

— Dans ce cas, nous devons continuer la fouille, dit Poirot en commençant à ouvrir les tiroirs pendant que Race s'attaquait à une valise.

Simon écarquilla les yeux.

— Dites-moi… Vous ne soupçonnez tout de même pas le vieux Bessner de les avoir fauchées ?

Poirot haussa les épaules.

— Pourquoi pas ? Après tout, que savons-nous du Dr Bessner ? Seulement ce qu'il a bien voulu nous dire.

— Mais il n'aurait pas pu les cacher ici sans que je m'en aperçoive !

— Il n'aurait pas pu le faire *aujourd'hui*, mais nous ignorons quand a eu lieu la substitution. Elle remonte peut-être à plusieurs jours.

— Je n'y avais pas pensé…

Mais les recherches furent vaines.

La cabine d'après était celle de Pennington. Race et Poirot y passèrent beaucoup de temps. Ils examinèrent en détail une valise bourrée de papiers de toutes sortes, officiels ou non, dont la plupart nécessitaient la signature de Linnet.

Poirot secoua tristement la tête.

— Tout cela me paraît honnête et régulier. Vous êtes d'accord ?

— Absolument. Toutefois, le gaillard n'est pas né de la dernière pluie. S'il détenait un document compromettant, il l'aurait certainement détruit tout de suite.

— Oui, bien entendu.

Poirot sortit un gros Colt du tiroir supérieur de la commode, l'examina et le remit en place.

— On dirait qu'il y a encore beaucoup de gens qui voyagent avec un revolver, murmura-t-il.

— Oui, c'est intéressant. Toutefois, on n'a pas tiré sur Linnet Doyle avec un joujou de ce calibre. (Race se tut et reprit :) Vous savez, j'ai réfléchi à une réponse possible à votre théorie selon laquelle le revolver n'aurait pas dû être jeté à l'eau. Supposons que l'assassin l'ait laissé dans la cabine de Linnet Doyle et que quelqu'un d'autre, une deuxième personne l'ait pris et jeté par-dessus bord ?

— Oui, c'est possible. J'y ai pensé. Mais cela ouvre toute une série de questions : qui est cette seconde personne ? Quel intérêt avait-elle à protéger Jacqueline de Bellefort ? Et que faisait-elle là ? Miss Van Schuyler est la seule personne, à notre connaissance, à être entrée dans la cabine. Est-il concevable qu'elle ait pris le revolver ? Pourquoi aurait-elle voulu, *elle*, protéger Jacqueline de Bellefort ? Et pour quelle autre raison aurait-elle pu souhaiter faire disparaître ce revolver ?

— Elle a peut-être reconnu son châle, en a été toute retournée et a jeté tout le paquet par-dessus bord.

— Le châle, oui, mais pourquoi le revolver ? Je reconnais toutefois que c'est possible. Mais comme toujours... Bon Dieu ! tout cela est bien embrouillé ! Et à propos de ce châle, il y a un point dont vous n'avez pas tenu compte...

En sortant de chez Pennington, Poirot proposa que Race fouille les dernières cabines — celles de Jacqueline de Bellefort, de Cornelia, et les deux inoccupées du bout — pendant que lui-même irait échanger quelques mots avec Simon Doyle. Il fit donc demi-tour et retourna chez Bessner.

— Ecoutez, j'ai réfléchi, lui dit Simon. Je suis sûr qu'hier encore. Ces perles étaient les vraies.

— Et pourquoi cela, Mr Doyle ?

— Parce que Linnet (sa voix trembla un peu en prononçant ce nom) les a tenues dans la main avant le dîner, et m'en a parlé. Elle s'y connaissait en perles et si elles avaient été fausses, elle s'en serait aperçue.

— Malgré tout, c'est une imitation parfaite... Mais dites-moi, Mrs Doyle avait-elle l'habitude de se séparer de ses perles ? Les a-t-elle jamais prêtées à une amie, par exemple ?

Simon parut gêné.

— Voyez-vous, monsieur Poirot, il m'est difficile de répondre... Je... ma foi, vous savez, je ne connaissais pas Linnet depuis bien longtemps.

— C'est vrai, oui — quel roman éclair que le vôtre...

— Et donc, en fait, poursuivit Simon, je ne suis pas au courant de ce genre de choses. Mais comme Linnet était très généreuse de nature, elle aurait très bien pu le faire.

— Elle ne les a jamais prêtées à Mlle de Bellefort, par exemple ? demanda Poirot d'une voix douce.

— Où voulez-vous en venir ? Que voulez-vous dire ? (Simon était devenu rouge brique. Il tenta de s'asseoir et retomba sur ses oreillers.) Que Jackie a volé ce collier ? Non, elle ne l'a pas fait. Je suis prêt à le jurer. Jackie est la droiture même ! Voir en Jackie une voleuse... c'est ridicule... c'est... c'est grotesque !

Poirot le regarda d'un œil amusé.

— Saperlipopette ! s'écria-t-il. On dirait que ma suggestion a mis le feu aux poudres.

— Jackie est la droiture même ! répéta Simon que le ton léger de Poirot n'avait pas ébranlé.

Poirot se rappela ce que lui avait dit une jeune fille à Assouan, au bord du Nil : « J'aime Simon... et il m'aime... »

Des trois témoignages qu'il avait entendus alors, il s'était demandé lequel était le plus proche de la vérité. En fin de compte, celui de Jacqueline paraissait bien l'emporter.

La porte s'ouvrit et Race entra.

— Rien ! grommela-t-il. Zéro ! Enfin, on ne s'attendait pas à autre chose. Voilà les stewards qui viennent faire leur rapport sur la fouille des passagers.

Il s'en présenta deux, un homme et une femme. L'homme parla le premier :

— Rien, monsieur.

— Aucun de ces messieurs n'a fait de scandale ?

— Seulement le monsieur italien. Il a piqué une crise de colère. Il a clamé que c'était un affront... ou quelque chose comme ça. Par-dessus le marché, il avait un revolver sur lui.

— Quel genre de revolver ?

— Un Mauser 25 automatique, monsieur.

— Ces Italiens ont le sang vif, remarqua Simon. Richetti avait déjà fait un foin de tous les diables à Ouadi Halfa pour une simple erreur de distribution de télégramme. Il s'était montré très grossier avec Linnet.

Race se tourna vers la stewardess, une grande et belle femme.

— Rien non plus chez les dames, monsieur. Elles ont toutes fait un tas de chichis, sauf Mrs Allerton qui a été gentille comme tout. Aucune trace des perles. Soit dit en passant, la jeune miss Rosalie Otterbourne avait un petit revolver dans son sac à main.

— Quel genre ?

— Tout petit, monsieur, avec une crosse de nacre. Une espèce de jouet.

Race écarquilla les yeux.

— Que le diable emporte cette affaire ! marmonna-t-il. Je la croyais hors de cause, et maintenant... Est-ce que toutes les filles se promènent avec des joujoux à crosse de nacre sur ce fichu rafiot ? Comment a-t-elle réagi quand vous avez mis la main dessus ? demanda-t-il à la stewardess.

— Je ne crois pas qu'elle s'en soit aperçue. Je lui tournais le dos quand j'ai fouillé son sac.

— Mais elle devait bien se douter que vous alliez tomber dessus ! Oh, et puis ça me dépasse ! Et la femme de chambre ?

— Nous l'avons cherchée d'un bout à l'autre du

bateau, monsieur. Et nous ne l'avons trouvée nulle part.

— De qui s'agit-il ? demanda Simon.

— De la femme de chambre de Mrs Doyle, Louise Bourget. Elle a disparu.

— *Disparu ?*

— C'est peut-être elle qui a volé les perles, dit Race, pensif. Elle était bien placée pour en faire faire une copie.

— Et quand elle a su qu'on allait fouiller le bateau, elle s'est jetée par-dessus bord, suggéra Simon.

— Absurde ! répliqua Race, agacé. On ne peut pas se jeter à l'eau en plein jour d'un bateau comme celui-ci sans que personne s'en aperçoive ! Il faut bien qu'elle soit quelque part. Quand l'a-t-on vue pour la dernière fois ? demanda-t-il à la stewardess.

— Environ une demi-heure avant la cloche du déjeuner, monsieur.

— Eh bien, allons quand même jeter un coup d'œil dans sa cabine, dit Race. Cela nous apprendra peut-être quelque chose.

Suivi de Poirot, il descendit sur le pont inférieur et ouvrit la porte de la cabine. Ils entrèrent.

Louise Bourget, dont le métier consistait à prendre soin des affaires des autres, s'était donné congé en ce qui concernait les siennes. Un fouillis d'objets divers encombrait le dessus de la commode, des vêtements s'échappaient d'une valise entrouverte, de la lingerie pendait çà et là sur les dossiers de chaises.

Pendant que Poirot ouvrait les tiroirs de la commode, Race examina le contenu de la valise.

Les chaussures de Louise Bourget étaient alignées près du lit. L'une d'entre elles, en cuir verni, faisait un angle bizarre et paraissait ne reposer sur rien. Position si étrange qu'elle attira l'attention de Race.

Il referma la valise et se pencha vers la rangée de chaussures. Il poussa alors une exclamation.

— Que se passe-t-il ?

— Elle n'a pas disparu, répondit Race. Elle est ici… sous le lit…

23

Le corps de la défunte Louise Bourget gisait sur le sol de sa cabine. Les deux hommes se penchèrent sur lui.

Race se redressa le premier.

— A mon avis, elle est morte depuis une heure environ. Nous allons mettre Bessner là-dessus. Poignardée en plein cœur. La mort a dû être quasi instantanée. Elle n'est pas belle à voir…

— Ça, non ! dit Poirot avec un léger frisson.

Le visage félin était convulsé de surprise et de colère aurait-on dit, et les lèvres étaient retroussées sur les dents.

Poirot lui prit doucement la main droite. Elle serrait quelque chose entre les doigts. Poirot le détacha et le tendit à Race. C'était un petit morceau de papier d'un mauve rosé assez pâle.

— Vous voyez de quoi il s'agit ?

— C'est de l'argent, dit Race.

— Le coin d'un billet de mille francs, on dirait.

— Eh bien, c'est clair. Elle savait quelque chose et elle a essayé de faire chanter l'assassin. Nous avions bien senti qu'elle n'était pas tout à fait nette, ce matin.

— Nous avons été stupides… ineptes ! s'écria Poirot. Nous aurions dû comprendre tout de suite ! Que nous a-t-elle dit ? « Qu'aurais-je pu voir ou entendre ? Ma cabine est sur le pont inférieur. Evidemment, si je n'avais pas réussi à m'endormir, si j'étais remontée, alors, peut-être j'aurais pu voir l'assassin, ce monstre, entrer dans la cabine de Madame ou en sortir, mais… » Bien sûr ! C'est ce qui s'est passé ! Elle est remontée. Elle a vu quelqu'un se glisser dans la cabine de Linnet Doyle ou en sortir. Et, à cause de sa cupidité, de sa folle cupidité, elle a menti…

— Et ça ne nous avance en rien pour savoir qui l'a tuée, conclut Race, écœuré.

Poirot secoua la tête.

— Mais si, mais si ! Nous en savons maintenant beaucoup plus. Nous savons… nous savons presque tout. Seulement voilà : ce que nous savons, nous paraît incroyable… Or, c'est pourtant bien ça. Même si je n'y comprends rien. Bon sang, quel idiot j'ai été ce matin ! Nous avons bien senti tous les deux qu'elle nous dissimulait quelque chose, et nous n'avons pas pensé à la seule explication logique : le chantage.

— Elle a dû exiger de l'argent immédiatement pour prix de son silence. Avec menaces à l'appui. Le meurtrier a été obligé d'accepter et l'a payée en argent français. Cela nous mène quelque part, ça ?

Songeur, Poirot secoua la tête.

— Je ne pense pas. En voyage, les gens prennent

souvent des réserves d'argent, quelquefois en livres, quelquefois en dollars et très souvent aussi en francs français. L'assassin lui a sans doute donné tout ce qu'il avait en monnaies diverses.

» Mais continuons notre reconstitution… L'assassin vient dans sa cabine, lui donne l'argent, et alors…

— Et alors, elle le compte. Oh, oui ! Je connais le genre. Elle le compte donc, et pendant qu'elle compte, elle n'est plus sur ses gardes. L'assassin frappe. Ayant réussi son coup, il récupère son argent et s'enfuit sans remarquer que le coin d'un billet a été arraché.

— On pourra peut-être l'avoir par ce biais, hasarda Race sans trop y croire.

— J'en doute, répondit Poirot. Il va vérifier les billets et remarquer la déchirure. Bien entendu, s'il était d'un naturel parcimonieux, il n'aurait pas le cœur de détruire un billet de mille, mais je crains que son tempérament ne soit juste à l'opposé.

— Où prenez-vous ça ?

— Ce meurtre et celui de Mrs Doyle requièrent certaines qualités : courage, audace, rapidité d'action. Et ces qualités ne vont pas de pair avec l'épargne et la prudence.

Race secoua tristement la tête.

— Je ferais bien d'aller chercher le Dr Bessner.

Le médecin se mit à l'œuvre avec un généreux accompagnement de « Ach ! » et de « So ! ». Son examen ne lui prit pas longtemps.

— A plus d'une heure la mort ne remonte pas, baragouina-t-il. Elle est morte très vite… sur le coup.

— A votre avis, quelle arme a-t-on utilisée ?

— Ach ! Intéressant ça ! D'objet très fin, très pointu, très délicat il s'agit. L'équivalent, vous montrer je peux.

De retour avec eux dans sa cabine, il ouvrit une trousse chirurgicale et en sortit un scalpel long et fin.

— Quelque chose dans ce genre-là, mon ami, ce doit être. Sûrement pas vulgaire couteau de table.

— Docteur, intervint Race d'une voix douce, je suppose qu'il ne vous manque aucun de vos… euh… propres instruments ?

Bessner écarquilla les yeux et devint rouge d'indignation.

— Qu'est-ce que vous dire ? Vous croire que moi… moi, Carl Bessner… connu dans toute l'Autriche… moi, avec huppée clientèle mienne… j'ai tué misérable petite femme de chambre ! Ridicule ! Absurde ! Pas un seul instrument il ne me manque… pas un seul, je vous dis. Ils sont tous là, à leur place rangés. Vous-mêmes, regardez ! Mais cette insulte à ma profession, jamais je n'oublierai !

Il referma brutalement sa trousse, la jeta par terre et sortit sur le pont.

— Bigre ! s'écria Simon, vous l'avez mis dans tous ses états, le pauvre vieux.

— Vous m'en voyez navré, grommela Poirot.

— En tout cas, vous faites fausse route. Même si c'est une espèce de Boche.

Le Dr Bessner réapparut soudain.

— L'amabilité de quitter ma cabine, auriez-vous ? De la jambe de mon patient, m'occuper je dois.

Miss Bowers était entrée sur ses talons. Et, bonne

professionnelle impatiente d'agir, elle attendait qu'ils s'en aillent.

Race et Poirot s'éclipsèrent sur la pointe des pieds. Dehors, Race marmonna quelque chose et s'éloigna. Poirot, quant à lui, tourna à gauche et, entendant de petits rires et des bribes de conversation, tendit l'oreille. Il s'agissait de Jacqueline et Rosalie, qui bavardaient dans la dernière cabine.

La porte était ouverte, et les deux jeunes filles se tenaient sur le seuil. Quand l'ombre de Poirot se dessina à leurs pieds, elles levèrent les yeux. Pour la première fois, Rosalie lui adressa un sourire, un timide sourire de bienvenue, un peu incertain, celui de quelqu'un qui s'essaye à quelque chose d'entièrement nouveau.

— Alors, mesdemoiselles, on cancane ?

— Pas du tout, répondit Rosalie. En fait, nous comparions nos rouges à lèvres.

— C'est ce qu'on appelle en France parler chiffons, murmura Poirot avec un sourire.

Mais ce sourire avait été plutôt machinal.

Jacqueline de Bellefort, plus vive et plus observatrice que Rosalie, le remarqua. Elle posa son bâton de rouge et sortit sur le pont.

— Est-ce qu'il… ? Qu'est-ce qui vient d'arriver ?

— Vous l'avez deviné, mademoiselle. Il vient d'arriver quelque chose.

— Quoi donc ? demanda Rosalie en sortant à son tour.

— Une deuxième mort, répondit Poirot.

Rosalie en eut la respiration coupée. Poirot l'observait avec attention. Il vit passer de l'affolement dans son regard et encore autre chose… de la consternation.

— La femme de chambre de Mrs Doyle a été assassinée, leur dit brutalement Poirot.

— Assassinée ? s'écria Jacqueline. Vous avez dit *assassinée ?*

— Oui, c'est bien ce que j'ai dit.

Bien que sa réponse s'adressât formellement à Jacqueline, c'était Rosalie qu'il guettait. Et c'est pour Rosalie qu'il continua :

— Voyez-vous, cette femme a été témoin de quelque chose qu'elle n'aurait pas dû voir. Par conséquent… on l'a réduite au silence de peur qu'elle ne sache tenir sa langue.

— Mais qu'a-t-elle vu ?

C'était de nouveau Jacqueline qui avait parlé, et de nouveau la réponse de Poirot s'adressa à Rosalie. Comme s'ils jouaient bizarrement aux trois coins.

— Il n'y a guère de doute sur ce qu'elle a dû voir. Elle a vu quelqu'un entrer et ressortir de la cabine de Linnet Doyle au cours de la nuit du crime.

Poirot avait l'oreille fine. Il entendit Rosalie reprendre son souffle. Et il vit battre ses paupières. Elle avait réagi exactement comme il s'y attendait.

— A-t-elle dit qui elle avait vu ? demanda Rosalie.

Doucement, comme à regret, Poirot secoua la tête.

Des bruits de pas retentirent sur le pont. Cornelia Robson apparut, les yeux écarquillés de stupeur.

— Oh, Jacqueline ! s'écria-t-elle. Il est arrivé une chose épouvantable. Encore quelque chose d'affreux !

Jacqueline la rejoignit et elles firent toutes deux

quelques pas ensemble. Sans s'être concertés, Poirot et Rosalie s'éloignèrent dans la direction opposée.

— Qu'avez-vous à me regarder ? demanda vivement Rosalie. Qu'avez-vous derrière la tête ?

— Vous me posez deux questions à la fois. Je ne vous en poserai qu'une en retour : Pourquoi ne me dites-vous pas toute la vérité, mademoiselle ?

— Je ne comprends pas de quoi vous parlez. Je vous ai tout raconté ce matin.

— Non. Vous m'avez caché certaines choses. Vous ne m'avez pas dit que vous transportiez un revolver à crosse de nacre dans votre sac. Vous ne m'avez pas dit tout ce que vous avez vu la nuit dernière.

Rosalie rougit, puis déclara d'un ton tranchant :

— C'est faux ! Je n'ai pas de revolver !

Elle fit demi-tour, entra dans sa cabine puis en ressortit comme une flèche avec son sac en cuir gris qu'elle lui fourra dans les mains.

— Vous dites n'importe quoi ! Regardez vous-même, si vous voulez.

Poirot ouvrit le sac. Il ne s'y trouvait pas de revolver. Il le rendit à Rosalie qui lui lança un regard de mépris triomphant.

— Non, dit-il affable. Il n'y a pas de revolver.

— Vous voyez. Vous n'avez pas toujours raison, monsieur Poirot. Et vous avez tort aussi à propos de cette autre chose ridicule que vous m'avez dite.

— Non, je ne pense pas.

— Vous êtes exaspérant ! s'écria-t-elle en tapant du pied. Quand vous avez une idée en tête, rien ne peut vous en faire démordre.

— Parce que je veux que vous me disiez la vérité.

— Quelle vérité ? Vous semblez la connaître mieux que moi !

— Voulez-vous que je vous dise ce que vous avez vu ? demanda Poirot. Si j'ai raison, le reconnaîtrez-vous ? Eh bien, voilà ma petite idée : lorsque vous êtes arrivée à l'arrière du bateau, je pense que vous vous êtes arrêtée machinalement en voyant un homme sortir d'une cabine située à peu près au milieu du pont… la cabine de Linnet Doyle, ainsi que vous l'avez compris le lendemain. Vous l'avez vu sortir, fermer la porte derrière lui, s'éloigner, et, peut-être entrer dans une des deux dernières cabines. Alors, voyons, mademoiselle, j'ai raison ?

Rosalie ne répondit pas.

— Vous pensez peut-être qu'il est plus sage de vous taire. Vous avez peut-être peur, si vous parlez, d'être tuée à votre tour.

Il crut un instant qu'elle allait mordre à l'hameçon, et que de mettre son courage en doute serait plus efficace que de plus subtils arguments.

Rosalie ouvrit des lèvres tremblantes.

— Non, je n'ai vu personne, déclara-t-elle.

24

Miss Bowers sortit de la cabine du Dr Bessner en rajustant les manchettes de sa blouse.

Abandonnant Cornelia sans crier gare, Jacqueline se précipita vers l'infirmière.

— Comment va-t-il ? demanda-t-elle.

Poirot arriva juste à temps pour entendre la réponse. Miss Bowers avait l'air plutôt soucieux.

— Ça pourrait être pire, dit-elle.

— Vous voulez dire que son état s'est aggravé ?

— Ma foi, j'avoue que je serai soulagée quand on aura pu lui faire une radio et une anesthésie pour nettoyer tout ça. Quand pensez-vous que nous arriverons à Shellal, monsieur Poirot ?

— Demain matin.

Miss Bowers serra les lèvres et hocha la tête.

— Tant mieux. Nous faisons tout ce que nous pouvons, mais il y a toujours un risque de septicémie…

Jacqueline l'attrapa par le bras et la secoua.

— Est-ce qu'il va mourir ? Est-ce qu'il va mourir ?

— Grands dieux non, mademoiselle. C'est-à-dire, j'espère bien que non. La blessure en elle-même n'est pas grave, mais il faut la radiographier le plus tôt possible. Et puis, bien sûr, il faut que le pauvre Mr Doyle reste au calme aujourd'hui. Il a eu beaucoup trop de soucis et d'émotions. Pas étonnant que la fièvre ait grimpé. Avec la mort de sa femme, et tout le reste…

Jacqueline lui lâcha le bras. Leur tournant le dos, elle alla s'accouder à la rambarde.

— Il ne faut jamais perdre espoir, c'est ce que je dis toujours, poursuivit miss Bowers. Par bonheur, on voit bien que Mr Doyle a une robuste constitution. Il n'a probablement jamais été malade de sa vie. Cela joue en sa faveur. Mais il est indéniable que cette montée de la température n'est pas un bon signe et…

Elle secoua la tête, rajusta encore une fois ses manchettes et s'éloigna rapidement.

Trébuchant, aveuglée par les larmes, Jacqueline se dirigea vers sa cabine. Elle sentit qu'une main la maintenait par le bras et la guidait. A travers ses larmes, elle reconnut Poirot. Elle s'appuya sur lui et se laissa aller.

Rentrée dans sa cabine, elle s'effondra sur son lit, secouée de sanglots.

— Il va mourir, j'en suis sûre ! Il va mourir… Je l'aurai tué ! Oui, c'est moi qui l'aurai tué…

— Ce qui est fait est fait, mademoiselle, dit tristement Poirot. On ne peut pas revenir en arrière. Il est trop tard pour les regrets.

— Je l'aurai tué ! Et je l'aime tant… Je l'aime tant…, s'écria-t-elle avec véhémence.

— Beaucoup trop, soupira Poirot.

C'était ce qu'il avait pensé, il y a longtemps, dans le restaurant de M. Blondin. Il le pensait de nouveau aujourd'hui.

— N'écoutez pas trop ce que dit miss Bowers, reprit-il. A l'hôpital, les infirmières sont toujours lugubres. L'infirmière de nuit est toujours stupéfaite de retrouver son malade encore en vie le soir ; l'infirmière de jour est toujours stupéfaite de le retrouver en vie le matin ! Elles sont tellement conscientes de tout ce qui peut se produire. Quelqu'un qui conduit peut se dire : « Si une voiture débouche en trombe du carrefour, si ce camion recule brusquement, si cette voiture qui arrive en face perd une roue, si un chien surgit de cette haie et saute sur mon bras, celui qui tient le volant… eh bien je vais sans doute me tuer. » Cependant, on considère d'ordinaire — et à juste titre —, que rien de tout cela ne se produira, et qu'on atteindra sain et sauf le terme de son voyage. Mais si l'on a déjà eu un accident, ou si l'on y a déjà assisté, on tendra à adopter le point de vue opposé.

— Essayez-vous de me réconforter, monsieur Poirot ? demanda Jacqueline en souriant à travers ses larmes.

— Seul le Bon Dieu sait ce que je suis en train de faire ! Mais vous n'auriez jamais dû entreprendre ce voyage.

— Non, je le regrette… Cela a été affreux… mais ce sera bientôt fini…

— Mais oui, mais oui.

— Simon ira à l'hôpital, on le soignera comme il faut et tout ira bien.

— Vous parlez comme une enfant ! « Et ils vécurent heureux et eurent beaucoup d'enfants. » C'est bien ça ?

Jacqueline devint toute rouge.

— Monsieur Poirot, je n'ai jamais voulu dire…

— Il est trop tôt pour y penser ! Voilà la phrase hypocrite à dire, n'est-ce pas ? Mais avec votre tempérament à moitié latin, mademoiselle, vous devriez être capable de regarder la vérité en face, même si elle n'est pas très jolie à voir. Le roi est mort ! Vive le roi ! Le soleil s'est couché, la lune se lève… C'est bien ça, non ?

— Vous ne comprenez pas. Simon a pitié de moi, affreusement pitié, parce qu'il sait combien je souffre de lui avoir fait tant de mal.

— Ah ! bon, répondit Poirot. La pitié sans arrière-pensée est un fort noble sentiment.

Il la regarda, mi-moqueur mi-animé d'un tout autre sentiment. Et il murmura, en français :

La vie est vaine.
Un peu d'amour,
Un peu de haine,
Et puis bonjour.

La vie est brève.
Un peu d'espoir,
Un peu de rêve,
Et puis bonsoir.

Quand il retourna sur le pont, il y trouva le colonel Race, qui marchait de long en large et le héla tout aussitôt :

— Poirot, mon vieux ! Je vous cherchais ! Je viens d'avoir une idée !

Il le prit par le bras et l'entraîna vers la poupe.

— Il s'agit d'une remarque fortuite de Doyle. Je n'y avais pas pris garde sur le moment. Quelque chose à propos d'un télégramme.

— Tiens, c'est vrai…

— Ça n'a peut-être aucun intérêt, mais pas question de laisser la moindre piste inexplorée. Bon sang, mon vieux, deux meurtres et nous nageons toujours en plein brouillard.

— Non, non, pas en plein brouillard, en pleine lumière.

Race le regarda avec curiosité.

— Vous avez une idée ?

— Plus qu'une idée maintenant. Une certitude.

— Depuis quand ?

— Depuis la mort de la femme de chambre, Louise Bourget.

— Que je sois pendu si j'y vois clair !

— C'est justement très clair, mon bon ami, si clair… Mais il reste quelques difficultés, quelques détails gênants, quelques obstacles ! C'est qu'une femme telle que Linnet Doyle, voyez-vous, suscite tant de haines, de jalousies, d'envies, de méchancetés conflictuelles… Comme un nuage de mouches qui bourdonneraient, bourdonneraient…

— Et vous pensez que vous savez ? demanda Race en le regardant avec intérêt. A moins d'en être sûr, vous ne vous en vanteriez pas. Je ne peux pas prétendre y voir clair moi-même. J'ai des soupçons, bien entendu, mais…

Poirot l'arrêta en le prenant fermement par le bras :

— Vous êtes un homme exceptionnel, mon très cher colonel. Vous ne me demandez pas : « Et alors ? C'est quoi, cette fameuse idée ? » Vous savez que si je pouvais vous la dire, je vous la dirais. Mais il y a encore trop de points à éclaircir. Réfléchissez cependant, réfléchissez bien en ne perdant pas de vue les grandes lignes que je vais vous indiquer : le témoignage de Mlle de Bellefort déclarant que quelqu'un a écouté la conversation que nous avons eue tous les deux, la nuit, dans les jardins d'Assouan. Le témoignage de Mr Tim Allerton sur ce qu'il a vu et entendu la nuit du crime. Les réponses significatives de Louise Bourget à nos questions ce matin. Le fait que Mrs Allerton ne boive que de l'eau, son fils du whisky-soda, et moi du vin. Ajoutez à cela les deux flacons de vernis à ongles et le proverbe que je vous ai cité. Enfin, nous arrivons au nœud de l'affaire, au fait que le revolver ait été enveloppé dans un mouchoir bon marché, un châle de velours, et jeté par-dessus bord…

Race resta silencieux quelques instants puis secoua la tête.

— Non, je ne saisis pas… Remarquez, je vois vaguement où vous voulez en venir mais autant que je puisse en juger, ça ne marche pas.

— Mais si… mais si… C'est parce que vous ne voyez que la moitié de la vérité. Et n'oubliez pas que nous devons repartir de zéro, car nous avions fait fausse route au début.

Race fit une légère grimace.

— J'en ai l'habitude. J'ai même souvent l'impression que c'est là le principal travail du détective : effacer les faux départs et toujours recommencer.

— Oui, c'est là une vérité profonde. Et c'est justement ce que certaines personnes répugnent à faire. Elles échafaudent une théorie et veulent que tout s'y conforme. Si un petit fait ne s'y adapte pas, elles le mettent de côté. Mais ce sont toujours les faits qui ne s'adaptent pas qui sont les plus significatifs. J'avais bien senti l'importance du fait que le revolver ait été soustrait du lieu du crime. Cela avait un sens, mais lequel ? Je l'ai enfin compris il y a une demi-heure.

— Et moi, je ne le comprends toujours pas !

— Cela viendra. Réfléchissez en tenant compte des grandes lignes que je vous ai indiquées. Mais, pour l'instant, éclaircissons cette affaire de télégramme… Si le Herr Doktor veut bien nous recevoir.

L'humeur du Dr Bessner ne s'était pas améliorée. Il les accueillit le sourcil froncé.

— Ach ! Qu'est-ce que c'est ? Revoir mon patient, vous voulez encore ? Je vous préviens que c'est très imprudent. La fièvre, il a, et son compte d'émotions pour aujourd'hui aussi.

— Nous n'avons qu'une question à lui poser, répondit Race. Ce sera tout, je vous le promets.

Avec un grognement désapprobateur, le Dr Bessner les laissa entrer. Puis il sortit en grommelant.

— Dans trois minutes, je reviens ! aboya-t-il. Et alors là… dehors !

On l'entendit marteler le sol sur le pont.

Simon les regarda tour à tour d'un air interrogateur.

— Qu'y a-t-il?

— Un petit détail, répondit Race. Tout à l'heure, quand le steward m'a fait son rapport, il a dit que le signor Richetti s'était montré particulièrement insupportable. Vous avez répliqué que cela ne vous surprenait pas, qu'il avait mauvais caractère, et qu'il avait été grossier avec votre femme à propos d'un télégramme. Pourriez-vous nous raconter ce qui s'est passé?

— Sans problème. C'était à Ouadi Halfa. Nous revenions d'une excursion à la deuxième cataracte. Linnet a cru voir un télégramme à son nom épinglé au tableau d'affichage. Elle avait oublié qu'elle ne s'appelait plus Ridgeway. Et Richetti ou Ridgeway… quand c'est écrit à la main d'une écriture atroce, ça se ressemble beaucoup. Elle a ouvert le télégramme et, comme le texte n'avait pour elle ni queue ni tête, elle était perplexe quand ce type, ce Richetti, est arrivé. Il le lui a arraché des mains et en a bafouillé de rage. Elle lui a fait des excuses, mais il s'est montré on ne peut plus grossier.

— Savez-vous, Mr Doyle, ce qu'il y avait dans ce télégramme? demanda Race.

— Oui, Linnet nous en a lu une partie. Il disait…

Il s'interrompit. Il y avait un esclandre sur le pont. Une voix haut perchée s'égosillait, de plus en plus proche.

— Où sont M. Poirot et le colonel Race? Il faut que je les voie immédiatement! C'est très important. Je possède une information capitale. Je… sont-ils avec Mr Doyle?

Bessner n'avait pas fermé la porte. Seul un rideau flottait dans l'embrasure. Mrs Otterbourne l'écarta et entra comme une tornade. Elle avait le visage apoplectique, la démarche un rien vacillante, et elle ne contrôlait pas très bien ses paroles.

— Mr Doyle, dit-elle d'un ton mélodramatique. Je sais qui a tué votre femme !

— Quoi ?

Ils la regardèrent tous les trois, ébahis.

Mrs Otterbourne les toisa d'un air de triomphe. Elle était ravie d'elle-même, bouffie de satisfaction.

— Oui. Mes théories se vérifient. Les pulsions profondes, primitives, primordiales… cela peut paraître incroyable… inimaginable… mais cela existe !

— Dois-je comprendre, s'enquit Race d'une voix dure, que vous possédez des preuves désignant l'assassin de Mrs Doyle ?

Mrs Otterbourne s'assit et se pencha vers eux en hochant vigoureusement la tête.

— En effet, j'en ai. Vous êtes bien d'accord, n'est-ce pas, pour penser que qui a tué Louise Bourget a également tué Linnet Doyle, que les deux crimes ont été commis par une seule et même main ?

— Bien sûr, bien sûr, s'impatienta Simon. Cela tombe sous le sens. Continuez.

— Alors mes assertions sont fondées : je sais qui a tué Louise Bourget, par conséquent je sais qui a tué Linnet Doyle.

— Vous voulez dire que vous avez une théorie qui permet d'identifier l'assassin de Louise Bourget ? demanda Race, sceptique.

Mrs Otterbourne se tourna vers lui comme une tigresse.

— Non, je n'ai pas une théorie. Je le connais. Je l'ai vu de mes propres yeux.

— Je vous en conjure, s'écria Simon, fiévreux, commencez par le commencement. Vous prétendez savoir qui a tué Louise Bourget ?

— Je vais vous raconter exactement ce qui s'est passé, dit Mrs Otterbourne.

Pas de doute, elle délirait de joie. Son heure de gloire était arrivée. Quelle importance si ses livres ne se vendaient plus, si son imbécile de public, qui les dévorait naguère, s'était tourné vers d'autres ? Salomé Otterbourne serait célèbre à nouveau. Son nom s'étalerait dans tous les journaux. Au procès, elle serait le témoin principal de l'accusation.

Elle prit une profonde inspiration :

— Cela s'est passé quand je suis descendue déjeuner. Avec cette horrible tragédie, je n'avais guère envie de manger… Bref, inutile de revenir là-dessus. A mi-chemin, je me suis souvenue que j'avais… euh… oublié quelque chose dans ma cabine. J'ai demandé à Rosalie de continuer sans moi. Ce qu'elle a fait.

Mrs Otterbourne se tut un instant. Aucun des trois hommes ne remarqua que le rideau remuait légèrement comme sous l'effet du vent.

— Je… euh… (Mrs Otterbourne s'arrêta de nouveau. Le terrain devenait glissant.) Je… euh… j'avais conclu un arrangement avec un membre du… euh… personnel. Il devait me procurer… euh… quelque chose dont j'avais besoin, mais je ne tenais pas à ce que ma fille le sache. Elle est assommante, parfois…

Pas très fameux, tout ça, mais elle aurait le temps de peaufiner son histoire avant d'aller la raconter devant le tribunal.

Race haussa le sourcil et adressa une question muette à Poirot. Celui-ci hocha imperceptiblement la tête et le mot « ivre » se forma sur ses lèvres.

Le rideau bougea de nouveau. Entre le mur et lui apparut un reflet bleu acier.

— Nous étions convenus, reprit Mrs Otterbourne, que je me rendrais à l'arrière du bateau, sur le pont inférieur, où l'homme m'attendrait. Comme je longeais le pont, la porte d'une cabine s'est ouverte et quelqu'un a regardé dehors. C'était cette fille… Louise Bourget, où Dieu sait comment elle s'appelle. Elle avait l'air d'attendre quelqu'un. Quand elle m'a vue, elle a paru déçue et elle est rentrée brusquement. Sur le moment, je n'ai pensé à rien. J'ai continué mon chemin. L'homme m'a remis… ce qu'il devait, je l'ai payé et nous… euh… nous avons échangé quelques mots. Puis je suis retournée sur mes pas. Juste au moment où je tournais le coin, j'ai vu quelqu'un frapper à la porte de la domestique et entrer dans sa cabine.

— Et ce quelqu'un, c'était ? demanda Race.

Bang !

Le bruit de la détonation remplit la cabine. Une odeur âcre de fumée se répandit. Mrs Otterbourne se tourna lentement de côté, comme en une interrogation suprême, puis elle bascula en avant et s'affaissa lourdement sur le sol. D'un petit trou rond et net, juste derrière l'oreille, le sang s'était mis à ruisseler.

Il y eut un moment de stupeur silencieuse. Puis, les deux hommes valides bondirent. Le corps de la femme entravait leurs mouvements. Race se pencha sur lui tandis que Poirot bondissait par-dessus avec une agilité toute féline et s'élançait dehors. Le pont était désert. Par terre, juste devant la porte, gisait un gros colt.

Poirot regarda à droite et à gauche. Personne. Il courut vers la poupe. En tournant le coin, il se heurta à Tim Allerton qui arrivait précipitamment de la direction opposée.

— Bon sang ! mais qu'est-ce qui se passe ? s'écria Tim, hors d'haleine.

— Avez-vous croisé quelqu'un en venant ? haleta Poirot.

— Croisé quelqu'un ? Non.

— Alors, suivez-moi !

Poirot le prit par le bras et revint sur ses pas. Un petit groupe était rassemblé, maintenant. Rosalie, Jacqueline et Cornelia s'étaient précipitées hors de leur cabine. D'autres passagers arrivaient du salon : Ferguson, James Fanthorp et Mrs Allerton.

Race était à côté du revolver.

— Avez-vous des gants sur vous ? demanda Poirot à Tim.

Celui-ci fouilla ses poches.

— Oui, voilà.

Poirot les attrapa, les enfila et se pencha pour examiner le revolver. Race fit de même. Les autres les observaient, retenant leur souffle.

— Il n'a pas pu s'enfuir de l'autre côté, décréta Race. Fanthorp et Ferguson étaient dans le salon, ils l'auraient vu passer.

— Et Mr Allerton l'aurait rencontré s'il était allé vers l'arrière.

— Il me semble bien que nous avons vu cet objet il n'y a pas très longtemps, dit Race en désignant le revolver. Il faut quand même nous en assurer.

Suivi de Poirot, il alla frapper à la porte de Pennington. Ils n'obtinrent pas de réponse : la cabine était vide. Race se précipita sur le tiroir de la commode et l'ouvrit d'un coup sec : le revolver avait disparu.

— Voilà qui répond à ma question, déclara-t-il. Et maintenant, où est Pennington ?

Ils regagnèrent le pont. Poirot alla vers Mrs Allerton qui avait rejoint le groupe entre-temps.

— Madame, prenez miss Otterbourne avec vous et occupez-vous d'elle. Sa mère a été… (D'un œil, il consulta Race et celui-ci hocha la tête.) Elle a été tuée.

Le Dr Bessner arriva en trombe :

— *Gott im Himmel !* Qu'est-ce qu'encore il y a ?

On le laissa passer. Race lui montra du doigt la cabine. Bessner y entra.

— Il faut trouver Pennington, dit Race. Il y a des empreintes sur ce revolver ?

— Aucune, répondit Poirot.

Ils trouvèrent Pennington sur le pont inférieur. Il était en train d'écrire dans le petit salon. Il leva vers eux son beau visage glabre.

— Du nouveau ? demanda-t-il.

— Vous n'avez pas entendu un coup de feu ?

— Maintenant que vous le dites… il me semble que j'ai entendu une espèce de bang ! Mais jamais je n'aurais été imaginer que… Sur qui a-t-on tiré ?

— Mrs Otterbourne.

— *Mrs Otterbourne ?* (Pennington avait l'air abasourdi.) Si je m'attendais à ça ! Mrs Otterbourne… C'est à n'y rien comprendre… Pour moi, messieurs, dit-il en baissant la voix, nous avons à bord un dangereux maniaque. Nous devrions organiser un système de protection.

— Mr Pennington, demanda Race, depuis combien de temps êtes-vous dans cette pièce ?

— Voyons…, répondit Pennington en se frottant le menton, depuis une vingtaine de minutes, je crois bien.

— Et vous n'avez pas bougé d'ici ?

Il les regarda d'un air interrogateur.

— Mais non… absolument pas.

— C'est que voyez-vous, Mr Pennington, dit Race, Mrs Otterbourne a été tuée *avec votre revolver*.

25

Pour Pennington ce fut un choc. Il ne parvenait pas à y croire.

— Messieurs, déclara-t-il, c'est une affaire très grave, vraiment très grave.

— Extrêmement grave pour vous, Mr Pennington.

— Pour moi ? fit Pennington, stupéfait. Mais, mon cher monsieur, j'écrivais tranquillement ici quand le coup de feu a été tiré.

— Vous avez un témoin pour le confirmer ?

— Evidemment non… je n'irai pas jusque-là. Mais de toute évidence, il m'aurait été impossible de monter sur le pont supérieur pour tuer cette pauvre femme — et pourquoi diable l'aurais-je tuée ? — et de redescendre ici sans que personne ne m'ait vu. Il y a toujours un tas de gens dans le salon vitré à cette heure-ci.

— Comment expliquez-vous qu'on se soit servi de votre revolver ?

— Ma foi, j'ai bien peur d'y être pour quelque chose. Je me rappelle que presque aussitôt après être montés à bord, nous avons parlé un soir armes à feu, et j'ai précisé que je ne voyageais jamais sans mon revolver.

— *Qui* était présent ?

— Je ne m'en souviens plus très bien. Beaucoup de monde, je crois. Oui, un tas de gens… Je suis certainement coupable dans cette histoire… Mais d'abord Linnet, ensuite sa femme de chambre, et maintenant Mrs Otterbourne… Je ne vois pas l'ombre d'une raison à tout ça.

— Pourtant, il y en avait bel et bien une, répliqua Race.

— Vraiment ?

— Vraiment. Mrs Otterbourne était en train de nous dire qu'elle avait vu quelqu'un entrer dans la cabine de Louise. Et elle a été abattue avant même d'avoir pu prononcer le nom de cette personne.

Andrew Pennington s'épongea le front avec un fin mouchoir de soie.

— C'est terrible, murmura-t-il.

— Mr Pennington, dit Poirot, je voudrais discuter certains aspects de cette affaire avec vous. Voulez-vous venir me retrouver dans ma cabine d'ici une demi-heure ?

— Avec joie.

Mais le ton de Pennington n'avait rien de joyeux. Et, joyeuse, sa mine ne l'était guère non plus. Race et Poirot échangèrent un regard et s'éclipsèrent sans plus de cérémonie.

— Malin comme un singe, commenta Race. Mais il n'est pas tranquille, hein ?

— Non, il ne nage pas dans la sérénité, admit Poirot.

Comme ils redébouchaient sur le pont promenade, Mrs Allerton sortit de sa cabine et, voyant Poirot, le héla impérieusement.

— Madame ?

— Cette pauvre enfant ! Dites-moi, monsieur Poirot, n'y aurait-il pas une cabine double quelque part, que je pourrais partager avec elle ? Elle ne peut pas retourner dans celle qu'elle occupait avec sa mère, et il n'y a place que pour une personne dans la mienne.

— Nous allons arranger ça, madame. C'est très gentil de votre part.

— C'est la moindre des choses. D'ailleurs, j'aime beaucoup cette petite. Elle m'a toujours plu.

— Elle encaisse mal le coup ?

— Terriblement mal. Elle semble avoir été très attachée à cette femme odieuse. C'est le plus navrant. Tim assure qu'elle devait boire. C'est vrai ?

Poirot acquiesça.

— Enfin ! Pauvre femme… Ce n'est pas à nous de la juger, bien sûr, mais sa fille a dû avoir une existence affreuse.

— En effet. Car il n'y a rien de veule en elle, bien au contraire. Et puis elle a fait preuve d'un beau dévouement.

— Oui, c'est très bien — le dévouement, j'entends. C'est un peu démodé de nos jours. Cette fille a un caractère déroutant : elle est fière, réservée, entêtée, mais cache sans doute un cœur qui ne demande qu'à s'ouvrir.

— Je vois que je l'ai remise entre de bonnes mains, madame.

— Oui, ne vous inquiétez pas. Je m'occuperai d'elle. Sa façon de se raccrocher à moi est bouleversante.

Mrs Allerton rentra dans sa cabine tandis que Poirot retournait sur les lieux du drame.

Cornelia était toujours sur le pont, les yeux ronds.

— Je ne comprends pas, monsieur Poirot. Comment la personne qui a tiré a-t-elle pu s'enfuir sans qu'on la voie ?

— Oui, comment ? fit Jacqueline en écho.

— Ah ! dit Poirot, il ne s'agit pas d'un truc d'illusionniste comme vous semblez le croire, mademoiselle. L'assassin a pu emprunter trois directions différentes.

— Trois ? répéta Jacqueline, très surprise.

— Il a pu aller à droite, il a pu aller à gauche… mais je ne vois pas d'autre chemin, remarqua Cornelia, également surprise.

Le visage de Jacqueline s'éclaira soudain.

— Bien sûr, dit-elle. Il n'y a que deux directions sur un plan horizontal, mais il a pu également faire un angle droit avec ce plan-là. Et même s'il ne pouvait pas *monter* très facilement, il pouvait au moins *descendre*.

— Vous êtes très intelligente, mademoiselle, admit bien volontiers Poirot.

— Je sais que je suis une cruche, mais je ne comprends toujours pas, avoua Cornelia.

— M. Poirot veut dire, ma chérie, qu'il pouvait enjamber la rambarde et se retrouver sur le pont inférieur.

— Mince ! Je n'y aurais jamais pensé ! Quand même, pour y arriver, il a fallu qu'il soit rapide. Il a dû faire ça en un clin d'œil, non ?

— Ça n'a pas dû être bien terrible, intervint Tim Allerton. N'oubliez pas que dans de pareilles circonstances, les gens sont toujours une minute sous le choc. On entend un coup de feu, on reste hébété pendant un moment.

— C'est ce qui vous est arrivé, Mr Allerton ?

— Oui. Je suis resté pétrifié cinq bonnes secondes. Et puis j'ai piqué un sprint sur le pont.

Race sortit de la cabine de Bessner.

— Ecartez-vous, ordonna-t-il. Nous allons sortir le corps.

Tout le monde obéit et s'éloigna, y compris Poirot.

— Aussi longtemps que je vivrai, je n'oublierai pas ce voyage, lui dit tristement Cornelia. Trois morts… nous vivons un cauchemar.

Ferguson, qui l'avait entendue, répliqua d'un ton agressif :

— C'est parce que vous êtes trop civilisée ! Vous devriez envisager la mort à la manière des Orientaux. Comme un simple incident, à peine digne d'être remarqué.

— Peut-être bien : ils n'ont pas reçu d'éducation, les pauvres, dit Cornelia.

— Non, et c'est tant mieux ! L'éducation a marqué l'agonie de la race blanche. Regardez l'Amérique, elle fait des orgies de culture. C'est répugnant !

— Je pense que vous dites des sottises, remarqua Cornelia en rougissant. Chaque hiver, j'assiste à des conférences sur l'art grec et sur la Renaissance, et je suis allée en écouter d'autres sur les femmes célèbres de l'Histoire.

— L'art grec ! se mit à gémir Ferguson, comme s'il souffrait le martyre. La Renaissance ! Les femmes célèbres de l'Histoire ! Rien qu'à vous entendre, j'en suis malade ! C'est l'*avenir* qui compte, femme, pas le passé ! Trois personnes sont mortes sur ce bateau. Et alors ? Ce n'est pas une grande perte. Linnet Doyle et son argent ! La femme de chambre française : un parasite social. Mrs Otterbourne : une pauvre folle inutile. Vous pensez vraiment qu'il y a un être au monde qui se soucie de savoir si elles sont mortes ou vivantes ? Pas moi, en tout cas. A mon avis, c'est une sacrée bonne chose !

— Eh bien vous avez tort, s'écria Cornelia. Et je ne supporte pas de vous entendre parler, parler, parler comme si vous étiez *seul* à compter. Je n'aimais pas beaucoup Mrs Otterbourne, mais ce n'est pas le cas de sa fille, et cette mort l'a anéantie. Je ne sais rien de la domestique française, mais il y avait bien quelqu'un qui l'aimait quelque part ; quant à Linnet Doyle… tout le reste mis à part, elle était sensationnelle. Elle était si belle que, quand on la voyait entrer, on en avait la gorge serrée. Je suis moi-même très quelconque et je n'en suis que plus sensible à la beauté. Elle était aussi belle — en tant que femme — que n'importe quel objet d'art grec. Et quand quelque chose de beau disparaît, c'est une perte pour le monde entier. Et voilà !

Mr Ferguson recula et se prit la tête à deux mains.

— J'abandonne, déclara-t-il. Vous êtes incroyable. Vous n'avez pas une ombre de cette malveillance propre aux femelles. (Il se tourna vers Poirot :) Savez-vous, monsieur, que le père de Cornelia a été pratiquement ruiné par celui de Linnet Ridgeway ? Mais sa fille grince-t-elle des dents quand elle voit l'autre se pavaner avec ses perles et ses robes de Paris ? Non, elle ne fait que bêler : « Ce qu'elle peut être be-e-lle », comme un brave tendre agnelet. Je me demande même si elle lui en a jamais voulu !

— Je lui en ai voulu… juste une minute, répondit Cornelia en rougissant. Papa est plus ou moins mort de désespoir, comprenez-vous, parce qu'il n'avait pas été à la hauteur.

— Et elle lui en a voulu une minute… Non mais je rêve !

— Ne venez-vous pas de dire, lui lança Cornelia, que c'était l'avenir qui importait, et non le passé ? Tout cela, c'est du passé, non ? C'est terminé !

— Là, vous m'avez eu ! répliqua Ferguson. Cornelia Robson, vous êtes la seule femme bien que j'aie jamais rencontrée. Voulez-vous m'épouser ?

— Ne faites pas l'idiot.

— C'est une proposition honnête… même si elle est faite en présence du Vieux Limier. Quoi qu'il en soit, vous êtes témoin monsieur Poirot. J'ai volontairement offert le mariage à cette femelle — et ce contre tous mes principes, car je ne crois pas aux contrats légaux entre représentants des deux sexes. Mais je ne pense pas qu'elle accepterait à moins, alors allons-y pour le mariage. Un beau geste, Cornelia : dites oui.

— Vous êtes complètement grotesque, répondit Cornelia, virant au rouge tomate.

— Pourquoi ne m'épouseriez-vous pas ?

— Vous n'êtes pas sérieux.

— Vous parlez de ma proposition ou de moi ?

— Des deux, mais je pensais davantage à vous. Vous vous moquez de toutes sortes de choses sérieuses : l'éducation, la culture, et… et la mort. On ne peut pas vous faire *confiance.*

Elle s'interrompit, rougit de nouveau et s'enfuit vers sa cabine.

Ferguson la suivit des yeux.

— Que le diable l'emporte ! Elle croit vraiment ce qu'elle dit. Elle veut un homme à qui faire confiance. Confiance !… Tudieu ! (Il s'arrêta et s'enquit, curieux :) Qu'avez-vous, monsieur Poirot ? Vous semblez songeur…

— Je réfléchis, sursauta Poirot, je réfléchis, c'est tout.

— Méditation sur la Mort : *La Mort, Fraction périodique* par Hercule Poirot. Une de ses plus célèbres monographies.

— Mr Ferguson, je vous trouve bien impertinent.

— Pardonnez-moi ! J'adore m'attaquer aux institutions en place.

— Et vous me considérez comme une institution en place ?

— Exactement. Que pensez-vous de cette fille ?

— De miss Robson ?

— Oui.

— Je pense qu'elle a du caractère.

— Vous avez raison. Elle a du courage. Elle a l'air d'un plat de nouilles mais elle ne l'est pas. Elle a du cran. Elle... oh ! et puis je la veux, cette fille. Ce ne serait peut-être pas mauvais que je vole dans les plumes de la vieille chouette. Si elle me prenait franchement en grippe, cela casserait peut-être la glace entre Cornelia et moi.

Il tourna les talons et entra dans le salon. Miss Van Schuyler était à sa place habituelle. Elle tricotait, l'air encore plus hautain que d'habitude. Ferguson se dirigea vers elle à grands pas. Poirot entra discrètement, s'installa non loin d'eux et fit mine de se plonger dans la lecture d'un magazine.

— Bonjour, miss Van Schuyler.

Celle-ci leva les yeux une fraction de seconde et les baissa aussitôt.

— Euh... bonjour, murmura-t-elle glaciale.

— Ecoutez, miss Van Schuyler, j'aimerais vous parler d'une chose assez importante. Voilà : j'ai l'intention d'épouser votre cousine.

La pelote de laine de miss Van Schuyler tomba par terre et roula jusqu'au bout du salon.

— Vous semblez avoir perdu l'esprit, jeune homme, répliqua-t-elle d'un ton venimeux.

— Pas du tout. Je suis bien décidé à l'épouser. Je l'ai d'ailleurs demandée en mariage.

Miss Van Schuyler le contempla avec le genre d'attention méditative qu'elle aurait accordée à une espèce inconnue de coléoptère.

— Vraiment ? J'imagine qu'elle vous a envoyé paître.

— Elle m'a éconduit, en effet.

— Cela va de soi.

— Cela ne va pas de soi du tout ! J'ai l'intention de la harceler jusqu'à ce qu'elle accepte.

— Je vous garantis, monsieur, que je prendrai toutes mesures afin que ma jeune cousine ne soit pas en butte à vos persécutions, riposta miss Van Schuyler, cinglante.

— Qu'avez-vous contre moi ?

Miss Van Schuyler se contenta de hausser les sourcils et de tirer brutalement sur sa laine afin de la récupérer et de clore cet entretien.

— Allons, insista Ferguson, qu'avez-vous à me reprocher ?

— J'inclinerais à penser que cela saute aux yeux, Mr… euh… je ne connais pas votre nom.

— Ferguson.

— Mr Ferguson, répéta-t-elle avec un dégoût évident. Une idée pareille est hors de question.

— Vous voulez dire que je ne suis pas assez bien pour elle ?

— J'aurais cru que cela se passait de démonstration.

— Et en quoi ne suis-je pas assez bien ?

Miss Van Schuyler ne répondit pas.

— J'ai deux bras, deux jambes, une bonne santé, une honnête intelligence. Cela ne suffit pas ?

— Il existe ce quelque chose que l'on nomme rang social, Mr Ferguson.

— Foutaise !

La porte s'ouvrit sur Cornelia. Elle resta pétrifiée à

la vue de sa redoutable cousine Marie en conversation avec son prétendant putatif.

L'impossible Mr Ferguson lui adressa un sourire ravageur et l'interpella.

— Venez Cornelia ! Je suis en train de demander votre main selon les règles de l'étiquette.

— Cornelia ! glapit miss Van Schuyler, d'une voix de corneille enrouée, *aurais-tu, par hasard, encouragé ce jeune homme ?*

— Je... non... bien sûr que non... enfin... pas exactement... je veux dire...

— Que veux-tu dire ?

— Elle ne m'a pas encouragé, intervint Ferguson volant à son secours. Je suis le seul coupable. Et si elle ne m'a pas volé dans les plumes, c'est parce qu'elle a trop bon cœur. Cornelia, votre cousine considère que je ne suis pas assez bien pour vous. En un sens, c'est exact, mais pas au sens où elle l'entend. Moralement, je ne vous arrive pas à la cheville, mais, de son point de vue, c'est socialement que je vous suis irrémédiablement inférieur.

— Il va de soi que Cornelia en est aussi consciente que moi, décréta miss Van Schuyler.

— C'est vrai ? s'enquit Ferguson en plongeant son regard dans celui de Cornelia. C'est pour ça que vous ne voulez pas m'épouser ?

— Non, ce n'est pas ça, répondit Cornelia en rougissant, si... si vous me plaisiez, je vous épouserais, qui que vous soyez.

— Mais je ne vous plais pas ?

— Je... je vous trouve impossible. La façon dont

vous dites les choses… Les *choses* que vous dites… je… je n'ai jamais rencontré quelqu'un comme vous… je…

La crise de larmes menaçait. Elle quitta la pièce en courant.

— Après tout, pour un début, ce n'est pas si mal, décréta Mr Ferguson.

Il se renversa dans son fauteuil, sifflota, contempla le plafond et croisa ses jambes revêtues d'un pantalon douteux.

— Dorénavant, ajouta-t-il à l'intention de la vieille demoiselle, je vous appellerai « cousine ».

— Quittez cette pièce à l'instant, jeune homme, vociféra miss Van Schuyler, tremblante de colère, ou j'appelle le steward !

— J'ai payé mon passage, répliqua Mr Ferguson. Personne ne peut me chasser d'un salon ouvert au public. Mais je consens à vous être agréable.

Il se leva et tout en fredonnant : « Hé hi, hé ho ! nous rentrons du boulot ! », se dirigea d'un pas nonchalant vers la porte et sortit.

Etouffant de rage, miss Van Schuyler manœuvra pour s'extraire de son fauteuil. Poirot émergea discrètement de sa retraite, derrière son magazine et se précipita pour lui ramasser sa pelote de laine.

— Merci, monsieur Poirot. Si vous voulez bien m'envoyer miss Bowers… je suis toute retournée… quelle insolence, chez ce garçon…

— Un tantinet excentrique, n'est-ce pas ? Comme la plupart des membres de sa famille. Un enfant gâté, évidemment. Toujours prêt à se battre contre des moulins à vent ! Je suppose que vous l'avez reconnu ? ajouta-t-il d'un ton négligent.

— Reconnu ?

— Il se fait appeler Ferguson et ne fait pas usage de son titre à cause de ses idées progressistes.

— Son *titre* ? s'étrangla miss Van Schuyler.

— Oui, c'est le jeune lord Dawlish. Il roule sur l'or, évidemment… mais Oxford l'a rendu communiste.

Miss Van Schuyler, dont le visage exprimait les sentiments les plus contradictoires, s'enquit :

— Depuis quand savez-vous cela, monsieur Poirot ?

Poirot haussa les épaules.

— J'ai aperçu une photo dans je ne sais plus quel journal et j'ai remarqué la ressemblance. Puis j'ai trouvé une bague à ses armes. Oh ! cela ne fait aucun doute, je vous assure.

Il s'amusait beaucoup à voir le conflit d'états d'âme qui agitait les traits de miss Van Schuyler.

— Je vous suis très obligée, monsieur Poirot, dit-elle enfin en inclinant gracieusement la tête.

Poirot la suivit des yeux en souriant tandis qu'elle pliait bagage. Mais, dès qu'elle eut quitté le salon, il se rassit et redevint grave. Sous son crâne, les pensées s'ordonnaient, les idées se mettaient en place. De temps à autre, il hochait doucement la tête.

— Mais oui, conclut-il enfin à voix haute. Mais c'est bien ça : tout *colle*.

26

Il était toujours assis au même endroit quand Race vint le rejoindre.

— Alors, Poirot, où en sommes-nous ? Pennington sera chez vous dans dix minutes. Je vous l'abandonne.

Poirot bondit sur ses pieds :

— Avant tout, allez chercher le jeune Fanthorp.

— Fanthorp ? demanda Race, surpris.

— Oui. Et amenez-le-moi dans ma cabine.

Race acquiesça et s'en fut. Poirot regagna ses pénates où Race le rejoignit avec Fanthorp quelques minutes plus tard.

Poirot les fit asseoir et leur offrit des cigarettes.

— Et maintenant, Mr Fanthorp, à nous. Je remarque que vous portez la même cravate que mon ami Hastings.

Abasourdi, Fanthorp regarda sa cravate.

— C'est une cravate plutôt… traditionnelle, dit-il.

— Tout juste. Bien que je sois étranger, je connais quelques-unes de vos coutumes. Je sais, par exemple, qu'il y a « des choses qui se font » et « des choses qui ne se font pas ».

James Fanthorp sourit.

— Cela ne se dit plus guère aujourd'hui.

— Peut-être, mais rien n'est changé pour autant. La Vieille Ecole reste la Vieille Ecole et il est des choses — je le sais par expérience — que les tenants de la Vieille Ecole ne font pas. Et l'une de ces choses, Mr Fanthorp, c'est d'intervenir, quand on ne vous demande rien, dans la conversation de gens qu'on ne connaît ni d'Eve ni d'Adam.

Fanthorp écarquilla les yeux. Poirot continua :

— Seulement l'autre jour, Mr Fanthorp, c'est précisément ce que vous avez fait. Certaines personnes discutaient de leurs affaires dans le salon vitré. Vous vous êtes approché d'elles, visiblement pour savoir de quoi elles parlaient et, plus tard, vous avez félicité la dame, Mrs Simon Doyle, pour le bien-fondé de ses méthodes de travail.

Le sang monta au visage de James Fanthorp, mais Poirot poursuivit, sans attendre ses commentaires :

— Or, Mr Fanthorp, ce n'est pas la conduite normale de quelqu'un qui porte la même cravate que celle de mon ami Hastings ! Hastings, qui est le tact même, serait mort de honte avant même d'être allé jusqu'au bout de son geste. Si j'ajoute à cela que vous êtes bien jeune pour pouvoir vous offrir des vacances aussi coûteuses, que vous êtes employé dans un cabinet de notaire de province, ce qui ne vous assure sans doute pas des revenus exceptionnels, que vous n'avez pas la mine d'un convalescent qui se refait une santé en voyageant, je me demande et vous le demande à votre tour : quelle est la raison de votre présence sur ce bateau ?

James Fanthorp le défia du regard.

— Je refuse de vous fournir quelque explication que ce soit, monsieur Poirot. Je suis porté à croire que vous avez perdu l'esprit.

— J'ai tous mes esprits, Mr Fanthorp. Je suis même très sain d'esprit. Où se trouve votre étude ? A Northampton ; ce n'est pas très loin de Wode Hall. Quelle conversation avez-vous essayé d'intercepter ? Une conversation concernant certains papiers officiels. Quel était le but de la remarque que vous avez faite, avec, d'ailleurs, un embarras et un malaise évidents ? Le but en était d'empêcher Mrs Doyle de signer sans le lire le moindre papier.

Il s'interrompit.

— Il y a eu un meurtre sur ce bateau, et deux autres l'ont suivi presque aussitôt. Si je vous dis que le revolver qui a tué Mme Otterbourne appartenait à M. Andrew Pennington, peut-être reconnaîtrez-vous qu'il est de votre devoir de nous raconter ce que vous savez.

James Fanthorp resta un moment silencieux.

— Vous avez une drôle de façon de vous y prendre, monsieur Poirot, finit-il par déclarer, mais je reconnais le bien-fondé de votre argumentation. L'ennui, c'est que je n'ai aucune information précise à vous donner.

— Vous voulez dire que vous n'avez que des soupçons ?

— Oui.

— En conséquence, vous trouvez plus judicieux de

vous taire ? Au regard de la loi, vous avez raison. Mais nous ne sommes pas au tribunal, ici. Le colonel Race et moi nous efforçons de débusquer un assassin. Tout ce qui est de nature à nous y aider a son intérêt.

James Fanthorp réfléchit encore et se décida :

— Très bien. Que voulez-vous savoir ?

— Pourquoi avez-vous entrepris ce voyage ?

— C'est mon oncle, Me Carmichael, le notaire anglais de Mrs Doyle, qui m'a envoyé. Il s'occupe d'un bon nombre de ses affaires et, en conséquence, il est en correspondance suivie avec Mr Andrew Pennington, son homme de confiance américain. Plusieurs incidents mineurs — je ne peux pas vous les énumérer tous — l'ont amené à penser que tout n'allait pas comme il se devrait.

— En langage clair, intervint Race, votre oncle soupçonne Pennington d'être un escroc ?

Jim Fanthorp hocha la tête avec un léger sourire.

— Je n'aurais pas été aussi brutal, mais c'est bien l'idée d'ensemble. Certains prétextes avancés par Pennington, certaines explications fournies pour justifier la façon dont il avait disposé des fonds, avaient éveillé la méfiance de mon oncle.

» Ses soupçons étaient encore très vagues quand miss Ridgeway s'est brusquement mariée avant de partir pour l'Egypte en voyage de noces. Ce mariage le soulageait beaucoup car il savait que, dès son retour en Angleterre, la gestion de ses biens lui reviendrait.

» Là-dessus, dans une lettre que Mrs Doyle lui écrit du Caire, elle mentionne en passant qu'elle a rencontré Andrew Pennington par le plus grand des hasards.

Les soupçons de mon oncle ont aussitôt pris corps. Il a eu la certitude que Pennington, qui était peut-être déjà dans une situation désespérée, allait essayer d'obtenir d'elle les signatures propres à dissimuler ses détournements. Cependant, comme il ne pouvait rien prouver, mon oncle se trouvait dans une position délicate. Il n'a vu qu'une solution : m'envoyer sur place, par avion, afin que je cherche à savoir ce qui se tramait. Je devais ouvrir l'œil et agir sans délai si nécessaire — mission très déplaisante, je peux vous l'assurer. En fait, dans la circonstance que vous citez, j'ai été obligé de me conduire comme un rustre. La situation était affreusement embarrassante, mais tout compte fait, je ne suis pas mécontent du résultat.

— Vous voulez dire que vous avez mis Mrs Doyle sur ses gardes ? demanda Race.

— Non, mais j'ai fichu la frousse à Pennington. Convaincu qu'il renoncerait à ses manigances pendant quelque temps, j'espérais d'ici là me lier suffisamment avec Mr et Mrs Doyle pour éveiller leur méfiance. En vérité, je comptais surtout influencer Mr Doyle, car Mrs Doyle avait tant d'affection pour Mr Pennington qu'il aurait été difficile de lui faire admettre quoi que ce soit. Son mari aurait été plus abordable.

Race hocha la tête.

— Mr Fanthorp, dit Poirot, donnez-moi franchement votre opinion. Si vous deviez monter une escroquerie, choisiriez-vous Mrs Doyle ou son mari comme victime ?

Fanthorp sourit.

— Mr Doyle, sans hésiter, répondit-il. Linnet

Doyle était très perspicace en affaires. Mais son mari, à mon avis, fait partie de ces gens confiants qui n'y connaissent rien et sont toujours prêts à signer où on leur dit de signer, comme il l'a reconnu lui-même.

— C'est mon avis également, dit Poirot. (Et regardant Race, il ajouta :) Le voilà, votre mobile !

— Mais ce ne sont là que des suppositions, insista James Fanthorp. Ce ne sont pas des *preuves*.

— Ah, bah ! fit Poirot, avec désinvolture. Des preuves, nous en trouverons.

— Comment ?

— Peut-être Mr Pennington nous les fournira-t-il lui-même.

— Cela m'étonnerait, dit Fanthorp, sceptique. Cela m'étonnerait beaucoup.

— Il ne va pas tarder, dit Race en consultant sa montre.

James Fanthorp comprit l'allusion et s'esquiva aussitôt.

Peu après, Andrew Pennington faisait son apparition, tout sourire et urbanité. Seuls son regard méfiant et ses mâchoires crispées trahissaient le fait que le combattant aguerri était sur ses gardes.

— Eh bien, messieurs, dit-il, me voici.

Il s'assit et les regarda d'un air interrogateur.

— Nous vous avons demandé de venir, Mr Pennington, préluda Poirot, parce qu'il est assez évident que vous avez un intérêt direct et très particulier à cette affaire.

Pennington haussa très légèrement les sourcils.

— Vraiment ?

— Sans aucun doute, répondit aimablement Poirot. Vous connaissiez Linnet Ridgeway depuis son enfance, si j'ai bien compris ?

— Oh, ça…, dit-il en changeant de visage, les traits soudain moins tendus. Excusez-moi, je n'avais pas saisi. Oui, comme je vous l'ai dit ce matin, j'ai connu Linnet quand elle n'était encore qu'une adorable gamine en barboteuse.

— Vous étiez très intime avec son père ?

— C'est exact. Nous étions très, très liés, Melhuish Ridgeway et moi.

— Et si intimement associés qu'avant de mourir il vous a nommé tuteur de sa fille et administrateur de l'immense fortune dont elle devait hériter.

— En gros, c'est exact, dit-il, de nouveau sur ses gardes. Mais je n'étais pas seul, évidemment, il y en avait d'autres.

— Qui sont morts depuis ?

— Deux sont morts en effet. Le troisième, Mr Sterndale Rockford, est vivant.

— C'est votre associé ?

— Oui.

— J'ai cru comprendre que miss Ridgeway n'était pas majeure lorsqu'elle s'est mariée ?

— Elle aurait eu vingt et un ans en juillet.

— Et normalement, elle n'aurait pris le contrôle de sa fortune qu'à ce moment-là ?

— Oui.

— Mais son mariage a précipité les choses.

Pennington serra les mâchoires et prit un air de défi :

— Pardonnez-moi, messieurs, mais en quoi cela vous regarde-t-il ?

— Si ma question vous déplaît...

— Elle ne me déplaît pas. Vous pouvez me demander tout ce que vous voulez. Mais je ne vois pas le rapport avec cette affaire.

— Voyons, Mr Pennington, dit Poirot en se penchant vers lui, n'oubliez pas le mobile. Dans cette perspective, il faut toujours prendre en compte les problèmes financiers.

Pennington répondit de mauvaise grâce :

— Selon le testament de Ridgeway, Linnet devenait maîtresse de ses biens à vingt et un ans, ou au jour de son mariage.

— Sans conditions d'aucune sorte ?

— Sans conditions.

— Et il s'agit de millions, je présume.

— Oui, de millions, en dollars.

— Votre responsabilité, comme celle de votre associé, était bien lourde, remarqua doucement Poirot.

— Nous avons l'habitude des responsabilités. Cela ne nous fait pas peur, répondit sèchement Pennington.

— Je me le demande.

Quelque chose dans son intonation, piqua Pennington au vif.

— Que diable voulez-vous dire ? riposta-t-il, agressif.

— Je me demandais, Mr Pennington, répliqua Poirot avec une belle franchise, si le mariage soudain de Linnet Ridgeway n'avait pas causé chez vous une certaine consternation.

— De la consternation ?

— C'est bien le mot que j'ai employé.

— Mais où diable voulez-vous en venir ?

— A quelque chose de très simple. Les affaires de Linnet Doyle sont-elles aussi parfaitement en ordre qu'elles le devraient ?

Pennington se leva.

— Ça suffit ! J'en ai assez ! gronda-t-il en se dirigeant vers la porte.

— Mais vous voudrez bien répondre d'abord à ma question ?

— Elles sont parfaitement en ordre, lui jeta Pennington.

— Lorsque la nouvelle du mariage de Linnet Ridgeway vous est parvenue, vous n'avez pas été inquiet au point de vous précipiter en Europe par le premier bateau et de manigancer une rencontre apparemment fortuite en Egypte ?

Pennington revint vers eux. Il était de nouveau maître de lui.

— Ce que vous dites ne tient pas debout ! Quand j'ai rencontré Linnet au Caire, je ne savais même pas qu'elle était mariée. J'en suis resté pétrifié. Sa lettre a dû arriver à New York un jour trop tard. On me l'a fait suivre et je ne l'ai reçue qu'une semaine après.

— Vous avez fait la traversée sur le *Carmanic* n'est-ce pas ?

— Exact.

— Et la lettre est arrivée à New York après le départ du *Carmanic ?*

— Combien de fois devrai-je vous le répéter ?

— C'est curieux, dit Poirot.

— Qu'est-ce qui est curieux ?

— Qu'il n'y ait pas d'étiquettes du *Carmanic* sur vos bagages. Les plus récentes sont celles du *Normandie.* Or le *Normandie*, si ma mémoire est bonne, a quitté New York deux jours après le *Carmanic.*

Le regard soudain fuyant, l'autre perdit un instant contenance.

Race enfonça le clou :

— Allons, Mr Pennington, nous avons toutes les raisons de penser que vous êtes venu sur le *Normandie*, et non sur le *Carmanic* comme vous le prétendez. Dans ce cas, vous avez reçu la lettre de Mrs Doyle avant de quitter New York. Ce serait une erreur de le nier car rien n'est plus facile à vérifier auprès des compagnies maritimes.

Machinalement, Pennington prit un siège et s'y laissa tomber. Son visage était impassible — on eût dit un joueur de poker. Mais derrière ce masque, son cerveau agile était en train de mettre au point le coup suivant.

— Je dois le reconnaître, messieurs, vous avez été trop malins pour moi. Mais j'avais des raisons pour agir ainsi.

— Sans aucun doute, fit Race d'un ton cassant.

— Si je vous en fais part, je dois être assuré qu'elles resteront confidentielles.

— Vous pouvez nous faire confiance, nous nous conduirons comme il convient. Mais, bien sûr, je ne peux rien promettre en aveugle.

— Bon, soupira Pennington. Je vais tout vous dire :

il se tramait en Angleterre des affaires louches et cela m'inquiétait. Par correspondance, je ne pouvais pas faire grand-chose. La seule solution était pour moi de me rendre sur place pour en avoir le cœur net.

— Qu'entendez-vous par des affaires louches ?

— J'avais de bonnes raisons de penser que Linnet était escroquée.

— Par qui ?

— Par son notaire anglais. Ce n'est évidemment pas une accusation qu'on peut porter à la légère. Je me suis donc décidé à venir vérifier cela moi-même.

— Cela fait certainement honneur à votre vigilance. Mais pourquoi ce petit mensonge à propos de la lettre ?

— Eh bien, je vous le demande, fit Pennington avec un grand geste. On ne peut quand même pas se mêler à l'intimité d'un couple en pleine lune de miel et se mettre à parler boutique sans lui en donner plus ou moins les raisons ? J'ai pensé qu'il était préférable que la rencontre paraisse fortuite. D'autre part, je ne savais rien du mari. Il pouvait très bien être mêlé à l'escroquerie.

— En résumé, toutes vos actions ont été dictées par le plus pur désintéressement, ironisa Race.

— Vous l'avez dit, colonel.

Le silence se fit. Race jeta un coup d'œil à Poirot. Celui-ci se pencha vers Pennington.

— Mr Pennington, nous ne croyons pas un mot de votre histoire.

— Que voulez-vous que ça me fasse ? Et que diable croyez-vous, alors ?

— Nous croyons que le mariage inopiné de Linnet Ridgeway vous a plongé dans un grand embarras. Que vous êtes venu en toute hâte pour essayer de trouver un moyen de remédier au désastre, autrement dit de gagner du temps. Qu'à cette fin, vous avez essayé d'obtenir de Mrs Doyle qu'elle signe certains papiers, mais que vous avez échoué. Que, pendant notre excursion à Abou Simbel, cheminant seul au sommet de la falaise, vous avez délogé un gros rocher qui est tombé, ratant de peu son objectif…

— Vous êtes fou !

— Nous croyons que le même concours de circonstances s'est présenté pendant le voyage de retour. Autrement dit, l'occasion d'éliminer Mrs Doyle à un moment propice, pour que le meurtre soit attribué à quelqu'un d'autre. Nous ne faisons pas que croire, nous *savons* que votre revolver a tué une femme à l'instant où elle allait nous révéler le nom de la personne qu'elle soupçonnait d'avoir assassiné et Linnet Doyle, et Louise, sa femme de chambre.

— Bon sang de bonsoir ! s'écria Pennington, interrompant le flot d'éloquence de Poirot. Qu'est-ce que vous me chantez là ? Vous êtes fou à lier ! Pour quel motif aurais-je tué Linnet ? Ce n'est pas à moi que son argent doit revenir ; il doit aller à son mari. Pourquoi ne pas vous en prendre à lui ? C'est *lui*, le bénéficiaire, pas moi !

— Jusqu'au moment où il a été blessé à la jambe, Doyle n'a pas quitté le salon cette nuit-là, répliqua Race froidement. L'impossibilité dans laquelle il s'est trouvé ensuite de faire un pas est attestée par un médecin et une infirmière, tous deux témoins indépendants et fiables. Simon Doyle n'a pas pu tuer sa femme. Il n'a pas pu tuer Louise Bourget. Il n'a pas tué Mrs Otterbourne. Vous le savez aussi bien que nous.

— Je sais qu'il ne l'a pas tuée, répondit Pennington, un peu plus calme. Tout ce que je voulais dire c'est : pourquoi vous acharner sur moi alors que sa mort ne me rapporte rien ?

— Mais, mon cher monsieur, répliqua Poirot d'une voix aussi douce qu'un ronronnement, c'est une question de point de vue. Mrs Doyle était une femme avisée, au courant de ses affaires et prompte à déceler une irrégularité. Dès qu'elle aurait repris le contrôle de ses biens, c'est-à-dire dès son retour en Angleterre, elle aurait conçu des soupçons. Mais maintenant qu'elle est morte et que son mari hérite, comme vous l'avez fait remarquer, tout a changé. Simon Doyle ne sait rien des affaires de sa femme, sinon qu'elle était riche. Il a le caractère simple et confiant. Il vous sera facile de placer devant lui des relevés de compte compliqués, de noyer le problème dans un fouillis de chiffres et de faire traîner les choses en invoquant les formalités légales à accomplir et le krach récent. Traiter avec le mari plutôt qu'avec la femme, cela fait une grande différence pour vous.

— Quelle imagination !

— Nous verrons bien…

— Vous dites ?

— Je dis : nous verrons bien. Il s'agit de trois décès — de trois meurtres. La loi exigera une enquête poussée sur l'état de fortune de Mrs Doyle.

En voyant les épaules de Pennington s'affaisser soudain, Poirot comprit qu'il avait gagné. Les soupçons de James Fanthorp étaient fondés.

— Vous avez joué, poursuivit-il. Et vous avez perdu. Inutile de continuer à bluffer.

— Vous ne comprenez pas, murmura Pennington. Tout serait en règle s'il n'y avait eu ce maudit krach. Wall Street a perdu la tête. Mais j'attends des rentrées. Avec un peu de chance, tout sera rétabli vers la mi-juin.

Les mains tremblantes, il prit une cigarette, essaya de l'allumer, en vain.

— Le rocher a été une tentation soudaine, j'imagine, dit Poirot d'un air songeur. Vous avez pensé que personne ne vous verrait…

— Il s'agit d'un accident. Je jure qu'il s'agit d'un accident ! s'écria Pennington, le visage crispé, les yeux remplis d'effroi. J'ai trébuché et je suis tombé dessus… Je jure qu'il s'agit d'un accident !

Les deux autres ne répondirent pas.

Pennington se reprit soudain. Il n'était encore que l'ombre de lui-même, mais il avait recouvré en partie son esprit combatif. Il se dirigea vers la porte.

— Messieurs, vous ne pouvez pas me mettre ça sur le dos. Il s'agit d'un accident. Et ce n'est pas moi qui ai tiré sur Linnet. Vous entendez ? Ça non plus vous ne pouvez pas me le mettre sur le dos — et vous ne le pourrez jamais.

Et il sortit.

27

Comme la porte se refermait sur lui, Race poussa un profond soupir.

— Nous en avons tiré plus que je ne l'espérais. Il a reconnu son imposture, il a reconnu sa tentative de meurtre. Il me paraît impossible d'aller plus loin. On peut amener un individu à avouer plus ou moins une tentative de meurtre, mais l'obliger à avouer qu'il a réellement commis le meurtre en question est une autre paire de manches.

— Cela devrait pourtant pouvoir se faire, dit Poirot.

Il avait l'œil songeur, le regard félin. Race le dévisagea, intrigué.

— Vous avez un plan ?

Poirot hocha la tête. Puis il énuméra en comptant sur ses doigts :

— Le jardin d'Assouan. Le témoignage de Mr Allerton. Les deux flacons de vernis à ongles. Ma bouteille de vin. Le châle de velours. Le mouchoir taché. Le revolver abandonné sur les lieux du crime.

La mort de Louise. La mort de Mrs Otterbourne. Tout se trouve là. Ce n'est pas Pennington qui a fait le coup, Race.

— Qu'est-ce que vous me chantez là ? s'écria Race, égaré.

— Ce n'est pas Pennington qui a fait le coup. Il avait un mobile, oui. Il en avait le désir, oui. Il est allé jusqu'à essayer de le faire. Mais c'est tout. Pour accomplir ce crime, il fallait quelque chose qui manque à Pennington. Ce crime réclamait de la hardiesse, de la rapidité, une exécution parfaite, du courage, de l'indifférence au danger, un cerveau calculateur et inventif. Pennington ne possède rien de tout cela. Il ne pourrait commettre un crime qu'en toute sécurité — ce qui n'était pas le cas de celui-ci qui tenait sur le fil du rasoir, qui nécessitait une audace que Pennington n'a pas. Il n'a que de l'astuce.

Race regarda Poirot avec toute la considération qu'un homme de l'art peut éprouver envers un autre.

— Si je comprends bien, vous avez réussi à rassembler tous les fils.

— Oui, je pense. Il reste encore une ou deux broutilles… ce télégramme que Linnet a lu, par exemple. C'est un point que j'aimerais éclaircir.

— Sapristi ! Nous l'avions oublié ! Doyle allait nous le dire lorsque cette pauvre vieille mémé Otterbourne a fait irruption. Allons le lui demander.

— Tout à l'heure. Je voudrais d'abord parler à quelqu'un d'autre.

— A qui ?

— A Tim Allerton.

Race haussa les sourcils.

— Allerton ? Bon, je vais l'envoyer chercher.

Il sonna et expédia un steward avec le message. Tim Allerton arriva, l'air interrogateur.

— Vous désirez me voir ?

— C'est exact, Mr Allerton. Asseyez-vous.

Tim s'assit avec l'expression languide de quelqu'un qui accomplit une corvée.

— Je peux faire quelque chose pour vous ? demanda-t-il d'un ton courtois mais qui manquait d'enthousiasme.

— En un sens, peut-être, répondit Poirot. Mais je vais surtout vous demander d'écouter.

Le visage de Tim exprima une surprise de bon aloi.

— Certainement. Il n'y a pas meilleur auditoire au monde que moi. On peut toujours compter sur moi pour faire des « oh ! » et des « ah ! » aux moments adéquats.

— Vous m'en voyez ravi. Des « oh ! » et des « ah ! » seront suffisamment éloquents. Eh bien, allons-y. Lorsque j'ai fait votre connaissance à Assouan, j'ai tout de suite éprouvé beaucoup de sympathie pour votre mère et vous. Tout d'abord, je trouvais que votre mère était une des personnes les plus charmantes que j'aie jamais rencontrées…

L'air lassé fit place un instant à une expression indéfinissable.

— Elle est… unique, dit-il.

— En second lieu, vous aviez fait mention d'une personne qui m'intéressait également.

— Vraiment ?

— Oui, une certaine miss Joanna Southwood. C'est que, voyez-vous, j'avais entendu parler d'elle peu de temps auparavant.

» Ces trois dernières années, il s'est produit une série de vols de bijoux qui ont inquiété Scotland Yard. Des vols que l'on pourrait qualifier de vols mondains. La méthode se répétait avec une belle régularité : on substituait une copie au bijou original. Mon ami l'inspecteur Japp est arrivé à la conclusion que ces vols n'étaient pas l'œuvre d'une seule personne mais de deux, opérant en équipe de façon fort habile. Etant donné la connaissance du milieu qu'ils exigeaient, il a également estimé que les personnes en question devaient faire partie de la bonne société. Finalement, son attention a été attirée par miss Joanna Southwood.

» Les victimes étaient toutes soit des amis à elle, soit des relations et, dans chacun des cas, elle avait eu soit l'occasion de tenir en main le bijou volé, soit celle de l'emprunter. Par ailleurs, son train de vie dépassait largement ses revenus. D'un autre côté, il était clair que le vol lui-même, c'est-à-dire la substitution, *n'était pas* de son fait. Elle se trouvait même parfois à l'étranger au moment où cette substitution avait lieu.

» Peu à peu, un schéma prit forme dans l'esprit de l'inspecteur Japp. Miss Southwood avait été naguère membre d'une guilde de joaillerie moderne. Il la soupçonna d'exécuter un dessin précis des bijoux qui lui passaient par les mains et de les faire copier par quelque joaillier sans scrupules. Le troisième temps de l'opération consistait à faire accomplir la substitution par une tierce personne — par quelqu'un dont on pouvait prouver qu'il n'avait jamais eu le bijou entre les mains et qu'il n'avait jamais eu à s'occuper de copies ou d'imitations de pierres précieuses. Japp ignorait l'identité de ce troisième larron.

» Certains propos tenus au cours de vos conversations m'ont beaucoup intéressé : une bague disparue pendant votre séjour à Majorque, le fait que vous ayez été présent à une réception durant laquelle on avait découvert une de ces substitutions. Vos rapports étroits avec miss Southwood. Le fait aussi que je vous importunais visiblement et que vous engagiez votre mère à ne pas me témoigner tant d'amitié. Il aurait pu s'agir d'une antipathie personnelle, bien sûr, mais j'en doutais. Vous étiez trop soucieux de dissimuler votre aversion sous des dehors cordiaux.

» Et voilà qu'après le meurtre de Linnet Doyle, on découvre que son collier de perles a disparu. Vous comprendrez que j'aie aussitôt pensé à vous. Mais cette explication ne me satisfaisait pas. Car si vous travailliez, comme je le soupçonnais, avec miss Southwood — qui était une amie intime de Mrs Doyle —, vous auriez employé la méthode de la substitution — non du vol pur et simple. Mais voilà que, de façon tout à fait inattendue, on nous rend le collier. Et que découvrons-nous ? Qu'il ne s'agit pas de l'original, mais d'une imitation.

» J'ai compris alors qui était le véritable voleur. On avait volé et restitué une copie, une copie que vous aviez auparavant substituée à l'original.

Poirot regarda le jeune homme qui lui faisait face. Tim était blanc sous son hâle. Il n'était pas aussi combatif que Pennington ; il manquait de résistance. Il ne s'en efforça pas moins de conserver ses manières ironiques.

— Vraiment ? Dans ce cas, qu'en ai-je fait ?

— Je sais cela aussi.

Le jeune homme changea de visage, se fit hagard.

— Les perles ne peuvent se trouver qu'à un seul endroit, j'y ai bien réfléchi, poursuivit posément Poirot. Ces perles, Mr Allerton, sont dissimulées dans le rosaire suspendu dans votre cabine. Les grains en ont été méticuleusement évidés. Je pense que vous l'avez fait réaliser dans ce seul but. Bien que cela ne saute pas aux yeux, ses grains se dévissent. Chacun d'eux renferme une perle, collée avec de la seccotine. La plupart des policiers respectent les objets religieux, à moins qu'ils n'aient quelque chose de vraiment suspect. Vous comptiez là-dessus. J'ai cherché à comprendre comment miss Southwood vous avait fait parvenir la copie du collier. Il ne pouvait y avoir eu qu'expédition puisque vous êtes venu directement de Majorque en apprenant que Mrs Doyle serait ici en voyage de noces. Selon moi, elle vous l'a envoyée dans un livre, évidé de son milieu. Un livre voyage en pli non clos et n'est pratiquement jamais ouvert à la douane.

Il y eut un silence, un long silence.

— Vous avez gagné ! se décida à déclarer posément Tim. Je me suis bien amusé, mais c'est fini. Je pense qu'il ne me reste plus maintenant qu'à avaler la pilule.

Poirot hocha la tête et demanda doucement :

— Savez-vous qu'on vous a vu cette nuit-là ?

— Vu ? sursauta Tim.

— Oui. La nuit où Linnet Doyle est morte, quelqu'un vous a vu quitter sa cabine juste après 1 heure du matin.

— Hé là !... Vous ne pensez tout de même pas... ce n'est pas moi qui l'ai tuée ! Je le jure ! Choisir cette nuit-là entre mille ! Vous parlez d'une déveine ! Je vous prie de croire que, depuis, je n'en mène pas large !

— Oui, vous avez dû passer de sales moments. Mais maintenant que nous connaissons la vérité, vous pouvez nous aider. Mrs Doyle était-elle encore vivante ou déjà morte lorsque vous avez volé les perles ?

— Je n'en sais rien, répondit Tim d'une voix rauque. Je vous en donne ma parole, monsieur Poirot, je n'en sais rien. J'avais découvert où elle posait son collier le soir — sur sa table de chevet. Je me suis faufilé dans la cabine, j'ai tâtonné sur la table, j'ai attrapé les perles, j'ai mis les fausses à la place et je suis ressorti. J'étais convaincu qu'elle dormait.

— Vous l'avez entendue respirer ? Vous avez dû faire attention à ça, non ?

Tim réfléchit.

— C'était très silencieux... vraiment très silencieux. Non, je ne me rappelle pas avoir entendu sa respiration.

— Avez-vous senti une odeur de fumée, comme celle qu'aurait pu laisser un récent coup de feu ?

— Je ne pense pas. Je ne m'en souviens pas.

Poirot soupira.

— Alors, nous ne sommes pas plus avancés.

— Qui m'avait vu ? demanda Tim, curieux.

— Rosalie Otterbourne. Elle arrivait de l'autre côté

du bateau ; elle vous a vu sortir de la cabine de Linnet Doyle et regagner la vôtre.

— Alors c'est elle qui vous a tout raconté.

— Mille excuses, dit Poirot avec douceur, elle ne m'a rien raconté de tout ça.

— Mais alors, comment le savez-vous ?

— Parce que je m'appelle Hercule Poirot et que je n'ai pas eu besoin qu'on me le raconte. Quand je l'ai mise au pied du mur, savez-vous ce qu'elle m'a répondu ? Eh bien, elle m'a répondu : « Je n'ai vu personne. » Et elle mentait.

— Mais pourquoi ?

— Peut-être parce qu'elle a pensé que l'homme qu'elle avait vu était l'assassin. Cela en avait tout l'air, vous savez, répondit Poirot avec détachement.

— Raison de plus pour vous en parler.

Poirot haussa les épaules.

— Pas pour elle, semble-t-il.

— Quelle fille extraordinaire, remarqua Tim, d'une voix étrange. Avec une mère comme la sienne elle a dû traverser des moments épouvantables.

— Oui, elle n'a pas eu la vie facile.

— Pauvre gosse, murmura Tim. Eh bien, monsieur, poursuivit-il, s'adressant à Race, que va-t-il se passer maintenant ? Je reconnais avoir pris les perles de Linnet Doyle et vous les retrouverez juste à l'endroit que vous avez indiqué. Je suis coupable, c'est d'accord. Mais pour ce qui concerne miss Southwood, je ne reconnais rien du tout. Vous ne possédez aucune preuve contre elle. Quant à la façon dont je me suis procuré la copie du collier, cela ne vous regarde pas.

— Très noble attitude, murmura Poirot.

— Gentleman jusqu'au bout des ongles ! grinça Tim. Vous pouvez imaginer à quel point l'amitié que vous témoignait ma mère m'était désagréable. Je ne suis pas un malfaiteur assez endurci pour me réjouir de me trouver côte à côte avec un détective réputé juste avant de réaliser un coup plutôt risqué. Il y a certainement des gens qui en tireraient un malin plaisir. Pas moi. Franchement, ça m'a fichu la frousse.

— Mais cela ne vous a pas détourné de votre projet ?

Tim haussa les épaules.

— Je n'avais pas la frousse à ce point-là. Il fallait bien que je fasse l'échange à un moment quelconque et, sur ce bateau, l'occasion était trop belle : une cabine à deux pas de la mienne et Linnet si préoccupée par ses propres ennuis qu'elle ne remarquerait sans doute pas la substitution.

— Je me demande si cela s'est bien passé ainsi...

— Que voulez-vous dire ? demanda vivement Tim.

Poirot sonna.

— Je vais prier miss Otterbourne de venir une minute.

Tim sourcilla mais ne souffla mot. Un steward entra et repartit avec le message.

Rosalie arriva très vite. En apercevant Tim, ses yeux rougis par les pleurs s'agrandirent un peu, mais il n'y avait plus trace de son ancienne attitude de défiance. Elle s'assit et, avec une docilité toute nouvelle, regarda tour à tour Race et Poirot.

— Nous sommes navrés de vous déranger, miss

Otterbourne, fit doucement Race qui était un peu fâché contre Poirot.

— C'est sans importance, répondit la jeune fille à voix basse.

— Nous avons besoin d'éclaircir un ou deux points, déclara Poirot. Quand je vous ai demandé si vous aviez vu quelqu'un sur le pont, tribord, à 1 h 10 du matin, vous m'avez répondu que vous n'aviez vu personne. Par chance, j'ai pu découvrir la vérité sans votre aide. Mr Allerton a reconnu qu'il s'était rendu dans la cabine de Linnet Doyle, la nuit dernière.

Elle lança un rapide coup d'œil à Tim. L'air sombre et résolu, celui-ci fit un petit signe de tête.

— L'heure est exacte, Mr Allerton ?

— Parfaitement exacte.

Rosalie avait les yeux fixés sur lui, ses lèvres tremblèrent… s'entrouvrirent…

— Mais vous n'avez pas… vous n'avez pas…

— Non, je ne l'ai pas tuée, répliqua-t-il aussitôt. Je suis un voleur, pas un assassin. Puisque tout sera étalé au grand jour, autant que vous le sachiez. C'est aux perles que j'en avais.

— Selon sa version, intervint Poirot, Mr Allerton a pénétré dans la cabine de Mrs Doyle la nuit dernière et a échangé un collier de fausses perles contre l'original.

— Vous avez fait ça ? lui demanda Rosalie avec un regard interrogateur, grave et triste comme celui d'un enfant.

— Oui, répondit Tim.

Il y eut un silence. Le colonel Race s'agitait sur son siège.

— Ceci, comme je vous le disais, reprit Poirot d'une voix étrange, est la version de Mr Allerton, confirmée en partie par votre témoignage. Il est donc prouvé qu'il a pénétré dans la cabine de Linnet Doyle la nuit dernière, mais ce qui n'est *pas* prouvé, c'est pourquoi il l'a fait.

— Mais si, vous le savez bien ! s'écria Tim en ouvrant de grands yeux.

— Qu'est-ce que je sais ?

— Eh bien… que j'ai pris les perles !

— Mais oui, mais oui, je sais que vous avez les perles, mais je ne sais pas quand vous les avez prises. Cela aurait pu se passer *avant* la nuit dernière… Vous venez de dire que Linnet n'aurait pas remarqué la substitution. Je n'en suis pas si sûr… Supposons qu'elle l'ait justement remarquée… Supposons même qu'elle savait par qui elle avait été opérée… Supposons que la nuit dernière elle ait menacé de révéler toute l'affaire, et que vous ayez compris qu'elle ne plaisantait pas… et supposons que vous ayez surpris la scène qui a éclaté entre Jacqueline de Bellefort et Simon Doyle et que, vous glissant à l'intérieur dès que la place a été libre, vous ayez récupéré le revolver et que, une heure plus tard, lorsque tout a été tranquille à bord, vous vous soyez introduit dans la cabine de Linnet Doyle pour vous assurer qu'aucune révélation de ce genre ne pourrait plus être faite…

— Seigneur Dieu ! s'écria Tim.

Le visage couleur de cendres, il posait sur Poirot un regard désespéré. Celui-ci poursuivit :

— Mais quelqu'un d'autre encore vous a vu :

Louise, la femme de chambre. Le lendemain, elle est venue vous faire chanter : ou vous vous montriez généreux avec elle, ou elle racontait tout ce qu'elle savait. Vous avez tout de suite compris que si vous vous soumettiez à son chantage, c'était le commencement de la fin. Vous avez fait semblant d'accepter et vous lui avez proposé de lui apporter l'argent dans sa cabine juste avant le déjeuner. Et là, pendant qu'elle comptait les billets, vous l'avez poignardée.

» Cette fois encore, la chance était contre vous. Quelqu'un vous a vu entrer dans sa cabine. Votre mère, mademoiselle, dit Poirot en se tournant vers Rosalie. Encore une fois vous avez été obligé d'agir avec audace et imprudence, mais vous n'aviez pas le choix. Vous aviez entendu Pennington parler de son revolver. Vous vous êtes précipité chez lui, vous vous en êtes emparé, vous avez écouté à la porte de la cabine du Dr Bessner, et vous avez tiré sur Mrs Otterbourne avant qu'elle ait pu prononcer votre nom.

— Non ! s'écria Rosalie. Ce n'est pas lui ! Ce n'est pas lui !

— Après ça, vous avez fait la seule chose possible, vous avez couru vers l'arrière du bateau. Et quand je me suis mis à courir derrière vous, vous avez fait demi-tour, comme si vous arriviez de la direction opposée. Vous aviez tenu le revolver avec des gants ; et ces gants étaient dans votre poche quand je vous les ai demandés…

— Je jure devant Dieu qu'il n'y a pas un mot de vrai dans tout ça, dit Tim. Pas un mot !

Mais sa voix tremblante, mal assurée, n'était pas faite pour convaincre.

— Bien sûr que ce n'est pas vrai ! s'écria Rosalie, les surprenant tous. Et M. Poirot le sait très bien. S'il le dit, c'est pour une raison bien à lui.

Poirot la regarda, sourit et leva les bras en signe de capitulation.

— Vous êtes trop maligne, mademoiselle… mais vous m'accorderez que l'accusation tient debout ?

— Que diable…, commença Tïm, furieux. Mais Poirot l'arrêta d'un geste.

— L'accusation tient très bien, Mr Allerton. Je voulais que vous en preniez conscience. Maintenant, je vais vous dire quelque chose de plus agréable. Je n'ai pas encore examiné le rosaire que vous avez dans votre cabine. Lorsque je le ferai, il est possible que je n'y trouve rien. Et comme miss Otterbourne maintient qu'elle n'a vu personne sur le pont la nuit dernière, eh bien il n'y a aucune charge contre vous. Les perles ont été volées par une kleptomane qui les a rendues depuis. Elles sont sur la table à côté de la porte, dans une petite boîte, si vous voulez vous en assurer… ainsi que mademoiselle.

Tim se leva. Il resta un moment sans bouger, incapable de prononcer un mot. Quand il retrouva la parole, sa déclaration parut plutôt insuffisante, mais il n'est pas exclu que ses interlocuteurs en aient été satisfaits.

— Merci ! dit-il. Vous n'aurez pas besoin de m'accorder une seconde chance.

Il tint la porte ouverte pour permettre à la jeune fille

de sortir. Il la suivit en s'emparant au passage de la petite boîte en carton.

Ils marchaient côte à côte. Tim ouvrit la boîte, prit le collier de fausses perles et le lança de toutes ses forces, au loin, dans le Nil.

— Et voilà, dit-il, c'est fini. Quand je rendrai cette boîte à Poirot, elle contiendra le vrai collier. Quel imbécile, j'ai pu être !

— Comment... en êtes-vous arrivé là ? lui demanda Rosalie à voix basse.

— Comment j'ai commencé, vous voulez dire ? Oh ! Je n'en sais rien... L'ennui... la paresse... Le côté amusant de la chose... C'était une façon tellement plus séduisante de gagner sa vie que de trimer dans un bureau. Cela vous paraît sûrement sordide, mais cela avait son charme — le risque, sans doute.

— Je crois que je comprends.

— Oui, mais vous ne l'auriez jamais fait.

Rosalie réfléchit un moment, tête baissée, visage grave.

— Non, répondit-elle simplement. Je ne l'aurais pas fait.

— Oh ! Rosalie, vous êtes adorable... tellement adorable. Pourquoi n'avez-vous pas dit que vous m'aviez vu la nuit dernière ?

— J'ai pensé... qu'on pourrait vous soupçonner...

— Et vous, vous m'avez soupçonné ?

— Non. Je ne pouvais pas croire que vous ayez pu tuer quelqu'un.

— Non. Je ne suis pas du bois dont on fait les assassins. Je ne suis qu'un misérable chapardeur.

Elle posa timidement la main sur son bras.

— Ne dites pas cela.

Cette main, il la prit dans la sienne.

— Rosalie, accepteriez-vous… Vous voyez ce que je veux dire ? Ou me mépriserez-vous toujours et me jetterez-vous toujours ça à la tête ?

— Il y a des choses que vous pourriez aussi me jeter à la tête, répondit Rosalie avec un petit sourire.

— Rosalie… ma chérie…

Mais elle ne céda pas encore :

— Et cette… Joanna ?

Tim poussa un cri.

— Joanna ? Vous êtes aussi à peu près psychologue que ma mère ! Je me fiche pas mal de Joanna ! Elle a une tête de jument et des yeux d'oiseau de proie. C'est une créature totalement dépourvue d'attraits.

— Votre mère ne doit jamais savoir la vérité, lui dit plus tard Rosalie.

— Je n'en suis pas sûr…, répondit Tim, songeur. Je pense que je vais la lui avouer. Ma mère n'est pas une chiffe molle, vous savez. Elle peut tenir le coup. Oui, je pense que je vais détruire ses illusions de mère à mon sujet. Elle sera tellement soulagée d'apprendre que je n'avais avec Joanna que des relations d'affaires qu'elle me pardonnera tout le reste.

Ils étaient arrivés devant la cabine de Mrs Allerton. Tim frappa énergiquement à la porte. Sa mère vint ouvrir.

— Rosalie et moi…, commença Tim puis il s'arrêta.

— Oh, mes chers enfants ! s'écria Mrs Allerton en

serrant Rosalie dans ses bras. Ma chère, ma chère petite. J'espérais tant… mais Tim était si assommant… il prétendait que vous ne lui plaisiez pas. Mais bien sûr, cela ne m'empêchait pas d'y voir clair !

— Vous avez été si gentille avec moi… toujours. J'espérais… j'espérais…, dit Rosalie d'une voix brisée.

Elle s'interrompit et se mit à pleurer de bonheur sur l'épaule de Mrs Allerton.

28

Quand la porte se fut refermée sur Tim et Rosalie, Poirot eut un regard d'excuse pour le colonel Race. Celui-ci avait l'air plutôt désapprobateur.

— Vous êtes d'accord avec mon petit arrangement, n'est-ce pas ? plaida Poirot. Ce n'est pas régulier, je le sais bien… mais je place très haut le bonheur de mes semblables.

— Pas le mien, en tout cas, répliqua Race.

— J'ai beaucoup de tendresse pour cette jeune fille, et elle aime ce jeune homme. Ils formeront un couple parfait. Elle a la rigueur qui lui manque ; elle plaît à la mère ; tout s'arrange pour le mieux.

— Si je comprends bien, ce mariage a été voulu par le ciel et par Hercule Poirot. Mon rôle à moi se limite à pactiser avec le crime !

— Mais, mon bon ami, je vous l'ai dit, tout cela était pure conjecture de ma part.

Race sourit soudain.

— Je n'ai rien contre. Je ne suis pas gendarme,

après tout. Je pense que dorénavant ce jeune imbécile marchera droit. Et la fille est sans histoire. Non, je ne me plains que de la manière dont vous *me* traitez ! Je suis patient, mais la patience a des limites ! Savez-vous, *oui* ou *non*, qui a commis ces trois crimes ?

— Oui.

— Alors pourquoi tourner comme ça autour du pot ?

— Vous croyez que je prends plaisir à faire des détours ? Et cela vous agace ? Mais ce n'est pas ça du tout. J'ai participé un jour à une expédition archéologique et cela m'a appris au moins une chose : quand tout à coup, au cours d'une fouille, un objet émerge de la terre, on fait soigneusement le ménage tout autour. On déblaye, on gratte tout autour avec un couteau et l'objet apparaît enfin, seul, prêt à être dessiné et photographié sans que rien d'étranger n'en déforme l'image. C'est ce que je cherche à faire ici : écarter tout ce qui est étranger à l'affaire de façon à ce que nous puissions voir la vérité — la vérité toute nue et dans son infinie splendeur.

— Bon, dit Race, voyons-la un peu, cette vérité — toute nue ou pas. Ce n'est pas Pennington. Ce n'est pas le jeune Allerton. Ce n'est sans doute pas Fleetwood. Si vous nous disiez qui c'est, pour changer ?

— Mon bon ami, c'est justement ce que j'allais faire !

On frappa à la porte. Race étouffa un juron. C'étaient le Dr Bessner et Cornelia. Celle-ci semblait bouleversée.

— Oh, colonel Race ! s'exclama-t-elle, miss Bowers vient de tout me raconter au sujet de cousine Marie. Cela m'a fait un choc terrible ! Elle m'a dit qu'elle ne voulait plus continuer à porter seule toute cette responsabilité, qu'il valait mieux que je le sache puisque j'étais de la famille. D'abord, je n'ai pas voulu le croire, mais le Dr Bessner a été merveilleux.

— Ach ! Mais non, mais non, protesta le docteur avec modestie.

— Il a été si gentil, il m'a tout expliqué, comment ces gens ne peuvent pas faire autrement et tout. Il a des kleptomanes dans sa clinique. Il ma expliqué aussi que cela provenait souvent d'une névrose profondément ancrée…

Cornelia répétait ces mots avec componction.

— Une névrose enracinée dans les tréfonds du subconscient. Quelquefois, cela ne tient qu'à une broutille, un incident mineur qui s'est produit quand vous étiez enfant. Et il a guéri des gens en les amenant à retourner en arrière et à se rappeler cet infime détail.

Cornelia s'arrêta, reprit bruyamment son souffle… et reprit aussi sa tirade :

— J'ai très peur que cette histoire ne s'ébruite. La situation à New York serait effroyable… absolument effroyable. Ce serait dans tous les journaux. Cousine Marie, ma mère, personne ne pourrait jamais plus relever la tête.

— Ne vous en faites pas, soupira Race. Ici, c'est la Maison du Silence.

— Pardon ?

— Ce que j'essaie de vous dire, c'est qu'à part le meurtre, nous étouffons tout, ici.

— Oh, quel soulagement ! s'écria Cornelia en battant des mains. J'étais si, si inquiète !

— Ach ! Le cœur trop tendre vous avez, dit le Dr Bessner en lui tapotant l'épaule avec bienveillance. Un merveilleux naturel, une âme très sensible elle a, ajouta-t-il en s'adressant aux autres.

— Oh, mais non ! Vous êtes trop gentil.

— Miss Robson, avez-vous revu Mr Ferguson ? demanda Poirot.

Cornelia s'empourpra.

— Non… mais cousine Marie m'a parlé de lui…

— Ach ! C'est un jeune homme bien né, paraît-il, dit le Dr Bessner. A le voir, on ne le dirait pas. Ses vêtements… abominables ils sont. Et bonne éducation, jamais entendu parler.

— Et vous, mademoiselle, qu'en pensez-vous ?

— Moi ? Je crois qu'il est complètement fou.

Poirot se tourna vers le docteur.

— Comment va votre malade ?

— Ach ! D'une façon splendide il se rétablit. Je viens de rassurer Fräulein de Bellefort. Le croirez-vous ? Désespérée elle était. Juste parce qu'un peu de température cet après-midi, il a eu ! Quoi de plus naturel ? Stupéfiant c'est même qu'il n'ait pas très forte fièvre maintenant. Mais non, comme certains de nos paysans il est, il a robuste constitution — constitution d'un bœuf. Profondes blessures ils peuvent avoir et ils remarquent à peine. De même Herr Doyle. Son pouls régulier il est et sa température à peine supérieure à la normale. Chasser les frayeurs de la dame j'ai pu. Mais tout de même, c'est ridicule, *nicht wahr* ? D'un côté, vous tirez sur un homme ; de l'autre, hystérique vous devenez à l'idée qu'il ne va pas très bien.

— C'est qu'elle l'aime de toutes ses forces, dit Cornelia.

— Ach ! Mais pas normal, ça ! Si un homme *vous* aimiez, vous essayeriez le tuer, vous ? Non, vous raisonnable.

— De toute façon, j'ai horreur de tous ces machins qui vous partent dans les mains dès qu'on les tripote.

— *Natürlich.* Vous si féminine !

Race interrompit cet échange de laborieuses congratulations :

— Puisque Mr Doyle va bien, rien ne s'oppose à ce que nous reprenions la conversation que nous avions cet après-midi. Il me parlait justement d'un télégramme…

L'éléphantesque Dr Bessner fut secoué de soubresauts d'hilarité.

— Ha ! ha ! ha ! Ça très amusant. Doyle m'en a parlé. Un télégramme à propos de légumes c'était : pommes de terre, artichauts, poireaux… Ach ! pardon ?

Avec une exclamation étouffée, Race s'était redressé sur son siège.

— Bon Dieu ! dit-il. Alors c'est lui ! Richetti !

Il regarda tour à tour trois visages ébahis.

— C'est un nouveau code… utilisé par les rebelles d'Afrique du Sud. *Pomme de terre* signifie mitraillette, *artichaut* signifie explosif, etc. Richetti n'est pas plus archéologue que moi ! C'est un dangereux agitateur qui a tué plus d'une fois et qui tuera encore, j'en donne ma tête à couper. Mrs Doyle a ouvert ce télégramme par erreur. Si jamais elle répétait devant moi ce qu'elle avait lu, pour lui les carottes étaient cuites !

» Je n'ai pas raison ? fit-il en se tournant vers Poirot. Ce n'est pas Richetti, notre homme ?

— C'est *votre* homme, répondit Poirot. Je lui ai toujours trouvé quelque chose de louche. Il était trop parfait dans son rôle. Tout archéologue et pas assez humain.

Il s'arrêta, puis reprit :

— Mais ce n'est pas Richetti qui a tué Linnet Doyle. Depuis quelque temps déjà je connais ce qu'on pourrait appeler « la première moitié » de l'assassin. Maintenant, je connais aussi la « seconde moitié ». Le tableau est complet. Mais, comprenez-vous, si je sais ce qui a dû se passer, je n'ai pas la preuve que cela se soit effectivement passé de cette façon. Intellectuellement, la solution est satisfaisante. Concrètement, elle laisse beaucoup à désirer. Notre seul espoir, c'est que le meurtrier passe aux aveux.

Sceptique, le Dr Bessner haussa les épaules.

— Ach ! Ça, un vrai miracle ce serait !

— Je ne pense pas. Pas dans les circonstances présentes.

— Mais qui est-ce ? s'écria Cornelia. N'allez-vous pas enfin nous le dire ?

Poirot prit le temps de les observer.

Race, sourire sardonique, Bessner, l'air toujours sceptique, Cornelia, bouche bée, tous trois n'avaient d'yeux que pour lui.

— Hé, oui, dit-il. J'avoue que j'aime avoir un public. Je suis vaniteux, vous savez. Gonflé d'orgueil. J'aime pouvoir dire : « Admirez l'intelligence d'Hercule Poirot ! »

Race remua un peu sur son siège.

— Bon, susurra-t-il, eh bien voyons jusqu'où va l'intelligence d'Hercule Poirot…

— Pour commencer, j'ai été stupide… incroyablement stupide, confessa Poirot en secouant tristement la tête. Je trébuchais sans cesse sur ce revolver, le revolver de Jacqueline de Bellefort. Pourquoi ne l'avait-on pas laissé sur les lieux du crime ? Le meurtrier désirait visiblement l'incriminer. Alors pourquoi l'emporter ? J'ai été stupide au point de voir à ça toutes sortes de raisons, plus fantastiques les unes que les autres. La vraie raison est extrêmement simple : l'assassin a emporté le revolver parce qu'il *devait* l'emporter… parce qu'il n'avait pas le choix.

29

— Vous et moi, mon bon ami, dit Poirot en se penchant vers Race, nous avons débuté notre enquête avec une idée préconçue. L'idée que le meurtre avait été commis sans plan préalable et sous l'impulsion du moment. Quelqu'un voulait éliminer Linnet Doyle et avait saisi l'occasion qui se présentait à un moment où le crime devait être, selon toute probabilité, attribué à Jacqueline de Bellefort. Il s'ensuivait que la personne en question avait surpris la scène entre Jacqueline et Simon Doyle et s'était emparée du revolver après que tout le monde ait quitté le salon.

» Mais, mes amis, si cette idée de départ était fausse, l'affaire changeait totalement d'aspect. Or elle *était* fausse ! Il ne s'agissait pas d'un crime spontané, commis sous l'impulsion du moment. C'était, au contraire, un crime soigneusement élaboré et minuté, dont tous les détails avaient été méticuleusement mis au point, jusqu'au narcotique versé dans la bouteille d'Hercule Poirot.

» Hé oui, c'est comme ça ! On m'a endormi pour me tenir à l'écart des événements de la nuit. J'avais déjà envisagé cette possibilité. Je bois du vin ; mes deux compagnons de table boivent respectivement du whisky et de l'eau minérale. Rien de plus facile que de verser une dose d'un narcotique inoffensif dans ma bouteille de vin : les bouteilles restent sur la table toute la journée. Mais j'avais écarté cette idée. Il avait fait une chaleur étouffante ; j'étais particulièrement fatigué ; ce n'était pas vraiment extraordinaire que, pour une fois, j'aie dormi beaucoup plus profondément que d'habitude.

» C'est que, voyez-vous, j'étais encore sous l'emprise de mon idée préconçue : si l'on m'avait drogué, cela impliquait la préméditation, cela voulait dire que le meurtre avait déjà été décidé avant 19 h 30, l'heure du dîner. Et ça, toujours selon mon idée préconçue, c'était absurde.

» Le premier coup fut porté à cette idée préconçue par le repêchage du revolver dans le Nil. D'abord, de notre point de vue, on n'aurait jamais dû le jeter pardessus bord… Et ce n'est pas tout.

Poirot se tourna vers le Dr Bessner.

— Vous avez examiné le corps de Linnet Doyle, Dr Bessner. Vous vous rappelez que la blessure offrait des traces de brûlures, ce qui revient à dire qu'on avait placé le revolver tout près de la tempe avant de tirer.

Bessner hocha la tête.

— Ach so ! Exact.

— Mais quand on a retrouvé le revolver, il était enveloppé dans un châle de velours montrant à l'évidence qu'on avait tiré à travers le tissu, sans doute avec l'idée d'étouffer le bruit de la détonation. Mais si on avait tiré à travers le tissu, il n'y aurait pas eu de traces de brûlures sur la peau de la victime. Alors, s'agissait-il du coup de feu tiré sur Simon Doyle par Jacqueline de Bellefort ? Pas davantage, puisque nous avions deux témoins de la scène et nous en connaissions tous les détails. Dans ces conditions, il semblait qu'un *troisième* coup de feu avait été tiré, dont nous ignorions tout. Mais on n'avait tiré que deux fois avec ce revolver, et rien ne permettait de prouver ni même de supposer qu'il avait pu servir une troisième fois.

» Nous étions là face à une situation inexplicable. Le fait de trouver deux flacons de vernis à ongles dans la cabine de Linnet Doyle fut le second point intéressant. Les femmes changent souvent la couleur de leurs ongles, mais Linnet Doyle n'utilisait jamais qu'un rouge foncé, du Nailex *Cardinal*. L'autre flacon était étiqueté Nailex *Rose*, mais les quelques gouttes qui restaient au fond du flacon n'étaient pas roses mais rouge vif. C'était assez curieux pour que je dévisse le bouchon et que je renifle. Au lieu de l'odeur habituelle de poire blette, ce flacon sentait le vinaigre ! Ce qui laissait supposer que les quelques gouttes qui restaient étaient de l'encre rouge. Bien sûr, il n'y avait aucune raison pour que Mrs Doyle ne possédât pas d'encre rouge, mais il eût été plus logique qu'elle se trouvât dans une bouteille d'encre rouge et non dans un flacon de vernis à ongles. Cela faisait penser au mouchoir légèrement taché qui enveloppait le revolver. L'encre rouge se lave facilement mais laisse toujours une tache rosâtre.

» Je serais peut-être parvenu à la vérité avec ces minces indices quand se produisit un événement qui balaya mes derniers doutes : on avait tué Louise Bourget dans des circonstances qui indiquaient, sans risque d'erreur, qu'elle faisait chanter l'assassin. Non seulement elle serrait un fragment de billet de mille francs dans ses doigts, mais je me rappelai quelques paroles significatives qu'elle avait prononcées ce matin.

» Ecoutez attentivement, car c'est là le nœud de l'affaire. Lorsque je lui avais demandé si elle avait vu quelque chose la nuit précédente, elle m'avait fait cette étrange réponse : “Evidemment, si je n'avais pas réussi à m'endormir, si j'étais remontée, *alors*, peut-être, j'aurais pu voir l'assassin, ce monstre, entrer dans la cabine de Madame ou en sortir… ” Eh bien, qu'est-ce que cela nous apprend exactement ?

Très intéressé, Bessner, dont le nez frémissait de bonheur intellectuel, se prêta aussitôt au jeu :

— Qu'elle était effectivement remontée cela vous a appris, *nicht wahr* ?

— Non, non, vous perdez de vue l'essentiel. Pourquoi nous a-t-elle dit ça à *nous* ?

— Pour vous aigui… — on dit bien « aiguiller » ?…

— Mais pourquoi se contenter d'*allusions* ? Si elle sait qui est le meurtrier, de deux choses l'une : ou elle nous révèle la vérité, ou elle tient sa langue et se fait payer son silence par la personne concernée. Or, elle ne fait ni l'un ni l'autre. Elle ne dit pas : « Je n'ai vu personne, je dormais », ni « Oui, j'ai vu quelqu'un et voilà ce qui s'est passé. » Pourquoi se sert-elle d'un pareil galimatias ? Parbleu, il ne peut y avoir qu'une seule explication : elle s'adresse au meurtrier ! Par conséquent, il devait être présent à ce moment-là. Mais à part le colonel Race et moi, il n'y avait que deux personnes : Simon Doyle et le Dr Bessner.

Le docteur bondit en rugissant :

— Ach ! Qu'est-ce que vous dire ? Vous m'accusez ? Encore ? C'est ridicule... Au-dessous de tout vous êtes !

— Calmez-vous, s'empressa Poirot. Je suis en train de vous expliquer ce que je pensais alors. Ne nous énervons pas.

— Il ne veut pas dire qu'il pense encore maintenant que c'est vous, déclara Cornelia d'un ton apaisant.

Poirot se hâta de poursuivre :

— Donc, il fallait choisir entre Simon Doyle et le Dr Bessner. Mais quel intérêt avait le Dr Bessner à tuer Linnet Doyle ? Aucun, pour autant que je sache. Simon Doyle, alors ? Mais c'était impossible ! Une quantité de témoins pouvaient jurer que Doyle n'avait pas quitté le salon jusqu'à ce qu'éclate la querelle. Après quoi, il avait été blessé et cela lui était devenu physiquement impossible. Avais-je des preuves de ces deux points ? Oui, j'avais les déclarations de miss Robson, de James Fanthorp et de Jacqueline de Bellefort en ce qui concerne le premier, et j'avais le témoignage autorisé du Dr Bessner et de miss Bowers quant au second. Aucun doute n'était permis.

» Par conséquent, le coupable *devait* être le Dr Bessner. Que la domestique ait été poignardée avec un instrument chirurgical venait à l'appui de cette hypothèse. D'un autre côté, c'était le Dr Bessner lui-même qui avait attiré l'attention sur ce fait.

» C'est alors, mes amis, qu'un autre fait incontestable s'est imposé à moi : les insinuations de Louise ne pouvaient pas être destinées au Dr Bessner car elle aurait pu lui parler en privé à n'importe quel moment. Il n'y avait qu'une personne, *et une seule* en fonction de qui ce stratagème était nécessaire : Simon Doyle ! Simon Doyle, blessé, était dans la cabine du docteur, sous sa surveillance constante. C'est à lui qu'elle adressait ces paroles ambiguës pour le cas où il ne se présenterait pas une autre occasion de la faire. Je me rappelle comme elle lui a dit : “Monsieur, je vous en supplie… qu'est-ce que je peux dire, moi ?” Et la réponse de Mr Doyle : “Ne soyez pas ridicule, mon petit. Personne ne vous soupçonne d'avoir vu ou entendu quoi que ce soit. Tout ira bien, je ne vous laisserai pas tomber. On ne vous accuse de rien.” C'était l'assurance qu'elle cherchait, et elle l'avait obtenue.

Bessner émit un barrissement colossal.

— Ach ! C'est de la folie, ça ! Vous croire qu'un homme avec jambe fracturée pouvoir gambader sur pont de bateau et poignarder les gens ? J'ai déjà dit à vous : Ma cabine, Simon Doyle n'a pas pu quitter. *Impossible* c'était !

— Je sais cela, répondit Poirot avec douceur. C'est tout à fait exact. La chose était impossible… Elle était impossible, mais elle était également exacte. C'était la seule explication logique aux propos de Louise Bourget.

» Alors j'ai tout repris depuis le début à la lumière de ces nouvelles données. Etait-il possible que Simon se soit absenté du salon avant l'esclandre et que les autres ne l'aient pas remarqué, ou l'aient oublié ? Je ne voyais pas comment. Pouvait-on ne tenir aucun compte des avis autorisés du Dr Bessner et de miss Bowers ? Pas davantage. Mais, dans mon souvenir, il y avait un trou entre ces deux séries de témoignages. Simon Doyle s'était retrouvé seul au salon durant cinq minutes, et le témoignage autorisé du Dr Bessner ne prenait effet qu'après cette période-là. Et pour ce qui concernait ce laps de temps, nous n'avions que des preuves visuelles — apparemment solides — mais plus aucune certitude. En laissant de côté toute interprétation, qu'avait-on réellement *vu* ?

» Miss Robson avait vu Mlle de Bellefort tirer, et Simon Doyle s'effondrer dans un fauteuil, elle l'avait vu appliquer un mouchoir sur sa jambe et vu ce mouchoir se teinter peu à peu de rouge. Qu'avait vu et entendu Mr Fanthorp ? Il avait entendu un coup de feu et trouvé Doyle tenant un mouchoir taché de rouge sur sa jambe. Que s'était-il passé alors ? Doyle avait beaucoup insisté pour qu'on éloigne Mlle de Bellefort et qu'on ne la laisse pas seule. Après quoi, il avait demandé à Fanthorp d'aller chercher le docteur.

» En conséquence, miss Robson et Mr Fanthorp sont sortis avec Mlle de Bellefort et, pendant les cinq minutes suivantes, ils ont été occupés à bâbord : miss Bowers, le Dr Bessner et Mlle de Bellefort ont tous les trois leur cabine à bâbord. Simon n'a besoin que de deux minutes. Il ramasse le revolver sous la banquette, ôte ses chaussures, court silencieusement à toutes jambes sur le pont à tribord, pénètre dans la cabine de sa femme, s'approche d'elle pendant qu'elle dort, lui tire une balle dans la tête, pose le flacon qui avait contenu l'encre rouge sur la table de toilette — il ne fallait pas qu'on le trouve sur lui —, repart en courant, s'empare du châle de velours de miss Van Schuyler qu'il avait caché sous le coussin d'un fauteuil, en enveloppe le revolver et se tire une balle dans la jambe. Le siège sur lequel il s'était effondré — il souffrait vraiment, cette fois — était près de la fenêtre. Il l'ouvre et jette le revolver — enveloppé dans le mouchoir compromettant et dans le châle de velours — dans le Nil.

— C'est impossible ! s'exclama Race.

— Non, mon bon ami, ce n'est pas impossible. Rappelez-vous le témoignage de Tim Allerton. Il a entendu un bruit de bouchon qui saute *suivi* d'un plouf ! Et il a entendu autre chose encore : quelqu'un qui courait devant sa porte. Mais personne ne pouvait courir à bâbord. Ce qu'il a entendu, c'est Simon Doyle, passant en courant devant sa cabine, en chaussettes.

— Je persiste à penser que c'est impossible, déclara Race. Personne n'aurait pu venir à bout de tout ce fourbi en un éclair, surtout pas un type comme Doyle, dont la rapidité d'esprit n'est pas la vertu principale.

— Mais qui est vif et adroit dans l'action !

— Ça, oui. Mais il aurait été bien incapable de concevoir un plan pareil !

— Ce n'est pas lui qui l'a conçu, mon bon ami. C'est là que nous nous sommes tous trompés. Cela avait tout l'air d'un crime commis sous l'impulsion du moment, mais ce n'était *pas* un crime commis sous l'impulsion du moment. Comme je l'ai dit, c'était du travail bien préparé et intelligemment élaboré. Simon Doyle n'avait pas *par hasard* une bouteille d'encre rouge dans sa poche. Non, cela faisait partie du *plan.* Ce n'est pas *par hasard* que Jacqueline de Bellefort avait envoyé d'un coup de pied le revolver sous la banquette, pour qu'il soit hors de vue et qu'on l'oublie provisoirement.

— Jacqueline ?

— Oui. Une des deux moitiés de l'assassin... Qu'est-ce qui a fourni son alibi à Simon ? Le coup de feu tiré par Jacqueline. Et qu'est-ce qui a fourni son alibi à *Jacqueline* ? L'insistance de Simon pour que quelqu'un reste auprès d'elle toute la nuit. A eux deux, ils ont toutes les qualités requises : le sang-froid, l'imagination, le cerveau organisé de Jacqueline de Bellefort, et la capacité d'exécution incroyablement rapide et minutée de l'homme d'action.

» Regardons les choses sous le bon angle et nous avons les réponses à toutes nos questions. Simon Doyle et Jacqueline s'étaient aimés. Comprenons qu'ils s'aiment toujours, et tout devient clair ! Simon se débarrasse de sa riche épouse, hérite de sa fortune et, en temps voulu, épouse son ancien amour. C'était très ingénieux. La persécution de Mrs Doyle par Jacqueline faisait partie du plan. La prétendue colère de Simon aussi... Et pourtant... il faisait des faux pas. Un jour, il m'a fait un discours sur les femmes possessives — un discours très amer. J'aurais dû comprendre qu'il parlait de sa femme et non de Jacqueline. Il y avait également sa manière de se conduire avec sa femme. Un Anglais quelconque comme Simon Doyle, et qui a du mal à s'exprimer, est très gêné d'avoir à faire des démonstrations d'affection en public. Simon n'est pas un très bon comédien. Dans son rôle de mari plein d'adoration, il en faisait trop. Et puis, il y avait aussi cet entretien que j'avais eu avec Mlle Jacqueline quand elle avait prétendu que quelqu'un nous écoutait et que je n'avais vu personne. Et il n'y avait personne ! Cela devait servir plus tard à nous lancer sur une fausse piste. Et puis une nuit, sur ce bateau, j'avais cru entendre Simon et Linnet parler devant ma porte. "Il faut en finir une bonne fois pour toutes", disait l'homme. C'était bien Simon Doyle, mais c'était à Jacqueline qu'il parlait.

» Le dernier acte du drame avait été parfaitement réglé et minuté. Une potion soporifique pour moi, pour éviter que je n'aille mettre mon nez où il ne fallait pas. Le choix de miss Robson comme témoin de la scène d'hystérie et de remords exagérés de Mlle de Bellefort. Celle-ci faisait beaucoup de vacarme afin qu'on n'entende pas la détonation. En vérité, c'était une idée de génie. Jacqueline déclare qu'elle a tiré sur Doyle. Miss Robson le confirme, Fanthorp aussi, et lorsqu'on examine la jambe de Mr Doyle, on constate effectivement qu'il a été blessé par balle. C'est imparable ! Tous les deux ont un alibi parfait, au prix il est vrai d'une certaine dose de risque et de souffrance pour Simon Doyle, mais il était indispensable que sa blessure le rende impotent.

» C'est alors que le mécanisme se détraque. Louise Bourget ne dormait pas. Elle est remontée sur le pont promenade et a vu Simon Doyle courir jusqu'à la cabine de sa femme et en revenir. Le lendemain, il lui a été facile de reconstituer ce qui s'était passé. Par cupidité, elle décide alors de se faire acheter son silence, sans se douter qu'elle signe ainsi son arrêt de mort.

— Mais Mr Doyle n'a pas pu la tuer, *elle* ! objecta Cornelia.

— Non, c'est sa partenaire qui s'en est chargée. Dès qu'il a pu, Simon a demandé à voir Jacqueline. Il m'a même prié de les laisser seuls. Il lui a fait part de ce nouveau danger. Il fallait agir tout de suite. Il savait où Bessner rangeait ses scalpels. Son crime accompli, Jacqueline a nettoyé le scalpel, l'a remis en place, après quoi, en retard et hors d'haleine, elle s'est précipitée dans la salle à manger.

» Mais rien ne va encore, car Mrs Otterbourne a vu Jacqueline entrer dans la cabine de Louise Bourget. Et elle accourt ventre à terre pour raconter ça à Simon : c'est Jacqueline la meurtrière ! Vous souvenez-vous comme Simon s'est emporté contre cette pauvre femme ? Ce sont les nerfs, avons-nous pensé. Mais la porte était ouverte et il essayait de prévenir sa complice. Celle-ci l'a entendu et a agi comme l'éclair. Elle s'est souvenue que Pennington avait parlé d'un revolver. Elle est allée le chercher, s'est approchée de la porte à pas de loup, a écouté et, au moment crucial, elle a tiré. Elle s'était vantée un jour d'être bonne tireuse et ce n'était pas parole en l'air.

» L'auteur de ce troisième meurtre avait pu s'enfuir dans trois directions : il avait pu aller vers l'arrière du bateau — dans ce cas, Tim Allerton était l'assassin — il avait pu passer par-dessus la rambarde — c'était très improbable — et il avait pu entrer dans une cabine. Or la cabine de Jacqueline n'était qu'à deux portes de celle du Dr Bessner. Elle n'avait eu qu'à laisser tomber le revolver, se précipiter dans sa cabine, ébouriffer ses cheveux et se jeter sur son lit. C'était risqué, mais c'était sa seule chance.

Il y eut un silence, puis Race demanda :

— Qu'est devenue la première balle que Jacqueline a tirée sur Doyle ?

— Elle a dû se loger dans la table. On y remarque un petit trou récent. Je pense que Doyle a eu le temps de l'extraire avec un canif et qu'il l'a jetée par la fenêtre. Bien sûr, il avait sur lui une cartouche supplémentaire, ce qui laisserait croire qu'on avait tiré *deux* coups, seulement deux coups.

— Ils ont pensé à tout ! soupira Cornelia. C'est… c'est horrible !

Poirot se tint coi. Mais cette réserve soudaine n'avait rien à voir avec un quelconque élan de modestie. Ses yeux semblaient dire : « Pensé à tout ? Vous vous trompez. Ils n'ont pas compté avec Hercule Poirot… »

— Et maintenant, docteur, dit-il à haute voix, allons échanger quelques mots avec votre patient.

30

Bien plus tard dans la soirée, Hercule Poirot alla frapper à la porte d'une cabine.

— Entrez ! répondit une voix — ce qu'il fit aussitôt.

Jacqueline de Bellefort était dans un fauteuil. Dans un autre, à côté de la porte, trônait une imposante stewardess.

Jacqueline observa Poirot d'un air songeur.

— Elle peut s'en aller ? demanda-t-elle en désignant la stewardess.

Poirot fit un signe de tête à la femme qui sortit. Il prit son fauteuil et le tira près de Jacqueline. Aucun d'eux ne soufflait mot. Poirot paraissait triste.

— Et voilà, la boucle est bouclée, finit par déclarer la jeune fille. Vous avez été trop malin pour nous, monsieur Poirot.

Poirot soupira et écarta les bras. Il restait étrangement muet.

— Toutefois, reprit Jacqueline en réfléchissant, je

ne vois pas ce que vous pouvez prouver. Vous avez deviné juste, bien sûr, mais si nous avions bluffé…

— Cela n'avait pas pu se passer autrement, mademoiselle.

— C'est peut-être une preuve suffisante pour un esprit logique, mais je ne crois pas qu'elle aurait pu convaincre un jury. Oh ! et puis ce qui est fait est fait. Vous avez attaqué Simon bille en tête et il s'est écroulé comme un jeu de quilles. Il a complètement perdu la tête, le pauvre chou, et il a tout avoué. C'est un mauvais perdant, ajouta-t-elle en secouant la tête.

— Mais vous, mademoiselle, vous êtes bonne perdante.

Elle éclata soudain d'un petit rire étrange, gai et plein de défi.

— Oh, oui ! Je suis bonne perdante !

Elle le regarda et lança, impulsive :

— Ne vous bilez pas tant, monsieur Poirot ! Pour moi, je veux dire. Parce que vous vous inquiétez, n'est-ce pas ?

— Oui, mademoiselle.

— Mais il ne vous serait pas venu à l'idée de me laisser filer ?

— Non, répondit posément Poirot.

Elle approuva d'un signe de tête.

— Bon, inutile de faire du sentiment. Je serais bien capable de recommencer… je ne suis plus inoffensive. Je le sens moi-même… Tuer, c'est si facile… de tuer. On se met à penser que cela n'a aucune importance… qu'on est seul à compter !… C'est dangereux, ça.

» Vous avez fait pour moi ce que vous avez pu,

reprit-elle avec un petit sourire. Cette nuit-là, à Assouan, vous m'avez dit de ne pas ouvrir mon âme au mal… saviez-vous alors ce que j'avais en tête ?

— Je savais seulement que ce que je disais était vrai.

— C'était vrai. A ce moment-là, j'aurais encore pu renoncer, vous savez. J'ai d'ailleurs failli le faire… J'aurais pu dire à Simon que j'abandonnais… Mais alors, peut-être que…

Elle s'interrompit.

— Voulez-vous que je vous raconte tout ? Depuis le début ?

— Si vous en avez envie, mademoiselle.

— Je crois bien que j'ai effectivement envie de tout vous dire. C'est très simple, en vérité. Simon et moi, nous nous aimions…

C'était l'énoncé d'un fait, mais sous la légèreté du ton on entendait comme des échos…

— Et pour vous, l'amour suffisait, dit Poirot. Mais pas pour lui.

— On peut voir les choses comme ça. Mais vous ne comprenez pas du tout Simon. Il a toujours eu une envie folle d'avoir de l'argent. Il aime tout ce que l'argent procure — les chevaux, les yachts, la chasse — toutes choses agréables et dont un homme se doit de raffoler ! Et il n'a jamais pu se les offrir. C'est un être effroyablement fruste, Simon. Ce qu'il désire, il le désire comme le fait un enfant : tout de suite, et de toutes ses forces.

» Et malgré cela, il n'a jamais cherché à épouser un laideron ou une vieillarde bourrée de galette. Ce n'est pas son genre. Et puis nous nous sommes rencontrés et… et tout a été réglé, en quelque sorte. Seulement, nous ne savions pas quand nous pourrions nous marier. Simon avait eu une situation convenable, mais il venait de la perdre. Par sa propre faute, en un sens. Il s'était livré à une petite embrouille financière, et le pot aux roses avait été découvert aussitôt. Je ne crois pas qu'il pensait faire quelque chose de malhonnête. Il croyait que c'était comme ça qu'on menait les affaires dans la City.

Poirot sourcilla mais retint sa langue.

— Nous en étions là quand j'ai pensé à Linnet et au domaine qu'elle venait d'acquérir, et je me suis précipitée chez elle. Vous savez, monsieur Poirot, j'aimais beaucoup Linnet, c'est vrai. C'était ma meilleure amie, et je n'aurais jamais cru que quelque chose pourrait nous séparer. J'ai seulement pensé que c'était une chance qu'elle soit riche. Cela changerait tout si elle donnait un emploi à Simon. Et elle a été charmante à ce propos, elle m'a tout de suite demandé de lui amener Simon. C'est à ce moment-là que vous nous avez vus *Chez ma Tante.* Nous fêtions l'événement, sans en avoir vraiment les moyens.

Elle s'interrompit, soupira et poursuivit :

— Ce que je vais vous dire maintenant, monsieur Poirot, est l'exacte vérité. Que Linnet soit morte n'y change rien. Voilà pourquoi je ne suis pas vraiment triste pour elle, même maintenant. Elle a tout fait pour me prendre Simon. C'est la vérité pure ! Je ne pense pas qu'elle ait hésité plus d'une minute. J'étais son amie, mais elle s'en fichait pas mal. Elle lui a foncé dessus tête baissée.

» Simon, lui, s'en souciait comme d'une guigne. Je vous ai beaucoup parlé de son charme ensorcelant mais, bien sûr, ce n'était pas vrai. Elle ne plaisait pas à Simon. Il la trouvait belle, mais terriblement autoritaire, et il déteste les femmes autoritaires. Il était affreusement gêné par toute cette histoire. Cependant, il était très sensible à son argent…

» Je m'en suis aperçue, bien sûr… Et j'ai même fini par lui suggérer de se débarrasser de moi et d'épouser Linnet. Mais il en a repoussé l'idée. Il prétendait qu'argent ou pas, ce serait l'enfer d'être marié avec elle. L'argent, il le voulait à lui, il ne voulait pas d'une femme riche qui tiendrait les cordons de la bourse. "Je serais une espèce de prince consort", répétait-il. Et il disait aussi que moi seule je lui plaisais…

» Je crois connaître le moment où l'idée a germé dans sa tête. Un jour, il m'a dit : " Si j'étais un tant soit peu veinard, je l'épouserais et elle mourrait au bout d'une année en me laissant tout le paquet", et j'ai vu une lueur bizarre scintiller dans son regard. Il y pensait pour la première fois…

» Il s'est mis à beaucoup parler des avantages à tirer de la mort de Linnet. Comme je lui disais que c'était une idée abominable, il a fini par se taire. Mais un jour, je l'ai surpris en train de se documenter sur l'arsenic. Je l'ai accusé, alors il a éclaté de rire et m'a dit : "Qui ne risque rien n'a rien. C'est sans doute la seule fois de ma vie où je serai aussi près de décrocher le gros lot !"

» Et puis, j'ai compris qu'il était décidé. Et cela m'a épouvantée — tout bonnement épouvantée. Car, voyez-vous, je savais qu'il ne s'en tirerait pas. Il est aussi naïf qu'un gosse. Il est incapable de subtilité et n'a pas une once d'imagination… Il lui aurait probablement fait ingurgiter de l'arsenic, convaincu que les médecins concluraient à une mort par gastrite. Pour lui, tout finit toujours par s'arranger.

» J'ai donc été obligée de participer à son projet, afin de le protéger.

Elle avait dit ça avec une simplicité absolue et une entière bonne foi. Pour Poirot, il ne faisait aucun doute que c'était bien là son mobile. Personnellement, elle ne convoitait pas l'argent de Linnet, mais elle aimait Simon, elle l'aimait au-delà de toute raison, au-delà de l'honnêteté, au-delà de la pitié.

— J'ai beaucoup réfléchi et j'ai essayé d'échafauder un plan, reprit-elle. Il devait reposer, à mon avis, sur un alibi à deux. Il fallait que Simon et moi témoignions l'un contre l'autre, mais qu'en fait ce témoignage nous lave mutuellement de tout soupçon. Il ne m'était pas difficile de faire croire que je haïssais Simon. C'était même logique étant donné les circonstances. Par conséquent, si Linnet était tuée, je serais probablement soupçonnée. Alors autant s'arranger pour que les soupçons pèsent tout de suite sur moi. Nous avons tout combiné, point par point. Si les choses tournaient mal, je voulais que Simon soit épargné, que tout retombe sur moi.

» La seule chose qui me faisait plaisir, c'était de ne pas avoir à agir moi-même. Je n'aurais pas pu ! Je n'aurais pas pu la tuer de sang-froid pendant son sommeil. Je ne lui avais pas pardonné, vous savez, et j'aurais sans doute été capable de la tuer en face, mais pas de cette façon-là.

Nous avions tout minutieusement préparé. Mais, même comme ça, il a fallu que Simon s'amuse à tracer un J avec du sang, ce qui était stupidement mélodramatique. C'est typique du genre de chose qui peut lui venir à l'idée. Mais, en fin de compte, tout s'est bien passé.

— Oui, dit Poirot. Ce n'est pas votre faute… si Louise Bourget n'arrivait pas à dormir cette nuit-là… Et ensuite, mademoiselle ?

Elle le regarda bien en face.

— Oui, c'est assez atroce, n'est-ce pas ? Je n'arrive pas à croire que… que c'est moi qui ai fait ça. Je comprends maintenant ce que signifie ouvrir son âme au mal… Vous connaissez la suite. Louise a fait comprendre à Simon qu'elle savait. Simon vous a prié d'aller me chercher. Dès que nous nous sommes retrouvés seuls, il m'a exposé la situation. Et il m'a dit ce que je devais faire. Cela ne m'a même pas horrifiée. J'avais peur… mortellement peur… Voilà ce que le crime fait de vous. Tout allait bien pour nous, très bien, si ce n'était cette misérable Française qui voulait nous faire chanter. J'ai fait semblant d'accepter. Je lui ai apporté tout l'argent que nous avons pu rassembler. Et alors, pendant qu'elle comptait les billets, je… je l'ai fait ! Cela n'a pas été difficile. Voilà ce qui est le plus effrayant… C'est si facile…

» Mais nous n'étions pas encore sortis d'affaire. Mrs Otterbourne m'avait vue. Triomphante, elle s'est précipitée à votre recherche. Je n'ai pas eu le temps de réfléchir. J'ai agi comme l'éclair. C'était presque excitant. Je jouais notre va-tout, cette fois… Cela n'en était que meilleur…

Elle s'interrompit de nouveau.

— Vous vous rappelez que vous êtes venu dans ma cabine après cela ? Vous m'avez dit que vous ne saviez pas trop ce qui vous avait amené. J'étais si malheureuse, si terrifiée... Je croyais que Simon allait mourir...

— Et moi... je l'espérais, dit Poirot.

Jacqueline hocha la tête.

— Oui, cela aurait été préférable pour lui.

— Ce n'est pas ce que je pensais.

Jacqueline le regarda. Il avait le visage grave.

— Ne vous inquiétez pas, monsieur Poirot, dit-elle doucement. Après tout, la vie a toujours été dure pour moi ! Si nous avions réussi, j'aurais été heureuse, j'aurais profité de tout et n'aurais sans doute jamais rien regretté. Comme ça... Ma foi, il faudra bien s'en accommoder.

» Je suppose que la stewardess est là pour m'empêcher de me pendre ou d'avaler une capsule d'acide prussique tombée du ciel, comme dans les romans. Mais ne craignez rien. Je ne le ferai pas. Ce sera moins pénible pour Simon si je suis là.

Poirot se leva. Jacqueline se leva aussi.

— Vous vous souvenez, dit-elle en souriant tout à coup, quand je vous ai confié que je devais suivre mon étoile ? Vous m'avez fait remarquer que c'était peut-être une fausse étoile et je vous ai répondu : « Ça pas bonne étoile, m'sieur. Cette étoile, tomber ! »

Poirot sortit sur le pont, son rire encore dans les oreilles.

31

L'aube pointait lorsqu'ils arrivèrent à Shellal. Sinistres, les rochers descendaient jusqu'à la rive.

— Quel sauvagerie, ce pays, murmura Poirot.

— En tout cas, dit Race qui contemplait le spectacle à ses côtés, nous avons fait notre travail. J'ai donné des ordres pour que Richetti soit débarqué le premier. Je suis bien content que nous l'ayons coincé, vous savez. C'est une véritable anguille. Il nous a filé entre les doigts des dizaines de fois !

» Il faut que nous nous procurions une civière pour Doyle, poursuivit-il. Etonnant, la façon dont il s'est effondré, non ?

— Pas vraiment, répondit Poirot. Ce type de criminels enfantins est généralement très vaniteux. Une fois crevée leur bulle d'amour-propre, il n'y a plus personne. Ils lâchent prise, comme des gosses.

— Il mérite la corde, décréta Race. C'est une crapule sans pitié. Je suis navré pour la fille, mais nous n'y pouvons rien.

Poirot secoua la tête.

— On prétend que l'amour excuse tout, mais c'est faux… Les femmes qui tiennent à un homme comme Jacqueline tenait à Simon sont redoutables. La première fois que je l'ai vue, j'ai pensé: «Elle l'aime trop, cette petite.» Et c'est bien vrai.

Cornelia Robson vint soudain les rejoindre.

— Oh! Mais nous sommes presque arrivés! dit-elle.

Puis, au bout de quelques instants, elle ajouta:

— Je suis allée la voir.

— Mlle de Bellefort?

— Oui. Je me suis dit que ça devait être horrible d'être enfermée avec cette stewardess. Mais je crois que cousine Marie est furieuse contre moi.

Miss Van Schuyler louvoyait lentement dans leur direction. Elle avait l'œil venimeux.

— Cornelia! lança-t-elle. Ta conduite est inqualifiable! Je vais te renvoyer tout droit chez toi!

Cornelia prit une longue inspiration.

— Je suis désolée, cousine Marie, mais je ne rentrerai pas à la maison. Je vais me marier.

— Tu deviens enfin raisonnable! glapit la vieille demoiselle.

Ferguson déboulait de l'arrière du bateau.

— Qu'est-ce que j'entends, Cornelia? s'écria-t-il. Ce n'est pas vrai!

— C'est tout ce qu'il y a de plus vrai, répondit Cornelia. Je vais épouser le Dr Bessner. Il m'a demandée en mariage, hier soir.

— Pourquoi lui ? s'emporta Ferguson. Parce qu'il est riche ?

— Mais non ! se récria Cornelia, indignée. Parce qu'il me plaît. Il est gentil et il sait des tas de choses. Et puis je me suis toujours intéressée aux malades et aux cliniques… et, avec lui, la vie sera merveilleuse.

— Vous voulez dire que vous préférez épouser ce vieux dégoûtant plutôt que moi ? demanda Mr Ferguson, incrédule.

— Mais oui. Vous, on ne peut pas vous faire confiance. Vivre avec vous n'aurait rien de rassurant. Et puis, il n'est pas vieux ! Il n'a même pas cinquante ans !

— Il a du ventre ! lança Ferguson, perfide.

— Et moi, j'ai le dos rond ! rétorqua Cornelia. Peu importe de quoi on a l'air. Il m'a dit que je pourrais l'aider dans son travail et qu'il m'apprendrait tout sur les névroses.

Elle s'éloigna. Ferguson se tourna vers Poirot.

— Vous croyez qu'elle parle sérieusement ?

— J'en suis certain.

— Elle me préfère ce vieux raseur pontifiant ?

— Sans aucun doute.

— Cette fille est folle, conclut Ferguson.

— C'est une femme qui a des idées personnelles, remarqua Poirot, l'œil brillant. C'est sans doute la première fois que vous en rencontrez une.

Le bateau accosta. Une corde retenait le flot des passagers. On les avait priés d'attendre avant de débarquer.

Richetti, le visage sombre, descendit à terre encadré par deux mécaniciens.

Puis, un peu plus tard, on apporta une civière. Et on transporta Simon jusqu'à la passerelle.

C'était un autre homme, craintif, effrayé, chez qui toute trace d'insouciance s'était envolée.

Jacqueline de Bellefort suivait, accompagnée d'une stewardess. N'était sa pâleur, elle n'avait guère changé. Elle s'approcha de la civière.

— Bonjour, Simon ! dit-elle.

Il lui jeta un rapide coup d'œil et retrouva un instant son expression de petit garçon.

— J'ai tout gâché ! dit-il. J'ai craqué et j'ai tout avoué ! Désolé, Jackie. Je t'ai lâchée.

Elle lui sourit.

— Ne t'en fais pas, Simon. Nous avons joué, nous avons perdu, voilà tout.

Les brancardiers soulevèrent la civière. Jacqueline se baissa pour relacer sa chaussure. Puis elle porta la main à sa jarretelle et se redressa avec quelque chose à la main.

On entendit une brève détonation.

Un spasme secoua Simon, puis il ne bougea plus.

Jacqueline de Bellefort hocha la tête. Elle resta un instant, revolver à la main, et adressa à Poirot un sourire fugitif.

Puis, comme Race bondissait vers elle, elle tourna le petit jouet brillant contre son cœur et pressa sur la détente.

Elle s'écroula, recroquevillée.

— Où diable a-t-elle pris ce revolver ? s'écria Race.

Poirot sentit une main se poser sur son bras.

— Vous le saviez ? lui demanda Mrs Allerton à voix basse.

Il hocha la tête.

— Elle possédait deux de ces revolvers. Je l'ai compris quand j'ai su qu'on en avait trouvé un dans le sac de Rosalie Otterbourne le jour de la fouille. Jacqueline était assise à sa table. Lorsqu'elle a appris qu'on allait procéder à une fouille, elle l'a glissé dans le sac de sa voisine. Plus tard, elle est allée chez Rosalie et l'a récupéré en détournant son attention avec une comparaison de rouge à lèvres. Comme leurs deux cabines avaient été fouillées la veille, on n'avait pas cru bon de recommencer.

— Vous vouliez qu'elle prenne cette porte de sortie ?

— Oui. Mais elle n'a pas souhaité la franchir seule. Et ainsi, Simon a eu une mort bien plus douce que celle qu'il méritait.

Mrs Allerton frissonna :

— L'amour a parfois quelque chose d'effrayant.

— C'est bien pourquoi la plupart des grandes histoires d'amour sont des tragédies.

Mrs Allerton posa les yeux sur Tim et Rosalie, côte à côte dans la lumière du soleil, et dit soudain, avec émotion :

— Dieu merci, le bonheur existe aussi en ce monde.

— Comme vous dites, madame, Dieu merci.

Les passagers ne tardèrent pas à débarquer.

Plus tard, on descendit du *Karnak* les corps de Louise Bourget et de Mrs Otterbourne.

Enfin, ce fut le tour de Linnet Doyle. Et, dans le monde entier, les réseaux télégraphiques se mirent à bourdonner, pour signaler aux foules que Linnet Doyle, naguère Linnet Ridgeway, la célèbre, la belle et riche Linnet Doyle, était morte.

Sir George Wode l'apprit en lisant son journal dans son club à Londres, Sterndale Rockford à New York, Joanna Southwood en Suisse et on en discuta au bar des *Three Crowns* à Malton-under-Wode.

— Tout compte fait, conclut Mr Burnaby, perspicace, ça ne lui a pas réussi, la pauvre gosse.

Mais on cessa bientôt de parler d'elle pour se demander qui allait gagner le Grand National. Car, ainsi que le disait Mr Ferguson au même instant à Louxor, ce n'est pas le passé qui compte, c'est l'avenir.

Table

Le Livre de Poche s'engage pour l'environnement en réduisant l'empreinte carbone de ses livres. Celle de cet exemplaire est de :
700 g éq. CO_2
Rendez-vous sur
www.livredepoche-durable.fr

PAPIER À BASE DE FIBRES CERTIFIÉES

Composition réalisée par Maury Imprimeur

Achevé d'imprimer en novembre 2014, en France sur Presse Offset par
Maury Imprimeur – 45330 Malesherbes
N° d'imprimeur : 193504
Dépôt légal 1re publication : novembre 2014
LIBRAIRIE GÉNÉRALE FRANÇAISE – 31, rue de Fleurus – 75278 Paris Cedex 06

16/1113/3